古華（京夫子）文集

卷十二

亞熱帶森林

前言

清末民初大政治家梁啟超先生有言：欲新一國之民，不可不先新一國之小說。更有其著名論斷：六經不能教，當以小說教之；正史不能入，當以小說入之；語錄不能渝，當以小說渝之；律例不能治，當以小說治之。

一百多年過去了。我們今天應客觀理解先賢此種對新時代新小說的倚重與寄望，而非將小說視為「治國平天下」的丹方。畢竟中國不是因小說而能再造的。但中國小說如三國、水滸、紅樓、三言二拍等經典名著，卻又的確記述了時代變遷、家國興衰、史詩歌吟，為後人留下了活生生的人文景觀、眾生萬象、歷史圖卷。小說的此種功能是任何其他文字著述或藝術形式所不能替代的，是怎麼評價都不過分的。中、長篇小說更是衍生其他藝術門類如戲曲、歌劇、話劇、舞劇、電影、電視、美術作品的母本，所謂先有名著，後有名劇是也。

當代小說名家古華正是這樣一位描繪時代風雲變幻、記錄人世悲歡沉浮的能手。縱覽他將近六十年來的寫作生涯，大致可概括為三個階段：從發表第一篇小說的一九六二年至文化大革命結束後的一九七七年，是他習作小說的幼稚蒙昧期；從一九七八年至一九八八年，是他以《爬滿青藤的木屋》、《芙蓉鎮》、《浮屠嶺》、《貞女》等小說為代表的破繭、收穫期；一九八八年客居加拿大至今，創作了被譽為「京夫子現代傑出歷史小說系列」，如《西苑風月》、《夏都誌異》、《血色京畿》、《重陽兵變》，以及《儒林園》、《古都春潮》、《北京遺事》、《亞熱帶森林》、《瀟水謠》、《藍莓莊園》等長篇說部，則是他真正的翰墨耕耘豐穫期了。

古華的生平可謂篳路藍縷、風雨兼程，甚至有些傳奇。他童年失怙，求食求學，求知求生。出身「剝削階級家庭」的他，誠惶誠恐渡過了新中國所有的政治運動：土改、鎮反、合作化、反右派、大躍進、反右傾、大饑荒、四清運動、十年文革浩劫，直到改革開放搞活經濟，……他的身分也隨著這些運動發生各種變化。在長達二、三十年的歲月裡歷經劫難、孜孜不倦，跋涉於寫小說以改變命運的艱辛旅程。從小乞丐、小炭伕、小牧童、小黑鬼、「政治賤民」、農場工人，到地區歌舞劇團編劇、省文聯專業作家、全國作協理事，到掛名第七屆全國政協委員，再到美國愛荷華國際寫作計畫，到加拿大卡爾加里第十五屆冬季奧運會藝術節作家周，之後定居溫哥華至今。此種從鄉村到城市、從省城到京城、從中國到外國的人生經歷，對一位小說家彌足珍貴。

迄今為止，古華發表、出版以小說為主的各類著作逾一千一百萬字，主要作品已有英、法、德、義、俄、日、韓、荷蘭、匈牙利、西班牙等十餘種譯本，並被拍攝成電影、電視劇上映，還曾被改編成歌劇、評劇、越劇、漢劇、楚劇、祁劇、莆田戲等劇目上演。

海內外文學批評家對古華的作品有過諸多評論：

中國著名評論家雷達說：歷史的不幸產生出文學的奇葩。

另一位著名評論家馮牧說：一般的小說多寫了大時代下面小兒女的恩怨；古華的小說則是經由小兒女的恩怨寫了大的時代。

北京大學老教授、詩人謝冕說：每年編選當代文學教材，重印《中國當代文學作品精選》一書，《爬滿青藤的木屋》長達兩萬多字，我們一直保留著。

英籍漢學家、《芙蓉鎮》英文版譯者戴乃迭女士說：古華豐富的作品給人以深刻的印象。但古華並不像有些中國作家那樣直接描寫真實生活中的真實人物，他對中國現代各階層人物都作了大量的觀察後，才塑造出那些令人難忘的人物形象。

古華一九八八年定居溫哥華後，潛心耕耘的「京夫子現代歷史小說系列」，在臺北《中央日報．副刊》連載十六年之久，一直為中、老年讀者逐日追蹤閱讀，廣受好評。誠如前《中央日報》副刊主編、淡江大學中文系教授林黛嫚所說：京夫子的系列著作叫好叫座，包括《北京宰相》、《西苑風月》、《夏都誌異》、《血色京畿》、《重陽兵變》等，人物形象飽滿，語言對白蘊含智慧，歷史大關節的敘述氣勢磅礴，微觀小場景的描繪細緻入微，許多讀者追著讀，認為中共的當代史總算有了一部如《三國演義》、《隋唐演義》般令人拍案叫絕的新演義（見林黛嫚著《推浪的人》一書，頁二〇六）。

本文集共十六卷，長篇說部《重陽兵變》原擬作第十七、十八卷，因係三民書局版，未及收入。

謹以此書向中國及世界各國林業工作者致敬

目次

題敘　這裡的山林靜悄悄

說起南國森林，要數天鵬山亞熱帶雨林氣象雄渾。天鵬山亞熱帶雨林，又以鷓鴣嶺十八里畫廊遐邇聞名。正是冬末春初斤斧叮咚伐木時節，鷓鴣嶺一帶卻依然瓊枝葳蕤，玉樹參天，綠意綿綿：墨綠、翠綠、紫綠、碧綠、蔥綠、嫩綠……生命原色冠蓋森森，大濡大染，疊相輝映，真箇是大自然亙古不變的綠色盛宴！還不時這裡那裡的飄出幾樹臙紅、粉紅，幾樹金黃、鵝黃，幾樹深藍、淺藍，宛如天上飛來朵朵雲霞，把這林海盛宴妝點得夭夭調調，穠豔得令人心悸……但周年四季，日落日出，山裡氣候多變，風雨無常，一會子雲來了，霧來了，雲遮霧罩，就是個鴻濛未闢的混沌世界；一會子雲飛了，霧散了，就又是浮天沃日，朗朗乾坤，望不斷的青山逶迤，賞不完的瓊崖錦繡。更有一群一群的山鷓鴣競相啼唱：行不得也，哥哥！行不得也，哥哥！

峽深陵谷靜，鳥鳴山更幽。在綿綿歲月裡，春去秋來，雲卷雲舒，花開花謝，要不是從外地開進來伐木人的隊伍，這山林就靜悄得休眠了一樣，任是虎嘯狼嗥，電閃雷鳴，都不曾把她喚醒。你不信？

鷓鴣嶺腳傍著溪水，有一條專為運送原木的簡易公路蜿蜒蛇行。這天，大年初三，林場還在放春節長假，大部分幹部、職工不是回了老家探親，就去了外地旅遊；林場一把手龍樹貴書記則到了州府給老首長拜年，並會留在州委黨校參加短期學習班，學習江總書記的「三個代表」重要思想……鷓鴣嶺上卻正在間伐一株據稱有五千年樹齡，須三、五條漢子才能合抱的金絲楠木。簡易公路上已經設置了警戒哨：路東由一名頭戴籐盔的伐木工模樣的人手執小黃旗、嘴叼銅口哨執行臨時封路任務；路西三、四十米遠的拐彎處，則祇在山崖邊放了塊黃色封路告示牌。一輛放空了的大卡車聽從小黃旗指揮，停靠在路東頭的警戒線外。開車師傅盤解放和他的俊俏妻子、木材檢尺員石玉蓮坐在駕駛室裡。石玉蓮還是出了名的瑤家金嗓子歌手。車子仍亮著燈，沒有熄火，以待警戒解除繼續上路。說是那個陌生的警戒工曾嬉皮笑臉想拉石玉蓮下車歇息對山歌，被盤解放師傅喝止，正要問問是誰批准春節期間在這裡伐木……就在這時，大霧說來就來，瞬息間封了山，白濛濛濃得像乳汁，什麼都看不見。說時遲，那時快，隨著山崖上伐木人一聲喊：「順坡倒哇——」，黑壓壓的龐然大物就帶著呼嘯山風轟然而下，但並未「順坡倒」，而是失去重心，朝馬路直砸下來！千鈞一髮之際，馬路對面拐彎處突然冒出一輛土黃色的吉普車，掃著燈柱開了過來。天！卡車司機盤解放想都沒想，手閘一放，一腳油門，按響喇叭擋了上去……天崩地裂，岩石砸下來，大樹砸下來，利劍般的枝柯直插進駕駛室，頃刻間整部卡車被碾成一塊變了形的大餅，祇剩下雪亮的車燈未滅，不甘休地瞪著兩隻大眼睛，射出絕望的餘輝，以及喇叭淒厲的長鳴響徹遠近山谷。

大霧散去，草木橫飛，塵土漫天。在一塊翻滾下來的巨石前，吉普車急煞車，停下了。過了一會，從車裡鑽出來兩位臉色寡白、驚魂未定的林場領導人。要不是卡車司機盤解放和他的檢尺員妻子石玉蓮奮不顧身、捨己救人，天鵬山林場的二把手、三把手就「集體捐軀」了。據說他們原是要趕去樅樹壩營林工區處理「樹種園」珍稀苗木失竊事件的。

大年初三就出了人命事故，龍樹貴書記匆忙趕回林場，聽了二把手鮑東生、三把手吳青林的匯報，才瞭解是發生了一起「金絲楠木盜伐案件」。幾名盜木賊是廣東人，逃去無蹤。好在那棵已鋸成四節的金絲楠木被巡山民兵及時截住，沒偷運出去……「穩定壓倒一切」，反面文章正面做，龍樹貴書記果斷決策，盤解放、石玉蓮夫婦的英勇事蹟報經上級批准，定為林場烈士，追認一級英模。省林業廳和瑤族自治州政府主要負責人親赴天鵬山林場出席追悼大會。全場瑤族職工披麻戴孝，漢族職工幹部戴白花、佩黑紗。二把手鮑東生、三把手吳青林在烈士夫婦的遺像前行了跪拜禮，感激救命之恩，再生之德。那天，天鵬山林區天氣少見的晴好，一整天沒有出現說來就來、說散就散的大霧。漫山遍野不知從哪裡飛來那麼多山鷓鴣，高一聲、低一聲啼唱著「行不得也，哥哥！」久久不肯離去，像是替盤氏夫婦送行。電臺、電視臺作了新聞報導。烈士夫婦面目全非的遺體被安葬在樅樹壩「樹種園」的山坡上，刻石立碑，石塊圍成墓園，種了一圈小柏樹，作爲永久的紀念。

……事後不久，林場職工中流傳出盤解放烈士的遺言：「莫砍了！莫砍了！山神發威了！山神報應了！再砍下去，山要垮，地要塌了！」一時間山精樹怪，影影綽綽，人心惶惶。更有一些神神祕祕的耳語：砍掉五千年樹齡的金絲楠木，過去的皇家用材，寸木寸金，是為了替林場領導人準備長生屋，以求不朽；盤解放師傅的愛人石玉蓮山茶花化身，天鵬山第一美婦，金嗓子歌手，林場某領導人早就饞得流口水，眼珠子都快掉出來了，千方百計不得到手，因而喪盡天良，設下除掉盤解放師傅的計謀，沒想到石玉蓮也陪上性命……

還有更離奇的傳言，說是透露事實真相：盤解放、石玉蓮夫婦犧牲的大年初三早上，鷓鴣嶺上並沒有伐木。但又的確是為了嶺上那棵「鎮山之寶」的金絲楠木。趁春節長假林場休工，人員外出，一把手龍書記也去了州府，兩位看家的副場長財迷心竅，竟祕密勾結駐廣州的某港商，以一百萬元人民幣私下售出那棵寶樹，製造一起「跨省盜伐案」以掩人耳目。不想消息走漏，被卡車司機盤解放師傅得知，同時發現確有陌生人在鷓鴣嶺一帶出入；夫婦倆判定只有開車去州府接回龍樹貴書記，才能阻止此項陰謀得逞，也戳穿龍書記最信任的兩名副場長的真面目……不幸的是，盤解放夫婦開車剛離開鷓鴣嶺，就出了車毀人亡事故。所以盤解放夫婦犧牲的地點不是鷓鴣嶺，而是吊頸嶺山腳。那棵金絲楠木也是當天黃昏時分，那夥賊人趁場部一片混亂時盜伐的。盤解放夫婦是被滅口，又威嚇住別的人免開尊口……

一棵金絲楠，兩條人命案，疑雲悶雨，言之鑿鑿。面對各種流言蜚語，無稽之談，林場領導為了不再使事情鬧大，影響安定團結，不得不作出四大決定：一是鷓鴣嶺七萬多畝原始闊葉混交林作為水源林和景觀林永久保存，命名「十八里畫廊」；二是鷓鴣嶺上被盜伐下來的那棵金絲楠木，製成珍貴板材，收歸場部倉庫保管，作爲今後與上級部門及相關單位打交道的「公關禮品」，本林場幹部、職工一寸也不得占用；三是場部已經向州公安局報案，要求廣東警方配合，爭取早日將盜木團夥一網打盡，並挖出幕後真凶；四是春節期間留守場部值班的副場長鮑東生，受黨內嚴重警告處分。另一名副場長吳青林主動承認節日期間天天喝得爛醉，玩忽職守，犯下不可饒恕、無可挽回的過失，受留黨察看兩年、行政降兩級處分，下放茂林坳工區任副主任，以觀後效。

作出四項安定民心的決定之後，林場領導還一次次大會小會闢謠批謠，以正視聽：盤解放烈士夫婦沒有所謂的臨終遺言，當時的情況是，烈士夫婦從壓扁了的卡車駕駛室裡被搶救出來時，已經沒有了生命跡象，哪來的什麼遺言？另外，某些別有用心的「陰謀論」，更是資產階級自由化分子的妖言惑眾，醜化革命烈士，誣蔑黨政領導，惡毒得很，林場保衛部門一定嚴肅查辦，依法懲處，大家不要上當受騙，信謠傳謠。至於指責林場長期濫砍濫伐問題，我們天鵬山國有林場方圓兩、三百里，十個工區加一個亞熱帶森林科學研究所，大小三千多口人，不砍樹，不採伐，吃什麼？喝什麼？拿什麼支援國家改革開放、現代化建設？

與此同時，林場領導也對盤解放烈士夫婦的獨生女盤金鳳，一名品學兼優的初中生作了特別安排，報請自治州政府會同省林業廳予以關懷：保送省城讀高中，以後再報考大學。烈士遺孤，革命接班人嘛。況且偉人有言：「風物長宜放眼量」，從天鵬山飛出去的小鳳凰，終歸是要飛回天鵬山來的。

白雲蒼狗，歲月如歌。我們的故事正是要從「金鳳還巢」說起。好一篇陵遷谷變、滄海桑田式亞熱帶雨林兒女傳奇。

一　金鳳還巢

我叫盤金鳳，瑤家阿妹。自己都覺得名字有點俗，什麼金鳳、銀鳳、玉鳳、石鳳、黑鳳、丹鳳、翠鳳、青鳳、新鳳、小鳳……好像是個女子就想要個「鳳」字。有男同學頑皮，竟笑話還有「馬糞」、「牛糞」、「豬糞」、「羊糞」哪！你講氣不氣人？

人家笑我傻氣。人往高處走，水往低處流。阿妹我卻是人往低處走。中南林業大學畢業那年，依我的學業成績和各方面表現，學校決定我留校任教、讀研。過了三年，我拿到林業碩士學位，有說花樣年華，前程似錦。我卻自己要求下到林業科研第一線，回天鵬山林場亞熱帶林研所當一名助理研究員。我是從現代都市社會回到原始生態環境？話不能這樣講。國家照顧少數民族。我一個瑤家妹子，從高中到大學，在省城一住十一年，吃飯穿衣，唱歌跳舞，上圖書館，逛街看戲，也算得半個城裡人了。不好意思，我還從「系花」當到「校花」呢，戴過花冠，披過綬帶，靚妝玉照登在校刊封面上，很是臭美虛榮過一陣的。又因我手長腳長，從小在大山裡翻崖越嶺慣了的，曾拿過省城大學生運動會五千米長跑冠軍。三級跳遠季軍呢。都講我身上有股子野勁、傻勁、蠻勁的。你們山外邊的人，總以為我們山裡妹子個頭矮小，身子粗壯，土裡土氣。不是的！大山裡水土淨潔，空氣好，整個一大氧吧，許多女子出落得身材高挑，風姿綽約。不信？看看湘西古丈土家族阿姐宋祖英、廣西僮族歌手黃婉秋，一個唱〈辣妹子〉，一個唱〈劉三姐〉，哪個不比你們城市女子高和美？還有那支臺灣歌曲怎樣唱的？高山青，澗水藍，阿里山的姑娘美如水，阿里山的少年壯如山……

講遠了，講遠了。那就講回來吧。其實我平日並不多話，許多話祇在心裡講，自己講給自己聽。不是唱高調，吸引我回到天鵬山林場來的，是一份責任心，一股濃得化不開的親情。什麼叫故土難離？故土就是埋葬我們先人的土地。父母犧牲那年，我十四歲，用城裡話講是花季少女。可不是？我從小小鳥一樣在父母的呵護下長大，被寵愛得像隻金絲雀，沒有過任何憂愁、煩惱，日子過得像門前的溪水，花花亮眼，清澈見底。一下子失去雙親，我哭了幾天幾夜。我真不知道自己的父母是哪樣死的！林場領導公開講的是一套，叔叔嬸嬸們竊竊私語的是另一套。我眼前除了黑夜還是黑夜，不知道今後哪樣活下去，絕望到想跳崖……是林場書記龍樹貴伯伯把我從山崖邊半拖半揹了回去，交給龍伯母，對我講：伢子！是你父母救了兩個林場領導人的命，今後我這裡就是你的家，你伯母就是你阿娘！我就是你阿爸！……後來，我不哭了，卻怎麼也笑不起來了。再後來，林場領導就把我保送到省城讀書去了。我父母的烈士撫恤金做了我的學雜費和生活費用。我父母托夢給我，要我好好讀書，讀大學，讀碩士、博士。但父母就是不肯托夢告訴我，是不是有人害了他們……。我每年暑期都要回天鵬山，去父母的墳前祭拜，並探望龍伯伯和龍伯母。我沒有喊他們做爺娘，但心裡認了兩位慈愛的義父、義母。此外，我也兼做些珍稀樹種的收集及森林生態調查。天棚山林場是我的「本」，有我的「根」，是不「落葉」也要歸的「根」。

另外，還有個說不清、道不明的原因，是天鵬山亞熱帶森林科學研究所白回歸所長吸引我回來的。你們不要想歪了，以為又是什麼森林王子的故事。白回歸祇是高我好幾屆的校友。況且我和他也只見過一面。那是大學四年級時，著名林學家白博士回母校演講，介紹他的科研成果。演講在學校大操場舉行，坐滿了全校近兩萬名師生，盛況空前。他的演講被一次次掌聲、叫好聲打斷。他講：自從兩百五十萬年前地球上出現了人類活動，所謂的文明進步，從爬行到直立，從生食到熟食，從漁獵到農耕，從手工到機械，從古代到現代，發展生產，繁榮經濟，一個重要的副產品，就是不斷地採伐森林，毀滅森林。看看非洲的撒哈拉大沙漠吧！考古學家已經證實，幾十萬年前，古老的非洲大陸從西邊的大西洋到東邊的印度洋，全都是鬱鬱蔥蔥的原始森林覆蓋著！可是到了七、八千年前的古埃及法老王朝，就衹能在沙漠上建造他們的金字塔了；再看看我們中國，從秦晉高原（又稱黃土高原）向西，直到青海、新疆的瀚海大漠，幾萬年前，也是被無邊無際的原始森林覆蓋著。可是到了夏商代，沙漠出現了，到了漢唐時期，就衹剩下「大漠孤煙直，黃河落日圓」那類邊塞詩了。到了現代中國，黃土高原還剩下些什麼？黃土圪塔上已經難得見到一棵大樹了，衹能唱信天遊，唱天下黃河九十九道彎了！他講：當然不能把地球上的森林消失、土地沙化完全歸咎於人類的生產活動。但地球上的森林一年年被砍伐，一年年在消失卻是不爭的事實！

白回歸博士的演講深深打動了我們。過去很少有人這樣談及地球上的森林正在以驚人的速度消失這個不爭的事實。接著，他講到地球北回歸線上熱帶、亞熱帶雨林的狀況：我們可以想像一下，有一個大地球儀，或者一張大的世界地圖，北回歸線南北兩側，也就是北緯十八度到北緯二十八度之間的廣闊地帶，曾經有過一條環繞我們整個北半球的、由原始森林組成的「綠玉帶」，用我們中國人的話講是「世界綠色長城」。可是經過千百年來人類社會的生產活動，天災人禍，導致土地大規模沙化，這北半球的「綠玉帶」早已不復存在。碩果僅存的就衹剩了從寶島台灣中南部越過臺灣海峽，至福建南部、廣東大部以及江西、湖南、廣西、貴州、雲南南部一帶仍然春意蔥蘢、一派碧綠的山谷林莽。從雲南往西到緬甸北部，綠色就戛然而止。再往西，到孟加拉、到印度、巴基斯坦、伊朗、沙烏地阿拉伯王國、北非大沙漠，繞過大西洋，直到拉丁美洲巴哈馬群島的香蕉園，到墨西哥高原的沙丘，除了荒漠就是荒漠，再也見不到熱帶、亞熱帶雨林的蹤跡了。所以，幸運得很，也驕傲得很，橫貫我國南嶺山脈南北以及廣西十萬大山、雲貴高原一帶的熱帶、亞熱帶雨林就成為我們北半球自然生態的物種寶庫，綠色基因的世外桃源了！這是為什麼？答案你們自己去找……

白博士的演講，說古論今，中國外國，熱情洋溢，大氣磅礡。全體師生聽得興奮不已，特別是女生們更是如醉如癡。他卻一個字不提及他本人蜚聲中外的科研成就，即在天鵬山林區發現史前系列珍稀樹種的科研成果。當天的演講之後，學校領導便設宴招待白回歸博士，還特地讓我這名「校花」學生作陪。過去我祇知道天鵬山林研所有一個白所長，但從未打過交道。可能是演講累了吧，白博士和校領導應酬，就顯得有些木訥，不適應，還是習慣到學生大食堂排隊打飯似的，沒有了先前演講那樣意氣風發。像換了一個人。得知我也是來自天鵬山林區，還是個在大山裡土生土長的瑤家阿妹，也只是平平淡淡地說：幸會，原來你就是那捨己救人的烈士夫婦的女兒。你父母犧牲那個春節，我不在林場，回北京八寶山替父母掃墓了……那時你年紀太小。我在林場工作沒有認得你這個小妹子……長這麼大了，都讀大學了。畢業後，回天鵬山去吧。我那個林研所正缺人手。他一副公事公辦的樣子，缺乏熱情。校長怕他的學生尷尬，忙笑道：白所長你不要挖角啊？金鳳同學留校任教也是她用武之地。

白博士這人也真是的，頭次見面，就顯得有些冷漠、孤傲，給我的印象說不上好。難道科學名人都是這副德行？反正那天在宴席上，我是又害羞又懊惱，雙手都不曉得要怎樣放了。後來呢，竟然忐忑不安了好些日子。再後來才從同學們的議論中了解到：白博士已婚，且有了一個小男孩，愛人是省政府某大人物的寶貝公主，兩人是大學同學。說是白博士堅持在天鵬山區搞科研，不肯上調省城來工作，夫妻兩地分居，感情失和，正鬧離婚什麼的。還有就是白回歸博士的身世，也是女同學們熱衷的話題。原來白校友的父親曾是北京中國林業大學的名教授，學術權威，一九五七年因非議蘇聯米丘林獲得性遺傳學，贊同美國摩爾根的基因遺傳學，而被劃成右派分子。文化大革命中更被紅衛兵打成「美國間諜」殘酷批鬥，死於非命。白回歸小時候吃過不少苦頭，高中畢業當了知青，下放農村勞動。文革結束，他是當地高考狀元，成績本可以上清華、北大，他卻選擇了中南林業大學，說是父親死在林業科研崗位上，他要在林業科研領域站起來……

道聽塗說，捕風捉影。女同學之間平時就愛嘰嘰喳喳，議論些悲歡離合、傳聞逸事，還往往添油加醋，撒五香粉。有時，我也愛聽這些小道話題。邊聽又邊捂住耳朵，告誡自己：不要聽！不要聽！人家白博士夫妻分居不分居，感情失不失和，關我們這些人哪樣事？難道誰還要去找個有婚史，有小兒子的王老五不成？真是的。我盤金鳳就是畢業後回天棚山工作，也和他沒有一分錢關係！他是他，我是我。真是的。

二　美麗崖下瑤王谷

天鵬山林場場部所在地瑤王谷，早先是我們南嶺瑤家聚居的大村寨。古老的村寨有古老的傳說。說是很早很早以前，宇宙混沌，鴻濛未闢，天地是合在一起的，世界漆黑一片。說是瑤家的先人盤古，是個力大無窮的好漢，在天地之間的岩縫裡熟睡了十萬三千年，某天醒來了，揮起一把石斧，朝上猛砍三斧，砍出了天；朝下猛砍三斧，砍出了地！從此天地分了家，天上有了星星、月亮、太陽，地上有了山川湖海，鳥獸蟲魚，萬事萬物。盤古開天闢地，成爲人類的始祖。盤古的妻子王母娘娘也是我們瑤族，她住的地方叫瑤池，也就是我們瑤王谷。

傳說很美麗，是吧？

我盤金鳳十四歲那年離開天鵬山，今年二十五歲回到瑤王谷。我不忌諱講出自己的歲數。這次回來的路上，正是七月炎暑桑拿天，長途汽車裡裡外外熱得像悶罐。可是一進天鵬山，就進了清涼世界。山風徐來，幽爽拂面，滿目蒼翠。頃刻之間，渾身上下黏糊糊的汗酸味、周圍的腥臊氣，就消失得無影無蹤。那個清爽、舒暢，都沒法講。只是山區公路凹凸不平，像條長得沒有盡頭的土龍盤旋啊盤旋，在林木間向上，向上。有一段路，車子像頭喝醉了的怪獸，顛簸得吱吱嘎嘎響，隨時都可能散架樣的；又像是在綠海波濤裡行船，旅客們個個東倒倒，西歪歪；車子有時還會把人從座位上拋起來，再重重的跌回去。還好，長途汽車終於抵達鄰近林場場部的山腰上，一個叫美麗崖的地方。司機在崖上停車，讓旅客們下車歇歇腳，活動活動筋骨。我山裡生、山裡長，又年年暑期回來探親、掃墓，沒有暈車的毛病，不像有的旅客要蹲在路邊去嘔吐，涕淚俱下。

美麗崖原是一個伐木工區的名字。樹木被剃了光頭，工區就搬遷進更高更遠的霸王嶺繼續伐木去了。這裡剩下個光禿的美麗崖做了觀景臺。居高臨下，海拔落差近千米，俯瞰崖下的瑤王谷風光。我此時俯身望見的瑤王谷，竟是從小沒有留意、沒有欣賞過的景致：峽谷地勢開闊，嵐煙裊裊，翡翠森森，山花簇簇，其間坐落著一排一排紅磚瓦頂，杉皮棚頂，石階道路，汽車像甲殼蟲，人更是小得像些矮腳蘑菇；還有一脈溪流，銀練般蜿蜒其間，名叫野馬河，從大山裡流來，向大山裡流去……最奇特的是野馬河對岸，也就是谷地的南邊，一峰接一峰的岩筍，頂著一顆顆玉冠似的深綠淺綠，高高低低，突兀而起，競相聳峙。這不是森林，而是千奇百怪的石林……。那一刻，我站在美麗崖上，都看傻了。世上哪有這樣的仙鄉洞府啊！千崖競秀，萬壑生煙，用文人的話講，海市蜃樓，如夢如幻，美不勝收了。

我也是後來才慢慢梳理出一個不得不承認的事實：這裡的美景並不「天然」。原先我們瑤王谷裡祇聚居著幾百戶瑤家人，祖祖輩輩守護著四山上那些生長了千年萬年的參天古木。每年四月清明，瑤家人除了拜祭祖先盤王，還要拜祭樹神爺爺的。也有講盤王就是瑤家人的樹神爺爺。可到了一九五七年，就是距今四十年前，一支隊伍開了進來，看中了瑤王谷這座綠色迷宮、動物植物天堂，在這裡建起林場場部，叫做「國有林業採伐基地」。這支隊伍曾與當地的「瑤族土著」爆發過激烈衝突，後來自然是「土著」的弓弩鳥銃敵不過「三八大蓋」。人民政府講民族政策，瑤家人大都被收編為林場職工。接下來的幾個月工夫，那些生長了千年萬年的參天古樹就被採伐殆盡了，沿野馬河岸蓋起了一排排紅磚房、杉皮屋，成爲「天鵬山國有林場」的場部所在地了。因此林場場部實為一處「古森林遺址」，沿用原來的地名：瑤王谷。這段「創業史」，後來寫進了「解放綠色迷宮，創建國有林場」的光輝史冊的。

好了好了，撫今追昔，我們還是下到瑤王谷來，面對當今的美好生活吧。千頭萬緒，別的不講，有兩景兩物，卻不能不先給介紹介紹。一景是「跳石子橋」，二景是「竹渠自來水公司」。「跳石子橋」其實也不是座橋，因野馬河河床深切，又長年水淺，河道上滾滿大大小小、千千萬萬的鵝卵石，河水便是從鵝卵石縫隙之中吱吱咕咕，好像偷偷摸摸流淌過去，既行不了船，也放不了排。除開每年春天、秋天發幾次大水，山洪滾滾，泥石草木轟然而下，漫山遍谷黃湯濁水，如同世界末日；但天鵬山的洪水往往來得凶猛，毫無預警，但退去也極爲快速，彷彿須臾間雨過天青，雲開日出，洪水消失，河谷裡祇剩下些木頭石塊、野物屍體，間或也有人落難的。「跳石子橋」是指橫跨野馬河灘上的百十個石墩，不知何時為何人所築，十足堅固。每個石墩高約四、五尺，寬約三、四尺，間距則是一、兩尺。石墩上原也鋪設過橋面，四、五根粗杉條拼成一排，一路鋪設到河灘對岸去。可就是發一次山洪就衝垮一次，杉木排被沖到一、二十里外的峽谷出口，一個叫八角廟葫蘆口的地方去。後來林場領導不再修復杉木橋了。也曾報請上級林業部門，要求造一座鋼筋水泥大橋。地區、省裡的專家也來勘測過，說是河床沙石深不見底，地層不穩，造橋工程難度大，耗資在五百萬元以上。省林業廳拿不出這筆款項，讓林場自籌資金。林場這些年木材產量減少，全場一千多名職工每月的工資、退休人員的養老金都十分吃緊，哪裡還有錢來造橋？不消說，連提都不再提了。於是，年年月月，無論晴天陰天，颳風下雨，林場幹部職工往來於野馬河兩岸，就祇能在「跳石子橋」上跳來跳去，蹦上蹦下了。林場一把手龍樹貴伯伯就說過，全場男女老幼堅持走「跳石子橋」，活動筋骨，是個不用花錢的運動項目，鍛鍊場所。當然，每年都會有手腳不太靈便的人不慎從「橋」上失足，造成些骨折傷痛。還好，四十年來沒有聽講出過人命事故。

這個話題有點子沉重不是？好，另來講個輕鬆些的，即「竹渠自來水公司」。其實也不是個什麼「公司」，祇是林場人叫順了口。但那確是林場元老們創造的一項奇蹟。瑤王谷東邊吊頸嶺崖壁上，有個水量充沛的泉眼，花花亮亮，冬暖夏涼，常年不斷，在崖壁上飛出一匹銀練，也算是「飛流直下三千尺，疑是銀河落九天」呢。當年龍伯伯他們發揮聰明才智，土法上馬，就地取材（那時天鵬山中的楠竹棵棵都有水桶粗），伐下些大楠竹，剖成兩半，去掉竹節，沿山崖搭成一條引水竹渠，把泉水引到瑤王谷，然後在一排排棚屋屋後開個小口子，用竹筒將水接出，流進每家每戶的大瓦缸水桶裡，叮叮咚咚，唱歌彈琴似地日夜流淌，任由取用，用之不竭了。因此，此項土法引水被稱爲「竹渠自來水公司」。

怎麼樣？我們天鵬山林場是個吸引人的地方吧？她天生另有爲人稱道的優點，即氣候溫和，冬無霜雪，夏無炎暑，涼爽地界，是個避暑消夏的好去處。因此瑤王谷裡也蓋有招待所、小賓館。前後兩棟，均為三層。前棟為普通客房，供外來採購木材人員、上級科股級出差人員住宿；後棟則另闢門廳、樓道出入，又分爲兩個檔次：一、二層為普通套房，供縣處級領導幹部及首長祕書、警衛、醫護人員入住；第三層則是首長套房了，共四套，每套首長房皆有臥室、會客室、盥洗室、觀景陽臺等設施。夠格入住「首長套房」的，自然是廳局級、省部級大官了。

講句實在話，天鵬山林場創辦四十年來，從未接待過中央級首長。就是省部級首長，也祇是隔三岔五纔有那麼一次。倒是每年的七、八月份，都會有地區、省廳的領導人，工作休息兩不誤，帶了家屬小孩來消夏，山珍野味，木瓜甜果，不亦樂乎。接待上級首長下來巡視，往往成爲林場領導人的頭等任務。山裡人待客，是會把心都掏出來的。

三 天鵬山上「小朝廷」

縣有縣常委，市有市常委，省有省常委。我們天鵬山林場不叫「常委」，而叫「場委」，全稱「場務委員會」，簡稱「場委會」，由五名成員組成：一把手龍樹貴書記，漢族，林場元老，尊稱龍頭，大會小會講話，常會來上一句「形勢那個好哇」；二把手鮑東生場長，漢族，綽號「豹尾」，又叫「鮑道理」，擅長背誦偉人金句。有說他當上場長主要是一番言論得到龍頭賞識：「講政治就是講道理。一個國家只能有一個道理，不能人人都有道理。一個單位也只能有一個道理，不能有多個道理。道理多了，諸子百家，春秋戰國，群雄爭霸，就天下大亂了」；三把手騰達副場長，瑤族，外號「土牛」，分管林木採伐、木材銷售、財務後勤、道路交通、職工福利，實為林場大管家；四把手總工程師楊春秋，漢族，技術權威，綽號「老右」。大約是當年當右派當怕了，如今做個好好先生，與世無爭，唯一、二、三把手之命是從。他自嘲：我這「場委」是聾子的耳朵，配相的；五把手花四季主任，漢族，綽號「一枝花」，場部辦公室主任，原省林業廳人事處幹部，帶職下放鍛鍊兩年，前不久調回省廳升任處長去了。因此，第五名「場委」暫時是個空缺，有待提拔新人。另外，也有兩位「列席場委」，一位叫趙裕槐，瑤族，生產科長，中南林業大學畢業，是我的學長，綽號「穿山甲」。說是一次他從下面工區檢查生產回來，半路上遭遇一頭雄性野豬攻擊，他硬是用一根粗木棒和野豬打鬥兩個鐘頭，生生把那凶猛的傢夥擊斃，扛回場部食堂一過秤，竟有一百三十多斤！好力氣，好身手吧？當之無愧的瑤家壯士；另一位「列席場委」就是白回歸博士了，林研所所長，半瑤半漢（父親漢族，母親瑤族），綽號「樹獃子」，分管林業科研及營林。總之，用一把手龍樹貴伯伯的話來講，花四季主任走了，他現在領導的是個「和尚場委會」，今後要注意培養一、兩名優秀女性進「場委」。

話是這麼講吧，林場場部職工、幹部、家屬小孩近千人，說大不大，說小不小，卻也機構齊全。除了辦公樓裡十幾個科室，亦有工、青、婦、民兵組織，稱爲「人民團體」。「工」是工會，由一把手龍伯伯親自兼任主席；「青」是共青團，由二把手鮑東生兼團委書記；「婦」是婦聯，婦聯主席原由花四季兼任，她調走後，職位空缺；「兵」是民兵營，由龍書記兼任教導員，生產科長趙裕槐兼任營長。辦公樓外，還有公安派出所，招待所、子弟學校、職工醫院、供銷社、職工食堂、小水電、機修廠、車隊、護路隊等等，通由二把手和三把手分管。

天鵬山林場下轄九個採伐工區，一個營林工區。九個採伐工區分布在方圓百多公里的深山老林裡。每個工區有主任、副主任，下設十支、八支採伐隊，採伐隊有隊長、副隊長，採伐隊下面又設有若干採伐組，有組長、副組長。當然囉，還有個白回歸任所長的亞熱帶森林研究所，也叫營林工區，下設三個分支，一為苗木種植場，又叫「樹種園」，有苗圃員工二、三十人；二為植樹隊，又稱綠化隊，由伐木一線退下的幾十號老弱員工組成；三為後勤養殖基地，也是一批屬照顧性質的職工家屬，負責種蔬菜，養豬、養雞鴨、養魚、養牛蛙等等。所以白回歸名下的林研所，名字好聽，卻是整個林場的弱勢單位。

整座天鵬山林場的組織架構大致如此。下面不能不介紹一把手龍伯伯。他曾是大名鼎鼎的伐木英雄、全國勞模。「北有陳永貴，南有龍樹貴」，曉得不？是大躍進那年出名的，二十一歲的小夥子，虎背熊腰，力大無窮，使一把蘇製油鋸，一天伐倒九十九棵參天大樹，放了顆高產衛星，照片登了報紙，事跡上了電臺廣播的。

一九六〇年，他披紅戴花出席全國群英會，和偉人握了手，合了影，從此成爲社會主義建設紅旗手，活學活用偉人著作標兵。龍伯伯最豪邁自誇的一句話是：形勢哪個好哇，我們的木材全國第一！一九五八年首都十大建築，人民大會堂、北京飯店、歷史博物館、北京火車站、軍事搏物館，都用了我們天鵬山的紅豆杉作棟梁！真正的國家棟梁！他姑妄言之，大家姑妄笑之，反正牛氣哄哄，難以證實。當然囉，他的官沒有做到陳永貴那樣大，登得那樣高。可他也沒有像陳永貴跌得那樣重，從黨和國象領導人的雲端裡下到地面，備受冷落。龍伯伯一路當著天鵬山林場一把手，縣團級，不大不小，不升不降，穩穩當當，至今沒有培養接班人。他六十花甲不遠，急什麼急？何況前些年才以帶職學習方式，從省黨校拿了個企業管理碩士學位，惡補下一張高學歷文憑，與時俱進嗎。

莫要誤會，龍伯伯絕不是個官迷。平心而論，除了喜歡講幾句大話，他確實是個樣貌忠厚，內裡本分的好人。一年四季，只要不外出開會，參觀學習，哪怕接待上級視察、外賓來訪，他從頭到腳都是一身洗得發白的伐木人工裝，一頂籐條安全帽，一雙登山解放鞋。他有一兒一女，也沒有上大學、中專，都是初中畢業就在林場當了普通工人。龍伯伯的老伴至今在林科所的苗圃上班，每天爬在泥地上伺候那些小苗木。她一家仍住在職工宿舍裡，三房一廳一廚，不顯特殊化。龍伯伯每天早晚和職工們一樣蹲公廁，互遞菸卷，講講笑笑，為林場食堂的蔬菜地積攢有機肥料，免用氮磷鉀那些化肥來的。

那年還發生過兩件事。說是龍伯伯去省委黨校在導師指導下完成碩士論文，並經過論文答辯，走完過場，來回四、五個月。林場領導班子念他勞苦功高，趁他人在省城，突擊施工，替他蓋了棟樣式簡單的二層小樓。小樓也就樓上五房，樓下客廳、書房、餐室、廚房，安裝了抽水馬桶的洗手間。最時髦的要數屋頂那口鍋了——

衛星天線。林場自己的地基、自己的石料、木料，自己的人工，滿打滿算花了三萬元人民幣而已。幸而龍伯母堅持要等龍伯伯回來才肯搬家；另外，就是動用多年前從鷓鴣嶺上被人盜伐下來的那棵金絲楠木製成的板材，為五位「場委」精工打製了五張寫字檯。哦呀，整塊金絲楠木面板長二點二米，寬一點二米，大理石紋路般平滑光潔，白裡透紅一水如鏡，富麗典雅，好氣派！每位「場委」的辦公室擺放上一張這樣的寫字檯，真正地蓬蓽生輝，光彩照人了。用鮑東生場長的話來講：替我們天鵬山林場作了個實物廣告。

可是，龍伯伯拿了碩士學位回來，見到替他家蓋了棟單門獨院的「領導宿舍」，一改往昔的好脾氣，竟在「場委會」上紅頭脹臉大吼大叫，吼得半個瑤王谷的人都聽見了：那個「官舍」不管祇花了三萬、四萬，反正是公款，你們誰想當土皇帝誰就去住！我？打死都不會去住！現在連退休職工每月的退休金都不能足額發放，你們還打歪主意？怎樣處理？馬上派人拆了！用開山斧劈了！還有那五張金絲楠木面板寫字檯，也劈了！不准用！哪個想當中央首長就去用！好傢夥，一把手龍頭發威，其餘四位「場委」你看看我，我看看你，大眼瞪小眼，啞了似地不吭聲。原以爲祇要一把手接受了既成事實，住進小樓，以後他們每家也可照此辦理，蓋上一棟小樓。沒想到一把手看穿了他們的「集體智慧」，就是不准開這個頭。彼此僵持一陣，臨了還是「列席場委」林研所所長白回歸和另一位「列席常委」趙裕槐相視一笑，開了口：官樓，拆就不要拆了，充作公用吧！場部幼兒園不是還辦在杉樹皮棚子裡嗎？又暗又潮濕。就讓幼兒園搬進去，作爲一項職工福利，不是很好嗎？龍伯伯一聽這建議，倒是轉怒為喜：你們看看，聽聽！還是人家白所長、白博士學問大，境界高！我們有家有室的人沒想到的，倒被他一個單身漢想到了。丟不丟人？平時我們商議林場工作，數你白所長意見多，要求多，很難和你談得攏。這回爲了「官舍」，你和我倒是合了拍了。好，是個好主意！現在就進行一次決策：

同意白所長建議的，請舉手！龍伯伯環視各位，並帶頭舉手。楊總工、花四季也附議舉手。龍伯伯又說：反對的請舉手！沒有。棄權的請舉手！鮑東生、滕達猶猶豫豫，終歸也舉了手。龍伯伯隨即宣布：三票贊成、兩票棄權。好！這件事，經表決，通過！兩位「列席場委」只有議事權，沒有表決權，所以不用舉手。

處理完「官舍」，龍伯伯心情緩和下來，又問：那五張金絲楠木寫字檯怎麼辦？同志兄弟哥，千年金絲楠木，天然木質大理石整塊板材，價比黃金，過去皇帝老子用的，省裡廳長、州裡書記都不敢用，你們也敢用？劈了？燒了？還是放進倉庫封存了？那四位「場委」面面相覷，有口難開。這回，「列席場委」生產科長趙裕槐提議：我看劈了、燒了可惜，封存起來也是個浪費，還是擺在你們五位「場委」辦公室算了。正如老鮑所講，替林場做個實物廣告。另外，這種金絲楠木面板倉庫裡還存放著幾十塊，我建議找個機會，把廣州、上海、深圳、臺港澳那些有錢的大老闆請來，做一次公開拍賣。這是一批稀世之寶。況且又是二點二米長、一點二米寬的整面板材，走遍天下都難找。每塊一萬元起價，說不定每塊能賣個十萬八萬，給我們林場增加一筆收入。這時，一直不敢開口的滕達副場長高興地巴掌一拍：好！好！好！龍頭，我們就照趙科長的提議辦吧！他比我有經濟頭腦。州裡、省廳我們都進貢過了，聽講也都沒敢用。現在我們倉庫裡還存有九九八十一塊。我逐塊編號登記著。金絲楠木是個寶，無蟲蛀、不受潮，不變形，存放多年仍有股子淡淡的香氣。上回我去州裡銀行談貸款，人家行長也惦記著我們的寶物，提出每塊金絲楠板材五千元作抵押，可貸給我們十萬元。條件是我們要先送去抵押品……我不傻，談崩了。這事我向龍頭你彙報過……好！開次拍賣會，龍頭，我看是個好主意。我們確是要活動活動腦筋了。

最後，龍書記點了頭。他吩咐：場裡還是要留下一、二十塊，不定到某個時候，能派上更大的用場。龍書記真算個好班長。再說吧，他平日也沒個當官的樣子，實因他伐木工出身，生性好動，坐不慣辦公室。如果不開會，他就喜歡坐上那輛老舊的北京吉普（從他老上級、林場開山場長孫政委手上傳下來的交通工具），到百里山場的各個工區轉悠，風雨無阻；見了誰都笑瞇瞇，脾氣隨和得很。無論公事私事，誰有了難處他都管，想方設法給解決。現場辦公嚒。一句俗話，坐辦公室屁股磨出老繭，他一身骨頭軟塌塌。

關於龍樹貴伯伯，難得的還不止這些。作爲林場一把手，大小也是個正處、副局了吧，可他就是不貪不賄不賭不色，四毒皆無。誰告他的狀都告不下來。他也有親戚朋友，也要蓋個房子搞建築什麼的，但從沒有人能在他手裡批到一根降價木頭。所以人都說，在這個「無官不貪，無職不腐」的年代裡，龍書記是位老好人，屬於當今幹部隊伍裡的珍稀物種，恐龍，活化石。

當然金無赤足，人無完人。龍樹貴書記有一套自己的「工作方針」：只要不涉及黨紀國法，就大事化小，小事化了，息事寧人。不搞階級鬥爭了，安定團結比什麼都好。他常教導幹部、職工一句話：你小子可不要給老子生事啊，到時候莫怪我龍頭不認人！他還有喜歡講大話、聽好話、聽小話的習性。他那句口頭禪「形勢哪個好哇！」常常引人發笑。瑕不掩瑜，那是他作為領導幹部的另一面了。

我這樣介紹龍伯伯，算是比較客觀，實事求是的吧？當然，也有人背後嚼舌根，講些不好聽的話：「山高皇帝並不遠，龍樹貴領導下的林場班子，有君有臣，爵位分明，天鵬山上的小朝廷！」

四　龍頭家宴

龍伯伯說，他活了大半輩子，最高興也就兩件事。頭一件是一九六〇年上北京，出席全國群英會，和偉人握了手，照了相；二一件是金鳳閨女學成歸來，天鵬山土生土長的林學博士，放棄省城的工作，回到大山做學問！伯伯言過其實了，兩件事怎麼可以類比？但又不能拂了他的盛意。我說：伯伯，不是博士，祇是個碩士。人家白回歸所長纔是博士。再說，伯伯也是碩士。龍伯伯聽了笑呵呵，自嘲自樂：碩士就碩士！反正你這個林業大學的碩士比我那個省黨校的企管碩士要真材實料，多喝了墨水。

龍伯伯和伯母還特地為我辦了酒席，由場部招待所大師傅主廚，備下一桌山珍野味，邀其他四位「場委」一起，說是為我接風、洗塵。我輩分小，實不敢當，再三辭謝都不行。龍伯伯和伯母是真心喜歡我這個晚輩，一點也不次於他們的親生兒女。

你猜龍伯伯在席上舉起酒杯，第一句講的什麼？他講，十一年前，我們天鵬山飛出去的小金鳳，今天飛回來了，「金鳳還巢」！我們能不高興，能不歡迎？其實，我們年年月月、心心念念的，也不光是閨女，還有金鳳的父母，我們的好兄弟盤解放、弟媳石玉蓮兩位烈士。要不是他們夫婦奮不顧身，今天哪裡……不講了，不講了，高高興興的，安定團結就好……來，喝酒，喝酒。金鳳你不喝酒，我們不勸。看看，你又眼睛紅了不是？回到家啦，回到家啦，你就以茶代酒。我們林場「場委」，今天祇缺了兩位「列席」的。小趙下工區去了，趕不回來。打電話到樅樹壩請白所長。他忙，請假。他要金鳳盡快去研究所報到，投入採種工作。……我呢，請各位來聚一聚，邊喝邊聊，也是要商議一下林場近期的工作。老鮑，你個「豹尾」，先講幾句吧。

二把手鮑東生場長，平日我稱鮑叔叔的，這時竟鄭重其事地站起來，和我握手。我趕忙起立，再次叫聲鮑叔叔。他五短身材，十分精悍，和武高武大的龍伯伯形成鮮明對比。鮑叔叔招呼我落座，自己卻站著講話：龍頭叫先講幾句，就先講幾句。本來今下午在辦公室，一聽到金鳳妹子回來了，放下手頭工作，趕去汽車站接客。不想妹子已經到了龍頭家裡。不一會，就接到龍頭電話，講來他這裡相聚。……金鳳啊，歡迎歡迎，熱烈歡迎……好，講正事，講正事。「我們需要的是熱烈而鎮定的情緒，緊張有秩序的工作。」……上次，我們「場委會」研究過的幾件事，現在該具體落實一下了。金鳳妹子，不要緊，你也是組織裡的人，聽一聽，提點意見啊？其實，你的檔案材料，半個月前中南林大政工處就轉到我們林場組織科來了。評語很高啊，一色的優秀、優秀、優秀……好像戀愛都沒有談過，純得很。具體的，這裡就不講了。當然，作爲妹子你自己，「讀書是學習，使用也是學習，而且是更重要的學習。」要繼續努力。

我在一旁聽了，頓時臉上火燒火辣，一身都不自在，坐不住。鮑叔叔果然熟悉金句，隨口就帶出兩段，顯見很有學識。大約被龍伯伯瞪了一眼，他隨即講開了工作上的事：現在已經是七月初，山外邊是大暑天。今年十一月之前，我們場部要辦兩件大事，一是「建場四十周年慶典」，二是「建場四十周年成就展覽」。龍頭，還有滕副場長，楊總工，白所長、趙科長沒來，我們不等了，時間拖不起，要組織人馬，馬上開展籌辦工作了。龍頭，我就先講這幾句，更具體些的，就由滕副場長來講。

龍伯伯舉了舉杯：乾了，乾了！金鳳妹子你也乾了。對，茶水也乾了！大家邊喝邊聊。我們招待所大師傅手藝不錯，省裡、州裡領導來視察，都誇過他的廚藝，這香煎野山菇、百合鮮蘑湯、紅燒麂子肉都夠國宴水平……滕達老弟，你個「土牛」，「豹尾」點了你的名，該你講講了。

滕達叔叔是我們瑤族出身的幹部，倒是沒有起立，祇是和我碰了碰杯：金鳳阿妹，我喝酒，你喝茶，我們乾杯了！你是我們天鵬山瑤家的驕傲，第一個林學碩士！叔叔我伐木工出身，比你差了好大一截。慚愧慚愧……好，好，龍頭瞪眼睛了，我土牛就不多講這些了。……剛才豹尾講了今年下半年林場要辦的兩件大事。好，我土牛就具體講講。籌辦「建場四十周年慶典」，要組織文藝演出吧？要辦詩歌比賽吧？要放鞭炮煙火吧？要請省裡、州裡的領導以及各路嘉賓蒞臨吧？要組織接待吧？要請省裡、州裡的的電臺、電視臺來做新聞報導吧？要準備幾百塊水白梨砧板禮品，作爲我們天鵬山林場物美價廉的土特產，給每位來賓送上一塊吧？等等，等等。還有從山外進來的那條盤山馬路，也該派人徹底整修。州長途汽車公司已抗議多次了。如果我們林場不把路修好，他們的司機就要罷工，停開每天的班車了。……這事，我祇說了一半。還有另一半，就是籌辦「建場四十周年光輝成就展覽」，是個花錢的大頭。

我聽滕達叔叔講得有條有理，不禁暗自敬佩、自豪。我們瑤家出了這麼聰明能幹的基層幹部。他和我父親生前就像親兄弟，總是講：解放老弟！你怎麼就討了個花一樣的老婆，養了個花一樣的妹娃啊？我土牛眼紅都來不及啊。……滕達叔叔會理財、會辦事，在林場是出了名的，難怪被人稱爲「大管家」。

鮑叔叔笑笑說：土牛，事情到了你嘴裡，總是離不開一個錢字。

一直沒開口的楊總工平和地說了一句：兵馬未動，糧草先行嘍。

龍伯伯點點頭，問：省廳不是撥下「建場四十周年紀念」三萬塊專款了嗎？土牛，你估算還短多少？

滕達叔叔關照地看我一眼：金鳳，看看，本來龍頭請客，給你接風，我卻在這裡哭窮。……龍頭，豹尾，老右，我和財務科幾個同事初步估了一下，兩項慶典活動，再怎麼節省，沒有十五萬元是拿不下來的。除了省廳撥下來三萬專款，還短十二萬，沒有出處。而兩個籌備小組一成立，那三萬塊錢很快就會花完。怎麼辦？今年我們林場本身的財務又十分吃緊，連職工每月的工資都發不齊。退休職工的退休金更是祇能五五開，五成是欠款。我還聽說，好幾個工區的工人兄弟正在私下串聯，準備拉隊伍到場部來討還拖欠的工資。他們會打出橫幅：要工錢！要吃飯！要活命！

龍伯伯一聽，有些發急。他看我一眼，然後對鮑叔叔說：豹尾，土牛說的，你認真聽了沒有？你是分管組織人事、宣傳教育這一塊的，立即布置下去，要各工區管好自己的員工，絕不允許拉隊伍到場部來鬧事！要把問題解決、消化在工區裡。

鮑叔叔已經掏出個小本子，做了記錄：兵來將擋，水來土掩。龍頭，你大可放心，我一定下工區去，一個一個地做工作，把場部財務吃緊情況如實告訴工人同志們，並作出莊嚴承諾：林場領導自己不吃不喝，也要在半年之內把拖欠的職工工資補齊。相信廣大工人同志還是通情達理的。穩定壓倒一切，不會有聚眾鬧事的。……對了，土牛！深圳應天物流、鄭州龍行建材兩大公司不都拖欠著我們的大筆木材款嚒？硬是追不回來？

滕達叔叔又看我一眼，有點尷尬：金鳳，你剛回來，不是外人，就不怕你聽到這些爛事了。……如今世道，欠帳的是老子，討帳的是孫子！深圳應天欠我們一百二十五萬，鄭州龍行欠我們一百萬，兩家上市公司，屁信用沒有！我們財務科年年派人追討，人家派個保安接待，總經理、董事長都不露面。我們白費了許多旅差費。請律師告到當地法院，法院說是三角債、連環財務糾紛，甲欠乙，乙欠丙，丙欠丁，丁又欠甲，甲又欠乙……結果是誰都不欠誰的！他娘的，可我們沒有上家呀！我們不欠誰的，祇欠自己林場職工的工資呀！就這樣，還害得我們白花了上萬塊律師費。深山老林的，我們是個弱勢團體。滕叔叔說著，眼睛都紅了，淚水都要流出來了。

大家沉默了好一會。我也坐立不安。

鮑場長適時來了段金句：「道路是曲折的，困難是暫時的，前途是光明的，要鼓起我們的勇氣。」終是龍伯伯穩住了，長噓一口氣，回轉話題：不要洩氣！建場四十周年兩項慶祝活動，還是要辦，一定要辦好，辦得風風光光，熱熱鬧鬧。不為別的，是爲了鼓舞士氣，穩定軍心！至於所缺的十二萬元花費，豹尾、土牛、楊總工三位都在，祇缺了白所長一位。你們看看，能不能再來次拆東牆，補西牆？林研所不是還有一筆科研經費嚒？土牛，那筆款子還有多少？

滕達叔叔又看我一眼，彷彿我已是林研所的人了似的。他的話也是講給我聽似的：國家林業總局每年直接下達我們天鵬山林場亞熱帶森林研究所的科研經費七十萬元，規定了專款專用。我們今年已挪用了二十萬元，發職工工資。白回歸所長爲此事告到了國家林業總局和省廳。總局和省廳已發文嚴責我們年內一定歸還。這次若再挪用十二萬，白所長是更會和我們鬧個沒完！

鮑叔叔手一揮，竟說：白神經嘛，讓他鬧去啊！天塌不下來。

楊總工小心地說：還是慎重些好，慎重些好。

龍伯伯環顧他的領導班子，然後也發愁似地看看我，說：金鳳妹子學成回來，我們就當她的面講這些事，確是沒把她當外人……各位，我看也只有先這麼辦了。豹尾講得對，時間不等人，建場四十周年慶典的事，立即著手進行。好了，來，喝酒，喝酒！吃菜，吃菜，不要光顧了商量工作，菜都涼了。

鮑叔叔喝了口酒，將酒杯往桌上一頓：好，龍頭，一錘定音！土牛，我們執行。其實啊，我們也是端著金飯碗討吃，哭窮，下不了決心……

龍伯伯聽他話裡有話，便問：豹尾，你又有什麼新主意？

鮑叔叔目光閃躲一下，才說：不就是去年，人家上海那家中外合資的國際傢俬公司曾經派人來勘測，估算，願出八千萬元，買下我們鷓鴣嶺十八里畫廊一帶的紅豆杉、黃豆杉、紫豆杉，加上鐵松、銀柏的採伐權？人家說捨不得十八里畫廊，就九里畫廊也行，半價四千萬……可人家天價買主，被白回歸率領一班老營林工，生生給罵跑、趕走！我猜測，白回歸背後有人，很可能就是那個陰魂不散的老右派王念生、王神經……

龍伯伯瞪起眼睛問：又是那個王念生？白所長會和一個死了的右派搞在一起？

我聽不懂，留意到楊總工臉色有些不快。

滕叔叔插話：我也不同意。十八里畫廊是我們的景觀林和水源林，就是有人出一億元，也不能把老本給賣了。

龍伯伯見豹尾還有話似的，問：說吧，說吧，還有什麼建議？

鮑叔叔說：好好，暫時放下王神經的問題……龍頭，差點忘記了，還有一個人事上的事情要議一議，由你一錘定音！

龍伯伯臉一沉，用筷子敲敲盤子：不要講「一錘定音」這個話，不搞一言堂。你不是反對家長制嗎？「場委會」裡我也只有一票。

鮑叔叔忙解釋：誤會誤會，小報告聽不得，信不得……接著又笑瞇瞇的看看我，說：場部辦公室原先的花四季主任不是調走了嗎？主任一職一直空著……是不是由金鳳妹子代理一段？金鳳是我們天鵬山土生土長，父母又是革命烈士，這次還拿了林業碩士學位回來。雖說她年紀輕了點，但代理辦公室主任是大才大用，相信是能勝任的。隨後又補了句：孔融三歲讓梨，羅甘八歲當了秦國宰相，林彪二十歲成為紅一軍團司令。

一聽這話，著實嚇了我一跳，萬萬沒想到鮑叔叔會提出這種建議，還有點陰陽怪氣。我慌忙起身謝絕：不，不，不！鮑叔叔不要拿侄女開玩笑！我的調令上明明寫著「天鵬山亞熱帶森林研究所助理研究員」。我祇是個助理研究員。

一直在廚房幫著廚師忙活的龍伯母大約聽到飯桌上的嚷嚷聲，趕忙出來看看。她摟住我的肩，像是護住自己閨女似的。

龍伯伯寬慰地朝我笑笑：妹子，你坐下。看把你急的，像是受到突然襲擊。龍伯伯轉臉對老伴說：老太婆，沒什麼事，哪個也不敢欺負你閨女。

龍伯母說：這話我愛聽。

龍伯伯對我說：金鳳，大家是一番好意，愛護人才嘛。況且這事，我們在你回來之前就商量過了。好鋼要用在刀刃上。

我見滕叔叔、楊伯伯都拍巴掌贊同，心裡更慌更急了：不行，不行！說什麼都不行。學非所用。我祇想到科研所工作。

龍伯伯仍是一臉慈祥，轉頭和其他「場委」低聲商量了幾句，然後對我說：好了，好了，不要孩子脾氣了。我們尊重你的志願。這樣吧，算借調你到林場辦公室工作半年，不叫主任，就叫祕書吧，幫忙籌辦建場四十周年慶祝活動。等活動結束，你就去樅樹壩林研所上班，幹你的本行。我們這樣安排，可以嗎？

聽龍伯伯這麼一說，我心裡一塊石頭落了地。我不能不接受各位長輩領導的好心安排。我說：可我還沒有去林研所向白所長報到呢。總該先去報個到呀。

龍伯母這時放了心，返回廚房了。領導們喝酒吃菜，又談了一陣，這會子該上湯上飯了。龍伯伯對我說：你明天就去樅樹壩報個到，看看那裡的苗圃。帶上幾炷香，去你父母墳前行個禮。可以在那邊住兩天。借調場部辦公室工作的事，我們會先掛電話，通知白所長。相信不會有問題的。到時候，他也要投入籌辦「四十周年慶祝活動」的。

鮑叔叔隨後囑咐了一句：金鳳妹子，你嘴巴要嚴一點，千萬不要把場部打算挪用十二萬元科研經費、籌辦建場四十周年活動這事透給白所長。記住了！

聚餐結束，天黑下來。龍伯伯囑咐滕叔叔送我回招待所臨時住宿。路上，滕叔叔一手拿根木棍，一手打著手電筒。他說：金鳳，走夜路，要防蛇。……還有，你到辦公室工作，要注意一個新動向……那個王神經，就是文化大革命中自殺的那個王技術員，近來四處活動。

我一聽這話，打了個冷噤，然而又有些好奇：一個死了的人，怎麼能出來活動？

滕叔叔帶點醉意：奇就奇在這裡了。安保科、派出所，民兵營，明察暗訪，也沒有結果。所以提醒你，今後凡事多留一個心眼。另外，另外，妹子啊，今後不要一聽人提到你父母就眼睛發紅，想哭。不好。都過去十多年了，要向前看，向前看……其實，我也忘不了我的好兄弟、好弟妹啊，做夢都夢到他們，每次開車路過我家門口，總是要喊一聲：土牛！土牛！要不要搭車啊？不收費啊……活生生就站在我眼前啊！

五　白回歸和樹神爺爺

明天要去樅樹壩向白回歸所長報到。不知道爲什麼，興奮得一夜沒有睡好。半夜裡，我打開從省城帶回的索尼手提電腦，但招待所的客房裡找不到上網插口。看來我下決心花三萬多塊人民幣（幾乎是我全部的儲蓄）買的這日本名牌，今後只能當打字機和記事本使用了……好在我離開學校前夕，從研究生院電腦裡儘量多的下載了一批國內外林業科學方面的信息。我隨意找到了這樣一段：

人為干擾對中亞熱帶森林生物量及其空間分布格局的影響

為揭示不同程度的人為干擾對中亞熱帶森林生物量及其空間分布格局的影響機制，在湘中丘陵區四種處於不同程度的人為干擾地域相鄰的植物群落：繼木—南燭—滿山紅灌草叢，繼木—杉木—白櫟木林，馬尾松—石櫟—針闊葉混交林，石櫟—青岡常綠闊葉林……

典型的歐化論文句式。洋八股。好像不用這種句式，就不是論文。看了一會，關了電腦，還是沒有睡意。那就想點別的吧。……這些年，我不斷聽到有關白回歸博士的各種傳聞，多半是些負面信息。他來天鵬山林場工作十幾年了，當亞熱帶森林研究所所長也十來年了。人說他愛和林場領導唱反調，什麼都標新立異搞自己一套，鬧「獨立」。龍伯伯曾經熱心培養他，讓他寫份申請加入組織，可他不寫，說什麼科學無黨。龍伯伯、龍伯母考慮他單身漢帶個孩子過日子不容易，多次給他介紹對象，他一次次婉拒。他一年到頭衹專心在深山老林裡尋找珍稀樹種，培育珍稀種苗。龍伯伯說服鮑叔叔、滕叔叔、楊總工，報請上級批准，讓他進了「場委會」，當「列席常委」，參與全局工作；他竟時不時寫信告林場領導的狀，指林場長期重採伐，輕營林，特別是祇顧眼前利益，濫伐珍稀林木，把天鵬山一座座山頭砍成光山禿嶺，總有一天會遭到大自然的報復，等等。特別是一九八九年，鷓鴣嶺上被人「跨省盜伐」那棵五千年樹齡的金絲楠木，白所長更是從州林業局告倒省林業廳，告到國家林業總局。……說是龍伯伯、鮑叔叔他們總算明白過來，白回歸走的仍是他父親「只專不紅、業務至上、個人奮鬥、成名成家」的白專道路。幸而如今改革開放新時期，不再反右抓右。社會上也颳過幾次風，反對資產階級自由化，但終歸沒有搞運動，落實到人頭上，不然他就在劫難逃了。非但如此，他因得到一名瑤族大土司出身的「樹神爺爺」指點，鑽老樹林子搞樹種調查，找出了多種原以爲在地球上消失了的「紅豆杉」、「黃豆杉」、「紫豆杉」、「黑豆杉」、「金葉木蓮」、「中華鴿子樹」等系列珍稀樹種，寫出多篇有分量的論文，刊登在國家級林業雜誌上，有的還被歐美國家的林業期刊翻譯轉載，引起學界轟動。好傢夥，僅幾年工夫，白回歸一下子從助理研究員被提拔為國家一級研究員，「亞熱帶雨林研究權威」、「國務院特殊貢獻人才」。說起來，人一出名，一走運，那就洪水也擋不住。他三十出頭被國家林業總局任命為「天鵬山亞熱帶森林研究所所長」。

白回歸所長在我印象裡，除了有值得敬佩的業務成就，還有些令人擔憂的地方。他在外面名氣很大，特別在林學界是響噹噹的人物；但在天鵬山林場，他簡直是個單幹戶，孤家寡人。還是個「告狀專業戶」。沒有幾個人理解他，同情他，支持他。不少人還朝他身上潑髒水，說他白回歸的真正問題是有野心，自當上那個林研所所長，就一直暗中搞分裂，鬧獨立，提出「場所分治，科研自主，專款專用」；他給國家林業總局、省林業廳領導寫信、申訴，要求「生產服從科研」、「採伐服從營林」以及「開發天鵬山林區旅遊資源，以旅遊養山育林」等一整套林場管理制度改革方案。在許多人看來，他白回歸鬧科研獨立還不夠，竟企圖奪取整個林場的領導權！這不是陰謀家、野心家又是什麼？對不起，他白回歸的每封告狀信，最後都被批轉回林場「場委會」來了。可悲吧？「原告落在了被告手裡」！要不是國家林業總局、省林業廳領導每次都在他的告狀信上批示了「尊重專家意見，逐步改善林場存在的各種不良現狀；尤其不得挾私報復，違者當負法律責任」等等，林場領導早就忍無可忍。尤其是分管組織人事的二把手鮑場長，幾次向龍伯伯提出：讓他閉嘴，最好是永遠閉嘴！龍伯伯說：等等吧，等等吧，你還是個紅衛兵脾氣。沒有上級指示，沒有搞運動，你我不能胡來呢。

白回歸所長在林場的遭遇，還有個「樹種事件」令人難忘。事出十年前一次外國專家來訪。那年秋天，白所長拉上生產科長趙裕槐，帶了林研所一個小組，去雲南哀牢山紅河谷採集珍稀林木種子，一去三個月。這期間，國家林業總局和省林業廳介紹「南太平洋國家植物研究院」的三男兩女洋專家一行來天鵬山林場考察，算是一次重要的國際林業科學交流活動。林場領導能不好好接待，予以全面合作？偏偏白回歸去了雲南哀牢山區，怎麼也聯繫不上。洋專家們作客一星期，由管生產的滕叔叔陪著，走遍了大半個天鵬山林區。人家大讚這裡的亞熱帶混交林獨特的林相，稱祇此一家，世界僅有。當然，洋專家也採集了大量的樹種。臨走前，人家洋專家公事公辦，留下一千美元綠票子，帶走了一百種珍稀樹苗。許多樹苗還是直接從林研所苗圃裡挖走的。龍樹貴場長也公事公辦，在人家的一紙英文收據上簽字蓋章。洋專家帶走的大捆小捆樹苗，還曾在廣州機場海關受到檢驗，掛長途電話來林場查問此事。龍樹貴書記向機場海關說明是國家林業總局和省林業廳介紹來的國際專家友人，是一次合法的國際交流活動。

這件事，待白回歸和趙裕槐從雲南哀牢山採種回來時，輕舟已過萬重山。沒想到，白所長聽說後，竟氣得滿臉煞白，雙唇顫抖，一句話也說不出來。過了一會，他揮臂一掃，將辦公桌上的鎮紙、筆筒、茶杯、文件夾全掃到地上，乒乒乓乓，碎瓷、碎玻璃撒了一地。他這才開口大喊：紅漆馬桶！紅漆馬桶！文盲瞎子，無知無恥！區區小錢，出賣國家寶貝！他一反常態，邊叫喊邊跳腳，把最最難聽的話都罵出來了，也無法表達他沖天怨氣和憤怒。接著，白所長一頭衝出辦公室，像一匹脫韁的野馬，一頭發怒的雄獅，衝向苗圃。到了那裡，他的雙腳慢下來，每一步都有千斤重。他來到樹苗被挖走後留下的坑洞前，雙腿一軟，跪倒在地，雙手撫著黑黝黝的泥土，像是撫摸自己孩子依然溫熱的軀體。他淚流滿面，久久沒能站起……

趙裕槐也打報告，表達對此事的極大不滿和抗議。人說要不是白回歸急火攻心，在苗圃裡先是滿口白沫，接著大口吐血，被送去場部醫院搶救，早就被公安派出所刑拘了，判他個惡毒攻擊領導，謾罵組織，顛覆政府的罪名。尤其是鮑東生場長表示憤慨，竟然罵場領導是「紅漆馬桶」，是可忍，孰不可忍！但這事還是被龍樹貴書記給摁住了，堅持冷靜處理。且龍伯伯還對鮑東生等人說：即使白回歸同志沒有氣得吐血，也要堅持客觀、理性地進行調解。首先要肯定白所長作爲林業科學家，心疼林場的樹種，特別是那些珍稀樹苗。他的出發點是好的，基本立場是正確的，是愛國愛林場的。至於他在極爲氣憤狂怒之下，罵了些過頭話、難聽話，那也是可以寬諒。罵了就罵了，我們又不是真正的「紅漆馬桶」、「賣國賊」，我們個人也沒有得一分一毫的私利，不妨氣量大些，不必計較了吧？

龍伯伯真是個好人，菩薩心腸。說是他還親自守在醫院，看著醫生、護士搶救白所長，生怕白同志吐血不止，搶救不過來呢。白所長蘇醒後，龍伯伯拉著他的手說：白所長、白專家，你要是醒不過來，我龍樹貴也活不下去呢！你想罵就罵，想告就告，場領導絕不阻攔你。祇要你好好生生，就什麼話都好講，好講啊！儘管老好人講了這些話，白所長還是不諒解，認死理，躺在衛生院嚎啕大哭。夜深人靜，整個場部人家都聽到了，整個瑤王谷都響起了他傷心的回聲。

後來搭幫樹神爺爺來探望白所長。樹神爺爺給了幾粒黑乎乎的土製藥丸，讓白所長用米湯水服下。說也神奇，服了藥，白所長就不哭不叫，安靜下來，祇是默默流淚。過了兩天，白所長就能進食，能入睡了。後來，他就由樹神爺爺陪著，回樅樹壩林研所去了。龍樹貴書記、滕達副場長等領導來送行，白所長像是沒看見，頭都不肯回一下。

呵，這樹神爺爺可是我們天鵬山的一個人物。我從小就從阿爸阿媽那裡聽講過。小時候我不聽話，愛哭。阿媽就會說：樹神爺爺來了！來捉不聽話的小娃子了！

……我至今還記得十五、六年前，白回歸所長頭次見到樹神爺爺的情形。那天中午，我和幾個小學同學正在招待所的臺階上逗樹神爺爺玩耍。那時我們已經長到十來歲，不怕樹神爺爺了。他是個骨瘦如柴的老人，像是從山外流落來的叫花子，穿一件汗跡斑斑的破舊青布衫，盤起雙腿坐在青石板上，花白頭髮亂成一窩茅草，一雙混濁的眼睛深陷，鼻子被壓塌了似地扁平，露出兩個腌臢的小洞洞，嘴巴則只剩下兩塊薄皮，張開了也是一個黑洞，沒有牙齒了。最怕人的是老爺爺臉上亂刀鑿刻般的皺紋，就像破碎山石上的條條裂縫。

我和小夥伴又怕又好奇，看到老爺爺嘴巴一張一合，聽他聲音嘶啞唱起一支瑤歌來。要費力聽，才聽得到一些含混的字句：

冒得盤王，冒得父母；
冒得土司，冒得瑤戶；
冒得樹木，冒得雨露；
冒得雨露，冒得活路……

好哇！爺爺，還唱反動瑤歌？文化大革命還沒有鬥夠？一個男同學大著膽子講。鬼！人家樹神爺爺有法術，梭鏢都戳不出血！另一個男同學替老人爭辯；人家爺爺是從前的大土司，我阿爸講，他是管一百零八座瑤寨的大土司！同學們都頑皮，你一句我一語發表各人的看法，並自以爲是高見。土司是什麼？像不像我們林場的龍書記？放屁！亂打比！爺爺當過土匪，帶過軍隊！爺爺的槍法最準了，一槍打得下天上的鷂子！土匪是麼樣子？是不是地主？同學們吵吵嚷嚷，分不清「土司」、「土匪」、「書記」、「地主」的區別在哪裡。我那時才十來歲，也是懵懵懂懂的。

這時候，一個斯斯文文，衣著乾淨，臉色白淨的人來到樹神爺爺跟前。他大概是林場新來的技術員。那人在樹神爺爺身邊坐下，和藹地問：老人家，你叫什麼名字，哪裡來的？樹神爺爺見問，笑嘻嘻地望著那人：我老樹精，嘿嘿，老樹精，從樹洞來，樹洞來。原來，老爺爺耳朵不聾不背。那斯文人又問：請問老人家高壽？多大歲數了？嘿嘿，三百歲，快了，三百歲了。那斯文人吃了一驚，定睛看著老人，覺得他不像講胡話。快三百歲了，是了，快三百歲了……斯文人又問：你老人家住在樹洞裡？老爺爺回答：樹洞裡，大山裡，大山都是瑤家的……你的家人呢？兒女呢？孫兒孫女呢？老爺爺回答：都在這山上，早先，四山都是，都是，如今剩不多了，剩不多了……那斯文人沒有聽懂，再問：他們都到哪裡去了？老人眼中露出淒楚神色：殺了，砍了……殺了，砍了……一蔸一蔸，一筒一筒……那斯文人彷彿這才明白，老爺爺指的是山上的樹。老爺爺把山上的樹木當成自己的兒孫。

接著，我的小夥伴們走散了，只有我留下來，靠在牆邊看著，心中滿是好奇，可憐老爺爺。

白同志，你在這裡陪樹神爺爺？這時，食堂大師傅用個木盤端來一碗米飯，一碟燒豆腐，一碟水煮青菜。大師傅恭恭敬敬地把木盤放在老人面前，說：爺爺，隨便吃點。龍書記講了，以後肚子餓了，可以隨時到食堂去吃。

說著，大師傅也在石階上坐下，歇歇氣。衹聽那姓白的同志問：怎麼不給爺爺送點肉食？真造孽，我還以爲是山外進來討吃的。

白同志，你新來，對林場一些情況不了解。老人家是造孽，無兒無女……一九五七年，林場剛開辦那陣子，就端過大魚大肉請他吃。可他連眼皮都不撩一下。原來他吃齋，任什麼肉食，他都以爲在吃性命，吃自己的父母叔伯、兄弟姊妹的性命。大師傅並不忌諱當著老人的面講話：這人也怪，從不沾葷腥，瘦得皮包骨，可沒病沒災，凍不壞，餓不死。我們一九五七年見到他，就是這個樣子。四十年了，我們第一批進山辦林場的人都老了，爺爺還是這個樣子。你剛問了爺爺的歲數，他回答快三百歲了。他四十年前就這樣講了。大約爺爺也不曉得自己的真正歲數，總是講快三百歲了。

我在旁靜靜地聽著，頭一次這麼近距離地看著樹神爺爺，也是頭一次見到「白幹部」。他們都沒有留意我這個小女娃。這時，白幹部又問大師傅：聽說剛辦林場時，樹神爺爺還被抓過？大師傅說：白同志，你新到，場裡一些事……一九五七年，龍書記還是一名普通戰士。孫政委帶領人馬進山時，爺爺可是領著一百多個瑤家壯士，用弓弩、火銃阻擋，要把我們趕出山去，不准我們動瑤山裡的一草一木。孫政委那時可講民族政策了，堅持打不還手，罵不還口。就這樣苦口婆心做宣傳、說服工作，花了大半年時間，才把樹神爺爺的隊伍瓦解了，大部分瑤家壯士被招收進林場當了工人，有的還加入組織，提了幹部。最後就剩了樹神爺爺不肯歸順。孫政委真是部隊作風，尊重、愛護少數民族，給全場幹部、工人下了命令，立了規矩：任何人、任何時候，都不准傷害樹神爺爺。爺爺到了場部，場部食堂要管飯；他到了哪家門口，那家人也要管飯。後來到了文化大革命，壞了規矩，孫政委當了走資派，龍頭是保皇派，挨批挨鬥，自身難保……造反派把樹神爺爺當作「反動土司」、「暗藏土匪」、「反共救國軍逃亡分子」來打、鬥、吊，想方設法折磨，可老人家就是不死、不殘……老白同志，你問林場爲什麼不把爺爺養起來？是老人家自己不肯。場裡幾次替他安排了住處，鋪蓋蚊帳……老人家住不慣，要回他的山洞去……日常就吃些山裡的菇子、果子，倒也沒災沒病……

說罷，食堂大師傅收拾起樹神爺爺用過的碗鉢，走了。白幹部仍陪爺爺坐著，談了許久。後來他倆談了些什麼，我就不曉得了，因爲學校的鐘聲響了，午休時間已過，我要回去上課了。

我後來長大了，又學了林業，這才慢慢想到，一定是年輕的白回歸遇到樹神爺爺，就敏銳的感知遇到一座森林知識的寶藏？正是有了這座活的森林知識寶藏，在隨後的短短幾年時間裡，他才有了重大的珍稀樹種系列的發現和發掘？

白回歸啊，白回歸，你在天鵬山林場遇到這樣那樣的困難，可並不孤獨，並不是在單打獨鬥。我現在知道了，樹神爺爺是你的幸運星，做科研的好老師，好幫手。現在，我盤金鳳也回來了，也要做你的好幫手。

……想著樹神爺爺，想著明天要見的白博士。想著想著，我睡著了。

六 風水勝地樅樹壩

從瑤王谷林場場部到樅樹壩林研所，是一條蜿蜒在山崖間的溪谷公路。溪谷時而狹窄，時而開闊。狹窄處，兩邊的樹木像要相擁相握似的，紛紛伸展枝柯向對方表示親密；開闊處則是藍天白雲，綠水青山，鳥語花香。這天上午，我揹了個背包，沒搭順風車，也沒騎招待所的自行車，步行到樅樹壩找白所長報到去。路上往來的車輛不多，衹是在急彎處，汽車才會鳴喇叭提醒行人。那喇叭聲傳開去，引來重重崖壁的回聲，經久不息。也就五華里遠近吧。可不要小看這五華里地，原先山崖上的原始闊葉混交林，三十多年前被採伐殆盡，一度成爲光山禿嶺。後來響應「美化山河，綠化祖國」號召，補栽上速生樹種：杉苗。記得我外出讀書時，這些杉苗還和我的個頭一樣高。大約是原始森林積存下豐厚的腐殖質，加上雨水温潤，棵棵杉條比賽似地往上爭陽光，爭雨露，十幾年就瘋長成塔形大樹，濃蔭蔽日，蒼翠延綿，簡直一望無涯，形成「綠色長廊」了。有些路段更是進到青幽幽的「隧道」裡，涼颼颼的，偶爾有幾縷陽光穿透濃密的枝葉灑落到地面，就像些細碎的金子閃爍，小精靈似地跳躍……。聽說凡是上級視察，記者報導，必到之處就是這條「綠色長廊」，空氣那個新鮮，林相那個鮮麗，讓人流連忘返。人工林啊！首長留下英姿，訪客拍下倩影，記者攝下美景，傳到州城、省城，傳到首都，無不稱奇，成爲「林區新貌，採育並重，青山永續」的示範典型。這「綠色長廊」也就成爲天鵬山林場的圖騰、金字招牌，一張閃閃發光的名片。

我在「綠色長廊」裡走走停停，不到一個鐘頭就抵達樅樹壩林研所地界。這裡也叫營林工區，同時兼著整個林場的後勤生產基地。

縱樹壩確是我們天鵬山林場的一塊風水勝地，是大山裡少有的峽谷平壩，面積三、四百畝大小。若從山崖高處望下來，整座平壩的形狀就像是一片從天而落的肥碩無比的芭蕉葉，綠油油、靜悄悄躺在那裡。加上真有一棵一棵的山芭蕉枝肥葉闊，水邊崖邊的繁茂著，風姿綽約，形成小片芭蕉林。每當山風吹過，便風翻綠浪，碧波譁然，招搖晃蕩。因此，縱樹壩又叫做芭蕉壩。這還不是最爲搶眼的。更引人注目的是在這片碩大「芭蕉葉」的周邊，那東一叢、西一叢蓬蓬勃勃的野薔薇，終年四季白花、紅花開不敗，形成一圈翡翠彩帶，帶刺的天然籬笆呢。整片「芭蕉葉」又被分成南北兩個區塊，北區一百多畝，屬林研所，闢成「樹種園」，育有各種珍稀苗木上萬株，高高矮矮，燕瘦環肥，赤橙黃綠，色色都有，又稱「科研基地」；南區兩百多畝，包括幾十畝蔬菜地，幾方大魚塘，以及豬場、雞場、鴨場等等，所以稱為林場自產自銷的「生活物資生產基地」了。在「樹種園」背後緩坡上，築有三十幾間平房，皆為杉木皮蓋頂，原木筒子壘牆，榫卯銜接，冬暖夏涼，堅固結實，作爲辦公室兼職工宿舍。北區、南區卻是一個單位，兩塊牌子，統一管理。東邊幾間平房，屬林研所，裡面電燈電話，電腦電視一應俱全。屋頂上也安裝有魚骨天線，祇是衛星訊號受地形氣候影響，時强時弱，效果不彰，電視畫面經常顯示「多瑙河之波」，或是「雪花飄飄」。電腦更上不了網。可也不要小看了這林研所，曾經人才濟濟，臥虎藏龍，有過十來名研究員、副研究員、助理研究員的；那時報社來報導，電臺電視臺來採訪，很是風光了幾年的。可惜好景不常。因大山裡環境閉塞，生活單調，枯燥乏味，除了樹木還是樹木，除了綠色還是綠色，是名副其實的山嶽。於是乎「林學家們」就都八仙過海，以各種原由藉口，通過各種組織人事關係，一一出山另謀高就去了。好個林研所，眼下除了那塊林業總局頒下的白底黑字條型牌子，祇剩下白回歸所長和無薪顧問樹神爺爺了。樹神爺爺常年住在盤王頭山頂那瞭望洞裡，十天半月才下樅樹壩一回。這林研所呀，實際上就祇有白回歸一個光桿司令了。

白回歸所長見到我的第一番話就冷冷的：昨晚上接到龍頭電話，說場部決定借調你半年，先去代理場部辦公室主任！下車伊始就做官，正科還是副處？我和龍頭吵、爭，沒有用，他說是組織決定。遇事就拿組織壓我。組織比天大。

簡直是吃閉門羹。我興沖沖來報到，卻被兜頭澆一盆冷水。我好笑又好氣，也冷冷的回答：只答應做半年辦公室祕書，打雜！什麼正科副處？所長大人以為誰是官迷？官迷就不回天鵬山了！

見面就槓上了。是我極不願意遇到的局面。難怪和那麼多人搞不好關係。他大約留意我眼圈都紅了，就難得地笑了笑，說了聲對不起，沒有怪你的意思，是怪他們半路上留人，影響所裡工作。其實你能回來搞科研，我是巴不得的⋯⋯

一聽他的半道歉半解釋，我就釋然了，不那麼反感了。我對他在林場的境況已有所瞭解，心裡是認同並敬佩他的。於是向他報告，昨天我向場部幾位領導講明白，自己不適合辦公室工作，更沒有資格代理辦公室主任！領導答應祇借用半年。半年後，放我回林研所上班，做本行工作。

白所長聽我這麼一講，臉上的陰霾消失大半。他連水都沒請我喝一口，就說：你在這裡祇住兩晚？走，先去看看苗木！你一定會喜歡那些苗木，珍稀苗木！

於是，他領我到了「樹種園」。我也曉得，這園子是林場安排老弱病殘勞動力的場所。一幫大爺大嬸們正在苗木間勞作，鋤草的鋤草，修枝的修枝。白所長臉上總算有了絲絲笑意，招呼大家：各位各位，歇歇氣。大家看看，是誰回來了？誰回來了？大爺大嬸們直起腰，見到是我，立即放下手上的活計，高興地圍了過來。特別是大嬸們，一個個嚷著，竟是：白所長笑了！白所長笑了！然後才是：金鳳啊！金鳳回來了！好妹子，這回不走了吧？都講你要留在省城大學裡教書哪；看看，又長高了，更俊了！出落得和你娘當年一個模子！一個模子啊；哪裡哪裡，祇怕比她娘還好看！我被大嬸們誇著，既感到親切，又不好意思，連聲回答：不走了，不走了，回來給白老師當學生了！給大爺大嬸們當徒弟來了！

和大爺大嬸們打過招呼之後，白所長領著我在一畦插有「豆杉系列」標識的苗木間蹲下來，低下聲音自言自語樣的咕噥：紅豆杉、黃豆杉、紫豆杉、白豆杉、黑豆杉……都是些億萬年前遺留下來的寶貝……那時還沒有我們人類，連猿人都沒有出現，地球上就有她們了……這些苗木移栽成活後，每株可長到幾十米高，幾圍大，無旁枝，少疤節，木紋細密、美麗，但生長期在五百年至一千年之間……有的人認爲她們沒有培育價值！科盲！科盲啊！他不像在對我說話，而是自說自話。他隨手扒掉苗木旁的青苔、雜草，誇著苗木，倒像在誇自己的朋友。他難道有自言自語、自我對話的習慣？

我蹲在他的對面，看著他那雙手。他手上的老繭竟像木耙齒、樅樹皮一樣，那個粗糙，有點嚇人。國內外著名的林學家，竟有這樣一雙手，太不可思議了……有好一刻，我都不敢看自己的手了。相比之下，我的雙手是那樣的白嫩，十指尖長、圓潤。我定了定心，克服油然而生出某種怯意。我伸出手去，和他一起拔除苗木間的青苔、雜草。他卻立即阻止我：別，別！沒戴手套！不行，不行！你的手會傷著，出血……起來，起來，我們到別處去看看。對對，去看看那幾行鐵樹苗，也叫蘇曼，侏羅紀的遺物，活化石。

大約是我蹲下的時候沒留神，雙腳間距大了些，姿勢也不對，起立時竟有些狼狽，一定是臉都漲紅了。白所長見狀，伸手相助，握住我的臂膀往上一提，毫不費力就把我提得雙腳差點離了地！待我站穩，他還不忘冒出一句：還運動員哪，五千米長跑冠軍……我揉揉臂膀，怨道：把我像節木頭一樣拎起來。白所長並無歉意：下手重了吧？長年和林木打交道，習慣了。我問：你怎麼曉得人家當過什麼長跑冠軍？

他沒有回答，彷彿不值得回答。大男子主義。來到一畦鐵松苗木前，所長大人又蹲下來扒青苔、雜草，但仍不讓我動手。他又像自言自語地說：今後一起工作，不要喊什麼所長不所長……我請教：那該怎麼稱呼？叫學長，還是叫校友？他邊扒青苔邊說：叫老白，對，叫老白，今後要一起吃苦受罪囉。他總算講了句有人情味的話。我略微想了想，沒話找話地說：好，老白就老白。我是小盤，你是老白，一瑤一漢，上級下級。他聽到這話，有些驚訝，仰臉認真地看了看我：其實，我也有一半瑤家血統，父親是漢族，母親是瑤族，他們都在文化大革命……送命。

這事早聽人講過，如今他親口說出，我心裡還是一沉。我也是父母雙亡的獨生女。不知爲什麼，聽他這一說，我感到和他之間的距離一下子拉近了許多。原來他也有我們瑤家血脈。我們在泥地上坐下來，斷斷續續談了一會林研所的情況以及今後的工作。大爺大嬸們忙著幹活，沒有過來扯閒篇。我來這半天了，白所長也不問問我渴不渴，餓不餓。一點也不善解人意。沒錯，他是個工作狂，難怪省城那位公主找他離了婚。

就這麼邊聊工作邊拔草，又過了好一陣。白所長忽然站起來，粗壯的身形擋去一片金燦燦的陽光。他仍是一臉嚴肅地說：對了，還要帶你去一個地方……

這次我倒是利索，雙腿一彈就站起來了。長跑冠軍也不是白拿的。我拍拍身上的塵土，說：想到了，老白，去墓園。謝謝你。不過，我要回去取背包裡的東西。白所長卻說：不用了，早替你備在那裡了。

我們相視苦笑。什麼話都不再說，一前一後離開樹種園，上了一條林蔭小道，穿過一片鳥雀啁啾的山芭蕉林……。對我來說，這條小道是如此熟悉和難忘，它每年暑期帶著我去祭拜雙親。父母的烈士墓園不大，是營林工區的叔伯嬸娘們修建的，圍了一圈矮石牆，牆外種了一圈柏樹。一年四季，墓園總是被收拾得乾乾淨淨，還不時有人放上一束野花、幾個野果什麼的。

看來老白也有善解人意的一面。難得他曉得我今天來報到，會來父母墳前行禮，早替我擺上線香紙錢了。這讓我感激。他站過一旁不出聲。我默默跪下，點上線香，一張一張燒著冥幣。我已經不哭了，很久沒有哭過了……衹在心裡默念著：阿爸、阿姆，女兒回來了！回到天鵬山老林來了……女兒不再離開天鵬山……女兒會陪著阿爸、阿姆，在這大山裡生活、工作……

我跪在墳前，久久沒動，直到老白伸出他粗礪的大手，將我拉起。這回，他動作小心輕柔了些。臨了，他又公事公辦地講：回吧，回吧！明天一早，帶你上盤王頭，去看樹神爺爺。

看來他這人是有些枯燥乏味，缺少感情色彩。今後在他手下工作，日子有得熬了。廢話，雨林裡動植物千千萬萬，會有我無窮的樂趣的。

七　行走在昔日的原始森林

當晚，我借宿在營林工區女職工宿舍。

早飯在工區食堂吃油煎蕎麥粑粑。這是我的至愛，也是天鵬山瑤家的傳統美食，比糯米粑粑還糯，還香甜，經得餓。山裡人講，一頓蕎麥粑，三天不沾牙。當然是誇張的講法。蕎麥是旱糧，撒種在山坡上，產量不高，因此越來越少種了。過去蕎麥是雜糧，現在瓶裝蕎麥粉是營養品。

白所長已在門口等著我。一看他的裝束，我禁不住想笑：頭戴伐木工的籐條盔，身穿青布衫，腰間紮一根寬皮帶，肩揹竹篾簍，腳上打著綁腿，蹬一雙厚膠底帆布鞋。他中等偏高身材，伐木工不像伐木工，瑤家壯士不像瑤家壯士，兵不兵，民不民，更不像個林學家了。老白沒有計較我的態度，放下沉甸甸的竹背簍，從中取出兩卷麻布帶，說：綁上綁腿吧，帶了爬山鞋？在大山裡工作，三防護，防蛇、防毒蜂、防山螞蟥。

看來，老白並不是個粗心的人。但他講話眼睛望著別處，不看人。我不用他指教，自己利落地打好了綁腿。他也給了我一個空背簍，裡面祇放了一束樹苗。我瞄一眼他的背簍，問：既是上山，揹那麼重做什麼？他說順帶給樹神爺爺送些吃的去。老人家愛喝點苞穀燒酒。昨天已經給爺爺帶了口信，請他在盤王頭等我們。不然，老人家樹林出沒，祇在此山中，雲深不知處。

看不出，老白還會背唐詩。我們一人拿一根爬山拐杖，出了樅樹壩，上了一條小路。其實，也不是什麼路，祇是當年伐木工人拖原木下山時踩踏出來的一道道溝痕，有的地方已長滿茅草、灌木。擡眼望去，光禿禿山石嶙峋，衹剩下無數的樹蔸戳在那裡。樹蔸高高矮矮，大小不一貼著坡地，刀口隨坡度平斜，黑黑的，有的長著裙邊似的灰木耳，已經看不清年輪。但看得出是十分專業地使用油鋸採伐的結果。滿目瘡痍。簡直是走在森林墳場裡，千棵萬棵樹蔸像是在無聲地號哭：我們是參天大樹！我們是參天大樹……

很怕想起這裡曾經是萬木蔥蘢的原始森林。我一路上氣喘吁吁，奮力跟上老白的腳步。他倒是不緊不慢，揹著那麼重的篾簍如履平地，輕鬆自如。他一路走著，還一路喃喃自語，滔滔不絕。也不曉得在唸誦些什麼，彷彿忘了身後還跟著我這個下屬。我比他小十幾歲，背簍又不重，卻比他走得吃力。真是又惱又嫉妒。

我們終於登上一座崖頂，放下背簍，摘下籐盔，坐下來歇息。老白大約見我一頭汗水，就默默塞過一條白毛巾。我擦擦脖子，他的毛巾竟有股子餿味。他個大所長，埋頭工作，太不會生活，太不會照顧自己了。好在這時，呼呼的山風一吹，渾身上下頓覺涼爽，汗水也很快收了。我看老白一眼，他竟然連汗都沒有出。他問我：運動員，怎麼樣？他在笑話人！我有些不高興，回敬一句：你才運動員哪！

他仍是眼睛望著別處：我還真當過運動員，一九八一年，那個偉人暢游長江十五周年，中南林業大學響應市委號召，派出五十個游泳好手參加橫渡長江活動，我是其中一個，得了個大賽第七名。後來到大山來工作，衹有每次出差找機會到江河裡游泳了。你很久沒有練長跑了吧，體力不濟了？我不理他，話不中聽。再想想，不搭理也不好，於是坦承：都怪忙碩士論文，找書本，查資料，整理筆記，寫了改，改了寫，費了大半年。早起沒跑步，就退步了。這不，被人取笑了。

老白撇撇嘴角，有點幸災樂禍。我覺得乏味，不再答話。

順著山勢望去，發現遠遠的山巒那邊是一派濃綠鮮亮顏色。顯然是一大片還沒有採伐的樹林。看那綠顏色竟然分出來層次，藍天白雲下面，首先是淡綠，飄浮在薄薄的煙嵐中的緣故；淡綠下面是碧綠，碧綠下面是翠綠，翠綠下面是蒼綠，近似黑顏色了！因為那是峽谷老林了。我又一次感受到綠顏色的豐饒富有。和我們坐著歇息的這座只剩下樹樁的灰色禿嶺形成鮮明的對比。一邊是生命欣榮，蓬蓬勃勃；一邊是生機已盡，暮氣沉沉。

想把這個發現告訴老白。老白卻無意理會我似的，只管閉上眼睛，又自顧自地吱吱咕咕，唸什麼經了。真是不近人情。聽他唸了一會，我忍不住問：老白，你一路自言自語，都在唸些什麼啊？他總算睜開眼睛看我一眼，反問：你想聽？我點頭。他彷彿想了想，又閉上眼睛，聲音高了些，清晰地背誦起一段不知從哪裡摘下的語錄來：

> ……自然是無情的；她不同意在人類的醜惡面前收回她的花朵，她的音樂，她的芳香和她的陽光；她用仙境的美好和人間的醜陋來折磨人類；她不肯開恩去掉蝴蝶的翅膀，也不肯開恩不讓鳥兒歌唱；應當讓人類在他們進行殘殺、報仇之類的野蠻行動時，受到那些神聖的東西的注視；人類無法逃脱無處不在的溫和的又是强烈的譴責，無法逃脱藍天的無情的寧靜。應當讓人類法律的醜惡在永恆的光輝中赤裸裸地現出原形。……人類在破壞，毀滅，……但夏天依然是夏天，百合花依然是百合花，星星依然是星星……和風搖動著樹林，霧氣在枝葉間漫步。蔚藍的天空，潔白的雲層，清澈的泉水，從海藍到翠綠配合得十分和諧，一山一山友愛的森林，萬物都無比的純潔！這純潔就是大自然對人類永恆的忠告……

天啊，他這是唸誦哪位聖人的教誨，還是《聖經》上的段落？他唸誦得那樣純熟，那樣投入，對照著四周的「森林墳場」，真令人思緒萬千，感嘆萬千。「森林墳場」這個名字也是老白取的。我沒有讀過《聖經》，不信上帝信盤王，也就不敢問什麼了。但又相信不是出自《聖經》，而是哪位西方作家的言論。

他見我沒有什麼反應，心裡一定失望：對牛彈琴。他站起身來，又自顧自地講：走吧，不要歇久了。現在開始下山，順路去鷓鴣嶺，看看十八里畫廊。免得「不喜林莽成禿嶺，採伐過後無歡顏」。……這倒有點意思，隨口就套用偉人的詩句，算是個內心世界不大枯燥的人吧。原來剛才看到的那人片綠顏色，是鷓鴣嶺。

都講「上山容易下山難」，可我還是覺得「下山容易上山難」。老白仍舊走在我前面，邊走邊自說自話地唸叨起天鵬山林場的採伐史來……四十年前，也就是一九五七年，天鵬山林場初辦時，是二百里畫廊。十五年前，也就是一九八二年，我來這裡工作時，天鵬山還有九十里畫廊。十五年過去，現在祇剩下十八里畫廊。所謂「十八里畫廊」，是個概數，實際上祇有八點九五公里。……我們曾經申請過國家森林公園項目，上面也派專家來考察過。上下折騰了兩年，結論是：過度採伐，現存林塊、林相已不適合設立國家森林公園。而且南嶺山脈地區已經有了多座國家森林公園……你講喪氣不喪氣？現在，又有人盯上這「十八里畫廊」了。場委會裡，那個紅漆馬桶也在打歪主意。「那個紅漆馬桶」是指誰？鮑場長還是滕副場長？天，不會連龍伯伯也罵吧？也太擴大化了。

我忽然想到，這些年來老白總是獨自一人穿行在深山老林，搞林木調查，採集樹苗樹種，養成了自言自語的習慣？自己和自己講話，也是沒伴找伴，隨口罵幾句出出氣啊。我們瑤家老一輩的趕山放釣人，不也愛在老樹林裡放開喉嚨打山歌嗎！那是給自己壯膽，喊給毒蛇猛獸聽的。

於是我接過老白的話頭：這事我也聽講了，前天一到就聽講了。是不是上海那家中外合資傢俱公司？他們派人來勘測過，願出八千萬，買下十八里畫廊的採伐權。

老白邊走邊點頭，接著又搖頭：那是一家瑞士著名的跨國傢俱公司，在幾十個國家有門店。人家踏破鐵鞋，相中了我們天鵬山碩果僅存的十八里畫廊裡的紅豆杉、紫檀木、金絲楠、水白梨、金葉木蓮……林場場委會內部，有人動了心思，想以四千萬元售出十八里畫廊的間伐權，以解決林場的經費緊張問題。好個間伐權！砍一半，留一半？可能嗎？虧他媽的想得出！……去年那次，是我發動營林工區的幾十名老職工，到場部招待所去抗議，把上海來的客人趕跑的。以後怎麼辦？是不是該動員山裡瑤族鄉親，組成一支隊伍來武裝護林？武裝保衛十八里畫廊！那一來，我就犯王法了，更會講我有野心，搞武裝割據了！你要警惕囉，姓白的是個危險人物嘍！

我曉得他是在苦中作樂。我們之間開始有了言語溝通，有共同的話題。講著講著，不知不覺又繞過了幾座低矮的山丘，也都是採伐過後光禿禿的「森林墳場」。接著，我們下行到林木茂密的鷓鴣嶺溪谷的一條簡易公路上。這裡就是我坐在山頂上歇息時遠遠看到的那大片綠茵，和一路走過的荒山野嶺相比，另是一番天地。我認得這裡離相思坑不遠，小時候我們家曾經住在溪邊的一座小木屋裡。我們放下背簍，停歇下來。看樣子老白身處盈盈綠意中，心情好起來，大聲說：這就是十八里畫廊了！小盤，你朝山上看，大自然的天堂！天堂吶！我順著他手指方向看去，眼前重現我兒時司空見慣的美景：湛藍湛藍的蒼穹之下，麗日風和之中，鐵線松疊著金錢松，紅豆杉疊著紫豆杉，疊著紫檀木，疊著中華鴿子樹，……層層疊疊，像飄忽著的一匹匹錦緞、彩綢。不，比錦緞還鮮麗，比彩綢還妖嬈。老天，我小時候，怎麼就沒有想到，這是天底下最有生氣，最爲豔麗的景象啊！住在天堂，不知天堂……

鷓鴣嶺！是我父母英勇犧牲之地，我失去雙親的傷心地。

老白哪裡懂得到我的心情？他來了興頭，又如數家珍地自言自語說開了：一座真正的綠色寶庫……擁有大小喬木、灌木、藤類植物二百一十九科、九百二十九屬、二千六百五十九種。亞熱帶、熱帶、溫帶的森林植物在這裡雜居，共生共榮。其中楠木有金絲楠、虎皮楠、刨花楠、欏木石楠等等。他像變了個人似的說著，雙頰洋溢紅光，聲音充盈著溫柔、愉悅：活化石古木有紅豆杉、白豆杉、黑豆杉、穗花杉、長苞鐵杉等；檀香樹有紫檀、黃檀、青檀，以及銀杏、鐵松、烏木樹、樟樹、黃楊木、黃連木、梓樹……數都數不過來。

我聽著，觀望著，憂傷的心情隨風消散，充實而快樂的感覺油然而生。我看到蒼翠欲滴的重巒間有一匹飄帶似的金閃閃、銀閃閃的林木種群。我問那是些什麼樹？是木棉還是金葉木蓮？老白回答：是金葉木蓮！還有金絲楠木，有如我們畫廊裡的新娘、新郎，青春永駐的新娘、新郎。我聽到這個比喻，忍不住拍拍巴掌，想告訴他：你不再是個一本正經的書獃子，樹傻子了，都快是半個詩人了。可我沒說，有些不好意思地低聲問：有新娘、新郎，那也該有老丈人呀！老白看看我，眼中似有醉意：銀杏樹呀！看看我們天鵬山的銀杏樹！就是金葉木蓮下面那一層層綠波，一層層銀鱗，一層層金浪……看到沒有？那就是森林老丈人。

忽然，前面那大片彩霞般的古樹梢如同波浪般地湧動起來，喧譁起來。我問老白：那是什麼？誰在那裡？老白說：獼猴家族，出來歡迎老住戶回山！誰是這裡的老住戶？就是你呀。牠們來歡迎你盤金鳳……。我曉得他是拿我開心，也就任他取笑了。老白談興正濃：這鷓鴣嶺十八里畫廊，七、八萬畝原始混交林裡，有十多個獼猴家族常住。要是樹神爺爺在就好了，他一吹木葉，一唱猴歌，幾十上百隻獼猴就會下山，來向爺爺討苞穀粒吃。

面對此景，我不由得陶醉在這萬紫千紅、生機蓬勃、豐饒無比、熱烈無比的森林原色之中了。可惜樹神爺爺不在，不能聽爺爺唱猴歌，看爺爺撒猴糧。過了一會，樹林安靜下來，大約是猴群到別處嬉戲去了。我注視著多姿多彩的銀杏樹林，忍不住說：在省城，街道兩旁也有銀杏樹，樹形不高，樹葉春天嫩綠，秋天金黃；可到了我們天鵬山，銀杏樹就長得這麼高大，這麼風度翩翩？老白答：這還用問嗎？城市裡的景觀樹，都是經過人工培植、矮化、馴化了的，爲了適應各種地理氣候的。不要說省城，首都北京街頭都用銀杏樹做景觀樹。在我們天鵬山就不同了，我們的銀杏是從侏羅紀遺存下來的活化石，經過了億萬年大冰河、小冰河、白堊紀、第三紀、第四紀等漫長的地質年代的洗禮。你個林學碩士，當然瞭解這些的。我曾經上山一棵一棵目測過，十八里畫廊的銀杏樹，每棵都有三、四十米，十多層樓房那麼高，直徑有四、五十釐米那麼粗，瑤家人挑水的水桶那樣粗！我們這裡的每一棵樹、每一叢灌木、每一窩刺蓬，都是些寶貝物種！

話至此處，老白眼中閃著淚光。他忽地站起身子，心血來潮，神經質地揮著雙拳，高聲呼叫：你們不能再砍了！不能再砍了！不然就連我一起砍了吧！砍了吧！楊總工程師笑我是唐吉珂德。對呵，我就是那個可笑可憐的唐吉珂德。……過了一會，老白的聲音低了，幾乎是低聲泣訴：我單槍匹馬，單槍匹馬，鬥不過風車，磨坊的風車太高太大……

我聽著這番呼喚和泣訴，也不禁鼻頭酸楚，眼睛熱辣，心中不忍。我彷彿對老白有了進一步的理解，生出同情。我拉了拉他的衣袖，要他在路旁岩石上坐下來。我寬慰他：不要緊，不要緊，這裡不是已經被列爲水源林、景觀林了嗎？

老白沉默著。他緩了口氣，抱歉地坐到一邊去：對不起……我一個人在林子裡工作，除了自言自語，想到不順心的事就會吼幾聲，自我排解……。今天失態了，叫你笑話了。

我心中的理解和同情在逐漸發酵，變成一種難以言說的心痛。我看著比我年長十幾歲的校友、學長，覺得他更像個需要我關心的小老弟，不光有些任性和倔强，還有點軟弱、淘氣。我心想：老白啊，你在我面前裝什麼呢？我早就聽說過，十多年前，你不在家，場領導讓外國林業專家挖走了上百棵珍稀樹苗，你爲此痛心疾首，口吐血沫，被送去場部醫院搶救，後來還是樹神爺爺用他的一把草藥丸子把你救過來的。……你個樹獃子，以為金鳳什麼都不曉得？

我輕輕嘆了口氣，又覺得自己被輕視了，並爲此感到委屈。老白對我還是有些生分。不是嗎？我是他的晚輩校友、工作下屬，還是他學術成就的崇拜者；他卻把我看作天鵬山土生妹子，除了一張碩士證書，就什麼都不懂似的。……豔陽穿過樹枝樹葉，斜斜地投射到我們身上，我的雙頰熱烘烘的。老白或許已留意到我神態的些微變化，伸出他木耙子般的大手招呼，示意我不要坐那樣遠，黃河為界似的。

不高興了，金鳳同學？要你莫氣鼓，你臉上吊茶壺；要你去挑水，你翹唇又翹嘴；要你紡棉花，你要回娘家……鬼！他開始不正經，竟學著瑤話，用我們瑤家歌謠來取笑我。原來他也有性情詼諧的一面。我許久沒有聽到過這鄉音了，覺得親切，尤其是從老白嘴裡說出來，更是好笑。我接受他的好意，坐得離他近些。

我們歇息了一陣，老白起立，要繼續趕路。他幫我背上篾簍，順手拂去我肩上的草屑。他又開始邊走邊自言自語，彷佛又忘了我跟在他身後………我們畫廊的林相、山景……看一回，喜歡一回；看一輩子，喜歡一輩子……。我們天鵬山發現這些珍稀樹種、這些植物界的活化石之前，國際林學界的權威們都以爲她們已經從地球上消失了。一九八五年，我們林學期刊第一次刊登相關論文並配發了系列圖片，才一下子喚醒了國際林學界……那幾年，我們天鵬山林場可是熱鬧，英、法、美、德、巴西、澳大利亞的林學家們一波一波來參訪，拍照，想採集些種子回去培育。當然，這些要求被我們拒絕了，除了十年前那次失誤。……

聽著他這番自說自話，又趕了大約一個鐘頭的路。我擔心他又扯出那令他痛心不已的事件，趕忙跟在他身後說：曉得，曉得。我剛到省城讀高中，在報紙上看到過報導。你在嶺南亞熱帶北回歸線附近發現大片珍稀林木，是林學界的大發現，大喜訊。對了，是不是那時，你的名字就改爲白回歸了？

我以爲這是個簡單的問題，不料又觸動了老白的什麼心事。他停下腳步，閉上雙眼，黑紅的臉膛繃得緊緊，過了好一會才苦笑了笑：我的名字和發現這批珍稀樹種沒有什麼關係。我姓白，我父母都是從事林業科研的。後來他們平反昭雪，恢復名譽，我的生活也回歸正軌。我的名字才叫做白回歸。

老白看看手錶：喲，我們走了這半天，看了這半天的山景，已經過了十二點了。你不渴不餓？來來，我們打中夥。原來，動身前他已備好「中夥」了。「中夥」是土話，就是吃中飯的意思。

說著老白解下籐盔，從背簍裡拿出兩節青紫色的竹筒來。他備下的是我們瑤家又香又甜的「竹筒飯」。我喜歡這道美食，也會做。至於怎麼做，日後再講吧。我問他：沒有筷子啊？老白隨手從路邊折下四根小棍棍，在衣襟上擦了擦，遞給我兩根，權當筷子。沒有水啊？老白用個空竹筒，從溪谷裡舀來一筒清洌的「天然礦泉水」。這山林天地就是他的家。打開竹筒飯的竹蓋子，一股清香撲鼻而來。米飯裡有麂子肉、有筍片、香椿，可口之極，勝過省城聞名的燒臘蒸鉢飯。我們各顧各地吃了起來。我以泉水當酒，喝一口，心裡默唸一聲「祝你健康」；吃兩口，再又默唸一聲「祝你好運」。我們享用美食，加上有十八里畫廊正午時分的層林景色佐餐，真是快活。

更慶幸的是，我一早就信任老白的為人了，不用築起心理防線了。

八　盤王峒裡「第一鮮」

打過中夥，我們仍留在岩石上小憩。岩下流水潺潺。溪邊是一蓬一蓬的野薔薇、野月季、野杜鵑、野菊花，開著紅色、白色、紫色的花朵；還有數不清的山蒼子、刺莓、箭竹、菖蒲，……生機勃勃，葳蕤得像兩條彩帶，伴著溪水潺湲飄然而去。

我仰望著鷓鴣嶺上層層疊疊的玉樹瓊枝，心裡仍在想著老白要用性命阻止採伐這十八里畫廊的誓言，以及前天龍伯伯他們在飯桌上的談話。林場十個工區，一千多名幹部職工，連家屬、小孩共三千多人，不出售原木，吃什麼？喝什麼？誰來養活？……

老白見我在發呆，走神，難得他有了興趣地問了句：運動員，想心事哪？我便將心中的疑問說給他聽。他又認真看我一眼，沒有馬上回應，過了一會才悶聲說：你也操起這個心來了，難得難得。……我們天鵬山林場的出路，生存之道，幹部、職工中早就有不少人在動腦筋，給場領導出謀劃策。我前年就有個紙上談兵的方案，叫做「開發森林旅遊，實現天鵬山林場經濟轉型的建言」，除了送給林場「場委會」，還寄給了省廳，以及國家林業總局。可惜都被鎖進了辦公室抽屜裡，甚至可能當廢紙碎掉了。

我來了興趣：什麼建言？可不可以透露一、二？

老白見我想瞭解詳情，像個知音；但他看看手錶，嘆了口氣：算了，講了也白講……時間還早，我們中午一點之前可以趕到盤王頭樹神爺爺那裡……他忽又沉下臉來，眼睛望著遠處，口裡咕咕噥噥，又自己和自己對話了，聲音越來越大：人微言輕，屁都不值。什麼著名林學家，在林場算老幾，講話、辦事，連個採伐隊長都不如。……十幾年前那幾篇關於在天鵬山林區發現史前原始珍稀樹種的論文，要不是被歐美國家的林學雜誌翻譯轉載，引起國際林學界的關注，在國內恐怕至今沒沒無聞，誰都不當回事。……對了，龍樹貴書記，大家稱爲龍頭的老好人，倒是找我談過一次話。他說我的建言上面都收到了，領導很重視，會研究研究可行性，等等。龍頭還勸慰我，耐心等待上級的英明決策吧。領導有領導的難處啊！良好願望和客觀實際還是有很大距離啊！他扳著手指頭說：譬如，開辦旅遊業，巨額啟動資金哪裡來？我們林場距離最近的城市也有一百多公里遠，城裡人會不會來我們山裡遊玩？再具體些講，從鄰縣縣城到我們瑤王谷有幾十公里的盤山公路，需要拓寬，修整，光這一項，就要耗資上千萬元人民幣！這個錢哪裡來？銀行會肯貸款？我們林場現在是個負債單位，銀行早就不肯借給我們分文了。人家還當著我的面挖苦：老虎借豬，有借無還。……聽聽，一個「林場經濟轉型建言」，被說得灰頭土臉。……

老白又犯了自顧自說滔滔不絕的毛病，好像仍是他孤身一人忙活在深山老林裡。真是積習難改。老白的神情讓我感到一種壓力。他轉過臉來，點點頭，彷彿才又看到了我這個人的存在似的。他抱歉地苦笑笑。我們不約而同地站起來，揹上各自的背簍，拄上各自「山拐杖」，重新上路。老白究竟是個怎樣的人啊？總是旁若無人的自顧自講話，一講就是一大篇，不是精神出了問題吧？

正這麼想著，走著，忽地聽到一種陌生的「嗞嗞」聲，尖銳、刺耳。顯然老白也聽到了這奇怪的聲音。我們停下腳步，循聲望去，陡地見到前面路中間出現一條「犁頭扁」，也就是蝮蛇，擡著半人高的身子，三角形腦袋一伸一伸，蛇身還有一半藏在草叢裡，隨時要向我們進擊！大山裡的人都曉得，蝮蛇又叫「五步倒」，一旦被牠咬到，五步之內，人就倒地、送命。這時刻，我本能地躲到老白的身後，身上滲出冷汗。老白擋在我前面，緊張並低聲囑咐我：不怕，不怕，也要不慌。我帶有樹神爺爺給的蛇藥。……小盤你現在朝後退，不要跑，悄悄退遠些。人一跑，牠就會追。好咧，看我老白怎麼收拾這傢夥！

我退到離老白身後十幾米處停住，牙巴打起戰戰來。老白與蝮蛇對峙著，我怕看，又想看。那是一條大蛇，有鐮刀把那麼粗，至少兩、三米長。老白用「山拐杖」挑逗蝮蛇，蝮蛇的三角形腦袋擡得更高更凶狠，吐出紅紅的信子，「嗞嗞」地噴出毒風。但見老白當機立斷，突然出手，用「山拐杖」把「犁頭扁」引到一側，一個箭步，呼地一把死死掐住了蝮蛇的「七寸」（俗話說打蛇打七寸，即距蛇的頭部七寸處）。那蛇正要揚起尾巴來纏繞對手，老白卻大吼一聲，呼地把整條蛇掄了起來，掄成圓圈，朝我們坐過的岩石上重重抽打下去，連續掄起三次，抽打三次，再將那東西丟了手。啊呀！也就十幾秒鐘功夫，那猖狂、凶惡的東西軟塌塌了，癱在地上一動不動了。老白在草叢中擦擦手，很響地拍了兩下巴掌，向我招手：好了，沒事了，不怕了。我移步向前，指指地上那一攤圓溜溜的物件，問：牠不會起來吧？老白難得地笑了：真是個妹子。……牠的一身骨頭都被摔斷了，碎了，再也爬不起來了。不信，你看……說著，老白從背簍裡拿出個帆布袋，把地上那一長條東西三捲兩捲，塞進袋裡，然後將袋口的繩子拉緊，鎖了口。他掂了掂手中的重量，說：至少五、六斤！到了樹神爺爺那裡，可以改善夥食，好好吃它一頓。越是毒蛇，肉質越是鮮嫩。

我雖是在山林裡長大，可從小被父母寵愛和保護，膽小怕蛇；後來到省城讀書，去郊區山上遊玩也有男同學打頭陣，不曾面對過這種大而凶的毒物。可以想見，老白一定在心裡笑話我臭嬌氣，山裡妹子像個城裡小姐！

老白到溪邊洗了手，擦了把臉。我這才發覺，他也出了一身的汗。此時，我敬重他的學問，更佩服他的膽識。先前還擔心他精神有問題。經他此番勇擒蝮蛇，在我心目中，他不但是大名鼎鼎的林學家，還是一條好漢，一名壯士。我們重又登程。我跟在他身後，心有餘悸，問：老白，去盤王頭的路上，不會再遇到長蟲了吧？老白回答：不怕！我帶有樹神爺爺給的蛇藥，任何蛇毒都能治。已經救過不少人。回頭我分給你幾粒，以後出門就帶上，以防萬一。我差點就想說：老白，以後我只跟著你出門……可話到嘴邊，又嚥回去了。這話是不能說出口的。老白又說：放心走吧，我簍子裡揹著傢夥，牠的同類嗅到氣味，都會溜走。牠們的嗅覺比狗還靈。先前，我應該把空飯筒丟到對面山上去。那傢夥聞到香氣，也想來「打中夥」。

我們沿著溪谷往下走，嘩啦啦的水聲越來越大，越來越湍急。溪水已在這裡匯成小河，再往下走，就是奔騰的野馬河了。河兩岸仍是陡峭的山崖。山崖上仍是那些生長了千年萬年色彩斑斕的古樹。老白說，去盤王頭，必須過野馬河。這季節，河床深切，踩不到底……。我心裡打鼓，這深山裡不可能有渡船，也不會有橋。難道還要游水過去？我們又走了彎彎曲曲、高高低低好長一段路。老白忽然手一指：看，那裡有個渡口！我朝前方望去，仍是綠樹婆娑，滿眼蒼翠，哪有什麼渡口？

說話間，老白領著我在幾棵古柏前停了下來：看到沒有？這裡有座樹橋，也叫神橋。

我一看，驚喜不已。原來是一棵巨大的柏樹，沒有朝上生長，而是橫臥到小河對岸去……這樹不像是受到外力轟然倒下的，因她龍蟠虎踞似的根系仍牢牢地長在泥石裡。更爲奇特的，柏樹碩大的軀幹兩旁生長出一株株碗口粗的小柏樹，也有十來米高了，形成一道過橋的扶欄。神跡，真是神跡！我小時候曾聽父母說過，深山裡有座「神橋」。今天親眼見識了。

老白看到了我的驚喜。他說：沒聽過講古？你小時候肯定聽過，衹是長大後忘記了。來來，我們歇口氣，再過「橋」吧。

心情鬆弛下來。我請老白過橋之前先講古。講古就是講故事。

於是老白閉上眼睛，又自言自語似的嘀咕開來。……東漢初年，南方瑤王造反，占據南嶺山脈的廣大地盤。漢光武帝劉秀，派遣大將軍馬援率大軍南下征討。馬援就是馬伏波。瑤王的造反隊伍打不過朝廷官軍，一路敗退到天鵬山的崇山峻嶺中。伏波將軍馬援的大軍一路追剿到盤王頭下，而盤王頭上聳立著瑤王最後的山寨。就在瑤王率所剩不多的人馬，退到這水流湍急的野馬河邊，發愁沒法渡河，身後又有大軍追來時，神跡出現了：河邊這棵古柏樹突然倒了下去，橫在河上，成爲一座樹橋。瑤王率人馬安全渡河，平安回到盤王頭。好險！不久馬援的人馬也追到了河邊，官軍將士蜂擁上了樹橋。就在這當口，神跡再次顯現，古柏樹突然直立，把官軍們彈回原地！因爲過不了河，官軍的征剿由此結束。這回，是山神顯靈，保護了瑤王。……

我問：這古柏樹後來怎麼又倒下了，繼續作了「神橋」呢？

老白仍是閉著眼睛養神：你怕是有十萬個爲什麼呢。你問我，我問哪個？對，你問樹神爺爺去。爺爺講他三百歲了，他曉得很多世人不曉得的事情。

踏上「神橋」，我特意蹦了兩蹦，「神橋」紋絲不動，可見十分牢固。

過橋後，我們沿著羊腸小道向上爬。也就大半個鐘，登上了此行的目的地：盤王頭。此山上下，也全是採伐過後的「森林墳地」。老白告訴我：這裡四面陡壁，不算高，海拔一千零九十米。不過，我們此時還沒到達頂峰。在一尊巨大的石猴子的岩壁下，有一座古老得發黑的石頭屋子。或許，就是兩千多年前瑤王山寨的遺物。說著我們來到石屋前。老白叫喊：爺爺，爺爺！還睡懶覺？看看，我給你帶客人來了！

我小時候見過樹神爺爺。這時，爺爺走出低矮的石屋，面目清臞，仍然骨瘦如柴。和過去不同的是，他穿了身乾淨的伐木工人工作服，笑嘻嘻的，睜著混濁的雙眼看著我，像是在問：誰？誰家的妹崽？老白在一旁介紹：他是你徒弟盤解放的女娃呀！她長大了，讀完大學，回來當我的助手，也給你當徒孫來了。

樹神爺爺這才慈愛地拉拉我的手，說：長大了，長高了。爺爺老了，不中用了，都認不出來了。我趕忙說：爺爺您不老！比我小時看到的您還精神，氣色更好。說著，我們進了石屋。石屋分裡外兩間，倒也還乾淨。外間兼著夥房。牆上掛著砍山刀，蒙著幾張蟒蛇皮。老白從背簍裡取出一包米，兩罈子榨菜，一大瓶包穀燒酒。爺爺看到苞穀燒酒就笑了，連聲說：好，好，鬆鬆筋骨，鬆鬆筋骨。老白說還有好東西在後頭，接著從背簍裡把那隻帆布袋提了出來，還故意掂了掂。爺爺會意，說：你好運氣。牠鬥不過你。好東道，好東道！我已煮好飯，就等你們了。

爺爺領著我們出了石屋。老白從帆布袋裡拿出那條長蟲，用根繩子紮住牠的頸部，掛在一根木桿上。他從爺爺手中接過一把鋒利的砍山刀，沿長蟲頸部割了一圈；然手雙手拉著長蟲皮，猛地往下一扯。哎呀，整條白花花的蛇肉就露出來了，被三刀、五刀切成幾截，一截一截投入一口早就備下的生鐵鍋裡。這時的蛇肉就叫做「龍肉」了。爺爺往鍋裡添上水，鍋下生起火，咕嘟咕嘟就煮起來。我曉得，山裡人煮「龍肉」一定要在屋外。有種說法，若還在屋裡煮，一旦「龍肉」掉進了煙火炭灰，就有劇毒，要吃死人的。

趁著爺爺煮「龍肉」的工夫，老白拎起一把小鎬頭，領著我，把揹來的那捆樹苗補種到山坡上。我這才看到，原來老白和樹神爺爺在這盤王頭上種植著各種各樣的樹苗。這也是他的「科研場地」呢。老白說，可惜這些紅豆杉、白豆杉、紫豆杉、鐵松、龍柏要好幾百年才能成林，需要許多代人的培育。

之後，老白帶上我，轉到石猴子的另一邊。那裡有一口汩汩冒泡的山泉。我們在泉水邊洗了手，漱了口。盤王頭處處奇妙，難怪古時候瑤王在這裡建寨子，聚嘯山林。過了一會子，樹神爺爺的「龍肉」煮好了，鮮甜撲鼻。爺爺擺上了一張木桌，三張凳子，杯盤齊備，等著我們開飯了。

爺爺和老白喝苞穀燒，佐以「龍肉」。我不喝酒，也有點怕「龍肉」，蓋因對那長蟲立著三角腦袋「嗞嗞」示威的惡狀記憶猶新。爺爺說：妹子放心大膽吃，「龍骨」都剔出了，你祇當豆腐一樣吃好了。老白也說：小盤你不吃會後悔的，爺爺煮的這「龍肉」，不放任何佐料，祇放鹽，卻是天下第一美味。

爺爺和老白不會騙我，舉起筷子嚐了一口。這一嚐不打緊，竟勾起我的食慾。喝湯吃肉，吃肉喝湯，真真天下第一鮮，天下第一味。我都停不下筷子了。我敢講，任什麼國宴、滿漢全席，都不及這一味「龍肉」了。我也貪嘴，也好吃不是？

九　蝙蝠族的傳說

吃過「天下第一鮮」，我們坐在岩頭上歇息，任清涼的山風吹著，好不愜意。老白看看手錶，才下午兩點多鐘。我猜到他的意思，不急著下山，想多陪陪樹神爺爺。爺爺也不想我們這麼快就離去，笑瞇瞇地看看老白，又看看我；看看我，又看看老白。他的眼神裡有一種期待，什麼樣的期待？我很不自在。多管閒事。老白卻一副肅穆、沉思的神情。他轉過身去，指向遠處一座彷彿漂浮在雲霧中的圓形山坳，又自說自話了：相思坑工區的天坑，從東到西，不止一個……說是些火山口，沉寂了千萬年，裡面長滿了古樹古藤，還有毒蛇猛獸……

我原是在相思坑工區長大的，曉得有一串天坑，但從未從高處遠眺過它們。我還記得瑤王谷對面的大榕樹附近也有個天坑，叫蝙蝠洞。老白想起什麼，問樹神爺爺：爺爺上次唱的瑤歌，相思坑下通陰河，九宮十八殿，水怪夜叉出沒？我沒有聽懂。能不能再唱一次？請金鳳轉述。

樹神爺爺咧著剩幾顆黑牙的嘴笑了：唱，唱，祇要你想聽我們瑤家的歌。

我說：爺爺，我也想聽。小時候，聽阿媽唱過我們瑤家古事。州裡省裡來人採風，做過錄音。但後來就再沒有聽人唱過了。有支歌很長，好像是唱陰河人的故事，叫做〈蝙蝠族的傳說〉。

樹神爺爺滿臉上皺紋縱橫，如同千溝萬壑，深不可測。他笑眼瞇瞇，有興致，兩個巴掌在岩石上拍拍打打，身體也左搖右擺，嗚哩哇啦唱開了。老人家的嘴不關風，唱的又是瑤家的土話，難怪老白聽不懂。我沒問題，能懂。老白要我把這支長篇敘事歌謠轉述成漢話，那可不易呢。樹神爺爺唱一段，便停下來喝口水，潤潤嗓門。我呢，就把這段歌謠的大概意思講給老白聽。

講是老早老早以前，天鵬山底下有個縱橫千里，上下幾十層樓高的溶洞，形狀像一枝又大又長的珊瑚樹，枝枝爪爪横臥在大山的肚子裡。洞穴裡石筍林立，殿堂高闊，水流湍急，瀑布轟然，迷津無數。從古至今，很少有人敢深入洞穴去探險看個究竟。偶爾有人進去，也不見有出來的。地下迷宮，萬古成謎。然而，在這地下迷宮裡生活著一支從未見過天日的原始部落「蝙蝠族」。講是蝙蝠族人視覺消失，都是些睜眼瞎，什麼都看不見。但他們的聽覺、觸覺、嗅覺異常靈敏，能辨別十里之外的聲息和氣味，並判斷安危凶吉。更奇特的是，他們四肢如翅，輕功了得，能在洞穴裡攀崖走壁，健捷如飛，絕無閃失。

老白掏出筆記本，邊聽邊記錄。他還不時豎起大拇指，誇爺爺唱得妙，我轉述得好。

蝙蝠族人生食，人人具備辟穀功，潛伏於洞中可長年不進食，似睡非睡，似醒非醒，如動物冬眠。他們稱為「洞眠」。蝙蝠族人都長壽，不計年月。他們的語言有如鳥語蟲鳴，聲調簡潔。族人之間，無需衣物蔽體。女子無分燕瘦環肥，男子不論虎背熊腰。群居群交，無晝無夜，無論父母，鮮少生育。一名女子一生衹生養一次，且多夭折。因無力繁衍衆多人口，他們奉行女尊男卑的族規，事主母如神靈，屬於原始人類的母系社會。族規嚴禁以强凌弱，以衆勝寡，卻又不分男女，人人自幼習武，倡行單打獨鬥，吃苦耐勞，輕生重義。族中大小事務都由主母做主，男性不得妄議。年復一年，人口逐漸老化，減少。

某年某月，有位道行高深的長老為煉仙丹，來到南國天鵬山採藥，為花精所迷，誤入蝙蝠族人祖居的溶洞，並被該族武士團團圍困。儘管長老身懷天下無敵的八卦神功、風雷掌功，霹靂腿功，凌霄氣功，可自進入這暗無天日的迷宮深處，身上的功力便消失泰半。遇上一位位蝙蝠族壯士的功夫了得，輪番和他鏖戰苦鬥，終是不敵，後束手就擒。所幸道家長老的辟穀功力尚存，長時間不進食，仍可活命。加上蝙蝠族女人對他很是懷柔，與他群交，歡喜他力道強勁，金槍不倒。……

樹神爺爺猶自唱著，我的轉述卻難以為繼。……什麼呀！太粗野。……我臉燥耳熱，羞得不行。老白倒是體諒我，停了手中的筆，輕輕說：可以省略，省略，以後我另找人補齊就是了。他個壞鬼。

……那個長老熬過了許多時日，懂得了一些蝙蝠族人的言語，並使其中六位從未生育的女子身懷六甲，先後誕下六名男嬰，取名黑一、黑二、黑三、黑四、黑五、黑六。道家長老呢，精氣耗盡，形同枯槁，奄奄一息，算是功德圓滿了。升仙之日，他囑咐族中主母：黑氏兄弟長大成人，可放他們出洞，去找一種可助蝙蝠族人繁衍後代，香火永續的寶物。主母問是什麼寶物。長老說了一個字：日。蝙蝠族主母及全族之人正苦於人口日漸減少，需要多些子孫出世；但世代棲息洞中，何須到洞外去尋找什麼寶物？道家長老說：此洞劫數已近，地陷東南，岩傾西北，先是大火十載，後是大水百年。……唯有派黑氏兄弟出洞，找到那個叫「日」的寶物，族人才可獲救，度過劫難。蝙蝠族主母仍然不懂何物為「日」，是何形狀，有何用處。道家長老最後說了一段話：「日」為天地之主，照耀萬物，滋養蒼生，光明世界；「日」爲何狀？「日」者，世稱「日頭」，巨球狀，無聲息、無氣味，刺目、燙手，熱浪撲面。……說罷，長老升了上界。

說話間，黑氏兄弟長大成人。個個五短身材，臂力過人，輕功高強，精猛無比。主母倒是不忘道家長老的遺囑，允許六兄弟走出溶洞迷宮，去尋找那個叫「日」的寶物。主母叮囑：記住了，你們要尋找的寶物，巨球狀，無聲息、無氣味，刺目、燙手、熱浪撲面。……如果真能找到，你們就抱他回來，不定我們全體族人從此可以逃過你們父親所說的水火劫難，去到另外的世界，過上另外的營生，繁衍出衆多的人丁。

於是，以老大黑一為頭領，黑氏兄弟憑著他們靈敏的聽覺、觸覺、嗅覺，個個身輕如燕，行走如飛，不日即出了千里洞府。洞外是平闊原野和起伏的山川。時值陽春三月，鶯飛草長，萬木欣欣。黑氏兄弟聽到了山歡水唱，鳥語蟲鳴；觸到了春風輕柔，陽光和煦；嗅到了泥土氣味，花草芬芳。他們高興得發出歡聲，雀躍不已：還是洞外面好！洞外面好！可是，他們看不到這色彩繽紛、生機蓬勃的大千世界同時也是危機四伏、險象環生。他們甚至看不到自己的赤裸之身，從頭到腳通體雪白，一絲一髮都不曾黑過。

他們不辱使命，開始在山川裡尋找那個叫「日」的寶物。六兄弟分頭涉入水中，攀上高枝，穿過叢林，行走峭壁，躍越山巔，倒掛懸崖。……涉入水中的老大黑一即時有了斬獲，撈起水中渾圓沉重之物，大叫：找到「日」了！找到「日」了！弟兄們聽到這歡叫，立即從四面八方趕來，圍住問：「日」在哪裡？哪裡是「日」？黑一得意地說：慢著！你們一個一個來摸。「日」正被我抱著。黑二上前，摸了摸黑一懷中的「日」，欣喜道：是了，是了！圓的，大的，大的！黑三上前摸了摸，跟著叫道：是「日」，是「日」！黑四伸出手來，上前摸了摸，也隨後喊道：想不到這麼快就找到了「日」！黑五的手在圓石上停得久些，摸得仔細些，好一刻才住手，然後退過一旁，沒有吱聲。最後是黑六上前摸「日」。他衹覺得雙手涼涼溼溼，溜溜滑滑，遂即否定：不對！這不是「日」！它是圓的不錯，也算大，但不燙手、不刺目，更無熱浪撲面。……它不是「日」！

黑一呆立水中，兩手一鬆。那塊被他誤認作「日」的鵝卵石砰然落回河中，濺了大家一臉一身水珠子。作為頭領，黑一並不固執，更不氣餒。他發出號令：弟兄們，繼續找「日」，一定要找到圓的、大的、刺目燙手的，熱浪撲面的「日」！

黑二自幼擅長攀援。他飛身上了一棵參天古樹。在白雲繚繞、彩霞常駐的樹梢，他觸摸到了一個巨型巢礎，還在裡面摸到了一顆渾圓發燙的巨蛋。那顆蛋比人還高，還大，雙乎勉强可以抱往。黑二奮力把它抱了下來。他高聲叫道：快來呀！快來呀！我找到「日」了！找到「日」了！可就在這時，弟兄們還沒有來得及聚到一處，他們也看不見，有大鵬展翅，把半邊天都遮住，颳起一陣大風，從雲層裡飛撲而下，呼啦一聲，把黑二連同那枚巨蛋一起叼走，騰空而去。……黑二從此沒了蹤影。

黑氏兄弟曉得大事不好，前路凶險。但他們不退縮，哪怕丟掉性命也要替溶洞裡的族人找到「日」，找到「光明」。剩下的五兄弟重又分頭出動。這回是力大無窮的黑三在一處潮濕草地上摸到一個又大又圓的物體，不燙手，但會哈氣！難道這才是「日」？他趴下身子，仔細摸索那圓形的傢夥，發現牠不僅圓，還很長。那傢夥蠕動起來，將一股不涼不熱的氣體噴到黑二臉上。「熱浪撲面」！黑二剛高興地叫了一聲「快來啊！」，就動彈不得了，他的身體被那「日」繞了幾繞，死死箍住了。當其他四位兄弟趕來時，黑三已不能叫喊了。他奮力掙扎，一時間草木紛飛，狂沙驟起，好一場搏命，好一場廝打。兄弟們因要遵從單打獨鬥的戰法，遵守嚴禁以多勝寡的族規，不能出手相助。直到他們聽不到任何來自草地的聲息。……黑三怎麼了？黑三哪裡去了？任四兄弟呼喚，黑三都沒有回應。他們未能見到的是，和黑三倒斃在一起的，是一條巨蟒。良久，活著的弟兄們才摸索到那條比他們的頸脖還粗的巨蟒。勇猛的黑三兄弟以一人之力，與强敵同歸於盡。

他們又少了一個兄弟。但蝙蝠族人是天生的勇者，天生不怕死，也從不會在凶險面前退卻。他們展開非凡的輕功，攀越崇山峻嶺，穿越叢林，來到一條青草沒膝，風嘯烏啼的峽谷。這次仍是分頭行動，四出找「日」。弟兄們已有了些經驗，曉得他們要找的「日」除了圓和大之外，還要燙手、刺目，熱浪撲面。總之，要諸種條件都具備才是「日」。這回是黑四有了斬獲，在一處茅草過膝的山坡上，感覺到一股撲面而來的熱浪。他沉住氣，沒有大喊大叫，但本能地感覺到衹有「日」才會散發這種熱浪。他興奮莫名地朝前走去。可那熱浪卻在步步後退似的，還發出嘩嘩啦啦的響動。不一會，那響動停止了。黑四終於伸手摸到一個毛光水滑、溫熱暖手的圓形之物。這就是「日」！這就是「日」！身手矯健的黑四身子一躍，騰地飛身上去，上了「日」背。這才大叫：來啊，來啊！我騎上「日」了！……等黑一、黑五、黑六聞聲趕來時，卻再也沒有聽到黑四兄弟的聲音。他們衹聽得前面草叢裡有一巨物在狂吼，撕咬，彷彿地殼都在顫抖。他們仍要堅守單打獨鬥的戰法，嚴守禁止以多勝寡的族規，不能出手相助。那巨物功夫了得，以長鞭作戰，將他們三個一一掃倒在地！之後，發出一聲長嘯，頓時狂風大作，地動山搖。……可憐黑氏兄弟，失去了機智的黑二、勇猛的黑三，又失去了忠耿的黑四。直到這時，他們也沒明白，黑四遇到的不是「日」，而是山林之王。黑四葬身虎口了。

領頭的黑一把剩下的黑五、黑六弟弟叫到一起商議：看來「日」是不容易找到的寶物。要想找到「日」，必須遠行。不找到「日」，絕不回去見主母。哪怕剩下最後一人，也要找到「日」，把「日」抱回去，之後帶領全體族人走出古老的溶洞，逃過即將面臨的十年大火，百年大水的浩劫厄運。這時，年紀最小、頭腦最活的黑六提出建議：我們只剩下三兄弟了，應該改一改族規，不再單打獨鬥，而是三人合力，以衆勝寡，免得重蹈黑二、黑三、黑四的覆轍。黑五一聽要改族規，揪住黑六使是一頓暴打，邊打邊罵：叛逆！壞種！幸而黑一力大無匹，喝住了黑五，護住了黑六：六兄弟出洞，衹剩下三兄弟，還自相傷害？這才是犯了最大的族規！今後三兄弟合力，共同對敵。我們也不要在近處找「日」了，而是要遠行，朝著真正熱浪撲面的地方前行。

黑一領頭，與黑五、黑六手拉手，翅連翅，一齊發動絕世輕功，翻過座座青山，跨過條條大河，飛越大洋大海，不知費了多少時日，飛了多少路程。……終於，他們來到一處發出巨大熱浪的山谷。他們立即覺得發出這撲面熱浪的是一個很大很大的圓。為了證實他們的判斷，不再誤判，兄弟三人手拉著手，肩並著肩，頂著炙熱的氣浪，觸探著燙手的岩壁，轉了一天一夜，才回到原地。這回，他們堅定地相信：終於找到了！找到了圓的、大的、刺目燙手的、熱浪撲面的「日」！沒錯，它一定是「日」！一定是「日」！「日」就在這山谷之中。它再大再沉，兄弟三人也要齊心合力把它抱回去，把它抱回那萬古漆黑的溶岩洞府中去。

蝙蝠族人歷來堅韌不拔，義無反顧。黑一領著黑五、黑六，三兄弟臂挽著臂，迎著那熱浪蒸騰、岩漿翻滾的「日」，奮不顧身跳將下去……

……樹神爺爺緊閉著昏花的雙眼，眼角沁著一粒晶亮的水珠。他停止了吟唱。我也停止了轉述。眼前一派苦澀的茫然，胸口很悶很緊，想哭又哭不出來。樹神爺爺吟唱的古老歌謠傳說，我在兒時聽過，但那時聽不懂。現在，我聽懂了，也轉述給老白聽了。可我心中卻很不是滋味。難怪州裡省裡早有文藝工作者來我們天鵬山瑤家採風錄音，帶走了這古老歌謠傳說，可從來也不見他們整理出來發表、傳唱。

老白停了筆，看看我，看看樹神爺爺，又看看筆記，傻問：完了？這就完了？古老的寓言，史詩！溶岩洞府裡的蝙蝠族人，後來哪裡去了？

他打破沙鍋問到底。我沒法回答，轉向樹神爺爺，尋找答案。爺爺講：那一族人沒能走出來，後變成了檐老鼠。老白問：什麼檐老鼠？我告訴他：就是蝙蝠。

日頭偏西，已是下午四點鐘了。老白和我向爺爺告辭。樹神爺爺朝老白的背簍裡塞入一大包乾香菇，又往我的背簍裡放了一包曬乾了的「雷公膽」，即黑木耳。這都是爺爺平日在山裡遊轉時採集的，送給樅樹壩營林工區食堂的。他還拿出一卷曬乾了的蟒蛇皮，送給場部子弟學校製胡琴用。臨別，老白又提起要爺爺搬回樅樹壩去住的事，有現成的宿舍給他留著。樹神爺爺擺擺手：不講，不講了。趁早動身回吧。你們走不得夜路的。

一路無話。樹神爺爺吟唱的歌謠傳說一直縈迴在我的腦海裡。那旋律深沉、淒楚，語句惆悵、悲涼，聽似荒誕不經，卻又意味深長。我的心情不由得沉重起來。至於到底爲什麼沉重？卻又想不透，說不出。看來，瑤歌也勾起了老白的心事，令他沉思。走著走著，老白在前面自顧自的哼起歌來。斷斷續續，高高低低的，說是唱歌吧，像在講話；說是講話吧，又像是在唱歌。不中不西，不土不洋，土中夾洋，五音不全，跑調，既有點瑤家山歌的味道，又帶著流行歌曲的旋律。我敢肯定，他沒有音樂細胞。反正我只依稀聽清兩句，什麼「……時間的長河裡，你是遠古的靈異……大森林母親！綠遍天涯的綿綿情意，哺育了我們姐妹兄弟……」唱了些什麼呀？我都懶得問他。反正他全然無視我這名聽衆的存在。反正他是這深山老林裡的獨行俠，單打獨鬥慣了的。好在他還不是陰河裡蝙蝠族的黑氏兄弟。我這樣跟在他背後笑他咒他，有些刻薄吧？

天黑前，我們回到樅樹壩。一位身材健美、明眸皓齒的瑤家大姐拿著一疊漿洗乾淨的衣物，正等在老白的宿舍門口。老白介紹：二位認識吧？這位是我們營林工區的技術員穆蓮阿姐。穆蓮，你不認得金鳳阿妹？

認得，認得的！穆蓮阿姐把手上衣物朝老白懷裡一塞，就過來摟著我的肩膀：金鳳，聽講你回來好幾天了，怎不來找我？我也認出了阿姐，笑著輕輕推開她，因我趕路，風塵僕僕，一身的汗酸氣。穆蓮阿姐是我兒時的夥伴，大我四、五歲，一起長大的。唔，看樣子，阿姐和老白關係不一般。我和阿姐說著話，心情又平添一份惆悵，一種難以言說的失落。回頭一想，又莫名其妙，他倆關係一般不一般，關我什麼事？鹹吃蘿蔔淡操心，真是的。我應該為他們祝福，替他們高興才是。

十　籌辦四十周年大慶

我住進原辦公室主任花四季的宿舍，一套兩居室。我知道這安排有點特殊化，是出於龍伯伯等場領導對我的照顧和愛護。反正祇住半年，然後就會去樅樹壩林研所上班的。我在臥室窗下放了個小書架，擺上剛運到的業務書籍，《森林生態學》、《森林概論》、《森林培育學》、《森林土壤和氣象》、《造林學基礎》等等，以便隨時翻閱、温習。

野馬河邊的林場場部是一棟四層的紅磚樓房。遠遠看去，萬綠叢中一點紅。在一排排低矮的職工宿舍平房中，稱得上「鶴立雞群」。辦公樓的一樓為禮堂，有個小舞臺，大廳可容納六、七百人，兼具電影院和劇院功能；二樓中間一條走廊，兩邊各有十來間大小房間，門楣上分別掛著白底紅字標牌：人事科、安保科、宣傳科、生產科、財務科、供銷科、後勤科、環衛科、運輸科、計生科等等；三樓也是中間一條走廊，兩旁分別為場部辦公室，以及五位「場務委員」的五間小辦公室，加上工會、婦聯、共青團、資料室、保密室等等，房間面積比二樓科室要寬大；四樓則分作東西兩部分：東邊大些，是「場務會議室」，西邊小些，是場部廣播站。有人講風涼話：場部辦公樓是天鵬山林區的軍機處，總理府。

這天，作爲場部辦公室祕書，我第一次出席「場務委員擴大會議」。會議在四樓會議室進行。四位「場務委員」龍樹貴伯伯、鮑東生叔叔、滕達叔叔、楊春秋總工，加上白回歸所長，在條案後面坐成一排，算是「主席臺」了。隔著條案，則是散坐著各工區主任及各科室領導，總共三十多人。我被安排在靠窗一張小學生課桌般大小的書案後就座，準備做會議記錄。用龍樹貴書記的話說：今天來的都是天鵬山林區的各路諸侯。不一會，會議室就煙霧騰騰。在座大多是些粗壯漢子，幾乎人手一菸，比賽似的，滿屋子輪番敬菸、拋菸，火柴盒、打火機也拋來拋去。有人被煙嗆著了，大聲咳嗽，朝地板上吐痰，用鞋底擦擦。好些人用陌生的目光打望我，交頭接耳，似乎在打聽窗前那人姓甚名誰。我覺得有些悶，將身邊的窗戶打開，讓煙霧飄出去，清風吹進來。

主席臺上，鮑東生場長站起來，頗威嚴地乾咳兩聲，開始點名。他喊一聲工區的名字，下面即有主任起立，很響地回答一聲「到」，然後坐下。「霸王嶺」，「到」！「相思坑」，「到」！「大榕樹」，「到」！「犀牛灣」，「到」！「茂林坳」，「到」！「凌雲頭」，「到」！「野雞坪」，「到」！「藤蘿寨」，「到」！「太平洞」，「到」！「樅樹壩」，無人回應。鮑場長連喊兩聲「樅樹壩」，仍無回音。他沒有生氣，衹是笑看了旁邊的白回歸一眼：「對了，對了，樅樹壩營林工區李主任回老家奔喪去了，暫由白專家代理。白專家你也站起來答應一聲啊！」白回歸所長端坐不理，閉上眼睛，好似沒有聽到。滕達副場長順手把一杯涼開水遞了過去：「口乾了，口乾了，喝點水，喝點水。都不是省油的燈……」底下有笑聲、議論聲。鮑場長倒是氣度平和，接過杯子，喝了一口，說聲：「謝謝」，坐下了。隨即，他又和身旁的龍樹貴書記低聲交談了一句什麼。

龍樹貴書記拍了拍巴掌，示意大家安靜：現在，宣布「場委會」一個決定。場部辦公室原來的花四季主任走了，回省城去了。經研究決定，由我們天鵬山林場第一個女林業碩士、學成歸來的盤金鳳同志代理辦公室主任。大家歡迎！說著，龍書記帶頭鼓掌，臺上臺下跟著鼓掌，掌聲並不熱烈。

我頓感意外，心中老大不自在。不是講好了衹做場部辦公室祕書，而且是借調半年？怎麼又宣布為代理主任？剛回來沒幾天，就受到如此重用，我還能不成為衆矢之的？全場的人都在看我的熱鬧。偏偏滕達副場長又大聲提醒：金鳳阿妹，你站起來，向大家鞠個躬，行個禮嘛！我登時臉紅了，乂不能公開嚷嚷，拒絕林場領導們的器重和好意。我感覺到白回歸所長瞪大雙眼，直視過來，看我怎麼表態。

我不知所措，急急巴巴說了句：不是講好了只做半年祕書工作……

龍樹貴書記這時又拍巴掌：好了，好了，盤金鳳同志，烈士的後代。中南林業大學本來已經決定她留校任教，以後再讀博士，當教授，一路順風順水升上去。可金鳳沒有忘記我們天鵬山。她是從天鵬山出去的，現在拿了碩士學位，一心一意回到我們天鵬山工作。她這是不忘本。天鵬山林區是她的「根」。所以她是「金鳳還巢」，楊總工講得好，「金鳳還巢」！這些年分配來我們天鵬山林研所工作的大學生、助理研究員、研究員，因爲大山裡工作艱苦、生活單調枯燥，一個一個以各種理由，找各種關係，都走了！以致我們林研所的白回歸所長成了光桿司令。盤金鳳妹子今天能夠回來，「金鳳還巢」，我們能夠不誇獎、不歡迎、不支持她的工作？來，鼓掌，鼓掌，大家再次鼓掌！

接下來的掌聲熱烈，還有人大聲叫好，說我是天鵬山人的驕傲，瑤家人的驕傲。……我感動不已，雙眼濕潤了。我站起來，朝主席臺鞠了一躬，再轉身朝大家深深鞠躬。

主持會議的鮑東生場長這時又乾咳兩聲，示意大家安靜：下面談正事。遵照我們一把手龍頭的指示，今天的會議主要討論、研究、決定四件大事。大家聽好了，金鳳同志也請做好記錄。

頭一件，落實林業總局關於追加木材生產的指示，今年下半年，每個採伐工區在完成全年生產任務的前提下，再增加兩千立方米的「超產有獎優質木材」；

二一件，研究成立專門辦事組，籌辦紀念建場四十周年慶祝活動；

三一件，討論、籌辦「建場四十周年光輝成就展覽」；

四一件，在舉行建場四十周年慶祝活動的同時，籌辦一次珍貴木材面板公開拍賣會。

關於建場四十周年紀念活動，我們龍頭早有指示，要辦得隆重熱烈、有聲有色，在廣大幹部職工、家屬小孩中進行一次傳統教育。要做到人人評功擺好，個個笑逐顏開，扎根林區、安心工作，繼續為國家四化建設貢獻更多、更好的優質木材。好！龍頭講得好，我們熱烈擁護。下面，我們先討論第一件：關於落實林業總局追加今年木材生產的指示。大家發言。還是龍頭的那句話：內部會議，百無禁忌，暢所欲言。

我認真做著筆錄。

首先發言的是身材剽悍的生產科長趙裕槐，他開口就講：上級那些坐機關的大爺們，就會鞭打快牛！每年年初生產指標加碼不說，還年年七月份再追加任務！請他們來天鵬山看看，再這麼重採伐、輕營林的搞下去，不出十年八年，我們整個林場就成了和尚腦殼，連草都不長了！

唉，誰叫我們林場是個省、地兩級都掛了號、上了榜的模範採伐場，木材生產基地？

就連坐在臺上的滕副場長，也發了句牢騷，望著生產科長苦笑。

白回歸所長緊閉著嘴，沒有吭聲。

什麼模範不模範？模範林場就能叫石頭變成木頭了？其他工區的情況我不敢講，我們相思坑工區今年完成原本的採伐任務都很吃力，再給我壓指標，我就改行當石匠，砍石頭去算了！

說這話的，竟是龍樹貴書記那個憨裡憨氣的親侄子龍三寶。他的發言惹得全場哄笑、苦笑。

嗨，我們這些人，真是吃祖宗飯，造子孫孽！

兒孫自有兒孫福。管那麼長遠做什麼？到時候四化實現了，鐵路修足了，高樓大廈蓋夠了，木頭就沒得用了。

祇要我們砍樹，卻不管我們要養家餬口！木材賣出去，款子收不回來，我們林場職工工資都發不齊。上級爲什麼不管？

現在是祇管幹，不管飯！放開手腳砍，年年當模範，領獎狀！十年八年之後，我們就退休，喝西北風去嘍！

正話反講，反話正講。我作著記錄，聽得出幹部們怨氣沖天，一個個就像和誰賭著氣似的，一支接一支地猛抽著菸捲，大聲咳嗽，大口吐痰。真是烏煙瘴氣。我不得不擰開了牆角的落地電扇。天氣並不悶熱，可是窗也開了，電扇也在轉。好幾位科室主任都看我一眼。頭一回參加這種幹部會議，真有些不習慣。

林場的主要負責人龍和鮑倒是沉得住氣。再刺耳的牢騷怨氣，他們也祇管若無其事地聽著，偶爾相互交換一個眼色。或許他們心裡的怨氣也不比他們的下屬少吧，祇是不便當著大家的面發作；或許，他們早摸準了下屬們的心性，說歸說，幹歸幹，任務下達後，他們還是會奮力完成的。

吵吵鬧鬧持續了大半個鐘頭。我停下筆，不禁也想看看兩位主要領導怎樣來煞住車，收攏場。這時，祇見龍樹貴書記掏出一隻老懷錶來看了看——早就聽說，這隻老懷錶是林場開山場長、老八路出身的孫政委臨終前傳下來的，還是抗日戰爭中從日本鬼子身上奪得的戰利品。隨即，龍書記向身邊的滕達副場長交代了一句什麼。滕叔叔欠了欠身，也重重地乾咳兩聲，清了清喉嚨，直到大家基本上安靜下來，才開了口：注意了，注意了！你們有怨氣，我土牛也有怨氣。但是再他娘的這麼吵鬧下去，我們金鳳主任都沒法子作會議記錄了。我們這些打木哥，就這麼個水平，一點也不懂他娘的斯文，一山一山的千年古樹在我們手下被剃了光頭，我他娘的也常常心裡喊痛，可是有什麼辦法？國家建設需要木頭，社會主義需要木頭。我們林場必須給國家鋸出木頭！就是這個道理！大道理管小道理，我他娘的不聽也得聽，不服也得服。龍書記、鮑場長，二位作指示？

我不禁有些吃驚。滕達副場長是我們瑤族，講話卻左一個「他娘的」，右一個「他娘的」，怎麼也學得像那些當兵出身的漢族幹部？真聽不慣他粗鄙的講話口氣。

鮑場長點了點頭，說：這些生產上的事務，我看我們還是應當聽滕達同志的。這也是組織分工的原則嚜。當然，最後都聽我們龍頭的，由他一錘定音。

我留意到龍樹貴書記皺了皺眉頭，又看了一次懷錶。他索性把寶貝懷錶放在條案上，說：不要隨便講由誰來「一錘定音」這種話好不好？不是早就有人指我在天鵬山林場搞「一言堂」，「家長制」了嚜？實際上，是實行組織分工，各司其職，多頭領導，也就是集體領導。當然，今上午的會，已經開到十二點了，還是由我來講兩句。每個工區新增兩千立方米木材的生產任務，我看暫不下達。請大家給場領導一個月時間，去和省裡、州裡燒香作揖，請示彙報，看看能否給予減免。但話又講回來，到時候是多少指標就落實多少指標。分到各工區去，我的親娘老子都不准打退票！

龍書記主事，乾淨利落。他聲音洪亮，一口氣裡裡外外講了個多小時。

好！今上午大家吵鬧有功，午飯每人一缽粉蒸肉，半斤包穀燒，算我請客！其餘三菜一湯，你們自掏腰包。散會！

整個會場氣氛就這麼直轉而下。我算對幾位林場領導的行事作風有所領略。奇怪的是，白回歸所長爲什麼一聲不吭？

下午的會議繼續由鮑東生主持，研究其他三項議程。大家面孔都紅紅的，大約是苞谷燒、粉蒸肉吃喝得高興的緣故。會議開得比上午輕鬆活躍。我甚至覺得跟上午的吵鬧氣氛很不搭調。

由於場部各科室及各工區的領導大部分都是一九五七年進山的「建場元老」，所以對籌辦建場四十周年慶祝活動無不表現出極大的熱情，歡欣鼓舞。天鵬山林場一草一木，都灌注著他們的心血，浸潤著他們的汗水。四十年來，林場年年被評為模範採伐單位，年年獲獎牌獎旗，這不是哪一個人的榮譽，而是全體天鵬山人的光榮。四十周年，經歷了多少運動折騰，風風雨雨，天鵬山人都走過來了，能不好好慶祝慶祝？

於是，全體與會者很快就統一了思想，作出了決議。我在記錄簿上一一寫下：

一、成立慶祝建場四十周年紀念活動領導小組，由龍樹貴書記親任組長，鮑東生、滕達、楊春秋、白回歸任副組長。領導小組成員為場部各科室科長、各工區主任。領導小組下設紀念活動辦公室，簡稱「紀念辦」，由鮑東生場長兼主任，負總責；場部辦公室代理主任盤金鳳協助工作；

二、成立建場四十周年光輝歷程展覽辦公室，由楊春秋總工程師任主任，生產科長趙裕槐任副主任。初步決定將集材場旁邊閒置的鋸木廠加以改建，用作展覽場地。立即組織人馬採集、製作各種實物標本，收集各種文件、照片、圖表，撰寫各種說明文字。同時籌辦一次文藝演出和詩歌比賽。當然，兩項活動都涉及經費問題。精打細算，也要十五萬元左右，恐怕又要挪用科研經費……。這事，龍書記已和白回歸所長打了招呼。……

三、籌辦珍貴木材面板公開拍賣會，由主管財務、後勤的副場長滕達負責操辦，成立專門辦公室，由財務科長、副科長任辦公室主任、副主任。

當然，根據大家的提議，鮑東生場長向龍樹貴書記請示後，分別作了補充說明：在熱烈慶祝建場四十周年光輝成就這個大前提下，允許以各種適當的方式，對林場目前所面臨的困難和可能遇到的挫折，提出各種意見、建言，等等。

我初來乍到，不敢懈怠，詳細記錄。

最後，鮑東生場長還提出，爲了辦好這次紀念活動，要起用兩個人才，一個是樅樹壩營林工區技術員穆蓮，另一個是原場部老技術員王神經，也就是「王念生同志」。

對於這突如其來的人事問題，大家沒有心理準備，一時愣住了，不知鮑場長和龍書記二位的葫蘆裡賣的什麼藥。生產科長趙裕槐憋不住，說：他們兩個？真是人物！我也不怕穆蓮技術員罵我。我瞭解她，是個潑辣貨，平日裡就數她意見多，牢騷多。如果她調來紀念辦，能好好工作？至於王念生，王神經，早在文革期間就投崖身亡，現在這個王神經是誰？……鮑場長是不是想「放線釣魚」？

生產科長的話引來一片笑聲。

鮑東生場長沒有理會這笑聲。他又和一把手、三把手交換了兩句什麼，隨後周到地問另外兩位在主席臺就座的人：白所長，楊總工，你們還要不要講兩句？

楊總工謙和地搖搖頭。白回歸所長卻站起來說：辦建場四十周年紀念，我贊同。我祇是要聲明，辦活動不能挪用科研經費，專款專用，借用也不行！說罷還不解氣樣的，又補一句：上次挪用的二十萬元還沒有歸還！

散會了，我看到龍書記、鮑場長、滕副場長三位拉下臉，樣子很難看。他們離開時，都沒有理會白所長。這場景使得我滿是疑惑。看來傳言不假，老白在林場是個單幹戶，孤家寡人。我敬重他又同情他，想上去和他打聲招呼。他卻誰都不看，扭頭走人。還好，他是和趙裕槐科長一起下樓去的。

十一 大森林之歌

每逢星期六晚上，場部的「森林夜校」在辦公樓一樓禮堂開課。由具有大專學歷的技術員們輪流給職工、家屬講授林業科普知識。龍樹貴書記任夜校名譽校長，鮑東生場長任校長，均不管事，祇為體現一元化領導。楊春秋總工程師任常務副校長，業務掛帥。說是辦「森林夜校」這事最初由林研所所長白回歸提出，經林場場委會接納批准的。辦學緣由基於常年工作、生活在大山裡的職工、家屬，大人、小孩對森林的微觀知識很豐富，譬如叫得出各種樹木花草的名字，懂得哪些樹根、草根，哪些樹葉、草葉能止血排毒、療傷治病，哪些野果、野菇、野菜有毒無毒、能吃不能吃，哪些樹木碰都碰不得，一碰就會身上起紅斑、紅點，不及時請草藥郎中醫治便會爛皮爛肉……等等。另一方面，山裡人對森林的宏觀知識知之甚少，如林木的分類，林木的生長歷史，林木的地理氣候特徵，林木與地球的依存關係，林木的綜合利用，林木保護與人類生活，林木的人工培育等等。「森林夜校」就是要向職工、家屬傳授知識，使大家更加懂得森林、珍惜森林、愛護森林。說來奇怪，在所有的授課老師中，以「孤家寡人」白回歸所長最受歡迎。因爲他的每堂課都會山裡山外，古往今來，中國外國地旁徵博引，和大家聊天、講古般生動有趣，引人發笑，令人開眼，使人長見識，大人孩子都愛聽。只要輪到白所長講課，禮堂裡就會人頭濟濟，座無虛席，連子弟學校的娃娃們都擠進來聽。現在，因爲林場要籌辦建場四十周年慶祝活動，業餘文藝宣傳隊需要場地吹吹打打，唱唱跳跳排練節目，於是森林夜校「讓路」，要暫停一段時日。這個星期六晚上恰逢白所長講課，前來聽講的人就特別多，比看免費電影還踴躍。

楊春秋校長叫上我一同去聽課，說日後也要安排我當「講師」，今晚算熟悉熟悉場地。楊總工一九五六年畢業於中南林業大學，是我的老學長。他原已經退休，是受場委會返聘繼續工作的。我們進入禮堂時，發現過道上都站滿了人，臺上臺下正在合唱〈大森林之歌〉。廣播站女播音員簫玉圓在臺上打拍子，擔任指揮。楊校長領著我站下來，也投入了合唱。我不會唱，只張開嘴哼哼，做做樣子。整個合唱不是很整齊，聲音有高有低，有嘹亮有沙啞，有清柔有蒼老，有女高音有童稚音，還有不少聲音跑調，簡直是聲音的大雜燴！但氣氛雄渾，遒勁，高亢向上，大氣磅礴又情意綿綿，人人都唱得那麼投入，忘我。我看到楊校長邊唱邊擦淚水。對了，這〈大森林之歌〉上次老白領著我從盤王頭回樅樹壩的路上他哼唧過，還以為他瞎哼哼，現在才把歌詞聽清楚了：

時間的長河裡，
你是遠古的靈異。
樹洞供我們棲身，
樹葉為我們遮體，
鑽木取火，行走直立，
漁獵養殖，蠶桑農醫，
都來自你，大森林母親！
百萬年的生命之旅，

緣遍天涯的綿綿情意，
哺育了我們姐妹兄弟！

時間的長河裡，
你是遠古的靈異。
童話給我們啟迪，
傳說讓我們美麗。
鳥跡造字，巫術儺戲，
琴棋紙筆，天文地理，
都來自你，大森林母親！
人類文明的發祥地，
緣遍天涯的綿綿情意，
哺育了我們姐妹兄弟！

聽著唱著，我喉嗓發哽，不覺地熱淚盈眶。這是大自然的旋律，生命之歌，歷史的迴響啊！在學生年代，從小學、初中、高中，到大學、研究生院，我也聽過並且參加過無數的小合唱、大合唱，但從沒有這次〈大森林之歌〉大合唱這樣打動我，激勵我，震撼我。感到自己的每根毛髮都豎起來了，每個細胞都抖擻、每根神經都膨脹了。我這樣講，是不是偏激、幼稚了？還有〈黃河大合唱〉、〈歌唱祖國〉、〈難忘今宵〉等等呀。

小盤主任，還在激動哪？正這麼痴痴的想著，楊校長輕聲提醒我：走，到前面去……。我這才發覺四周的人已經紛紛入座。我們好不容易擠到前排落座。剛才擔任合唱指揮的簫玉圓阿妹正好坐我旁邊，伸過手來和我握了握。玉圓也是我們瑤族，小我三歲，圓圓的臉蛋，圓圓的眼睛，天生一副個俏模樣，好嗓子，珠圓玉潤，小時候跟著我玩，屁顛屁顛的。

白所長已經出現在講臺上，準備授課，題目是「森林趣事知多少」。他身後有塊黑板，手中有枝粉筆，但沒有講稿。他的男中音清晰渾厚，富有磁性，流暢好聽。老白這人也真是的，祇有到了講堂上，才會意氣風發，談天說地，語句生輝，像換了一個人。也許他平日在樹林裡自言自語嘮嘮叨叨的習性，是在給夜校備課？

同學們，今晚上我們這堂課要換換方式，不要總是老師在臺上講，你們在臺下聽。我們來一次臺上提問，臺下回答；或者臺下提問，臺上回答。雙方輪流上陣，好不好？如果你們哪位提出的問題把我問倒了，我就向你們三鞠躬，並且拜那位提問的同學為師，好不好？

臺下響起笑聲、掌聲。這個白回歸真能調動學生們的聽課興趣。

那我先問你們第一個問題：我們生活著的這個地球，有多長壽命了？子弟學校的同學們可能已經聽老師講過了，或者在科普書籍中讀到過。……不知道？好，不要緊，我就告訴大家，地球已經存在四十多億年了。

哇，四十多億年了！我們人頂多能活百來歲呀。

來，第二個問題。地球上什麼時候開始出現動、植物？那是在二十多億年之前，地球上開始出現細菌，這是生命的起源。經過了一個漫長的時期，地質年代稱爲「寒武紀」，也就是五億年前，出現了藍藻、紅藻、綠藻類植物，同時出現的還有無脊椎動物。藻類植物至今在我們的溪水裡生長著，伸手就可以撈起來一把，對不對？無脊椎動物更活到了今天，如螞蟥、蚯蚓、毛毛蟲都是。所以，我們不要看不起溪中的水藻、土裡的蚯蚓，他們是我們地球上動、植物的老祖先！之後，又過了一億多年，到了四億年前，地質年表上稱爲「泥盆紀」，出現了蕨類植物，同時出現的還有魚類。

有人舉手：老師講的蕨類，我們天鵬山四處都能見到，對不對？對呀！蕨類植物至今仍遍布天鵬山區。我們每年春、夏、秋三季都採回蕨筍做菜吃，是不是？魚類就更不用說了，至今仍是我們餐桌上的美味。

有些聽衆笑了。

距今三億五千萬年前，地質年表上稱爲「石炭紀」。那時開始出現樹木，如木本石松、蘆林、種子蕨、科達樹等。松柏類樹木開始發育。大家注意，這可是我們天鵬山林區原始森林的老祖先啊！距今兩億年左右，地質年表上稱爲「侏羅紀」，真蕨、蘇鐵、銀杏、松柏類林木繁榮，地球上出現了真正的森林！對對，那位同志說得對，蘇鐵就是鐵樹，常綠喬木，至今生長在我們天鵬山區，被稱爲綠色活化石！銀杏、松樹、柏樹也都是綠色活化石，遍布我們十八里畫廊鷓鴣嶺一帶。什麼叫原始森林？這就是真正的原始森林！在侏羅紀，鳥類也出現了，巨大的爬行類動物恐龍也出現了。那時地球上的氣候温暖而潮濕。

我看得出來，大家都聽得入神。禮堂裡很安靜，偶爾有低低的「噢」、「哦」的回聲。這時，有人站起來，高聲提問：白博士，地球上出現人類是什麼時候？

白回歸擊掌：問得好！請坐下。我們人類自稱是地球的主人啊，是什麼時候出現在地球上的呢？請注意，在原始人類出現之前，地球上出現了其他哺乳動物。那是在兩億三千萬年前左右，地質年表上稱為「三疊紀」。哺乳動物的發展比較緩慢，直到距今兩百五十萬年前，才有人類的祖先類人猿出現。我們最早的祖先生活在樹上，森林是我們祖先最早的家園。因此，與魚類、爬行類以及松樹、柏樹、銀杏這些高大喬木相比，我們人類實在是晚生了許久，因而年輕得很。我們也實在沒有什麼值得驕傲的資歷！

大家笑了起來。禮堂的氣氛更趨活躍。

有人提問：地球上有多少種樹木、花草、植物？

白回歸朝提問者點點頭：又是個好問題！你真要問倒我了。我上初中時，正逢文化大革命，我是狗崽子，誰都可以欺侮我。沒有同伴和我玩，我就偷偷找些書來讀。我讀過一套課外科普讀物，叫做《十萬個為什麼》。你們看，有中學同學舉手表示讀過的。我至今還記得一些有關植物的基本數字。經過億萬年的演變，地球上一共生長出二十五萬多種樹木、花草。連同各種植物，總數達四十萬種以上。當然，現在已經沒有那麼多了，因為近一、兩億年間，地球上經歷過大冰河、小冰河時期，各有幾千萬年之久，許多動植物由此消失了。最著名的，當屬巨型爬行動物恐龍。牠們可能已進化成天空中飛翔的鳥類了。但是，我們感到欣慰的是，經過了冰河時期之後，我們中華大地上保存下來的動植物種類是最多的！你們知道這是為什麼嗎？我們中國有地理、地形優勢，即中國的河流、山脈大多東西走向，而北半球從北極南下的冰雪寒流被我們重重山脈阻攔，於是冰川所造成的災害也就大大減弱了。我們的樹木類現保存了五千多種，花草和其他植物類保存有一萬多種。我們的國土上形成了寒帶森林、溫帶森林、亞熱帶森林和熱帶雨林多層次的生長環境。

禮堂裡響起的笑聲，多半源於對家園的熱愛。

白回歸繼續講：再看看歐洲、北美洲，情況就比我們差多了。同在北半球，但他們那裡的山脈、河流多為南北走向，來自北極冰川的寒流南下，幾乎是長驅直入，沒有什麼阻擋。於是乎，現在環顧整個歐洲，全部的樹木、植物種類祇剩下五千多種；而北美洲更慘，祇剩下八百多個樹種。這是老天爺對中華大地、對我們的恩賜。我們可以高興吧？自豪吧？

有人鼓掌。更多的人在埋頭筆記。

且慢！白回歸擡高了聲音：不要驕傲！也沒什麼自豪的。老天爺留給我們中國的樹木種類、花草種類、植物種類確是最豐富的，但我國的森林覆蓋率祇占國土面積的百分之十二，在世界上排名第一百二十位。這麼說吧，現在全世界的森林覆蓋率平均為百分之二十六，我們連一半都不到。千百年來，歷朝歷代的濫砍濫伐，使我們成了世界上森林覆蓋率最低的國家之一。這是大自然對我們的懲罰啊！我們天鵬山林場就是個典型的例子。砍了四十年樹，到今天已經沒有多少樹木可伐了。我們的生計都要出問題了！

啊！禮堂裡發出嘆息。嘆息有輕有重，有長有短。

大約是擔心白回歸講課「跑題」，校長楊總工程師趕忙站起來，提了一個問題：白所長，您能不能告訴我們，現在地球上最古老的樹木在哪裡？

白回歸忙請校長回座，然後作答：世界上現已發現的、年紀最大的樹有兩棵。一棵在非洲西北角大西洋上的加那利群島，俄爾他島上的龍血樹有八千多歲；另一棵是美國加州太平洋岸邊的紅松樹，七千八百歲！至於我們中國樹木中的老壽星，就要數陝西黃陵縣黃帝陵旁的古柏樹，相傳是五千年前由軒轅黃帝親手所植，樹圍十米，樹高十五米；其次是山西太原市晉祠中的周柏，三千多歲；再其次是臺灣阿里山的「神樹」紅檜樹，也是三千多歲；還有河南嵩山嵩陽書院的柏樹，曾被漢武帝封為「將軍樹」，兩千歲；山東曲阜孔廟的圓柏樹，兩千四百歲。……

臺下有聽衆舉手，既有成年人，也有小學生：講講我們天鵬山最老的的樹是哪些！

白回歸笑了：大家最關心我們的天鵬山。我們這裡最古老的樹是兩棵蘇鐵，也就是鐵樹，估計年齡在六千歲左右。此外還有幾棵紅豆杉、金絲楠、金錢松，估計年齡在四千歲左右。

哇！嘖嘖！一片讚嘆聲起。

它們在哪座山上？對不起，我不能說出來，怕有人打歪主意！

衆笑。一位年輕女職工亮著嗓音問：白老師，山上那些大樹，有的長得四、五十米那樣高，爲什麼颱風都吹不倒？

很好，你問得好！請坐下。四、五十米高的大喬木，强颱風都吹不倒，那是因爲它根深葉茂。喬木的根系十分發達，一棵四十米高的大喬木，其主根往往鑽入地下二十幾米。知道嗎？還有它的旁根的根系，在地下四周組成網狀結構來穩固。特別是在茂密的樹林裡，大樹們的根系在地下相互交錯，聯結，四通八達，形成强大的網絡。每當颱風來襲，大樹的樹身可以來回搖晃，但它的根部卻是風雨不可動搖，安如磐石。我讀過一部小說，裡面有一段文字，是這樣寫的：「生命的種子，無比頑强。南嶺山區的花崗岩石脊上，常常不知從哪兒飛來一粒幾顆油菜籽那麼大的樹籽。這些樹籽撒落進岩縫石隙裡，幾乎連指甲片那麼一小塊泥土都沒有啊，祇靠了岩縫裡滲出的那點兒潮氣，發脹了，長根了。那是什麼樣的根系？猶如龍鬚虎爪，穿山破石，深深插入岩縫，鑽透石隙，含辛茹苦，艱難萬分地去獲取生命的養分。抽莖了，長葉了，鐵骨青枝，傲然屹立，木質細密，堅韌如鐵。這就是自然界生命的奇蹟！」

好，下面，你們祇管問，刨根問底地問。把我問倒了，你們贏了，我認輸。我再去好好讀書，搞調研，做學問。

我不禁暗自佩服。老白這人記性真好，涉獵廣泛。不僅讀林業專業書籍，也愛好文學作品。他上次領我去盤王頭的路上，給我背的那篇文字，肯定地是出自哪部名著的段落。

一位中年男職工站起來說：白老師，我也有一個問題。有句唐詩很有名，「霜葉紅於二月花」。到了秋天，原先綠油油的樹葉爲什麼會變紅？

這是個有趣的問題。請坐下。那是晚唐詩人杜牧的一首絕句：「遠上寒山石徑斜，白雲生處有人家。停車坐愛楓林晚，霜葉紅於二月花。」我們年年秋天看紅葉，滿山遍野都是。可是，入秋後樹葉爲什麼會變紅呢？下面，我請坐在楊校長旁邊的盤金鳳老師來給各位解答。金鳳老師是我們天鵬山瑤家第一位女林學碩士，前不久才回到林場工作的。我們鼓掌歡迎。

我沒想到老白會來這麼一著。想看我的笑話？當然不是。楊校長見我有點窘，好心替我解圍：白所長，金鳳老師初到，來聽課的。是不是下次再請她解答問題？

老白含笑，等待我的決定。說實話，此時的我已融入這森林夜校的氛圍之中，無論聽到提問還是解答，我心中都有一份熱情油然而生。我是這大課堂的一分子，我願意投入這輕鬆友善的氣氛。我站起來，面對聽眾說：白老師講課，也在考察業務呢。我借此機會，和大家一起探討，共同學習。

聽眾的掌聲起初不甚整齊，此刻卻相當熱烈了。

我講：秋天有紅葉的樹，主要是楓樹、黃櫨樹、槭樹、烏柏樹、柿子樹等樹種，另外還有白老師剛才提到的金絲楠、金錢松等。一到秋天，這些樹葉就萬紫千紅，浸染層林，比天上雲霞還要燦爛迷人。這是大自然施的什麼魔法呢？謎底在於樹葉裡含有多種色素，譬如葉綠素、胡蘿蔔素、花青素等等。樹葉在春、夏兩季是綠色的，那是因爲葉綠素在起作用。葉綠素又分爲甲、乙兩種。葉綠素甲近於藍色，葉綠素乙近於黃色。與其同在的還有葉黃素和胡蘿蔔素，分別呈黃色和橙黃色，而花青素則呈紅色。不過，葉綠素不大穩定，常被破壞，也常在恢復生成。樹葉變紅，主要是花青素在變戲法。花青素來自哪裡呢？原來樹葉裡儲藏著一部分澱粉，澱粉轉換為葡萄糖，被輸送到樹木的各個部分。到了秋天，氣温轉低，天氣變冷，葉子輸送營養到樹木各部分的能力減弱，葉子內部的水分也減少了，於是葡萄糖就留在葉內，越來越濃，逐步轉化為花青素。與此同時，葉子裡的葉綠素在低氣温條件下又會發生分解。這樣，樹葉的葉綠素不斷減少，而花青素卻不斷增加。大家想想，葉子的顏色會發生什麼變化呢？對，樹葉就紅了，紅得像花，紅得像火。在詩人的眼中，霜葉紅於二月花了！基於同樣的道理，秋天的銀杏樹葉，由於葉黃素和胡蘿蔔素以及少量花青素的作用，就變成金黃金黃了。

我的解答一落音，全場響起熱情的掌聲。這讓我有些意外，也非常高興。我向大家點點頭，坐回原位。白回歸所長也在鼓掌，笑容滿面地向我鼓掌。我臉紅了，覺得很快樂。我喜歡上了森林夜校，我喜歡這一切，真的。

白所長大聲說：謝謝，謝謝盤老師的精采解說。

我聽到了那渾厚男中音中的一絲顫音。我的心也隨之顫動了，像是琴絃被撥動。

白所長說：盤老師不愧是我們中南林業大學的高才生，我們天鵬山林業科研所的生力軍……。

我看看錶，一個半鐘頭的時間不知不覺就過去了。

這時，楊校長向臺上仍在侃侃而談的白老師做了個球場裁判員「暫停」的那種手勢。

白老師朝楊校長點點頭，笑了笑，立即宣布：好！中間休息一刻鐘，大家去方便方便。

於是整個課堂活動起來，一片椅子響，腳步響。「方便方便」就是上洗手間的意思。

十二　續大森林之歌

老白都沒下來和我們打個招呼，離開講臺就轉身朝臺後的休息室走去。我知道那休息室裡附有洗手間，不像大門口兩側的男女洗手間，此時刻正排起長隊。楊校長邀我去後臺休息室和白老師聊聊天。我沒有去巴結我的領導，而要和玉圓阿妹講講話。我們出到禮堂外面的樹下換換空氣。

我問玉圓：先前唱的〈大森林之歌〉是從山外傳進來的，還是瑤王谷裡土生土長？誰作詞？誰譜曲？有點我們瑤家打木歌的味道。

阿妹嫵媚地笑笑：姐，你也喜歡？我說當然喜歡了，還有你這個不拿指揮棒的女指揮，聽得我嗓子發癢，心發跳。誰作詞？誰譜曲？阿妹拉著我的手：姐你是真不曉得啊？你們白所長作詞，穆蓮阿姐套用我們瑤家打木歌作曲，當然也有所改編。我們都唱了好幾年了，現在全林場的人都會唱，都愛唱……可惜穆蓮姐人在樅樹壩，今晚沒來。她是個女中音，帶點磁性，像關牧村。這支歌，讓她和白所長合作無間。對，對，就是書上講的天作之合。

我記得十幾年前，玉圓阿妹和穆蓮阿姐都向我娘學唱瑤家山歌。我娘是天鵬山有名的歌手，參加過州裡、省裡的民歌大賽，拿過獎狀、獎金的。可惜我沒有從我娘那裡遺傳下唱歌的天賦。也是受了我阿爸的影響，不高興我娘外出唱歌，被那麼多人追著、捧著，出盡風頭……看看，看看，阿娘阿爸都成了烈士十多年了，我這個做女兒的，卻還想著這些。管他誰和誰是合作無間還是天作之合呢。

禮堂裡電鈴響了，休息時間已過，要上下半節課了。玉圓阿妹拉著我往回走。路過大門口的衛生間時，已沒有人排隊了。我問阿妹要不要去淨淨手，阿妹邊走邊笑邊晃頭：凡是見到洗手間就進的人，不是老了，就是未老先衰了！

這個小蹄子，聽聽她那張嘴。天作之合都亂用，難怪高中畢業沒考上大學。

我們回到前排座位上時，楊校長和白老師已經站在講臺上，正在宣布林場領導的一個決定。楊校長說：大家注意聽了，白老師復課之前，我先講一件事。經龍樹貴書記、鮑東生場長同意，我們建場四十周年慶祝活動，要增添一項新的內容，舉辦一次森林科學知識競賽！競賽辦法，我也先講一下，採用答卷方式列出十幾個題目，每個題目設四到六個答案，參賽者只要選擇在某個答案的四方小框內打個勾或×就可以了。舉個例子，題目是：地球上哪一種樹林生長最快？答案是六種樹木，由你任選一種打個勾就可以了。至於對錯，當然有標準答案。這是當前國內外通行的考試方式之一，簡單又方便。獎金和獎品，我也在這裡宣布一下：一等獎一至三名，每名獎金三百元；二等獎五名，每名獎金二百元；三等獎十名，每名獎金一百元。每名獲獎者還有獎狀、保溫杯一個。我們林場現在經費困難，錢從哪裡來？告訴大家好消息，我們的白老師慷慨解囊，從林科所的科研經費裡出！

楊校長的話未落音，課堂上響起熱烈的掌聲。我和玉圓阿妹也拍了巴掌，好事，是一件好事。掌聲停息後，楊校長又補充了幾句：今天沒來上課、沒有聽到這個消息的，也不要緊，我們會請廣播站簫玉圓同志全文廣播，辦公樓前也會貼出告示……我的插話就此結束。下面請白老師繼續給我們上課。

楊校長向臺下鞠一躬，下了講臺，坐回到我和簫玉圓之間來。

白回歸老師說：經楊校長剛才這麼一宣布，今晚上這堂課，大概不會有早退的了。（衆笑）好，下面的內容，大家要用心聽，用心記，可能都和森林知識競賽的試題有關。不用心聽，可能會吃虧的！（衆笑）好，我們繼續上半節的問和答，好嗎？那邊，那位女同胞，你有什麼問題？你問地球上什麼樹生長最慢？什麼樹長得最快？真是有趣味的問題！好，請坐下。首先，我想請問在座的各位，我們生活在天鵬山，與樹木為鄰，你認爲什麼樹生長最慢？

臺下有人大聲回答：黃楊木！做煙斗的黃楊木。

白所長鼓掌，掌聲被擴音器放大，格外響亮。他說：對，對極了！我們山裡人用來做煙斗、做筷子、做拐杖的黃楊木每年祇長高一、兩分，上千年也長不成一棵大樹。因此，黃楊木被列作灌木，樹身不高，且多扭曲。不過，在湘西花垣縣的大山裡，曾經發現一棵罕見的黃楊喬木，高達二十多米，樹圍一米多，估計有上萬年樹齡。當地人稱之爲「神木」，世世代代在樹下燒香祈福。

有聽衆問：那棵「神木」還在嗎？

白所長搖頭：可惜啊，文化大革命期間盛行個人崇拜。這棵珍貴的「神木」被截成幾節，做了「三忠於」的祭品。革命派專門在大山裡開了條馬路，用大卡車運走了。……我們天鵬山裡也有幾種生長緩慢的樹木。大家知道的，因爲長得慢，木質十分堅硬，例如兩億年之前就出現的蘇鐵，又稱爲鐵樹，曾經有過很興旺的家族史，成員遍布全球，但後來有大部分消失了。現在地球上僅存的蘇鐵科樹木只有十個屬，一百一十種，分布在熱帶和亞熱帶地區。我們天鵬山十八里畫廊鷓鴣嶺一帶就有一片蘇鐵林，很寶貴，要重點保護。誰也不准去碰那些綠色活化石。不准去打歪主意。那是我們的鎮山之寶啊。

同志們，同學們，我今晚還要講一點植物分類學常識，即所謂綱、目、科、屬、種。這對我們的工作和知識積累有好處。綱是最大的分類，譬如我們常說的「木本」、「草本」即是「綱」。「綱」之下為「目」，喬木、灌木即是「目」。「目」之下為「科」，譬如松、柏同「科」，叫「松柏科」，蘇鐵則歸入「蘇鐵科」；「科」之下為「屬」，「屬」之下為「種」。……好，我們回到剛才那位女同志所提問題上來。地球上什麼樹木生長最慢？除了剛提到的黃楊木，在雲南西雙版納的原始森林中，有一種鐵梨木，不過它和蘇鐵並非同一科屬。鐵梨木生長得很慢很慢，一棵成年樹需時千年以上。鐵梨木的材質如鋼鐵般堅硬，用刀子都劃不出印子。還有，林學家們在廣西發現了梘木，生長在石灰岩的岩縫裡，根部連泥土都沒有，真是長得千辛萬苦。可一旦長成便了不得，木質硬得賽過鋼鐵，斧頭砍下去會捲口，釘子也釘不進，一入水便沉底。梘木屑像鐵砂，見水即沉。奇蹟吧？

對了，剛才還有一問，什麼樹木生長最快？在座同志們有何高見？對了，楊樹！在我們國家，東南西北都有種植楊樹。它還是北方地區的主要綠化樹種，因爲耐乾旱、耐土壤貧瘠，無論沙漠還是平原，都能生長，生命力極强。我國共有兩百多種楊樹，所謂「五年成椽，十年成檁，十五年成柁」。河南召縣有一棵沙場楊，種下十五年就長成高二十九米，胸徑六十九釐米的大樹。但是，北方楊樹的生長速度不及南方的杉樹。從我們林場場部往樅樹壩走，那條「綠色長廊」種的就是杉樹。尖塔形的樹型，美觀，樹身通直、高大，鬱鬱蔥蔥，是我們林場的門面。杉樹更是我國特產的、用途最廣泛的木材。它易於種植，生長快速，無病蟲害，三年成林，五年成材。人說「水浸千年樅，日曬萬年杉」，了不起吧？不過，要說生長快速，杉樹也不是冠軍。有一種桉樹，老家在澳大利亞。對，就是那個產袋鼠的國家。那裡有一棵「桉王」，樹高一百一十四米，高過二十層的大廈。令人嘆爲觀止！我國曾引種進來一棵「桉王」，也曾長到六十多米高。桉樹主要適應我國南方亞熱帶氣候，全年開花，每年可採收兩次種子來播種育苗。桉樹一年長高一米，兩年長高兩米，三年可以長到五、六米，六、七年後可以長到十四米至十九米！這是最有經濟價值的用材樹種之一。

臺下有竊竊議論。有人問：桉樹是生長冠軍嗎？

白老師笑了：同學們，桉樹長得夠快，但比起西雙版納的鐮狀合歡樹，卻遜色了。鐮狀合歡樹的生長速度有多快？這可能超乎我們的想像。它比桉樹快三倍，比杉樹快六到八倍。因此，鐮狀合歡樹得了「森林世界賽跑健將」的稱號。應不應該授予奧運會特別金牌？不過，在森林世界裡，還有生長得更快的樹，叫做團花樹。團花樹幼樹栽下去的頭一年，就可長到三米多高，當年成林。它該是世界冠軍了？呵呵，不要說得太早。團花樹也非世界冠軍。我們天鵬山十八里畫廊的楠竹，那才是真正的冠軍呢！竹子是綠色世界的大家族，地球上有五十多屬、六百多種竹子。我國有二十五屬、一百八十多種，是世界上生產竹子、經營竹品最豐富的國家。雨後春筍，春天竹筍冒出地面，一天就長高一至兩米，半個月就扶搖直上，可以長到二十米高，成爲竹海。它那鳳尾一般的竹梢就能掃到藍天白雲！多麼美麗的風景。……我們十八里畫廊中，就有這麼一片竹海。我每次去到那裡，都要感嘆生命的奇蹟，大自然的魅力。

白老師講得太生動了，太動情了。全場共鳴，響起熱烈掌聲。我也被這對大森林、對大自然的摯愛所感染，雙眼辣辣的，心中滿是感恩。我身邊的楊校長掏出手帕，揩揩眼角，輕輕嘆氣。

同學們，你們還可以提出很多很多的問題。譬如，地球上有多少種果樹？多少種瓜類？幾百種，還是幾千種，幾萬種？這我就答不上來了。我承認，我的學問做得不夠，學海無涯，還需繼續努力。

白老師，好樣的！聽眾們鼓勵他。

白回歸說：我初步估算了一下，森林除了提供我們人類社會生存最重要的木材之外，還具備了各種各樣的「藥材樹」、「油料樹」、「糧食樹」、「飲料樹」、「香料樹」、「美酒樹」、「石油樹」、「蔬菜樹」、「果樹」、「花樹」、「栲膠樹」，……數都數不過來啊！這些，我們留著以後再講。如果我出差或有其他工作任務，我們的盤金鳳老師來給大家上課。我離開大學十五、六年了。金鳳老師不久前才回到天鵬山林場工作。她的學問比我大，比我新。

看看，看看，這個白回歸！他自己講得頭頭是道，眉飛色舞，一眨眼又把我給扯上了。說實話，開辦森林夜校，普及森林知識是很好的思路，給我留下極好的印象。白所長授課的風格也讓我開了眼界，有了榜樣。我沒顧上細想，站起來對大家說：白老師的課很精采，很有用，是不是？

聽眾回應踴躍：是！有趣！也有用！

我說：今後，我願意來到夜校，協助白所長，和大家一道學習和討論，更多地瞭解我們的天鵬山，保護好我們的天鵬山。這是我們的共同家園！

禮堂裡笑聲、掌聲又起。這一回是給我的，給我的支持和鼓勵，讓我感到甜蜜又充實。我回家了！回家的感覺真好。楊總工朝我豎起拇指，笑容滿面。

講臺上，白回歸平舉雙臂，雙掌向下壓了幾下。課堂漸漸安靜了。他說：大家看到了，學成歸來的金鳳老師學問好，能力强，斯文端莊。不過，她也是個厲害角色，今後上她的課，不許開小差，要遵守紀律哦！

全場笑起來。有小學生高舉雙臂搖擺，說：歡迎歡迎！熱烈歡迎！

白所長說：因爲場部有安排，今晚是本階段森林夜校最後一課。大家有課表，原定計畫恐怕不能按預期完成。如果你們有興趣，我今晚就盡量往前趕一趕，增加一點內容。家裡有事的同學，可以提前離場。我們的原則一貫是來去自願，不設考試，但會適時安排森林知識競賽。

好，好！講吧！講吧！白老師繼續往下講吧！

白所長從自帶的水壺中喝上一大口，潤潤嗓：你們確信自己不會打瞌睡？

不會！哪裡會嘛？白老師的課比講古還好聽哩。

白所長點頭：俗話說，獨木不成林。可在我們南方，特別是在我們天鵬山，獨木就是能成林！這話怎講？

臺下有人舉手：老師是不是指我們瑤王谷南邊的大榕樹工區那棵大榕樹？

白所長連連點頭讚許：問得好！你想到了。確是大榕樹工區的一棵又大又老的榕樹。我測量過，它二十五米高。樹冠有多大？我也測量過，有三個籃球場那麼大。這棵大榕樹是世界榕樹之最，真正的榕樹之王。

哇！課堂裡感嘆聲起，夾雜著自豪和驚奇。

我們呢，見寶不識寶，司空見慣了。我給大家講講榕樹的特點吧。榕樹的樹幹多分枝，分枝覆蓋面積寬廣，且會朝下長出許多氣根，垂到地面，並進入泥土，就如一株株新的樹幹。這種氣根不斷生，不斷長，多到幾十根、幾百根，甚至上千根！我們那棵古榕樹有多少這樣的氣根呢？我和我的助手數了幾遍才數清楚，並且給它們編了號，一共是一千九百八十八根！所以，它的樹冠才會有三個籃球場那麼大，形成一座小森林，一座綠色城堡。以後，如果我們林場開發森林旅遊，森林探祕，古榕樹就是最好的景觀之一，不知道會迷倒多少海內外遊客。

又是一片驚訝、讚嘆聲起。我也是頭次瞭解這古榕樹在植物界的身分地位，感覺新奇，被深深吸引。楊總工抹一把臉，臉上的皺紋笑成一團麻花。

白所長說：我們天鵬山還有一種奇妙的樹。我們每個家庭天天都在使用它。山裡女子出嫁，尤其是瑤家女子出嫁，都會有一件陪嫁品，……

一位中年婦女舉起手：白老師，我猜是水白梨砧板！

太對了！一塊水白梨砧板往往可以用上幾代人！天天切菜，千刀萬剁，不凹不陷，連個刀印都沒有。在過去封建時代，水白梨砧板曾經是我們天鵬山進貢給皇家的貢品，在御膳房服務。現在，我們山裡的水白梨樹越來越少了，特別是直徑如洗臉盆那麼大的水白梨樹已經不多見了。我們要把水白梨樹當作珍稀樹種來保護，同時進行人工培育。

哦，水白梨，山裡人見多不怪，不知它這麼珍貴呀。

好好，我們講了這麼些好樹好木。但不要忘記，森林裡也有些不那麼好的樹木。在雲南西雙版納的原始叢林裡，有一種火麻樹，枝葉上長滿利刺，能分泌出一種生物鹼。如果有人不小心被它刺著了，皮膚就立即紅腫，奇癢難熬，還能把小孩毒死。另外，熱帶樹林裡有一種箭毒木，又叫「見血封喉」。

嚄，聽說過！武俠小說裡提到過。

「見血封喉」的汁液毒性特大。人或動物的皮膚一旦破了，沾上這種毒液，渾身血液就會立即凝固，心臟停止跳動。你們說，可不可怕？文化大革命期間，雲南的群眾組織搞武鬥，就曾經使用過「見血封喉刺刀」。不過，大家可以放心。我們天鵬山區，至今還沒有發現過火麻樹和箭毒木。我們可愛的家園可說是物華天寶，得天獨厚。在這裡，我得提醒一句，尤其是提醒小朋友們，我們山裡有不少漆樹，它的汁液就是生漆，最好的家俱油漆。有很多人的皮膚對漆樹敏感，一碰倒它，甚至一見到，皮膚就會出現大片紅斑，奇癢無比。不過這不會致命，只要用濃濃的茶葉水洗幾次，就能止癢，治好。

下面再講幾種有趣的樹。在非洲的盧安達，有一種「笑樹」，一起風就哈哈大笑。還有「哭樹」、「眼睛樹」、「音樂樹」。在印度尼西亞的爪哇島上，更有一種「吃人樹」，它有些像小榕樹，長了許多枝條，隨風擺動，垂到地面，但這些枝條不是氣根。一旦有人或野獸碰到了它的某根枝條，整棵樹都會有感覺，所有的枝條會紛紛伸過去，把人或獸死死纏住，捆牢，同時樹幹和枝條立即分泌出很濃的黏液，最後把那倒楣的人或獸黏捆得無法動彈，直至死去。我們很幸運啊，天鵬山區沒有這種「吃人樹」。我們的古榕樹給予我們的是一座小森林般的綠蔭，供我們夏天乘涼，供孩子們遊戲。

怎麼樣？今天晚上，我們的課就上到這裡。以後代替我講課的就是盤金鳳老師了。

禮堂裡的一雙雙眼睛轉向我，我從中看到了歡迎和熱切的期盼。這個白所長，臨了還不忘給我布置功課。我不由得又有點惱，又有點興奮。從今往後，我就是這森林夜校的一員。我會期待著來到這裡，與我的鄉親們，我的同事們，我的小朋友們一同分享森林的奧祕，一同認識森林、親近森林、珍惜森林、熱愛森林、保護森林。

玉圓阿妹這時轉過身子，面對老少學員們，指揮全體起立，仿佛是個儀式，齊唱那支〈大森林之歌〉：

時間的長河裡，

你是遠古的靈異。
樹洞供我們棲身，
樹葉為我們遮體，
鑽木取火，行走直立，
漁獵養殖，蠶桑農醫，
都來自你，大森林母親！
百萬年的生命之旅，
綠遍天涯的綿綿情意，
哺育了我們姐妹兄弟！

時間的長河裡，
你是遠古的靈異。
童話給我們啟迪，
傳說讓我們美麗，
鳥跡造字，巫術儺戲，
琴棋紙筆，天文地理，
都來自你，大森林母親！

人類文明的發祥地，
綠遍天涯的綿綿情意，
哺育了我們姐妹兄弟！

十三　接班人檔案

你曉得我第一次進辦公室，見到那張金絲楠木寫字檯的感受嗎？不是驚豔，而是傻眼。那大理石樣光可鑒人的淺紫色檯面，彷彿有無數金紅絲線在浮動，在遊走！不，是一道道金絲形成的波紋漣漪，在不停地聚合，擴散，再聚合，再擴散。……天，說這是件稀世之寶，也不為過。難怪金絲楠木過去是皇家御用之物。舊時王榭堂前燕，飛入尋常百姓家了。據說前辦公室主任花四季調走時，想把這張寫字檯也運走，但龍伯伯和鮑叔叔他們不同意。五張金絲楠木寫字檯是林場的「鎮場之寶」。賴于情面，場部改送了一塊同樣規格的紅豆杉面板給她做紀念，那也是相當珍貴的了。

我的筆記本電腦裡，有這麼一段資料：

南方四大珍貴名木，楠、樟、梓、椆，楠木為首。

楠木被譽為國木，在中國有三十四種。常見的有閩楠、白楠、紫楠、楨楠等。據文獻《博物要覽》記載：「楠木有三種，一曰香楠，又名紫楠；二曰金絲楠；三曰水楠……金絲者出川澗中，木紋有金絲，楠木之至美者，向陽處或結成人物山水之紋。」經現代技術研究，金絲楠木的微觀導管中富含黃白色沉積物且反光較強，在黃褐帶綠色的板面上，呈現金黃色的絲狀花紋。金絲楠木質地堅硬耐腐，自古有「水不啟浸，蟻不能穴」、「千年不腐」之說。金絲楠木生長緩慢，而其生長規律又是大器晚成（生長旺盛的黃金階段需要六十至一百年），成為棟梁之材則要三百年以上。……因之歷來一直被視為最理想、最珍貴、最高級的建築用材，為皇家宮苑、壇廟陵寢所專用……

這些天來，林場場部的日子過得蠻有意思，給了我一種充實和新奇感，當然也領略了其中的複雜性。沒想到，這麼快我就不知深淺，一頭扎了進來。以我簡單、順暢的經歷，能不能適應這豐富、微妙而又複雜的工作環境？我不禁有些猶疑、惶惑。

場務會議後的第二天上午，我剛進辦公室，鮑東生場長就交下四份名單，吩咐我抄正後交簫玉圓打印。阿妹集廣播、打字於一身。現在辦公室只有我這個「代理主任」，和白回歸所長一樣，也是「光桿司令」。名單之一是「建場四十周年慶祝活動領導小組成員及工作人員一覽表」；名單之二是「建場四十周年光輝歷程展覽館籌建辦公室領導成員及工作人員一覽表」；名單之三是「天鵬山珍稀木材面板公開拍賣會籌備小組成員一覽表」；名單之四是「建場四十周年詩歌比賽及森林知識競賽評選小組成員一覽表」。每位成員姓名後面都列明其性別、年齡，政治面貌，所屬單位，現任職務等信息。

看來，分管政工、人事的鮑場長辦事乾淨利落，這麼快就把昨天會議的決議付諸實施了。

鮑場長吩咐：名單打印出來後，先打電話逐一通知各單位。有討價還價、不放人的，請直接告訴他。三天之內，「兩建辦」的人員必須到齊，不許拖拉。

他把「建場四十周年慶祝活動辦公室」、「建場四十周年光輝歷程展覽館籌建辦公室」稱爲「兩建辦」，就像「中共中央辦公廳」簡稱為「中辦」，「國務院辦公廳」簡稱為「國辦」，沒有一個多餘的字，更沒有多餘的話。我不由得對他有了一種敬畏感。在這種領導人手下工作，來不得半點馬虎的。

下午，我掛通了十幾個電話。這掛電話的方式也是鮑場長所授，即先叫通電話總機，告知「場委會」有重要通知下達各工區及單位，由總機一一接通各工區分機，叫做「電話通報會」。就這麼著，我坐在辦公室，用一部電話機，沒費什麼事，電話鈴聲就一次次依序響起。女接線生照例報告一句：「辦公室，樅樹壩電話來了，請講話。」或是「相思坑電話來了，請講話。」「霸王嶺電話來了，請講話。」「子弟學校電話來了，請講話。」……效率高是高，可整個下午，等於把全林場的電話線路都占上了。如此居高臨下，統管全局，我感到新鮮，也有點暈乎，覺得自己站在了指揮臺上，握有權力似的。祇有兩個工區的電話不通，沒人接。明天再掛。

臨近下班時分，龍樹貴伯伯進來了，隨手帶上門。我出於尊敬，從椅上站起。他擺擺手，示意我坐下，然後拉過一把椅子，在寫字檯另一邊落座。他敲了敲平滑如鏡、熠熠生輝的檯面，問：怎麼樣？還滿意吧？坐在這種寫字檯邊，人容易走神……不過，慢慢就習慣了。不要像豹尾，坐上這種檯子，有當土皇帝的感覺。他當過紅衛兵司令嘛。龍伯伯似乎話裡有話，我不便搭腔。

龍伯伯給我兩片有電子感應的鑰匙：金鳳啊，我和你伯母把你當作親閨女……這是開對面保密室保險櫃用的。那裡邊有幾份重要材料，你可以打開看看，對你在辦公室工作有用處。……但你不要把材料帶到外面去，更不准摘錄，看了心裡有數就可以了。千萬不能和任何人透露。這是紀律。過去花四季主任想看，我沒有允許。

保密室，保險櫃！我曉得事非尋常，於是有些遲疑，沒立即去接那神祕的鑰匙。……我不過是臨時代職。

我本能地想婉拒龍伯伯這份信任；可是，龍伯伯又是那麼慈祥，那麼關愛我的成長和進步，如果拂了他的好意，會不會惹他生氣？果然，龍伯伯從椅上站起，嚴肅地說：我要你看，你就看！早說過，伯伯把你當自己人。現在，大家都下班了，走人了。你可以馬上去看材料。看過後，放回原處，將櫃門、房門上好鎖，再把鑰匙送到我家，交給我。別小看了這兩片東西，從來都是我親自掌握，不交給旁人。對了，你伯母今晚做了麂子肉燉蘑菇。我們等你吃夜飯。

龍伯伯走了。大家下班了，走廊沒有腳步聲，很安靜。我攥著鑰匙，心頭湧上一種莫名的感動。龍伯伯這樣信任我，我沒有理由婉拒這份信任。

我收拾好寫字檯，鎖好辦公室門。看看走廊兩頭，已空無一人，衹有一縷夕陽穿過西邊的窗口照射進來，像一片光閃閃的長三角形刀刃，斜插在有些昏暗的走廊盡頭，血紅血紅，好大的刀片！我渾身打了個冷噤。走到保密室門口，衹聽到自己輕輕的腳步聲，還有點因寂靜引起的心跳。我有些笨手笨腳，甚至比平日還笨拙。我沒用過這種電子感應鑰匙，悉悉嗦嗦擺弄了好一陣，總算開了門，閃身進去，反插上門，打開燈，看到一隻比人還高的黑色金屬保險櫃。我用另一片鑰匙開了櫃門，按龍伯伯吩咐，從中取出一摞檔案袋。保險櫃旁有張小桌子，桌前有張四方凳。我擰開桌上小檯燈，坐下了，胸口居然怦怦跳。真見鬼！怎麼像演出緊張兮兮深入虎穴的間諜片似的……。每個檔案袋都有封口細繩。我啟開最上邊那個檔案袋口，取出裡面的材料一看，嚇了一跳，竟然是幾位「林場準接班人」的材料，還有一封封的告狀信！因爲吃驚，我都沒能一頁頁細讀，衹是快速瀏覽。我從中瞭解的大概內容，無非是林場二把手、三把手、四把手、五把手分頭向國家林業總局、省林業廳、州林業局告林場一把手的狀，也就是告龍伯伯的種種不是。我的老天！鮑東生告龍伯伯獨斷專行，搞一言堂，家長統治，包庇重用親信，要求上級查處；還告龍伯伯貌似清廉，不貪不賄，實際上大手大腳，好搞福利，籠絡人心，要求上級派人調查；楊總工則揭發龍伯伯那個省級黨校頒發的企業管理碩士學位名實不符，他本人根本不懂現代企業管理；白回歸指龍伯伯伐木工人出身，忠誠老實，卻不懂科學知識，幾十年來堅持重採伐，輕營林，導致林場珍稀林木越來越少，整個林場的經營方向出現偏差，而且越來越走向錯誤的方向……等等。更令人不解的是，幾位領導人之間還相互向上級告狀，互揭陰私老底。譬如，鮑東生告滕達帳目不清，財務管理混亂，有貪汙受賄嫌疑，要求上級派人查處；滕達告鮑東生在林場班子中利用分管政工人事的權力，搞幫派，結黨營私，十大工區中起碼有六大工區的主任、副主任都是他的馬仔，大有架空林場一把手、架空林場領導班子之勢；此外還指鮑東生道德敗壞，一邊和他山外邊的婆娘打離婚官司，一邊在林場女職工中亂搞男女關係；鮑東生告白回歸所長的狀，稱白個人英雄主義，走白專道路，業務掛帥，有野心，妄圖奪取林場領導權，是典型的資產階級自由化分子；又告白回歸恃才傲物，狂妄自大，目空一切，侮罵林場主要領導人為「紅漆馬桶」，林研所那些研究員、副研究員、助理研究員都是被他擠走的，白回歸樂意當孤家寡人、光桿司令，這種人最不應該成爲林場一把手的接班人。……我倒是沒有看到白回歸告鮑、滕、楊三人的狀子。他告一把手龍樹貴的狀子雖多，但都是出於保護林區資源，另闢蹊徑發展林區經濟的目的。這一點，連龍伯伯自己也看出來了，在白的每封告狀信上都批上「公心」二字，其他告狀信上則沒寫一個字。

這是齣什麼戲？我逐漸鎮定，覺得面前的資料多少有些滑稽。上級領導對這些信件都有批示，最後退回本單位認真處理。這樣一來，這大摞狀紙又都落到了龍樹貴伯伯手裡，即原告的狀紙都落到了被告的手裡，並被龍伯伯歸入林場接班人的考核材料了。

我匆匆看過第一個檔案袋，之後按原樣封存。接著打開第二個檔案袋。裡面的材料令我大開眼界，暗自稱奇，同時也令我驚心。你道是些什麼寶貝？原來是各工區主任、副主任、場部各科室的科長、副科長，直至林場幾位「場委」的檢討書、悔過書！其中有鮑東生場長因犯生活作風錯誤而寫的四份檢討書，還有他四次受到黨內嚴重警告處分的組織結論。按鮑場長的交代材料所言，他由於長時間和妻子分居，離婚官司又遲遲沒有結果，在場裡獨居的日子寂寞，禁不住考驗，而一次次犯下男女關係的錯誤。第一次是試圖誘姦樅樹壩營林工區技術員穆蓮同志（未婚），摸了乳，但未遂，被穆蓮同志告發；第二次是和小水電站夜班女工盤月月。盤月月已婚，丈夫在廣東韶關市工作，多年來要求調走，去和丈夫團聚，但未能辦好手續。盤月月生性風流，號稱「公共食堂」，與數名單身職工關係曖昧，而鮑場長則是利用職權，與其「通姦」，後被人以匿名信告到自治州林業局，局裡將匿名信轉回天鵬山林場，要求單位組織調查、落實、處理；第三次是和相思坑工區一名女檢尺員發生不正當關係，對方是為了評級加薪，自願的，後被其丈夫發覺，險些鬧出人命大案；第四次是與子弟學校一名女教師，對方不安心林場工作，通過與鮑發生不當關係，達到調離林區的目的。……

什麼人啊？我讀著檔案，臉熱胸悶，簡直不敢相信自己的眼睛了。鮑東生場長平日給人的印象是待人誠懇，工作認真，作風嚴肅的啊。真是畫虎畫皮難畫骨，知人知面不知心。他多次犯錯，屢次「深刻」檢查，但積習難改。組織結論均是：幸未造成重大的、無可挽回的惡劣影響，仍屬個人生活作風、人民內部矛盾問題，考慮到他工作能力強，有全局觀念，仍是有用之才。

這種「組織結論」，真讓人哭笑不得。但都是州紀檢部門的批覆。

往下，我看到了楊春秋總工寫的一疊厚厚的悔過書、坦白交代書、檢舉揭發書、認罪書，總共有十幾份之多。可憐這位老知識分子，從一九五七年反右鬥爭中的檢舉揭發，到一九五九年反右傾機會主義運動中的「向黨交心」，再到一九六七年文革高潮中的低頭認罪，……他每次運動都有深刻檢查，表示要洗心革面，重新做人。一路戰戰兢兢，如臨深淵，如履薄冰地走了過來，改革開放後才得到林場總工程師這把交椅。不容易，楊總工太不容易了！我揉揉發疲的眼皮，想到曾經聽聞的閒言閒語，說文革結束後，知識分子被宣布為「勞動人民的一部分，並且是重要的一部分」，楊總工光榮地加入了組織，奉勸他那兩名當了十來年知青才考上大學的兒子也要爭取加入組織；他的兩個兒子竟說：老爸，您老人家被組織整了大半輩子，寫了幾十年檢討書、認罪書、坦白交代書，還沒寫夠？還要我們也來受您那份罪？不行！我們讀完本科，要出國讀研究生去！果然，楊總工的兩兒子去了美國留學，至今沒有回來，祇怕今後也不會回來了。對了，楊總工私下向朋友透露，他大兒子已經拿到電腦博士學位，應聘在加州矽谷工作，明年會帶了他的洋媳婦回來探親。

再往下，我看到了滕達副場長的檢討書，祇有兩份。第一份檢討他以低於木材市場價格，賣了五千立方米的優質木材去支援「嶺南瑤族文化旅遊村」的建設項目，使林場蒙受了兩、三萬元的經濟損失，但他本人並未收受任何賄賂好處。他作為瑤族出身的幹部，犯了瑤族地方主義錯誤，願接受組織的處分；另一份是關於深圳、鄭州兩家建材公司拖欠林場總計二百二十五萬元的木材款，至今收不回來，給林場造成重大經濟損失，他作為分管財務的領導人，負有直接的行政責任。那兩次木材交易曾經過了「場務會議」討論，龍頭、豹尾二位雖提出過質疑，但因他急於為林場爭取兩筆經濟收益，從而堅持了自己的主觀判斷，結果鑄成大錯，願接受組織上的任何處分。可惜的是，即使他和一家老小不吃不喝不穿，交出家中每一分錢收入，也無法挽回林場蒙受的損失啊！

字裡行間，我看得出來，滕達副場長是流著淚寫的，紙頁上印跡斑斑，痛心疾首。好心辦了壞事。我對滕達副場長不僅沒有惡感，而且深懷敬意了。

在「場委」檔案中，我沒有看到龍樹貴伯伯和列席場委白回歸、趙裕槐的檢討書或認錯書。龍樹貴伯伯肯定也犯過錯，寫過檢討書的。依據我所瞭解的組織原則，他是單位的一把手，他的「檢查」、「交代」自然是呈交省林業廳甚至國家林業總局存檔了。哪有單位一把手自己保存自己檢查材料的理？

至於檔案中沒有白回歸所長的檢查書、悔過書之類，我也能夠理解。白回歸那樣一位有國際聲譽的林學家，那樣高傲一個人，自然不屑於給單位領導寫這些東西了。他寫的告狀信倒不老少。

我望著桌面的材料，覺得林場情況太複雜，太難以捉摸了。我敬如父輩的龍樹貴伯伯，竟通過親自掌控這些材料來對林場實施權威領導？乖乖，這就有點怕人了。龍伯伯爲什麼要我這個臨時性質的「辦公室代理主任」看這些寶貝材料？知道了這麼多「內情」，今後怎麼工作？怎麼面對鮑東生場長、滕達副場長、楊總工等諸位領導？說真的，我後悔看了這些檔案，連帶對龍樹貴伯伯也有所疑慮了。

不看了，不看了。我正要把這些檔案袋鎖回保險櫃裡去，忽然有個薄薄的紙袋滑了出來，封皮上寫有「絕密」二字。我忍不住好奇心，就打開來看了看。一看眼睛就離不開了，原來是滕達叔叔寫的〈關於盤解放、石玉蓮烈士夫婦命案的的幾點質疑〉！天啊，天啊，且看滕叔叔的幾點質疑：

一、一九八六年農曆大年初三，是誰把「跨省盜木案」這個祕密透給盤解放烈士的？以致他不顧個人安危，帶了妻子石玉蓮開卡車去州府接龍樹貴書記回來制止盜案的發生？當時林場有二把手、三把手負責節日值班，盤解放為什麼不直接去找他們二位？

二、據多位不敢透露姓名的人指出，盤解放烈士夫婦出車禍的地點不在鷓鴣嶺，而在吊頸嶺。大年初三早上鷓鴣嶺上並無人伐木，也沒有起大霧。那棵珍貴的金絲楠木是當天傍晚時分被一夥講廣東話的外省人伐下並鋸成四節，由兩輛大卡車偷運，在八角廟葫蘆口附近被林場巡山民兵發現截留下來的。那兩輛綠色軍用卡車竟沒車牌，丟下木頭，逃去無蹤；

三、那夥外省盜木賊伐木的時間，是在當天盤解放夫婦車禍死亡多個小時之後。當天林場場部亂作一團，哭哭鬧鬧，在處理死者的後事。這個伐木的時間很不尋常；

四、盤解放烈士夫婦「危急之時奮不顧身搶救了林場兩位負責人」的故事，是怎麼編排出來的？那名在馬路上擔任警戒哨的陌生人哪裡去了，為什麼不出來作證？為什麼沒有一個本林場的工人在現場？

五、我和趙裕槐科長都是初四從各自老家趕回林場來的。我們一起去司機班查閱了初三當天的出車紀錄，沒有司機出車。那輛北京吉普是先一天被林場第三把手借走的，他會開車；

六、盤解放夫婦的遺體未經法醫檢驗，當即匆匆忙忙被裝進兩副棺木。等龍樹貴書記當天晚上從州府趕回時，已蓋棺定論。連死者的獨生女都沒能最後看自己的父母一眼。這是為什麼？

七、導致盤解放夫婦犧牲的那部被稱「壓碾成為一塊大餅」的卡車，被丟棄到哪個天坑裡去了？

八、整個事件，疑點多多。最要緊的，應查明有無內鬼，是否存在內外勾結？

……我强忍著胸口的陣陣絞痛，讀著滕叔叔的連串質疑，差點嚎啕大哭。但在這保密室裡，我怎敢哭出聲來？阿爸阿媽，滕叔叔的質疑，也是女兒十多年來的質疑啊！女兒的質疑啊！淚眼模糊中，我竟也看到了龍樹貴書記伯伯的幾行歪歪斜斜的批語：存疑。但盤解放、石玉蓮夫婦經省州二級政府批准追認為革命烈士，省州二級領導人親自出席了追悼大會，上了報紙、電視，對他們的女兒也作了最好的安排。此事已有嚴肅的組織結論。若重新調查，費時費力不說，會製造出多少麻煩？會不會影響到盤解放、石玉蓮夫婦的烈士身分，甚至影響到他們女兒的養育費，撫恤金？存疑吧，存疑吧。

看完龍伯伯的這段批語，我氣得眼淚都乾了：糊塗官啊，糊塗官！人命關天的人案，你竟然也大事化小，小事化了，息事寧人！還擔心我父母的英勇事蹟、烈士身分，擔心我的養育費……不對，不對，或許我是錯怪了龍樹貴伯伯了。他是在等著我長大，等著我學成歸來，能夠承受住心靈劇痛之時，再讓我來直面案件的真相。不然，他為什麼今天要在下班之後，命我獨自一個來這保密室看這些寶貝檔案材料？

我擦乾淨了臉上的淚痕。應該趕快把這些檔案袋鎖回保險櫃裡去，趕快離開這保密室，盡快把兩片鑰匙交還給龍樹貴伯伯。我不敢分神，妥當鎖好櫃和門，關上燈，有些頭重腳輕地離開保密室，離開辦公樓。

斜陽掛在西邊山頭，血紅血紅的。瑤王谷被鍍上血色晚霞。我踩自己的影子，沿著紅光灼灼的石階往龍家走，回想剛才那一幕幕，仍然心驚肉跳。可我到了龍家，也要表現得沉穩些，盡量不動聲色才是。免得龍伯伯看不起，好像我還沒有長大。

十四　穆蓮阿姐來了

穆蓮阿姐來場部辦公室報到。她伸出個男人似的大巴掌和我相握：大主任，你在電話裡的聲音好好聽！比你小時候的奶聲奶氣好聽。你現在是我們林場普通話講得最北京的，樓上廣播站那小妖精跳起腳也比不上。她那口聲氣，哎呀喂，柔腔柔調，像晚上談了對象，半睡半醒樣的。

快人快嘴，出口就傷人。今後我也得避著點。我遞上一杯茶水：阿姐你的聲音才好聽哪，人家玉圓阿妹講你是女中音，唱起歌來像關牧村……

穆蓮笑了：玉圓真講了這個話？對了，小時候，我和她都跟著你娘學唱瑤家山歌，你娘才是我們天鵬山瑤家的金嗓子……對不起，對不起，不講了，不講了。

她是怕勾起我心裡往日的傷痛。我定了定神，要她不要叫我什麼主任，祇是臨時代理，當個祕書打雜而已。至於玉圓阿妹，十年不見，長高了，長俏了，是個大妹子了，好像她身上衣衫是繃得緊了點，裙子也短了點，窈窕秀氣，是個靚阿妹了。但這話我沒有講出來。

穆蓮阿姐端起杯子，深深喝了口茶，又沒遮沒攔地說開她的知心話：我從樅樹壩來，一路上都在猜想，金鳳妹妹讀了大學，當了碩士，回到林場在辦公室，會不會也是個官迷？如今都是官迷才進辦公室當主任、祕書什麼的……別看我們天鵬山林區天高皇帝遠，革命方知北京近，當官倍覺主席親。大家私下裡議論，中央好幾個頭頭腦腦，都是大祕出身。

真是張三李四，越扯越沒名堂。穆蓮姐大我四、五歲，從小一起在相思坑工區長大。她如今三十挨邊的人了，一張嘴還像小時候嘩嘩流水不斷線。她怎麼會被平日表情木訥、認死理的白回歸所長看上，是所謂的互補型關係？我也不能不回應她，於是不軟不硬地頂了一句：那你看看，我像不像你講的那種官迷？

穆蓮阿姐無所顧忌，雙眼直勾勾地盯住我好幾秒鐘，然後瞇了瞇眼，講：我會相面。……你不信？你眉眼間有靈聰氣，神情中有書卷氣，還有傲氣。對不起，我直話直講，你愛學習、愛鑽研學問，有事業心，但不大有官運。因為你不會低眉斂目，唯唯諾諾。你笑起來都帶有正氣，缺妖媚。你表面温順，骨頭死硬。她停住嘴，咬住唇，再打量我一眼：呃，你談過戀愛，不成功。你呀，懂事遲，經期也來得晚。說到這裡，她靠住椅背，望著我，彷彿靜候著她這番話在我身上的反應。

鬼打起！幾乎都被她那張快嘴講中了。穆蓮姐什麼時候修成了這等本事？我覺得好玩，更感到新奇，也擔心自己成爲她火眼金睛中的玻璃人。哪個年輕女子願意自己的心事都被人猜中、捉住呢？不過，趁這會子辦公室裡清閒，我不妨請教一下穆蓮姐，順帶學點本事。我問：什麼樣的相，才是當官的相？

穆蓮姐掃一眼辦公室，又睃一眼開著的房門，相信一時半刻不會有人進來。她椅子朝我拉近些，放低聲音：什麼是官相？我沒搭腔。因爲她這不是提問，而是準備解答。果不其然，她扳起三個指頭說：就拿我們林場的三個頭頭來打比吧，一把手龍樹貴，大家尊他為龍頭。別看他當兵的苦力出身，但命裡有貴人相助，被林場開山祖師爺孫政委看中，臨終傳給他一塊懷錶，讓他順理成章接了班，成了林場的頭。據講，孫政委當初也是看中他天庭飽滿、地腳方圓，紫微閃亮，是個有福之相。就這個樣，四十年來，在歷次運動鬥爭中，他都是不倒翁。如今年近花甲，也不選定接班人，不打算退休。……穆蓮姐瞅我一眼，又講：我胡言亂語，不夠尊敬領導是不？其實不是這樣。妹妹你聽我講。三把手滕達副場長是我們瑤族出身的幹部，聽聽，他這個名字取得好，滕達，騰達，飛黃騰達。可是，他好像騰達不起來。爲什麼？你看他的面相就曉得了，臉塊上從擡頭紋到眼角紋，再到嘴角紋，都是朝下走，眉毛、眼眶、嘴巴，也都垂下兩邊去，朝下不朝上。這就注定了他是個勞碌命，當個副場長，也是跑腿辦事，天光忙到天黑，吃力不討好。……你看，我這話公平不公平，客觀不客觀？不要講滕達這樣的基層幹部了，就連中央的大頭頭也是如此。你看看，你想想，劉少奇、彭德懷、胡耀邦、趙紫陽，哪一個不是一副苦相？特別是彭、胡兩位，更是苦相中的苦相。

我一邊聽，一邊想。嗯，好像真是這麼回事哦。

好，話講回來。再看看我們鮑東生場長的面相。他五短身材，臉上卻有三座山。你不信？他一左一右兩座權骨山，額頭上一座凌雲山。老話講，天子相是五嶽朝天，權臣相是三山鼎立。

五嶽朝天這話我也聽人講過。朱元璋就是五嶽朝天。

穆蓮姐的神情更神祕，語調更低了：鮑東生雙目深陷，眉毛淺淡，鼻頭略勾，嘴皮很薄，下巴上翹。但凡是這種相貌的人，大都聰明過人，處世精明，辦事幹練，善於逢迎。哦，對了，他那三座山代表著權、錢、色。當然，三者都要得到，是有風險的。穆蓮姐說到這裡，雙唇內抿，流露出不滿或是不屑的神色。她說：你不愛聽？你大約是頭回聽到這樣評判林場三位領導吧？

沒錯，我確是頭回聽聞，心中暗暗稱奇。我真要對穆蓮姐刮目相看了。她一個女同志，林校中專生，又長期在營林工區當技術員，哪來的這些江湖術語，江湖習氣？有句話湧到我嘴邊，又被生吞下去了：你不是告發過鮑東生性侵，讓他受到了黨內嚴重警告處分？我意識到這是個愚蠢又敏感的問題，不可亂問。稍不留心，前天龍樹貴伯伯讓我翻閱保密人事檔案的事就露餡了。我是成年人了，還是個代理主任，不是傻大姐。我眼下頗為關心的，仍是白回歸所長交了穆蓮這個女朋友，是否合適啊？可是，合不合適是他倆的事，與我何干，爲什麼要元帥不急士卒急？

穆蓮阿姐察覺我蹙了蹙眉，心中便有所疑慮，這才住了口。其實，我也在打量著她，三十挨邊年紀，高壯身材，肥瘦適中，膚色略顯紅黑，寬額頭，些微前突，眼睛賊亮，藏著銳利，兩頰泛紅，微露驕橫；最給這張臉帶來魅力的是她高高的鼻梁和肉感的嘴唇，下巴也頗爲豐滿；她蓄著一頭運動員般的短髮，脖子稍稍顯長。不知有意還是無意，她現已借調到場部工作，卻仍穿一身洗得發白的藍布工裝，腳蹬一雙黃色帆布解放鞋，肩挎一隻繡著紅五星的黃挎包，整個是位「革命姐」的裝扮。這身衣著，如今山裡山外都少見了。

穆蓮姐是何等的人精。她發覺了我的眼神所在，便問：怎麼？你也給我看起相來了？要不要我教教你？她展開巴掌：最簡單的是看手相，男左女右。每個人的掌上都有三條線，生命線、愛情線、事業線。

我搖搖頭，表示不感興趣。我聽人說起過穆蓮姐個人生活中的坎坷。不過，她頭昂得高高的，人前人後擺出個軟硬不吃的驕傲模樣。我心想，穆蓮姐，你已經找到了白回歸做男友。用城裡女子的話說，那可是個鑽石王老五呢。

我問穆蓮姐是否去「兩辦」簽過到了。她點了點頭。

我又問她這次借來場部臨時工作，幾個月內難以常回樅樹壩，放下營林工區的工作，是否習慣？其實我想問的是：不能天天見到白回歸所長，習不習慣啊？

習不習慣？這要看哪樣講。穆蓮姐聳了聳肩。這是個洋派舉動，與「革命姐」裝扮不協調，有點滑稽。她又說：把我安排在展覽館那棚子裡搞剪剪貼貼，負責林場場史專欄部分，不外乎評功擺好，表揚英模，記功勞簿，樹功德碑之類。……什麼？白所長？我為什麼要天天見到他？我是看他可憐，帶著個小崽娃，還要天天登山爬樹，這才伸手拉他一把，幫忙做點洗洗涮涮的事。舉手之勞。金鳳阿妹，你不要多心。我和他不過是同事，沒有其他關係。白所長，諒你也曉得，像個木頭人，一點也不懂風情的。虧他還結過婚，怪怪的……

我有點好奇：白所長是個木頭人？還怪怪的？

穆蓮姐說：他發起脾氣來可凶了，還打過人，打得那東西滿地下滾！

我吃驚：他林學家還動粗？打了什麼人？

穆蓮姐再看一眼門口，又椅子朝我移了移，聲音也低些：是豹尾的親信，名叫酒福祿，人如其名，大家叫他酒葫蘆，是個當掉褲子也要喝的酒鬼，在白所長的樹種園上班，一次次偷挖了珍稀苗木到山外面去賣，一塊錢一棵，換酒喝。一次次喝得爛醉。豹尾不肯處理，每回一罵了事，還送一瓶酒，並且不把他調離。因為是鮑安插在林研所的耳目。最後一次是酒鬼偷挖了一百棵紅豆杉苗，被人告發。老白氣得發瘋，當著工人們的面，用一根藤條把酒鬼打得滿地下爬。人人都喊打得好！豹尾卻指是階級報復，要處理老白。後來是龍頭出面，把酒鬼調去最遠的茂林坳工區監督勞動。對老白，批評兩句了事。

聽穆蓮姐這麼一講，我像雙肩卸下重擔，心中掃除重負，好不輕鬆，適意。這是為什麼啊？不是巴不得有個人照顧老白嗎？免得他拿出條汗巾來都有股子餿味……我對穆蓮姐頓生髮小之間那種好感、親密感。於是我說：在場部，你有住處沒有？如果還沒安排，我現住著花四季騰出的兩居室，你可以來住。

太好了！太好了！好妹子，我就是為這事來找你的呀！穆蓮姐一拍巴掌站起來，笑得見牙不見眼。她張開雙臂，做出要擁抱我的樣子。

行了，行了，這是辦公室，人進人出的。叫人看到，像什麼樣子？

對對，不然人家以為我們兩個搞「同志」。

聽聽這張嘴。電話鈴響，我請她回座。之後，我連著接了好幾個電話，都是有關「兩建辦」的事務。這不，我還兼任「兩建辦」的協調員和聯絡員嚒！

穆蓮姐沒離座，還賴著，似乎有另外的話沒講完。

我好奇地問：你在場部還有什麼祕密活動？

她溜一眼門口，做個鬼臉：等過些時候，看看能不能告訴你。

她話到嘴邊，欲說還休。她在躊躇，對我有所提防？這多少令我有些不快。她仍沒有起身告辭的意思，我卻有意送客了。在這當口，電話鈴又響起，我一邊接了電話，作了記錄，一邊陪她講幾句話。我雖是天鵬山長大的，卻仍像新來乍到。我留戀舊時友情，也想瞭解現時的林場。穆蓮姐是個話簍子，和她一起，難得寂寞，尤其是耳朵根難得清靜。

這次，場部一共從下面工區借調了幾多人來「兩建辦」幫忙？穆蓮姐忽然問起。

共三十來人。祇缺一位王念生同志。聽講現在還不曉得他人在哪裡。唔，不是講王神經在文化大革命批林批孔那年跳崖自殺了嗎，現在又出來一個王神經？難道他復活了？或是他根本就沒有死？或是有人冒名頂替？你有沒有聽說過這人？我順便問問。

王神經？穆蓮姐進一步把聲音降低了：豈止聽說？一個老公公……

哦？我暗自一驚。原來她熟悉王神經。我按捺不住好奇心，問：什麼老公公？清宮戲裡人物。

穆蓮姐咬住下唇，沒立即答話。過了一刻，她嘆口氣：我和他談過兩年……他年紀大我二十多歲，愛人過世了，兩個兒子……但他和我祇動眼睛不動手，祇動筆頭不動口。你……你莫誤會，不是那個意思，不是那個事，都是人嘛。最主要的，是他根本沒想過和我結婚，連同居都不肯。穆蓮姐又聳肩，這次聳得老高：一個老單身，我不嫌他老，他居然嫌我年輕。你講他神經不神經？他祇想我陪他上吊頸嶺，去觀測什麼山體移動。……天鵬山這麼大，這麼高，峽谷這麼深，怎麼會移動？你講他神經不神經？

我越聽越糊塗，也越發好奇。顯然她講的是另外一個人：你們在吊頸嶺看到了什麼？向場領導彙報了嗎？

穆蓮姐翻了翻眼珠子，餘怨未消：是看到一條岩縫，從山頂到山腳，祇有手指頭寬窄，不細看，不起眼，但細長細長，連著有幾里路，不見頭。

真的？我越聽越覺得新奇。

穆蓮講：王神經自己不出面，祇是要我向龍頭、豹尾、土牛三個頭頭彙報過。三個頭頭如何講的？他們說吊頸嶺那條山縫，三十幾年前就發現了，不是什麼新鮮事，用不著大驚小怪，沒事找事。王神經有興趣，找樂子去吧。他們警告，不准小題大做，危言聳聽，動搖軍心，擾亂人心。他們還追問哪個是真正的王神經？我信守諾言，就是不告訴他們。

這時又進來兩通電話，我回答了詢問，作了記錄。電話是工區來的，並沒有要緊事，無非是報告場部向工區借調的人員已經來「兩建辦」報到了。我問穆蓮姐：你能不能介紹我和王念生同志相識？我以後也想抽時間去看看那條岩縫。

穆蓮姐搖頭：很難。王神經根本不想和陌生人往來。你想嘛，天鵬山的山山嶺嶺，樹木砍光了，就是些岩石懸崖了。山體會移動？鬼都不相信！可人家王神經相信。……話又說回來，他神經是神經，可他的學問也是真學問。論才學，他在天鵬山應該是塊頭牌，賽得過白回歸。

他比白所長還厲害？

穆蓮姐目光閃爍：他們兩個？一丘之貉。唉，不講了！打死我也不會講出王神經是哪個。

聽得出來，穆蓮姐對王神經仍是又恨又愛，不能忘懷，還有很深的感情。我祇是不懂，王神經既然有大學問，爲什麼要這樣嚴重脱離群衆？爲什麼不公開身分？連穆蓮姐這位和他談過兩年戀愛的人，都喊他做王神經。

穆蓮姐依舊坐在那裡，雙眸盯著我，好像還有話要說。這個阿姐，是有「話癆子」毛病。

我也注視她，鼓勵她有話就講，有屁就放。

金鳳，你如至今在辦公室主任位上。有個人的事，你能不能管一管？哪個人？咳，就是樅樹壩小水電的電工盤月月，是我們瑤族。她今年都三十五歲了，和她男人分居十年了。她男人在廣東韶關市工作，她們的小孩都十歲了，可是兩口子就是調不攏。前幾年，人家男人願來林場工作，兩個省公文來，公文去，拖拖拉拉，她禮也送了，人情也還了，事情還是沒辦成。現在，她男人死活不肯進山了，加上她婆婆八十多歲，瘋癱在床。……祇能盤月月出山了。人家那邊有單位接收，可是卡在我們場裡。……唉，也是盤月月自己不爭氣，身體太好，那方面的要求太强，和好幾個男人都有過事了，包括場部某個頭頭。現在人家都私下講笑，說小水電有個「公共食堂」。……

「公共食堂」？我不解。

哎呀，連這個都不懂？就是哪個想吃，哪個就去呀。還不懂？還不懂？穆蓮姐差點要跺腳了。

我心一緊，雙頰騰地熱了燥了。

看看，紅臉了吧？姐爲什麼和你講這事？因爲月月也是我們瑤家姐妹。雖然她有錯處，有不爭氣的地方，但人是個好人。再講，她確有難處。她是個離了男人就過不得日子的人。……夫妻調不到一起，也是作孽……我告訴你一件事，千萬不要講出去。前些日子，月月和我講，鮑東生又找她去了。她和豹尾過去就犯過事。小水電那地方清靜得很，常是月月姐一個人當夜班。她紅著雙眼對我講，她已經沒有廉恥了。她喜歡的人，隨到隨有；她不喜歡的人，硬來相强，總有一天，她會放電！……我真擔心出事。據我猜測，月月姐的調離就卡在豹尾手裡。他也是個單身公，和鄉下婆娘打離婚官司，還沒離成。……好妹妹，但凡你有機會，就拉月月姐一把。即便她是股禍水，你也該催催你龍樹貴伯伯，把事情給人家辦了，讓人家一屋團圓。

聽著這番話，我腦殼裡嗡嗡作響。鮑場長這檔子醜事，我已在保密室檔案中得知。又舊病復發？看來，這林場的事情，比我預想的複雜又複雜。我不曉得穆蓮姐是什麼時候離開的，祇記得她走時咬著我的耳朵囑咐：妹子，你年輕，是朵花。在辦公室做事，也要留心點。有事沒事，這辦公室門都要大打開，宿舍窗戶安鐵條沒有？不要緊，我下了班就搬來和你作伴。拜拜啊！

十五　風流奶子盤月月

今天立秋，天氣反而燥熱。都說氣候反常，夏旱連著秋旱。好幾輪從太平洋上來的颱風都擦著南海海岸線過去了，不似往年那樣給天鵬山區帶來豐沛的雨水。天空仍是湛藍湛藍，不見一絲雲彩。一早起來，地上連露水都少了。路上塵土飛揚。路邊原先蓬蓬勃勃的野花野草已經旱得蔫蔫的，了無生趣。樹上的、草叢裡的蟋蟀沒完沒了地「吱呀吱呀」乾叫。縱樹壩那些長年枝肥葉闊的山芭蕉都枯黃了，不再翡翠般碧綠碧綠。食堂大師傅說：再這麼旱下去，野馬河會露底，竹渠也可能斷流，場部近千口人喝水都成問題。林場領導發話，嚴禁以訛傳訛，不准散布這類擾亂人心的悲觀言論。鷓鴣嶺十八里畫廊濃郁依舊，蒼翠如故，竹渠水量充沛，怎麼可能斷流？

早飯後開了整上午的會。「兩建辦」領導成員加上我這「代主任」坐在一起討論、研究「建場四十周年光輝歷程展覽館」的講解文字和圖片說明稿。所有文稿都是楊總工領著宣傳科兩名秀才起草的。龍書記、鮑場長、滕副場長諸位頭頭發表了意見，供改稿、定稿參用。其實，就展覽館的籌備工作而言，最要抓緊的是各種標本實物、圖片表格的收集和製作。穆蓮姐她們晚上都在加班了。

下午沒有會，真是難得。這些天總是會、會、會，會議室烏煙瘴氣，我飽吸了他們的二手菸。倒是滕達副場長主管的「珍稀面板公開拍賣會籌備小組」的工作進行得比較利索，不用我操心。「兩建辦」的工作，一靠電話，二靠會議，勞動領導們的嘴皮子。我記得穆蓮姐所託的事，抽空向人事科要來小水電女工盤月月的請調報告看了看。出於對一名女子命運的同情，我決定冒點風險，越過鮑場長，直接把報告送到龍樹貴伯伯手裡去。我相信龍伯伯作爲林場書記，一把手，會秉持正義。

果然，龍伯伯一看盤月月的請調報告，臉一沉，瞪了我一眼：她還沒走？我早就講過這「公共食堂」馬上撤銷！

聽他那聲氣，好像是我從中作梗，但我曉得伯伯並非責怪我。不過，猛然聽到「公共食堂」四個字，且是出自書記口中，我覺得荒唐和滑稽，忍不住「噗哧」笑了。

龍伯伯也笑了，臉色也沒那麼嚴肅了：對不起，連你都聽說了。傷風敗俗！要是在舊社會，這種事會被罩王桶的啊。盤月月的請調報告，我都批過兩次了。哪個土皇帝卡住不放？你去人事科問過沒有？

我說問過了，人事科的人也同情盤月月，但都不敢講話。

龍伯伯皺眉，鼻孔出粗氣，又瞪了我一眼：老了，我老了，說話不靈了，被人架空了，當傀儡了，是不是？娘賣的，要接班，也不要接到我眼皮底下來啊！也要我交班啊……龍伯伯忽然省悟到在我這晚輩面前失言了，忙煞住話頭，轉而對我說：金鳳，對不起……我一時火頭上，可能錯怪了人。……但這個事，我會抓到底。回頭我就到人事科去坐鎮，看著他們把調令開出去，直接交到盤月月手裡。

整個下午，我的心都在怦怦跳，擔心龍書記和鮑場長會否因此事鬧不和，擔心鮑場長會遷怒於我。有些後悔自己辦事顧前不顧後。我是不是該主動找鮑場長彙報一次工作，平息一下事態？莫，莫，莫，先等一等，看一看，不要自己去認帳，越抹越黑。我在辦公室才坐了幾天，就開始不安心了，覺著不是個久留之地。謝天謝地，說好祇借調半年。雖說這官不大，今後恐怕也得官僚一點，少聽閒話，少管閒事，注意在各位領導之間保持適當距離，搞好關係平衡。不過，這祇怕也不容易，人家總會把我看作龍書記的親信。

下班時分，鮑東生場長找我，又是讓我抄寫一份會議通知，然後送打字室打印二十份，明天一早發出去。他一直望著我笑微微，笑得有點怪，令人生膩。過去，我從沒見過他這副模樣。臨走時，他有意無意地在我肩上拍了一掌，丟下一句話：小盤主任，你長得太像你娘了，天鵬山又有了個第一美女！他的這一掌，拍得不重，卻令我渾身不自在。什麼意思？他敢對我非禮？依我一個瑤家女子的脾性，我是敢對流氓動剪刀的。唔，慢著，冷靜，不要神經過敏。事情哪有那麼嚴重？自那天看了那批檔案資料後，我對這個鮑場長已是疑懼重重。

第二天，午休過後回到辦公室，剛坐下，準備校閱一份「展覽辦」送來的文稿。門口一陣風般進來一個女子。她身穿工裝，步履輕盈，體態窈窕卻又豐腴性感，笑吟吟地問：盤金鳳主任吧？主任，多謝你！多謝你啊！話未落音，她竟一下子摟住我的肩，哭泣起來。我明白她是誰了，就是那個多情種子。她或許被壓抑得太久了，淚水收不住，濕漉漉的；她豐滿的胸脯壓在我肩頭，肉乎乎的，令我尷尬。難怪人家叫她「風流奶子」，俗。不過，她渾身收拾得乾乾淨淨，散發幾縷甜絲絲氣息，整個人顯得溫軟柔和，沒有鋒芒。這點與穆蓮阿姐頗不相同。這時，一個念頭鑽入我的腦瓜，想起她曾摟抱過好些個男人，於是拉住她的手臂，使了一點力，把她推開了：盤月月吧？我沒替你做過什麼，不用謝我。你謝龍書記，謝人事科的同志吧。

她用手抹淚，帶淚笑了，也不等我開口請坐，就一屁股坐在穆蓮姐坐過的椅子上。她從樅樹壩小水電來。這是我頭回見到她，往後也難碰面了。我給她倒了一杯涼茶解渴。

謝謝，盤主任！盤月月有點緊張，雙手接過茶杯。她沒有喝茶，用細白的牙咬咬嘴角，對我說：放心，我不像人家講的那樣壞。

壞？我聽到這話，愣了一下，有點為她難過，但想到她今後再也不用孤身在山裡當織女，也就釋懷了，先前的擔心煙消雲散。我安慰她：沒有人說你什麼。調動辦成了就好。你也不用謝誰了。

盤月月攏了攏頭髮，掏出手絹擦擦眼睛。三十多歲的女子，靈眉俊眼，俏模俏樣，大概是天鵬山靈山秀水撫育的結果。她水汪汪的雙眼看著我，眼波開始流動。我不大喜歡這種眼波。對這個女職工，我本能地保持著距離。

盤月月的嘴唇蠕動著，輕聲說出一句瘋話：你好好看，山茶花……可惜不是個男的。

我警覺起來：什麼意思？

她嫵媚地笑了，見辦公室沒有旁人，說：如果是個男的，我讓你舒服兩回。我什麼都會……

我肯定是滿臉通紅了：你閉嘴！人都像你一樣？你哪時離開林場？

這是逐客令，她應該聽得懂。真是的，一天到晚「男人」、「男人」，還什麼都會！

盤月月花容失色，那雙千嬌百媚的眸子頓時水色迷濛，蘊含無盡委屈和祈求：主任，我多謝你！臨走前，有句話和你說。

無論如何，她沒有惡意，衹是想表達她的謝意。我的態度是不是太生硬，太激烈了？我放緩語氣：你也姓盤，瑤家人？啊，一半一半，母親是瑤族，父親是漢族，南下幹部，過世了。……好了，辦好了調動手續，你可以盡快出山，去和丈夫、孩子團聚了。還有什麼事嗎？

盤月月臉蛋紅紅的，柔聲回答：手續辦得快，明後日就可以出山。……剛才在路上遇見龍書記。我謝他，他叫我來謝你。……

原來是龍伯伯讓她來的，且聽聽她還有什麼話。

盤月月怯怯地：龍書記講，他也快退休了。他還講我在林場十幾年，算是老職工了，最好參加完建場四十周年紀念活動再走，或者把我男人和孩子也接過來，一起慶祝一場，算過一個節。……聽老書記這麼一講，我真又捨不得我那小水電了，工作蠻輕鬆的，會修理水輪機，算個技術工種……她講著講著，兩隻大眼睛又水汪汪的了。真是布衣荊釵，水性楊花，難怪在天鵬山裡興雲作雨。看她的樣子，還有另外的話要講，但又遲遲疑疑沒有講。我也沒有再問。

不管怎麼說，我算管成了一件事，多少收穫一點欣慰和滿足。但她還有什麼話要講？期期艾艾的，想講又不敢講似的。算了，我也不要問她了。往下，我還要管一件事。生產科長趙裕槐早先在我辦公室大發脾氣，說相思坑工區主任龍三寶擅自砍伐吊頸嶺千年古木，哪個都阻不住。

盤月月離開後，穆蓮姐就送來一件「展品」，講是先請我「審閱」。奇怪的是，她又不立即把「展品」拿出來，而是擡眼看我的臉色。

這都是和我捉什麼迷藏，兜什麼圈子，賣什麼啞藥？

穆蓮姐開口了：先講好，你看了不滿意，就算了。這物件也不要上交，也不要向領導匯報，免得給王神經找麻煩。穆蓮姐一臉神神祕祕。

什麼了不起的寶貝？

電話鈴響了。我拿過紙筆，邊聽電話，邊作記錄。

待我放下電話，穆蓮姐說：是王神經託人送到展覽館籌備組，指名要我接收。幸好我在場，於是就收了。我擔心，沒有這件「展品」，他的麻煩也夠多了。

怎麼了？穆蓮姐那麼個心直口快、乾脆利落的人，這會子卻吞吞吐吐。她還戀著王神經，放不下王神經？不然，不會這樣慎之又慎。

穆蓮姐終於把手探進挎包，從中翻出一本林學雜誌來。雜誌內夾著三張三十二開書本大小的黑白照片。照片下方均有一行工整的鋼筆楷書：三座金字塔的去向——天鵬山無名氏攝。

我接過照片，逐張看過，且看得仔細。第一張攝於山間公路旁一處開闊地，三座原木筒子堆成的金字塔在蓊鬱林木背景的烘托下，煞是好看；穆蓮姐小聲提點我：看看背面。我將照片反過來，背面是一行俊秀的仿宋字，還有年月日：誰砍了禁伐區吊頸嶺這一千立方米的古木？第二張的背景仍是那三座原木金字塔，幾名大漢正在往兩輛解放牌大卡車裝載原木，其中一人是相思坑工區主任龍三寶；該照片還清晰表明，兩輛卡車都沒有車牌。我將照片翻過去，背面又是一行仿宋字：盜伐、盜運、盜銷！也注明了年月日。第三張仍是原地原景，但三座原木堆成的金字塔不見了，祇留下一地的樹皮、木屑。照片背面仍是一行仿宋字：一千立方米紅豆杉原木無翅而飛！

很明顯，三張照片是有心人從一處隱祕的灌木叢中偷拍下來的。

不知爲什麼，我捧著這三幀照片，雙手有些顫抖。這是一樁發生在禁伐區吊頸嶺下的案件？這是證據？龍三寶是龍書記的親侄子啊。

怎麼樣？害怕了吧？穆蓮姐的目光在我與照片之間掃了兩眼。又問：做展品，敢不敢？

我沒有出聲。我無法回答。作爲一名林業工作者，我心裡五味雜陳。我嘆口氣，低了低頭，又搖了搖頭。三幀照片，今後破案時是個證據。至於用作展品，太冒失，會惹出大風波。我說：姐，王神經並不神經。您能不能帶我去見見他？我想認識這個神祕人物。

穆蓮姐垂下眼皮，沒立即搭腔。之後，她說：去見他？那要看人家願不願意。你如今是辦公室主任，被看作龍書記的親信哩。……倘若和王神經攪在一起，是是非非就多了。場領導會認你立場不穩，另一些人認你是龍頭的探子，兩邊都不落好，左右不是人。

唉，到底是髮小，是姐妹。穆蓮姐爲我著想，指出利弊，要我斟酌，不要莽撞。

穆蓮姐說著，看看門口，收回照片。又說：還是不去見他爲好。你超脫些。一些事，我就不要扯上你了。姐姐我做的事，姐姐我擔責。姐是爲了保護你，也是要保護王神經。這些照片不能作展品展出？三座原木金字塔神祕消失，裡面肯定有鬼。

我聽了這番話，心裡感動。我在穆蓮姐身上看到一種女丈夫氣。想了想，還是要問：這麼大的事，你爲什麼不直接向龍書記報告？他一向正直無私，不貪不賄，人稱「不鏽鋼」，拒腐蝕的。

穆蓮姐先是不語，而後一聲冷笑：他不貪，能保證他左右也不貪？能保證他的親人也不貪？龍三寶是他的親侄子。這麼大的事，他侄子敢瞞著自己幹？

那鮑場長呢？會不會也牽扯進裡頭？

難講，好難講。龍三寶是龍書記侄子不假，可他和鮑場長是拜把兄弟，關繫密切。所謂你中有我，我中有你。

那滕副場長呢？他可是專責管生產，抓財務後勤的，我們林場的大管家。

穆蓮姐垂下眼皮想了想，說：好難講，真是好難講嘍。在吊頸嶺禁伐區採伐這麼多原木，他個管生產的副場長會不知情？

你懷疑場領導集體犯案，為的是籌集某筆經費？

穆蓮姐沒答話，也沒看我，而是看著我倆之間的桌面。過了片刻，她才緩緩對我說：所以王神經和我不願意打草驚蛇。把這三幀照片給你看，是我們信任你。你學成回來，一身乾淨，不是他們一路人。穆蓮姐擺擺手：算了，算了。這件事你曉得了，心裡有個數，就好了，不要再問了。

講了半天，三張照片依然是個謎。穆蓮姐和我，你看看我，我看看你。她眉心有個小小的結。我沒有再問，很可能謎底也不在穆蓮姐這裡。吊頸嶺這件事，她還會做些什麼？會刨根刨底嗎？

辦公室人進人出，電話一個接一個。我邊辦事邊和穆蓮姐談話，斷斷續續的，還要提防隔牆有耳。展覽籌備組那邊也正忙碌各種繁雜事務。穆蓮姐不便久留，匆匆走了。

中午時分，瑤王谷裡起了大霧。這是我進山以來見到的最大最濃的一場霧氣。整個山谷像盛滿了雪白雪白的棉花。正是雲瀑霧海，團團滾滾，又厚又輕，似乎伸手就能抓來一大把。幾步之外不見人。人就像魚似的影影綽綽，不像在走路，而像在浮游。運材卡車開著大燈船隻般在霧海裡潛行。喇叭按得山響，告誡對面的來車，路邊的行人。野馬河消失得無蹤無影。河對岸那些大大小小、高高矮矮的石柱、石筍，都只露出個墨綠色的頂蓋，像礁石也像島嶼樣的浮現在那裡……總之，給人的感覺，混混沌沌，飄飄欲仙，失去了地心吸引力，脱離了塵世。

一場彌天大霧持續了兩三個小時才消散。

在食堂吃午飯，我和穆蓮姐同桌。她告訴我，廚房胖師傅講，冬霧晴，夏霧淋。剛立秋，熱天還沒過去。久晴必有久雨。不出三天，我們天鵬山會下大雨。講不定會發山洪。胖師傅預報天氣，比氣象站還準。

炒菜的胖師傅會預報天氣？

穆蓮姐連連點頭：講個笑話給你聽。有一次，氣象站的人跑到廚房去向胖師傅取經，以爲他養著泥蛙、王八、野蜂什麼的，有一套土辦法預測晴雨。沒想到胖師傅呵呵樂了，兩手在圍裙上揩來揩去，講：我哪有本事摸得準老天爺的脾氣？無非是和你們氣象站唱個反調，你們報陰天，我就報晴天；你們報有雨，我就報無雨；你們報多雲，我就報無雲；……這山裡天氣，你們總也報不準，所以我才報得準。要問經驗，我倒有一個。你們啊，只消報一種天氣，保管天天都準。什麼天氣？那就是：陰轉晴，晴間多雲，有時有風，有霧，春夏多雨，秋冬無雪，……呵呵。

有趣的胖師傅。我和穆蓮姐都笑了。

十六　「野心家意見書」

一早上班，「兩建辦」就送來鮑東生場長審閱批改過的「建場四十周年紀念活動宣傳綱要」。材料上方用回形針別著一張便條：金鳳主任，「綱要」已閱，文理通順，生動簡潔。我衹改動了幾個地方。請抄正後送簫玉圓打印十五份，以備分發。另，通知簫玉圓，從明天起，「綱要」每天早、中、晚各播出一次，直到慶祝活動結束。

便條上有個落款，頗為周正。看來鮑場長多少練過些書法。我佩服他的辦事效率，事無巨細，處理得有條不紊。此外，很少見他對下屬瞪眼睛、起高腔訓人。鮑場長還連著兩次在「兩建辦」全體工作人員碰頭會上，表揚我工作認真，任勞任怨，一個人頂三個用，把場部辦公室打點得整整齊齊。又說，現在是場部辦公室效率最高、最好的時期。得到如此表揚實屬意外，我愧不敢當。對他的印象也有所好轉。

離十月二十日建場四十周年紀念日衹剩下一個月時間了。林場工會名下的那支業餘文藝宣傳隊，敲鑼打鼓、唱歌跳舞，晚晚都在場部禮堂排練節目。節目單也送來辦公室了。看樣子很是熱鬧，舞蹈、獨唱、合唱、朗誦、快板、相聲、小劇目都有，堪稱琳琅滿目。

晚飯後，夕陽西下，滿天霞光把河灘、山巒、樹林染成金紅金黃各種顏色，深深淺淺，千變萬化，光怪陸離，別是一番夢幻般富麗堂皇。我鎖了房門，提著白鐵桶，要去野馬河邊洗衣衫。這時，就見白回歸所長牽著寶貝兒子，踏著石級上來了。小男孩還揹著個小書包。我已經好幾個星期沒有和他打過照面了。自上次從盤王頭探望樹神爺爺後回到樅樹壩，撞見穆蓮阿姐替他漿洗衣衫，兩人關係像是超乎尋常，我就自覺地迴避了。穆蓮阿姐後來也做過解釋，但我仍然未能釋疑。人嘛，總要保持一點自尊的。他再有學問，有名氣，再木訥、書呆子氣，也和我無涉。我祇是他的一名下屬，一名助理研究員而已。看樣子，白所長是來找穆蓮阿姐的。

我放下白鐵桶，在門口迎著這一大一小。沒等他開口，先打招呼：所長，稀客！小朋友，叫什麼名字呀？

小男孩有點害羞，貼在父親身後站著。白所長將他拉到跟前，說：兒子，快叫姐……告訴姐姐，你叫什麼名字，今年幾歲了。

我不覺地有些尷尬。白回歸把我視作晚輩了？姐姐就姐姐。小男孩衣著整潔，瞪著烏黑的大眼睛看著我，好聽的童音卻怯生生的：我叫白豆杉，今年四歲半。

可愛的孩子，有趣的名字。白回歸用樹名做寶貝兒子的名字。我忙說：白豆杉，好名字，好記、好寫，很神氣。來，讓姐姐看看，你書包上的小熊貓。四歲半就上學了？幼兒園學前班？

孩子怕生，被父親輕推一下，站到我面前。不知為什麼，我挺喜歡這孩子，摟住他的小肩膀，撫了撫他的小額頭。孩子沒有躲避，這更讓我歡喜。忽地，他摟住我的脖子，在我的臉頰親了一口。這可大出意料，我條件反射般望向他的父親。白回歸在一旁很嚴肅的樣子。我臉熱了，直起身，拉拉衣襟，說：白所長，你來找穆蓮阿姐吧？她到禮堂排練節目了。她是女中音，我們林場的關牧村。她的木葉也吹得很好聽。你們去看看吧。

老學友，哦，學妹，我就不能來找你？你好像自樅樹壩回來，坐了辦公室，就把林研所給忘了。白回歸依然一本正經。

沒忘，沒忘記你還是我的領導。今天有空來看我這下屬，榮幸。進去坐坐？小豆杉，歡迎你！

我開了門，迎客人進屋，說：穆蓮阿姐借調來場部，臨時住在我這裡。這原是分給花四季的套間，還是原樣，客廳寬敞，桌椅、電器都是公家的。

我之前聽聞，花四季追過白回歸，後來在人前人後罵他是個書呆子，蛀書蟲，不解風情。我還聽聞，花四季的模樣、身條蠻出眾的。不知老白後不後悔。唔，如果他真有穆蓮姐當女友，大概也不會後悔。

白所長大大咧咧，還沒坐下，就到廚房找水喝了。顯然他熟悉這房裡的一切。小豆杉和我有眼緣，不認生，一下子就混熟了。小人兒招招小手，要我彎下腰，嘟著小嘴，對我耳語：我不喜歡花阿姨，她也不喜歡我；穆阿姨喜歡我，可我不曉得要不要喜歡她。

我悄悄對他說：這是你的祕密？姐姐曉得了，替你保密，不告訴別人。

小豆杉笑了。這孩子笑起來，一點不像老白。

白所長端著一杯水回來，問兒子要不要喝。我說：小豆杉，姐姐請你喝橘汁。白所長，你身後的冰櫃裡有，勞駕取出兩瓶來。

小男孩喝了兩口果汁，舔舔唇，依著我坐。我感受到他的體溫，也感受到他的信任和親近。我一動不動，不想驚動他。我沒想到自己會如此珍惜這孩子的好感。

白所長走過來，雙手放到兒子脅下，將他舉起來，放到一張圍椅上坐著，又遞給他一罐粒粒橘汁，讓他自己喝著。我猜想，白所長有事要和我談。

果然，他探手從孩子的書包裡取出一個大號信封，說：學妹，這就是上回我向你提到過的「重振天鵬山林場經濟意見書」。請你仔細看看，給提提意見。……這意見書，前年就寄給了國家林業總局和省林業廳，還有自治州政府。每處都有回執，但再無下文。場部我也交過一份，龍頭說，要等上級的批覆。這事你還記得不？

記得，記得。我連忙一目十行地把他的「建議書」看了下來：你建議林場珍惜林木，停止採伐，改為以營林為主，以旅遊觀光養山育林，以十八里畫廊為核心景觀區，把天鵬山建成旅遊休閒中心，度假村，療養院，夏令營，大專院校科研實習基地！騰籠養鳥，產業轉型，有創意，很吸引人。

我邊看邊把他的「宏大規劃」說了個大概，又補上一句：但現在還停留在紙上談兵的階段，阻力肯定不小。首先，這是大項目，需要大投資，同時也存在大風險。再有，轉變人的思想觀念不容易。林場不採伐，還叫林場？傳統觀念，束縛人的頭腦。

聽我這麼一說，老白難得地對我笑了：你的閱讀速度和概括能力這麼强啊。金鳳學妹當了兩個月的辦公室代理主任，水平顯見提高。好事。今天來，就是想把這份「意見書」留在你手上，或許有機會用上。……

這是什麼道理？我沒想明白。我說：你不是已經送過一份給場領導了嗎？都進檔了。你再送一份給我，什麼機會能用上？

白所長搓搓手：這個嘛……有些情況，你大約還不太瞭解。每年夏秋之交，都會有省裡的主要領導下鄉視察，偶爾也會來我們林場住一晚，聽聽匯報。你這位辦公室主任，肯定要參加接待工作，就有了接觸領導的機會。所以我請你相機行事，把這「建議書」親自交到領導手裡，以便引起他們的重視。若有個別交談，就更好了，學妹可以替「建議書」美言幾句。這些領導不大可能親自通讀這麼長的文件。

這倒是個不錯的主意。我義不容辭。但還是問了一句：大學長，你自己為什麼不能面見領導？如果真有領導下來，我第一時間通知你。你的作品，由你自己來推介，不是比我更有說服力。你是個名人，林學家。

老白嘆了口氣，垂下眼皮，又自顧自地說話：你多半不知道，從總局到省廳，再到自治州政府，頭頭們都對我有看法。……為什麼？因為我不停地給他們寫信、送材料，報告天鵬山林場的真實情況。什麼真實情況？記得上回和你講過的，林場從一九五七年辦場時的兩百里畫廊，到大躍進時變成一百五十里畫廊，到一九六四年「社教運動」時的一百二十里畫廊，到十年文化大革命的五十里畫廊，到改革開放二十年來的十八里畫廊！還能砍多久？把天鵬山所有的林木都砍光，光禿禿幾百里山場，怎麼辦？就像有位老工人講的，我們是吃祖宗飯，作子孫孽！我的「意見書」本是為林場找出路，為天鵬山區找出路，全力營林，重新綠化！可有人講我白回歸是野心家，陰謀家，是妄圖奪取天鵬山林場領導權！他們還講這是「野心家意見書」，是我的「變天宣言」，行動綱領，要把天鵬山變成白回歸的獨立王國。他們都把我告到林業總局、省林業廳和自治州政府去了！

有這等事情？真是匪夷所思！我憤憤不平：哪個寫了你的黑函，告了你的黑狀？竟然指你是陰謀家、野心家，要奪林場的權？真是天方夜譚！總局、省廳、自治州政府，領導們就相信這些無稽之談了？其實，我早就知道是誰了，衹是不好當他的面說穿了。

白回歸看了孩子一眼。小傢夥在翻看一本小人書，聽不懂大人的談話，徜徉在米老鼠和唐老鴨的世界裡。白回歸繼續說：上級領導倒也沒有認為我白某人真是什麼野心家、陰謀家，我的「意見書」也並非什麼綱領、行動計畫。不過，他們都把我當作麻煩人物，認為我在林場群眾關係差，和林場幾位領導鬧不團結，恃才傲物，驕傲自大。

我看了看孩子，放低聲音試探著問：你估計是什麼人寫了你的黑函？

白回歸也壓低了聲音：問題出在林場班子內部。木頭從裡頭爛起。有的人急於接龍頭的班。學妹，我知道，你冰雪聰明，龍頭信任你、器重你。……告訴我，龍頭對我，究竟是個什麼看法？

我皺了一下眉頭。是個令我為難的問題。怎麼說呢？我欲言又止。可白回歸終究是我的大學長，是我一向尊敬的學者，現在又是頂頭上司。我只得告訴他：龍書記對你沒有負面看法。你的那些投訴信，都退回到他手裡，由他定奪。他也沒有處理，祇在那包材料的封皮裡寫了八個字：「為了工作，出以公心」。但這事不能外傳。

白所長的眉頭舒展了些許。唔，書呆子也愛聽好話。這不奇怪，我也是。不過，他的雙眉復又鎖起，聲音更低，問題更進一步：那鮑東生場長、滕達副場長，還有生產科長趙裕槐呢？

這是做什麼？我冷不丁警覺了，不能這麼順著他應答下去。不錯，我是林研所助理研究員，可我現在也是場部工作人員吶。我說：對不起，我臨時代理辦公室主任，瞭解的情況有限。我已經說得有點多，可能都犯錯誤了。趙科長是你的同學，你們平日關係不錯的。你連他也懷疑？對不起，我不習慣私下議論其他負責人。

白回歸微微點頭，朝椅背上靠。神色有點尷尬。

我又說：這份「意見書」我可以收下。有機會的話，一定交給合適的領導。

白回歸沒有出聲。他從椅上起身，神色有些悻悻的，眼睛朝向別處。或許，他有點懊惱，不該問了些不合時宜的愚蠢問題。他吁了口氣，說：對不起。我近來心裡有點煩，病急亂投醫，讓學妹笑話了。時候不早了。兒子，來。阿姨還有事要忙，我們該走了。

他改口讓小傢夥喊阿姨了，我豈不一下長了輩分？小傢夥扭扭身子，還想在這個新鮮地方玩玩：在這裡玩玩，再玩一下下嘛！我要阿姨給我講故事，給我唸小人書。

小傢夥也改了口，不喊姐姐了。我好笑又好氣。

白回歸不得不把耍賴的兒子抱起來：走吧，走吧！天快黑了。爸爸送你到幼兒園寄宿班，然後還得趕回縱樹壩。

小豆杉噘起嘴，十分不情願，眼中浮起淚花。

他今晚要趕回縱樹壩？那可不是一般的山路！太辛苦了。我忙說：晚上趕路不好。不如這樣，我去安排一下，你在招待所住一晚，明天一早再回去。如果沒空房，我和穆蓮姐可以去女工宿舍借宿，你和小豆杉在這裡湊合一夜，如何？

白回歸執意不肯：太麻煩，太過打擾了。我還是回我縱樹壩的老窩裡睡得舒服。我騎摩托來的。新買的日產雅馬哈。小豆杉吵著要我帶著他去兜風。你要是有興趣，哪天也來學學騎摩托。當過運動員，又會騎單車，該是一學就會。

說真心話，長期過宿舍生活的我，多少有些嚮往友人相伴的黃昏時光。當然，我不想讓這感覺流露出來。在暮色中，輕風裡，我提上白鐵桶，順路送他們到野馬河邊的幼兒園宿舍。河畔的風挾帶著流水的清洌，還有水生植物的香鮮氣息。平日裡，我喜歡在這河邊涮洗或徜徉一會，看著金波粼粼河水流向山外，流向遠方。但現在河水越來越淺，只剩下幾個小水塘了……

小豆杉的父親牽著他走了。幼兒園在河邊一塊高地上，白木圍欄環繞。白回歸的雅馬哈就停在那兒，在最後一縷晚霞中熠熠發亮。他也轉過身，再次和我握別，感謝我對他孩子喜愛。他說：這小東西也怪！過去花四季從省城給他買過糖果，他不要；穆蓮給他做鞋帽，洗衣服，他也不跟她。可一見到你，就賴上了。你不會覺得討嫌吧？白回歸看著我，苦笑了笑。在夕照中，我無法閱讀他的目光。他無話找話地說：對了，我和你的穆蓮阿姐，祇是普通工作關係。她是個不錯的女子，剛柔並濟，敢作敢為，有瑤家姐子的爽快情懷。

我不懂他講這話是什麼意思。

十七　擋不住的討薪潮

高音喇叭播出「建場四十周年慶祝活動宣傳綱要」的第二天，場部辦公樓前忽然聚集大批退休職工，舉著紙牌，喊著口號：「你們搞慶祝，我們餓得哭！」「你們要紀念，我們要吃飯！」「你們忙表功，我們肚子空！」人越聚越多，沒多久就從幾十號人增加到一百多人。

正是上午上班時間。一名中年保安氣喘吁吁地跑進辦公室向我報告：盤主任，不好了！退休工人鬧事了，都是些老頭老太。他們要求進一樓禮堂靜坐請願。怎麼辦？怎麼辦？

我吃了一驚，問：讓他們進來沒有？他們爲什麼請願？

保安員並未直接回答我的問題。他擦擦汗說：搭幫派出所的警員反應快速，把住了大門，沒讓他們進來。……進來了就麻煩了，不答應他們的條件，就不會輕易退出了！

我走到玻璃窗前一看，果然黑壓壓大群人在下面吵吵嚷嚷。我又問，他們爲什麼請願？

保安員說：還不是爲了扣他們退休工資的事。自年初起我們林場入不敷出，在職職工發放百分之七十的工資，拖欠百分之三十；退休職工發放百分之五十的工資，拖欠百分之五十。

我說走，下去看看，聽聽爺爺、奶奶們有些什麼訴求。

保安員卻站著不動：盤主任，您還是先報告龍書記和鮑場長吧！祇有一把手、二把手親自出馬，才有可能緩和矛盾，平息大家的火氣、怨氣。

顯然，四十多歲的保安員覺得我這辦公室主任太嫩，不夠分量，也不知輕重。於是，我擺擺手，說：也好，你先回去，協助警員守住大門口，不要把鬧事的人放進來。

隨後，我敲響了走廊盡頭書記辦公室的門。門虛掩著，我應聲進去時，龍書記和鮑場長正站在窗口，像是商量什麼事情。鮑場長見了我就說：小盤主任，你沒有遇到過這號情況吧？不要慌。天大的事，有龍頭和我應付。「具體情況作具體分析，是馬克思主義活的靈魂。」你先回辦公室去守著，通知廣播站籲玉圓，暫停「宣傳綱要」的廣播。另外，你讓電話總機叫通十個工區，我馬上開緊急電話會議。

聽場長這麼一說，我鎮定了許多。我們林場的一、二把手還是有擔當的。前些年，我曾聽說有的縣裡復員軍人鬧事，包圍了縣政府，書記、縣長嚇得不敢出面，躲得沒有蹤影，結果復員軍人們占領了縣招待所，殺雞殺鴨殺豬，大吃大喝。有說鬧得烏煙瘴氣，有說他們大出了一口鳥氣。可是，這會子，我們林場的頭們有什麼錦囊妙計安天下呢？

我回到辦公室，立即按照場長指示辦了兩件事，一是通知廣播站籲玉圓立即停播「宣傳綱要」，二是通知電話總機立即叫通十個工區的主任、副主任，領導要開電話會議。

也就十來分鐘吧，十個工區的電話都通了。鮑場長來到辦公室，拿起電話就一個工區一個工區地點名，每點到一個工區主任的名字，那工區主任就在電話裡答一聲「到」！這時，鮑場長講話的聲氣有別於平日，莊嚴低沉，一字一頓：今天，現在，場部辦公樓前發生了聚眾鬧事，大群退休職工要求場部立即補發所拖欠的工資。此事正由我們龍書記親自出面處理中。我現在通知你們十個工區主任、副主任，場委會已就事件作出嚴肅決定，請你們記錄下來。一、絕不容許此次場部聚眾討薪事件擴大、蔓延開來，由此打亂林場正常生產、生活秩序；二、嚴防別有用心的人乘機造謠生事，破壞搗亂；三、各工區要嚴防死守，絕對不容許有人來林場場部參加鬧事。若有哪個工區的人來場部生事，工區主任、副主任立即就地免職！情節嚴重、造成惡劣影響者，開除公職，並依《森林法》追究其刑事責任！就這三條，我講得很慢，都聽清了？記錄下來了？好，你們遵照執行，不准討價還價。散會！

書記、場長遇事冷靜，慮事周密，處事果決，令我敬服。鮑場長看我一眼，長長吁了一口氣。看得出來，他的心情還是緊張、凝重的。我給他倒了一杯水。他一口喝乾了，站起身來說：走！盤主任，我們到一樓去看看。不能叫龍頭一人孤軍奮戰。你新來，沒見過那批老頭老太，都是建場元老，倚老賣老，要多難纏，有多難纏！

可是鮑場長領著我剛走到樓口，他就站下了：小盤，不對！辦公室不能沒有人。……今天這事，會不會有人在幕後鼓動、搗鬼？我最擔心那個不肯露面的王神經。萬一某個工區也出了情況，來個裡應外合，那麻煩就大了，更難收場了……我看這樣吧，場部領導不要都出面，還是要有人唱紅臉，有人唱白臉。你就代表我，到下面去陪龍頭書記。你龍伯伯威信高，群眾關係好，最能應對那些鬧事的人。我呢，還是留在辦公室守電話，準備集合民兵隊伍，隨時應付突發狀況。對群眾鬧事，軟硬兼旋，要有革命的兩手。

我祇得獨自下樓，腳步有些沉重。鮑場長這人也真是的，關鍵時刻，像鯉魚溜邊，讓龍伯伯一人面對。還說要集合民兵隊伍，訴諸武力？趙裕槐是民兵營長，他幹不幹？……不對，不對，不能這樣胡亂猜測領導人的行爲。也許人家鮑場長有全局觀，工作分一線、二線，不能都去了一線，沒有二線。不記得是誰講過，軍隊打進攻戰，要留有預備隊呢。

一樓禮堂亂哄哄，鬧事的人都進來了。我問守在大門口的一名派出所年輕警員：怎麼把人都放進來了？警員向我行禮：報告盤主任，是龍書記親自把人民群衆請進禮堂來的。我們衹是執行龍書記的指示。

我向他點點頭，算是還了禮。進入禮堂，見百十名工大爺大媽們把龍伯伯圍在中間，有的人還揮著拳頭，情緒激動，又喊又叫，場面甚是混亂。好在因爲文藝宣傳隊排練節目，把椅子都搬到牆邊摞起來了，空出場地，任人聚集。

龍伯伯這時放開喉嚨，聲若洪鐘：你們鬧夠了沒有？我龍頭把你們請進來，是想聽聽你們的意見，不是聽你們蛤蟆鬧夏！你們大多是和我一起進林場的大哥、大姐，有問題可以好好講。吵吵鬧鬧能解決問題？如果是這樣，我就站在這裡，聽你們鬧下去，好不好？

經龍伯伯幾聲吼，大爺大媽們倒是平靜下來了，頓時鴉雀無聲。龍伯伯收了大喉嚨，接著講：是的，是場部對不住你們！從年初起，你們每月衹領到一半的退休工資，生活發生了困難。在職的，那些仍在工區上班，仍在山上砍樹的，每月也衹領到百分之七十的工資。這是事實。怎麼造成這些困難的？年初職工大會上，我龍頭就向大家報告了，因爲深圳那家應天物流、鄭州那家龍行建材兩家公司一共欠下我們二百二十五萬元的木材款！討了三年討不回來！現在全中國到處都是這種三角債、連環債，你欠我，我欠他，他欠你，誰都欠著誰，誰也還不了誰！放心，我已經上報了省政府、省長、書記，要求省裡派法院、檢察院去替我們收債。要不然我們就派幾百名林場職工去深圳市委、河南省委門口靜坐、討債。省長、書記告誡我們不要這樣做，由省裡出面去找河南、廣東的相關部門協商解決。情況就是這樣。這些內部情況，本來不應該公開的，但你們都是我的老哥、老姐，我信得過你們，才把真實情況告訴大家。一旦深圳、鄭州的欠款討回來了，拖欠你們的工錢立即補發，連同銀行利息，一分不少！好不好呀？

大爺、大媽們你看看我，我看看你，情緒已平穩下來。這時，有人提出質問：龍頭，你給一句實在話，我們還要等多久，等到哪年哪月？

龍伯伯溫和地望著大家：我們爲什麼要這樣鬥雞似的站著，好多人的腿腳都不那麼靈便了。去去去，大家動手，每人去搬一把椅子來。我們都坐下來，坐下來繼續談。好不好？

一時間，衆人就像聽到了號令，紛紛去牆邊、牆角搬椅子，坐下來。有人多搬了一把椅子，請龍頭也坐下。

我站在禮堂門邊，隔著一段距離，看著龍伯伯如何處理事件。

龍伯伯沒有落座：好，我先回答剛才那位老哥的問題。我們要相信組織，相信省委、省政府嘛！上級領導一直在關心我們天鵬山林場的職工群衆嘛。但我們也要給上級領導一點時間，畢竟是要去外省打嘴皮仗，法律戰，替我們把欠款追回來，是不是？

有人站起來問：龍頭，你是一把手。你明明曉得林場裡連職工工資都發不齊，都拖欠，為麼事還要大張旗鼓搞什麼建場四十周年大慶？搞大慶不花錢嗎？

龍伯伯招呼那人先坐下：老哥，你的問題問得好。為什麼要搞建場四十周年慶祝活動？這麼說吧，我們是花小錢，辦大事。我們也是要通過這次慶祝活動，長我們林場的志氣，造我們林場的影響。到時候，我們把省裡、州裡、鄰近縣、市的領導人都請來，把省、市報紙、電臺、電視臺的記者都請來，這不是個宣傳我們天鵬山林場的大好機會？做好宣傳，擴大了影響，我們林場今後辦事不是會更順暢？下面，誰還有問題、有意見，歡迎提出來。

又一位老職工站起來：龍頭！先講聲對不住，我要提個不怕得罪你的問題。你們當官的，尤其是你自己，為什麼不和廣大在職工人一樣，拿百分之七十的月薪？爲什麼不和大家同甘共苦，共度難關？

儘管離得比較遠，我還是發現龍伯伯的臉色有些發紅，像喝了酒一樣的。不過，他態度坦然，還咳了聲嗽：問得好！問得我都有點不好意思了。我龍頭不能不對大家作個交代了，也是交個底吧。我們林場幹部和工人的工資，有個制度上的差別。幹部的工資，包括技術員的工資在內，是政府財政撥款，又叫「拿國家工資」；職工工資，則是出自我們林場內部，自負盈虧，這叫「拿本單位工資」。這種情況，很多人是明白的，也有很多人不明白。以我本人來講，我當伐木工人時，拿的是本林場的工資；後來提了幹部，就拿國家工資了。我問心無愧的是，我的愛人至今在樅樹孎樹種園上班，她拿的是百分之七十的「本單位工資」；我的一兒一女，兒子是伐木工，女兒是檢尺員，拿的也是百分之七十的工資。不信？大家可以到財務科去查帳！再有，我現在在這裡宣布，從這個月開始，我也拿百分之七十的工資，和大家同甘共苦！我龍頭講話算數。

顯然，龍伯伯坦率、真誠的表態一下子把大家鎮住了，也讓大家感動了。停頓一刻過後，有人鼓起掌來。很快，掌聲響成一片。

這時，有人站起大聲講：龍頭，你真是個龍頭。這些年來，我們信服你，敬重你！同志哥，大家還記得嗎？龍頭當了高級幹部，當了我們的書記，卻一直和我們一樣，住在職工宿舍裡。他一家四口，加上岳母是五口人，住著三房一廳。女兒從工區回來，還要和她外婆擠住一屋。……前幾年，場部其他領導趁龍頭到省城進修去了，替他蓋了棟小樓，想要他一家搬進去。他若是帶了這個頭，別的場領導才好各建一棟小樓給自己住呀！可是，龍頭從省城回來，堅決不入住小樓，煞住了幹部特殊化歪風，把那棟小樓交給了幼兒園！所以，我們的龍頭是個好龍頭！

感嘆、贊同聲起，大家熱烈鼓掌。龍伯伯擺擺手，依然聲若洪鐘：算啦，算啦，不要表揚我了。我四十年來，在林場做的任何一件大家認可的事，都是應該的，都是我分內的事。現在，我衹是要問一問：你們信不信得過我？你們還要不要鬧下去？

不鬧了，這就回去了。再鬧下去，沒意思了。那些大爺大媽們紛紛起身，慢慢散去。有的人不急於離去，圍住龍伯伯，等著和他握握手，算消消氣。

我看著這一切，眼睛裡熱辣辣的。龍頭伯伯是個和職工群眾心貼心的基層領導幹部。至於鮑場長，還想調動民兵隊伍呢。不愧當過紅衛兵司令。

十八 迎賓總動員

天亮時分，撒豆子似地下了一陣急驟的雨點，跳珠似的打得屋瓦嘀嘀嗒嗒一陣好響。不久，雨就收住了，地皮濕了一陣，很快又乾了。久旱逢甘霖，這或許是個氣候生變的信號，大雨傾盆的前奏。天空陰沉沉、悶得慌，空氣裡漂浮著刺鼻的土腥味。在峽谷的背後，山巒的那一邊傳來隆隆的雷鳴，已看得到閃電，以及灰濛濛的大片雨幕。

直到中午過後，老天爺才憋足了勁，閃電夾著雷暴，下起了瓢潑大雨。野馬河立時濁流滾滾，脫了韁似地咆哮奔騰。場部辦公樓的每扇窗戶前，都站著欣賞這場大雨的人，議論紛紛：

倒秋了！倒秋了！

一場秋雨一場涼。從沒見過哪年夏天旱這麼久，熱這麼長。

生產科和宣傳科的幾個後生仔，高興得發了狂一般，祇穿了件背心、短褲，就跑到樓前的土坪裡，衝著窗口裡的同伴叫喊：下來啊！下來啊！痛快痛快！解放解放！

我探出頭，看到這些比我年紀還輕的小青年擡起臉、張開臂，歡迎這場大雨。

風雨浴場！老天爺的風雨浴場！

讓暴風雨來得更猛烈些吧！

他們高聲叫嚷著。

這時，電話響了，鈴聲被風雨壓抑。我讓它叮鈴了幾聲，才過去拿起話筒。對方竟是州委值班總機：盤主任吧？州委重要電話，請準備抄收。……

我趕忙坐下，拿起筆和記錄本。話筒裡傳來一位男同志的聲音，雖有大風大雨干擾，仍然聽得清晰：天鵬山林場辦公室嗎？貴姓？好，我是州委辦，姓李，李祕書。現在有個重要通知，省裡一位主要負責同志下來視察旱情，指導抗旱救災。他明天由州委主要領導陪同，到天鵬山林場過夜，聽取工作匯報。天鵬山正在下大雨？很好。你們那裡原本就是避暑地方嘛。領導一行，連同司機，共十四人，分乘三輛車，其中一輛是豐田旅行車。……要保障道路安全。對對，在你們林場用晚餐。首長有指示，祇用便飯，不准搞特殊招待。首長的名諱，你就不要問了，來了你們就知道了。首長一行後天返回州委。請寫下電話抄收時間，現在是下午二時三十五分。好，好，你是盤金鳳同志是吧？請你把電話記錄複述一次。另外，首長行程，注意保密。

我遵囑複述完畢。李祕書再次核對我的姓名、職務，這才掛了電話。我曉得任務重大，刻不容緩，立即拿起電話記錄簿，去找鮑場長匯報。鮑場長正好在辦公室。他飛快地看了一遍記錄，從筆筒裡抽出一枝紅鉛筆，在簿上畫了三道橫槓。他站起身，囑咐我：重要，非常重要！盤主任你回辦公室等著。我去向龍頭報告。十分鐘後，我來找你布置工作。

說罷，他先我一步出了門，找龍書記去了。外面的風雨聲似乎停了。我來到走廊盡頭，朝窗外瞅了一眼。噢，天又青了，地又綠了，祇有野馬河依然濁浪滔滔，但相信很快也會消停。這山區天氣就是這樣，風雨來得快，走得也快，恰如野馬河的洪水，來得快，退得快，令人猝不及防，平添幾分凶險意味。

回到辦公室，陽光已灑在桌前，滿屋通亮，與我離去時的陰沉氣氛大不相同。變戲法的老天爺啊！我望著窗外的藍天白雲發了發獃，忽然想起，這場突如其來的大雨該不會造成進山公路塌方吧？天鵬山作爲一個基層單位，接待好上級首長的首要問題就是保障道路安全。當然，還要吃好住好休息好。省裡主要領導下邊遠山區林場視察，幾年都難得遇上一次。這是林場的頭等大事。

不到十分鐘，一陣腳步聲響，鮑場長就拿著電話記錄簿來找我了。這會子，他倒顯得不急不躁，坐下後說：盤主任，告訴電話總機，立即停止一切內線電話，替我接通十個工區，說場部有緊急通知下達，各工區主任聽電話。

在等待接線的檔口，鮑場長通知我：經和龍書記商量決定，為迎接上級首長下來視察工作，場部成立一個專門接待小組，由書記親自任組長，我任副組長，領導小組成員有：滕達副場長、楊春秋總工程師、趙裕槐科長、場辦公室主任盤金鳳。

誰？我？我以爲自己聽岔了。在林場領導層，還有個白回歸所長呀。於是，我說：領導漏了白所長了。我剛來，情況不熟悉。白所長掌握的情況比我多，換上他更合適。何況林業科研這塊，他獨當一面。

鮑場長擺擺手：小盤呀！我和龍頭怎麼會忘掉他？白所長嚒，那是個告狀專業戶。他若參加向首長的匯報工作，還能不滔滔不絕大揭我們林場的陰暗面？省裡和州裡的首長聽了能高興？首長生了氣，今後我們還怎麼做工作？所以，小盤呀，你要有全局觀念。我和你龍伯伯也是有苦衷的呀！

我心裡為白所長抱不平。他多想有機會和省裡首長見面，匯報他那個「重建天鵬山林區經濟意見書」呀！現在機會來了，卻要把他排除在外。當然，他還留有一份「意見書」在我手上。

鮑場長瞅我一眼：小盤，你還想不通？沒關係。「不通也要通，不通的反面就是通。」又說：一個臨時小組，工作一兩天就自動撤銷，有那麼重要？注意哦，你絕不可向白所長通風報信！這是紀律。不然，後果嚴重。記住了。鮑場長目光凌厲，警告的意味濃厚。

我作難了，心裡反感，有些鬱悶。趁我和總機接線生通話的空擋，鮑場長在一張便箋上簡要寫下他的接待計畫要點。顯現他的辦事才幹。我明白，這辦公室要成爲他的臨時司令部，呼風喚雨的指揮臺了。

第一聲電話鈴響了。我接聽，然後把話筒遞給鮑場長：樅樹壩，營林工區來了。

鮑場長的聲調低了一度：營林老李吧？我鮑東生啊。不廢話，黨內稱同志。重要任務。明天中午十二點之前，你必須送一百斤無籽或少籽西瓜到場部招待所來！質量要好，個頭要大，還有十隻雞、十隻鴨，十尾塘魚。記住，魚要跳，雞要叫，要鮮活！什麼？西瓜地都翻種秋包穀了？我不管，養兵千日，用在一朝。你派人派車到外縣外州去買，也要替我把東西買回來。好，一言爲定，沒有討價還價的餘地。經費嘛，一如既往，歸場部報銷。什麼話？你們工區今年的經費還想追加一萬？場部現在財政吃緊。年初把錢都分下去了。好好，不囉嗦。一事歸一事。別的，都給我先讓路！

放下電話，他朝我笑了笑，拍拍腦門，在剛才寫下的接待計畫上打了個勾。

電話鈴又響。我接了，又遞給場長：藤蘿寨採伐工區。

鮑場長的嗓門更低些：藤蘿寨小石吧？鮑東生！對，黨內不稱職務。你們工區的水白梨砧板，大塊一點，直徑四十至五十釐米的，有現貨嗎？好，有就行。你們準備好十四塊，保質保量。另外，木耳、香菇，每樣十斤。什麼？祇有乾貨？乾貨就乾貨。明天中午十二時以前，場部派車來取。哪個大腦殼來了？你不要問。我也不敢問。你是個懂事的，我沒看錯人嘛。聽著，不准在職工中走漏這消息。你嚒，先幹一段副主任再說。

對，正主任的位置先空著。你要禁得起組織考驗，好好幹，不要自吹自擂，好話等著別人說。注意戒驕戒躁。好，好，就這樣。

放下話筒，鮑場長帶著笑意，在接待計畫上又留下個勾，還朝我笑笑。看樣子，他心情不錯。

叮鈴鈴！我照例聽了聽，將話筒遞給場長：霸王嶺採伐工區。

王主任吧？你娘的連老子的聲音都聽不出來？對，老子鮑東生，黨內稱同志。現在場部有個重要任務。具體的，你不要問，我也不清楚。你們工區的業餘獵人不少吧？請設法搞到幾隻野雞，一隻麂子，一隻獐子，怎樣？如果有狗魚，自然最好！准許他們上班時間出獵，之後，按市價收買。工區先墊付一下。我曉得你們有小錢櫃嘛。再有，你們工區食堂的柳師傅，做野味手藝不錯，明天到場部招待所來幫忙。就這麼定了。什麼？你女兒的轉幹問題？我們正在研究嘛。二十幾個人搶一個指標，不那麼簡單吶。放心，我會堅持原則，能照顧一定照顧。對對，我不怕，不怕。記住，野味和柳師傅，明天中午十二時前，送到場部招待所來。

下級向他提出附加條件了。這回，他可沒有笑，當然也沒忘記在計畫上打勾。

叮鈴聲又起。到了這種時候，林場通訊系統才是效率最高，服務也最好的，有著「準軍事化」傳統。我報告場長：相思坑採伐工區。

龍三寶同志吧？我是鮑東生。你小子！不是什麼鮑書記，你老叔才是書記！少廢話。現在交給你一個任務，是和你老叔商量決定的。由你們工區在明天中午以前，送七塊整塊的紅豆杉寫字檯面板來。不能送拼板，拼一條縫也不行，就要整塊的！規格嚒，每塊五釐米厚，一百二十釐米寬，二百二十釐米長。什麼？你嘴巴正經點，什麼壽木板？是給上級做寫字檯用的。哪一級？我和你老叔也不清楚。就是清楚，也不能告訴你小子！你沒見過這麼大的辦公桌？可以做單人床？你沒見過的東西多了去了呢！不是講排場，耍闊氣。我見過，大首長寫字檯上電話機子多，文件多嚒！你小子不要亂放屁。一場大雨，鷓鴣嶺馬路塌方了？連夜派人搶通！半年前你們砍伐下來的那棵千年樹齡的紅豆杉，直徑超過一點五米的，不是早製成了整塊板材？你們一塊都不准動！都送到場部倉庫來統一保管。那是場部的公關用材……龍三寶，要不要你老叔親自給你講講？這是政治任務，沒什麼價錢好講。每塊給你們工區兩千元工本費？三寶，你是向場部討價還價啊！要算政治帳。你加入組織多年了，遇事首先要有組織觀念。另外，我順便提醒一下。你老弟啊，力大如牛，精力過剩，多回場部來找你媳婦瀉瀉火氣啊，或是乾脆把你媳婦接去一起住。她在工區也可以當食堂保管員嘛。你們工區的幾個女職工，沒少告你的狀。等到人家把你告上法庭那一天，莫講我幫不了你的忙，祇怕你叔也會受牽連。

他又拉又打，講些粗話，也不管我這個「女同志」在場。鮑場長和每個工區的主任通話，他的態度、用詞、方式均各有不同。有時一本正經，有時又笑又罵，有時三令五申。總之，區別情況，分而治之。

鮑場長指示我到他辦公室去，把他的保温大茶缸拿來，順帶去問問龍頭還有什麼事要往下邊布置。我猜測，他支開我，大約是有些話不便讓我聽到。我走出來，不由得想起白回歸所長追查相思坑工區擅自砍伐一株編了號、掛了牌的禁伐古樹事件，以及穆蓮姐追蹤三座原木「金字塔失蹤」的祕密。……兩件事都發生在相思坑工區，工區主任龍三寶是頭色狼？穆蓮姐要注意自身安全啊。

爲了避嫌疑，我沒有去找龍伯伯，並有意在外面耽擱些時間。鮑場長接過大茶缸，很響地唆了一大口茶水，繼續講電話。不用說，十個工區已經各司其職，行動起來了。實際上，已是天鵬山林場的一次總動員。

鮑場長矮壯的身軀埋入籐圍椅，不停地拍著腦門。講電話，費精神，稍微休息一會子。好像很多當頭頭的都習慣不時拍拍腦門，這有助於消解大腦疲勞，還是增進大腦記憶？是在思考，還是提醒自己不要疏漏了某個問題？鮑場長歇了一歇，看了看手錶，拿過那頁寫有工作計畫的便箋，遞到我面前，說：小盤主任，下面看你的了。我來講，你來記：一、要廣播站簫玉圓發個通知，……哦，不，還是你口頭通知各科室全體人員，今下午三點到五點集中在場部辦公樓和場部招待所打掃衛生，包括內外走道。無特殊情況，一律不准請假；二、通知場部安保科、派出所，安排基幹民兵從今晚八時起站崗放哨，盤查外來人員；三、場部禮堂今、明兩晚暫停排練文藝節目，廣播站繼續停播「建場四十周年紀念活動宣傳綱要」。但是，「兩建辦」人員的工作不受影響；四、通知場部醫院，今、明兩晚派醫生、護士到招待所值班；五、聯繫州屬天鵬山公路局，要求他們一定要保證山區公路暢通。林場也要派出護路隊巡視道路；六、場部後勤科派人協助招待所食堂的炊事工作。……你看看，盤主任，還有什麼要辦的事務？提醒提醒。……

我已經將他的指示逐條記錄。事無巨細，他都已考慮過了。他氣定神閒，思路敏捷、清晰，好像是個可以當總理的人物。不過，我還是斗膽提出：明天晚上，場部領導向首長匯報工作，白回歸所長應該參加……

鮑場長苦笑一聲：哦喲，還是忘不了你的白所長。……行，行，你放心，這事我再找你龍伯伯商量商量。

我搖搖頭：你們領導決定的事，我本不該插嘴。我已向你反映了情況，就不好再越過場長去找書記了。

鮑場長笑著看我一眼：你年輕，懂事就好。

他看了看錶。我也看一眼錶，準備去一樓大門口的告示欄抄寫「緊急通知」。鮑場長忽然向我伸手：小盤，對了，你自己爲什麼不去找你龍伯伯講？

把你記錄的那頁紙給我。我親自去分派他們，免得他們在下面互相扯皮，誤事。你在辦公室守著電話。從現在起，辦公室二十四小時都要有人值班。

說罷，他拿過那頁記錄，走了。

不一會，辦公樓走廊裡就響起人們進門出門，上樓下樓的腳步聲。我想，一定是衛生大掃除行動起來了。我留在辦公室掃掃抹抹，守著電話機。接了幾個電話，都是些雞毛蒜皮的事。

大約下午四時左右，鮑東生場長回到辦公室，依舊坐回籐圍椅裡，擡頭望住我，講：小盤，你提出的建議，我和龍頭談了。他同意白所長出席匯報會，並在他那裡給樅樹壩掛了電話。樅樹壩那邊說，大雨一停，白所長就帶了人，上盤王頭看望他的顧問樹神爺爺去了。聽講盤王頭的雨下得更急更大，把電話線沖斷了。大約上山的羊腸小路也柔腸寸斷了。白所長擔心樹神爺爺的安全，要把老人家接下山。唔，情況就是這樣。看看明天能不能聯繫上白所長，但願他們都能從盤王頭安全下來。

噢，原來發生了這麼回事！我不禁為白回歸、樹神爺爺擔心。他們可千萬千萬要平安回到樅樹壩啊。下班前，我到底忍不住，懷著僥倖的心情，掛電話去林研所。果然，無人接聽。我又掛電話去營林工區。這回倒是通了，一名女工接聽。我請她找白回歸所長，女工說中午就見白所長帶人上盤王頭去了，到現在還沒有回來。我衹好請她轉告，待白所長回來，請他馬上給場部辦公室回電話，有重要事情通知他。

十九　周省長夜宿瑤王谷

我和玉圓阿妹奉命在辦公室值班到凌晨一點。沒有向玉圓說明拉她一起值夜班的緣由。我遵守紀律，不能透露有關上級首長行蹤的信息。儘管玉圓嘴嘟嘟地對我表示不滿。我們回宿舍祇睡了四、五個鐘頭，第二天一早起來，各自準時上班。

鮑場長大約也是一晚上都在各處巡視檢查，眼睛紅紅的，顯然比我更操心、更辛苦些。他捧著那隻大號保温茶缸，一上班就來辦公室坐坐，和我談談情況，算是休息吧。好了，林場實際上已經來了次總動員，像一部添了潤滑油的機器，全力運轉起來了。場長來看看我們這些下屬，關心齒輪和螺絲釘的效用。我承認，我對他是有些看法，感覺上比較複雜。

一位後勤人員剛送來兩壺開水。我泡茶時，先給鮑場長的保温杯續上水，以示對他的敬意。他連聲道謝，身體就勢向前傾了傾，似乎要和我談點什麼。

小盤，我不叫你盤主任了。我曉得你不大喜歡這個稱呼。我也不喜歡人家一開口就叫我鮑場長。你現在明白，爲了做好這次接待工作，領導班子的十八般武藝都搬出來了。不用講，一定有人很厭惡，罵我們是馬屁精、官迷，擡轎子的，阿諛奉承者。可是，從來這當領導的，沒有點賤骨頭精神怎麼行？誰都可以罵我們，我們自己卻不能罵自己。誰不想清廉，誰不想唱高調，當包公、海瑞？像我一個林場場長，小小縣團級，七品芝麻官已經做到頂了。說實話，憑著一張專科文憑，還能有多少搞頭？再提拔，也是龍頭退休，我接班掛個書記的名份，升至副局級。如此而已！可我爲什麼還要動員一切力量，搞好這次接待？爲了我個人？不，是爲了林場，爲了全場職工。有一點，白回歸他們講得對，天鵬山林場的林木，已經砍到了邊緣地帶，頂多再砍個五年、六年。那以後怎麼辦？三千多口人，要吃要住，孩子要上學，老人要治病，天上沒得掉，國家沒得給，怎麼辦？當然要靠自己動手，自力更生。三年前，我就給省裡、州裡打了報告，要求撥個兩、三百萬，支援我們辦個纖維板廠。我們天鵬山到處都是採伐丟棄的枝枝丫丫，邊角廢料，取之不盡。我們祇要每年生產二十萬張四乘八英尺的纖維板，又叫木渣板，就相當於十萬立方米木材的收入。有了纖維板廠，打下了基礎，我們再來整治、利用瑤王谷裡這條野馬河，它流經高山峽谷四、五十華里，從頭到尾，落差一千二百米！多麼可貴的水力資源。我們若能建成五級小水電，把電賣到鄰省的城鎮、工礦企業去，天鵬山林場就徹底解決了經濟收入問題。以廠養場，以電養林，這就是我提出的長遠規劃。所以，這次省委主要領導下基層視察路過，來我們林場住一晚，真是天賜良機。「我們的責任，是向人民負責。」這次，祇要我們接待好了，首長高興了，打了三年報告都沒有著落的事，可能大筆一揮，就地解決了。小盤，你明白了吧？

我心裡有些感動。原來鮑場長竭盡全力辦好這次接待，背後還有這個目的。要不是他忙裡抽閒說出來，我真會對他產生誤會，懷疑他是溜鬚拍馬之輩。不過，我想起白回歸那個「重建天鵬山林場經濟意見書」，忍不住問：場長，我或許不該問，場部另外幾位領導對你提出的「規劃」統一了意見嗎？

統一意見？我也不避諱你同志了。我們場部幾位主要負責人現在是各吹各的號，各唱各的調。不過，相信龍頭是支持我的。反對得最激烈的是白回歸。他的心大得很，雄心勃勃，另有一套。生產科長趙裕槐是他的死黨，他們是同學。滕副場長和楊總工程師腳踩兩條船。對不起，後面幾句話我不應該講。

白所長為什麼要反對你的規劃？

豈止是反對，是徹底否定。鮑場長眼睛隱隱冒出些些火花：他指我要辦的纖維板廠是重汙染工業，不用幾年就會把天鵬山的水呀、樹呀、草呀、泥土呀，搞得烏煙瘴氣；至於那個梯級小水電的設想，他更是斥為笑話，說什麼野馬河常年流量小，一年三百六十五天有兩百五十天處於乾渴狀態；祇在春、夏、秋三季因間歇性暴雨，引發山洪，破壞性極大。他娘的，他個博士先生，別看平日話不多，像個悶葫蘆，但一到會議上耍嘴皮，中國外國，古代現代，一套一套，誰也耍不過他。

樓下有人叫：鮑場長！鮑場長！他不知有什麼狀況，捧了他的保溫大茶缸，應聲而去。

一上午電話不斷，都是各工區報告他們準備的物資會準時送來場部。我抽空給樅樹壩打了個電話，林研所仍然無人接聽。白所長還在盤王頭，沒有下來？不會出什麼事吧？

中午十二時，我又接到一通電話，是鄰縣縣委辦公室打來的內部通報：首長一行十四人，大約於下午七點左右可抵達天鵬山林場，請準備好接待。我做了電話記錄，拿著簿子正要去找龍伯伯和鮑場長，就見他們兩位與滕副場長一起來找我了。

好，好，好！三位領導看了電話記錄，幾乎同聲說了三個「好」。看得出來，他們既緊張，又興奮。接下來，他們要我也同去看看招待所的準備情況。我說沒人守電話。鮑場長立即拿起話筒要了電話總機，若有場部辦公室的電話，就轉到招待所所長辦公室去。

我隨著三位領導到了招待所。看上去裡外整潔，顯然已經突擊搞過衛生了。過道、樓道都用水沖洗過；欄桿、窗戶也都擦得一塵不染。樓下的廚房和院子裡，已經人來人往，殺雞宰鴨，鍋響、案板響，熱氣騰騰，肉香撲鼻。

招待所女所長報告了客房分配情況：整座北棟樓房，昨天就騰空了。原先住的客人都暫時安排到南樓的普通房間去了。北棟三層，第一層住林場值班人員，包括醫生、護士、汽車司機；第二層六個套房，住州委領導和省裡客人；第三層一個大套間加兩個小套間，一間小會議室，住省裡首長和首長的祕書、警衛員。

龍、鮑、滕都點了點頭。之後，我們隨女所長直接上了三樓，先看了小會議室，裡面沙發、茶具齊全，門窗、地板都乾淨得耀眼。大家又看了看小套間，床榻整潔，被褥雪白。鮑場長心細，擰開了衛生間的水龍頭，有熱水。最後，我們看大套間。這裡陳設考究，鋪著暗紅色地毯，窗簾為淺紫色，均是暖色調；外間是起居室，大小沙發，日立牌彩電、松下音響，一應俱全；連著一間開放式書房，擺著大寫字檯，整塊紅豆杉面板乳白底色上透出雲霞般紅紋，光可鑑人，富麗高雅。為什麼不用金絲楠木？大約太顯奢華，怕首長批評。座椅有皮質、木質兩種。整體看來，不但氣派，而且新派，略帶土氣。安著紗窗的窗戶都開著，山風徐徐，柔柔拂面，清洌涼爽。裡間是大臥室，除了特大號席夢思床及兩側的紅豆杉床頭櫃和檯燈，還有寬敞的洗手間。看來，這套房有日子沒首長入住了。我相跟著，一邊看，一邊暗暗吃驚，想不到我們這邊遠山區林場，還有為首長準備的豪華套房。

鮑東生場長更是仔細查看套房的每一款設備，囑咐首長起居室的茶幾上可擺放一瓶山茶花，增添些色彩和情趣。他又趴下身，朝首長臥室的席夢思床下查看，發現地毯一角灰蒙蒙的。他站起身，拍打巴掌，終於發現了一處衛生死角。他沒有出聲責備，祇是問女所長：有吸塵器嗎？所長有些慌了，忙說：吸塵器今天一早再次清潔房間時，用壞了，送去修理了。鮑場長二話不說，擼起袖子，走進洗手間；一通嘩嘩水響之後，他拿出兩條浸過水、擰乾了的浴巾。滕副場長會意，與鮑場長一同移開了雙人床。接著，兩人雙膝跪地，用濕毛巾在地毯上擦拭起來。灰塵很快被擦拭乾淨，雙人床被移回原處。

招待所女所長臉盤漲得通紅，十分尷尬。

鮑場長握著毛巾，語錄說來就來：「世界上怕就怕認真二字，共產黨就最講認真。」抓工作，就得注意這些容易疏忽的死角。這房間的衛生，馬上返工。一小時後，我還要來檢查。對了，可以稍稍噴點香水，或者空氣清新劑。千萬注意，不可太濃。

從北樓出來，龍伯伯和滕副場長進廚房去察看。鮑場長把我留在停車坪裡。他撣撣袖口的灰塵，說：小盤，萬事俱備，衹欠東風了。

我覺著這比喻有點不大對頭，遂答了一句：我們這裡沒有火燒赤壁。

鮑場長嘿嘿一笑：盤主任，昨晚上，龍頭和老滕就和我商量了，今晚上這三樓的接待員就由你來兼任。放心，我們三位不會甩手，都要來聽命的。到時把你介紹給省裡、州裡的主要負責同志，認識認識，對你今後的工作衹有好處，沒有壞處。……

讓我做接待員？我沒有思想準備，心裡沒底。

龍伯伯和滕副場長自廚房出來，正好也聽到了。龍伯伯生怕我不答應，忙說：金鳳，我們對接待工作，慎之又慎。考慮來，考慮去，衹有你最合適。你不但相貌、風度合適，而且是瑤族，還是林業大學碩士生，普通話也講得標準。……首長是你的父輩，一定會喜歡你這樣的年輕後代。

鮑場長補插一句：你穿戴瑤家服飾，就更像個仙女了。

我被恭維得不好意思了，尤其是不能拒絕了。這個時節，又不是過國慶，我沒有應承穿戴瑤家服飾。不過，有一點弄不懂，場領導爲什麼要如此重視一個接待員的挑選？別的人當接待員，就會壞他們的事，告他們的狀？看三位領導的架勢，彷彿功過成敗，在此一舉了。我不覺地有些同情他們。基層單位的頭頭，迎接上級首長，特別是大首長，真好比戲文裡的地方官接駕，可謂絞盡腦汁，煞費苦心了。

的確，接下來的接待工作無一不是小心翼翼，如履薄冰。

下午六點半，龍、鮑、滕、楊四位加上我，準時在招待所門口恭候首長一行蒞臨，一步也不敢離開。直至七點十分，兩輛黑色轎車，一輛白色豐田旅行車緩緩駛入招待所小停車坪。從三輛車裡依次鑽出來十四位男女同志。其中兩位，一看就曉得是省裡和州裡的重要人物。林場負責人和我迎上前去，先和兩位大領導握手。他們身旁有位祕書模樣的人一一介紹，其餘的人依次後面站立。林場方面負責介紹的自然是我。省裡首長深深看我一眼，彷彿在哪裡見過。但這一整天的工作和情緒都太緊張，無暇細想。我將房間分配方案交給首長祕書。祕書當即宣布：首長住三樓，州裡同志住二樓。大家先到房間去放下行李，洗把臉，收拾一下。七點半，下樓吃飯。他還自作主張加上一句玩笑話：過時不候啊！

省裡、州裡首長的行李物品是由四位場部領導和我分別陪送到二樓和三樓的。

七點半，準時開飯，分坐兩席。我和龍伯伯被安排坐在省裡首長兩側，鮑、滕、楊三位則奉陪州委首長。依據首長指示，沒敢上酒。服務員輪番在上了十多道山珍野味。客人們大概都餓了，吃得津津有味。首長也沒批評鋪張奢費。

九點，在三樓小會議室開匯報會。客人們一邊吃無籽西瓜、香瓜，一邊聽林場領導匯報工作。我仍被安排坐在省裡首長身邊，並負責給大家續茶水。首長又看了我兩眼。我這才憶起：這不是周省長嗎？該死該死，四年前，省城大學生運動會上，他給我頒發過女子長跑冠軍金牌；五個多月前，他又出席過我們林大碩士生畢業典禮，而且還和我握過手的呀！我得問聲好，不要失了禮。我側過身，輕聲問道：省長，我是盤金鳳……您還記得？周省長呵呵笑了：金鳳，你個小丫頭！我還以爲你不敢認我呢。怎麼？你到林場工作來了？不在林大教書了？他的笑聲吸引了在座各位，都用驚喜、羡慕的目光望向我。一下子，我成了會議室的焦點。這使得我臉發燒，心發跳，窘得很。

龍伯伯的匯報倒是簡明扼要，花了二十來分鐘，講了林場建場四十周年來的發展概況，以及當前面臨林木資源日漸短少的問題和困難；鮑場長也衹花了一刻鐘，重點匯報了今後以廠養場，以電養林的經濟振興方案。鮑場長還特別提到辦纖維板廠需要三百萬元作啟動資金，報告打了三年，省裡、州裡都沒有回音，等等。

滕達副場長也舉了舉手，大著膽子要求發言。

周省長問他：分管哪塊的？州委書記代爲回答：分管財務後勤。周省長笑道：財神爺啊！好，有什麼意見，儘管提出。

滕達副場長的聲音有些發顫：我，我要叫叫苦。……我們林場快要揭不開鍋了。在職工人每月衹拿百分之七十的工資，退休工人衹拿百分之五十。……都鬧過事，聚衆討薪。……他們一、二把手不敢匯報。我管財務，我不是向首長哭窮。省裡曾應承出面，幫我們去追回深圳和鄭州的那兩筆木材欠款，共是二百二十五萬元。這事、這事，不知省裡幫我們辦得怎樣了？

周省長認真聽取匯報，並親自做了點筆記。至於詳細筆錄，自然有祕書代勞。他開口時，並沒有首先回答三位場領導的問題，而是問道：怎麼沒有見到你們的白回歸，白博士？他不知道我今天要來林場？

聽聞這話，我的心猛然一跳。順勢望去，龍伯伯和鮑場長都有點發慌似的。鮑場長趕忙解釋：報告首長，昨天上午下了場暴雨，盤王頭山頂上有個觀察哨，住了個位老人，是林研所的顧問。因電話線路和上山小路都被洪水沖壞了，……白回歸同志不放心，帶人上山去接老顧問，所以沒有和他聯繫上。

周省長點點頭，似乎還有疑問。他看我一眼：小盤同志，瑤家人誠實。真的是這樣嗎？

我見龍伯伯和鮑場長都用急切的眼神望著我，連忙回答：省長，我昨天、今天都給林研所打了電話，的確沒有聯繫上。就在這時，一個聲音在我腦袋裡響起：如果場部真想找人，還有找不回來的嗎？唔，看來周省長對林場領導班子的情況，還是有所察覺的。

州委書記插話：省長，您有什麼指示，我負責向白回歸同志轉達。

周省長温和地看了四位場領導一眼，說：基層工作辛苦，不容易。……說起來呀，我也是從基層工作做起的。所以，我是很敬重、很愛護你們的。對了，省政府是接到過你們林場送上來的「重振林場經濟規劃」。有兩種方案。一是鮑場長剛才匯報的「以廠養場，以電養林」方案，其優點嘛，是見效快，可行性高。至於缺點，那就涉及諸多問題，如汙染環境問題、河水流量問題、岩層地質問題等等；另一個方案是白回歸同志提出的「開發旅遊資源，恢復天鵬山林相」方案。他的思路新穎，富於前瞻性，但缺點是耗資巨大，時間也得花上十年八年。省長擺手：你們不要以為省裡都是官僚主義當家。就拿你們林場的兩個方案來說吧，我就主持過專家會議，有一次還請白回歸同志出席了。兩個方案，省裡批准哪一個？也有意見分歧，所以還沒有下定決心。……你們今年要搞建場四十周年慶祝活動，很好，傳統教育，提高士氣。到時候，省裡州裡會派人出席。

這件事，林場已經打過報告，經費短缺，省裡支援一點。五萬塊，龍頭，行不行？

龍伯伯受寵若驚，趕忙起立致謝。坐下後，他又感到實在是杯水車薪，遂以乞憐的目光望著省長：能不能再添點？給十萬，給十萬吧。我們就不用挪用別的款項了。

周省長苦笑笑，囑咐祕書：記下來，給他們增加五萬，共是十萬元。接著他又轉向林場領導：你們可要節約辦慶典，不許大手大腳。

林場的頭們一齊起立，向首長致謝。

省長做個手勢，請他們坐下。他轉向滕達副場長：還要告訴你們一個消息。由省法院、省檢察院兩家出面，年內將從鄭州那家建材企業的破產案中，追回拖欠你們的一百萬元。

匯報到此結束。

場領導和我興高采烈，感謝周省長給我們帶來的好消息。省長挨個和林場負責人握手：謝謝你們的招待。野味不錯，西瓜也甜。這次因爲我來，你們大概辛苦兩天了，都去休息吧。盤金鳳同志請留步。我們是老熟人，再聊幾句。

鮑場長走到門口，雙手合十，朝我欠身，好像有求於我似的。

周省長邀我前去他的起居室談話。他囑咐祕書，把通向走廊的門開著。祕書給首長和我各沏了一杯茶，就退出了。

金鳳，別緊張。我算是你的長輩吶。我家小女兒比你還大兩歲。……我記得，你今年碩士生畢業是二十五歲。現在林場擔任什麼職務？

我趕緊匯報：本來要到林研所當助理研究員，在白回歸所長手下工作。林場領導籌辦建場四十周年紀念活動，原先的辦公室主任調走了，所以龍書記、鮑場長就留下我，臨時代理主任。講好了，祇代理半年，我還要去做本職工作。

行啊！小盤主任。你們白回歸所長近來怎樣？我一年多沒見到他了。我知道他在這裡工作不大順利。這次來，本想找他好好談談那個「開發旅遊資源，重振林區經濟」方案。他是你的學長，聽說你很崇拜他？也好，我就和你談點相關問題，由你去轉告他，好吧？

我高興得連連點頭：好的，好的

省長說：是這樣，省裡幾位主要領導同志都很欣賞白博士的方案，有理念、有依據，天然環保，前景無量。問題呢，在於把天鵬山林場提升為省級，甚至國家級森林旅遊公園，休閒觀光區，度假療養地，需要重修大小道路，配備各種設施，建設樓臺亭閣，還有賓館、度假村。粗粗一算，耗資超過數億元人民幣。錢從哪裡來？不怕你小同志笑話，我們全省的旅遊基礎建設基金，才五千萬元，全部投進來都不夠。……嗯，請你轉告白回歸，不要氣餒。省裡會下決心，要求中央給政策，開綠燈，允許我們去找港資、臺資，請他們來考察，搞共同開發，實行中外合資，股份制，利潤分成。……但這需要時間，至少花個十年八年，才能初具規模。到時候，我也退休了，還想帶了老伴到這裡來養老呢！

今晚是個愉快的夜晚，太好了！真令人鼓舞！白所長得知這消息，會高興得睡不著覺了。說罷，我從挎包裡拿出那份「意見書」，雙手呈給省長。

省長接過來，看一眼首頁，彷彿遲疑了一下，忽然嘆了口氣：「意見書」我已經看過。再收下這份改進版也好。我就是放不下心啊！我、我……怎麼講？小盤，你可能不知道，他曾是我女婿，我的大女婿。他倆是林大同學。可我那女兒不爭氣，丟了自己的專業，跑去深圳開公司。……我呢，祇給她立下一條規矩。我說你離婚、你辭職，你開公司，那都是你的選擇，我無權干涉；但絕不容許你利用我的任何工作關係！你今後犯了法，不要拖老爸下水。唉，我管得了一個省，卻管不了自己的女兒。白回歸，多優秀的中青年，要學問有學問，要人品有人品，要長相有長相！就是個性強，脾氣執拗……可我，沒有繼續當他岳父的福分。還有個小外孫，叫小豆杉，四歲半了。我這次也沒能見到他。明天一早就離開。……金鳳同志，你替我看看那小傢夥，替我摸摸他的小臉，告訴他省城的外公想著他。可以吧？這是我個人的一點小祕密，不要讓林場的同事們知曉，好嗎？

這番話出人意料，我張目結舌。原來白所長的前岳父竟是這位周省長！我後來才曉得，他女兒在深圳的那家進出口公司正是拖欠著林場一百二十五萬元木材款的冤大頭。

談完話，周省長送我到門外，互道晚安。我下到一樓，聽到鮑場長小聲叫我。原來龍、鮑、滕、楊四位還坐在門廳那兩張靠牆擺放的長沙發上，眼睜睜地望著我，每張臉上都寫著急切期待。他們問我省長還講了些什麼？我當然不能透露省長的隱私，也不便說出省長要我轉告白回歸的話。我祇好支支吾吾：省長在省城見過我，關心過我，問我爲什麼不留在林大教書、做研究，而要下到林區來。省長鼓勵我好好工作。

哦！頭頭們聽了這些，不感興趣。臉上的失望替代了原先的期盼。

鮑場長心細，到院子裡望了望，回來說：首長的房間熄燈了。你們也都回去睡幾個鐘頭吧。祇留下我在這裡值班就是了。盤主任，你也回吧。這兩天也辛苦你了。

二十　樹神爺爺唱〈打木歌〉

清晨六點半，小鬧鐘把我喚醒。起來快速洗漱，趕去幼兒園，想把小豆杉接出來，和他的外公見一面。可是幼兒園院門深鎖，不到九點不會開門。大清早的，我也想不出個由頭去打門。我來到招待所，祇見廚房和餐廳燈火通明，正在為貴賓們準備各種麵點、湯點，粥品，花色甚多，誘人食慾。停車坪裡，值了通宵班的鮑場長雙眼布滿紅絲，正在指揮幾個工人將一塊塊水白梨砧板、金絲楠木面板、紅豆杉面板上的鋸木屑打掃乾淨，裝入旅行車去。七塊紅豆杉面板又寬又長，大理石般光潔，木紋天然美麗；另外七塊金絲楠木面板華貴無比，就更不用講了。曾經伐倒兩棵多麼偉岸、樹齡達數千年的古樹啊！

樓上房間的燈都亮了。七點，龍書記、滕副場長、楊總工也到了。他們會同鮑場長，上樓去向首長們請早安，並陪同共進早餐。我沒有跟去。領導們恐怕要談事情，我去了不方便。我到廚房裡問師傅要了點心和稀飯，填了肚子。

八點二十分左右，二樓、三樓的貴賓們都提著各自的行李箱下來了，吃了早餐，在停車坪裡會齊。周省長和州書記分頭握著四位場領導的手說：謝謝你們。昨晚睡了今年熱天最好的一覺，都沒服用安眠片。

四周已經站滿了看熱鬧的職工和家屬。糟了，去幼兒園接小豆杉來見他外公一面，來不及了。

鮑場長懇請首長一行到附近的「綠色長廊」視察，指教，吃過中飯再走。周省長笑笑說：知道，知道，那是你們林場的臉面，面子工程，早就聽說了。中飯就不麻煩了。

省長祕書在旁解釋：趁天氣涼快，還是早點上路，到下面縣裡聽匯報。

龍樹貴書記忽然叫我：盤主任，來來，招呼大家，一起和首長照相留念，照相留念。原來，龍伯伯早把宣傳科負責攝影的同志找來了，手裡舉著場部新買的日產尼康傻瓜機。

相關人等很快站成兩排，廚房幾位大師傅也都受到邀請。

周書記把我叫到他身邊站著，輕聲說：小豆杉是看不成了。我輕聲告知：我一早到幼兒園去過，要八點才開門，所以沒有把小豆杉接出來。……周書記點點頭，示意知道了。

照過相，客人們陸續上車。周省長由場領導陪著，還要和我講幾句話。他說：看到你們年輕同志，我心裡就高興，也覺得自己快老了，該考慮退下來，讓年輕人上去囉！老龍、老鮑，你們這裡的幹部年輕化、知識化做得如何？正在抓緊？很好，很好。反正老同志都要退出歷史舞臺的。……小盤，下回來省城，到我家來玩。記得你上大學時去過一次。別忘了，我家裡那位也是你們瑤族大姐。她還問起過你呢！

我連忙點頭答應，感到自己面對的是位親切、慈祥的長輩。這時，鮑場長在我身後小聲提醒：快問首長要電話，家裡的，辦公室的都要。

省長，省城那麼大，您又搬了家，怕不大好找喲！我故作輕鬆，其實心裡既緊張，又煩鮑場長多嘴多舌。你可以先打電話聯繫。哦，蕭祕書，把我辦公室和家裡的電話都寫給小盤。對了，你們還會去找我公事公辦嘛。

一直從旁打量我的矮個子州委書記，也伸過手來道別：小盤主任，你到州裡機會多，也要去看看我啊。

首長們上了車，林場派了部北京吉普開路，豐田旅行車跟進，兩輛黑色轎車隨後。汽車窗玻璃都搖下來了，十幾隻手晃動著，揚長而去。

看熱鬧的人相繼散了。龍書記、鮑場長、滕副場長，楊總工等如獲大赦，伸拳舒腿，放鬆放鬆。我嘛，用如釋重負來形容，也不為過。

龍樹貴伯伯說：這下子好了，放心了。辦四十周年紀念活動的經費有著落了，不用挪用白所長的科研款了。打了三年報告的事，也有了眉目。

盤主任，你真是我們的金鳳凰！周省長那樣看重你，你們早就認得，之前你對場領導提都不提。……鮑場長一臉疲憊，卻還有精神開玩笑：辦完建場四十周年紀念活動，你就上省城替場裡要錢去。

龍伯伯也樂呵呵：金鳳，你如今是場裡的骨幹了，要謙虛謹慎。

還是滕副場長粗人粗心，實在：我去把他娘的參加接待工作的人都找攏來，大家好好吃頓中飯。幾瓶包穀燒，都沒敢開瓶吶！老鮑，回頭你也給自己放放假，補一覺。

龍伯伯說：好，好，今天放半天假。大家休息，休息。

從昨天到今天，祇有楊總工總是謙恭地微笑著，始終未聽到他說過一句話。或許他有自知之明，知道自己在班子裡祇是個配角。

至於白回歸所長，大家好像是遺忘了，連他的名字都沒有提到。

中午飯後，我顧不上休息，向招待所所長大姐借了部自行車，就去樅樹壩找白回歸所長了。我急切想向他通報好消息。五華里綠色長廊，道路上的坑坑窪窪已被填平，算是一路坦途。路邊的灌木、草叢也被修剪過，原是預備首長視察、留影的，可惜未派上用場。

我先到了樅樹壩白所長的宿舍，見穆蓮姐又在門口替老白洗一大盆衣物。她臉上、手上都是肥皂泡，樣子很好笑。阿姐見了我竟說：喲，大忙人，有空找你白大哥來了？

我不理會她的玩笑話，祇說有公事找白所長。

阿姐說：上班時間，正在樹種園裡忙呢。

我真想問一句：上班時間，你不在場部「兩建辦」工作，怎麼跑到樅樹壩當義務洗衣工來了？不過，我忍住了。難怪昨晚上我回去那麼晚，她房裡沒有人。

她很聰明，大約看出了我眼神裡的意思，便說了一句：還不是你們要接待省裡、州裡的大領導，把我看作不穩定因素，會告誰的狀，就打發我下來搜集展覽館的標本了。

樹種園苗圃裡倒是很清淨，沒有風，連小樹葉的吵吵聲都聽不見。老白正趴在一畦苗木中，用捲尺測量著什麼數據，並記錄在簿子裡。我在他面前的地上一坐，把他嚇一跳：盤主任，……金鳳，你怎麼來了？

我沒好氣：你還活著吶！都以爲你失蹤了。……場部那麼重要的活動，前天、昨天我都打電話，就是找不到人！

他望著我，滿不在乎的苦笑笑：不就省裡來了個大官人？人家不到樅樹壩來視察，不來看看林研所，我爲什麼要去見他？

我說：你瘋了！那是周省長。省長很關心你，幾次問起你。……

老白居然說：前天那場大雨，我帶了人上盤王頭，去接樹神爺爺下山。不能把一位三百歲的老人丟在那裡，是不是？電話線被大水沖了，上山小路也斷了。好不容易爬到盤王頭上，那兩間老屋都塌了！

樹神爺爺呢？

好在爺爺躲進山洞，也有吃的喝的，沒事。天黑了，我們下不了山。天亮後，又見那一行行實驗苗木被大雨沖得七零八落。你說，我們能不把苗木重新栽種回去？幾個人在山上忙了大半天，直到昨天落黑，才帶著樹神爺爺回來。大主任，我的匯報到此結束。你還有何指示？

我氣惱又心疼，真想捶他幾下。我說：周省長來視察，你是什麼時候曉得的？

他說：報告主任，你穆蓮阿姐跑來了，向我透露了首長行程。

我問：你既然曉得了，爲什麼昨晚上不去場部招待所參加匯報會？你不是一直想把那份重要的「意見書」交到省委大領導手中嗎？

他垂下頭，想了想，說：要是別的領導來了，我當然要去求見。但周省長大人來了，我就不想去見。說實話，即使他想見我，我也不一定去見。

我忍不住冷笑：你還對人家周省長抱成見哪？他不就是當過你的老泰山嗎？爲了他大女兒與你離婚的事，你怪罪於他？

老白這才有些傻眼，又有些狐疑：省長大人都和你說了？嗯，可見他對你很信任，也很器重嘛。連我的個人隱私都告訴你了。

我好氣又好笑，也放低了聲音：你呀，人家周省長可是一直在關心你。說你要學問有學問，要人品有人品，要長相有長相。就是脾氣執拗。他女兒和你離婚，他沒能阻止住，至今遺憾。省長也一直支持你那個把天鵬山林場辦成森林旅遊觀光、休閒度假區的規劃建議，還請你去參加過一次專家討論會，不是？

聽我這麼一說，白回歸頓時眼睛亮了些，臉色也開朗些……我、我是去參加過一次討論會，以爲衹是官僚主義應付差事。他拍了拍身上的草末：盤主任，講講，對我那個建議，我前老丈人還具體說了些什麼？

原來他也會轉彎，轉得真快：怎麼？這下子承認省長是你老丈人了？你也衹有這點清高。……昨晚匯報會上，周省長評介了我們林場報上去的兩個方案，對鮑場長那個方案，並不看好，指出建纖維板廠雖然投資少，見效快，但有廢水汙染的環保隱患；建梯級小水電，則有野馬河水暴漲暴落、流量不穩定的問題。至於你那個方案，省長指出有眼光、有前途，但耗資巨大，耗時也長……。我見老白眉眼間透出些急切和緊張，就賣了個關子，不講了。

他問：就講了這幾句？還、還講了些什麼？你不要保留信息嘛！

我終是憋不住，笑起來，衹好告訴他：匯報會結束後，周省長留下我個別談話，才講了你和他家庭的關繫。……他很想看看小外孫，可惜沒看成。他囑咐我不要在林場談及你們的關係。至於你的那個「大規劃」，他已經開了相關的專家會議，研究可行性及巨額投資問題。他說省裡幾位主要領導同志都看好這個方案，會向中央要政策、立項目，開綠燈，允許向港、臺招商，搞股份制，把天鵬山林場辦成省級乃至國家級森林旅遊觀光、休閒度假區。……

太好了！太好了！老白這才喜出望外，忽地抓住我的雙臂搖著：太好了！太好了！學妹，你是我的幸運星！幸運星！

我可沒想到他如此興奮，用力甩開他的手，直愣愣地問他：穆蓮阿姐昨晚在哪裡過夜？你要坦白，不許撒謊。

他也愣了，一臉無辜：你問我？我問誰去？我哪裡知道？她本來就是營林工區的技術員，有自己的住處。我和穆蓮的關係玉潔冰清。你為什麼問這個？關你什麼事？鹹吃蘿蔔淡操心！

他語氣轉而生硬，又一臉的不高興了。

我心裡好像一塊石頭落了地，臉卻發熱發燥。真是的，我是他什麼人？我無權過問這些的。莫名其妙。可我還是脫口而出：那她爲什麼一次次來給你洗衣物？

他真生氣了：你管得真寬！她每回來搶著義務、義務。我已經託供銷社替我買臺洗衣機回來……。大約還不解氣，又補了一句：莫忘了論輩分，你只是小豆杉的姐姐！

我像被人抽了嘴巴，沒皮沒臉，這樣失態，丟份，恨不能有條地縫鑽進去……金鳳呀金鳳！你今天是瘋了怎麼的？這樣輕浮，沒涵養，沒水平，你的自尊、自重、自信都丟了，丟到太平洋去了。

他一句話點醒了我：我是小豆杉同輩。人和人相處，輩分最重要。不要幼稚到可笑。

好在這時，穆蓮阿姐在苗圃園門口叫開了：金鳳！金鳳妹子！快去聽，去聽聽，樹神爺爺唱歌了，樹神爺爺唱歌了！

我站起來，沒敢看老白一眼，轉身就走：聽歌去！聽歌去！

我跟著穆蓮阿姐出了苗圃。阿姐問：你的臉怎麼這樣子紅啊？打了臙脂水粉呢！

我沒答話。她也沒再問。回到林研所門口，見樹神爺爺坐在石階上，周邊圍了好些個女職工。

爺爺，爺爺，我是金鳳呀，我和白所長到盤王頭去看過您，還記得嚒？我雙手撐在膝上，彎下腰問候老人，又轉頭對穆蓮姐說：怎麼不請爺爺到辦公室坐坐？

樹神爺爺看著我，笑瞇瞇的。他滿臉皺褶像溝壑縱橫，如鑿刻一般，聚集著歲月的風風雨雨，嵐煙雲霧。

穆蓮阿姐說：你還不曉得爺爺的脾氣？他是從不進官人的辦公室的，說祇有吃官司的人才會進衙門。啊，你看看他的眼神，他是喜歡你的。爺爺，是不是喜歡金鳳阿妹呀？

樹神爺爺點點頭，伸過來一隻黑黝黝的、筋骨如樅樹根般的手來，拉我在他身邊坐下，嗚哩哇啦講了幾句瑤家土話。我沒聽清爺爺說的是什麼。穆蓮阿姐說：爺爺要唱瑤歌給你聽。

我搖搖爺爺的手，說：很想聽爺爺唱歌。

樹神爺爺微笑，閉上眼睛，喉嚨裡發出細細的、綿長而激越的聲音。那聲音有些含混，我很久沒有聽瑤家的土話了，一時聽不清爺爺的歌詞大意。祇感覺在唱樹、唱風、唱水、唱林海、唱高山大嶺，唱瑤家的古老傳說。老人唱了好長一段，睜開雙眼，又笑瞇瞇地望著我。穆蓮阿姐見圍觀的職工聽不懂，解釋道：這是瑤家的〈打木歌〉。「打木」包括砍樹和種樹兩層意思。有的詞句相當粗糲，譯成漢話，味道就跑掉一半。

這〈打木歌〉都唱些什麼事？有個女工問。

穆蓮阿姐說了歌詞大意：

我們是盤王的子孫，
生息在高山大嶺，
木頭圓圓替我們造屋，

樹皮粗粗替我們蓋頂，
樹果清甜給我們抵飢，
樹丫凸凹教我們歡情。……
啊哈依，啊哈依，
打木人，打木人！

我們是盤王的子孫，
生息在高山大嶺，
阿媽樹蔭一樣慈愛，
阿爸大樹一樣蒼勁，
阿郎青山一樣俊挺，
阿妹青藤一樣柔順。……
啊哈依，啊哈依，
打木人，打木人！

太好了！爺爺，您老人家記性好，唱得也好。穆蓮阿姐解說得也好。我拍巴掌，很高興。這樣的歌謠，古老的曲調，充滿野趣的旋律，瑤家人獨有的韻味。這時，老人家卻做了個使我很不舒服的動作。他伸過瘦骨嶙峋的手，要摸摸我的胸。我羞得朝後退縮。穆蓮阿姐怕我見怪，連忙解釋：不礙事，不礙事，……他是我們的爺爺的爺爺的爺爺的一輩人了。都講他年輕時候是我們瑤家的壯士、獵手，都講他的槍法、武藝在幾百里天鵬山區數第一，還當過土司、頭人。……現在，他總講自己快三百歲了。……不礙事的，他對我也是這樣，就是這邊摸摸，那邊摸摸，我從來不避諱的。快三百歲的爺爺，是送給我們福分。……

樹神爺爺的手收回去了，重又閉上眼睛，伸了伸瘦長的頸脖，又「嗚嗚喔喔」地唱開了。他唱得比剛才更好聽，更投入，依舊是唱深山瑤家，唱綠海樹林。這時，穆蓮阿姐也不知不覺地跟隨爺爺唱了起來……果然是關牧村式女中音，音色柔和，渾厚，磁性，似有回聲，和樹神爺爺沙啞、蒼老、遒勁的嗓音融合在一起，粗獷中有細膩，狂野中有柔情，另有一種山花流水、天衣無縫似的特別韻味：

深山裡的瑤格勞，
愛栽哪樣的樹苗？
撐得住藍天的盤龍松，
掃得著白雲的鐵杉條！

深山裡的瑤格勞，
愛守哪樣的山峁？
百鳥唱歌的鷓鴣嶺，

獼猴住家的盤王坳！

深山裡的瑙格勞，
愛唱哪樣的歌謠？
阿郎阿姐綠蔭裡交春，
飛禽走獸滿山上競唱嚎春調。

哎呀，你們饒了我吧。下邊幾段，我唱不出口了，都是吟唱男歡女愛，生殖崇拜，都是雙關語，隱喻，不唱了，不唱了。穆蓮阿姐醉酒一樣，雙頰緋紅，沉浸在那原始粗獷卻優美動聽的歌唱中。

我對阿姐說：怎麼不唱了？你唱得真好！這兩首歌謠，回頭整理出來，可以送到州裡、省裡的報刊上去發表。相信電臺、電視臺都可以錄音播出呢。

說話間，樹神爺爺又開始吟唱。這支瑤歌不長，曲調卻很憂傷淒楚，憤懣哀愁。唱著，唱著，老人家閉著的眼角沁出兩粒細細的水珠。可惜穆蓮阿姐不肯為樹神爺爺伴唱，依舊為大家轉述歌詞：

南方的老林子裡，
有一種紅豆杉樹，
活了千秋萬代，

沒有逃脫油鋸利斧！
刀斧手哇，刀斧手！
你看那紅紅的樹液，
是我們祖先的血呀，
是盤古開天地的血呀，
你怎麼對著紅豆杉，
下得了手，下得了手？

樹神爺爺不唱了，垂下了頭。穆蓮阿姐不說了，早閉上了眼睛。聽完這一曲，我也無語，祇是緊緊握住了樹神爺爺那枯木樹根般的雙手。忽然想到：對呀！建場四十周年的文藝晚會，應該安排爺爺和阿姐來個男女聲二重唱，一老一少，就唱剛才的三首瑤家〈打木歌〉，肯定豔驚全場，傾倒衆生，保管大家拍巴掌拍到手痛。但樹神爺爺肯不肯登臺演唱啊？

二十一 白鮑之爭

一連下了三場透雨，天氣著實秋涼了，晚上要蓋厚被子，白天要穿毛線衣。山上山下，四處流水嘩嘩；好幾個工區的道路塌方，正在組織人馬搶修。聽生產科長趙裕槐講過，許多隱患在建場之初就埋下了，一切爲著大幹快上，先生產，後生活，有條件要上，沒有條件也要上，基礎設施從簡，湊湊合合，艱苦奮鬥。首先是林區的簡易公路，大都沒有達到防洪高程，一遇大雨，許多路段就被大水淹沒，交通中斷；至於林區的電話線路，也都是臨時支起的一些木樁，有的就直接支在岩頭上，樹杈上；輸電線路更是危險，除場部辦公樓、禮堂、食堂、招待所、幼兒園、子弟學校、醫院等地方的線路較爲規整，其餘家屬區都是隨意拉線，縱橫交錯，亂如蛛網，每棟宿舍連個保險閘都沒有安裝。場部嚒，也確有計畫要把輸電線路、電話線路、照明燈柱等換成水泥桿，一些重要公路地段也要改道、重修。……但「場務委員會」實在拿不出錢來辦事。造成今天這種「得過且過」、「維持現狀」的局面。

又是好幾天沒有見到老白了。今天他突然找到辦公室，不是來問候，而是來問罪，像是要找我這個代理主任吵架。至於原因，又是爲了他的紅豆杉。他說：盤主任，吊頸嶺上一棵三千年以上樹齡、直徑一點五米、高六十五米的紅豆杉母樹，明明掛了標牌「科研樹種，嚴禁砍伐」，可六個月前被人盜伐！我是前天巡山，才發現祇剩了個大樹樁。這事，你知道嗎？知道嗎？

他臉膛漲成豬肝色，額角上青筋都暴出來了。

我搖搖頭，有點懵了。哦，六個月前，我還在林大通過碩士論文呢。

白回歸質問：你是真不知道，還是假不知道？

聽聽，他有點蠻不講理了。不，豈止有點，就是蠻不講理。窗外又在打雷下雨。他抬高了聲音，彷彿要與雷公電母爭個高低。我沒有計較他的態度，也曉得他並非要衝我發火。這時，我才隱隱感覺這棵紅豆杉母樹的命運可能和上次送給省領導一行的七塊寫字檯板材有關。可這事我不敢告訴他，祇是提醒：老校友，有話好好講。你要把我的耳膜都震破了。

虧你還是林業大學碩士生，還有嘴喊我老校友！白回歸沒有收斂他的嗓門。

我脾氣再好，也受不了他的吼叫：白所長，你和同事講話，和下屬講話，都應該和藹些吧？

我態度不和藹？你們下令砍倒千年古樹，不，是三千年的古樹，我的科研母樹，鋸成桌面板材敬贈給上級領導，你們拍馬有功！你們態度和藹，你們升官發財！白回歸越吼越離譜，聲音蓋過窗外雷鳴。

走廊上有人在聽。我說白所長！你講的這些，關我什麼事？我已經向你聲明，你所指的紅豆杉是半年前被伐，那時間我還在林大。……送領導寫字檯面板的事，也不是我這個代理辦公室主任作得了主的，而且我事前並不知情。你衝我發這麼大的火，能解決什麼問題？我覺得委屈，一邊講，一邊眼睛火辣火辣。

你們是一丘之貉，是同夥！白回歸臉色煞白，更爲尖銳的指責。唉，他這麼做，完全將自己放到場領導班子的對立面了。虧他還頂著林研所所長、林場「列席場務委員」的頭銜。他見我淚珠滾落，這才愣住了。接著，他用拳頭朝自己頭上一擊，跌坐在椅子上，把椅子壓得吱嘎響，差點散了架。他的神色由震怒變爲沮喪，雙目失神，可嘴裡仍在自言自語：我是林研所所長、林場「列席場務委員」……我到處寫信，到處告狀，到處申訴，叫叫喊喊。……可有什麼用？有什麼用？紅豆杉、金絲楠木照砍不誤……這是犯罪呀！犯罪呀！我能到哪裡去告狀？誰會聽我的？……他淚流滿面，像一頭籠子裡的困獸。

我心軟了，心悸了。儘管今天他毫無理由地在我面前犯橫，但我心裡還是敬著他、疼著他。人的感情就是這樣複雜。我自己都難以捉摸。爲了安慰他，我抹乾淚水，遞了一杯熱茶給他。我說：這次省裡、州裡領導來，還是替林場解決了些困難和問題。……為建場四十周年紀念活動，省裡給十萬，州裡給三萬，這樣一來，就不會挪用林研所科研經費了；另外，昨天省林業廳有電話來，說根據周省長的指示，會先撥出二十萬元，作爲「開發天鵬山森林旅遊項目可行性研究啟動資金」。……這事，你不來，我也會打電話向您報告。你是大功臣哪！

雷聲大，雨點小，……這林場已經病入膏肓。……一棵四千年前的紅豆杉，稀世之寶呀！在科學昌明的國家，會為她建一座植物園，供養起來。她的價值何止百萬、千萬。……

他聽了我報告的好消息，仍然緩不過氣，轉不過彎來。

沒有辦法。我祇得耐住性子勸慰他：老白，寬寬心吧。不要傷了身體。……你多年的規劃，開發森林旅遊，拯救林場生態，現在省裡開始重視，並且著手啟動相關調研項目。……我也是專業人士，我能不曉得那紅豆杉的價值，能不心痛？這林場四十年來積下的種種弊端，大家一起來努力，慢慢改變它們。你想想，我們林場的技術人員當中，林業大學本科畢業生就有十來位，林業專科、中專畢業生有三、四十位。你不能不看到這股技術力量。你不是在單打獨鬥。

晚矣！晚矣！因爲大家都不相信王神經。你問王神經是誰？我也不曉得，祇感覺他無所不在。……講著講著，他望住我，眼眸炯炯發亮。

我低聲說：你呀，你呀！那棵紅豆杉，那七塊寫字檯面板的事，就放一放吧。任你如何追查下去，都難有結果。許多事，得慢慢來。

白回歸苦笑，在座椅扶手上用力拍了幾拍：看來，學妹你和他們還不是一丘之貉。

你傻呀！我和你才是一丘之貉。……我脫口而出，說完又羞又窘，不好擡頭看他，祇好望向門口。唔，好在風大雨大，沒人來辦公室，有些人提前下班了。

走了，我還要找豹尾去。老白說著起了身。

我竟有點不捨：找鮑場長？你無事不登三寶殿。

老白苦笑笑：是他求我來的，說是有合作項目，要好好商量……多半是黃鼠狼給雞拜年。我嚒，也正要找他，討還場裡挪用的那二十萬科研經費，準備再建一座樹種園。

接下來的事，我後來才瞭解清楚的。那天老白進了鮑場長的辦公室，豹尾倒是態度極爲和藹、客氣，左一聲白所長，右一聲白專家地稱呼著，又是上茶，又是敬菸。老白不抽菸，祇喝茶。茶是好茶，穀雨前採製的「一旗一槍」。

原來，鮑場長要商談的「合作項目」是重振林場經濟的兩個方案，一是鮑自己提出的那個「建纖維板廠，開發梯級水電，以廠養場，以電養林方案」，二是白回歸提出的「停止採伐，開發森林旅遊、度假區，實現林區經濟轉型方案」。鮑知道省政府主要領導已經基本肯定了白的方案，否定了他本人的方案，因此提出要把兩個方案結合起來，正式向省裡呈報。

白回歸問：兩個方案如何結合？

鮑東生笑瞇瞇地：當然是以你的那個方案爲主，參考參考另一個方案的可取之處，譬如梯級水電工程等等；改動改動文字，重新整理出一份報告來，作爲林場場委會的統一方案，四位場委加上兩位「列席場委」集體簽名，體現集體智慧。……

老白一聽，心都涼了。果然是黃鼠狼拜年。省裡的「森林旅遊啟動資金」剛要撥下，鮑急於把自己的名字放上去，並且要放置在他白回歸之前。……真是沽名釣譽，用心良苦啊！好吧，好吧，衹要能齊心合力把事情辦成，誰的名字上不上去，放前放後，並不重要。況且他是林場場長，行政一把手，有這個要求，也是正常的。難怪今天豹尾態度這麼好，笑容可掬，竟看上了他這名「資產階級自由化分子」。……噢，不行，不能這麼快就鬆口，答應了他。老白於是說：場長，兩個方案相結合的事，可以慢慢商量，不要急。

鮑見老白態度鬆動，明知對方不吸菸，也雙手敬上一支：這事能不急？省裡的啟動款都要撥下來了，場裡還不能盡快把正式方案呈報上去？放心，可以把你的名字放在楊總工，甚至滕副場長的前面嘛！都是為林場辦好事，辦大事，不要斤斤計較嘛！

老白一聽，來了火氣，差點就說：最主要的，是你自己的大名不但要放進來，而且要放到前面，占取別人的成果。他看不上這種利慾熏心之徒，於是想了想，提出另一個問題：鮑場長，除了方案的事，我還要求場部立即歸還挪用林研所的那二十萬元科研經費。

豹尾瞪了眼：半道上殺出個程咬金，你怎麼突然提起這檔子事？那二十萬元發了工人的工資，你是明明知道的。……你現在急著要場部還錢，又想幹什麼項目？林研所的人事、經費歸林場統一管理，這是制度規定的。制度就是道理，一個單位只能有一個道理。

老白正在氣頭上，見鮑無還款之意，有賴帳之心，也就不客氣了：難怪人家尊稱你為「鮑道理」！科研經費，專款專用！你那個「道理」是犯了法的！

豹尾今天本是放下身段和姿態，「禮賢下士」的，這時再也按捺不住，看不慣這「資產階級自由化分子」自視清高的張狂模樣：犯法？你講哪個犯法？你敢在場部領導辦公室講領導犯法？你要端正態度，不要犯上！再講，你急著要錢幹什麼？

老白瞅了對面那張「鮑道理臉」一眼：報告場長，我在茂林坳看中了一塊採伐過後長滿茅草的平地，有兩百來畝大小。我和工區領導商議了，準備開闢成第二樹種園，培育珍稀苗木，為全面綠化荒山作準備。不犯法吧？

老白，你有話好好講嘛。不要總是犯法不犯法的。……你近些日子常跑茂林坳？見到你過去的員工酒葫蘆沒有？開辦另一個樹種園的事，你為什麼不先向場部彙報，就擅自到下面工區去活動？龍頭書記知道了，還能不指你是非組織活動嗎？

老鮑，我到茂林坳去找塊荒地辦第二樹種園，是非組織活動？

不不，我衹是怕龍書記誤會了你……再辦一個樹種園是好事，不過提醒你應該先向場部提出，領導上好做統一規劃部署嘛。

白回歸聽他一口一個領導的耍官腔，就語帶不屑、口無遮攔地問：場長大人是不是怕我去茂林坳工區，見到某些不好見人的東西？

鮑東生已經快要控制不住自己的怒火了：白回歸！你講話要注意政治。茂林坳工區有什麼見不得人的東西？他們工區主任吳青林同志要是知道你講了這種話，會對你很不客氣，要你拿出證據來，你就被動了。

白回歸像中了邪似的，就是有一肚子牢騷要發洩：知道吳青林是你的戰友加兄弟，誰也惹不起。不過這次我提出去他那裡辦樹種園，投入一筆資金，他還是支持的。所以才要求場部歸還那筆被挪用的資金。

看看，看看，我們有話就好好說嘛。今天請你來，主要是要和你商量兩個方案合併的事，統一步調，好向省裡申報嘛。

你要兩個方案合併，我要場裡先歸還科研經費。

那筆經費的事，你去找龍頭、土牛他們吧！我不管。

你是林場場長，挪用那筆錢是你的批條，你不管？

你用這種口氣和我講話，你眼裡還有不有組織，有不有領導？注意你的非組織情緒，不要妄圖搞非組織活動！

兩下裡，你來我往，話裡都帶了火藥味。

老白呼出一口長氣：好！今天我就把話都向你場長大人彙報了吧。半年前，你們砍掉了吊頸嶺上那棵有三千年樹齡的科研樹，是有組織還是非組織活動？

豹尾豹眼圓睜：是哪個王八蛋向你打了小報告？

你場長大人纔是聽慣了各式各樣的小報告。……我嘛，很可悲，直到相思坑工區的職工為爭奪紅豆杉面板打群架，才得知這回事。對不起，我還知道你們向省裡領導「進貢」了七塊金絲楠木面板和七塊紅豆杉面板，每塊一百二十釐米寬，二百二十釐米長！請問，這是守法，還是犯法？

鮑東生場長面色劇變，心想，他媽的！我禮賢下士，你得寸進尺！他一拍桌子站起來，大聲喝問：白回歸！你一再講領導犯法，你的資產階級自由化那一套，目無組織，目無領導那一套，可以收起來了！我也可以告訴你，你上次暴打工人階級酒福祿同志，是真正的犯法！酒福祿一直吵著要上法庭告你，是我和龍書記壓住他，保護你！你不要不知趣，不識相！記住，我這是代表組織警告你，不要反組織！

白回歸咧嘴苦笑，聳聳肩：好！我承認，我反的就是你鮑道理這個組織。

你膽大包天！你以為你是個什麼「家」，是個特殊人才，就目無領導！尾巴翹到天上去。

鮑道理！我也要提醒你，長期包庇壞人壞事、小偷强盜，算怎麼回事？酒葫蘆一次次偷賣我科研所那麼多珍貴樹苗，你爲什麼不處理？反而他偷一次，你送他一瓶酒？我那次對他動手，就是爲了還我們辛苦培育的苗木一個公道，給國家財產一個公道。說白了，我也是打給他的主子看！痛在你身上了吧？

豹尾咬著牙，放低聲：放肆！放肆！白回歸，你右派翻天！你留神些，不然總有一天落在老子手裡。

老白見門外站了不少人在看熱鬧，偏偏提高了聲音：鮑道理，你個紅衛兵司令，還在做文化大革命的夢？還想打砸搶抄抓，迫害知識分子？

文化大革命就是不徹底，放過了你這些狗崽子！

你有本事，就再發動一次文革呀！哈哈哈！鮑道理發文革夢啦！

你血口噴人，辱罵領導，攻擊領導！

天鵬山的不幸，就是紅衛兵司令當了領導！

兩人目光如炷，你來我去，相互發炮，炮打司令部。

好在總算保持住君子動口不動手。若真動手，豹尾是占不到便宜的。看看白回歸那雙樅樹根、木扒子似的粗手，就知道惹不起的。

鮑東生不像話。白回歸不像話。文革遺風，陰魂不散哪。楊春秋總工程師一句話講得好：文化大革命，在我們每個人身上都打上了烙印，不管你肯不肯承認。

幸好，龍樹貴書記回到辦公室，才把這場爭吵喝止住。他向門外揚揚手，驅走那些在走廊裡看熱鬧的人：看什麼看？看猴戲，還是看西洋鏡？生怕我們林場不出醜？之後先勸走了老白，回轉身才對豹尾說：我進屋前，聽了個尾巴，很精采嘛。你們一個林場場長，一個林研所所長，都是高文化，高水平，可以上講臺嘛！茂林坳工區，你那個酒鬼親信敢再鬧騰，我也不再手軟，開除，趕出林場！

二十二 傻哥哥，我拿你怎麼辦？

我獨自一人望著窗外的雨簾雨霧出神。平日，野馬河對面，遠處大山重巒疊嶂，近處石林競秀，天生一幅不斷變換顏色、光亮度的水墨畫……現在灰濛濛一片，美景全然不見了。整個下午沒有電話。林場工作彷彿在豪雨中停擺了。這老天爺也是！前些時久旱不雨，草木枯黃；如今卻像隻倒扣著的千瘡百孔的大黑鍋，讓雨水無休無止地篩下來。

天發愁，人也發愁。我想著老白，替他發愁。從動手打人，到和鮑場長扯破臉吵架，你哪裡像個林學博士？你偏執，孤傲，時而沉默，自說自話；時而暴躁，不管不顧，忘記了你青少年時代的那些痛苦……

老白啊老白，你身上是有不少毛病啊！你不會和人相處，和人周旋，缺少的是生存智慧。四十大幾了，還沒有學會？這樣下去，你怎麼辦啊？要講你群眾關係差，在樅樹壩營林工區，又老老小小都把你當親人，誰家有了困難，你都出手相助。你的工資是比龍頭、豹尾還高，但每月工資的一大半，都幫助了那些生活困難的職工家庭……這些，都是穆蓮姐悄悄告訴我的，你不准人提及。

傻哥哥，我拿你怎麼辦，怎麼辦啊？

就這樣想著，愁著。快要下班了，鮑東生場長卻進來了，拖過張椅子坐下來，像有話要和我說。他神色已經平和下來，一臉無奈。

小盤主任，剛才讓你看笑話了，我這人平日很少發火，今天是實在控制不住，後悔死了。「要正確處理人民內部矛盾」啊。我不該和白回歸同志吵架，不該吵架，不該出言不遜，傷害了同志之間感情。我不計較他的態度，要向他道歉，對他不夠尊重……你能不能替我傳句話？

知錯就改。我頓時又對鮑場長有了些好感：你自己對他本人講幾句，不更好些？打個電話嘛。打了，找不到人。聽講龍頭把他叫到家裡喝酒去了，做思想工作去了。

他平日很少在下屬面前暴露自己的心事：唉，小盤，人人都有本難念的經啊。不幹事的，管著幹事的。幹事的，還怕有後臺的。……算了，不和你多講了。日子長了，你會看出些子丑寅卯來。他坐了坐，欲言又止，輕輕嘆氣，然後心事重重地站起來，走了。他走到門口，才轉身提醒我：小盤主任，坐在你現在這個位置，要和方方面面打交道。「世界上沒有無緣無故的愛，也沒有無緣無故的恨」。請記住，一定不要偏聽偏信，凡事自己心裡要有個譜。……

他這是雙關語。我已隱約感覺到，更主要的是指他和龍書記的矛盾，面和心不和，常在一些事情上相互掣肘。但當了面，彼此還算是團結和諧的樣子。我明白，自己在「代理主任」這個位置上，是林場領導班子權力平衡的一個角色。龍樹貴伯伯是我的父輩，於我有恩，我能不向著他老人家？但兩個多月來，我雖然有些提防鮑東生，但又見他確實是個辦事最多，不辭辛勞、領導有方的人，而且他的個人生活那麼孤單，不順。人的感覺真是複雜啊。

連續幾天的大風大雨，山崖都鬆動了骨架，樹椿都長出了霉菌，空氣都擰得出水。

今天辦公室接到一連串報災電話。各工區都發生了不同程度的災情。大雨中，採伐隊砍不了樹，轉變成抗洪搶險隊了。情況最嚴重的，一是茂林坳工區，那裡有一段通往集材場的馬路，水深達到三、四米，木材都泡在了水裡；二是犀牛灣工區，他們堆放在路邊待運的兩、三千立方米原木，被山洪沖下了野馬河，正在組織打撈；三是太平洞工區，除了砍樹，他們搞了多種經營，在坡地上種的幾十畝木耳、香菇、白朮、茯苓、土黨參、土人參等經濟作物，已經連山石、泥土一起被大水沖得無影無蹤；四是藤蘿寨工區，他們也搞了多種經營，養的幾百隻山羊在豪雨中全部逃跑了，說不定跑到外州外省地界上躲雨去了；五是野雞坪工區，有兩座工棚在倒塌，二十幾戶人家成了難民，好在沒有人員傷亡；六是樅樹壩營林工區，也就是林研所，樹種園的苗木已在雨水中浸泡了兩天三晚，正在設法抽水排澇；七是小水電，水渠水位暴漲，樹枝、草木堵塞閘口，隨時可能發生停機斷電事故。……還有凌雲頭等四個工區沒有電話報災，是不是電話線路折斷了，和場部失去了聯繫。

我每收到一通報災電話，立即記錄下來，呈交龍樹貴書記或鮑東生場長處理。龍書記總是手一揮，說自然災害年年有，不要大驚小怪，叫豹尾他們去對付吧。鮑場長呢，看過我送上的電話記錄，目光轉向窗外的風雷電，顯得有些憔悴、蒼老。他最擔心小水電站停機斷電，整個林場一片漆黑，那就形同癱瘓了。一次，我拿著電話記錄離開他的辦公室，他回過頭來叫住我：盤主任，你等等！

我站住，看到他愁腸百結的樣子。

他說：看來，我們要做些抗災、搶險的準備了。……我前天就和上頭那位提過了。……

我曉得，他是指龍書記。

鮑場長接著說：應成立一個緊急應變領導小組，或者叫做「抗洪搶險指揮部」，統一領導、指揮全場的抗洪救災工作。可人家怎麼講？這點子風雨，就嚇得尿褲子了？又要成立什麼領導小組、指揮部，是不是誰想當組長、當總指揮？……小盤，我還能講什麼呢？指揮抗洪救災，也成了誰誰爭奪權力！這工作怎麼搞下去嘛！

林場一、二把手鬧矛盾，我一個代理主任，臨時工，如何插話？衹能表示同情而已。

鮑場長說：這樣吧，我們還是要盡力而爲，做好各自分內的事。他望著我，彷彿在尋求我的理解和支持。或許，他一直把我看作是龍頭的親信。

我點頭，接連答應了幾聲「嗯，嗯」。

他說：你要守著電話。不是還有四個工區沒來電話嗎？我已經要安保科和生產科立即派出四個小組的人馬，分頭查看電話線路去了。……無論哪個工區的電話通了，你都要立即來告訴我。另外，請你以林場辦公室的名義，通知各工區盡量派出車輛，來場部拉些糧食、油鹽醬醋、火柴蠟燭，以防萬一被洪水圍困。……但你要把話講得緩和些，免得加劇緊張氣氛。情況確有些不妙。我連著聽了幾晚的氣象周期天氣分析，又有强颱風過境，這雨水，十天半月停不下來。……

我領了任務，退到辦公室門口，鮑場長再次把我叫住了：盤主任，還有……

怎麼回事？一向辦事幹練的豹尾今天有些丢三拉四。

是不是要到糧站、南貨店、百貨店都去看看……不、不、不，你忙，你去守電話。這些事，我、我自己來處理。

場長，你忙不過來，就儘管吩咐好了。我一定盡力去辦。

不，不，這事得由我自己拉上供銷科長、運輸科長，一同去查看還有多少存貨、存糧……特別是火柴、蠟燭、煤油這些日用品，一定不能缺。我們那個可憐的小水電，喊聲停電就會停，……儘管我已派人去那進水渠道打撈雜物，嚴防死守。

從場長辦公室出來，我才真正覺得局勢有點嚴重了。

下午，雨小了些。原先沒來電話報災的工區，凌雲頭、相思坑、大榕樹工區的電話線路已被搶通。通了電話，得知沒有發生重大災情。還剩下一個霸王嶺工區，也通了話。因他們那裡地勢較高，本無大事，工人們都在杉木棚子裡歇雨工，打撲克，鬥地主，也就沒有往場部打電話報警。

總算鬆了口氣！閒著沒事，我一時興起，翻過電話記錄本的背面，擬出個「天鵬山林場緊急應變領導小組」名單，或者叫做「抗洪搶險指揮部」名單：

總政委：龍樹貴；

總指揮：鮑東生；

副總指揮：滕達、白回歸、楊春秋、趙裕槐；

成員：場部各科室主任、科長、各工區主任；

聯絡員：盤金鳳、穆蓮；

下設若干搶險突擊隊、醫療救護隊、搶險物資運輸隊、河道淤塞疏通隊。……

擬好這份名單，我覺得挺好玩，開心，準備選個時機，直接送給龍樹貴書記作參考。慢著，龍頭會不會又懷疑到豹尾頭上？但我封他為指揮部總政委，位在總指揮之上，高於一切。

下班時分，我正準備去找穆蓮阿姐，看看他們的展覽館布置得怎樣了，也順便打聽她有沒有從神祕人物王神經那裡得到什麼新讖語、預言。這時，鮑場長又來辦公室找我了。

盤主任，工區的電話都通了？沒有新情況？好，好，場裡的工作一切正常就好。……上午，我有點緊張過度了。可能影響了你。沒事，沒事，老天爺不會坑害我們。天鵬山，天鵬山，有天鵬保佑我們。……這樣講，是不是迷信？

他似乎心神穩定，情緒開朗些了。我摸不準他們這些領導的心性，時晴時陰，時風時雨的。

幸而我已把擬好的「指揮部名單」鎖進了抽屜裡。

今晚上，約上穆蓮幾個，我們一起去禮堂看看排練節目，敲敲打打，唱唱跳跳，輕鬆一下。鮑場長邀請道。

我有點猶豫，遂提議：這場部辦公室，是不是該二十四小時有人值班？

他倒吸一口長氣，苦笑笑：你講的不錯。但要是向龍頭提出來，又會講我們神經繃得太緊，製造緊張空氣。不過你放心，我已經通知總機，晚上有緊急電話，就轉到我住處去，由我來負責值夜班任務。

晚飯後，我沒去禮堂看節目排練。對我們的領導，祇要不影響工作，還是保持一定的距離爲好。

一早上班，天很黑，沒有下雨，但雷暴一個接著一個，一道道鋸齒形閃電像是頃刻間要把昏暗的天空撕裂成碎片。辦公室裡白天也要開燈。突然，我見到窗外一道雪白的光柱從天而降，化作一團橘紅色火球，之後一聲巨響，震得玻璃窗嘩嘩直響。

我被這雷暴驚呆了。桌上開著的檯燈熄滅了。樓道走廊的燈也全黑了。一時間，昏天黑地，彷彿進了地窖。

不一會，生產科長趙裕槐揮著手電筒跑來告訴我：樓西頭的變壓器遭到雷擊，跳閘，快打電話通知電工搶修。說罷，他一把抓起話筒呼叫起來。

趙裕槐打過電話就離開了，要親自去督促電工搶修變壓器。我坐在寫字檯前，腦子裡有一種不祥的預感。將會發生什麼不幸？我猜不透，理不清，思緒就像一團亂麻。我是被剛才近在咫尺的雷暴火球嚇傻了？還是被這些天各工區接二連三的報警、報災電話攪得心神不寧了？好在一小時後，電燈又亮了。

中午，小水電的「風流女電工」盤月月來看我，說她定了大後天出山，離開林場，她一家人都感激我。她仍戴一頂藍布帽，穿一身藍布工裝，風姿綽約，真是藍褸難掩妖妍態了。她說：明天，後天，還要上兩天班。

你不等慶祝了建場四十周年再走？場部會給每名職工發紀念品哪。我若有所失地問。

好多人都勸我走。……小盤主任，你不曉得，現在招待所的客人全走空了，小旅店也沒人了，原先那些外地采購員、卡車司機都怕洪水一來，公路一封，就出不去了。她神情迷惘地看著我。

我也看著她，好秀氣的一張臉蛋，好婀娜一副身條。難怪那麼多單身漢子依戀著她。盤月月要走了，不少人都走了，真有一點「大難來了各自飛」的氣象了。平日在招待所，在小旅館，那些操著上海、南京、杭州、武漢、廣東口音的木材採購員們、卡車司機們，走馬燈般出出進進，來來去去。有的乾脆長期包租房間。他們爲了從林場負責人手中批到幾立方米、幾十立方米的等外材、內銷材、計畫外材，尤其是珍稀貴重材，各顯神通，不惜低三下四，巧舌如簧，請客送禮，討好賣乖。條條道路通羅馬，條條道路通天鵬山。也有人講天鵬山是珍稀木材的聖地麥加。可是，現在木材信徒們都從木材聖地撤離了。……

我問盤月月：你們水電站，不會出什麼問題吧？不然，我們林場就一片黑暗了。

難講呢。洪水太猛太急。我們那條進水渠，常被木頭、柴棍、茅草塞住。每天二十四小時派人守在閘口，打撈雜物。

盤月月咬咬嘴唇，好像還有句什麼話要說。

好，祝你好運！到了家，來封信。不就在韶關城嚒？以後還有見面機會的。電話鈴又響，我一手拿話筒，一手與她握了握，表示送客。

老天，電話又是報災情的。樅樹壩營林工區塌了一棟棚屋，傷了兩名老人，請場部立即派人派車去救護。我作了記錄，並通知了醫院。

盤月月還沒出門。她忽地轉過身，走近我，神經質地眨著水汪汪的眼睛：金鳳妹子，就一句話，在天鵬山地方，你要保護好自己。

這是她的臨別贈言？她還想講哪樣？

是這樣，這樣……有件事，不曉得該不該講……又怕爛在我肚子裡。她遲遲疑疑，拖泥帶水。

月月姐，你有話儘管講。放心，現在辦公室祇有我們倆個人。

金鳳妹，我講了，你不要心痛……你記得茂林坳工區那個酒葫蘆嗎？去年有一回，他也跑到小水電去糾纏我，講是要告訴我一個天大的祕密。我哪樣看得上他個癩蛤蟆想吃天鵝肉？問他有什麼祕密。他講，十一年前我們林場發生的命案，廣東人盜伐金絲楠木的事，是他告訴盤解放師傅的。沒想到反倒害了盤解放夫婦……

騰地一下，我覺得自己渾身的血液都往頭部湧，樣子一定很嚇人：酒鬼，酒鬼……曾經是我們家鄰居，常和我父親借錢買酒喝。父親可憐他……他講沒講，廣東盜樹賊和林場的人勾結？

看看，把你氣成這個樣子……我也問過酒鬼。他講，這事祇能去問吳青林主任。他講，自他犯錯誤調離樅樹壩，鮑場長把他放到茂林坳工區，就被吳青林盯得死死的，連休息天來一次場部都不准許。倒是鮑場長講義氣，時不時託人帶瓶酒給他喝。但他見不到鮑場長。所以想託我帶句話給鮑場長，他在茂林坳日子不好過，想去別的工區……

我穩住了自己的情緒，冷靜下來：這樣重要的事，你向龍書記匯報了沒有？

我哪裡敢講？吳青林他們太厲害。十多天前搭幫你幫忙，龍書記親自下指示，把我的調令辦下了。反正要走了，我也不怕了，才對龍書記講了……龍書記囑咐我，話就到他這裡打止，不要再告訴任何人，不然有安全問題。

月月姐，既是你肯告訴我，對不起，我就多問一句，鮑場長和你有過那方面的交往，你有沒有聽他講過什麼？

盤月月的臉蛋一下子漲得緋紅。她也會紅臉啊。她結結巴巴講：你都曉得了，曉得了……不怕你取笑，我是沒皮沒臉，是和姓鮑的好過。一次，也是在小水電，我一個人值夜班。他咬著我的耳朵講，我是個好女人。講著講著，又講你娘是最好的女人，他一次也沒有上過手，祇挨過耳刮……講你娘和你阿爸為了救他和吳青林，英勇犧牲，他傷心得幾天都不吃不喝……為你父母申請革命烈士的報告，是他親自寫好上報的……

聽了盤月月一番話，我沒有哭，這麼多年過去了，我哭都哭不出來了。他們誰是人，誰是鬼啊？阿爸阿媽，十一年了，你們還死得不明不白啊！龍伯伯總是告訴我不急不急，州公安局一直和廣東公安部門保持著聯係。廣東那邊已經打掉了好幾個跨省盜伐珍稀樹木犯罪團夥……再給他一點時間，總會水落石出的。要等到哪年哪月啊？

我不曉得盤月月什麼時候離去的。

二十三 「廣寒宮」裡「逃生路線圖」

一晚上都沒睡好。打開電腦看資料，熬到下半夜眼皮打架才上床。

一早起來，雨竟是停了。太陽羞答答從濕漉漉的雲層裡露出笑容來。峽谷溝壑依舊浸潤在白濛濛的水氣裡。四山上依舊纏繞著絲綢般的煙嵐，陽光下鑲著耀眼的金邊。頃刻間瑤王谷又沉入了乳白色的霧海，一座座峰巒如島嶼，一簇簇林木如珊瑚枝，一堵堵石壁是岩岸。那些大清早亮著燈、鳴著笛在大霧中趕路的卡車、拖拉機則是劈風斬浪往來於這些島嶼和岩岸之間的小船。……

我站在住處的窗前，觀看雨後初晴的山谷景色，出了神，著了迷，忘了吃早飯。可是，昨天、前天，我還那麼灰溜溜的，丟魂失魄，以爲大災大難臨頭呢。到了辦公樓上班，我發現人們原先陰沉沉的臉上都泛出了陽光笑意，碰了面，都說：天晴了！天晴了！起碼有十來位同事見了我說：小盤主任，天晴了！大家慶幸、歡欣，步履都帶著彈性，雀躍。我不禁想起幾句唐詩：空山新雨後，天氣晚來秋。明月松間照，清泉石上流……

上午，再沒接到各工區的報災告急電話，反而有幾個工區傳來了好消息：犀牛灣工區被洪水沖進野馬河的原木，都打撈上岸了，沒有造成損失；太平洞工區多種經營種植木耳、香菇、藥材，還是保住了大部分，損失不像原先上報的那麼嚴重；藤蘿寨工區雨中走失的兩百多隻山羊，大部分找回來了，只丟失了十幾隻……天一放晴，林場的生產、生活秩序恢復正常。

一時間辦公室竟清閒下來。我記起有一份《建場四十周年紀念活動宣傳綱要》，留在樓上廣播站簫玉圓阿妹手裡。既然自上次退休職工鬧事後停止了廣播，這「綱要」應該收回來存檔。

於是，我上了四樓。廣播站設在四樓西頭，門楣上掛著兩個紙牌，大約都是生性活潑的玉圓妹子寫的。一個牌上寫著「廣寒宮」，另一個牌上寫著：「播音重地，閒人免入」。「廣寒宮」？玉圓真有意思，把自己當作嫦娥姑娘了。

她的宿舍連著廣播室，門虛掩著，我敲了敲。聽得出來，裡面正在放臺灣鄧麗君小姐的歌曲……你說過兩天來看我，一等就是一年多！三百六十五個日子不好過，你心裡根本沒有我，連我的名字都說錯，把我的愛情還給我！……

嫦娥姑娘在嗎？好個「把我的愛情還給我」！

門開了，簫玉圓一身瑤家女子服飾，花帕頭巾，青布羅裙，十分端莊秀麗。她見到我，笑盈盈地說：主任姐來了，快進來！說著，她轉身咔嚓一下把收錄機關了。

今天什麼日子？玉圓阿妹打扮得如此好看！玉圓見我在打量她的衣著，笑了：主任姐，你坐辦公室，是不是有人在你那裡嚼舌頭了，講我是天鵬山的小妖精，勾單身漢子的魂……要多難聽，就多難聽。

我搖頭否認。我沒聽人講過她的閒話，要她不要太在意別人的閒言碎語。談對象是個人自由，現在，連組織上都管不著了。

主任姐，你不看看，我的對象，都在這牆上呢！

我這才留意到她的床頭牆上，正的斜的，倒的順的，貼著一張張從電影畫報上、過期掛曆上剪下來的中外男明星頭像，共有一、二十位之多。看來，她喜歡奶油小生。

靠牆擺了兩個書架，四大名著、唐詩宋詞、古文觀止，還有哈代、司各特、巴爾札克、屠格涅夫。還有一些筆記本和方格稿紙。

不俗不俗。志向高潔，玉圓阿妹還有另外一面。是不是要考文科大學啊？

我才不去死讀書，讀書死……告訴姐，我愛寫作，想當作家……不許講出去。

她臉都紅了。我答應替她保密，有志者，事竟成。瑤王谷，天鵬山，是個有故事的地方。

不講了，不講了，想吃天鵝肉，傳出去被人笑話。看了幾篇評論文章，講文革期間江青領導文藝革命，有一套「三突出」、「三陪襯」創作原則，方法。我是文革後出生的，什麼叫「三突出」、「三陪襯」？姐你知不知道？

你學寫作，千萬不要學那個。我看過幾本閒書，「三突出」好像是講「在一切人物中，突出正面人物；在正面人物中，突出英雄人物；在英雄人物中，突出一號英雄人物」，叫做「高大全」。「三陪襯」好像是講「反面人物陪襯正面人物，落後人物陪襯先進人物，先進人物陪襯英雄人物」！死教條，新八股。有部小說叫《金光大道》，就是按照「三突出」、「三陪襯」寫的，那個左啊，……

姐你怎麼知道這樣多？是不是也喜歡寫作？

我們大學生宿舍裡，什麼愛好的人都有，除了業務書，什麼書都有人讀。我寫作，都寫學位論文了，不再有文學夢了。

玉圓阿妹像找到了知音，利索地拿出一袋魚皮花生和一廣口瓶五香瓜子，泡上一杯清茶款待我。主任姐，難得你來我這裡一趟。你今後要多幫助我啊……對了，好不容易天晴了，是不是又有什麼重要通知要廣播出去？

我拿了顆魚皮花生，投入口中。嗯，挺香，沒受潮。我說：就不興來坐坐？非得有事才登你「廣寒宮」？

好好，我正要去找阿姐你哩！前些天，我一日三餐去食堂打飯，大家見了我，明裡暗裡冷嘲熱諷，罵我在廣播裡念尼姑咒，四十周年、四十周年，把老天爺都惹惱了，用大風大雨、打雷扯閃懲罰來了。

封建迷信，唯心主義，想當作家的人，別往心裡去。說來也巧，我正是來收回那份《建場四十周年紀念活動宣傳綱要》。什麼時候再廣播，等龍書記、鮑場長的指示。

噢，好好，我等會就去找來給你。來，喝茶，喝茶，嚼幾顆花生米，還有五香瓜子，都是昨下午王神經冒著大雨送來的。

王神經昨天來過？我心裡很是吃驚。不時聽人提到這個人，比樹神爺爺還神祕，我卻沒有和他打過照面。這個不肯露面的人物，到底是誰啊？

來過，來過，但我不能講出他是誰。簫玉圓收起了笑容，一臉嚴肅：真是個神經！他拿來一份他寫的「天鵬山林場職工逃生路線圖」，讓我先看看，有點思想準備。到時候替他廣播出去。主任姐，你講他是不是個神經病？是不是小說人物？反面人物還是落後人物？

「天鵬山林場職工逃生路線圖」？阿妹你看過了？快拿來，給我也看看！

說真的，我的確嚇一跳了，沒有興趣談論文學了。這個王神經，神神鬼鬼的，經常搞出些難以置信的動靜。

玉圓說：我匆匆看了一遍，他就收回去了，說天機不可泄露。我則告訴他，不是場部文件，沒有領導簽字，不能廣播。不然，一廣播出去，就等於搞反革命政變了。

這時，陽光鑽出層雲，從窗外直射進來，明亮得晃人眼睛。

我問：那張圖上都有些什麼內容？

阿姐你也感興趣？王神經說，我們天鵬山林場場部瑤王谷，可能發生大滑坡，泥石流，也就是山體移動。……野馬河可能被山上沖下來的泥石和木頭堵住，與外界斷了聯繫。通訊、供電系統也會毀於洪水。瑤王谷成爲堰塞湖，孤島。……他講應當作出規劃，備好預案，一旦真有了山體移動的跡象，或是野馬河被阻斷，就應當把瑤王谷場部的全部人員，分期分批向霸王嶺工區轉移。首先轉移的，應是老人和兒童……世界末日呢！你講講，他是不是個神經病？

這件事，你有沒有告訴過旁人？我聽得驚心動魄。

我沒有那樣蠢。我爲什麼要害人？王神經又不是壞人。告訴阿姐，我還有點喜歡他。……要是他這「逃生路線圖」傳出去了，場裡安保科、派出所還不抓他個妖言惑衆現行犯？阿姐，記住，我祇告訴了你一個人啊！

玉圓阿妹話裡的意思也是在提醒、告誡我。我點點頭，感激這份信任。我忍不住摟住她豐腴的雙肩，聞到了她濃密的髮際散發的清香。玉圓大約不習慣我這突如其來的親昵，側過臉來，輕聲叫了一聲：阿姐，你……怎麼哭了？爲什麼哭了？

她一動不動，而我連忙鬆了手，找手絹擦了擦眼睛。我也不知道爲什麼，這些日子有些多愁善感。

玉圓忽然問：阿姐，你有不有男朋友？女的總是在這方面天性敏感。

在學校裡有過，後來斷了。人家出國讀博去了。現在沒有。我坦然回答。

玉圓點頭。她說：阿姐，我有過兩次失戀，也很痛苦，甚至不想活了。……後來，想通了，何不多談兩個、三個？談一個就定終身，不是太虧自己了？我現在就覺得，談談戀愛，和中意的人抱一抱，親一親，也滿享受的。

傻！姐不和你討論這個。……王神經真是個人物，常聽人說起他，卻從未見過他。我很想去實地考察一下他的那個「逃生路線圖」。

算了，算了，我也不曉得他在那座山上。再講林場領導要曉得他搞了這種動搖人心的「路線圖」，會給他好果子吃？早聽講了，祇要查出了誰是王神經，安保科和派出所立即抓捕。……算了，天塌下來，有山崖撐住，何苦傷這些腦筋。

可是，人家王神經講「山體移動」。

姐，你信？天鵬山會移動？打死我都不信！

……我從簫玉圓的「廣寒宮」回來，總是忍不住要想危言聳聽的王神經這個人。在我幾乎每天都接觸到的同事中，除了簫玉圓，還有穆蓮姐、月月姐、生產科長趙裕槐，都講他們熟悉王神經，而且他們都保護著王神經，不肯告訴我誰是真正的王神經。天鵬山裡奇奇怪怪的事太多了。難怪玉圓阿妹想寫書。要能寫出來，真會是一本好書。

下午收到一份公文，是州林業局發來的機密件。

起初，我也沒太在意。現在省、市機關時興把一些內部公文都標注上「機密」二字。老白就曾和我發過牢騷：如今上面的頭頭打個哈欠，放個屁，都是機密件，免得臭氣外泄。當然，這牢騷話有些過火。然而，但凡文件右上角有「機密」二字，就往往給我這個辦公室代理主任添來麻煩，除了簽收、登記，還要分類編號，送場部領導傳閱、畫圈，而後存入保密室歸檔。其實，很多所謂「機密件」，無非是領導人的某次講話、某次會議討論記錄、在某份材料的批示等等。其中並無多少不得見人的東西。從上到下叫嚷了多年的機構改革，精兵簡政，這種「機密文牘主義」卻遵行既有的官僚軌跡運行。

我把州林業局的「機密件」拆開，看了一眼。咦！我心中一動，歡喜起來。省林業廳廳長辦公會議討論了白回歸所長寫給他們的一封呼籲信，信中要求立即下令禁止採伐自侏羅紀時期倖存下來的活化石、珍稀樹種紅豆杉。廳長辦公會議的決議非常明確：不注意保護森林資源，尤其是珍稀樹種，將是一種對子孫後代的犯罪行爲。省廳責成州林業局具體落實各項措施。文件擡頭處，有周省長的朱筆批示：已閱，請各單位遵照執行。有了省長批示和省林業廳廳長辦公會議的決議，州林業局自然也立即召開了局長辦公會議，認真學習、討論、研究上級的重要指示，並行文通知各縣林業分局、各林場照章執行。州林業局還附帶表揚了天鵬山林場林研所所長白回歸同志，說他勇於實事求是地向上級部門反映情況，表現出一位林業科學工作者强烈的責任心和堅定的職業操守。

典型的官樣文章，公文旅行。這不是急件。照慣例，我找個適當時候將其呈交場領導，然後鎖入保密室就完事了。

唔，天氣轉好，心情不錯。我替自己的校友、學長、上司白回歸高興。無論如何，這畢竟稱得上是他的一次勝利。聽他講過，他每年都會給上面寫信，反映問題，常常是泥牛入海，無聲無息。就是啊！這段時間以來，他像是在回避我似的，很多天都難得見他一面。我也不明白是怎樣回事。不是每次見到他，我都很高興嗎？對他那四歲半的寶貝兒子，我也很有好感……再過兩、三個月，我就會去樅樹壩林研所工作，當他的下屬，聽從他的業務指導了啊。

不料說曹操，曹操到。我正念著，白所長就手拎摩托車安全帽，跨進辦公室了。我說：稀客，稀客！但見他面容略微消瘦，衣服也濺了些泥點。我給他遞上一杯熱茶，也不好問他近些日子過得好不好。老白一口氣喝乾了茶，也不怕燙著。他將空杯遞給我：渴了，渴了，再來一杯。這茶好喝，謝謝。我真想說他：老大不小了，喝茶都這麼急，一點也不會照顧自己。他喝了第二杯，這才說：小豆杉在幼兒園和小朋友打架，人家罵他沒有媽媽，是野孩子。……小子力氣不小，抱住那小朋友就摔倒地下，把老師都嚇到了，打電話要我來教育孩子，處理糾紛。我急匆匆趕來，叫我那小子給同學道了歉，認了錯，事情才算了結。可兒子問我爲什麼不見媽媽。……我能怎麼講？怎麼講？想來想去，還是來求求你老校友。你有空的話，多去看看小豆杉。他喜歡你這個漂亮姐姐。

我到底是個「姐姐」。老白一口氣講了這麼多。難怪，他因爲兒子的緣故，才想到來找我。我有點失落，有點講不清的鬱悶。可想起小豆杉，又有點心疼。我深看了他一眼，把州林業局的那份文件交他過目。他掃了一眼文件，眼裡有一抹光亮閃過。不過，他臉上很快就浮上苦笑：盤同學，我是兩年前寫的呼籲信，後來又利用開會、出差的機會，向省廳、州局反映情況，前後不下七、八回。說實在的，我的呼籲本來就遲了，他們批轉得更遲。是不是上次周省長回去後，向他們發了什麼話，這才引起重視？才想起要來一次公文旅行？好了，船到碼頭車到站了，不會再有下文了。

哎呀，你這個人……有批示下來總比你的呼籲石沉大海要好些！見他這個態度，我心裡像被澆了盆涼水。

他說那當然，那當然！這兩年上級機關都忙於領導班子換屆，誰上誰下，權力交接。一些具體事務，自然分不出精力來管了。

老白這人，有時好激動，叫叫嚷嚷；有時又沉默寡言，自說自話，心不在焉。真叫人難以捉摸。我原以為他會高興，可他卻是這副德性。

金鳳同學，你莫見怪。……上次和你講過，也和豹尾吵過架，我最心疼的，還是他們背著我這林研所所長砍掉了吊頸嶺上那棵估計有三千年樹齡的紅豆杉母樹！紅豆杉，通身都是寶，最新醫學研究，她的根鬚，枝葉，可提煉出防癌治癌藥物。……我一想到這事就窩心。我們這工作怎麼搞啊？林業就等於採伐？那就乾脆叫作「木材採伐部」、「木材採伐廳」、「木材採伐局」好了。

他又開始發牢騷。他總是牢騷滿腹。他又自言自語地說開來：

在對待森林資源上，漢族遠比瑤族落後，比瑤族野蠻。講句難聽的，歷史上哪朝哪代都沒像我們這樣大規模採伐、破壞森林資源。……去年，我到重慶去參加一次林業科研會議，來去都坐船經過長江三峽。天氣很晴朗，萬里無雲。西陵峽三斗坪正在修建三峽大壩。可你沒看到那長江水啊，三天三夜的行船，全是土黃色的泥巴水。兩岸的山石，基本上光禿禿的，除了茅草灌木，看不到幾棵大樹。我要是個外國遊客，一定以為是到了黃河。……長江，快要變成第二條黃河了，不再是碧波清流。……我絕不是誇張、歪曲。有機會，你可以坐船過三峽去看看風景。這說明了什麼？說明大半個南中國，長江中、上游的廣大流域，森林植被被破壞得差不多了，已無法充分保持水土。……我們天鵬山，就是個典型的例子。

金鳳學妹，你不是見過樹神爺爺，聽過他唱的瑤歌？瑤族民歌，哪一支不是唱森林、狩獵、勞動、愛情？而我們一講到瑤族，大家腦子裡就藏著「文化落後」，「生活原始」，「習俗守舊」這些大漢族觀念，彷彿進大山辦林場，就是給當地帶來「文明」和「進步」。可是，在保護森林的問題上，他們實在比大漢族先進。無論是靠山吃山，還是靠水吃水，多少年來，多少代來，當地人都有傳統養山、養水，祇有這樣才能資源永續，才能生活下去。以瑤家爲例，世世代代都以森林爲家，以種植爲業……。祇是到了一九五七年以後，天鵬山林區的瑤家後代才成了採伐工人，成爲祇管採伐，不管種植的林場工人。

沒想到他又對我說出這麼一番話。我是絕對同意他的這種觀點的。是啊，我們當代國人在森林問題上，要到什麼時候才能猛省啊！難道真要等到長江成了第二條黃河，兩岸流域全都變成黃土高原、紅土山地，才又來發出「根治長江，河清有日」之類「氣壯山河」的口號？

一下午，辦公室很清靜。和煦的陽光從南轉到西，一直照射進來。多麼可愛的陽光！窗外碧空如洗，飄著朵朵綿白的雲彩。遠處重巒疊嶂，近處花木蔥鬱，歷歷在目。我和老白一時相對無言。他好像話都講完了，又好像還有許多話，沒有講完，無法講完。

一縷陽光灑在老白身上，讓他整個人都顯得暖意洋洋。我心裡也温暖亮堂。我對他說：我們的生活中還是有陽光的。上次周省長來，不是對你那個建立林區旅遊規劃大有興趣，表示了肯定嗎？他後來不是又下了指示，撥二十萬元，當作可行性研究的啟動資金嗎？

白回歸總算點了點頭，露出笑容。他說：要快點啟動啊！最怕他們拖拖拉拉。

他伸過手來，和我握了握。像兩個老友。終於，他認我是相知，而不是和領導們一丘之貉。

穆蓮阿姐在辦公室門口探頭，見我和老白談話，沒有進來。

二十四　阿姐要扯出「一籮蛇」

下班回到住處，穆蓮阿姐已備好飯菜，有雞腳菌瘦肉湯、粉蒸肉、香乾炒火焙魚，外加一大盤新鮮蕨菜。那一海碗雞腳菌瘦肉氽湯實在誘人，鮮甜無比。我們瑤家稱蘑菇為菌子。雞腳菌又是蘑菇中的上品，名列山珍。哎呀，桌上還擺著一瓶山葡萄酒。

就你一個人回來？還有一位呢？穆蓮姐問。

噢，阿姐原來是打算招待客人啊？請問是哪一位？我見她有點失望，故意打趣。

曉得還問！他空著肚子，就回縱樹壩了？

心疼了？怕餓著他了？真是個多情姐。……那句山歌怎麼唱的？多情姐，姐多情，郎心不知姐心疼。……還講，還講！我是替你心疼。……兩人講了一下午的話，也不怕口乾。以爲我不曉得？你們才是鳳呀凰的一對。……吃吧，吃吧，他不來吃，我們自己吃。

我罵了句放屁，老白要他兒子喊我做姐姐呢。你不信？

穆蓮姐的感情是無私的，明明曉得老白衹是把她當大妹子看，她卻一樣愛著護著他，衹是給予，不圖回報。老白有時對我好一點，她也不吃醋。我們的瑤家阿姐，心地像天鵬山流出的溪水一樣明淨，綿長，柔順。

我們美美地吃了一頓，沒動那瓶山葡萄酒。穆蓮姐沒有酒友，也就沒有酒興。

飯後，我倆一同洗涮鍋碗。之後坐下來喝茶。忙了一天，總算可以放鬆放鬆了。屋外紅霞滿天，遠遠近近山巒樹木都鍍了富麗的金紅色。夕陽像個醉漢，滿天下都被他灌得醉醺醺、紅彤彤、懶洋洋似的。無數燕雀在晚霞裡飛上飛下，繞來繞去，啁啾不已。俗話說，「早霞不出門，晚霞走千里」。明天又會是萬里晴空的好天氣。

我曉得，穆蓮阿姐下午去辦公室找過我，是因她又去了一趟相思坑。我品著茶，問她：怎麼樣？到相思坑打探到「三座金字塔」失蹤之謎了？

阿姐將食指豎到唇上，「噓」了一聲，從帆布挎包裡拿出一盒錄音磁帶，朝我晃了晃：要不要放給你聽聽？絕密！

這回是我朝她「噓」了一聲：房門都沒關好，萬一有哪位「場委」進來串門，就該起疑心了。

「場委們」對穆蓮姐這些人，本來就有戒心的。我起身看了門外，小聲問：龍三寶上你的當了，肯講了？還是被你灌醉了，中美人計了？

她白了我一眼：美人計？什麼意思？你是講我陪他上床了，睡覺了？

聽聽瘋阿姐這張嘴，要多俗有多俗。我被她搶白，噎著了。但不管怎樣，在這件事上，我是支持她的，儘管她脾性倔，有些不擇手段。過了片刻，我也回了一句：誰問你這個了？那是你自己的事情。

羞羞羞，裝什麼金童玉女，不信就沒人抱過你……我若是個漢子，早把你搶到手，哪能讓你這樣閒著。……

真是個瘋婆子，臉皮比樹皮還厚，還硬。我肯定是臉塊緋紅。阿姐這才住了口。失去雙親的我，又是喜歡穆蓮姐的，幾天不見，會想她的。至於對待男女關係這類事，我有自己的原則和底線。但那祇是對自己而言，卻不會用自己的原則來度量別人，或者由此對某人另眼相看。我不是什麼衛道士，在內心裡，我甚至覺得穆蓮姐、盤月月、簫玉圓這些姐妹更富有青春活力，少些羈絆，多些色彩。

別瘋了，還是講講你在相思坑的活動吧。

呸！阿姐要笑不笑地：沒什麼了不得。昨晚上，我著實把龍三寶灌醉了。起初，他還借酒耍瘋，在我身上亂摸亂啃，把我的衣裳都扯破了。我差點沉不住氣，要給他兩耳光，然後逃出來。可我不能半路收手。我便抓住他那雙粗大的爪子，哄他，說我表舅開木器廠，想買好材料。我記得原先路邊三大堆原木，現在都運到哪裡去了？祇要他告訴我，什麼都好說，什麼都依他。龍三寶乜斜著兩隻醉眼，舌頭像蛇信子樣一伸一縮，喉嚨裡打著酒嗝。天曉得他竟然還有些清醒，問：哪個王八蛋派你來打聽的？是王神經，還是白回歸？或是法院、派出所？哈哈，老子什麼都不怕，哪個都不睬！幾十個漢子打群架，老子都隔得開，鎮得住。……哪個敢來抓我，老子擰雞脖子樣擰斷他的頸根。……後來，他就胡言亂語，又笑又哭，講他那又矮又瘦的婆娘得了癆病，已經兩年多沒和他同過房，憋得他好苦。……他也是個人，不是牛馬畜生，有時還不如牛馬畜生。……我看他還沒有全醉，就又餵了他一大杯。他一條粗胳膊勾住我的頭，在我耳邊嘀嘀嘟嘟：是豹尾。豹尾做的現金賣賣。好、好大一包百元「毛頭」，託了一名外地司機，丟到場部招待所門口，上面寫著「鮑場長收」。連那外地司機都被騙過了，以爲是一包山貨。……至於是姓鮑的一人得了，還是另有人分贓，就不曉得了。反正三堆原木，一個晚上全拉走了。這事在工區，再沒其他人知情。要是傳出去，大家就都莫想有好日子過，免不了坐大牢。……後來，龍三寶就呼呼睡著了。

我聽得出神。真是驚險又嚇人，還帶點酒色浪漫。我不無擔心：那你就真沒吃虧？晚上共飲，人家相思坑工區的人會怎麼看？

怎麼看？無非講我晚上陪工區主任喝酒唄！要是有人講我陪睡，那也沒法子，是不？我心裡明白，坦蕩，龍三寶也明白。話說回來，沒陪睡哪樣？睡了又哪樣？睡了不認又哪樣？沒睡認了又哪樣？她乜起一雙丹鳳眼，也喝醉了似的，似笑非笑地望著我。

我朝阿姐擺手：好了，好了，莫像姑子參禪樣了。你下一步怎麼打算？

盡亂講！世上哪有姑子參禪的？我要盡快把這磁帶轉錄成三份。對不起，你替我保存一份，盤月月也替我保存一份。如果只有獨一份，萬一被人偷了，就前功盡棄。人家可以矢口否認。

盤月月昨天向我辭行。明後天她就坐車出山了。

天氣放晴了，她還急著走什麼？再有二十多天就開慶祝會了，場部要發紀念品，聽說還有幾張紅鈔票。我去留她幾天。

姐，還有個事，不得不防。要是龍三寶酒醒之後，概不認帳……

他明白上當了，酒後失言，那又怎樣？找我算帳？衹要我人在場部，又是和你大主任住在一起，他能拿我怎樣？遲早，我要和他們法庭上見！阿姐目光炯炯，一副女丈夫氣概。

你是懷疑鮑東生和龍三寶相勾結犯案？

龍三寶背後是誰？所以越想越複雜……如果連龍頭也被牽扯進來，我們天鵬山就太可怕了，真是一窩蛇了。那三堆原木至少值十幾萬元。

姐，雖說那筆錢不一定是豹尾一人所獲，但若是講龍頭也被牽連進去，我不相信。龍頭是出了名的清正廉潔幹部。

聽聽，此時刻，我也叫起龍書記和鮑場長的外號來了，這其中有鄙視，言語隱晦些。

管他是一個人還是幾個人！反正現在林場工人的工資都發不全，退休老工人還鬧過事，他們卻背地裡幹這種黑心勾當。無論如何，這是一份現成的證據，還怕扯不出一窩蛇來？

阿姐信心十足。我真佩服她的膽識和毅力。難怪有人講，古往今來，女人要是認真辦起事來，那股子不屈不撓、不達目的絕不罷休的韌勁、耐力，男人們往往畏懼三分。文革烈女張志新，林昭就是明證。我忽然想起昨天在廣播站，聽簫玉圓說起王神經，遂問：你最近見過王神經嚒？聽講他搞了份「逃生路線圖」。什麼時候，你帶我去見見他，真想認認這個神祕人物。

阿姐抿著嘴，苦笑笑：你都問過我幾回了。想認識他？他不一定想認識你。爲什麼？因爲你是當權派。

場部辦公室主任，當然是當權派。對了，是哪個告訴你「逃生路線圖」的？

我不能說。我叮囑穆蓮姐：你也不要對外人講。派出所要抓「造謠者」的。我覺得，王神經或是有點神經，或是異於常人。青天白日的，他搞出個「路線圖」，也不知是真是假。他想拯救林場，愛林場，也不是什麼歹意，對不對？……再講，你追查紅豆杉原木失蹤事件，不也是為救林場？還有老白和老趙，不也在為禁伐珍稀林木奔走、呼籲？

正說著，隔著窗玻璃，看見廣播站的簫玉圓蹬蹬蹬踩著石階上來了。她進門就嚷嚷：兩位阿姐都在！你們忘了？今晚禮堂放電影。快要開演了！

阿姐問：放什麼電影？

簫玉圓做個手勢：兩部大片一起放，一新一舊。舊的是《上甘嶺》，放在頭裡，免得大家走人。新的嚒，叫做《海霞》。

穆蓮姐撇嘴：《海霞》也老，《上甘嶺》就更不用講了，老掉牙了。都是些城裡人不看的電影，送到林場，算是文化下鄉了。

我說：《上甘嶺》那支歌還是蠻好聽的。阿姐嗓子好，不妨去温習温習，得空時唱給我們聽。「朋友來了有美酒，若是那豺狼來了，迎接他的有獵槍」。……

阿姐還是搖頭，對我丟了個眼色。她轉身對簫玉圓說：妹子，你愛看就去看吧。林場也難得一連放兩部電影。我們呢，今日有點累，不如坐在屋裡，學漢子們侃大山。

簫玉圓聳聳肩，又蹬蹬蹬的走了。我和穆蓮姐坐著沒動窩。阿姐想起件事來：聽講明天林場領導要來「建場四十周年光輝歷程展覽館」，對展品進行一次審查。

我說：是了，離正式展出剩下不到十天了。連我都沒有好好去看過呢。

她雙眼圓睜：金鳳，我的那三張大照片早就沖洗出來了，怎麼辦？

哪三張？「我們的亞熱帶森林」？你真有膽氣，阿姐。掛上去了？一定醒目，對他們很刺眼！事到如今，我覺得有風險。

阿姐嘆氣：展覽的最後部分，講的是林場發展規劃，也就是鮑東生提出的「以敞養場，以電養林」的辦場方針，而不是白回歸那個「開發森林旅遊，打造天鵬山休閒度假區」的設想。第一組大照片，擬用王神經的作品，「三座原木金字塔不知去向」。……那塊板壁一直留著空白。

哦，空白，空白還好點。慢著，難道展覽會籌備辦公室的趙裕槐主任，就這麼官僚，沒有問是留著放什麼大照片的？

怎麼沒問？可我一直支支吾吾，拖著，說等照片沖印出來，就給他過目。祇要他今晚不再過問，明日一早，我就把照片掛上去，搞他個出其不意！

今晚上禮堂放電影，你或許可以糊弄過去。但你個技術幹部，可能要挨處分。你對這事的後果要有思想準備。

穆蓮姐笑了起來，還能把我怎樣？調離林場？我燒香磕頭，巴不得哇。

我想想，也笑了。她這惡作劇，最壞的結果也不過如此。在思想感情上，我是和穆蓮姐、王神經他們站在一邊的。

二十五　展覽館風波

場部辦公樓西去兩百來米，原先的集材場，現在卵石鋪路，花木扶疏，地面也還開闊。原先的鋸木廠換了新的杉皮屋頂，粉刷了牆壁，裡外修繕一新。大門上方拉了一條長長的紅底金字橫幅：「天鵬山林場建場四十周年光輝歷程展覽館」。橫幅兩邊各插有赤、橙、黃、綠、紫五面彩旗，山風吹過，獵獵飄揚，頗具節日的喜慶氣氛。

上午八時五十五分，我來到展覽館門外，各科室負責人已陸續到齊。臺階下，大家蹲的蹲，站的站，講笑的講笑，抽菸的抽菸，還有人擺弄幾下太極拳。不用說，都在等候幾位「場委」到場。九時正，滕達副場長首先出現，身後跟著總工程師楊春秋。他倆在展覽館大門外停下，一左一右地站著，態度謙恭，像兩尊門神。科室頭頭們小聲議論：一個土牛，一個老右，戳在那裡，不像「場委」，倒像保安；也有人說，要是女的，就更像城裡酒家門口的迎客小姐了。……聽聽，小頭目拿大頭目講笑，開心罷了。

九時十分，鮑場長到了。他倒沒有一本正經地挺立門口，而是和幾個科長、主任站在一起，談論前些日子的連場豪雨給場裡造成的各種財物損失，特別是林場範圍內的公路，塌的塌，陷的陷，已經到了不得不重修的時候了。現有的公路都是四十年前建場之初，政府派勞改犯人修築的，一切因陋就簡，後來修修補補，湊湊合合過來的。所謂「窮當家，窮對付，窮艱苦」。這些個馬路，也就為「艱苦奮鬥，自力更生」光榮傳統作了實證。現在卻是大雨一來，簡直是肝腸寸斷。……我在一旁聽著，覺得鮑場長在一些問題上和大家很談得來。

直到九時一刻，龍書記才搖晃著高大的身軀，由展覽館籌備辦主任趙裕槐陪同，緩緩走來。衆人不約而同地轉向龍頭，既像夾道歡迎，又像接受檢閱，臉上都掛著或多或少、或明或暗的笑意。龍頭伯伯向大家點點頭，一路走到入口，先與等候著的滕副場長和楊總工打聲招呼，再轉過身來，目光掃過科室負責人群。他看到了我，問：金鳳，怎麼沒有通知白所長？我說昨天打過電話，白所長講他請假，他的苗圃被大水泡過，清了兩天淤泥，還沒有清乾淨。龍頭伯伯冷冷地講了句：清淤泥也要勞他科研所所長動手？我看他是對場裡辦展覽、搞慶祝有牴觸情緒！算了算了。龍頭伯伯望向人堆裡的鮑場長：老鮑，你過來嘛。正式開館時，我們是不是也在這裡扯上一條紅綢帶，紮一朵大紅花，來次剪綵？

鮑場長走上前去，嘴裡說著：好辦，好辦。這事請趙科長和小盤主任記下來。到時候，請龍書記親自剪綵。我們林場窮，不學山外邊那些單位，動不動就來一把純金剪刀，送給剪綵人做紀念品。

半開玩笑半認真。龍頭眼睛一瞪，很不高興：非得由我來剪綵？你鮑場長就剪不得？我不又成了搞「家長制」、「一言堂」了？金鳳，金鳳，過來，過來。聽講下了幾場大雨，各工區報了災情，把你急哭了。唉唉，以後，我要多和你講講孫政委他們打小日本，槍林彈雨的革命傳統，講講艱苦奮鬥開辦林場的優良作風。

「形勢那個好哇！」不知誰喊了一句。大家笑了起來。

展覽館大門大開著，穆蓮姐在門內朝我眨眨眼。四位「場委」由龍書記領頭，進入館內，各科室負責人隨後魚貫而入。我自覺地走在末尾。

展覽館第一進，用膠合板間隔成門廳。迎面是一幅偉人和伐木英雄龍樹貴於一九六〇年全國群英會上握手的巨幅照片。州城照相館的放大和染色技術欠高明，整幅畫面血紅血紅的。不過，觀者大多肅然起敬，表情誠摯專注。相片下方則是醒目的〈前言〉，對展覽內容做了簡要介紹；一幅巨大的林場地形圖與〈前言〉並列，上面標出山林、溪流、道路、各工區位置，各類樹木、動植物分布等等。生產科長兼籌備辦主任趙裕槐手執一根細長木棍，親自擔任講解員。

轉過門廳便進入展覽正廳。第一部分名爲「白手起家，艱苦創業」。真是難得，居然找出幾張老得發黃的歷史照片，記錄了首任書記孫政委和伐木工人一起抬木頭的場景；龍樹貴、滕達都有露臉，那是他們的青春記憶。再往下看，每張照片都有龍書記的身影。科室負責人對老照片嘖嘖稱讚，龍書記笑得見牙不見眼，不住地點頭，表示滿意，卻也不忘「批評」趙裕槐幾句：你們不要太突出我個人囉！是全場工人、幹部集體勞動的成果嘛。你看能不能摘下一、兩幅來？調整一下，添上點別的？趙裕槐報告：這些老照片都是場委會提供，特地送到州城去放大的。如果換下來，太可惜了。龍書記不再作聲，算是默認。然後繼續觀賞、審查。我在一旁，見書記伯伯臉上美滋滋的，心裡很受用吧。我也替他高興。

第二部分的展出標題是「發揚革命傳統，爭取更大光榮」，由三組彰顯林場英模人物的大號圖片組成。第一組圖片的主題為緬懷林場的創辦者、已故孫政委，其中包括他的遺照，他與瑤族人家的合影，與伐木工人的合影，以及他的追悼大會照片；第二組圖片重點介紹龍樹貴書記的事跡，其中最突出的是一九五八年大躍進期間，他一天伐倒九十九棵紅豆杉古樹，放了一顆伐木大衛星，一九六〇年他胸佩大紅花出席全國群英會，一九六九年、一九七三年出席黨的九大、十大等；第三組圖片則是林場十多位烈士的遺照，當中有我父親盤解放和我母親石玉蓮。龍書記、鮑場長在我父母遺像前佇立，良久無語，大約憶起了那年鷓鴣嶺下的救命之恩。……龍書記輕嘆一聲，擦擦眼角，伸出手來與我握了握手。我淚眼模糊，儘量保持鎮定。

第三部分的內容為「綠色牢籠，資源豐富」，使用了一些照片和動植物標本，試圖說明過去的原始森林人煙罕至，荒僻封閉，稱爲「綠色牢籠」；後經過興建林場，開發出豐富的林木資源，造福人民。

龍書記來到這裡，從趙裕槐手中要過那根指示棒，在「牢籠」二字上畫了兩個圈：「牢籠」？爲什麼叫「牢籠」？那當初我們這些開發林場的人，都是囚犯囉？呃，當然，我不是講這有什麼政治問題，但至少是個用詞不當！嗯？是你們哪個大學生的發明？

趙裕槐連忙分辯：這、這解說詞是經過鮑場長、滕副場長和楊總工審定的。所謂「牢籠」，祇是個文字比喻而已。

龍書記臉一沉：我不管你這個，那個。鮑場長，滕副場長、楊總工、小盤，你們幾個都過來看看。這「牢籠」二字，究竟是要得，還是要不得？依我看，還是改了吧，換成「寶庫」。「綠色寶庫」，如何？

趙裕槐科長臉上紅一塊，白一塊，還想辯白什麼。我從旁示意，要他打住。

鮑東生笑笑說：「龍書記一錘定音」。趙科長，記下來，照改，照改。

我不明白，鮑東生為什麼總要在人前人後强調「龍書記一錘定音」。他該明白，龍書記最惱火聽人家講「龍書記一錘定音」這類話。龍書記瞟一眼鮑場長，但並未發作。

穆蓮姐一直相跟著，態度神祕，手中拿著個筆記本，隨時記錄領導們的各種指示。我想起那三幅王神經偷拍的照片，被她放大後掛在展廳牆上，一時難免擔心，心口怦怦跳。「我們的亞熱帶森林」，今天會不會惹出什麼亂子來。

領導們一路審閱，一路評點。趙裕槐已失去那根指示棒，祇好用手指頭指指點點，比比劃劃，解說的音量也較先前低了，不再響亮。龍書記攥著指示棒，得心應手，渾然一體。他顯然忘了把它還給講解員。

展覽的第四部分內容為「巨大貢獻，四十年為國家建設採伐優質木材千萬立方米」。

龍書記目光敏銳，毫無倦容。他又在圖片上發現了問題：無數原木堆積成山，背景卻是光山禿嶺。他又用指示棒在圖片上連續畫了幾個圈：爲什麼要展覽這些「和尚頭」？是不是說我們這些創建林場的人，把林區搞成了禿子頭？

趙裕槐漲紅了臉，沒有回答。其他人，你看看我，我看看你，都不吭聲。局面僵持，氣氛尷尬。說實話，圖片拍得頗有藝術效果，光線，角度，色彩均屬上乘。

龍書記的目光落在鮑場長身上。後者正在觀賞另一幅圖片，佯裝沒有聽見。龍書記又轉向滕副場長、楊總工。老楊一向是和事佬，遂說：書記，我看，我看，這一幅圖可以考慮做點技術性處理，把背景模糊一下。……再說，再說，原木堆積成山，也都是從這些山嶺上採伐下來的嘛，所以從這個意義上講，問題也不是很大。啊？老滕，你看呢？

滕副場長舔舔乾澀的嘴唇，打圓場：也是，也是。……趙科長，就照龍書記指示，做點他娘的技術處理。穆蓮，你記下，來點技術處理。

楊總工和滕副書記都在替龍書記找臺階下。趙裕槐也順勢應承：技術處理好辦！叫穆蓮她們用剪刀把這些木頭後面的禿子山絞去一圈就是了。

這時，倒是龍書記寬和地笑了。他用指示棒指指趙科長的腦袋：叫穆蓮她們把你腦殼上的頭髮剪去一圈就是了。

在場的科室負責人，都陪著龍書記笑了。

鮑場長不動聲色，祇作沒有聽見。

穆蓮姐悄悄走近我，耳語：看看你龍伯伯那高水平，高姿態，……還有豹尾那德性……

我用手肘杵她一下：鮑場長今天有何表現？

穆蓮姐詭祕地笑笑：今天的局勢會有所發展，有所變化。好戲在後面。

我發覺鮑束生的目光在追蹤我們，於是輕輕推了推穆蓮姐，彼此拉開些距離。

展覽的第五部分，主旨是「多種經營，廣開財路」。這部分的圖片較少，擺放的大多是些實物，如木耳、香菇、春筍、冬筍，茯苓、茶葉、山芋、山楂、山蒼籽、蒼朮、麥冬、山葡萄、土黨參、土人參、野靈芝等等；還有些動物標本：石蛙、地牛、娃娃魚、蟒蛇、蝮蛇、黃蛇、竹葉青、十八節、金雞、山羊、山貓、花狸、黃鼠狼、獐子、麂子等，不下百十種。全都是十大工區呈送的展品。

龍書記走在頭裡，興致勃勃，領著大家觀看這些多種經營的成果。待轉過一輪，準備審閱下一部分展品，他忽又領著衆人返回，在「多種經營，廣開財路」的題板下站住。這回，他以商量的口吻對趙科長講：形勢那個大好哇！廣開財路……這話當然不錯，有經濟觀點。但是，換成「豐衣足食」四個字，是不是更好些？「多種經營，豐衣足食」嘛，自力更生嘛。免得人家講我們在提倡什麼「一切向錢看」……嗯？你們想想，能改就改，不改也沒大關係。

趙裕槐一副秀才遇到兵哭笑不得的表情。穆蓮姐則向我使眼色。我這才注意到，鮑場長又走到前邊去了，正在欣賞那三幅一組的大照片「我們的亞熱帶森林」：第一幅是青山下，溪水旁的「三座紅豆杉原木金字塔」，第二幅是一個像龍三寶的人正在率領工人往大卡車上裝原木，第三幅是「三座紅豆杉原木金字塔」消失了，地上祇剩下一層木屑、樹皮、樹葉。

這些照片原本也是展覽的最尾巴部分，「以廠養場，以電養林，青山常在」的內容之一。龍書記先看了標題，點點頭，表示滿意。鮑場長則站在那三幅照片側面，擋住了龍書記的視線。

豹尾，你看到什麼好東西了？龍書記問。

鮑東生這才笑了笑，移開身體，於是，三幅名爲「我們的亞熱帶森林」的巨照就出現在大家眼前，相當醒目，甚是震撼。

衆人瞠目結舌。……那不是龍三寶嗎？很像是他！……科室頭頭們小聲議論：什麼意思？三大堆原木失蹤，去向不明……

大家面面相覷。鮑場長再次走在前頭，瀏覽展品，不動聲色。滕副場長瞪了趙科長一眼，而楊總工仍是一臉笑意。趙裕槐臉塊發白，盯住穆蓮姐。阿姐瞅我一眼，昂首挺胸，無懼無悔。

展廳鴉雀無聲。多數人感覺有事，但不明就裡，捏著一把汗，等待一把手表態。我的耳內嗡嗡響，擔心出事，收不了場。

出人意料，龍樹貴書記卻在仔仔細細、認認真真地逐一審視那三幅照片。我留心他的反應，也注意到他臉色的變化。起先，他似笑非笑，似怒非怒，但慢慢地，他脖子粗了，面孔脹了，眼睛紅了，捏著指示棒的手在顫抖。忽然，他以打悶雷般的嗓音問道：這是誰的大作？誰拍攝的？誰又是後臺？後臺！

沒人出聲。沒有人敢吱聲。

你們都啞了？哪個土皇帝批准掛上去的？龍書記問，發雷霆之怒。

沉默，展廳內沉默，氣氛緊張，像要爆炸。這時，穆蓮姐挺身而出，我想拉都沒拉住。她的聲音很輕，卻很穩重：我。

你？龍書記揮了揮手中的指示棒，吃驚地瞇起眼睛：你？好！勇敢的穆蓮，我問是誰批准的？誰？

沒人批准。我一人做事一人擔。

可是龍書記不信。他甚至不屑於再理會穆蓮，因爲她不是對手。她不夠格。

龍書記面色鐵青：同志們，現在大家看到了吧？在建場四十周年光輝業績展覽館裡，居然貼出了這樣一組大照片，全盤否定我們林場四十年來的工作，全盤否定黨的領導，放暗箭，搧陰風，點鬼火！這組照片是怎麼出籠的？在什麼背景下出籠的？除了穆蓮，你們有不有人負責，有不有人出來講話？

廳內仍是一片沉寂，難堪的沉寂。龍書記的目光從我們身上一一掃過。

趙裕槐同志！龍書記提高了聲音。

在！趙科長也相應擡起了聲調。

你是黨員嗎？

是。

現在，你對黨講實話。照片是怎麼來的？誰拍攝的？

趙裕槐楞了一下，答道：那下面有個落款，注明「王念生攝」。

鮑場長！你過來。你分管政工人事，安全保衛。我問你，王念生，王神經不是文化大革命中跳崖自殺了嗎？他怎麼活過來了？是借屍還魂，還是鬼魂附在哪個人身上了？安保科、派出所，爲什麼不把黑鬼揪出來示衆？

趙裕槐伸手去揭照片。料不到，另一頭的鮑東生場長邁著平穩步子走過來，說了聲：慢著！

龍書記說：好，現在我們聽聽鮑場長怎麼交代。

龍書記的胸膛一起一伏的。他曉得，對手終於出面了。這是大家未曾見過的場面。眼見一、二把手在公開場合面對面交鋒，可謂驚心動魄。

我緊張得大氣不敢出。怎麼回事？鮑場長這時刻怎麼上場了？爲什麼？爲什麼是他？我再想不明這其中的奧祕了。這大約是連肇事者穆蓮姐都料不到的場景。

龍頭，三幅照片，或許擺了烏龍，鬧了誤會。揭下來，或不揭下來，都不要動這麼大的肝火嘛。清者自清，濁者自濁嘛。

豹尾，這麼講來，這三幅寶貝是你的主意，是你批准掛上去的了？你先回答，王神經是借屍還魂了？

龍書記咄咄逼人。

我們林場，的確到處都有王神經，可就是沒有找出真身來。你不曉得他是誰，我也不曉得他是誰。至於三幅照片與我鮑東生是否有關，這立馬就可以問清楚。我不過是剛才比你早看了幾眼，多看了幾眼而已。

鮑場長不卑不亢地回答。

龍書記那灼人的目光逐一投向趙裕槐、穆蓮姐、滕達副場長、楊總工諸位。除了穆蓮姐，其他人都搖搖頭。

龍書記冷笑：呵呵，你們早就合計好了？合計好了……

他彷彿失去了支撐，自言自語。接著，他又提高了音量：鮑場長！這三幅大作，你看怎麼辦？

鮑場長沒有立即回答。他默默環顧衆人，似乎在尋求知音和同情者。之後，他一字一句地說：依我看，這三幅照片可以掛在這裡。在某種意義上，它們反映了我們天鵬山林場的某些狀況。百里方圓的林區，大部分已經剃了光頭。這次大雨，多少工區洪澇成災？大自然已在懲罰我們。

我發現，穆蓮姐已經站到鮑東生一邊去了，還在向我招手。好幾位科長、主任也站到了鮑場長身邊。

這展覽，我不看了！叫你們去辦！愛怎麼辦就怎麼辦！終於，龍書記再也抑制不了心頭怒火，將手中指示棒咔嚓斷成兩截，扔到地下：你們聽著！要開場委會作出決議。沒有場委會議批准，這展覽館不准開館！

說罷，龍書記一甩手，朝大門方向走去。按慣例，我該跟出去，但看大家沒動，我也就沒動。這是林場聞所未聞的事情，不知該怎樣收拾。鮑場長倒是顯得冷靜、平和。他彎腰拾起斷成兩半的示意棒，交還給趙科長，然後轉身對滕副場長和楊總工說：老滕，楊總，你們去送送龍頭吧，勸勸他。年紀大了，三高人士，身體欠佳，火氣不能大。就要退休的人了，身體要保重。……其他同志，我們繼續看下去。趙科長他們辛苦了兩個多月，不能說聲不准開館，就不開館！

有人表示贊同。在鮑場長帶領下，大家堅持把展覽內容全部看完。鮑場長還代表場領導做了幾句小結，肯定了展覽的主旨和成績。他背出兩條語錄：「人民，只有人民，才是創造世界歷史的動力」；「群衆是真正的英雄，而我們自己則往往是幼稚可笑的……」之後，說：至於有幾處需要修改，也不是什麼大事。個別圖片要不要拿下來，由場委會討論決定，不能由一個人說了算。我們林場的確不能再搞「家長制」、「一言堂」了。他還以林場場長身分向大家保證：展覽館一定按時開館。到時候，全場十個工區的職工、家屬都要來參觀、學習！

多數科室負責人為鮑場長的小結鼓了掌。穆蓮姐鼓掌尤其響亮。

午飯時間到。在去食堂的路上，我小聲問穆蓮姐：你怎麼轉向了？難道發覺上龍三寶的當了？

阿姐反問：你看呢？

我搖搖頭：情況複雜。要麼有人高級黑，要麼三座原木金字塔失蹤事件另有黑手。

二十六　「老子自由了！」

星期天中午，鮑東生請我和穆蓮姐去他住處吃梨，說是他梅州老家送來的白玉梨，優良品種，古時候是貢品，每年進奉朝廷的。因我心裡一直暗暗結記著十一年前我父母犧牲的事，他多少沾著些嫌疑，倒也想到他的住處看看，能否發現什麼蛛絲馬跡。不過話講回來，經過昨天的展覽館風波，我覺得鮑場長這人城府很深，但又有一定的親和力。我原本想講句玩笑話：再優良的品種，祇怕經過幾百年退化，也變得沒多少滋味了。我沒說出口，因爲大家都有些心事。我甚至想，昨天爲了那三幅照片，龍伯伯拂袖而去，今後的工作怎麼開展下去？接班人成為政治對手了。

鮑場長和龍伯伯住同一棟職工宿舍。鮑住西頭，龍住東頭，都是三房一廳。不同的是，龍的三房是大三房，屋後有一小院子；鮑的三房是小三房，屋後緊鄰崖磡。

我敲門進他家時，穆蓮姐已經在廚房裡幫著洗梨子了。我打量一下屋子，房門都大敞著，兩間空著，一間擺了張雙人床。客廳裡有寫字檯，兩個書架。我在書架前駐足，見架上擺著《周恩來年譜》、《鄧小平年譜》、《毛澤東遺物事典》、《毛澤東之魂》、《毛澤東與林彪集團的鬥爭》、《廬山會議實錄》、《我給劉少奇當祕書》、《紫雲軒主人》、《西花廳紀事》、《我家住在中南海》……總不下百十冊吧。當然，也有幾冊林業科學的業務書籍。看來，鮑場長對黨和國家的政治人物及政治事件有興趣，熱衷於這方面的讀物。

鮑場長見我在書架前瀏覽，便過來說：我是個單身漢，看這些書是爲了解解悶，也增加點知識。都是些公開出版物，這幾年陸續買下的，之後會送給工會的圖書室。

我在硬木沙發上坐下，旁邊擺了個硬木茶幾，牆角小檯子上有電話機，黑白電視。其餘傢俱很少。門背後的木椅上堆放著一些髒衣物，靠著牆根，拖鞋、雨鞋、布鞋、涼鞋、皮靴、解放鞋，散亂丟了一地。

來，來，停止參觀。吃梨，吃梨。鮑場長熱情地招呼著。

茶幾是整塊紅豆杉面板做成，祇上了層清漆，大理石般的美麗木紋，光可鑒人。一大盤堆得高高的嫩黃色大梨擺在茶幾中央，旁邊擺了三副吃西餐用的不鏽鋼刀叉和小瓷碟。

動手，動手！這梨還是我洗出來的呢！穆蓮姐不要削皮，拿了個大的，喀哧一聲，咬出滿嘴甜汁。我使不慣西餐刀具，將梨在瓷碟內切成四塊，去核來吃。坐在我對面的鮑場長不慌不忙，拿著梨的左手快速轉動，拿著刀的右手幾乎不動，果皮像一條花邊樣，越墜越長。不一會，一個雪白的梨子就削出來了，晶瑩如玉放在我的碟中。

請，請，你們二位不用忙了，祇管吃就是。我老家梅州被稱爲白玉梨之鄉。我從小吃梨，削梨技術尚佳，可以同時供好幾個人吃。怎樣？盤主任，味道不錯吧？

這梨入口即化，脆嫩鮮甜。貢品梨，名不虛傳。

說話間，鮑場長又削好一個，遞給穆蓮姐，並勸她：生吃水果，還是要削皮。如今的果園，都灑農藥、除草劑。……小盤，穆蓮，你們猜猜，我爲什麼今天請二位來吃梨？

表示友好唄！關心下屬唄！穆蓮邊吃邊睨視鮑場長。我心裡納悶：穆蓮怎麼這樣看人？她不是還曾經揭發過鮑「性侵未遂」？

小盤，你說呢？主人又笑瞇瞇地問我。

我搖搖頭，祇管吃梨，不知他錦囊裡裝的什麼妙算。

好，告訴二位吧！三天前，法院判了，老子離婚了！打了整整十年的離婚官司。我不再是陳世美了……你說如今要辦成一件事，需要多大的耐性！

鮑東生眉開眼笑。大約省悟到在兩位下屬面前不可太過張狂，瞬刻間神色有所收斂。

陳世美，恭喜，恭喜！打敗秦香蓮。所以，你請我們吃梨，吃離，對吧？穆蓮姐又睨人家一眼，已經帶點媚態了。

娘的一個普通的離婚案，過程卻意想不到的複雜。……鮑東生回復平靜，像在談別人的事，不動聲色，依舊低頭削梨：十年官司，前八年是女方單位和她單位所屬的那個系統，以及州、縣二級婦聯組織作後盾，與男方糾纏。他用刀尖指著鼻尖：也就是與我糾纏。這後兩年，竟是我們天鵬山林場有人給女方寫匿名信，給法院寫匿名信，告男方有第三者，講男方利用職權亂搞兩性關係。……這是我這當事人怎麼也想不到的。

好了，不要男方女方了！你現在解放了，自由了。……穆蓮伸出一隻圓潤的手臂，討梨吃。

唉，做人難！如今做個基層單位的領導，更是不易。鮑場長繼續他的感嘆：不瞞二位講，有時呀，真想當個普通技術員更好，簡單、輕鬆。

穆蓮姐指著門邊牆根下那一片散亂的各式鞋子：你的簡單、輕鬆，就是在那裡？

鮑場長仰起臉，一時不明白：那裡是什麼？

千島之國，三十年前發生過軍事政變的地方。

印尼？政變？

我忍不住笑了：場長，她笑你的那一大片散亂的鞋子、靴子，像千島之國的印尼地圖。

鮑東生斜眼看了一下穆蓮，說：是該收拾收拾了。

穆蓮姐放下正在吃的梨，用紙巾擦了擦手，起身去牆根。三下五除二，她手腳麻利地將「千島之國」排列成整齊的隊伍。她一邊收拾，一邊裝作沒事人似的問：場長大人，我參加場裡辦展覽館，有個問題早就想請教領導。一九五八年大躍進，龍頭放了顆「伐木衛星」，一天伐倒九十九棵參天大樹，登了報，上了廣播電臺，當了伐木英雄，披紅戴花，和偉人握手……那張合照至今仍是林場的鎮場之寶。另外，還有人講你是第二號伐木英雄，也「放過衛星」，一天伐倒八十八棵大樹。現在祇有我們三個人在你這裡，你告訴我們，那是不是真的？

沒想到鮑場長哈哈大笑：穆蓮，好妹子！過來，過來坐下。謝謝你替我收拾了「千島群島」。……龍頭書記的那顆英雄衛星，我不能說三道四，那是上了《人民日報》的！至於有關我的傳言，完全是造謠，設下陷阱、圈套。我稍有不慎，就會揹上「假勞模」「假英雄」之類的惡名，所以我聽一次，駁一次。一九五八年大躍進時，我才多大？十一歲，還在上小學。我是一九六五年考上林業專科學校，第二年就是文化大革命，停課鬧革命，直到一九六九年才算畢業，分配到天鵬山林場來工作。說起來，至今也快三十年了。我怎麼可能在一九五八年大躍進時就放了「伐木衛星」？荒唐！但是，一九五八年又確是一個神奇的年代，高產衛星滿天飛的年代。不講了，不講了，都是過去的事了。

那你就講講，你是怎樣成爲龍頭書記的接班人的？龍頭是怎樣培養你的？「鮑道理」又是怎樣回事？穆蓮姐又提出了新問題。看來，她對鮑場長有了某種好奇心，想瞭解。

這個嘛，這個嘛，還真不好說。……你們二位想聽？唔，反正也不是什麼祕密。他看了看我和穆蓮姐，彷彿在徵詢我們的意見。看來，他今天有好心情。

想聽，想聽。我補上一句。

穆蓮妹子，你去泡一壺茶來。難得清閒一次。……廚房壁櫃裡有毛尖、普洱、鐵觀音，你隨意挑一種。哦，接班人，接班人的問題，盤主任，好，好，不叫主任，叫小盤，我倒是有些想法的。一九六五年，那時候你和穆蓮都還沒出生吧，偉大領袖就提出了革命接班人的五個條件。對，對，你們入團、入黨時也都學習過的。哪五條？記不得了？唔，我倒是記得蠻清楚。鮑場長掰數手指頭：第一，接班人必須是真正的馬克思列寧主義者；第二，接班人必須是全心全意為中國和世界的絕大多數人服務的革命者；第三，接班人必須是能夠團結絕大多數人一道工作的無產階級政治家；第四，接班人必須是黨的民主集中制的模範執行者；第五、接班人必須謙虛謹慎、戒驕戒躁，富於自我批判精神，勇於改正自己工作中的缺點和錯誤。……鮑場長將五根手指握成拳頭：偉大領袖講得多麼好！他老人家提出的革命接班人的五個必備條件，的確是英明決策，是歷史性突破和進步。

不吃梨了。我端著一杯熱茶，覺得鮑場長像一位黨校老師在講課。他的記憶力驚人。

鮑場長沒顧上喝茶，儘管他嘴角冒出白沫：接班人問題，是我們幾千年歷史都沒有解決好的問題。過去封建王朝，是傳長傳嫡。傳長，就是傳位給長子；傳嫡，就是傳位給大老婆皇后生的兒子。讀史書、看老戲，皇位繼承，演出過多少流血慘劇？

多少？穆蓮姐從嘴裡理出一根細細茶葉桿，用指尖掐住，放到碟子裡。

鮑場長頓了一下，像有許多話堆積在舌尖：你們看，隋朝開國皇帝楊堅算個不錯的天子吧？起初他立長子楊勇為太子，也就是接班人；但後來發現楊勇吃喝嫖賭，品行不端，而次子楊廣則文武兼備，很有作爲。於是，楊堅廢了楊勇，改立楊廣為太子。

優生學，擇優錄取啊。穆蓮姐隨聲附和。

鮑場長仍聚焦於自己的話題：隋文帝楊堅患了重病，太子楊廣原形畢露，竟趁探視父親病情之機，勾引、調戲父親的愛妃張麗華，並弒了父親，奪了皇位。

畜生！穆蓮姐啐道。

鮑場長舔舔唇舌，說：這就是隋煬帝，亡國之君。接下來，唐朝的開國皇帝李淵有二十四個兒子，起初立了長子李建成為太子，封了次子李世民為秦王；第三子李玄霸英年早逝，第四子李元吉被封爲巢剌王。……

兒子多了也麻煩！穆蓮姐嘆道。

皇位爭奪在李淵的長子、次子、第四子之中進行。其中，秦王李世民最有本領，文韜武略，唐朝的大半個江山都是他帶兵打下來的。太子李建成和巢剌王李元吉很是忌憚，屢屢試圖加害李世民。李世民豈是個手軟的？他率領親兵殺了大哥和四弟。這就是歷史上有名的玄武門之變。厲害啊！李淵不得不傳位給次子，也就是那位被後世稱頌的明君唐太宗。後來的宋、元、明、清，也曾為皇位歸屬血濺宮門。到了民國，孫中山沒有傳位給兒子孫科，但接下來的蔣介石，終又傳大位給了兒子蔣經國；當然，到臺灣後拐了個彎，面子上好看點。

場長，你對宮廷政爭、權鬥有研究？我插了一句。

鮑場長擺手：談不上，談不上！偉人教導我們學點歷史，古爲今用嘛。黨的文獻也常提到，道路是曲折的，前途是光明的。接班人問題是關係到江山是否變色的大問題，衛星上天，紅旗落地嘛。剛才提到的接班人五個條件，是大的原則。具體操作起來，很不容易。在選擇接班人問題上，我們自己也是歷盡艱辛，屢遭挫折。

穆蓮姐說：五香蹄子，人人看著都流哈喇子。這是北方話。

偉人最初選的接班人是劉少奇。文化大革命打倒劉少奇，選了個林彪接班，寫入九大的黨章；不久林彪搞政變，行刺偉人，失敗後逃跑，摔死了；再又要點張春橋當接班人，可黨內通不過，這才在黨的十大時，確立工人出身的王洪文當他的接班人。沒多久，又發現王洪文不學無術，銀樣鑞槍頭……到了一九七六年春天，偉人病重，臥床不起，最後一次選定了華國鋒做接班人。……咳，怎麼樣？偉人一去世，華國鋒就和葉帥、汪東興聯手，抓了「四人幫」。華國鋒呢，行不行啊？後來的事，你們都清楚。

我有些吃驚：場長，你怎麼瞭解得這樣清楚？

鮑場長指指牆邊的書架：那些書上都寫著哪，都是公開的出版物……其實，蘇聯老大哥更沒解決好接班人。斯大林生前最後指定的接班人是祇當過水電部長的馬林可夫，當了不到兩年的蘇共第一書記，就被赫魯曉夫等人推翻，像不像中國的華國鋒？不對不對，是華國鋒像人家馬林可夫。

穆蓮姐給壺裡續了水，說：場長，給我們上黨課、講黨史哪！連茶都顧不上喝。我又不是黨員，祇想問一句，你怎麼成為龍頭書記的接班人的？還有那個「鮑道理」，說說吧，不必繞到古今中外。

我也說：對對，結合林場實際，最能說明問題。

鮑場長並不直接回應，看來，他有他的主意。他彎彎繞繞也罷，順水推舟也罷，避實就虛也罷，還是離不開接班人的問題：講起來容易，解決起來難度很大啊。……首先，我們是民主集中制，書記掛帥，第一把手當家。接班人自然是由當家的來選定。一把手看中了，喜歡上了那個年輕幹部，那個幹部就可能成爲接班人。這叫做選拔，之後就是培養了。當然，這衹是少數個別的現象，帶有很重的個人好惡，個人感情色彩。偉人所制定的革命接班人五個條件，很容易淪爲一紙空談。戰爭年代提拔幹部，是憑著忠誠、勇敢，不怕流血犧牲，也憑著戰場機智，指揮得當，立下功績。和平時期，就往往變成對頂頭上司的忠誠、聽話、唯唯諾諾，乃至阿諛奉承、吹牛拍馬，甚至行賄，提供金錢美女，無所不用其極了。所以，這樣培養出來的往往是奴才，由奴才又去選拔、培養奴才。奴才呢，一旦掌握了一定的權力，也就是所謂「翅膀硬了」，就不想再做奴才，要有點自己的人格、尊嚴嘛，鬧點獨立，對提拔自己的那個上級不再唯唯諾諾，言聽計從，搖尾乞憐。說起來，這也並非忘恩負義，過河拆橋，而是從工作出發，從事業出發，要堅持一點正義、公平而已。可這往往就出麻煩了。一場廢掉接班人和接班人捍衛自身地位的鬥爭就要開始了，還真有點你死我活的味道。當然，這衹是個別現象，不具普遍意義。不然就是惡攻言論了。

我和穆蓮姐試圖跟上他的思路。他始終避談他那個「鮑道理」是怎樣出籠的。

鮑場長搖手：不講了，不講了！再講就是犯了紀律，犯了自由主義，犯了政治錯誤了。他住嘴，不肯再講下去。穆蓮姐有話，也難以追問下去。

梨也吃了，茶也喝了，我和穆蓮姐起身告辭。穆蓮姐有點臨別依依的意思。虧她在這裡聽了半天的大道理，什麼古往今來的接班人問題。鮑場長也高明，始終繞開自己怎麼成為「龍頭接班人」的話題。

路上，我問阿姐：怎麼？你改變看法了？

阿姐雙眉一揚：你還看不出來？天鵬山林場的局勢要大變了。一、二把手明爭暗鬥，勝負越來越浮出水面了。陽光下，她笑靨如花。

那三座紅豆杉「金字塔」失蹤之謎，你不追查了？

穆蓮姐望著遠山：這其中有詐！接著，她收回目光：我白丟了兩瓶武陵大麯。還給那豬爪近了身。……你看老鮑屋裡的擺設，那個清貧樣子，一年四季和職工一起在食堂排隊買飯菜吃，哪像個侵吞了巨款的人？另外有鬼，一定另外有鬼！

她已經稱鮑東生場長做老鮑了。我沒有吭聲，但心中對事件的脈絡有所懷疑了。根據昨日審閱展品的情況，書記和場長對那三幀照片完全是兩種反應，意見對立。難道說林場的兩股勢力巳公開亮牌了？

穆蓮姐琢磨道：昨晚上，我就想和你講，但你房裡熄了燈。我們林場的日子已走到盡頭，沒有多少木材可以採伐了。要找到新的出路，是不能依靠龍頭那幫人，他們祇曉得躺在可憐的功勞簿上吃老本，自吹自擂，僵化守舊，一切維持現狀；但也不能光是依靠白所長、王神經那些書生，他們有學問、懂業務，但沒有群衆基礎，更談不上有什麼威信。那就祇剩下老鮑這些人了；他們是林場一股健康向上的力量，有能力、能變通，會辦事。你不是也佩服老鮑的行政能力？

我未置可否。我祇能算個旁觀者吧。我不清楚林場的勢力劃分，也不清楚其中纏鬥的深淺。

穆蓮姐自顧自說著：所以，老鮑昨日一表態，我立馬看到，並且想到，我們林場的力量對比已經發生了轉變。……我對形勢的分析，盤主任，你是碩士，勞心者，看看有不有些道理？

說實話，穆蓮姐發生了轉變。這才是我看得比較清楚的。至於其他，我既沒有歷史依據，也沒有現實依據，能看出是非？說起來，我還是替龍伯伯擔心，怕龍頭治不住豹尾。

進了家門，我才說：你都快成女政治家了！你的形勢分析，在某種程度上，是否存在文化大革命路線鬥爭的影響？鬥則進，不鬥則退、則修。偉人教導哦！

穆蓮姐撇嘴：文化大革命對我有什麼影響？我一九六八年才出生！不管你如何看，反正有了老鮑牽頭，團結起廣大幹部、職工，堅決和僵化保守勢力作鬥爭，我們林場才有希望，才有出路。說到這裡，阿姐眉梢帶喜，有點輕浮，但她的決心和口氣又令她像個女鬥士。

晚飯後，你又要去鮑場長那裡，幫忙收拾那堆髒衣服、臭鞋襪了？我這話衝口而出。

穆蓮姐飛快地睃了我一眼，臉上閃過一抹紅暈：這有什麼？我又不是十五、六歲的小姑娘。阿姐朝我笑一笑，臉色已恢復常態。我不曉得她是不是想說：反正老鮑已經離了。

看，她已經不再稱鮑場長，而是一口一個老鮑了。我噓一口氣，才吐出我的擔憂：阿姐，我要提醒一句，對人對事，我不像你快人快語。剛才，你問我的想法，我沒答話。我到現在還很疑惑……總覺得，事情恐怕沒有你分析的那麼簡單。上下左右，是是非非，神神鬼鬼，相當複雜。……當然，我不是指鮑場長不可信，或是什麼什麼人。你講得對，在場部幾位領導中，我是佩服他的才幹的。

穆蓮姐眉頭一挑，顯露不悅。我們分別進了各自的房間。

也許是話不投機，也可能是諍言逆耳，穆蓮姐似乎生氣了，整個下午都不理我。

二十七　林大三傑

省政府資助我們林場籌辦「建場四十周年紀念活動」的十萬元，州政府資助的三萬元款項先後到帳。生產科長趙裕槐來辦公室給樅樹壩的老白打電話：紀念活動不挪用你林研所的科研經費了，老校友，這下子可以放心了，不必到場部來叫叫喊喊了。明天是星期天，又是好天氣，我們去吊頸嶺打獵，如何？今晚上先來我家聚聚，解解饞，也請上盤金鳳，如何？

我倒是曉得老趙在最新一期《中國林業》雜誌上發表了一篇論文：〈亞熱帶人工林培育的幾個要素〉，得了一百多塊稿費，要請客呢。

當天下午，老白來場部瀏覽了「建場四十周年光輝歷程展覽館」的展品。之後，留在趙裕槐家裡喝酒。我也應邀，說是林大三校友共進晚餐。科長愛人是財務科會計，燒得一手好菜。桌上擺出的紅燒野豬肉、清燜山雞、蒜苗炒麂肉乾、筍片燴石蛙……一海碗鮮蘑肉絲湯香氣四溢，一桌子野味誘人。

趙裕槐舉起筷子：來來，動手動手。我老婆的紅燒野豬肉，肥而不膩，入口即化，天鵬山第一！

他愛人嗔道：什麼我老婆的紅燒野豬肉？連我老婆做的紅燒野豬肉都不會講？

趙裕槐笑呵呵：對對，楊總工昨天也圖省事，說他得回家把他的排骨燉上。其實，他是說把他買的排骨燉上。說話間，老趙已經把兩塊顫巍巍五花三層的野豬肉吃下肚。他喝了口酒，又說：不是吃下肚，是滑下肚的。

果真不錯，連我這平日注意減肥的人也連吃兩塊。好東道。

儘管有好吃好喝，老白還是一臉嚴肅：趙同學算是有良心的，那篇大作我給你提了三次意見。一年到頭抓生產，埋頭拉車，還沒有忘記抬頭看路，不錯不錯。乾了！

老趙舉杯：不白吃，不白吃。哈哈老兄，你平日也沒少在我家白蹭飯，解饞。乾了！

老白這人也真是，總那樣一本正經，有些乏味。

女主人不停地布菜，把我當客人。男同志喝本地產的包穀燒，酒精濃度高達六十五度，點得燃火，還可以代替醫用酒精消毒。逢年過節，總有那麼幾位工區主任、採伐隊長因喝得爛醉，要送到場部醫院來「醒酒」。也有個別「醒不過來」開了追悼會的。常年工作在這霧氣、濕氣、寒氣很重的深山老林裡，高度數白酒成了除濕驅寒的妙品。我是從不沾白酒的。科長嫂子很周到，替我備下了幾罐「健力寶」代酒。她也陪我喝「健力寶」，對我的稱呼則從「盤主任」回歸到「金鳳阿妹」。看得出來，嫂子是位持家有方的主婦。當趙科長陪白所長喝了個半醉，她就收走了包穀燒，一人送上一碗白米飯。科長在家是個「下級」，祇提了個口頭抗議：我和白所長老校友，今天還加上盤主任，好不容易來一次校友聚會，也不讓盡興？堂客專政！堂客專政！白同學，你若是再成家，我要提醒你的頭件事，就是預防「堂客專政」，呵呵呵。說罷，他看了我一眼。

什麼意思？我過去和嫂子接觸不多。這時，嫂子伸過手來，摟摟我的肩背：別理他們！他們若是沒有堂客管著，天天喝得爛醉，會短陽壽。

飯後是茶敘。喝的是鷓鴣嶺特產苦茶，入口微苦，而後回甘，喝了解膩，說是有消積食，清腸胃，醒酒益脾等諸多功效。苦茶樹軀幹矮壯，枝葉繁茂，葉如翠玉，終年常綠，是北回歸線上罕有的樹種之一，更是尚未開發的珍稀茶葉品種。苦茶也是天鵬山人世代的飲料，所以瑤家人很少腸胃病、肥胖症，更少見腸癌、胃癌之類的怪病。

剛喝上茶，白回歸就指指趙科長和我，煞有介事地說：來來來，我們三個，開一次中南林業大學天鵬山校友會，討論幾個有意義的議題。趙科長，你不要笑，態度嚴肅些。金鳳，你不要怕，我們不算拉幫結派。校友會、同學會、同鄉會，如今遍地開花。

白回歸和人講話，習慣閉著眼睛，不看人。

我很不喜歡他的這種習氣：楊總工也是我們的老校友。

趙科長說：楊總工謹慎，很少聚眾聊天。

嫂子送來大瓶剛燒的開水備用，還端來兩碟乾果和瓜子。她笑道：我不管了，放羊了。祇管馬克思說，列寧說，毛主席說，你們自己也胡說吧！說著回廚房洗涮收拾去了。

我說：看，賢妻良母。科長好福氣。

老趙滿面笑容，目送堂客的背影。他轉過臉來，半開玩笑地說：今晚本想請楊總工來的，但他要主持建場四十周年詩歌比賽評判小組的會議。不來也好，我們三人成衆，三虎一彪。老白，你就是那個「彪」！什麼？你說我們這是「非組織活動」？瞎說八道，現在很少人開這樣的玩笑……今下午你看了「展覽館」，印象如何？我掛著「展覽館籌建辦主任」的頭銜，盤主任是聯絡員。我們想聽聽你大所長的高見。表揚、批評、責難，都歡迎。

白回歸故意沉下臉：你不要扯上人家金鳳同志，展覽館的事我唯你是問。

我插了一句：柿子揀軟的掐。祇有我是你林研所的下級。

趙科長憨笑著：老同學，我和你弟妹剛才好酒好菜請了你一頓，你好意思興師問罪啊？

白回歸抹一把臉，閉著眼睛抹出些笑意：公是公，私是私。恕我直言，那些說明文字，都是出自楊總工的手筆吧？老右啊老右，歌功頌德，妙筆生花。

趙科長又笑了笑：胡喬木是中央第一枝筆，楊春秋是天鵬山第一枝筆。既是辦紀念活動，無外乎回顧歷史，總結經驗，評功擺好。老楊有句話可以上「中華百科」：我們每一個人身上，都有文化大革的烙印。不管你承認不承認。

白回歸想了片刻，說：早在八〇年代初，我們還在大學讀研究生，報紙上就批評過：歌功頌德，文章腐朽；評功擺好，是非顛倒！你們整個展覽，除了那三張有爭議的照片，其餘的都是文過飾非，完全沒有反映出今天我們天鵬山林場所面臨的困境，連職工工資都發不出了！都九〇年代下半葉，世紀末了，你們還在鼓吹一九五八年大躍進放衛星，「伐木英雄」龍樹貴一天採伐參天大樹九十九棵！稍有林區常識的人，都知道這是謊話、假話、笑話、屁話！

趙科長摸摸下巴，解釋：龍頭放了「衛星」，當了「伐木英雄」，出席了全國群英會，和偉人握了手，事跡和照片都上了《人民日報》。我們辦四十周年成就展，能不提這件事？那握手照，至今還懸掛在林場場委會議室，是「鎮場之寶」。……嗨，戰爭年代，英雄是打出來的。和平年代，建設時期，英雄是根據需要培養、樹立起來的；事跡是整理出來的，文章是做出來的。要不然，一位祇讀過小學三年級的烈士，怎麼寫得出詩歌一樣的句子，有的簡直是哲理格言，比得上孔夫子，孟夫子。具體的，反正我都耳熟得很，就不一一例舉了。

反正那些文縐縐的烈士日記，要我看，恐怕一般二十郎當的大專學生都寫不出來。當然啦，這也不能怪那位離開人世的戰士，都是秀才們絞盡腦汁想出來復命的。上頭要嘛，活著的强加給死去的。有什麼辦法？魯迅先生有句話叫什麼來著？哦，「捧殺」，「捧殺」。

白回歸摸摸額頭，又自說自話地說開來：對了，一位老工人和我私下裡講過，林場一九五八年九月放的那顆「衛星」是形勢所迫，被逼出來的。把七個採伐隊一天的業績，歸到龍頭一人的頭上，起初龍頭也是不肯接受的。當時的書記兼場長孫政委找他做工作，說是形勢需要，是大躍進、三面紅旗的需要，是組織交給他的政治任務，天鵬山林場再不發射幾顆像樣的「衛星」，就會被插白旗，就會犯下路線錯誤；他孫政委就要被撤職、受處分。龍頭是個老實人，祇好接下了當「伐木英雄」的任務，還戰戰兢兢地求孫政委：今後要是有人揭發我造假，組織上可要替我說話，替我擔責任啊。……後來嚒，就一切順理成章了。龍頭當了英模，紅極一時，風光了得，在各級慶功宴上喝醉了，暈乎了，對自己的「英雄事跡」漸漸信以爲真，也相信自己一天伐倒九十九棵大樹了。報紙上都登了，都和偉人握手了，還能有假？弄假成真了。

我忍不住插話：所長大人，你倒是睜開眼睛講話啊。

老趙說：莫打岔。他是閉著眼睛講瞎話……也不是瞎話。形勢比人强啊。時勢造英雄，英雄造時勢。什麼怪事沒有？老白，你還記得美女花四季吧？人家可曾經對你有過意思的，你卻不解風情。花四季當著辦公室主任，單身一人，和我愛人要好，時常走動，也常來我家蹭飯吃。一次飯後聊天，說了一件事，是她父親的親身經歷。一九五八年，她父親還是個縣農業局長，跟隨縣委書記在農村蹲點，放農業「高產衛星」。那時節，可真是全國上下大競賽啊，號稱「人有多大膽，地有多高產」，「只怕想不到，不怕辦不到」，各級領導唯恐不標新立異，出奇制勝。有人給縣委書記和局長獻計獻策，在一畝水稻衛星田裡投放一千個肉包子，就可以發射畝產十萬斤的「高產大衛星」。結果是一千個肉包子真地投下去，還派了一個民兵班負責把守，以免思想落後的公社社員晚上來撿包子吃。沒想到，人不敢來撿肉包子，但稻田裡的香氣卻引來上百條野狗，蜂擁而上，全撲進田裡搶包子，民兵們怎麼趕都趕不走。真正的肉包子打狗，有去無回！你講荒唐不荒唐？花四季是省廳掛職下放鍛鍊的接班人，平日不苟言笑，講她父親大人親身經歷的事，能有假？

白回歸忽地睜大了眼睛，難得地呵呵笑了。那不是開心的笑，是無可奈何的笑，是苦惱人的笑，五味雜陳的笑。趙裕槐也揉了揉眼睛，看我一眼，對白回歸說：我們不會把學妹給帶壞了吧？金鳳同學大概很少聽到這類言論的。

什麼言論？講幾句真話，就成了異端？白回歸擺手：不管那麼多。在你這裡，說了也就說了。金鳳聽聽也不妨。說真話，別人想聽，我還懶費口舌呢。

我也開了句玩笑：知無不言，言無不盡，言者無罪，有則改之，無則加勉。

老趙搖搖頭：金句，金句。滿嘴荒唐言，一把辛酸淚。

白回歸來了興頭，再也停不住嘴。在我眼中，此時刻老白像年輕了二十歲，回到他青春無忌、口無遮攔、才華橫溢的模樣。因他常年獨自鑽老樹林子，採集樹種，習慣了自言自語，少有機會和人擺龍門陣。這回是乘著酒興，像掉嘴茶壺：聽過一段相聲，很有意思，說給二位，聊以助興……

老趙則望向窗戶。這時，天已經完全黑了。

老白說：放心，我在招待所要了房間，今晚不回樅樹壩了。等會幼兒園阿姨會送小豆杉過來，晚上我帶兒子睡。……他接著喝了口茶，揮揮手：那《對口相聲》，我只說那高潮部分。叫做吹牛比賽，從吃穿住行吹起，胡吹海誇，越吹越離譜，越吹越沒有邊際。甲說：我力大無窮，一頭挑著東嶽泰山，一頭挑著西嶽華山，喝令三山五嶽開道！乙說：我氣吞山河，左手牽著黃河，右手挽著長江，叫聲黃海東海，我來了！甲說：我吐口唾沫，漲滿了羅布泊；乙說，我一口氣喝乾了塔里木河；甲說：我挺身一站，高過了北嶽恆山。乙說：我蹲下身子，也頭頂藍天，比你高到哪裡去了；甲說：我一躺下，天山在我屁股底下；乙說：我一躺下，喜馬拉雅山也祇給我當了枕頭。甲說：你能吹，我能吹，我吹口氣呼風喚雨，雷電交加；乙說：你能吹，我能吹，我口一張，上嘴唇碰著天，下嘴唇挨著地！哈哈，我吃天吃地，哪裡也沒你的份了，哈哈！甲說：那你的臉擱哪兒了，地球外面去了？乙說：吹牛皮還要臉？甲說：那你、你比一九五八年還不要臉！

我和老趙聽他一通胡謅，早笑得接不上氣。老趙揉著肚子，嚷嚷：老白，你莫吹了，哎呀我的媽，比一九五八年還不要臉！你個反動言論！反動言論！

大嫂在裡屋聽到我們大聲說笑，探出頭來：三個大小孩，還像在大學宿舍裡，瞎鬧騰呢。

樂過之後，屋內一時安靜，像是給笑聲劃上句號，也讓笑聲釋放出它所含的苦澀。白回歸噓出一口長氣，問：老趙，講點嚴肅的事情。你是生產科長，知道不知道六個月前，是誰批准砍了吊頸嶺上那棵三千年的紅豆杉？那是我們林研所釘了牌子的科研樹，永久保留，嚴禁砍伐的呀！也怪我忙東忙西，忙這忙那，事務主義加官僚主義，直到前些時候，相思坑工區工人打架，我才得知這事。真是晴天霹靂！兩位校友，我這林研所長欲哭無淚啊！

老白念念不忘這件事，眼裡泛起淚光。還好，他沒有再垂下眼皮，閉上眼睛。他剛才還有講有笑，像個朝氣蓬勃的青皮後生；這下子老了一、二十歲，又變得老氣橫秋，牢騷滿腹，憤世嫉俗。

趙裕槐瞅我一眼，欲言又止。

白回歸沒好氣：你看金鳳同學做什麼？擔心她會向誰通風報信？沒事！她不是那種人！

我站起來，想告辭。他兩人要談的事情，我這個代理辦公室主任還是回避爲妙。

白回歸朝我壓低嗓門，聲帶威嚴：金鳳同學，你給我坐下！今天我們三個開校友會，你不好中途退席的。

他終究是我的上級。如果話題與工作有關，我可以聆聽。趙裕槐朝我點點頭，轉向白回歸，不乏遲疑地說：不好說，老同學，不好說啊！上回，你就問過我，我也去過相思坑工區，私下裡向工人們打聽過。人家講：上面不發話，不下令，誰敢砍倒那棵科研樹？還講要對林研所的人保密。我問他們令出何處？工人們都搖頭，不敢講，連工區主任的名字都不敢講。

白回歸用拳頭敲了敲茶幾：龍三寶算老幾？會下這種令？工人們不敢講，我替他們講。是不是場部一、二把手？豹尾還是龍頭？肯定不是土牛。土牛是個大管家，忙忙碌碌，事務主義者；也不會是你趙科長。……金鳳嚒，當時沒回林場呢。裕槐，是不是這樣？

趙裕槐點頭，下了個決心似地：老白，你推測的不會有錯。如果不是龍頭，就是豹尾。祇有這兩位指揮得動龍三寶那傢夥。幾件怪事，都出在相思坑工區，出在龍三寶身上。科研樹被祕密砍伐的事，也不能怪龍三寶。是一、二把手爲了向上進貢，以求得省裡批准林場辦纖維板廠的項目，給三百萬元投資。

白回歸仍是痛心疾首：可那是一棵有三千年樹齡的科研樹！三千年祇是個估算，說不定還是上萬年的遺物。……如今做了大領導們的寫字檯面板！犯罪呀，犯罪呀！

我下意識地拉了拉老白的衣袖。他那緊握的拳頭慢慢鬆弛了，他的手指無力地張開來。

趙裕槐也勸道：老同學，事已至此，事已至此……林研所在鷓鴣嶺十八里畫廊不是還有很多很多掛了牌的科研古樹嗎？我們今後要對那些科研樹嚴加保護。我有個提議，保護那些古樹要責任到人，每棵樹有專人負責，每一百棵分派一個人，至少每星期巡視一次，登記一次，並上報巡視結果。要和巡視員簽下合約，頂多你從每年的科研經費裡撥出一點款子，給他們一定的經濟報償。

白回歸邊聽邊點頭，臉上漸次有了笑意：三個臭皮匠，勝過一個諸葛亮。趙同學，好主意！我竟沒有想到這樣的主意。……這事說幹就幹。明後天，我就起草護樹公約。

趙裕槐看我一眼，面露得色，再接再厲，發表高見：塞翁失馬焉知非福。世上的事物總是一分爲二的，利與弊，優和劣，陰和陽，總是難解難分。上次周省長一行來林場，是帶走了七塊紅豆杉面板。噢，那個光潔那個大理石般的紋理，真是當今一絕！老同學，你想想，今後這七塊面板，安放在七位常委的寫字檯上，那會是怎樣的氣派，怎樣的光彩？常委們每天坐在寫字檯前，批閱文件，起草備忘錄，都會想起這美麗面板來自南方的天鵬山，來自那裡的林場。……這不是替我們林場做了最權威、最可靠的廣告？

我不由得苦笑了。有句話，我不敢在白回歸面前說出來：要是紅豆杉面板的事傳揚開去，中央的、各部委的、兄弟省的領導們如果都喜歡這美麗而獨特的面板，怎麼辦？

白回歸指著趙裕槐苦笑笑：金鳳，他就是個活阿Q，活阿Q。又說：金鳳，明天是星期天。我和老趙約了樹神爺爺帶路，不去打獵了，去遊一次地下河。你去不去？

我一聽，自然不想放棄這難得的機會：去！一定去。

趙裕槐說：好，明天一早八點在招待所門口集合。要打好綁腿，穿雙爬山鞋，一人帶支手電筒。

白回歸提醒：老趙，你是民兵營長，不僅要帶把砍山刀，還要帶支步槍。

正說著，幼兒園老師把小豆杉送來了。小男孩叫了一聲爸，卻鑽到我這「姐姐」的懷裡來，軟乎乎，暖洋洋的小身子貼著我，很久不見似地親熱。趙大嫂從裡屋出來，笑道：老趙，你看小豆杉，就是會認人。

我和老白頓時有些尷尬。我趕緊把小豆杉送還給老白。老白拉著兒子起了身：走走，小子！不要纏著你姐姐了，老爸帶你去招待所過夜，給你講故事。

客人向主人致謝、道別。趙大嫂不忘吩咐：白所長，你們父子要先送金鳳妹子回去啊，什麼姐姐不姐姐，不要搞錯輩分。

夜色掩蓋了我的發燒的面龐。

二十八　天坑陰河行

早晨八點鐘，我一身瑤家妝扮，收拾停當：頭戴藍底白花帕，身穿青布大襟衣，腿上打了粗麻布綁腿，穿了雙伐木工的登山鞋，揹了背簍，內裝手電筒、柴刀、紙巾，水壺，還有兩盒餅乾和其他零食。來到招待所，白所長和趙科長已在門口等候，旁邊停了一輛土黃色吉普車。見了我，趙科長說：金鳳同學，變回山裡人了？好看，好看！老白閉著眼睛說：青布羅裙花帕頭，我娘養女斟豬頭。……他用瑤家的嫁女歌笑話我。

我懶得理會兩位學長的講笑。白回歸仍是上次去盤王頭那身行頭：伐木工的灰帆布工作服，打著綁腿，山裡漢子模樣。趙裕槐則被大嫂打扮得相當神氣：一頂藤條帽，一身洗得發白的軍便服，腰上掛著把砍山刀，腿上綁腿，腳上解放鞋。不愧是林場民兵營長。

上車，上車！本科長今天兼任司機，先到大榕樹去接我們的嚮導樹神爺爺。

趙科長有意安排我和白所長坐在後排，可我偏坐到副駕駛位，一路好看風景。白所長自說自話：本人今天是首長了，專車司機開車，警衛員前邊負責安全保衛。

我怎麼就成了他的警衛員？回他一句：美得你！你的專車是摩托車。

瑤王谷的野馬河上沒有車馬大橋。我們必須繞道樅樹壩，那裡河面窄，水湍急，用粗大的原木鋪了座便橋，大卡車都可以通過。我們沒在樅樹壩停留，過橋南行十多分鐘就到了大榕樹工區。果然，遠遠就望見好大一棵古榕樹，鬱鬱蔥蔥，枝繁葉茂，但見千百氣根從十多米高的樹冠上垂下，直插地面，鑽進泥土，猶如千百根大大小小的枝幹。大榕樹繁衍的子孫，歲歲年年，綿綿不絕了。到了近處，可以看到每條氣根上都掛著金黃色硬塑料片，編有號碼。記得上次森林夜校上課時，白老師說共編了一千九百八十八號！真是一座小型森林了。清風拂來，滿林子黃晶晶鱗片閃亮，招人歡喜。墨綠色的濃蔭裡隱然一派雍容富貴景象。

樹神爺爺在大榕樹下等著我們。爺爺上了車，和白所長坐在一起。我們沒停下來欣賞古榕樹，驅車繞山崖南行，而後往東，直到一座天坑旁才停下。趙科長說：蝙蝠洞到了。

下車猛一看，蝙蝠洞天坑不是很大，坑口直上直下，約五、六十米寬長，像一口不規則圓柱形深井。坑口四周古樹森森，往下看則是崖壁陡立，攀附著無數龍蛇似的藤蔓和其他植物，好不嚇人。坑裡滿是喬木和灌叢，深不見底。白回歸、趙裕槐和樹神爺爺商量如何下洞安全、省時省力。我忙著看風景。忽然，天坑裡綠霧般的樹梢一陣陣晃動，隨著吱吱呀呀的喧鬧聲，湧起了層層綠浪，彷彿有眾多褐色小精靈在活蹦亂跳。……不用說，猴群現身了。白回歸講過，樹神爺爺會唱猴歌，能把猴子們唱到身邊來餵食。我快步走近樹神爺爺，輕聲喚道：爺爺，爺爺，猴子出來了！能不能唱猴歌，把牠們唱上來？樹神爺爺也看到了猴群，對我搖搖頭：沒帶猴糧，不能騙牠們。我靈機一動，隨手從背簍裡取出兩盒餅乾：爺爺，這個行不？白回歸和趙裕槐朝我皺眉、使眼色。樹神爺爺則接過餅乾，揮手命我們三個躲到大樹背後去，不要發出聲響。爺爺慢悠悠地把餅乾一塊塊丟出去，一邊扯開嗓門唱起無字歌：烏哩烏呀烏啦啦……烏哩烏呀烏啦啦！烏啦啦，嚨啦啦，嗚啦嚨啦嚨啦啦……爺爺的歌聲清亮悠遠，不絕於耳。一時間，彷彿整座天坑都肅靜了，整座山林都肅穆了，祇剩下爺爺的歌聲在縈繞、迴盪……多麼奇妙，多麼不可思議。大自然在聆聽這歌聲啊！我幾乎懷疑這天籟出自爺爺的歌喉。很快，天坑裡綠霧般的樹梢安靜了，接著又起了一陣陣吱吱呀呀的歡聲，大小幾十隻獼猴麻利地攀援天坑崖壁，靈巧地爬上來了，毫不懼怕爺爺，紛紛撿食地上的餅乾。幾隻頑皮的小猴甚至附在爺爺的肩上，手臂上，從爺爺手上搶餅乾吃。……

樹神爺爺還在唱著無字歌……我和白回歸、趙裕槐躲在樹叢中觀看著這神奇有趣的一幕，大氣也不敢出。過了一會，樹神爺爺的餅乾撒完了，猴歌也停止了。猴群歡快地喧嚷著。一隻隻頭朝下，尾朝上，攀爬下天坑，回牠們的老家去了。

趙裕槐領著我和白回歸走出樹叢，大聲說：樹神爺爺，你是我們天鵬山林區真正的司令官，十幾個獼猴家族都歸你統領！我也敬佩地向樹神爺爺豎起大拇指，表示欣賞和感謝。猴歌好神祕，好迷人，可惜沒帶小錄音機，沒能把歌聲錄下來。

說話間，白回歸幫著趙裕槐從吉普車後箱抱出一大捆粗繩索。他們在一棵大樹的根部繫牢了繩頭，之後將整捆繩索朝天坑崖壁下一扔。就這樣，一副幾十米長的繩梯就像山蜈蚣附著在崖壁上了。

爬繩梯下天坑，原是要在人身上繫上根麻索保險，以策安全。樹神爺爺第一個下天坑，不屑用保險索。他像隻老獼猴，頭朝下方，四肢並用，輕捷靈活，一路爬了下去，不一會就到了天坑底。我們三個看得瞠目結舌。接著，白回歸第二個下去。當然，他不能用樹神爺爺的方式行動，可他也有他的辦法。繫上保險索，他手攀足蹬，整條繩梯顫顫悠悠，劇烈晃動著下去了；過了一會，他的身影就被綠浪擁抱，融爲一體。我的心跳比繩索晃動還要快，因爲很快就輪到我了。

白回歸到了坑底，搖動繩索，告知他已抵達。趙裕槐收回保險索，繫到我身上。他擔心我膽怯，叮囑：記住，繩梯很軟，會搖晃，你必須手腳並用，每一步衹能鬆一隻手，另一隻手必須緊緊抓住繩梯，眼睛不要往下看，祇能用腳去探下一級繩梯，踩牢實了，再一級一級地下去。即使某一步踩空了，也不要緊，你腰上繫著保險索，萬一跌下去，也有樹神爺爺和白回歸接住你。……記住了？好！金鳳同學，勇敢些！

我並不十分害怕。讀初中時，在學校就玩過爬繩梯的遊戲，算是林場子弟學校特有的體育鍛鍊。後來，大學一年級搞軍訓，我們攀登過懸崖，也爬過繩梯。……我問趙裕槐：科長大人押後？他說：我押隊，保障後勤供應。

要說不緊張，那並非實話。我調動全副精力和全部經驗，不想讓他們看笑話。揹著背簍，手腳還算輕巧聽話；我不朝下望，一步一梯，搖搖晃晃，花了七、八分鐘，探到了涼沁沁的天坑底。落地時，我雙腳也踩得穩當，不用樹神爺爺和白回歸伸手幫扶。他倆舉起大拇指，誇獎我。很快，趙裕槐也下來了。他個民兵營長全副武裝，腰繫砍山刀，肩挎半自動，背揹大竹簍。繩梯和保險索仍掛在峭壁上。我朝上一望，不禁驚住。坑裡所有樹木、藤蔓都拚命朝上生長，爭雨露、爭陽光，特別挺拔、濃密、蒼勁。到了這天坑底，我才真正感到古樹參天的意義，彷彿天也低，人更低，太陽就懸在天坑口，白雲也在坑口上飄蕩。

我們沒有在坑內多作停留。天坑裡沒有路，地下不是濕滑的苔蘚，就是厚厚的枯枝腐葉。樹神爺爺揮刀開路，砍斷攔路的灌木和籐蔓，真正的披荊斬棘。趙裕槐和白回歸一路關照我，以免失足跌進幽暗的林莽之中。跌跌撞撞走了一段路，不算長，樹神爺爺指著大叢灌木說：蝙蝠洞到了！

我們並沒見到什麼岩洞。可見很長時間沒有人來過這裡了。

樹神爺爺不知哪來的一股神力，揮舞砍刀一陣好砍。黑黝黝的洞口很快就顯露了。要不是樹神爺爺作嚮導，我們怎能找得到這被灌木遮掩得嚴嚴實實的洞口？洞口不大，不及一人高，洞中黑漆漆。白回歸性急，貓下腰就想鑽進去，被趙裕槐一把攔下：且慢，我先給它個下馬威！說罷，他取下肩上的半自動步槍。還沒等我們明白他的意思，他已經咔嚓一聲，扳動扳機。但樹神爺一閃擋在了槍口前：不准開槍！混蛋！……好險。趙裕槐挨了罵，收起半自動，這才說：對不起，爺爺我魯莽了。有爺爺在，洞裡真有什麼毒蛇猛獸，也不敢爲非作歹了。

一人亮著一支手電筒，我們貓著腰進入蝙蝠洞。洞口雖小，入洞後用手電筒一照，天！裡面竟是一個又高又闊的「大廳」，起碼容得下幾百人，地面相當乾燥。趙裕槐和樹神爺爺在洞口停下，叫白回歸和我都坐下來，借著洞外投射的光亮，歇一歇。趙裕槐先把背簍放下，說：老白，金鳳，我就先送你們到這裡，下面由樹神爺爺領二位遊陰河了。我問：趙科長，你不和我們一同行動？白回歸替老趙回答：盤主任，你傻呀？老趙也跟我們走，誰回去收繩梯？誰開車到下個天坑口接我們出陰河？趙裕槐點頭：老白講得對，我的下一個任務就是開車去陰河上游的相思坑，等候你們。你們兩位由爺爺領著，要沿陰河溶洞往上走大約兩小時，能抵達相思坑洞口。放心，爺爺是位陰河通，他閉著眼睛也能把你倆帶出去。若你們遊興未盡，其實還能再花上一個多小時，到烏龍塘天坑去。那裡要撐木排才能出來。今天就不走那麼遠了。爺爺，老白，我們原先商量的是不是這些？

白回歸拱手：趙科長英明。我們洞中三傑遵旨便是！從相思坑往烏龍塘那段陰河，爺爺曾領我去過一次。

趙裕槐從背簍裡取出四個粽葉包的飯糰：不囉嗦了，來來，我們先打個中夥。我讓廚房大師傅準備的，夾了臘肉，味道應該不錯。

趙科長思慮周全。我們一人一個飯糰，吃了起來。我邊吃邊看看手錶，已近中午十二點半，難怪大家胃口這麼好。飯糰不鹹不淡，臘肉和米飯香噴噴，祇是分量太大。我說：我是用手掰著吃的，多餘的飯糰有誰要？趙裕槐一臉壞笑：除了老白，誰還能吃你的口水飯？我有些生氣：科長大人積點口德吧，不然我不理你了。

白回歸從我手中接過小半個飯糰，掰下一塊，填入口中：科長有什麼了不得，我也不理他。我是「大胃王」，還剩下個空角落，這下正好填滿了。

樹神爺爺不說話，祇是邊吃邊看著我們笑。

打罷中夥，趙裕槐從衣袋裡掏出包中華牌香菸，並先禮讓樹神爺爺和白回歸，但兩人都不抽菸。白回歸打趣說：科長你吃獨食吧。這高級香菸，屬省部級的特權，祇怕來路不正吧？趙裕槐瞇縫起眼，嗞嗞地吸著：飯後一支菸，賽過活神仙。不愛菸和酒，白來世上走。老白，你白來世上走了。……這菸嚒，是上回去省裡開會，龍頭要我找機會向周省長送點山貨，匯報工作。蒙首長關懷，送我一條中華菸。省長還問了他前女婿的情況。……好，好，不講這個，不講這個。周省長倒是問了我們天鵬山底下這條陰河的狀況。我匯報了，十多年前有省地質局和旅遊局的一小組人馬來勘察過，計畫開發林區特色旅遊，不過後來就沒了下文。周省長說他知道這事，看過一份相關的匯報材料，主要是卡在啟動資金問題上。省裡也拿不出大筆款項來，但他不會忘記這件事，是個有潛力的大項目，但要綜合考慮，云云。

白回歸顯出些許不耐煩，站起來，拍拍身後的土塵：科長大人，還有什麼吩咐？我們不能坐在這裡聽你擺龍門陣啊。

趙裕槐不計較他這態度，也站起來：我知道你老兄，就是聽不得人提起周省長。……好啦，好啦。我真還有兩件事要囑咐你們。金鳳，你帶了電筒嗎？我說帶了，並從背簍裡拿出來給他看，說：換了新電池。趙裕槐見是兩節電池的電筒，便隨手丟入他的背簍，並取出三支裝四節電池的電筒，每支都像根棍棒。他說：你們帶上我備下的電筒，一人一支，在溶洞裡亮三、四小時沒問題。白所長，你帶的也是兩節電筒吧？留著備用，不用上交了。哦，另一件事，白所長，你要不要帶上我這支半自動，以防萬一？白回歸搖手：不用了，我有砍山刀。你那吹火筒，我也不會放。趙裕槐笑笑：你四十老幾，一把年紀，中學、大學都沒當過民兵，沒參加過軍訓，沒摸過槍？白回歸也笑笑：我出身光榮，中學時代衹配當右派子弟，哪配當武裝民兵？後來讀大學，我生病，沒參加軍訓。我發誓這輩子衹拿筆、枝剪和砍山刀，不摸槍。向偉人學習，他帶了一輩子兵，從來不摸槍！趙裕槐說：這種話你也信？當年秃子元帥有言：不講假話，辦不成大事。

我忍不住催他們：兩位有完沒完？正事還沒開始呢！

趙裕槐開玩笑，故作姿態與白回歸相擁道別，又向我和樹神爺爺揮揮手，然後鑽出洞口，走了。

樹神爺爺領著我和白回歸，朝「大廳」深處走去。爺爺手提砍山刀，腳下輕捷，好像不用照明也能在洞穴中行走。我和白回歸各亮著一支手電筒，四處照射，如入龍宮洞府。幽暗中，這「地下大廳」彷彿空闊無比。不一會，地下開始濕滑，嘩嘩流水聲隨著一股寒氣撲面而來。我不覺打了個冷顫。這時，樹神爺爺招呼我們跟上他。三人緊靠著濕漉漉的岩壁前行，每一步都要踩穩當了，以防在高高低低的岩板上摔跤。白回歸走在我前面，不時提醒一句，或拉我一把。突然，我和白回歸的手電筒幾乎同時射向前邊不遠處，那裡橫臥著一條巨蟒似的東西，水桶般粗細，渾身鱗甲，幽幽發亮，不見首尾。我驚呼一聲，緊貼崖壁，舉步不前。白回歸叫聲：爺爺止步！他舉起砍山刀，挺身向前。樹神爺爺嘿嘿笑了：看把你們嚇得！那是條「臥龍」，躺了千年萬年了。……不信？我去騎上牠，給你們開開眼。說著，樹神爺爺幾個箭步上去，跨在了「臥龍」背上。白回歸收起砍山刀，嘖嘖稱奇：活化石，肯定是古生物化石！叫古生物學家見了，恐怕就成了稀世珍寶。往後啊，若開發溶洞遊，這裡定是一處奇景！金鳳，記住，這處景致名爲「龍臥淺灘」。我的心跳已復平緩；我走上前去，彎腰摸摸那「臥龍」的「龍體」，滑溜溜的，見鱗不見甲，總有百十米長吧，頭尾都嵌入兩邊的岩壁之中了。

走吧！前面還有好看的，想看都看不完。……樹神爺爺領著我們繼續前行。不多久，我們離開「大廳」，進入一道窄窄的岩縫。裡面漸寬，彎彎曲曲，如一條長廊，頭頂上吊著些鐘乳石，有水珠不斷落下。地上也長著些石筍。我知道，千萬年後，這些鐘乳石就會和石筍連接成晶瑩的石柱。陰河水在「長廊」旁的岩層間流淌，輕波細浪發出彈撥古箏似的悅耳聲響。行走了十多分鐘，「長廊」在手電光影中豁然開闊，前方出現了一片「梯田」！真是絕美！像極了山外丘陵地帶那一層疊著一層的梯田。晶亮的水流漫堤而下，如一道道小瀑布。哦，當然，這些地下「梯田」都是小塊小塊的，可謂阡陌縱橫，蜿蜒有致，衹是少了綠樹和村舍。更爲奇特的是，這些「梯田」中落滿一顆顆光滑渾圓的鵝卵石，浸在水中。當電筒光束射過去，石頭竟閃爍著紫玉般的光點，競相輝映，光彩迷人。……老天！這些是玉石嗎？真是些玉石嗎？我抑不住好奇，躬下身，想從腳畔的水窪中撈起一顆來看看。白回歸回頭叫住了我：金鳳，不要去動那些石頭。我們有開發計畫，不允許任何人取走溶洞及陰河中的一沙一石。樹神爺爺微笑，朝我搖頭。在電光和水光中，他的皺紋深刻而柔和。白回歸說：我們可以給這片溶岩景觀留下一個名字——紫玉梯田。金鳳，你看怎麼樣？

我們沒在「紫玉梯田」停留太久。我真後悔沒有帶上我的日產傻瓜相機。

我們三人又進入一條巷道似的岩縫，越往前越陡峭難行。樹神爺爺朝上攀爬，不一會就消失了蹤影。我呼吸洞中潮濕的空氣，心想：樹神爺爺難道是蝙蝠族人的後裔？呸呸！爺爺是我們瑤家前輩，是我們的「樹神」。

陡坡濕滑得如同抹了油。我一次次滑倒，都被身後的白回歸托住了。好幾次，我滑入了他的懷抱，渾身一激靈，彷彿觸了電。是的，就像觸電，每寸肌膚都感受到他的溫度，記住了他臂膀的强勁。那感受經久不褪，滲入心尖尖。我不敢回頭，更不敢張望，心中又羞又慌，如小鹿亂撞。噢，樹神爺爺莫回頭，莫要撞見我的尷尬和狼狽！白回歸大哥是個正派人，每次衹要我站穩了，他就鬆了手。鬼打起，我既害怕，又有些依戀這溶洞中的接觸。

我們終於鑽出了岩縫巷道，爬上一處岩板平臺。眼前所見，宛如玉署宮闕，難以用言語形容，更難以紙筆描畫。在三支電光照射下，我們宛如來到一座水晶宮。真的，不誇張，這是一座水晶宮。數百根大大小小的鐘乳石，晶亮晶亮，呈現在我們面前。其中有幾根石柱又粗又圓，直有合抱粗細，擎天立地，一塵不染，既宏偉，又莊嚴。我上前抱了抱那石柱，雙臂都抱不過來，身上弄得濕漉漉。白回歸說：金鳳，你莫像個小孩子犯傻。快放開，衣裳濕了會受涼的。記住了，這也是處重要景點，名叫「水晶宮殿」。

接著，我們再次進入一處岩洞巷道，依然一步一步朝上攀爬，走了很長一段也沒有見到陰河，衹不時聽到腳下嘀嘀的流水聲。差點忘了，我們是溯流而上。我和白回歸跟著樹神爺爺，晃著手電筒，踉踉蹌蹌，走了不知多遠。樹神爺爺衹顧前頭引路，從不回頭看顧我倆。走著，爬著，我們所處的石廊越來越寬，由「羊腸小道」變成「車馬大道」，宛若進入一座有場部食堂大小的洞窟。待我們站穩，用手電一照，簡直難以置信，以爲身在夢中。洞窟上方竟是「繁星滿天」，璀璨撩人。尤其是那白金色的「星光」中垂下無數「絲線」，細如雨絲，上綴晶瑩剔透的「珠串」……美極！這幻境令人目不暇接，眼花撩亂。我發現那些明珠閃爍生輝，原來……原來這洞窟內有成千上萬的螢火蟲啊！我把這發現告訴白回歸。起初，他也不敢相信，這溶洞陰河怎會有衆多螢火蟲呢？他親手捉住一隻，放在巴掌上，用手電光仔細觀察後才相信了。過去，我們從未在專業書籍或文獻上讀到過有關溶洞螢火蟲的信息。至於爲什麼會產生如此奇景，衹能待日後由洞穴生物學家來揭祕了。

樹神爺爺催我們趕路。白回歸為路上的發現興奮不已：金鳳，記住，記住，這又是一大奇特景點，可命名為「水映繁星」，或是「地宮螢火」。我借光看錶，不知不覺中，我們已沿地下河岸走了兩個小時；按老趙的說法，再有半小時，我們可到達綠毛坑天坑，重見天日了。白回歸伸手，與我相握：他的眼睛，也亮晶晶。我感受到他的溫暖，留戀這溫暖，可我又害怕這留戀，甩開他的手：沒有看夠呢！沒有看夠呢！我一生中，這該是一趟最難忘的旅行。感謝白回歸，他帶上了我，和我一道用雙腳丈量了這段陰河，用雙眼記錄了這溶洞奇景。我們分擔路途的艱辛，我們還會分享了安全抵達彼岸的喜悅。在這世上，沒有人能令我如此愉悅，如此滿足，如此依戀。……

我們總算上了一條較爲平坦的石縫巷道，腳下也不似先前石徑那麼濕滑，或稍不留心滑倒便極有可能摔到深不可測的洞穴之中。我心神放鬆，內心快樂，想放聲歌唱。不過，爲了安全，我不能喧譁，以免回音驚動岩洞裡的生靈。

前面再次傳來汩汩流水聲，是柔波細浪發出的特有聲響。我和白回歸的兩支手電同時掃過去。天哪！眼前竟是一片寬闊的細沙灘！沙灘分爲兩色，一半為金黃色，一半為銀白色。金銀灘，這就是傳說中的金銀灘！白回歸驚喜地低呼：過去，耳聽為虛；今天，眼見爲實！金鳳，我們到了金銀灘，再走幾十步，就是藏軍洞了。

啊，金銀灘，藏軍洞！兒時從母親口中聽到的神奇地方，今天我來了！

手電的光柱在洞中交織，上下投射，然而，我們看不到岩頂，四周岩壁模糊不清。在地下，我們照見了多處石竈、灰燼等遺跡，還有些腐朽的碎木柴片。樹神爺爺這才開口：古時候，這裡曾經是瑤王反抗朝廷官軍的兵營，最多的時候駐紮過兩萬兵馬，朝廷奈何不得。五十年前吧，這裡也駐過國軍一個旅的「反共救國軍」，被解放軍團團圍困好幾個月，沒有吃的，不得不爬出天坑，繳械投降，……但清點人數時，少了一個排的人馬，國軍旅長衹好交代，他派了一個排的會水的士兵沿陰河走下去，看能不能找到出口，但那些士兵沒有一個返回報信，可能逃到海邊，去了香港。……樹神爺爺說，他親眼看到，在八角廟葫蘆口，飄著兩名國軍士兵的尸體；他們可能就是回來報信，卻沒找到返回陰河的入口，被淹死。

金銀灘，藏軍洞，都是有故事，有傳說的地方。我要告訴簫玉圓，她要寫天鵬山的書，這條陰河裡有的是她的素材哪。

走出溶洞，再次看到藍天白雲時，著實令人親切，儘管陽光晃得好一刻都睜不開眼睛，衹感到世上萬事萬物格外美麗和可愛。在洞口，趙科長和相思坑工區主任龍三寶領著幾個工人在等候我們。老趙一見老白，就來了個熊抱：好傢夥！你們沿陰河走馬觀花足足三個小時，再不出來，我和三寶兄弟就要打火把進去撈人了！龍三寶笑呵呵：樹神爺！盤主任！白所長！平日裡請不動你們。今早上，我去收夜吊，收了一隻肥獐子！今天我代表工區請客，吃獐子肉，包穀燒管夠。好好聚一聚，樂一樂！

二十九　龍頭「內部吹風」

晴朗了幾天，老天爺又要變臉。中午時分，從辦公室東面窗戶望出去，看到「雨瀑」奇觀：遠處的鷓鴣嶺一帶濃雲密布，電閃雷鳴，正下著瓢潑大雨。那雨真像一道寬闊瀑布從天而降，奔湧狂瀉，雷霆萬鈞，直下山谷。「雨瀑」落地的轟鳴清晰可聞，飛濺起乳白色水霧，團團滾滾，勢如崩雪。俗稱「天倒水」，「天河決堤」。尤其奇妙的是，鷓鴣嶺「雨瀑」南面的相思坑，北面的凌雲頭，竟是天空蔚藍，白雲悠悠，陽光燦爛！「兩晴夾一雨」，真是令人嘆爲觀止的自然景象。據說這種「雨瀑」奇觀衹在夏末秋初時節偶爾出現，幾年難得一見，正是攝影家們踏破鐵鞋無覓處的壯美、瑰麗畫面。

過了不久，我們瑤王谷也下起雨來。閃電挾著雷暴，呼嘯而來，轟鳴不已。整個下午，辦公室倒是沒有接到下面工區的報災電話。下班前，龍書記忽然來找我，說我有日子沒上他家了，伯母念叨，金鳳女仔找著了年輕玩伴，把我們老頭、老太忘到腦後了。龍伯伯要我上他們家吃晚飯，還另約了幾個人，好久沒有聚一聚了，熱鬧熱鬧。

恭敬不如從命。這些日子算是有點口福。不是嗎？前些天，在鮑場長家吃了白玉梨，後又在趙科長家與白所長「共進晚餐」，接著遊陰河在相思坑吃野味，今晚又是龍伯伯請客。我嚒，反正逢請必到就是了。

我冒雨去招待所旁邊的供銷社買了兩瓶長城牌乾白葡萄酒，又給龍伯母買了一盒點心。在龍家門口脱雨衣時，屋簷下已經晾著好幾件雨衣了，還有兩把滴水的雨傘。

客廳裡祇有龍伯母在忙進忙出。從招待所借來的一位名廚，也正在廚房的竈臺煎炒蒸煮，半個身子晃動在蒸汽和油煙中。

龍伯母見我來了，高興得一臉的皺紋都是笑意，埋怨我又買這麼些東西做什麼，老頭子每月的工資都花不完，家裡吃的喝的什麼都不缺。……金鳳你人來了，就比什麼都金貴。說著，龍伯母推開虛掩的書房門，朝屋裡說：老頭子，來客了，我滿妹仔來了！不要祇顧你們的那些屁事。

原來，龍伯伯把酒席擺在了自己的書房裡。兒女都成家了，搬出去各自過了，老奶奶也過世了，原先的兩間臥室打通做了書房。書房裡沒有幾本書，倒擺了張大餐桌。燈光不是很亮，客人都已入座，酒菜已經上席，祇有龍伯伯身旁有個座位空著。像是要邊吃喝邊商議什麼要緊的事務。龍伯伯笑呵呵：金鳳，快請，快請！來來，就你遲到了。坐，坐！

我入了席。才看清楚，在座的有滕達副場長、楊總工程師、趙裕槐科長以及安保科長、財務科長、派出所長、汽車隊長，加上他侄子龍三寶、我和龍伯伯，正好十位，圍著大圓桌坐了個滿堂紅。

我暗自吃一驚。在座各位都是林場的重要角色，幾乎涵蓋場部各要害部門的頭頭腦腦。這是個多麼强大的陣營！不消說，全都是龍頭伯伯的心腹幹將。

龍伯伯端著酒盅，站起來清了清喉嚓，說：各位，各位，建場四十周年的日子快到了。我們先聚聚，慶祝一下。本來也請了白回歸所長，他說忙，請假，哈哈。還請過豹尾，他下工區去了。也好，地方小，人太多也坐不下。各位都是我的老同事，人家背地裡稱我們是「死黨」。哈哈，管他什麼「死黨」、「活黨」？至於金鳳妹仔，真如你們嫂子講的，就和我們的親閨女一樣。雖說她回林場工作不久，但代理辦公室主任，一人頂三人用，得力，我可以放心。好好，不談工作了。我和各位一起，先乾了這一杯。

大家齊齊起立，舉杯高過各自的眉眼，之後一仰脖子乾了。他們所喝的「酒鬼」酒，上過國宴，自然是有人孝敬的。伯母心細，早替我備下「健力寶」代酒。

吃菜，吃菜。我們家的老規矩，不給客人布菜，各人自便。龍伯伯招呼著，還是替我搛了塊紅燒麂子肉，一隻山雞腿。

穿著圍裙的龍伯母進來敬酒。大家邀她入席。她樂呵呵地指指龍伯伯：隨喜，隨喜，我們家喜歡客人。你們來了，是看得起我老太婆。你們吃好了，喝醉了，我也就歡喜了，醉了。我還要去廚房幫手，失陪，失陪。

男主外，女主內。幾十年營造的親切和睦的家庭氣氛。

菜餚相當豐盛。山珍河鮮，色美味醇，香氣四溢，招待所的大廚使出全身解數，把上次接待周省長一行的高超廚藝重演一回。據說，在天鵬山，也衹有龍伯伯家宴客，才可以命招待所的名廚來主理。其他林場領導人是沒有這份特殊的。

酒至半酣，一直衹顧著吃喝的龍三寶代表他叔叔，給各位敬了一圈「三五牌」香菸。一時間，八、九支小煙筒雲霧繚繞。我被嗆得喉嚨癢，想咳嗽，强忍著，不便咳出來。

龍伯伯打了個酒嗝，摸了根牙籤，邊捂著嘴剔牙，邊甕聲甕氣地說：我這裡，先透給大家一個信息。……辦完四十周年慶典，本人就船到碼頭車到站，年過花甲，要退下來了。……

幾個科長一聽，頓時瞪眼、張嘴，彷彿大吃一驚，乘著酒意叫嚷：退不得！退不得！龍頭，你不能撒手！我們林場正面臨困難，經濟轉型，你不能撒手！你是大家的主心骨，你不主事，場部工作肯定會失控，亂作一團，還可能大亂。……

龍伯伯有些生氣樣的，酒杯往桌上一頓：各位，安靜！不是有人指我龍樹貴是天鵬山的大家長嗎？一貫搞一言堂嗎？其實，我辛苦四十年，為了誰？你們可以為我作證，四十年來，我算個什麼「家長制」、「一言堂」？我是和全場幹部、職工一起奮鬥過來的嘛！而且呀，如果我沒有你們的相幫相扶，同心同德，天鵬山林場在孫政委走了之後，能維持今天這個局面？

席上各位，有的發懵，有的發力。發懵的，不知龍頭又有什麼重要機密要交代；發力的，雞啄米似地點頭，附和。

龍伯伯掃一眼席上各位，口氣和緩些：從來都是兄弟同心，其利斷金嘛。你們也不要把我個人的因素、個人的影響看得過重！沒有我龍屠夫，你們就吃活毛豬？天鵬山隨著地球照樣轉嘛。另外，報紙、文件上早就講了：長江後浪推前浪，革命新人替舊人嘛，江山代有人才出嘛，各領風騷幾十年嘛！

破天荒，頭一回，我聽到龍伯伯說出這麼文謅謅的話。滕達副場長和幾位科長都紅了雙眼，都說：龍頭，你不能退，不能走。……至少，你把接班人指派好，權力交接好之前，不能退啊！

龍伯伯也動了感情，再次邊舉杯勸酒邊說：謝謝，謝謝各位兄弟。六十歲退休，中央政策，我退是一定要退的。當然，我也不能一拍屁股，丟下林場三千多口老小就走。今天請各位來聚聚，就是和你們通通氣。現在可以告知各位了，三個多月前，我就以個人的名義，向省裡和州裡有關部門提出了關於我們林場接班人員建議。……

這一刻，箸止杯停，連咀嚼聲都沒了。

達。

龍伯伯繼續說：前幾天，州委組織部門通知我，基本上肯定了我的建議，任命名單過些日子就會正式下

屋內重又有了呼吸聲，雖不甚整齊，不同高低。

龍伯伯打了個手勢：這裡，我先內部傳達一下，算是吹風。注意，這是內部吹風，要保密。除了在座各位，連你們的愛人、家人都不許透露。這是組織紀律。你們做得到，做不到？

大家連連點頭，雖頻率不一，動作幅度不一，反應快慢也非一致。

龍伯伯再次環視，神色威嚴。在座各位齊聲回答：一定做到！

看樣子這是種常態，表明忠誠、決心和團結。龍伯伯特意看了我一眼。我也連忙點頭。

龍伯伯滿意了：好！現在我就口頭傳達，但要以今後州委組織部的正式任命文件爲準。天鵬山林場新一屆領導班子，初步決定，由現任生產科長趙裕槐同志任林場黨委副書記。

飯桌上的氣氛有一點微妙，但很安靜。

趙裕懷愣住，一時反應不過來。

龍伯伯舉起手：說明一下，副書記這職務多年來一直空缺，有人望了好久，眼睛都望穿。現在，這擔子落在小趙肩上，實至名歸。小趙是林業大學學歷，到林場工作已經十五年，瞭解情況，作風正派，能力很强。我退下後，小趙就是一把手了。

趙裕槐這才紅著臉膛趕忙站起來表態：不行不行！我不行！我不行！

龍伯伯笑了笑：不急，不急。還有個安排，大家可能感到意外。龍伯伯吸了口氣：這就是由林研所所長白

回歸同志擔任林場場長，原場長鮑東生同志改任林場正處級調研員，行政級別不變。

哦！在座場委的注意力早已挪離酒肉佳餚，聚焦於老書記吐出的每一個名字，不，每一個字了。空氣中不乏緊張和迷思。

我看到趙裕槐仍滿臉通紅，想講什麼又不知道該講什麼。

龍伯伯自然明白：還有，還有。原林場副場長滕達同志升任第一副場長，兼任紀委書記，主持全面工作。真是突如其來，出人意料。愣住的衆人，又開始飛快轉動腦仁了。原來龍頭下了這樣一盤棋。我也沒有思想準備。龍伯伯居然會看中白回歸？有意組成趙裕槐、滕達，白回歸的「三駕馬車」來領導林場工作。唔，改革開放，重視知識文化的年代。龍伯伯的最後一站沒落伍，跟上了時代節奏。可是，鮑東生年富力强，任調研員，等於四十幾歲就半退休了。還有，任命白回歸為場長，他會接受嗎？他可是個毫無官癮，且不會做官的林學博士，林業專家啊。他肯定不幹。

龍伯伯將手掌往下壓，語氣極爲嚴肅：還有一條紀律。關於鮑東生同志的新的工作安排，將由州委領導親自找他談話，做工作。你們在座各位，誰透露這消息給他，就是在林場搞政變。到時候就要反政變，事情就鬧大了。這裡，我醜話講在前面，組織紀律是鐵面無情的。

楊總工帶頭鼓掌，其他人緊隨，還有輕聲叫好，表示贊同。

我覺得有點悶，有點熱，房門關得嚴實，聲音不會流走屋外。林場的人事安排，居然要防「政變」！如此緊張兮兮，神祕兮兮。其他人，很快調整好了思緒和情緒，紛紛站起來，與趙裕槐和滕達握手，致賀，如釋重負。倒是趙裕槐愣愣的，不知所措。

待衆人重又落座，龍三寶憨里憨氣冒出來一句：那我們的豹尾場長……他娘的肯幹？我看他不會善罷甘休。

屋內一時無語。龍三寶說的問題，的確是個問題。

龍伯伯橫了侄兒一眼：你操什麼心？有組織原則在嘛！

龍三寶自恃是在老叔家，又仗著幾分酒勁，更放肆了：聽講前幾天，他小子也太不給你老人家面子了。你指示把什麼三張大照片撤下來，他硬是護著不讓撤。他小子當初不過是個專科生，還不是老叔你一手把他提拔起來的？幾年前，他當了場長，就慢慢傲氣了，尾巴翹到天上，處處和你老人家別苗頭，作對。

閉嘴！龍伯伯厲聲呵斥侄兒：我看你是馬尿灌多了，居然胡亂指責一位在任的林場負責人！你還有不有一點規矩？你幾年沒有上過黨課，沒讀過偉人著作了？身爲工區主任，你還有半點組織修養沒有？

滕副場長、楊總工在旁相勸：算了，算了，三寶是個粗人，又是在老叔家，講話隨便些。當然，這話傳出去，影響團結，就不好了。

龍伯伯點點頭，看我一眼，目光總算從龍三寶身上移開了。他說：不過，那天照片的事，是個大是大非問題，含糊不得。老滕、老楊，還有小趙，你們看呢？我想把這事拿到場委會上去討論。擺事實，講道理，我絕不搞一言堂。

我倒吸一口冷氣。看來，龍伯伯和鮑場長的矛盾要公開，要激化了。

要開會，就要開有準備的會，不要站錯隊。楊總工顯然是個「龍派」。

滕達副場長更是來得堅定：場委委員舉手表決，硬碰硬。

小趙，你個準接班人，怎樣看？龍伯伯點了趙裕槐的「將」。

我、我沒那個水平，不行，不行……我贊成開會，但不一定搞舉手表決。我覺得，還是以理服人好些。趙裕槐膽怯樣的望著龍伯伯說。

金鳳，你怎樣看？龍伯伯忽然轉過身來問我。

我？我不是場委委員，沒有發言權。

大約是我滿臉慌亂表情幫了我的忙，大家望著我笑了。連龍頭伯伯都笑出一臉慈祥。

酒足飯飽，又喝了一會茶，聊了些別的。晚宴結束。其他人都走了，龍伯伯留下我。看樣子，他還有事情要個別交代。

屋內溫度比較高，滿桌殘羹剩菜還沒收拾。

龍伯伯仍坐在他的椅子上，面前攤著一隻魚盤，盤裡的魚頭翻著白眼，整條魚刺很完整。

金鳳，剛才當著大家的面，有幾句話沒有講。

我是你的晚輩，伯伯儘管說。

嘿嘿，是要對你「路線交底」。這是個老名詞了。你當辦公室主任，成天忙忙碌碌，事務主義……有人要在我們林場搞政變，你毫無察覺？

龍伯伯目光犀利，神情嚴肅，讓我嚇一跳。我說：政變？有人在林場搞政變？

龍伯伯輕輕點頭：你不用怕。伯伯我不是老糊塗。幾年來，我時刻留神著身邊的赫魯曉夫。我一手提拔的人，以爲翅膀硬了，本錢夠了，處處和我作對。我呀，算是自食惡果。偉人當年就是這樣教導的：要警惕睡在我們身邊的赫魯曉夫，有的正在被我們培養為接班人。

我忽然想笑，覺得今晚的事有點滑稽。怎麼就扯上蘇聯的赫魯曉夫了？偉人所指的是劉少奇、鄧小平吧？可劉少奇已平反昭雪，鄧小平早已是改革開放的總設計師。當然，我忍住了笑，也嚥下了想說的話。我不習慣和龍伯伯爭論，更擔心引起他的誤會。不管怎樣，他對我是關懷愛護的。

金鳳，伯伯不點名，你也該知道我們林場的赫魯曉夫是哪個。……早在今年年初，他估計我會在年內退休，就背著我組了他的班子，包括書記、副書記、場長、副場長人選，一個嶄新的「場務委員會」，他自己當書記兼場長，他的紅衛兵戰友、茂林坳工區主任吳青林當他的副手，副書記兼副場長。

噢，我腦中閃過那天鮑東生有關接班人的那番話。

龍伯伯還在說：世上沒有不透風的牆！他大概做夢也沒想到，他那份名單會悄悄落到我手上。總而言之，他是個聰明人，手段不俗，在省裡州裡也有靠山。在林場內部，十個工區主任有六個站在他一邊，成了他的人。他的確掌握了多數，因此利令智昏。他的接班名單也早已祕密呈送州委組織部門。上次周省長和州委書記來視察，他不是堅持在招待所通宵值班嗎？有人事後報告我，他和州委書記的祕書幾乎密談到天亮。……今晚上這頓飯，他沒來。我也沒有請他賞光，因爲他又下工區搞串聯，拉幫結派去了。……我估摸，在建場四十周年紀念活動期間，他會有新動作，大動作，也就是搶班奪權。……當然，金鳳，你伯伯雖然衹是工人出身，文化水平淺一點，但也不是個傻瓜，不是個糊塗蛋。……近半年來，我也有些防範措施，也就是反政變，反奪權。於是，我才以林場書記、第一把手的身分，向省裡州裡呈報了一份林場領導新班子的建議名單。我作爲老班長，有這個權利和責任。上級組織也信任我，重視我的那個建議名單。根據已經得到的準確消息，上級準備採用。當然，這件事要以組織部門的正式任命為準。這就是今晚上我在飯桌上透露的信息，讓自己人心裡有個底。

哦！原來，我也是龍伯伯的「自己人」。這也不奇怪。

龍伯伯說：金鳳，你是林學碩士，高學歷，高水平，比我們這一輩強啊。你伯伯我，是出於公心，不帶一點私心的啊。我為什麼要用非黨人士白回歸當林場場長，行政一把手？近十年來，他向省裡州裡告我的狀，告得最多！但他告的都是公事，有關林場工作，是出於公心。不像另外個別人，寫匿名信，告陰狀，造謠汙衊，搞人身攻擊。白回歸，學問好，是博士，國內外聞名，為人正派。不提拔他，提拔誰？但他性子倔，眼裡揉不得沙，不能團結人，這要改。金鳳，他是你的學長，有機會的話，勸勸他，改改脾氣，注意群衆關係。另外，要他寫個申請來，趁我還沒有退下，把他的組織問題解決嘍。在我們的體制下，有大作為，還是要先加入組織。……

我沒吱聲，但肯定面露難色了。

龍伯伯留意到了，說：我的一份苦心，他不明白。他像他的教授父親，白專，白專，看不起政治，瞎清高，吃虧。我為什麼破格提拔他？我支持他那個「林場轉型復興計畫」。過去，我沒有公開表態，是因為要等省裡下決心，等州裡下決心，他那個計畫才能辦得下來。聽著，金鳳，不要打岔，聽我講完。關於你盤碩士，我也有個安排。不能把你放在辦公室，成為事務主義者，浪費人才。四十周年紀念活動結束後，就照你的意願去林研所，先給你安排個副職，任副所長，接替白所長的工作。……你不要急，不要講自己不行。我有我的安排。今後林場就是要專家治場。政治掛帥，但政治要落實到業務上，不是空頭政治，口號政治。這是當年周總理、陳老總提出的。我已經想好了，你們那個林研所，要增加人手，增強力量，我準備把十個工區的技術員，都是學林業的大專生，統統集中到林研所編制下，去搞科研，白回歸不再是光桿司令，白費國家每年撥下的科研經費。

龍伯伯要我不要開口，我一沒思想準備，二沒仔細考慮。伯伯的話，的確是出以公心。難道我不該支持他？但我怎麼可以當副所長，管得了幾十號技術人員？讓人看我笑話？這事我要反對，慢慢反對，堅決反對。但要講究方式方法，不能傷了老人。

金鳳，還有個王神經，要注意。你在辦公室管事，替我留點神。

王神經？我一聽王神經這名字，就想問他到底是誰，可統領林場工作的龍伯伯也不清楚。這傢夥到處造謠生事，蠱惑人心。最近，他又搞出個什麼「山體移動」的謬論，好像我們天鵬山到了世界末日，還胡謅出一份什麼「逃生路線圖」。你講可恨不可恨？我責成安保科長、派出所長把人給找出來，不管是死是活，都要繩之以法，可是他們遲遲破不了案。那個真的王神經，文革期間就跳崖自殺了。現在這個王神經是誰？在哪裡？難道隱藏在我們領導班子內部？不找出這個活著的王神經，我睡不好覺了。

龍伯伯確實擔心，滔滔不絕地講著，講著。龍伯母幾次推門進來，要收拾桌上的杯盤碗盞，都被他揮手擋了回去。

我認真聽著，聽著。龍伯伯給出的信息量太大，而我的背景知識太少，插不上話，大腦的信息處理也亂成一團麻。但是，我眼中的龍伯伯形象則越來越高大。雖然，他言談中還留有他所經歷的那個鬥爭年代的烙印和影子，他的視野和境界卻未落後於現今的時代，他忠實執行中央關於幹部隊伍年輕化、知識化、專業化方針。

他肩上的擔子很重。他也確是一位能掌控全局的領導者。林場的大小事務都逃不過他的法眼，跳不出他的手心。

「路線交底」結束。龍伯伯送我出門。夜已深，雨停了，天上仍是濃雲密布。龍伯母塞了支手電筒給我照路。龍伯伯晃著高大的身子站在臺階上，忽然想起什麼，低聲問我：營林工區那個叫穆蓮的技術員，借來場部辦展覽，是不是和你住在一起？

我告訴伯伯：是的，我叫她阿姐。她性格開朗，我們相處得不錯。

龍伯伯側過身來，幾乎對著我的耳朵說：告訴你那個阿姐，不要瞎折騰，瞎摻合一些事情。她私下裡調查相思坑那幾堆原木的事，龍三寶早向我匯報了。我囑咐土牛和三寶，賣了一些原木，軍隊拉走的；得了一筆款子，訂購了三十部國產手機，一百個ＢＢ機，準備在四十周年慶祝會上，作爲獎品，發給場部科室主任和下面十個工區主任，一人一部手機；每個副主任、採伐隊長、組長，一人一部ＢＢ機。這都是爲了工作嘛，不存在貪汙腐敗問題。你的穆蓮阿姐就不要以爲抓到了誰的把柄，一路窮追下去了。還有，她個大齡女青年，生活上也要檢點些，不要輕易和什麼人搞到一起，敗壞名聲。離婚才幾天，就又急不可耐了？三寶他們夜裡要去捉奸，被我壓住了。在場部鬧出桃色新聞，影響太壞。況且，雙方都是單身男女，捉了又怎樣？怎樣收場？荒唐。我倒是懷疑，她是不是和王神經他們搞在一起。這事，金鳳你要替我留心。有了蛛絲馬跡，要立即報給我。尤其要防止有人搞政變。人家要表演，我有什麼辦法。記住了？

雨是停了，但還有零星水滴，月黑風高，我打著電筒，順著熟悉的石級路回住處，心裡有點緊，有點亂。我不相信林場裡會有人搞什麼政變。老一輩頭腦裡運動鬥爭那根弦總是繃得太緊。

三十　詩歌大賽作品

天晴了。太陽從潑了濃墨似的雲層裡鑽了出來，像要出逃一般。太陽也會出逃？金燦燦的陽光時隱時現，零零碎碎，灑了一地。不一會，一束一束的陽光穿透雲層，像一把把大的小的、寬的窄的、長的短的龍泉劍，直插向地面！照亮的地方閃著金光，像一塊塊明鏡；未照著的地方仍是墨綠、翠綠或是碧綠，濕漉漉，陰森森。老天爺也失了主張，反復無常了。

過了一個平淡的國慶節。林場放兩天假，沒有什麼慶祝活動。食堂殺了一頭豬，大家打了次牙祭而已。白回歸父子被趙裕槐夫婦拉去廣東從化，兩家人洗溫泉去了。我單身一個，沒有拖累，被留在場部值節日班了。

過完節，楊總工送來一疊詩稿，「建場四十周年詩歌比賽評選小組」的遴選作品。他囑咐我送去打印十份，分送幾位「場務委員」審閱，最後由「場委會議」決選，敲定得獎個人及其名次。楊總工說：盤主任，你若有空，不妨先行審讀，把把關。獲獎名單嘛，在慶祝大會公布之前不得有任何泄露。

我提醒，是不是還有個「森林科普知識大賽」的試題，沒有擬出來？

楊總工點頭，這事由林研所白所長負責，會催他早點送來。

上午，辦公室比較清淨。電話鈴響了兩次，也沒什麼要緊事。我正好有時間，也有興趣閱讀這些詩作。讀研究生時，我還參加過學校的詩歌朗誦比賽呢，朗誦三〇年代詩人戴望舒那首〈雨巷〉。雖然我僅得了個沒有獎品、祇有獎狀的「優秀獎」，但評委們「抑揚頓挫，細說江南風物，聲情並茂，重現詩壇瑰寶」的評語，令我欣喜，給了我精神養分。

翻開詩作，入眼的首頁便是「天鵬山林場建場四十周年職工詩歌大賽評選辦法」：

一、評選內容：林場幹部、職工，包括家屬創作之新詩、古體詩詞，也接受快板詞、順口溜、新民歌等通俗文藝作品。

二、評選辦法：分新詩組、古體詩組兩個部分。由場部成立「詩歌大賽評選小組」，從參賽作品中初選出新詩一等獎三首，二等獎五首，三等獎五首，優秀獎七首；古體詩詞不分名次，共初選二十首。初選作品交由「場務委員會議」審閱，討論通過，決選出得獎作品。整個評選過程實行「封卷」，每首備選作品均不得出現作者姓名，以示公平、公正。

三、獎金與獎品：本著勤儉辦事原則，以精神獎勵為主，物質獎勵為輔。新詩一等獎，每名獎金二百元，獎狀一幅；二等獎：每名獎金一百五十元，獎狀一幅；三等獎：每名獎金一百元，獎狀一幅；優秀獎若干，每名獎狀一幅。古體詩得獎者十六名，不分名次，每名獎金一百元，獎狀一幅；優秀獎四名，每名獎狀一幅。

新詩二十首，古詩二十首，共四十首，合上建場四十周年之數。

四、所有獲獎詩作，均可由林場宣傳科推薦給州報、省報或刊物發表。林場亦可將此次的獲獎作品及未獲獎的優秀作品匯編成《天鵬山之歌》一書，鉛印成冊，分贈全場職工家屬，作為慶祝建場四十周年的紀念品。

五、資金來源：此項活動約需四千元左右，建議從林場工會職工福利金項目下支出。

六、收件日期及截稿日期：自七月一日至九月三十日。

七、凡屬「建場四十周年詩歌大賽評選小組」工作人員，均不得參加此項競賽。

我一路讀，一路樂了。楊總工真是位老書生，辦起事來有規矩，守章法。好了，好戲開鑼。古典詩詞組的十六首備選作品排列齊整，先讀為快：

一、進山

綠天綠地天鵬山，深峽深水一線天。
車如甲蟲行陡峭，時有獼猴討路錢。

二、紅豆杉

默默侏羅紅豆杉，鐵骨青枝出重巒。
他年一展青雲志，黃金臺上作棟梁。

三、早春山色

二月層林綻新芽，百里畫廊走雲霞。
不曾停車人已醉，何來霜葉勝春華。

四、亞熱帶雨林

百種千本混交生，曾與恐龍共星辰。

北回歸線綠玉帶，史前繁榮延至今。

五、猴子石

巨石如猴蹲絕頂，似觀天象測風雲。
佛祖收取金箍棒，命在南國守雨林。

六、相思坑

綠毛天坑天生成，出入絕壁唯鷹隼。
山雨欲來萬籟靜，百獸伏地聽龍吟。

七、油畫

天鵬林海春色濃，誰潑七彩奪天工。
曾經五嶽探名勝，何如瑤寨萬花沖。

八、水白梨砧板

水白梨木密密紋，成長千年擁千輪。
貢作皇家紅白案，御廚萬剁久無痕。

九、捕蛇

犁頭呼呼路當中，昂然半身噴毒風。
阿哥疾手拿七寸，猛摔三鞭投篾籠。

十、盤古

瑤家先人名盤古，開天闢地用石斧。
一舉功成山海業，華夏子孫尊始祖。

十一、樹釣

細木削梢作勁弓，梢頭入地伏機鋒。
獐麂覓食觸環扣，呼啦一聲吊半空。

十二、跳石子橋

山水呼嘯沖岩隙，天長地久石墩立。
山人往來跳石上，輕功了得免舟楫。

十三、山洪

夜半雷暴怒天姥，拔樹摧屋傾盆雨。
晨起風息洪水退，門前滾石填山谷。

十四、金葉木蓮

凌霜傲雪秀豐姿，一樹繁華秋肅時。
豔李夭桃休俗媚，綠珠西子最相知。

十五、木芙蓉

冰肌玉骨木芙蓉，生長璠溪適野農。
無意宮闈輸國色，逍遙川谷自蔥蘢。

十六、古詞：相思樹

裊裊瓊枝，亭亭玉樹，歲歲餐霞飲露。冰雪聰明誰家子？含辛茹苦朝和暮。風雨兼程，踽踽獨步，羞與楊花飛舞。水送山迎綴紅豆，贏得芳名紅簇簇。

再往下看，還有兩首五言詩：

其一、地下河

千里下陰河，滔滔不見波。
九宮十八殿，蝙蝠宮娥多。

其二、泥石流

天上龍甩尾，地上發大水。
拔樹又毀屋，淤泥過大腿。

好好，我們天鵬山真是鍾靈毓秀，臥虎藏龍。我早就聽聞，一些詩歌愛好者或是技術員，或是伐木工，甚至是家庭主婦。平日裡辛苦勞作，沒沒無聞，可一旦做起古詩詞來，竟不乏唐、宋之風。這讚譽實不為過啊！好個紅豆杉，好個亞熱帶雨林！天生奇境猴子石、相思坑；天人合一的跳石子橋；品性高貴的金葉木蓮、金絲楠木……太好了，太妙了！清詞麗句，描畫樹怪山精，山水靈魂。

我不忍釋卷，繼續閱讀四首備選的優秀詩作：

十七、雨後

新雨空山生白煙，隻身攀援上崖巔。

獵戶驚見問何事，來聽千山響杜鵑。

十八、山路

九十九彎繞林莽，處處絕壁處處險。
敢問前路通靈境，雲霞冉冉入桃源。

十九、過山瑤

租坡種樹又種穀，過山瑤家櫛風雨。
來年苗木成林相，再過一山刀耕苦。

二十、杜鵑木

琪樹瓊花楚楚才，冰清玉潔出陰霾。
誰家養得多情女，杜宇歌謠動地哀。

山林風情，思緒悠遠，韻致宜人。這些歌吟天鵬山林木、山水、風物的文字，讀來尤其親切、鮮活，給我以享受和陶醉。我瞅一眼門口，走廊安靜。真好，沒人來打斷我這享受，陶醉。

下面是新詩部分，鮮活的生活氣息撲面而來。如果說，前二十首屬「陽春白雪」，那麼後二十首就屬「下里巴人」了，饒有情趣，活潑詼諧。我能讀懂其中的豪情和嘆息，難以釋卷，越讀越親近，越讀越愛惜。一等獎備選作品依次有三首：

一、廣廈千萬間

砍樹千千萬，蓋房萬萬千。
安得廣廈千萬間，
大庇天下寒士盡歡顏，
風雨不動安如山！

此詩立意不錯，把伐木和建房聯繫起來了。但短短五句，有三句出自杜工部。如果入圍新詩組一等獎，是否妥當，有失公允？我非評委，也非場委，但我是否可打個問號，留下個建議，僅供參考呢？好，看下一首如何。

三、伐木英雄

伐木英雄龍樹貴，披紅戴花去開會。
北京見到領袖們，萬歲萬歲萬萬歲！

打油詩，順口溜，令人發笑。萬萬歲的領袖們，現今還有誰活著呢？這首詩讚美龍伯伯，就得入圍一等獎？負責初選的楊總工啊，人家會不會認爲這有吹拍之嫌呢？況且，人家龍伯伯也不一定接受呢。我該在這裡做個記號，提醒老楊一句。

三、伐木工

伐木工，伐木工，一天到晚叮叮咚。
砍得青山一座座，建設祖國立奇功。

我忍不住想笑，不由得猜測究竟是何人所作。這「廣廈千萬間」作者讀過杜甫詩。至於「伐木工」，屬口號詩，直白淺顯。好了，二等獎備選詩作也是三首：

四、哥愛青山我愛他

阿哥揮鋤學武俠，種得松杉滿山崖。
五彩霞裡朝陽木，哥愛青山我愛他。

新民歌！清新可喜。穆蓮阿姐可以吟唱，唱得柔情似水，唱得落紅滿坡。再看下一首。唔，好像不那麼輕快自在了。

五、野馬河

野馬河，野馬河，年年洪水惡風波。
原木紛紛塞河道，形成樹壩釀大禍。
放排工人英雄漢，打撈木材當勞模。
當勞模，算什麼，拿到獎金討老婆！

這首詩吧，有些油腔滑調，結尾未必會符合「場委會」的意願。初選評委是哪位？蠻有眼光和主見的。再往下看吧。

六、博士苦

樅樹壩裡開苗圃，博士辛苦似農夫。
虧得一個白博士，苗木長成參天樹。

嘿，居然有寫老白的，而且還入圍二等獎。我回頭該笑笑白所長，祝賀他入詩了！

以下十首是三等獎的備選詩作了：

七、唱支山歌給妹聽

唱支山歌給妹聽，郎想妹子親又親。
阿哥是根撥木棍，夜夜來撥阿妹心！

八、月亮出來亮堂堂

月亮出來亮堂堂，對直照進妹的床。
妹的床上樣樣有，多個枕頭少個郎！

兩首情歌，有點野，卻極有情調，易讀易記，容易流傳。鬼打起！羞不羞？哪位調皮評委初選的，也不怕挨老古板龍書記的剋！話講回來，這種民歌風，玉圓阿妹唱來定是大有聽衆的，纏綿悱惻，音韻優美！嘿，子弟學校校長會不會皺起眉頭，提醒音樂老師應教授朝氣蓬勃、鼓舞鬥志的時代新曲。

九、鷓鴣嶺上

鷓鴣嶺上紅豆杉，千年萬年立青山。
青山長在人易老，地久天長是自然。

十、山裡妹子

山裡妹子愛戴花，陽春三月採苦茶。
古茶回甘嗓子亮，山歌飛過座座崖。

十一、原木筒

原木筒，原木筒，滾到山腳落水中。
紮成木排出山去，踏波衝浪好威風！

十二、打木佬

打木佬，起得早，揹起斧頭爬山坳。
千年古樹砍得下，大喝一聲「順山倒」！

十三、我愛天鵬山

我愛天鵬山，四處響杜鵑。
杜鵑就是布穀鳥，唱得山轉水也轉。
唱得我們忙完一年又一年。

十四、霧裡行

霧裡走，霧裡行，走到對面不見人。
撿根柴棍當拐杖，媽呀蟒蛇上了身！

十五、妹子笑
妹子笑，妹子哭，二十大幾沒丈夫！
林場找個伐木工，壘起原木蓋小屋。
蓋好小屋做洞房，妹子妹子好幸福。
好幸福，好幸福，來年生個胖豬豬。

十六、八角廟山口
八角廟，魚龍跳，卡在山口任你叫。
十里八里不見人，一條馬路繞呀繞。
繞到林場瑤王谷，人來車往好熱鬧。
進山伐倒活化石，出山拉得好木料！

這三等獎的十首備選詩，大多是些順口溜。難得的是，能反映林區生活，有鮮活氣息，老少能懂，博眾人呵呵一笑。說實話，我也笑，也喜歡。要說印象最深的，該數先前那兩首情歌，放得開，「野」得很。林場人一天到晚和大山大嶺打交道，能不比城裡人「野」嚒？

新詩組也有四首待選的詩作。

十七、跳石子

瑤王谷，是場部，野馬河，跳石子路。
跳石子，是座橋，天造人設便捷圖。
上工一路跳過去，收工跳來回住處。
年深日久歸去來，跳來蹦去賽麋鹿。

十八、伐木曲

砍樹，砍樹，千辛萬苦。
禿了山頭，多了鼠兔。
少了雨露，枯了草木。
山不復青，水不再綠。
流失水土，少了活路！

十九、「英雄」

偉人接見光門楣，打木英雄首都回。
山上無樹山下旱，抬出菩薩求雨水。

二十、新好了歌

人人都講林區好，就是日子受不了，
一紙任命定終身，不死不能往外調；
人人都講林區好，就是寒濕受不了，
四時八節霧沉沉，洗了衣物乾不了；
人人都講林區好，就是寂寞受不了，
高山大嶺作屏障，手機電視缺信號；
人人都講林區好，就是蟒蛇受不了，
深更半夜溜進屋，爬到床上來睡覺；
人人都講林區好，就是婚姻受不了，
老婆天天吵脫離，一心要往城裡跑！

這末尾的三首詩好另類，但是非常真實，反映林場的民心、民意，並非一味歌功頌德，唱天讚地，很有點批判意識。在頭頭們看來，紀念建場四十周年是大好事，所謂大好事，就是值得大唱讚歌的事。這三首詩反映了林區生活，講出了林區人的困惑和艱辛，但「場委會」會不會認爲太消極，注重陰暗面，不肯認可？〈新好了歌〉的作者顯然熟悉《紅樓夢》，所以仿作了其中那首著名的〈好了歌〉。楊總工領銜的初選評委小組把它列爲備選，是需要膽識和勇氣的。我嘛，真想給他們點個讚哩！至於最終能否中選，那得看「場委會議」的意向了。

這四十首詩作，讓我開了眼界，給我帶來樂趣。啊，時間過得真快！我得將詩作交給簫玉圓，先打印出來再講。

三十一 穆蓮豹尾有「奇緣」

穆蓮姐已三個晚上沒回來過夜。她去了哪裡？難道這麼快就和二把手「共赴巫山」？阿姐呀，我真替你著急呀！你原先不是看不上他，還向組織反映過他性侵嗎？如今，如今是怎麼了？林場領導班子大變在即，阿姐還牽掛著那個「原木失蹤調查」。不行，我得找到她，否則被人耍了，還自以爲得計，美滋滋的。

午間休息，我終於在展覽館的走廊裡找到了穆蓮姐。我原本也祇是猜出個大概，她除了上班之外，其餘時間是在哪裡逍遙的。但我不能去那地方找她。我甚至覺得，那說不定是個「爛沼澤」，陷進去了，很難做到「出淤泥而不染」。

穆蓮姐正哼著歌，改製幾個美術字：「自力更生，豐衣足食」。她見到我，突然停止了哼唱，啐道：都是那個老僵化，不肯退出歷史舞臺，還來指手畫腳一大套，害得我們手忙腳亂，四處都要改動。

大約她見我神色有些異樣，才問：大主任，什麼事又勞你操心？這兩天，我美還美不過來哩！

阿姐眉梢挑著得意，嘴角漩起笑渦。原來，她是這般快活！我悶了一肚子的話，又無從談起了。我轉過身去，看走廊裡是否還有別人。

阿姐心思靈巧，說：他們都在裡面加班。還有十來天就要開館了，都在趕工呢。她歪著頭，看著我：有事嘛？有話儘管講，旁人聽不見。她臉蛋紅潤，帶點嗲聲，與前些天相比，變了個人。

看樣子，你如今是個快樂升級版的阿姐了。

她嘻嘻一笑，臉頰放光。

出於謹慎，我把她拉到一處僻靜的角落，小聲問：你和王神經多久沒見面了？

你特地來問這事？你盤大主任對王神經也感興趣？穆蓮阿姐有所警覺，以守為攻。

莫誤會。你之前講過，你和他好了兩年，幾個月前才分手。……我想或許你們可以重歸於好。……我也使了點心計。

你是講破鏡重圓，重新來過？穆蓮阿姐似笑非笑：我和他又沒有結婚，談不到鏡子破沒破。……說話間，她竟流露幾分狐媚，還有種滿不在乎的神氣，早沒有了大姑娘的羞澀。

我受龍頭伯伯的囑託，自然不肯放過這話題：阿姐，我想知道，你們究竟是怎樣鬧翻的？

你問的是那個王神經？過去的？現在的？死的？活的？穆蓮阿姐一臉的不在乎。

對對，有兩個王神經……你就先講講現在這個，活著的。

我曉得，你們就是要活的，不要死的。……現在這個，確是頂了死去王技師的名號，但是不肯公開亮出自己的身分。他是個老大學生。起初，我很崇拜他，因爲他有學問，能幾個小時不間斷地和我講遠古地球的氣候變化，細胞繁殖，森林生成；還講南北半球的樹種分布，植被覆蓋；講述森林和人類生存、發展的歷史淵源。……他講得那樣生動、那樣有趣，我這個中專生聽著聽著就著了迷。在他面前，我總覺得自己是個小學生。有段時間，我非常想他，愛他，一天不見面都不行。見了面又面紅心跳，想被他抱在懷裡。我和你講這些，你不在意吧？看看，你臉都紅了，脖子都紅了，……你還想聽聽？好，你點了頭，我就講下去。不知不覺的，我就願意爲他做任何事了，譬如，替他洗衣服啦，刷鞋子啦，收拾屋子啦。有時，還想替他擦汗、擦身子。他沒有讓我替他擦過身子，我們也沒有上過床。反正衹要能替他做事，我就滿足，我就幸福。有段時間，他去出差，開會，我就像丟了魂一樣，坐不安，睡不穩。……我告訴你吧，和他好之前，我也愛過別的人，譬如，原先那個王神經，王技師。就是文革那年跳了崖的那位。我那時才多大？十來歲的小妹娃，愛上了比自己阿爸小不了幾歲的王技師，還是個摘帽右派。……你講奇怪不奇怪？那個王技師也喜歡給我講故事，講森林裡的王子，森林裡的公主，森林裡的妖怪，……直到他跳崖自殺……我哭得一塌糊塗。

他爲什麼跳崖自殺？我好不容易插上一句話。

文革批林批孔那年，報紙、文件上歌頌「焚書坑儒」的秦始皇，稱他為「千古一帝」……而王技師抄了兩句反詩，什麼「坑灰未冷山東亂，劉項原來不讀書」。起初，我也不懂，後來聽老師講，那是唐代詩人的詩句。就爲了這兩句唐詩，說王技師攻擊偉人。他被鬥得死去活來，被重新戴上右派帽子，牽到各個工區去遊鬥，城裡人叫「遊街」，鄉裡人叫「遊洞」，我們林場人叫「遊山」。造孽啊，他被打成腦震盪，神經錯亂。我偷偷給他送過飯……穆蓮阿姐咬住嘴唇，眼中淚珠顫動，但沒有掉下來。

我拉住阿姐的手，覺得她率直，可愛，真可愛。十來歲年紀，就那麼會疼人，會愛人。

穆蓮阿姐緩了口氣，說：後來，我從林校畢業，回到林場工作，又在人生旅途遇上新的王神經。我暗中告誡自己，這回莫再錯過了。說實在的，我也二十好幾歲了，想有個伴，有個窩了。可是，問題就出在這裡。王神經不想和我成家，甚至不肯公開承認和我的關係。……

爲什麼？他有家室？

穆蓮阿姐沒有直接回答我的問題：他成過家，當了右派，老婆死了……有一次，我要了個心計，紅著臉告訴他：我有了。他問：什麼有了？我說：我懷上了。他問：懷上了誰的了？我說除了你還有誰？沒想到，他哈哈大笑：我的？我什麼時候，和你做過什麼了？傻ㄚ頭，難道你神龍交會，紅日入懷了？我不懂什麼神龍交會，紅日入懷，一口咬定我反正有了，就是有了。他不笑了，問我：作爲一個大齡女青年，有不有一點生理常識？要不然，你就是個大傻瓜，以爲嚇住我，我就會和你辦手續？算了吧！莫耍神經了，今後我們還是朋友，好朋友。我會一直把你當親妹妹，還不行嗎？

哦？他到底是個什麼樣人？

穆蓮阿姐依舊沉浸在自己的思緒中。她是外向性格，藏不住事。可這件事，她一直藏在心中，太難為她了！阿姐說：我羞啊！沒皮沒臉，丟醜啊！在他面前，我恨不能有個地縫鑽進去。……他倒不在意，仍然一副老大哥樣子，過來拍拍我的肩，勸慰道：過去了，過去了！你犯了一回傻，我們都不往心裡去……今後，爲兄的會擔起一份責任，把妹子嫁出去，嫁個好女婿。……穆蓮阿姐咬了咬牙：我真是恨啊恨的，恨死這個王神經了。不過，我還是離不開他，捨不下他。我仍舊跟著他上山採樹種，做標本。有時，我們去觀察吊頸嶺背後那條「地縫」，記錄「山體移動」的數據。我並不信他講的那個「山體移動」。這麼高的山，這麼厚的崖，會移動？他又真是個王神經了！有時候，我尋思我也會成個小神經。我喜歡他，喜歡跟著他做事，黏著他。這是不是外國那個叫做柏拉圖的人所講的「精神戀愛」？什麼「精神戀愛」！我要的是實在的感情，正常的生活。結果呢，我拗不過他，也拗不過自己。真是鬼打起！

穆蓮阿姐終於打開心中最隱祕的一角，嘩啦啦講下去。我聽得顛三倒四，雲遮霧罩。不得不打斷她那流水囈語：阿姐，講了這半天，我還是不曉得王神經是哪個。你還是不肯講王神經姓甚名誰。

了。

穆蓮阿姐突然閉上了嘴。

我說：我還要告訴你一件事。你暗地裡調查相思坑三堆珍貴原木失蹤的事，現可以煞車了，不要白費心思了。

哪一位讓你來傳這個話？你原先不也支持我搞調查嗎？穆蓮阿姐瞪我一眼，問道。

哎喲喂，世上就你最聰明，是女包公？我聽了不大痛快，還有點反感。

我不信！不信你盤金鳳會被人收買，會站在不法分子一邊。……如果連你都被人收買的話，天鵬山林場還有乾淨的人？還會有什麼希望？穆蓮阿姐拉下臉，難過、失望全寫在上面。

我告訴她，沒有被誰收買，也不是替誰傳話。……我衹是瞭解到，三堆失蹤原木是被部隊單位拉走的。場部也收到一筆款子，進了財務科的帳戶，作爲四十周年慶祝會上給幹部、職工發紀念品的專款。並非傳說的一袋現金扔在招待所門口，由某某人收下了。所以不存在貪腐問題。

穆蓮阿姐聽我說出實情，漲紅了臉：真的？真的？待她確信之後，咬了咬牙，雙眼迸出火星子，恨恨地罵：龍三寶，王八蛋！騙了我兩瓶武陵大麴。不行，我要找他算帳，找他算帳！

省省心吧！你不過吃了點小虧。若去找龍三寶理論，事情鬧大了，公開了出來，不是讓人看笑話？阿姐，我們不要再魯莽了。

就這麼饒了他？放過他？我可不可以告他栽贓旁人，告他性騷擾？穆蓮阿姐嚥不下這口氣，眼淚都出來了。

我嘆了口氣：阿姐，你冷靜些。……我們需要一點時間來思考，給龍三寶之流一些教訓，現今社會就是這樣子，什麼「婦女解放」、「半邊天」、「娘子軍」，好聽的話一籮筐，但婦女仍然生活在一個男權社會裡。莫忘了，天鵬山林場的「場委會」全是男人，上面的「常委會」也全是男人。男人吃了豆腐，算是占了便宜，頂多也不過被人訕笑幾句。而女方呢，就要被人戴著有色眼鏡來看待了。

穆蓮阿姐含著淚說：連你都這樣講，連女碩士都這樣講，息事寧人。……這就是我們的社會正義，喊了幾十年尊重婦女，婦女解放，連我們自己都不肯解放自己。

阿姐這幾句話，說得我都無地自容了：好！好！你要告，可以告去！告到哪裡去？告到婦聯？場部政工科？組織科？還是場委會？我不反對就是了。

穆蓮阿姐揩去淚水，抿了抿嘴：主任妹妹，難道我就向封建遺毒妥協？我咒龍二寶那王八蛋不得好死，被大樹砸頭，被岩頭壓頂！

我聽了也解氣。又問：想想看，那三幅有爭議的大照片，是不是和趙科長請示一下，摘下來算了？原木盜賣的事已經不存在了嘛。此舉也可平息一下一、二把手之間的矛盾。你講對不對？

穆蓮阿姐譏諷地一笑：好哇！好哇！你原來是個「龍派」，是你龍頭伯伯的親信。……關鍵時刻就亮了相！

我隨你亂講，……但你不可以對別的人亂講什麼「龍派」不「龍派」。把幹部、職工分派，不利於安定團結。這有什麼？我現在就是個「鮑派」，站在老鮑一邊。那三幅照片，也還要看鮑場長同不同意摘下來。莫忘了，他是林場的行政一把手。有六個工區的主任、副主任站在他一邊，和場部的僵化派、保守派作鬥爭。

老天，這種話都講出來了。我真是又好氣，又好笑。一個單位，到現在還分這派那派，這文革遺風，哪輩子才散啊！……我忍不住問阿姐：這麼快，你們就好上了？

什麼好上了？你如何曉得我們好上了？

瞞得了別人，瞞不了我……你三個晚上沒有回屋了。……老鮑是領導，才離婚幾天？你們可要注意點影響。林場說大不大，說小不小，走得最快的就是傳言和流言。

多謝，多謝，主任妹妹，你是好意提醒。不過，他現在是個單身漢子，我也是孤身一人，我們不怕旁人嚼舌頭。……他講了，等四十周年慶祝活動一過，我倆就領證，把手續辦了。我父母都過世了，也沒有兄弟姐妹。到時候，妹妹你就做我娘家人，牽著我的手，把我交給他。穆蓮阿姐說著，眼睛紅了。

我聽著，觸動心事。我和阿姐都是「孤兒」。

誰知，阿姐的臉變得比山上雲霧還快。一轉眼，她就滿臉美滋滋，紅豔豔了，對我耳語：莫要笑話我，妹妹。山歌如何唱的？「月亮出來亮堂堂，對直照在妹的床，妹的床上樣樣有，多個枕頭少個郎！」女兒家嘛，是要雨露滋潤的。

我無言以對，別過臉去。這三十挨邊的大姑娘，好沒臉！

穆蓮阿姐就是這樣，打開心鎖之後就不管不顧，一吐爲快。她不知羞醜，輕聲說：是很開心……上山挖了好些草藥，燉豬腳吃。他很壯，我們好、好開心！放心，他次次都穿了小夜衣……她咯咯笑了，雙肩隨之抖動，很顯淫蕩。

她不害臊我害臊。我恨不能撕她的嘴。

這時，生產科長兼展覽館籌建辦主任趙裕槐朝我們走來。我對阿姐說：你的頂頭上司來了。

話。

呵呵，盤主任來了，二位躲在這角落說悄悄話。有什麼好消息？趙科長面帶微笑，堵在過道，似乎話裡有

穆蓮阿姐臉上的紅雲還沒褪去，聽這麼一問，更紅了。平日，她在我面前似乎臉皮城牆厚，原來也這麼不經打探。好了，憑她這副模樣，我倆更像在「交換情報」了。現在是林場的「非常時期」，豎起來的耳朵要勝過城裡的魚骨天線哩。

阿姐瞟趙科長一眼：你管得了這麼多？祇許你們男人猜拳行令，不許我們姐妹交頭接耳，說幾句體己話？我走了，趙科長，盤主任，你們當官的「交換情報」吧。

趙裕槐望一眼穆蓮阿姐的背影，搖了搖頭，說：金鳳同學，你和那傻大姐住一屋，不要一不留神，透露了「龍頭交底」的事。萬一傳開了，會引起不必要的混亂。……

趙科長，你說會嗎？我懂遵守紀律。

那就好。趙科長微微一笑：看樣子，你們在這角落嘀咕好一會了吧。說些什麼有趣的事呢？

科長，你來得正好。我正要讓穆蓮姐去請示你，看是否把那三幅惹事的照片摘下來。總書記早有指示：穩定壓倒一切。

好，好！你們嘀咕這事就好。撤下那三幅照片，我得去說服鮑場長。如今，一、二把手意見不一，我們在下面做具體工作的，左右爲難。

我說我很尊敬龍書記，他是我長輩，伯母更是把我當親閨女。可我不願意被人看作這派那派。……文革習氣，還不時在一些場合顯現出來。

金鳳同學不愧是林學碩士，看問題夠尖銳，有水平。難怪白回歸學長那樣看重你。……

莫亂講。再亂講，我就喊你趙書記，把你提前曝光。

趙裕槐警覺地掃一眼四周：可不要這樣！……那種封官許願的事，你也當真？當然，我和你一樣，認龍頭是長輩，私下裡，你喊他「伯伯」，我叫他「叔叔」。我也不主張分這派、那派。還是以安定團結為好。唔，這話好像也是出自那個偉人之口。

我放低聲音：封官許願？你這就辜負龍書記了。他在認真地為退位交班作準備。他的安排符合時代精神……按說，鮑場長是他一手提拔起來的。到了臨交班，他們這一、二把手怎麼就各拉一班人馬，對起陣來了？

趙裕槐嘆氣：你問我，我問誰？龍、鮑兩位的那團亂麻，絲絲蔓蔓，任誰也扯不清。對了，近兩天你有不有白回歸的消息？我想去看看他，電話卻聯繫不上。

三十二　林場逐鹿，各有神通

又是一個星期天。早飯後，我騎著自行車，一陣風似地上了「綠色長廊」，前去樅樹壩。說來慚愧，這是我第三次去樅樹壩。我逆著花花亮眼的溪水上行。大雨過後，溪水恢復常態，又清澈見底了。岸邊綻放著簇簇野菊花、野薔薇、野月季，野玫瑰，彩帶般蜿蜒進綠蔭深處。入秋了，兩邊山崖上的塔杉林依舊層層疊疊，蒼翠欲滴。除了綠色還是綠色，沒有別的顏色。便是人進到這裡，也被染綠了似的。

一段上坡路，我不得不推著車步行，不時避到路邊，讓過進山出山的卡車。天氣放晴，車又多了起來。有的開車師傅停下來，請我搭便車，我一一謝絕了。路面微潮，沒有揚塵，正好騎車鍛鍊。一邊走，我一邊想起穆蓮姐講過的一件事。說是一次她也是騎車去樅樹壩，騎著騎著，前面路上橫著一根碗口粗的圓木；她看也沒看，就衝過去了，祇覺得那圓木有彈性，橡膠一般，她的前後車輪跳了兩下，險些把她摔下來。穆蓮阿姐回頭一望，天！一條大蟒蛇擡起一人高的身子，呼呼地朝她追來。她嚇得沒命地蹬著自行車逃跑。幸而迎面轟隆隆開來一輛大卡車，那巨蟒才溜進樹林不見了。

我這一路倒是沒有見到蛇，連山蜈蚣、山螞蝗也沒遇到。就是穿過幽暗的「森林隧道」時有點嚇人，生怕頭頂上有東西掉下來。好在祇花了半小時，就到了樅樹壩。因是周末，加上祇有上午八點多鐘，營林工區的人大多還在睡覺。難得的懶覺。幾處木屋上空飄出炊煙，四山傳來鳥雀啁啾。好清靜啊！鳥鳴山更幽，真貼切。我先去了父母的小墓園。墳頭上長了些新草，我蹲下身來，一根一根地拔著，與地下的雙親說說話：阿爸，阿媽，你們離開我十多年了，二老要是還在，也該退休了，阿爸不用風裡雨裡開大卡車了，阿媽也不用爬高爬低去尺檢那些原木了。看到女兒長大了，讀完大學回來了，成了林研所的助理研究員，還在場部代理辦公室主任，阿爸、阿媽該多麼高興，該會如何誇獎女兒！……二老知道嗎？省裡下來視察的周省長都表揚女兒是個好青年，是天鵬山瑤家的第一個女碩士。前天晚上，我去龍樹貴伯伯家，和幾位林場負責人一同吃晚飯。龍伯伯講，他退休之前要做好班子的安排，要提名我當林研所的副所長。……當然，這祇是龍伯伯的想法，要上邊下了文件才算數。其實呀，我才不想做什麼官呢，祇想跟著白回歸所長做樹種研究，採集、培育苗木。……阿爸、阿媽，二老一定爲女兒成親的事操心了，女兒都二十五歲了，該成家了，越大越難嫁出去了。……不是哩！阿爸阿媽放心，女兒不愁嫁，……而且，女兒心裡已經有了個人，祇是擔心二老不中意……放心，阿爸、阿媽不同意，就算了，不講這個人了。……怎麼？二老不反對？祇要人好，會疼人，脾氣好，有本事，身體强壯……不講了，不講了，要是被人聽了去，就羞人了……

想著，念著，我心裡暖和了些，暖得過秋日豔陽。爸媽墳頭上的草也拔乾淨了，該起身去找白所長了。上次來樅樹壩，他帶我去盤王頭看望樹神爺爺，轉眼已經三個多月了。那趟行程很有趣，著實難忘。

到了老白的住處，但見門開著，一位老嬸在打掃衛生。我不認得她，她卻認得我：喲！盤主任呀，早呀！早呀！

嬸嬸好！請問白所長在家嗎？我放好自行車。

你來看回歸呀？不趕巧，他昨晚上去場部醫院了。……他每回出門，都把鑰匙給我。我住他隔壁，有空就來幫他收撿收撿一下。白所長，好人吶！屋裡沒個堂客，成日裡又是工作工作，冷鍋冷竈，一年四季吃食堂，自己很少起火。

嬸嬸好囉嗦。我的心裡正懸著：白所長昨晚去了場部醫院？他病了？什麼病？

我這人沒用，心裡急，必是掛在臉上的。嬸嬸見狀，倒是不慌不忙：不是白所長病了，是小豆杉在幼兒園發燒，叫喊要爸爸，要姐姐。他接了電話，就騎了他那電騾子，連夜趕去了。小豆杉沒有姐姐呀……唉，好人吶，他幫過好多人，屋裡卻沒個堂客幫他。……

我顧不上聽嬸嬸嘮叨了，連忙告辭，騎上車就往回跑。這個老白，真是的！小豆杉喊著要姐姐，也不告訴我一聲。萬事不求人呢！害得我來回空跑，撈不到你的魂。在樅樹壩路口，恰好碰到一部外地運材卡車，把我連人帶自行車捎上，送回瑤王谷場部。

在醫院住院部，值班小護士是業餘文藝演出隊成員，穿上白大褂真像個天使。她讓我去病室探望小豆杉。小病人睡著了，躺在潔白的被子裡，小臉蛋紅紅的。護士小聲告訴我：昨晚上，孩子有點嚇人，燒到三十九度，打了退燒針，才安靜下來。他喊著要爸爸，要姐姐。……盤主任，這孩子是不是叫你姐姐？我說：白所長昨晚及時趕來了吧？孩子退了燒，睡了，他又走人了？護士說：白所長沒走。……噢，盤主任，你沒看到，白所長壯壯實實一條漢子，昨晚看到兒子發高燒，急得不行，雙眼通紅，一個勁地說：豆杉，豆杉，爸爸來了，爸爸對不住你！對不住你……值班的醫生、護士都覺得他太不容易了。還好，孩子高燒沒轉成肺炎，算是避過一劫。

護士面帶微笑，眼神中有探究和好奇。我縱然對白回歸此刻沒陪伴在小豆杉身邊不滿，也不好埋怨什麼，祇說：白所長他人呢？

護士笑盈盈的，拉了拉我的袖子，走到南窗旁，那裡能望見下邊野馬河上的跳石子橋。她指著說：看，那不是白所長和趙科長嘛？正領著幾個工人在清理石墩周圍的柴草和雜物。他們都幹了兩、三個鐘頭了，說是不及時清理，再發大水，容易形成什麼「堰塞湖」，能把我們醫院都淹了呢。

我謝過護士，一路小跑，來到跳石子橋。白回歸、趙裕槐幾個人剛拖走了河道中一根大樹枝椏。我跳上一個石墩，居高臨下，先叫了聲趙科長，再對白回歸說：白所長，你歇一下，我有話和你講！趙裕槐大約見我臉色不大好，忙朝我笑笑，對其他幾位說：好咧，好咧，我們清得差不多了，一時半刻也不會有洪水了。撤啦，撤啦！說罷，他們一個個離去，橋上橋下很快就剩我和白回歸了。他仍站在泥水裡，穿著一條橡皮褲，仰頭望我，木木的，咧咧嘴，出語生硬：金鳳同學，你鳳眼圓睜，面露春威，請問何事？

我正沒好氣：一早跑到樅樹壩找你，魂都沒見到一個。小豆杉昨晚發病，你來了醫院，爲什麼不給我個信？

白回歸見是為這個緣故，眼睛望著別處：那就對不起，對不起！昨晚太忙亂，衹顧了和醫生、護士發急，考慮不周。

連句道歉話都不近人情。但我看他一副手足無措的模樣，臉上還有泥道道，心就軟了：我生你的氣，是因爲小豆杉要我，爲什麼不通知我去？從醫院到我宿舍才幾步路？

白回歸在河水裡洗洗手，依舊不見笑臉：小東西瞎喊姐姐，我能依他？深更半夜的，我能去驚動你？再說，也可能打擾你的左鄰右舍。

他說得也在理。他要避嫌，所以我也沒有理由和他計較了。我說：老趙他們都走了，你還站在水裡。做完了嗎？沒完的話，我下來陪你做完。

他見我真要脫鞋襪，趕忙跳上沙岸，終於說出一句人話來：別別，金鳳同學！你穿了條新牛仔褲，紫色毛衣，很俊氣的！我上來，上來！你看，我這就上岸了。還想去看看小豆杉？

……晚飯後，小豆杉出院了。白回歸帶著兒子，臨時住了招待所北棟一個套間。穆蓮阿姐燉了一大鍋麂子肉，給我留下一份。我拿了隻廣口保溫瓶，連肉帶湯裝了，去看望他父子。小豆杉見到我，高興得咯咯笑，撲向我，抱住不放。他那天真臉龐和真心喜悅讓我覺得溫暖。麂肉湯中放了枸杞和紅棗，鹹淡適中，也不油膩，小豆杉喜歡喝。他畢竟剛剛病癒，容易累，不久就在他父親懷裡睡著了。白回歸把兒子放到裡間床上，蓋上被子，又細心地掖好，然後掩上門，來到外間，和我說話。北棟現在祇住了他們父子，很清靜，我們說話的聲音也很輕，以免影響孩子睡覺。

金鳳同學，一大早就勞你上樅樹壩找人，有什麼重要事情向我傳達？我洗耳恭聽。

討厭他一開口就是公事公辦的口氣，眼睛總是望著別處，不看人。

當然重要。先問你白所長，國慶節前一天晚上龍書記請客，場部多位領導都到了，你爲何缺席？好大的架子呢。

你去了？你現在是場部重要人物，參加「場委核心」決策了？恭喜金鳳同學囉。

你、你……盡氣人！不和你講了。我走了，拜拜！

別別！坐下，請坐下來，有話慢慢講嘛。他總算認真看著我了：好，好，接受意見，端正態度，認真聆聽，謙虛謹慎，還不行？

你呀，你呀，……比我大二十歲，還像個小老弟，長不大樣的。……我是要告訴你，那天晚上，龍書記透露了一個他上報州委組織部的名單，有關他退休後林場新班子成員。……他要求大家遵守紀律，不准向外透風。名單上有你，你又不在場，所以我覺得應該和你通通氣。……你告了那麼多狀，人家龍書記講你是出於公心，不是泄私憤，也不是個人野心……

他埋下眼皮，乾脆閉上眼睛，自顧自地說：噓……莫講了！這事我知道了。……誰透給我的？不說你也心裡有數。我不是那塊料，一點興趣都沒有，刀子架在脖子上都不幹。當個所長已經吃力不討好……但老趙合適。權力放到他手上，我勸他要大膽使用，認真使用，為天鵬山辦幾件好事，大事，領著三千多職工及家屬走出今天的困境。

聽了這話，我心中暗自歡喜，還有點激動。老白有自知之明，不是做官的料。

他閉著眼睛，繼續自言自語樣的說：在這個世界上，沒有權力，什麼事情都做不成。但權力這東西，好人用得好，辦好事；好人用得不好，辦壞事；壞人掌了權，老百姓遭殃。……從古至今，任何政權都存在奪權，反奪權，鬥個沒完。於是革命、造反、起義、暴動、政變，層出不窮。……權力轉移，世代交替，接班人是關鍵。尤其是在我們國家，選拔好接班人就成了決定一個國家、一個地區乃至一個單位的命運、前途的頭等大事。……

怎麼唱起高調，要起官腔來了，所長大人？我原是想和你講講林場的事。……你比我更瞭解，龍書記要退休，權力交接，兩派人馬角力，暗潮洶湧，現在矛盾都要公開化了。最大的麻煩，是龍書記不肯把權力交給他自己多年來提拔、培養的那個二把手，而後者也拉起了隊伍，勢在必得。

他聲音低沉，但吐字清楚：知道，我知道。我們那位同學已經和我作過局勢分析。他甚至連這樣的話都講了，我們林場當前局勢很有點像西元一九七〇年初那次，偉人無意向自己選定的接班人交班，而有心接班的副統帥又志在必得。……嗨，當然小巫見大巫，祇是個比喻而已。

林場班子權力交接，也要找個歷史參數，煩人不煩人？我問他，龍書記當初是怎麼選定豹尾做接班人，然後一路提拔上來的？

嘿嘿，林大校友，務虛的務虛，務實的務實。我來林場工作十五、六年了，多少也瞭解一些情況。應當說，龍頭是個不錯的領導人。豹尾有林業專科學校學歷。聽講在學校造過反，當過主義兵司令，能背誦整本《語錄》。在林場收斂起紅衛兵司令那一套，從技術員做起，為人溫良恭儉讓，工作兢兢業業，起初也看不出他有什麼雄心壯志。聽說是在一次學習會上，他講自己做人的原則就是十二個字：恭恭敬敬，老老實實，規規矩矩。還有一番高論：「江總書記要求我們講政治。講政治就是講道理。一個國家只能講一個道理，一個單位也只能講一個道理。如果人人都有道理，那就成了春秋戰國，群雄逐鹿，諸侯爭霸了……」龍書記很賞識這番話，號召全場青年幹部、職工都要學習、實踐這番「講道理、講政治」的話。豹尾從此得了個「鮑道理」的外號。一九八〇年代初，中央不是有個重要決策，從中央到地方各級都要有自己的「第三梯隊」，作爲革命接班人來培養嗎？於是「鮑道理」被列入「省林業系統第三梯隊」成員。幾年下來，他從技術員到場部組織科副科長、科長、場長助理、副場長一路提拔上來，分管政工、人事，直到五年前成爲林場場長，行政一把手。這期間，龍頭和豹尾之間也發生了一些事情，兩人關係起了微妙變化。有的還很私人，說是龍頭有意把自己的侄女介紹給豹尾做內當家。那一來，豹尾不就成了龍頭的侄女婿了？龍侄女當時在林場苗圃做臨時工，模樣挺秀氣，人也算聰明，可惜是個啞巴，一開口就嗚哩哇啦，這是我親眼所見。當時，豹尾已在老家結了婚，愛人是公社婦聯主任，不願調來林場工作，兩人正鬧矛盾。聽說豹尾起初也含糊應了這門親事，條件是他必須先和老家的妻子離婚。他表面忠厚、老實，但內心卻有自己的盤算，所以他從來不碰龍侄女，不曾有任何親密舉動。豹尾不傻，終究不願把自己和龍頭的關係搞成人身依附。然而，龍頭對他的要求恰恰就是這種人身依附。金鳳，你是一九七一年林彪事件之後出生的吧？文革時期，所謂林副統帥喊出的那個「三忠於」、「四無限」、「四偉大」、「四崇拜」，你聽說過嗎？那時期全國實行軍管，有的幹部曾經大會、小會地公然宣稱自己是某某首長的「一條忠狗」。在畜類中，狗以忠於主人著稱嚦。後來，就連第一夫人江青，在一九八〇年接受公審時，也講自己祇是「主席的一條狗，叫咬誰就咬誰」。

白回歸喝了口水，一路自顧自的說下去：豹尾和老家妻子的離婚官司一打就是十年。這十年期間，林場搞過多次政治運動，一次是國營企事業單位清理臨時工和外來人口。龍書記不得不帶頭，把侄女勸回老家去了，祇等著接班人「鮑道理」打完離婚官司，再去把啞巴侄女娶回來。龍頭相信豹尾，一路提拔就沒有停止過。直到五年前，豹尾成爲林場場長。沒想到，豹尾一當上場長，就改了口，不再承認原先那個「口頭協議」。龍頭呢，這才覺得自己這個上級被利用了，上當了，培養了一個不講信用，工於心計的接班人。且這接班人一直利用分管政工、人事之機，籠絡人心，拉幫結派，大力提拔親信任各工區的主任、副主任，差不多要把他龍頭書記給架空了！豹尾自覺羽翼已豐，膽子也越來越大，時不時地和龍頭暗中較勁。接班人嘛，也是上來容易下去難。時至今日，龍頭退休前夕唯一的要務，就是把自己一手提拔的接班人豹尾拉下馬。有你無我，有我無你。叱吒天鵬山幾十年的龍頭，豈能栽在豹尾手上？

白回歸說罷一聲長嘆：真沒趣。

我呢，這才明白過來，龍頭和豹尾原來有這麼一段「淵源」。這到底算怎麼回事？是哪裡出了錯？

白回歸又認真看我一眼：金鳳，你不要問下去了。我也不要講下去，發表高見了。二戰期間，邱吉爾有句名言：「世界上沒有最好的制度，祇有最不壞的制度。」金鳳，人家那個最不壞的制度早就把權力和平交接的問題解決了。其實馬克思早就提出了巴黎公社的原則。

我知道巴黎公社是世界上第一個無產階級政權。巴黎公社的原則是……

夜已深，我告辭。原本還想告訴他，有人寫了首詩誇讚他。算了，不想說了。沒勁。

他送我到樓口，忽然伸出雙臂，像要做個什麼動作。樣子有點嚇人。我臉一熱，蹬蹬蹬下了樓。你不是要小豆杉喊我做姐姐嗎！

三十三　龍頭喚雨，豹尾呼風

龍樹貴書記和老伴到州人民醫院檢查身體去了。臨行前，特意把我叫到他家，個別交代：體檢之後，他還會在州府停留幾天，看望老同志、老上級。大約一星期後回來。金鳳，你知道是為什麼嗎？我說伯伯領導上的事，我怎麼曉得？龍伯伯說：現在可以告訴你了，你烈士父母那個案子，快要水落石出了。前不久，廣東警方又破獲了一個跨省盜木集團，交代出十一年前他們在天鵬山林場那次失敗了的案子，還傷了兩條人命⋯⋯我渾身一震，問：我們林場是誰和他們相勾結，做內鬼？龍伯伯說，十一年了，有些話伯伯我留到今天才講，一是等著廣東警方的消息，二是等著你長大，大學畢業參加工作。不然，你父母的案子就可能變成一件普通的被害案，烈士身分也保不住，怕小小年紀的你再一次受到精神打擊，並且影響到你每月的撫恤金⋯⋯所以，伯伯不是不想替你父母搞清楚案情，抓出真凶啊！你在省城讀書，每個暑期都回來掃墓，住在我家裡，總是眼睛看住我，你嘴上不說，你在想什麼，問什麼，伯伯我心裡能沒數？傻妹子，別的事伯伯糊塗，這件事伯伯卻不糊塗。還有，如果前幾年重新審案，勢必要開棺驗屍，你受得了？你們瑤家人是最重入土為安的啊⋯⋯聽著龍伯伯這番掏心掏肺的話，我還是忍不住眼淚，祇是不讓自己哭出聲來：伯伯，廣東來的是外賊，可我們林場的內賊是誰？龍伯伯批評我說：看看，講好了不哭，你還是哭了，你還沒有長大哪！林場裡的內賊，你是不是也猜到些些了？你不要講了！我說：不講就不講，但場裡應該保護那個酒葫蘆，重要的證人。龍伯伯瞪了我一眼：是不是盤月月告訴你什麼了？你轉告她，要她閉嘴！不然人家會要她的小命。先不要驚動他們。

也是為了保護酒葫蘆這個證人。我這次也是趁去檢查身體的機會，找州公安部門了解案情……再有，這段時間，林場的一切重要問題都必須等我回來處理。還是那句話，孫政委在，孫政委說了算；孫政委不在了，龍書記說了算！記住了，這是紀律。娘的，我不在的這幾天，有人會趁機表演。我也要給他機會表演。就這麼定了。

然而，就在龍書記走後的第二天，州委辦公室就下達兩份紅頭文件。我做了機要文件登錄，之後隨手翻了翻。其中一份是關於年屆六十的司局級及以下領導幹部退離休問題的若干規定，另一份是關於落實各級黨組織、各級領導班子革命化、年輕化、知識化、專業化的通知。

瀏覽完畢，我正在考慮是否要把兩份紅頭文件交鮑場長簽收，或是等龍書記回來後再呈報。恰在這當口，鮑場長進了辦公室。他目光犀利，一眼就盯上了桌面的文件：盤主任，上面又來了文件？登記好了沒有？來，我先看看。

我雙手將文件呈上。鮑場長接過來，翻了翻，笑了：廢除領導幹部終身制，這是中央第三次發文了。三令五申，還是有人年過六十戀棧不退哪！上有政策，下有對策哪。外行就是要領導內行，沒文化的就是要領導有文化的。我們天鵬山林場領導班子有沒有類似的情況？沒有，沒有。

話裡有話。誰都聽得出來他暗指龍書記。鮑場長要把文件帶回自己辦公室，去「認真領會上級指示精神」。我請他在文件登記簿上簽名並寫下日期。公事公辦，我服從便是了。

過了大約一個小時，鮑場長回來了，說兩份文件暫時放在他那裡，讓我放心。之後，他在我對面的一把藤圍椅上坐下，說：剛才，我和滕副場長、楊總工幾位在家的頭頭通了氣，商定了一件事。現在，由場部辦公室統一給各工區下一個電話通知。

我遵命，立即要電話總機叫通各工區分機。

可鮑場長拍拍腦門，想了想，晃晃手：這電話，還是一個一個地要吧。盤主任，啊啊，小盤，是這麼回事。十月二十號這天不是已定為我們建場四十周年紀念日？龍樹貴書記是林場的創建人之一，而且自孫政委去世後，龍頭就是林場的祖師爺了。恰好，龍頭也滿了六十周歲。我們想順帶著，給龍頭慶慶生，做次壽，搞得熱熱鬧鬧，表表我們林場晚輩的心意。

我一怔，覺得事有蹊蹺，於是說：場長，這事是不是等龍書記回來，徵求一下他本人意見？不然，可能鬧下誤會的。

鮑東生笑了笑：盤主任，啊啊，小盤同志，你年輕，卻辦事老成。這趁建場四十周年慶祝活動之際，給龍書記賀壽，很正面的事情。怎麼可能鬧下誤會呢？

我說：先斬後奏，老人家會不會不高興？

鮑場長沉下臉：盤主任，啊啊，小盤同志！龍書記雖說平日民主作風欠缺點，但對革命事業忠心耿耿，可說是四十年如一日，且從來不許人家爲他做生日。所以，我們這回就是要給他個出其不意，給他個驚喜！這是場部幾位在家的領導的決定。你不要遲疑了。大家都是出於一片好心。敬老尊賢嘛！

儘管還有些猶疑，但我也不能阻止鮑場長要往各工區打電話，布置任務。好了，凡事還是往好的方面想吧。或許，鮑場長是要通過這次祝壽，表示他對老書記敬重，緩和彼此間的矛盾。鮑場長平日很注意工作方法，善於協調上下左右各種關係的。

小盤主任，請先替我要相思坑工區，找龍三寶接電話。

我叫了總機。不一會，電話通了。我把話筒交給鮑場長。

他笑聲朗朗：三寶老弟吧？我老鮑啊，鮑東生。黨內稱同志，不要叫什麼場長不場長。找你老弟當然有好事。對，對。我問你，你叔叔今年高壽？不清楚？大約上了花甲？看看，你這侄子怎麼當的？「我們黨如果沒有廣大的新幹部同老幹部一致合作，我們的事業就會中斷。」告訴你，今中午，我們在家的幾個場領導商定了一件事。趁著建場四十周年慶祝活動的機會，給你叔叔賀賀六十大壽！對對，他老人家今年正好六十花甲。對對，一個四十周年，一個六十大壽，兩件喜事一起慶祝。注意了，這後一件喜事，不是布置任務，是你們自發的，自覺自願的活動。對對，場裡不統一布置。對對，這下子你老弟高興了吧？我們誰敢不敬重他老同志、老前輩、老英雄呢？你在你們相思坑工區範圍內，可以適當發動一下群眾嘛。注意，不准搞鋪張浪費！可以給你老叔準備點壽禮嘛，對對，禮要輕，情要重。這是個原則。對對，這事暫時要保密。要不，你老叔曉得了，又要大發脾氣的。他歷來反對給他做生日。對對，出其意外，送個驚喜。就這麼辦，好好辦。

放下電話，鮑場長摸了摸修得光溜溜的臉頰：盤主任，對，小盤，再掛霸王嶺工區，找王主任。

我要通了那裡的電話：來了，霸王嶺。

鮑場長很精神：老王吧？我是老鮑啊。我記得你講過，四十年前，你還祇有十五、六歲，就跟著龍書記他們進山了。對對，龍頭祇比你大個四、五歲，那時他給孫書記當警衛員兼勤務員。好快呀！整整四十年了。沒錯，你也是林場的開山師爺之一，老資格，元老級，比我老鮑老得多。告訴你，老王，今中午我和滕副場長、楊總工幾個商量了一件事。再過十來天，就是到了我們慶祝建場四十周年的大日子。在進行慶典的同時，也乘便為龍頭做六十大壽。對對，他今年正好六十周歲，一個甲子。「我們一切工作幹部，不論職位高低，都是人民的勤務員……」是呀，他勞苦功高，整四十年沒離開過天鵬山林場，正所謂「獻了青春獻兒孫」哪。他還是我們的英雄、勞模，受到偉人接見，不簡單哪！龍頭是林場的光榮和驕傲。在慶祝活動中，我們也要以獨特的方式向他表示崇高的敬意不是？不過，請注意，給龍頭賀壽，不是場部給你們布置的任務，而是和你們商量，向你們徵求意見。至於你們如何做，送什麼壽禮，完全由你們決定，對對，自覺自願搞活動，表心意。你舉雙手贊成？那你們工區就拿出點具體行動來，……但不要送重禮。你們送一頭野豬？太重了吧？重在情意，不在禮物。我看哪，你們就以工區全體員工的名義，給龍頭寫封致敬信，用大紅紙抄上，大家簽名。……嗯，這個好，這個好。一頭野豬也可以，既有精神禮物，也有物質禮物。好，好，敲鑼打鼓，當然要敲鑼打鼓。注意，老王，這事暫時保密。龍書記向來不好大喜功，不搞個人崇拜，不准給他做生日。我們呀，這回不給他發脾氣的機會，給他個皆大歡喜的既成事實。

第二個電話完了，鮑場長把話筒放下，面帶微笑，甚爲得意，看我一眼。

這是唱的哪齣戲啊？我勸阻不了，給他要了第三個電話：場長，凌雲頭工區。

小石吧？我是老鮑，鮑東生！可以，可以，你叫我大哥，我叫你兄弟。……現在你是工區主任，不再是代理主任了，轉正了。工區的事務，以你爲主。我沒騙你吧？這點人事權，我還是有的嘛。講話算數。不算數的話不講。對對，你小子今後學著點，對龍頭要敬重，不要那麼多牢騷怨氣。……現在，我和你商量一件事。不是什麼指示，是商量工作。「我們的責任，是向人民負責。」今中午，我們在家的幾個領導碰了碰頭，定了件事。本月二十號不是我們建場四十周年慶典嗎？林場創辦人龍書記也正好六十大壽。我們這些做晚輩的，總該表示表示吧？你不幹？不搞吹牛拍馬？小石，我告訴你，你小子小心點。你那個工區主任，人家龍頭書記一不高興，說撤就撤了。……我就再難給你爭取了。小子你懂不懂得這個厲害？哦，想通了？這就好。具體如何辦，你們自己拿主意嘛。我不是給你們下達任務，祇是個提點而已。壽禮？當然可以送。記住，不必貴重，但要有心。山貨、土產都可以。什麼？送一尊黃楊木雕像？你們工區有雕刻能人？好，好，你小子腦筋活，轉動快……這件事，還不能讓龍頭提前知道，注意保密。不為別的，祇望到時給老人家一個驚喜。職工群眾自發行動，對對，送雕像作壽禮，可以敲鑼打鼓，喜慶喜慶。……

我在一旁，越聽越不是滋味，還得陪上耐心。鮑場長打電話的口氣，能顯示他與對方的親疏。我擔心鮑場長對我起疑心，走也不是，留也不是，甚是尷尬。

接著是茂林坳工區。人說該工區主任吳青林和鮑東生早年在林業專科學校讀書時就是紅衛兵戰友，一起造過反，鬥過走資派。兩人還是拜把兄弟，喝過雞血酒。

鮑場長又在仰著頭呵呵笑：老吳吧？我是老鮑呀，鮑東生。黨內稱同志，不稱職務。什麼？可以，可以，你叫我一聲哥，我喊你一聲弟。你上回孝敬我的那半邊麂子肉美味。下回有了獐子肉，也不要忘了我這做大哥的。……好，不囉嗦了，談正事。「我們都是來自五湖四海，為了一個共同的革命日標，走到一起來了。」老弟你知道嗎？龍頭書記年滿花甲，他的六十大壽日正好和我們林場建場四十周年慶典是同一天。十月二十號。對對，你也是和我一起被龍頭提拔的。你看，你們工區幹部群眾對老書記六十大壽是不是能有所表示？表示一點心意嘛！不不，那要犯錯誤的。和我講沒關係，傳出去，影響不好。你還是那個紅衛兵德行，頭上生角，身上長刺。走資派還在走？放屁！十一年前免了你林場副場長，那是你自作自受，還要我替你揩屁股。當了這麼些年工區主任，依舊還是口誅筆伐一套，文革遺風。要改掉，老弟，懂不懂？不要再提我們當紅衛兵時的那些「光輝業績」了。這回啊，你們準備給龍頭書記送什麼禮？送一塊水白梨木匾，千剮萬剮？你老弟又胡說了！刻上八個字：伐木英雄，光榮退休。好，這個點子好！老書記肯定會高興。就這麼定了。……

接下來，還有野雞坪、太平洞，藤蘿寨幾個工區。鮑場長打了這麼幾個大同小異的電話。每個電話都有一條語錄。聽得出來，幾個工區主任都是他的親信。他嘴上說給老書記賀壽不是場部下的指示，實際上是他呼風喚雨，刻意部署。

臨了，鮑東生場長臉上堆笑，對我說：盤主任，哦，小盤同志，你該看得出來，對於老同志，老前輩，我一向是尊敬的。我們人人都要老的嘛！不管老同志對我有什麼看法，我都保持這個態度，秉持這做人的本分。比方這次的祝壽活動，我是完全出自內心的，能去做的，就盡力去做。……但願啊，好心得好報，不要搬起石頭砸了自己的腳。……哈哈，娘賣乖。

哎呀，他們究竟要幹什麼啊？說是變著法子搞政變，又沒那麼嚴重。鮑場長離開後，我頭腦發脹，他那幾通電話弄得我腦仁生疼。怎麼辦？要不要設法找到龍書記在州委招待所的電話，把這事告訴他？不妥，不妥！龍書記三高，萬一氣出病來怎樣辦？況且那樣一來，我就成為「告密者」，從而捲入場部一、二把手的矛盾漩渦中去了，有可能引發一場更大的風波。這兩派人馬，龍爭虎鬥，惹人煩心。我該找誰商量這事呢？打電話去樅樹壩找白所長？他也算個場領導，不是外人，應該知道的。不過，他對這種事不會有興趣，講不定他會笑話我，說躍進派和文革派過去是暗鬥，如今是明爭。你去摻和什麼？文革派逼躍進派讓路，下臺。……擡野豬、雕木像，還有水白梨匾作壽禮，虧他們想得出！這就是他們的鬥爭策略，他們的鬥爭哲學。好個鬥爭哲學，還不是你死我活那一套！這話誰說的？好像是書上看到的，林彪兒子林立果的話。

我放棄了給白回歸打電話的想法；即使打了，也不一定能在電話裡和他說清楚這件事。

下班後，我去找了趙裕槐。對他說了鮑場長給各個工區主任商談給龍書記賀壽的事。趙裕槐一邊聽，一邊眼睛、嘴巴都張得老大：有這事？不可思議……人心叵測……龍書記昨天才離開，他今天就有大動作……鮑東生，他是在放蠱啊，放蠱啊！

我不懂什麼是放蠱。趙科長揶揄我：虧你還是個瑤家女，連放蠱都不懂？那就是偷偷在小路旁的草叢上、樹枝上纏上些小布條，或是小紙條，上面寫上咒語，等仇家走過時踩上，撞上，中了符咒，回到家就會發瘋、抓狂，直至口吐白沫，人事不省，最後丟了性命。

我不以爲然：鮑場長當著我的面，在場部辦公室打電話，不是暗中放蠱，也不至取人性命。

趙科長說：你呀，看問題還是簡單了些。我講的「放蠱」是個比方。那種迷信活動也未必有效。老鮑這一招老辣得很！也虧他想得出來。你默一下神，要是真讓下面幾個工區的員工擡的擡野豬，捧的捧雕像，舉的舉匾額，敲鑼打鼓，來場部給龍書記賀壽，那會是個什麼場面？逼龍頭退休呀，放權呀！這回這個陷阱，挖得又大又深。……你就一直眼睜睜看著老豹打電話？沒有勸阻一下？

我說：怎麼沒有勸？一再建議，賀壽這事，是不是等龍書記回來了，徵求他本人意見。……可鮑場長强調，這事是他和在家的幾位領導商定的，要我不要插嘴。我還能講什麼？我不過是個辦公室的辦事員。鮑場長是我的頂頭上司，你又不是不曉得。

趙科長連說：不怪你，不怪你。但我們拿這件事怎麼辦？對了，老鮑不是說他和滕副場長、楊總工商定的嗎？我們現在就找老滕去，看看他們究竟是如何商定的？

說走就走。我隨趙裕槐去了滕達家，滕嬸嬸見我們找老滕，說他剛挑了糞桶到野馬河對岸澆自留地的小菜去了。我們謝了嬸嬸，一路下坡，過了跳石子橋，果真在一塊蔬菜地裡見到了滕達。那是沿著河岸的一長溜自留地，場部職工家屬每家一塊，種些時令小菜食用。滕達邊往菜畦裡澆肥邊聽我們的匯報，答道：是有這回事。老鮑中午時分找我和楊總工談過，說是要在建場四十周年紀念大會講稿中加進幾句為龍書記祝壽的話。我當時覺得也可以，沒想到老鮑藉題發揮，搞出這麼大的動作來，真是知人知面不知心。看來，他是下了決心，要和龍頭攤牌了。

趙科長有些性急了：滕副場長，你看這事該如何辦？就看著它惡性發展？

滕副場長把長柄糞瓢放入桶內，問我：小盤主任，你能不能聯繫上你龍伯伯。這事，也祇有他老書記出面才能阻止。

我說：龍書記臨走前倒是有過交代，場部任何一件重要事情，祇能等他回來才能處理，這是紀律。我也想過打電話，可在電話裡又不便說這事。最怕他身體不好，動了肝火，氣出大病來。

滕副場長和趙科長也覺得我的顧慮並非沒有道理。我又說：滕場長，你能否出面，給下面工區下個通知，告訴他們，給龍書記祝壽的事，要等龍書記本人回來做決定。行不行？

趙科長見滕副場長面有難色，表示理解他的尷尬處境：老滕恐怕不行吧？副場長否定場長的通知，下面誰會聽？鮑場長又是長期分管政工人事的領導。……我看哪，還是盼龍書記快點回來吧。後院要起火了，滅火要緊。

滕副場長擰了擰眉頭：想起來了，他娘的，滅火，是要滅火……要是十個工區都派人敲鑼打鼓來場部向龍頭賀壽，就真的天下大亂了……小趙，還是你去一趟相思坑，找龍三寶談談形勢，要他出面，能勸阻幾個工區就是幾個工區。娘的，我們衹能先這麼辦了。

趙裕槐說：好，我這就去相思坑工區。龍書記啊，去州府一個禮拜，要辦些什麼事啊？

滕達苦笑了：除了檢查身體，還不是要去催州委組織部盡快下達那份林場新領導班子的任免名單，要把鮑東生從接班人位置上撤換下來？況且，老鮑也不是那麼好對付的。這些年，他利用分管政工、人事的權力，大力栽培、提拔自己的人馬。能量大得很。說起來，也是前些年老書記太信任和放任他了，現在尾大不掉，奈何不得了。

沒想到，趙裕槐冷冷地拋出一句：怕就怕「鮑道理」還會有更大的動作，我們防不勝防。

我忍不住看他一眼，龍書記沒有看錯人，這個接班人是選對了。

滕達問了一句：還會有更大的動作？難道鮑道理真要搞政變？

趙裕槐無頭無尾地說了一句：但願沒有那麼嚴重。反正妖怪是從寶瓶裡跑出來了。

三十四　展覽館失火

天亮時分，下起了毛毛雨。

我剛要起床，就聽見下面幾排房子裡有人呼喊：救火啊！救火啊！快提了水桶救火啊！快去，……快去，快去……

失火？什麼地方失了火？我打開房門，見山坡下，離場部辦公樓不遠的地方濃煙滾滾，紙屑飛灰在毛毛細雨中紛紛揚揚。難道是辦公樓失火了？哎呀，這個多雨季節，天氣不冷，辦公樓裡沒人生火取暖的呀。

這時，廣播喇叭響了，一陣噪音過後，喇叭傳出簫玉圓急促的聲音：場部幹部、職工注意了！場部幹部、職工注意了！請大家帶上水桶、梯子，到展覽館打火！到建場四十周年展覽館打火！同志們立即行動！立即行動！……另外，請家屬們管好自己的小孩，不要去圍觀，不要去圍觀。……

我心裡一陣發緊。糟了，慶祝建場四十周年展覽館還沒有正式啟用，就發生了火災！那裡原是一座廢棄的鋸木工場，三個多月前改建時，換了新的杉木皮屋頂，用石灰水刷白了木板牆。裡面的展品多是些紙板和木質標本，哪一件不是易燃物？我趕緊出門。山坡上的排排宿舍，石級上下，到處都是奔跑的身影。

我趕到火場時，展覽館前的坪場上已形成了幾條散兵線，在傳遞著一桶一桶渾濁的雨水。嘩！嘩！嘩！一桶桶的雨水由幾名排頭兵接二連三地潑向烈焰，激起黑色的塵埃。安保科的員工抱著滅火器，將乳白色泡沫射向翻騰的火圈。大家的臉上映著火蛇的紅光，身上落了飛灰，或是火星。煙霧中，人們的喊聲，嗶嗶啵啵的燃燒聲混成一片。

我加入了傳遞大桶小桶的運水行列。我邊傳水邊仰頭觀看。大火是從展覽館內燃起來的，黑色濃煙團團滾滾沖出了館外，很快變成深紅色，變成一卷一卷的火舌，劈劈叭叭吞噬著杉皮屋頂。再又變做紅色巨蟒猙獰地扭曲著，凶惡地翻卷著，太恐怖了。更讓我驚懼的，是掛在館外那「建場四十周年光輝業績展覽館」紅布橫幅，被火舌舔著了，從下到上形成一道長長的黑邊。黑邊快速向上擴展，頃刻不見了蹤影，都沒看到火光似的，只聞到一股刺鼻的氣味。橫幅沒有了，火舌仍在往上燎，原先橫幅兩邊各插有五面赤橙黃綠紫彩旗，現在火舌沿著十根旗桿上躥，成為十枝火柱，一齊焚燒。先燒掉的又是那十面化纖布，發出惡臭。之後只剩下十根黑色的焦桿，像十根鐵棍似的不甘願倒下，很倔强地豎立著，竟堅持了好一刻才化成飛灰消失……整個展覽館此時已經是一座烈焰熊熊的大火爐。

隨著轟隆一聲巨響，展覽館頂棚塌下，揚起漫天火星煙塵。救火行動是無濟於事了，展覽館不可能復生。但一桶一桶的水還在潑，不甘心失敗，人人都在盡一份職責，奉獻一份氣力。風助火勢，毛毛雨無濟於事。水桶救火真正的杯水車薪。看著希望已經爲零，傳遞水桶的行動不覺緩了下來，然後慢慢停止了。幾條散兵線似的人流漸漸鬆散了。人們站在坪場裡，眼睜睜看著火舌將最後幾塊寫著「光輝業績」的標牌一一吞噬，祇剩下一處一處的灰燼青煙，冒出一股股刺鼻的焦糊味以及油漆臭氣。大大小小、高高矮矮的木盆、塑料盆，木桶、塑料桶、白鐵桶丟了一地。

這時刻，我看到鮑東生場長哭喪著臉，在一堆黑糊糊的灰燼邊踱來踱去。他的頭髮燒焦了幾處，衣服也燒出幾個破洞，低垂著頭使他的五短身材更顯矮小。場部安保科長十分狼狽，跟在後面。鮑場長唰地轉過身，咬牙切齒地對安保科長晃著拳頭：一場大火，把辛辛苦苦、加班加點籌建起來的展覽燒得乾乾淨淨！怎麼向全場幹部、職工和家屬交代？怎麼交代？

安保科長沮喪無比，說：我也沒法向龍書記交代啊！老人家還在州人民醫院檢查身體。他才離開兩天，就出了這種事……

鮑場長瞪了科長一眼，眼神充滿鄙夷和不屑，似乎在說：衹會向老主子效忠，別的，屁本事沒有！

展覽館晚上有沒有人值班？鮑場長問。

情況……不是很清楚……安保科長支吾著。

你是安保科長，是負責安全保衛的啊！鮑場長再次嚴厲地瞪了科長一眼：你有責任預先安排防火措施的！

安保科長忍不住回嘴：在場委擴大會議上，專門為籌建四十周年光輝業績展覽成立了一個領導小組。場長你是組長，滕達是副組長，趙裕槐是副組長兼展覽館辦公室主任！喏！安保科長環顧現場，發現了我，遂說：小盤主任也在這裡。你說，當時是不是這樣分工的？科長大約自恃是龍書記的人，敢於頂撞鮑場長。

鮑東生場長看我一眼，問：老滕、老趙，這種時刻，怎麼不見人影？我也是滿臉喪氣：他們昨天下工區檢查生產去了，很多道路要修整。

我還有句話：這場大火燒得蹊蹺，會不會有人縱火？

鮑場長不耐煩地揮揮手：都是這昏天倒地的鬼天氣鬧的！……偏偏老滕、老趙又都下去了……算了，算了，過兩天再來分析事故原因和責任。你們安保科要負責深入調查，寫出調查報告！要特別注意那些平日形跡可疑的傢夥。

鮑場長說著，撇下我和安保科長，逕自走到灰燼堆裡去了。許多人在那裡翻翻撿撿，有的殘灰還在冒煙。出來，出來！安保科長忽然大叫：保護好現場！保護好現場！

幾個幹部、職工回敬他：又不是丟失了財物，你們好來拍照、取指紋。

也有人說：燒成一堆堆黑灰，還有什麼現場？

科長，當破的案子，你們一個都破不了；不當破的，你們又橫來勁！

旁觀者有的冷笑，有的譏諷，有的嘆氣，還有的若有所思。

我看到穆蓮姐了。我知道她心疼，那麼多展品，傾注了那麼多心血。但她獨自一人，低著頭，也在灰燼中尋找什麼。我想：難道她在尋找那三張引起一連串風波的照片？鮑場長也注意到她，快步走過來，低聲對我說：盤主任，去告訴她，滿地下都是釘子，鐵絲什麼的，小心腳下。……

他還在關心穆蓮阿姐。

我來到阿姐身旁時，她正從地下撿起一角燒剩的紙片。她擡頭，見到我，嘴角帶笑：盤主任，這就是「我們的森林」。「我們的森林」成了這樣！

我悄聲說：你不是還留有底片嗎？

阿姐神思恍惚，見了誰都傻笑：有意思，嘻嘻，有意思……一把火，把四十周年展覽燒了，把光輝業績燒了。……怎麼這麼容易燒掉？不到一個鐘頭吧？有意思，有意思……

阿姐，你怎麼講這號話？我見旁邊有人在留意她的幸災樂禍，於是打斷了她：水火無情。我們林場真是多災多難。

多災多難？祇怕更大的災難還在後頭哪！祇怕老天爺長了眼睛，報應這林場哪！……穆蓮姐無所顧忌，自顧自說著：十幾年了，我也是聽得多，見得多，經得多了。看，連老天爺都動怒了。

我能體諒阿姐。此刻她心情極差，幾乎萬念俱灰，滿腔怨憤，無從傾訴、發泄。

回吧，回吧，阿姐，離開這裡。……我勸她。

回吧？回到哪裡去？展覽館沒有了，不要人來上班了。哈哈，不要人加班加點了。……他們也來不及替自己評功擺好，樹碑立傳了。……我回樅樹壩去，回營林工區去。……那三座紅豆杉金字塔的事還沒完，我和他們沒完……喝桐油，嘔生血，我和他們沒完。……

我真擔心，穆蓮姐好像有些神經錯亂。

救火的人陸續離去。我看著滿目瘡痍，有種奇怪的、不祥的感覺。大家忙碌了三個多月，幾乎動員了全林場的幹部、職工，為展覽館獻計獻策，貢獻圖片、標本實物。可展覽卻一天也沒來得及和大家見面，就莫名其妙地毀於一場大火，成了遺址。而且，好像誰也不大心疼，惋惜。燒了就燒了，多一事不如少一事。真是莫大的諷刺。

我拉著穆蓮姐離開這廢墟時，鮑場長和安保科長仍留在那裡，似乎還要尋找什麼。他們有什麼寶貝遺落在斷壁殘垣灰燼裡了？我聽到各種各樣的議論。議論最多的是，龍頭書記回來後，會如何痛心疾首，怒氣填膺，因爲這展覽館陳列的是他四十年來參與創辦林場的經歷、業績和心血。

食堂今天遲了兩小時供應早餐。原來，因前些天連日大雨，竹渠的「自來水」渾濁，還有異味，各家各戶都不敢食用了。這是辦場以來從沒有出現過的「水情」。食堂原先蓄下的幾大池子清水又臨時用於滅火了，機井裡抽上來的水竟也是渾濁的，要加了明礬澄清後才能使用。即便如此，飯菜也免不了帶有一股子泥腥氣。

還好，這一上午，辦公室都沒有收到新的告急電話。我祇做一個電話記錄。那是龍書記從州人民醫院第十四病室打來的，說他明後天就會回來。但帶出去的北京吉普打不起火，臨時送去修理。如果能搭上進山的卡車，他就一定想辦法趕回來。

我拿著話筒期期艾艾，都不敢告訴他展覽館被大火燒毀的事，更不敢告訴他「鮰道理」布置各工區要為他賀壽……我是被一場火災嚇傻了，魂都丢了。

下午，鮑東生場長回到辦公室，問了問上午有不有要緊事務。我將龍書記的電話詳情向他匯報。得知龍書記可能要遲一、兩天回來，鮑場長竟苦笑了，說聲：遲回來好，遲回來好。然後，他坐在我對面的藤椅裡發獃，大約仍在思考早上展覽館失火事故。我知道，這事對林場領導來講，是重大損失，也是一次精神上的打擊。

我不敢懷疑這場大火和他有什麼關係。

盤主任，你講講，今早上下著小雨，可火勢爲什麼那樣猛，一下子就把個展覽館燒了？鮑場長冥思苦想，想不出個所以然，於是開始集思廣益，徵求我的看法。

那館內全都是些易燃品，加上屋頂是杉木皮，牆也是木板牆，一燒起來，還有不快的？我頭腦簡單，隨口說出自己的見解。

不！我懷疑有人縱火。鮑場長在一張紙上描描畫畫。

你和安保科長找到了什麼證據？

祇是一種懷疑，一種推測。……你沒有聞到了那刺鼻的汽油味？……那地方也不算小。祇有全館所有地方同時起火，才會在一個多小時內把房子連同展品燒個精光。……離開館祇剩下一個星期時間，要重新籌辦，已不可能。你看看，是不是祇有這個燒法，才能在很短時間內把那裡燒個精光？

說著，他把畫下的那張紙頭遞給我看。這是一張草圖，也是一張火勢燃燒及走向的示意圖。在館內每一個風口位置，他都畫了一朵火苗。這個人，真是時時、處處都表現出他的精明。可當初，怎麼就沒想到應該設置一些防火設施，並安排人夜間值班呢？

要是電線走火呢？那燃燒起來也是很快的。我提出了另外的懷疑。不知爲什麼，我不希望是有人縱火。

我們查過了。館內電線總開關並沒有燒壞，而且是拉了閘的。鮑場長望著我，直搖頭。

那領導上有懷疑對象了？

對象當然有幾個。……小盤主任，你這幾天碰到過那個神神鬼鬼的老瑤民，什麼樹神爺爺沒有？鮑場長問我。

樹神爺爺？怎麼會？他都那麼大年紀了，輕易不來場部一趟。場長，樹神爺爺是林研所白所長的顧問，是個很善良、很可憐的老人。我不同意他的懷疑。把「燃燒示意圖」還給他。

這個老傢夥一直對我們林場有仇恨。……解放前的大土司，在天鵬山一帶占山爲王。瑤族同胞由於沒有文化，不懂科學知識，至今像敬奉神明一樣敬著他。說他年輕的時候，還有「初夜權」！瑤家後生討老婆，新媳婦要歸他破瓜。……對不起，對不起，我不該和你講這個話。……解放後，我們進山辦林場，打破了他的森林天下，他哪有不仇恨我們的？出於黨的民族政策，也是需要團結本地瑤家，這才一直沒有抓他、治他。「一切民族問題，說到底都是階級鬥爭問題」……要講這傢夥可能放火，或是瑤家的個別不法分子所爲，都是不能排除的。

鮑場長把我們的樹神爺爺說得這樣不堪，令我十分反感。於是我也開門見山，態度明確：場長，講話要有證據！你該尊重我們瑤族老人。這是我們瑤家的一道感情紅線！天地良心，我們的樹神爺爺絕對不可能來放火。希望你不要引起衆怒。是否有別的可疑對象？

有。另一個自然是王神經。這傢夥死了二十幾年了，卻陰魂不散，鬼魂不知附在那個人身上了，一直在幕後操縱、破壞、搗亂。近半年來，他更是活動頻繁。場委會和我一直責成安保科破案，但安保科那幾個男女，衹會嚇唬一些老實巴交、沒有文化的職工，還拿了公家的槍支彈藥去打野豬、野雞，正經的案子，一個都破不出來。……盤主任，你來林場也三個多月了，對王神經有何看法？鮑場長忽然問我，頗有單刀直入的犀利。

他的眼神和表情也奇怪，就像認定我和王神經有什麼聯繫似的。

我覺得好笑，因爲我也是遍訪王神經而不遇。有老職工告訴過我，自鮑東生當上林場領導，一直分管政工、抓動向，管人頭，「敵情觀念」就特別重，有時鬧到草木皆兵的地步。

我說：王神經確是個神祕人物。常有人說起他，好像四處都有他的身影，可是誰都說不清他是哪個。這也算得上是林場的奇人怪事。

鮑場長點頭，與其說他對我點頭，不如說他在肯定自己腦海中的聯想。他說：我早就警覺。好像林場不少人都知道他，但誰都不肯說出他是誰。……這些年，不搞政治運動，不抓階級鬥爭了，大家的思想意識模糊，政治觀念薄弱了。……小盤主任，你能不能告訴我，都有誰和你談起過王神經？

我心裡打了個疙瘩。讓我說這個？那可不成！我一直暗自同情、敬佩王神經呢。於是，我告訴他：場長，我回林場時間不長，每天坐在辦公室，接電話，收文件，參加會議做記錄，忙忙碌碌，真記不起誰講過王神經這名字了。

他緩緩地點點頭，或許被我搪塞過去了。他說：我懷疑，王神經的陰魂已經鑽進了領導班子，附著在了某個領導人身上。哼，起碼是個科級以上的幹部。

王神經鑽進了場委會？重大發現！難得的發現！我帶著點惡作劇的口氣笑道。

你大聲嚷嚷什麼？鮑場長瞪了我一眼：這話不要亂傳！否則會引起混亂，班子內部矛盾夠多，夠複雜的了。「政治路線確定之後，幹部就是決定的因素。」坐辦公室，就是要管住嘴巴。看到的，聽到的，不能說的，一個字也不要說。這意思即是要當「五子」：看到了的，當作沒看到，瞎子；聽到了的，當作沒聽到，聾子；得到了的，當作沒得到，獃子；想到了的，當作沒想到，蠢子；猜到了的，當作沒猜到，傻子。做到這「新五子登科」，才能當好一名基層領導幹部，甚至是中、高層領導幹部。

好個「新五子登科」！真是新時期的新幽默。我差一點就說：那一來，也就沒有人給領導打小報告了。

小盤主任，還有群衆反映，穆蓮和王神經搞過對象。嗯，會不會是她對現實不滿，無意中在展覽館放了把火？鮑場長冷不丁問道。

真是沒心肝，虧他講得出口。都是什麼人啊？自己和穆蓮姐同居，還懷疑她會去放火？對不起，我來了個以攻爲守：場長的耳目很多嘛。我坐在辦公室，聽不到這種小道消息。你自己爲什麼不直接去問她？好像穆蓮姐近來和場長也是往來夠密切的。

她近些天情緒怎樣？她一定有很多不滿，容易被人利用。……鮑場長皺起眉頭，一副苦相。

我見這情狀，心中陡然升起一股火苗，也就不管他領導不領導了：應該說，對穆蓮同志，場長你比我瞭解更多。你們不是住在一起了嗎？懷疑她放火，你脫得了干係？

小盤主任，小盤主任，你怎麼講這種話？完全誤會我的意思了，誤會了……鮑東生目光閃躲。很明顯，他極不習慣下屬用這種口氣和他講話，但他又不便發作，好像我掌握他很不光彩的隱私。

鮑東生苦著眉眼說：算了，算了。眼下，我們場領導最緊要的工作還是抓抗洪搶險，保住全場職工家屬的生命財產安全。……對了，展覽館燒了也就燒了，四十周年慶典之前是恢復不了的了。楊總工和你不是還負責一場詩歌大賽嗎，分爲新詩和傳統詩兩組。對了，還有個森林科普知識競賽，都要趕快評出結果來。到了慶祝大會那天，也是兩項熱熱鬧鬧的活動。

我說：詩歌大賽是楊總工負責評選小組工作，初評結果已經出來，也打印並分送給場領導了。現等著場委會開會，最後審定呢。

鮑場長說：就是，就是。幾件緊要的事，都等著龍頭回來召開場務會議，拍板定案。沒有龍頭的一錘定音，天鵬山就難以跟著地球轉動。

三十五　白回歸遭拘留

大火焚毀「建場業績展覽館」的第三天中午，我打電話去樅樹壩林研所找老白。接電話的是位男同志，聲音陌生，說是白所長正在忙，不能接電話，云云。我聽到老白辦公室裡人聲嘈雜，像是吵架，老白在呵斥什麼人。他的壞脾氣又犯了。放下電話，我沒去多想。老白這人遇事不管不顧，嫉惡如仇，全無方式方法，不知又是和誰幹上了。

下午快下班時，辦公樓的人都走空了，卻見穆蓮姐風風火火地跑了進來，嚷嚷著：出事了！出大事了！自展覽館失火，她就不時一驚一乍的，魂不守舍。我要她好好說話：出了什麼大事了？誰出事了？

老白被拘了！拘到派出所去了！穆蓮姐睜大眼睛，胸口劇烈起伏，上氣不接下氣。我衹覺得腦袋裡「轟」地一響，眼前盡是黑斑點……不，像是一下子掉進了冰窟窿，全身發抖，牙巴骨打顫顫：你、你瞎說！誰抓了老白？誰敢抓老白？說著，我身子把持不住，晃了兩晃。

穆蓮姐一把扶住我，也慌了：金鳳！金鳳！沒事，沒事！看把你嚇得……老白不會有事！還有老趙、楊總工他們呢！怕什麼？老白是你大哥，也是我大哥。……趙營長已經帶民兵包圍了派出所。……

這是齣什麼戲？如此陣勢……我這才緩過一口氣來。聽到趙營長果斷出手，救助白回歸，我彷彿看到了希望，一時平靜了許多。不過，我仍然攥著穆蓮姐的雙臂：快講講，怎麼回事？阿姐，你沒有講瘋話吧？

穆蓮姐掙脫了我的雙手，拖過椅子：金鳳，你坐下，坐下！不急，不急嘛！聽我從頭講起。……你還記得上次老白和鮑東生吵架，鮑指他毆打工人階級酒葫蘆的事嗎？之後，老白去過一次茂林坳工區，找那個偷樹賊談話，給了他七百塊錢的補償費。這件事，你曉得嗎？

我搖頭，沒有聽老白提起過。他有事總是悶在心裡，自己瞎折騰。

穆蓮姐說：好，你莫打岔。一堆亂麻樣的，聽我把案子理出個頭緒來。……展覽館被大火燒掉的第二天，也就是前天，酒葫蘆喝得醉醺醺的，找到他們工區主任吳青林自首，承認展覽館是他放的火，灑汽油燒的。……

穆蓮姐說：講是吳青林很氣憤，當場甩了酒葫蘆兩個大耳光。你曉得的，吳青林是豹尾的大專同學，紅衛兵戰友；兩人一九六九年一同分配來林場工作。鮑、吳二人平日比拜把子兄弟還親。用文革的話講，是戰友、死黨關係。吳青林把工區的幾個負責人找齊，包括工區副主任、民兵排長、安保組長等幾個人，共同審問縱火犯酒葫蘆，並作了筆錄。據酒葫蘆交代，他放火燒展覽館，是受人指使。誰指使？白回歸！林研所所長白回歸！白所長是林業科學家，為什麼指使你幹這事？因為白所長講，那是個假展覽，掩蓋林場真相，愚弄上級，糊弄群衆，盜名欺世！白所長叫你去燒，你就去燒？是，是！叫我帶上汽油去燒，說是晚上十一點後，那裡就沒人加班了！

我插言：一面之詞，空口無憑。

穆蓮姐打個手勢要我往下聽：吳青林問酒葫蘆，你空口無憑，誣衊著名林學家，誰會相信你？不料酒葫蘆拿出了「證據」。

什麼證據？

一個印有「天鵬山亞熱帶森林科學研究所」字樣的白紙信封，裡面裝了五張「毛大頭」，五百元人民幣。他交代，白所長曉得我好酒貪杯，給了五百塊酒錢作爲報償；白所長還講，這件事，天知地知，你知我知，展覽館一燒，消蹤滅跡。……

穆蓮姐說：吳青林主任命人作好筆錄，拿給酒葫蘆本人看過，叫他當場簽字畫押，打了手模。吳主任本人及其他三位在場的工區領導也都簽字畫押，以證明這份口供的真實性。

酒葫蘆在茂林坳工區被關押了兩晚，給他好吃好喝。吳青林主任對外封鎖消息，慎重請示了老戰友鮑東生場長。鮑場長自是十分重視，下令吳主任親自帶民兵，把縱火自首犯連同「證物」一起押送到場部派出所來，依法拘留處置。一路上，吳主任對酒葫蘆比較客氣，沒有給他手銬，啟程前還讓他喝了個半醉。從茂林坳工區到瑤王谷場部有二十多里山路，工區的生活用車出山拉東西去了，他們一路步行。走著，走著，都已經走到吊頸嶺，離場部祇有幾里路的地方，酒葫蘆忽然畏罪，害怕起來，乘押送人員不留神，撒腿就像山兔一樣逃跑。押送人員立馬就追：站住！不站住就開槍了！酒葫蘆哪裡肯停下來束手就擒？他逃到一座懸崖邊，一腳踩虛，跌下崖底，摔死了，死了！

我無語。這結果出人意料。

穆蓮姐說：吳青林這人很有頭腦，留下兩個民兵守著嫌犯酒葫蘆的尸首，保護好現場，以免被野物撕咬、拖走。他自己則帶了另外兩個民兵到場部派出所報案，並上交了「罪犯的供詞與證物」。派出所劉所長立即派警員到吊頸嶺那山崖下去驗尸，並拍照存證。因事涉林研所所長、著名林學家白回歸，劉所長請示負責治安保衛的鮑東生場長怎麼辦。因爲死了人，案情重大，鮑不得不向自治州公安局報了案，後簽了命令：「此案處理須謹慎，證人已死，證詞、證物俱在，應對白回歸實施保護性居留。」金鳳，他並沒有用「拘留」二字，而用了諧音「居留」。派出所劉所長問，是不是要請示龍樹貴書記批准之後，再採取措施？鮑說，安全第一！已經死了一個，白回歸是大名人，再出了事怎麼辦？就這樣，立即行動。龍頭那邊，曾有人去請示匯報。縱火，人命，案子越鬧越大。

穆蓮姐說：於是一輛警車嗚嗚地鳴著警笛，開到了樅樹壩，在白回歸的辦公室外停下。兩名全副武裝的警員不由分說進了老白的辦公室，要帶他回場部派出所問話，作筆錄。老白當時正在手提電腦上寫一篇新的論文〈林木分子標識與育種選拔〉。兩名警員進來，他連頭都沒抬，眼睛仍盯著電腦屏幕，雙手仍在鍵盤上敲打，祇是問了句：什麼事？為什麼不敲門就進來？

兩名警員見老白像個沒事人，大大咧咧，滿不在乎，就很生氣，也很神氣，說：白專家！我們派出所劉所長請你去一趟，要對你問話，作筆錄。白回歸這才睜大了雙眼，震驚，不過他仍無懼色：你們講什麼？再講一遍！警員口氣生硬：帶你去問話，作筆錄。白回歸氣得滿臉通紅，喝問：混帳！你們要問什麼話？作什麼筆錄？警員也抬高了音量：走吧！到了派出所，你就知道了！

這時，門外已經聚集了大群男女職工，把那輛警車團團圍住。人們議論紛紛：要抓走白所長？憑什麼抓白所長？又不是搞文革！不行，不行！講到天上去，也不能叫他們把老白抓走！好人吶，好人吶！一天到晚，一年到頭，都在採樹種，育樹苗，搞研究，還把他當壞人？這些年，他照顧了我們多少人？我們的孩子病了，老人病了，哪次不是他出醫療費救助？他單身公一個，月月都把工資補助了我們！弟兄們，姐妹們！今天我們怎麼也不能准許公安把老白抓走！對，要抓，就連我們一起抓走！文化大革命早就結束了，如今還迫害知識分子？有不有天良？來呀，我們動手，動手！把這烏龜殼警車給掀了！慢著，慢著，搞清了情況再動手！

我輕輕吐了口氣，被感動了。

穆蓮姐說，她當時正在樅樹壩，準備回樹種園來上班，恰好目睹了這一幕。辦案的兩個警員中，有一個是她的初中同學，因見警車沒法離開，把她叫到一邊，吐露了上面這番案情。

老天！我總算心神安定了些，身子不再抖得那麼厲害，胸口也不再跳得那麼快了。我催促：快講，下面呢？後來怎樣了？

後來？倒是兩名警員見營林工區的老老少少，群情激憤，來勢洶洶，怕起來了。若警車真叫不明真相、情緒激動的人民群衆掀翻了，甚至放火燒了，就下不來臺了，麻煩大了！這類事件，報紙上、電視新聞上都報導過的。……不得已，警員强調自己執行公務，祇好求白回歸所長出面做工作，平息人民群衆的激憤情緒；他們答應白所長，去派出所不坐警車，祇管坐他自己的摩托車去。

就這麼著，白所長用個背包帶上手提電腦，出到門口，對員工們說：謝謝了！謝謝大家對我的信任和愛護。大家可以放心，我沒有什麼事，派出所祇是向我瞭解一下情況，我去去就回來。警察同志對我很客氣，一點也沒有爲難我。……大家讓讓路，讓讓路。看，我都是騎自己的摩托車去。……好，好！穆蓮技術員也去，作爲大家的代表，好不好？

白回歸上了自己的摩托車開路，穆蓮則上了警車。她正好要回場部。穆蓮在警車裡，聽警員用大哥大向所長匯報：所頭，好險！車子差點被營林工區的人民群衆掀翻了！爲什麼？人民群衆都要保護白所長。……現在的情況是，白所長自己駕了摩托車來接受問話。我們一刻鐘就到，一刻鐘就到。穆蓮趁機對警員同學說：你們心裡明白就好。你們要是對白回歸所長不客氣，耍了手段，營林工區的人民群衆能把你們派出所的房瓦給揭了。

說話間，大小兩車到了派出所。劉所長親自到門口接著，面帶笑容和白回歸所長握了手，連聲說：抱歉，抱歉，勞動白專家了。我們嚒，也是例行公事，請白專家理解，支持。然而門衛不讓穆蓮進去。那名警察同學說：她是營林工區群衆的代表。穆代表，進吧，進吧。去作個見證吧。

派出所辦公室兼作警員值班室，屋子不算寬敞，但很有深度。深處有一道鐵欄桿，直頂著天花板，大約是臨時拘留室了。

白回歸已被安排坐在辦公桌對面的一張四方凳上。桌上擺著茂林坳工區呈交的材料，包括一份口供筆錄，一個林研所的信封。所長坐在兩名警員當中，態度仍算和藹。一名警員拿著圓珠筆和簿子，準備做筆錄。

劉所長問：姓名？出身？年齡？民族？職務、政治面貌、住址？

白回歸好像沒有聽見。他已經把筆記本電腦放在膝蓋上，打開來，準備繼續寫論文。

劉所長提高聲量，再問：姓名？出身？年齡？民族？職務、政治面貌、住址？

白回歸把電腦啪地合上，閉上眼睛，自顧自地、聲音清晰地唸道：西元一八六一年，俄國沙皇亞歷山大二世頒布政令，廢除農奴制。過了三年，西元一八六四年，俄國實行司法改革，法院脫離行政機關，獨立辦案。同時，原屬於警察局的預審科，也劃歸法院管轄。這就是司法獨立。自西元一八六四年到今年一九九七年，整整一百三十三年過去了。在我們這裡，預審權還留在公安派出所。基於這種情況，我不接受你們的預審。

派出所劉所長畢業於警校，並不是個大老粗：白所長，你這話是什麼意思？西元一九一七年，俄國不是發生了十月革命，建立了蘇維埃聯邦，簡稱蘇聯，一切權力歸蘇維埃了嗎？什麼是蘇維埃？那就是工農兵代表大會。還有，我國大革命時期，也曾經實行「一切權力歸農會」。

白回歸依然誰都不看，閉著眼睛說：好學問！連蘇維埃就是工農兵代表大會都清楚。但是，所長為什麼不提及西元一九九一年，蘇聯解體了，國名又改回俄羅斯了？列寧格勒改回聖彼得堡了？斯大林格勒改回伏爾加格勒了？你好記性，還記得我們這片土地上也曾有過「一切權力歸農會」。所長的意思，是不是講我們根本無所謂法律不法律？

劉所長語塞，憋得滿臉通紅。他目光泛橫，正要動怒，派出所門外傳來一二一、一二一的操練聲，然後是一聲「立正！稍息！」的口令。但見一名警員匆忙進來，對所長耳語了幾句。該警員走得急，喘著氣，那幾句耳語音量大得連穆蓮都聽到了：趙營長帶了一個班的武裝民兵，向我們要人來了！

這話還沒講完，就見牛高馬大的趙裕槐蹬蹬蹬大步進來，束腰的武裝帶上還別著把駁殼槍。他說：所長辛苦了！正在審案哪？老趙粗喉大嗓，甕聲甕氣，震得天花板嗡嗡作響。

劉所長起身招呼：哦，趙科長、趙營長，你怎麼帶著民兵闖到我們人民民主專政機關來了？

趙裕槐不看白回歸，而向派出所所長伸出大手相握：不客氣，不客氣。我們民兵也是人民民主專政的武裝，來保衛人民民主專政機關了。

劉所長甩開了趙裕槐的大手，說：我們正在問話，作筆錄，執行公務。請趙營長不要妨害我們執行公務。

趙裕槐目光如炷：請問你執行的是哪位領導下達的公務？

劉所長也是目光尖銳：林場治安保衛主任鮑東生場長的指令。因白所長涉嫌展覽館縱火案，人證、物證都在，請過目！這是自首嫌犯酒福祿的證詞。這是白專家給酒的作案經費，裡面裝了五百元人民幣。我們祇是要對白專家實行保護性居留，以確保他的人身安全。

白回歸這才睜開了眼，申辯了一句：不對，我給的是七百元，還有二百元，肯定是酒葫蘆喝酒喝掉了。……

趙裕槐神色嚴峻：都不要囉嗦了！兩位都起立，聽我傳達龍樹貴書記從州人民醫院發來的指示。龍書記說：立即把白回歸同志安排到場部招待所北棟三樓單獨居住，准許他的兒子小豆杉陪他過夜，並由趙營長和派出所劉所長共同負責白回歸同志的安全保衛。

劉所長還有所猶豫：你們這樣快就得到了龍頭的指示？那鮑場長的指示怎麼辦？豹尾的指示怎麼辦？

趙裕槐緊接一句：劉所！你是執行黨組織的指示，還是要執行別的人的指示？

劉所長趕忙點頭：執行黨組織指示。

趙裕槐大聲說：這就對了！來人！把白回歸同志送到招待所北棟三樓去！穆蓮啊？你也在這裡？聽說還是營林工區的群眾代表？好樣的！你快去辦公室向金鳳主任通報一下，她還被蒙在鼓裡，什麼都不知道呢。你講得緩和些，不要把我的小校友給嚇著了。

……聽穆蓮姐講完「案情」，我長吁一口氣，咚咚跳的胸口總算舒緩下來了，身上也暖和了些，牙巴骨也不再打顫顫，像是從冰窟窿裡出來了。我問：老白現在人到了哪裡？還被他們關著？

穆蓮姐握住我的手：看把你給嚇得！三魂掉了六魄。……放心，老白現在住進了招待所北樓，由趙裕槐的民兵和派出所的警員共同對他實行「保護性居留」。注意，不是「拘留」哦。看這文字遊戲玩的！

那個自首的縱火犯真的在半道上摔死了？

是啊，地點在吊頸嶺。死得蹊蹺，人證沒了，可供詞和證物還在。……

我的腦子冷靜下來，思維也正常些了：老白這下子麻煩了。……縱火犯已死，衹留下了口供作證詞，還有那裝在林研所信封裡的五百塊錢作證物。……人家把什麼都想到了，都安排好了，就是要給老白個死無對證。你說誰有這麼高明，誰有這麼高明啊！他們向州公安局報了案沒有？

這回輪到穆蓮姐魂不守舍了：對呀！我就沒有想到這一層。……聽派出所劉所長說，鮑場長昨天就報案了！還說是州公安局下的指示，保護好證人、證物，對白所長也實行「保護性居留」。高明哪！這下子，老白跳進黃河洗不清，一輩子都要揹上汙名了。還有，還有龍頭書記退休的交班安排，也被打亂了，一舉打亂了！

我問：姐，你也聽說了龍頭書記提名老白擔任場長的事？都是誰告訴你的？

穆蓮姐冷笑：你以爲龍頭的「內部吹風」能保得住密？悄悄話早就傳得沸沸揚揚了。說起來，都是「老白要當場長」這小道消息害了他。老白哪裡是當官的料？

她也這樣看老白。我腦子裡有個念頭一閃，決定先支開穆蓮姐：姐你去替我找趙科長、趙營長，就講我想去招待所看望白所長，請他作好安排。你出去時把門帶上。

穆蓮姐走了，門也關上了。我看了一眼，又過去把門閂插上了。回到辦公桌前，打開抽屜，拿出個小記事簿，從中翻出周省長上次讓祕書給我留下的電話。我按號撥通了省政府辦公廳，接電話的女同志聽說我要找省長，問了我一連串問題，包括姓名、年齡、職業、單位、地址，等等。……我心急如焚，遂告知她：我是周省長的學生，是周省長親自吩咐，讓我有事直接給他打電話！那女同志聽我口氣很硬，這才告訴我：周省長在家裡辦公，省裡的首長都在家裡辦公。你有省長家裡的電話號碼嗎？她還想查問、試探我。我又氣又急，放了電話，吸了兩口氣，停了停，再給省長家裡掛電話。電話通了，竟是省長親自接電話：盤金鳳嗎？小丫頭，你好嗎？你剛才給辦公廳打了電話？人家講你很驕傲。哈哈哈，天鵬山的金鳳凰，很高興你還記得我這老頭子！有什麼事？我知道你沒有事，一般不會給我電話。……你這個小丫頭。……

聽到周省長慈祥、關愛的聲音，我心一酸，鼻一塞，眼一辣，眼淚就下來了。當然，我不敢大聲哭：周叔叔，周叔叔，你救救白回歸，救救白所長吧。……救救他……

周省長一聽我的求救電話，好像也急了：宋祕書！小宋，過來，做筆錄。……金鳳，金鳳，莫哭，莫哭！小白怎麼啦？遭遇什麼不幸了？你慢慢講，慢慢講嘛！

我强忍住不斷上湧的酸水、辣椒水，說：有人舉報白所長，講他收買人，燒毀了我們林場「建場四十周年光輝業績展覽館」，現在他被拘起來了。……

周省長畢竟是大人物，沉得住氣：金鳳，你剛參加工作，還年輕，要經風雨，見世面，禁得起生活、工作的考驗，包括大風大浪。你聽著，遇事不要慌張，要學會冷靜分析形勢。……小白，白回歸現在被關在哪裡？他安全嗎？

我穩住了自己：周叔叔，白所長已經從林場派出所轉到林場招待所監視居住，由我們的生產科長兼民兵營長趙裕槐負責……

周省長聽這一說，笑了：小趙，叫趙裕槐吧？大高個，是條漢子。……小白暫時沒有安全問題了？舉報他的人呢？

我如實匯報：舉報白所長的人，就是縱火犯，是個酒鬼，指認白所長給了他五百塊錢，買他去放火。……蹊蹺的是，那縱火疑犯已經掉下山崖，摔死了，祇留下口供證詞，還有五百元證物！這下子，白所長滿身長嘴都講不清了。都是傳出我們龍書記退休前要提拔他當林場場長惹出的禍……

提小白當場長？小白怎麼幹得了行政工作？周省長在電話那頭停了兩、三秒鐘，做出了決斷：金鳳啊，要相信組織，相信領導不會冤枉一個好人，也不會放過一個壞人。你們龍頭書記在嗎？要他接我的電話。不在，到州醫院治病去了？他一離開，你們林場就出了好幾件怪事、大事？金鳳，放心，我這裡也要官僚主義一回，會給你們州委打電話，要他們下令放人，還白回歸自由！另外，你可以去看看小白，告訴他，老周知道他的事情了。別的，你就不要講了。好不好呀？

我放下電話，擦乾臉上的淚水。我彷彿聽到周叔叔還在電話裡罵了一聲：好哇，兔崽子，天鵬山有人要翻天了！

三十六　多情總被無情誤

白回歸當天晚上就由趙裕槐派民兵護送，回到樅樹壩林研所，還他人身自由。民兵回來說，營林工區的職工們為白所長放了鞭炮，驅除邪氣。

在場部，鮑東生場長適時露了面，主持召開場務會議。滕達、楊總工、趙裕槐、安保科張科長、派出所劉所長等人出席。還特意派車把茂林坳工區主任吳青林接來列席。我也列席會議作記錄。首先由鮑東生介紹了「白所長居留事件」的經過。他原本是要保密的，慎之又慎的。不想去驚動白回歸同志的。但後來死了人，縱火犯酒福祿在被押送來場部的路上畏罪逃跑，跌下懸崖摔死了，就不得不向州公安局報案了。州公安局指示對白回歸同志實行保護性居留。請注意，是「居留」，不是「拘留」。相信州公安局值班室有我的報案電話記錄，以後可供查證。又因為縱火犯留下了口供證詞，以及林研所信封裝著的五百塊現金這個證物，我不能不執行州公安局指示，讓派出所去接白回歸來做一次問話、筆錄。這樣，案情就公開化，鬧大了。連省政府周省長、自治州州委書記這樣的大領導都被驚動了。上級指示放人，我們立刻放了人。派出所劉所長並未對白回歸同志進行「預審」。扯出沙俄的什麼司法改革來嘲笑我們的司法制度是極端錯誤的，是典型的資產階級自由化言論。反正有關證詞、證物都擺在這裡，就等州公安局、州法院今後來還白專家、白回歸同志一個清白吧！反正指白所長買通酒福祿去放火焚毀展覽館這事，我是頭一個不相信，絕對絕對絕對的不相信，不可能。我已經在還他自由之前，當面向他表明了我的這個態度。我堅信他是個好同志，優秀的林學家，這次只是個誤會，誤會，誤會。

會上再無人作聲。誰都沒有附和鮑東生的精采講話。會開得很短。相信所有的人都有一肚子的疑竇。散會之前，鮑東生慎重其事地把那口供證詞和證物交大家傳閱，再命我鎖進保密室去，千萬不能丟失。之後，我們就看到鮑東生拉著他的戰友加兄弟吳青林喝酒去了。

事情算是暫時告一段落。老白回了樅樹壩就不接我的電話了。滕達、楊總工、穆蓮、玉圓的電話都不接。他也不願見人。他好像對所有的人都有氣，所有人都看了他的熱鬧。為什麼不反省一下自己，鬼使神差，去送給酒鬼五百、七百塊錢做什麼？如今自首的嫌犯死了，成了「證物」，還有口供證詞！……老白啊，老白，叫我怎麼說你？說你蠢，你又實在是聰明；說你聰明，又實在是蠢！你的聰明才智都丟到樹林裡去了，都給了你的樹種樹苗了。和人交往，你是個死心眼，直來直去，不怕把人得罪光，也不怕被人算計……你這個傻哥哥，我拿你怎麼辦啊，拿你怎麼辦啊？

豪雨封山，老天爺又變了臉。

這次是西太平洋强颱風「伊文」橫掃中國南部山區，雷霆萬鈞，風速每小時二百公里，所到之處拔樹摧屋，毀堤垮壩，造成百年一遇的山洪泥石流災害。也是因為颱風過境大雨傾盆的原故，州公安局、州法院推遲派員來天鵬山林場調查「白氏案情」。

今天辦公室又不斷收到各工區的求救電話。這次災害的來勢比上次更爲迅猛：樅樹壩工區的防洪堤天亮時分又被大水沖垮，滔滔洪流淹沒了百畝苗圃，魚池、雞舍、牛欄、豬圈、鴨棚，也都泡在了濁水黃湯裡。除了苗圃，那裡更是全林場後勤生活物資的生產基地呀！相思坑工區、野雞坪工區、茂林坳工區的集材場都已被洪水圍困，無數原木漂入野馬河，像無數黑色怪物洶湧而下；還有犀牛灣工區、凌雲頭工區、藤蘿寨工區、太平洞工區的電話中斷，可能又是電線桿被吹折，而與場部失去聯繫；另有兩個工區的公路被崩塌的泥石、樹木所阻斷，馬路成了河道。工區員工正在綁紮木排、竹筏，以便運送受困的婦女、老人、孩子。……

最令人懸心的還不止這些災情，而是場部所在地瑤王谷最南端的八角廟葫蘆口，夾在兩座山崖之間，最狹窄處祇有二十幾米。這個河口也是林場通往山外，與外界保持聯係的唯一通道，公路、電話線路、輸電線路，全都經由這裡進出。八角廟葫蘆口出現了滑坡，多輛汽車被堵在了山外。鮑東生場長得知這一警報，臉都發白了。他立即派出幾十名精壯勞力，在泥水中苦戰四、五個小時，總算把馬路搶通了。

風雨太大，光線太暗，大白天辦公樓裡也祇好開了日光燈照明。場部辦公室一時成了全林場抗洪救災的指揮中心。別的都顧不上了。我不停地接電話，瞭解各個工區的災情，局勢已十分嚴峻。上午十時，在鮑東生場長的催促下，我終於接通了州人民醫院第十四病室的電話。我向龍樹貴書記報告了各工區的災情，之後鮑場長也和龍書記通了話。龍書記同意了鮑場長關於成立「抗洪搶險指揮部」的建議。龍書記並表示，他會立即辦理出院手續，於明天天黑前趕回林場。

搶險救災，刻不容緩。一切工作為救災讓路。鮑場長立即召集林場場委緊急會議，連這幾天不接電話不見人，平時也以各種理由很少出席會議的白回歸都騎著他的摩托車到會。場委緊急會議決定：面對前所未有的洪澇災害，林場成立「抗洪搶險指揮部」，由龍書記任總政委，鮑場長任總指揮，滕達副場長任第一副總指揮，白回歸所長任第二副總指揮，趙裕槐科長任第三副總指揮。指揮部下設三支搶險突擊隊，抽調場部各單位和各工區的强壯勞力一百五十人組成，每隊五十人。滕達副總指揮兼第一搶險隊隊長，白回歸副總指揮兼任第二搶險隊隊長，趙裕槐副總指揮兼任第三搶險隊隊長。場部辦公室主任盤金鳳任總聯絡員。看，我又「升官」了。場部後勤科立即成立「搶險食堂」，備下充足的米、麵、油、酒、肉，二十四小時向搶險隊員免費開放。……

對於白回歸任第二副總指揮兼第二搶險突擊隊隊長，鮑東生場長是要以此表明，他一如既往的信任白專家，他對白專家沒有任何個人成見。

接著，鮑東生場長又以「搶險救災總指揮」的名義，開了廣播大會，宣布實行全場總動員，投入抗洪救災鬥爭。他號召全場幹部、職工，男女老幼，在洪水災害面前團結一致，艱苦奮鬥，「我們的同志在困難的時候，要看到成績，看到光明，要提高我們的勇氣。」一切行動服從指揮部的指揮，嚴防不法分子破壞搗亂。凡是乘機偷盜、搶掠公私財物者，畏災逃跑者，拒不參加搶險救災作業者，責成各工區單位予以臨時監控，待洪水退後依法處理。

實事求是地說，鮑東生還是個工作有決斷、行政能力强的人。

對於白回歸所長的「新職」，我曾提醒鮑場長：讓一位有特殊貢獻的林學家擔任第二搶險突擊隊隊長，合不合適啊？任何一個工區主任都可以擔任搶險突擊隊長，非白所長不可？龍書記在家的話，就不會作出這種安排。

鮑東生場長眼睛一瞪，大為不滿：你怎麼講這種話？你是總指揮還是我是總指揮？救災如同作戰，博士上了戰場，就不衝鋒殺敵？你可以打電話去請示龍頭，或是打電話給白所長本人，問他願不願意擔任第二搶險隊隊長？

我被訓斥得啞口無言。平日鮑場長對我總是笑笑微微，客客氣氣，第一次見他這麼凶神惡煞。大約他看到我快要哭了，就轉變了態度，連忙道歉：對不起，對不起，我沒有批評你的意思，你愛護人才、尊重人才沒有錯。老白要是不想幹，他自己可以提出來……反正我要求大家臨危不懼，臨災不亂，「與天奮鬥，其樂無窮，與地奮鬥，其樂無窮，與人奮鬥，其樂無窮」！

中午時分，我正穿了雨衣要去食堂打飯，電燈突然熄滅了，電話鈴聲刺耳地響起，小水電停機。我立即報告鮑總指揮。鮑總命令以滕達為首的第一搶險隊前去排除險情，以恢復供電。另外，他還下令啟動辦公樓底下的柴油發電機，臨時向辦公樓、食堂、醫院、電話總機房、幼兒園提供電力。

鮑總指揮說：盤主任，請你把我的飯也打來吧。我要在這裡坐鎮，堅守崗位了。現在辦公室就是臨時指揮部了。

防人之心不可無。趁去食堂打飯的時機，我找到趙裕槐，講了我的疑慮。借抗洪除掉老白？老趙瞪了瞪眼睛：金鳳你提醒得及時。我也想這或許是陰招數。你想讓老白不幹是做不到的。老白從來硬碰硬，實心眼。為了保護林場，他會搭出性命去幹的。這樣，我派兩個强壯的民兵跟著他，暗中防護。但這事不能讓老白本人知道。我向老趙豎了大拇指：哥們，兄弟，這才是真哥們，真兄弟。

下午二時，電話總機房報告，有五個工區的電話線路中斷，請派人前去檢查線路。鮑總指揮立即命令白回歸為首的第二搶險突擊隊分成五個小組，帶上器材，分頭去檢查線路。堅持把白所長當一名普通壯勞力來使用，真是用心良苦。

白回歸出發前，總算來找了我，一臉悻悻的，像個做了錯事的人。他把我叫到辦公室外，留下一串鑰匙，說幼兒園已把孩子們送回各家各戶，小豆杉寄放在招待所女所長家裡了，晚上請我幫忙安排孩子睡覺。我接過他的鑰匙，差點就說，你能不能不當這個搶險隊長啊？人家是把你當個强勞力來支使啊……但我怕他凶我罵我，沒敢啟口。不知爲什麼，心裡熱辣辣，堵得慌，依依不捨。送他到樓口，叮囑他安全第一，千萬保護好自己。至於小豆杉，晚上若趕不回來，我會領他到我宿舍去睡。請他放心。

返回辦公室，我見鮑場長和趙科長正急得來回踱步、搓手。我明白他們爲什麼如此焦急。第三搶險隊的人馬原定由龍三寶的相思坑工區派出，卻遲遲沒有來報到，也不知什麼時候能到，或是無法到達。若再有什麼地方報警，就衹能動員場部的一些後勤人員前去救災了。

還好，下午再沒有緊急求救電話。

臨到快下班時，電話鈴響起。如今，我一聽到鈴聲就頭皮發緊，擔心又是什麼地方出現險情。還好，是醫院打來的。風雨聲中，我聽到一個女子的聲音。

哪一位？對對，我在辦公室。啊，你是盤月月？月月姐，……你還沒有出山？好好，你不要急，不要哭。我這就來，就來。

鮑東生場長正拿著第三搶險隊的名單出神。趙裕槐陪他坐著。我曉得他倆在等候相思坑工區龍三寶的電話。我說醫院來電話，讓我去一趟。鮑場長不耐煩地揮揮手，說了一句：快去快回，現在辦公室一刻也離不得人。

我邊穿雨衣邊下樓，然後撐傘走進瓢潑大雨中。那雨柱像一支支利箭，射向我，豆大一粒的雨珠落在我的身上，像小石子。……閃電加雷暴，真有種天崩地裂的氣勢。再也沒有比頂著狂風暴雨出門更能感受到大自然的無窮威力了。此時的人，顯得那麼乏力、渺小。我吃力地一步一顛，好幾回差點子被風雨給吹到野馬河裡去。我告訴自己，我得挺住。此刻，滕副場長、白所長正率領各自的搶險隊作業，風雨兼程，去和洪水較量，與死神搏鬥。……

花了比平日多一倍的時間，我趕到了醫院。在門口歇了歇，脫下雨衣。還好，除了領口、袖口、褲腳濕了幾處，身上還算乾爽。

醫院冷冷清清。這會子，新病人為洪水所阻，進不來，原有病號又都提前出院，回到家中將息去了。我在內科病室找到了盤月月，十多張病床都空著，祇剩下她一人。盤月月一見到我就拉住我的雙手不放，泣不成聲。

你怎麼了？我一邊問，一邊騰出手來，探探她的額頭。她不燒不燙的，怎麼住院了，而且這麼沮喪？我心裡挺納悶，可還是安慰她：月月姐，這兩天大水，各工區都在鬧災，我忙暈了頭，還以爲你已經離開林場。……

金鳳主任，我、我回不去了……能回去，我早回去了。……說著，盤月月又抽泣起來。

有話慢慢講。你怎麼回不去了？我看著她雙眼浮腫，嗓音嘶啞，哭不出聲來，好可憐的模樣。

我已經給我男人寫了信，要求離婚。我對不住他。……

哎呀，好不容易辦好調動，可以離開林場，回城就業了，怎麼又回不去了，還要離婚？看樣子，盤月月沒有大礙，安慰她一番，我要急著回辦公室了，好多事要辦呢。

盤月月咬咬浮腫的嘴唇，吐出幾句字：我已經有了，醫生檢查出來，都三個月了……不是我男人的……

她又咬住嘴唇，淚水不斷線。她不知下了多大的決心，才把這事告訴我。

我倒退一步，著實吃驚：怎麼、怎麼回事？誰、誰的？……一時間，我對她又憐憫又生氣，還有點恨恨的：管住你的褲腰帶就這麼難嗎？女人家，在這節骨眼上遇到這倒楣事，怎麼辦啊？差不多就是走投無路了！說實話，我一整天連水都沒有好好喝一口，喉乾舌燥。我能有什麼主意？

金鳳妹妹，我不敢講，不能講出這個人……盤月月用力搖頭，滿臉淚痕與窗玻璃上的雨痕差不多，稀里嘩啦。

你不想說，我也不問了。但你打電話要我來，我能幫你哪樣忙？我拿過一張凳子坐下，心中有股子難言的失望：自作自受呀！

是我不好，沒臉見人……這兩天，什麼都想過了，想死。

我嘆口氣，渾身好累：月月姐，不要胡思亂想。

這裡的醫生、護士好心，勸我打掉……我左想右想，不想打胎，我想生下來……好歹也是一條小生命。盤月月不哭了，下意識地隔著毛巾被撫摸著腹部。又說：你於我有恩，我信任你。我想聽聽主任的主意，看能不能讓這娃仔出世。……

我無話可說。我一個沒出嫁的女子，哪裡見過這等事？我能有什麼主意？如今政府要計畫生育，我又能拿什麼主意？找錯人了不是？

主任你講講，我能生下娃兒嗎？這犯法嗎？祇要場部計生科不強制我去墮胎……盤月月的眼中已沒有淚水，亮晶晶地看著我，還顯出些平日的嫵媚。她確是什麼都想到了。那一刻，我覺得她很漂亮，散發出一種母性溫柔。唉，她本該是一個好情人、好妻子和好母親。可生活卻是如此曲折、磨人，出人意料。

主任妹妹，我連娃兒的名字都想好了，……跟我姓，叫盤雨生。……我有預感，是個男娃……醫生也講有這個可能，要做進一步檢查才可確定。……此時，盤月月臉上浮起笑意，一種充盈著母性自豪和甜蜜的笑意。可是，幾分鐘之前，她還在抽泣，痛欲不生。

我無言以對，但又不由自主地點點頭。我該說點什麼才是：月月姐，你得自己拿主意。以後的事，我沒有能力，也沒有權力保證什麼。我能幫的，就會盡力幫你，去找幾個頭頭說情，看能不能給孩子爭取到一張「準生證」，還有「戶口」，但估計會困難重重。……

主任妹妹，你有菩薩心腸，……但這件事，你千萬莫讓穆蓮曉得了，好嗎？穆蓮姐是你的好朋友。不要她來看看你？

不要，不要！千萬不要！……聽講她已經和鮑東生好上了……鮑東生！鮑東生！鮑東生……我明天就要回小水電上班。現在發大水，那裡正缺人手。我會修水輪機。……好妹子，你要答應我，莫讓穆蓮曉得我懷上的事。

盤月月說罷，死死攥住了我的手。

為什麼？為什麼怕穆蓮姐還有鮑東生知道？我已經聽人說過，盤月月這人最大的優點也是缺點，她總是讓人占便宜，總是替別人著想，怕連累別人……她和好幾個男的發生過關係，不管是不是她情願的，事後她總是原諒人，總是替人著想，從不檢舉揭發人。怕人受處分，壞了家庭，連累了孩子什麼的。難怪那麼多男人喜歡她，誇她模樣長得好，心更好，是個少有的好女人……呸呸！不害臊，有這樣對人好的麼？報應，活報應，這會懷上了，還要保護那該負責任的人。天底下竟有這樣的痴女人，蠢女人。她為什麼要連喊三聲姓鮑的名字？

忽然，屋外一道閃電劃過，我腦子裡跟著響了個悶雷。我像是明白了什麼。難道……難道這未出世的孩子是鮑東生的？肯定是的！作孽！他也該好漢做事好漢當！對不起，這回也要看看本小姐的脾氣了。我也要來學點什麼指揮，指揮，調配，調配。

我咬了咬牙，但在盤月月面前沒露聲色。我心裡似乎有了點底，或說底氣。是誰說的？能幹人對全局瞭然於胸，穩妥人則未雨綢繆。我有個念頭，要出手去做點什麼。這是從誰那裡學來的？我看看手錶，向盤月月道別，出了醫院。雨還是那麼大。

我心裡有事，沒有急著回辦公室。我去郵政代辦所，看看有沒有新到的信件和報刊、雜誌。不料，代辦所員工告訴我，由於天氣惡劣，公路場方，今後一段時間郵局祇能每星期或每半個月送一次報刊和信件了。我聽了，有點懊惱。在城市裡，郵遞員每天一早一晚送兩次郵件；而在這大山窩裡，竟變成半個月送一次了。原先每天一班的公共汽車已停開，與山外的聯繫祇剩下那根電話線了。要是線路也因大雨出了問題，天鵬山林場場部所在地瑤王谷就和外界隔絕，成為林海中的孤島。

雨勢似乎減弱了些。我從郵政代辦處往回走，路過食堂門口，見一個穿青布大褂的老人，盤著雙腿，坐在屋簷下，雙手合掌，雙目緊閉，仰頭面天，嘴裡念念有詞，不知在祈禱些什麼。房簷上流下一排水柱，在老人面前形成一道水簾。……這不是樹神爺爺嗎？我折向臺階，收了傘，坐在爺爺身邊。辦公室嘛，有鮑場長和趙科長守著，我也不用趕著回去。也不想就去和豹尾大吵一架。

樹神爺爺總是給我一種深不可測的感覺，彷彿他身上藏著瑤家原始森林的諸多奧祕。他就是一部天鵬山活的歷史，可惜沒有人能將其挖掘出來。或許，大家還沒有想到這一層。

樹神爺爺停止了唸誦，合著的雙掌也放下了。見我在一旁陪著他，叫他「爺爺」，他就笑了，笑得眼睛兩條縫，笑得嘴巴像個黑洞。金鳳，金鳳？小孫女，小孫女……

老人和我說的是瑤語，牙口不關風，我僅能半懂半猜。我問：你老人家怎麼坐在這裡？要不要我陪你去看看玉圓阿妹？我指指風雨中的辦公樓頂樓，打了個手勢。

才從那裡出來，……小孫女送下樓的……不要她陪我，要一個人坐坐，……求天神保佑打木人，消災彌難，寬恕罪孽。……他邊說邊用渾濁的眼睛看著我。

我問樹神爺爺，在這天鵬山裡，誰有災難，誰有罪孽？我帶著幾分好奇、幾分憂心。

都有，人人都有……原先，四山上都是我的孫仔、孫女……更有我的爺爺、老祖……他們活了好大的年紀，都被斬盡殺絕。……

我聽得出來，他指的是原始林木。儘管老人講的像是些半癡半癲的話，但也指出了人們對古樹林的掠奪性採伐，剃光頭式作業，天鵬山區的自然生態，十停有八停被破壞了，確是一種罪孽。

樹神爺爺，風雨這樣大，下個不停，老天爺真會降下大災難嗎？在威力無比的大自然面前，我幾乎也有點迷信了。

是天意，……講不得，講不得的。……告訴你，我就要滿三百歲了。孫仔孫女，夜夜托夢，要來接、接我到盤王那裡去。樹神爺爺這些話，像夢囈、胡話，難以理解。

爺爺，你的孫仔、孫女，都有誰？能不能告訴我共有幾位？

孫仔孫女多的很，……木蓮是我小孫女，水白梨是我小孫子，龍柏是我外甥，銀杏是我孫媳婦，紅豆杉是我孫女婿，……你問這些做什麼？他們晚晚托夢，要接我回去。……

他說的都是山裡的珍稀樹種，我心中不禁一陣淒然。

你也是小孫女……。原先在這大山裡，長了一代又一代，頂得著天，挨得到雲。天上的玉帝，瑤池的王母，仙子仙姑，還有銀河上的牛郎，都是順著這些大樹下凡間，也是順著大樹回天上。……那時候，山也青，水也亮，祇住著瑤家人，看山，種山；除開起屋、煮吃、架橋、鋪路，從來不砍山。……瑤家離不開樹，樹離不開瑤家。……可後來，瑤家人也砍樹，……和你們一樣，一樣……

樹神爺爺講著講著，閉上眼睛，眼角沁出了淚珠。他彷彿又回到他久遠的思緒之中去了。

爺爺，天長日久，這山上的樹，還會長出來嗎？我擔心他在這風雨交加的食堂臺階上睡著了。

打木人，打木人……樹神爺爺忽又睜開眼睛，望著漫天風雨，似笑非笑：山裡事，千年一輪回，就看盤王派不派仙崽仙女來撒種。……說罷，樹神爺爺顫顫巍巍站起來，看看我，像是要離去。

爺爺！這樣大的風雨，我送你去招待所吧？

我要四處走走，四處看看……說話間，他已走入風雨之中。我勸阻不及。他晃著枯瘦得像像兩根柴棍似的雙手：回去了，回去了……盤王要我回去了……

樹神爺爺的背影一閃一閃，消失在雨霧中。他與我上次見到的狀態不一樣了，變得癡癡癲癲了。一種不祥之兆，就像這風簾雨瀑，塞滿我心頭。

三十七　白回歸「夜歸」

下班後，我沒顧上打飯，趕緊去招待所所長大姐家中，把小豆杉接回我的宿舍。風雨中，小豆杉不想我揹他，吵著要自己走。遍地都是嘩嘩的流水聲，他邊走邊玩水，用他小小雨靴踢水取樂。姐，快看！小豆杉忽然呼叫：一條船下來啦，下來啦！哎呀，船翻了，船翻了！他不叫阿姨叫姐姐，肯定又是他爸爸教的……我低頭一看，原來水溝裡漂著一條小紙船，不知是誰家的孩子從上邊放下來的。我拉上小豆杉快走。風雨迅猛，萬一他被淋濕了，受寒了，感冒發燒就難辦了。我哄他：聽話，等回到家，姐姐給你摺幾隻小紙船，紅的、綠的都有，盡著你玩，好嗎？

姐，爸爸會不會坐船回來？他的船怕不怕翻？

小寶貝惦記著爸爸。可我呢，多少有些忌諱。童言無忌！童言無忌！我極力驅趕不時浮現在我腦海中的不祥之感。我告訴他：莫亂講！你爸爸和那些叔叔很勇敢，有時坐車，有時走路，就是不坐船！

小傢夥笑了，開始哇啦哇啦唱兒歌：風來了，雨來了，雷公打著鼓來了，電母扯著閃來了！完了，又唱：雷公來了我不怕，我和雷公打一架；電母來了我歡喜，我騎電母走千里。……我問這都是誰教的。他說是爸爸教的，爸爸不在家時，遇上外面打雷閃電就這麼唱，雷公電母就不會進屋了。小傢夥問：聽到我唱歌，天上雷公真的不會進來嗎？

你就聽你爸爸的。我打著雨傘，拉著小豆杉走一段上坡路，心裡有些酸楚。

姐，是爸爸叫你來接我的嗎？小傢夥和我在一起，話挺多。

是。爸爸要你乖，聽話。

爸爸晚上不來看我嗎？

爸爸忙，晚上要加班，要抗洪。

爸爸在哪裡抗洪？什麼是抗洪？怎麼抗洪呀？

抗洪就是讓雨水順著野馬河流出去，保護我們林場，保護幼兒園，保護大人、小孩的安全。

姐，爸爸是不是又去了樅樹壩。那裡有好多爸爸的小樹苗，長得比我還高。……

謝天謝地，終於把小傢夥弄回宿舍了。開了燈，屋裡空蕩蕩。穆蓮姐還沒回來，不知又野到哪裡去了。時候不早了，我該給小豆杉弄點什麼吃呢？外面大風大雨，我實在不想再下百十級臺階去食堂打飯了。我先給小豆杉脱去雨靴，換上我的一雙灰絨布拖鞋，他咯咯笑，迫不及待要下地走。我拉住他，囑咐他走路要當心；然後又脱下他那淋濕了下襬的罩衣，找出一件我的工作服給他穿上。小傢夥舉起兩隻手，笑嘻嘻說：我的手不見了！我替他挽起袖子。唔，還不錯，蠻神氣的。取了條乾毛巾，給他擦擦頭髮。還好，他躲在雨傘下，沒淋濕頭，衹是有些潮氣而已。小豆杉挺樂：我在家也常穿爸爸的衣服。爸爸說，小人穿大人衣服，好像穿龍袍。

姐，什麼是龍袍？

看著他純真的雙眸，我又好笑又好氣。這個白回歸，都教了些什麼呀？我說：龍袍就是皇帝的衣裳。好了，阿姨也要去換身乾衣裳了。

我又自封阿姨了。接著，小豆杉拖著大拖鞋，像個跟屁蟲，隨我來到廚房。我說：我倆今晚湊合吃一頓吧。阿姨給你做麵條，放荷包蛋和西紅柿。怎麼樣？明天我們再弄好吃的。

好！你是姐姐還是阿姨？小傢夥鬼機靈，問。

你肚子餓嗎？餅乾桶裡有餅乾，盒子裡有花生豆和大白兔奶糖。我沒有正面答埋他。

小傢夥看著零食，嚥了嚥口水：爸爸說，飯前不吃零食。

噢哦，爸爸是對的。小豆杉好聽話，是個好孩子。

爸爸說，好孩子不貪嘴。多吃零食長蟲牙。

對，吃完零食要漱口，要刷牙。愛護牙齒。

阿姨，你的麵條是煮了吃，還是乾著吃？

他改口了。我愣了一下，怎麼乾著吃？

小傢夥覺得大人連這都不懂，咧嘴笑了：有時候我和爸爸乾吃快餐麵。像吃餅乾一樣。我們用開水送，有點噎喉嚨。小豆杉指著自己的脖子，示範似地噎了一下。

我摸摸他的頭，有所觸動：你爸爸那個吃法不好。阿姨要在麵湯裡放上蔥花，薑絲，生抽和麻油，讓你吃得香噴噴的。

你不要說爸爸不好。小傢夥的聲音低下去了。

水開了，我把麵條放入鍋中：好！阿姨和小豆杉一樣，喜歡爸爸，不說他不好。

話一出口，我嚇了一跳。四歲半的孩子，半大不小，回去向他爸爸學舌怎麼辦？

小豆杉拍手：我喜歡爸爸，阿姨喜歡爸爸！

小豆杉！我放慢了語速，臉發燙，在腦子裡尋找合適句子：這是我倆的祕密，不告訴別人，好嗎？祇有小豆杉曉得，阿姨曉得，就好了。

好！小傢夥張開雙臂，抱住我。我摟著他，低頭親了親他的小臉蛋。多好的孩子！我眼睛濕潤，臉頰火燒火辣。

我們的晚餐還真不錯，綠的蔥，紅的西紅柿，黃白的荷包蛋，還有噴香的芝麻油。小豆杉吃得額頭冒細汗，臉蛋紅撲撲的。他放下筷子，說：阿姨的麵條比爸爸的麵條好吃！

正在這當口，電燈熄了。我的心一沉：小水電又停機了。黑暗中，我摟著小豆杉，安慰他，告訴他別害怕。窗外，一道道刺目的閃電，如銀蛇亂舞。轟隆隆的雷鳴，在山谷回響。……

阿姨，爸爸說他和洪水打仗去了，什麼時候回來？

不會很久的。爸爸和那些叔叔們是勇士，打敗了洪水就回來。

阿姨，什麼是勇士？

勇士就是勇敢的人。來，我們去刷牙，洗臉。廚房有蠟燭，阿姨去點上。

孩子睏了，躺在沙發上，他那胖嘟嘟、暖呼呼的小身體裹在大毛巾被裡。我一邊望著窗外，一邊哼著無字歌，像阿媽過去哄我睡覺時一樣。我很輕、很輕地親親孩子的額頭，胸中湧起一股極柔極軟的暖流，面頰又發燙了。孩子咂咂唇，嘟嘟嘴，已經入睡了。在某一刻，他的一隻小手伸出毛巾被，撫著我的胸，我渾身一陣戰慄，在燭光中望著那隻小手，想到了小豆杉的父親。我的視線模糊了；我輕輕地、輕輕地把小手放入毛巾被。

阿姨，爸爸怎麼還不回來？小豆杉沒有睜眼，睡意朦朧。

乖乖，你先睡。阿姨替你等著爸爸。……我將他抱在懷裡。

我一絲睡意也沒有，眼巴巴地望著窗外。不時有雷聲轟鳴，加上閃電撕天裂地。夜深了，滿世界都被風聲雨聲入侵了、霸占了。忽地電燈又亮了。說明小水電又恢復運轉了。老天保佑！林場的交通不能斷，通訊不能斷。聽說糧站祇剩下十來天的存糧。山裡天氣濕度大，糧食容易發霉。糧站習慣現拉現賣，不大儲備糧食。還有，八角廟葫蘆口更不能出事，要是那裡一堵塞，整個瑤王谷場部就可能成爲一個大水庫。……爲了對抗這場連續多天的大雨，爲了疏通這滿山裡溝溝壑壑肆虐的洪水，多少幹部、職工夜以繼日，捨生忘死抗洪搶險，護衛著全林場的生命財產安全。……我的思緒很亂，總也集中不了，而且不乏灰暗色調。這不僅是因爲氣象災害帶來的鬱悶，也由於生活中存在太多的暗礁。「我們的森林」照片事件，紅豆杉母樹被盜伐事件，相思坑工區打群架事件，展覽館被焚，老白被派出所「居留」，盤月月不明不白的身孕，穆蓮阿姐再次上當，……在這林場裡，誰是好人，誰是不好的人？誰是不好不壞，亦好亦壞的人？真的，很難用「好」與「壞」這類黑白分明的標準來衡量、界定。這也許正是生活的複雜、微妙之處，由此也滋生渾渾噩噩、糊糊塗塗的情緒。當然，生活還有另外一面。想想正在和洪澇災害搏鬥的幹部、職工們，尤其是那三支勇敢無畏、具有獻身精神的搶險隊，包括在災害面前指揮若定，熬紅了眼睛的鮑東生場長，還有一聽到林場災情就想方設法要趕回來的龍樹貴伯伯。……

我抱著熟睡的小豆杉，亮著燈，坐在窗前。我很睏，眼皮打架，但就是不想上床去睡。我眼巴巴地望著窗外，盼著雨停，盼著風雨夜歸人。是啊，我在聆聽，聆聽門外那條又長又陡的石級上的腳步聲。然而，我聽到的卻是些風雨中的不時的開門聲，關門聲，娃娃們在夜裡的哭鬧聲。我在等待白回歸嗎？待一會，他要是回來了，要不要給他開門？或是隔著窗護欄，把招待所的鑰匙遞給他，告訴他小豆杉在我這裡睡下了，莫要叫醒了。……我突然感到害怕，一種躁動不安的害怕。要是他要求我開門，他要看看孩子，怎麼辦？搶險歸來的他在我心裡不僅高大，而且勇敢、能幹和聰明。這漆黑潮濕的夜晚，會不會改變我和他，改變一切？他和我，是否都會放鬆平日的道德盔甲，投入彼此火熱的胸懷，融入火熱的交會之中？娘呀！我不能開門，不能！他至今也沒有說過什麼話。什麼表示都沒有。我不能卸下我的「盔甲」，我不是穆蓮姐，更不是盤月月。當然，他是白回歸，也不是旁的什麼人。他很嚴肅，連笑都很少笑。最主要的，他教兒子叫我做「姐姐」。

我告誡自己：人要自重、自尊，才能被別人尊重。無論如何，我不能輕易放任自己。那樣一來，我會看不起自己。……生在這世上，必須直面自己，如此而已。我漸漸平靜了。朦朦朧朧，我不覺就靠著沙發睡著了。

金鳳！金鳳！盤金鳳！……

誰在叫我？他回來了？是的，白回歸回來了，就站在屋簷下的窗口前。我抱起小豆杉就去開門。當我的手觸碰到門閂，卻一下子彈了回來。我轉身望向窗口，說：都把人急壞了！兩天兩晚，沒有你們的消息。直到今天下午，你才來了個電話，……

他也回到窗口，隔著窗欄看著我：知道你擔心我。電話裡，你的聲音在發抖。……你看，我好好的，沒傷沒病，回來了。兒子睡著了？你就一直這樣抱著？謝謝，謝謝，小盤。

他的牙巴在打顫。他從窗欄間伸入一隻手，將毛巾被揭開一角，看了看熟睡的兒子，眼中閃著淚光。

我想去開門，可雙腳卻不聽使喚，像是釘在地板上。他站在窗外，沒有要我開門。這個傻子，竟然不叫我開門！

老白，……你知道我的心。……兩天兩晚，都是怎麼熬過來的？我好害怕，生怕你……

生怕我、我什麼？

生怕你受傷，生怕你出事……那小豆杉該多可憐。

不用擔心，他有你這位好姐姐。

他還是給我以小豆杉「姐姐」的定位。但我的一隻手，他的一雙手，在窗口緊緊絞在了一起。

這幾天，我和我的搶險小組把一根根斷了的電話線修好，拉上，讓各工區和場部聯繫上。後來，縱樹壩決堤，樹種園被淹。……好幾次，我腳下打滑，險些滑下懸崖去。……可我命大，要麼抓住了岩石，要麼攥住了樹枝，……有同事問我是否後怕。我笑了笑，沒說話。我當時想，即使我摔下去了，我的兒子也託付給金鳳了，金鳳不會丟下小豆杉不管了。……

傻瓜，傻瓜！講傻話，講蠢話！記住，等著你回來的，不止你的兒子。

金鳳，好金鳳，你流淚了，你哭了？

傻瓜，我還要告訴你。我喜歡小豆杉，我已經離不開可愛的孩子。

我們隔著窗欄，越靠越近，彼此的臉龐不能接觸，但是我們的目光卻交織在一起，難捨難分。他笑了，在迷濛的燈影中，他的笑是那麼甜蜜，那麼動情，彷彿醉了，無比滿足。我略一低頭，看到了他另一隻手。這是一隻青筋凸起、強勁有力的手，布滿纍纍傷痕。他說：把招待所的鑰匙給我。小豆杉就放在你這裡。我放心，我放心了。……我回招待所洗一洗，睡一覺。等洪水退去，洪水退去。……

這就走？原諒我！這些天我心情不好，目睹了生活中的一些不堪和齷齪。你和我，總得盡力留下一片乾淨的天地給自己，給天鵬山，哪怕祇有我們頭上頂著的，腳下踩著的天地那麼小一塊……

他接過鑰匙，說：不，應該是我們頭上的天，腳下的地那麼寬和廣！

招待所房間裡還替你留著飯菜，四個水壺也都灌滿了開水。你洗洗再休息。

知道了，知道了，洗洗再睡覺。

他就像個聽話的大男孩，走了。立時，我渾身都癱軟了。不！我掙扎著，去開了門，抱著小豆杉，無力地倚在門框上：回來！你回來！

門外風雨狂闊。或許我的聲音太弱，或許風雨聲太大，滿世界的嘩嘩水聲太大；反正他沒聽見我的喊聲，也許是裝作沒聽見。

……一個炸雷將我從瞌睡中驚醒。愣了好一會，才明白自己剛才是做了個夢。窗外，仍是風狂雨驟、雷聲大作，像狼群在哀嚎，像野馬河中落水的人在呼叫。……我屏聲靜氣，盼著牆角的鈴聲響起。但是沒有鈴聲……快天亮時，電燈又熄滅了。我知道，搶險隊員正在風雨洪流中搏鬥，場部辦公室也有人在通宵值班。我一直沒有等到電話。他在哪裡？有沒有受寒？有沒有受傷？有沒有掉進洪水裡？……不會的！不會的！小豆杉在等著他，我也在等著他！他一定會回來，會回來……

我被風雨和愁思折騰了一夜。小豆杉倒是睡得很安穩。天亮時分，我起床，感覺身上濕漉漉的。小傢夥尿濕了我的睡衣，好重的童騷氣。

三十八　為盤月月「厲害」一回

這些天，林場裡怪象叢生，傳言紛紛，真真假假，鬧得人心惶恐。先是，不知哪來了那麼多的山螞蝗，成千上萬，密密麻麻，爬滿了幾公里長的「竹渠」，家家戶戶見水生畏，紛紛自行截斷了「自來水」，拿著盆盆罐罐到食堂那口機井去排隊取水；再又，四山上都有獐子、麂子夜哭，哀嚎不止，都是不祥的警訊，預示著某種大災大禍的來臨；還有，相思坑有無數土牛（地老鼠）搬家；藤蘿寨大蟒蛇成雙成對地爬過山梁，朝東面溜走；犀牛灣有一窩一窩的野豬往南邊的山林逃竄；吊頸嶺腳下的那條長裂縫變寬了，還有黑煙往外冒。這裂縫到底如何了？據說寬處已經掉得進一頭豺狗；另有一些人家半夜裡溜進了黃蛇，嚇得孩子不敢睡覺；鷓鴣嶺上大群大群的山鷓鴣，一路叫著「行不得也，哥哥！」飛得無蹤無影。……

抗洪搶險指揮部命令廣播站，每兩個小時廣播一次「闢謠通告」，指導大家要以科學務實的態度，客觀冷靜地看待一些自然現象，不要聽謠、信謠、傳謠，提高革命警惕性，嚴防資產階級自由化分子利用自然現象造謠生事，擾亂人心，破壞社會治安，以達到他們不可告人的目的！這「闢謠通告」被籥玉圓以義正詞嚴、嘹亮剛硬的文革腔廣播開來，反而使人更加脊背生涼，毛骨悚然。這玉圓阿妹也真是的，平日裡嬌聲嫩氣，愛唱鄧麗君小姐的甜歌，「哥呀，妹呀」的，可一旦廣播起「闢謠通告」，就換了一副革命姐腔調，也不知道是不是從樣板戲唱段裡學來的。唉，算是文革遺風之一吧。

我守在場部辦公室，一天到晚聽這種流言，真也好，假也好，若說一點都不往心裡去，一點疑懼都沒有，也是不可能的。好在我和鮑東生總指揮說好了，因晚上要看顧白回歸副總指揮的小公子，沒法值夜班。現在辦公室一天二十四小時三班倒，離不得人。對了，我昨天又碰到盤月月，得知她已回小水電上班了。

早上八點，我到辦公室替下值大夜班的同事。見鮑東生場長掛在椅背上的夾克衫，放在桌上的保温杯，很自然想到他在這電話機前統領全局的神氣。可與此同時，我的腦海中也浮現出盤月月那楚楚可憐的模樣。我下決心要找個機會，與鮑場長認真談一次盤月月的事。我不是什麼女權主義者，但我有心要維護女工盤月月的權益。

恰在這時，鮑場長意氣風發地走了進來，先在圍椅上舒服地坐下，然後對我說：小盤，啊，小盤同志，告訴你兩個好消息。一是昨天傍黑，龍三寶手下的五十名精壯漢子來場部報到了！那都是他們工區各採伐隊的甲等勞動力。昨晚上，我和趙副總指揮給他們開了個誓師會。我稱他們是抗洪搶險敢死隊，是指揮部的戰略後備軍。我已經通知食堂，二十四小時開飯，配上酒肉，讓敢死隊員們敞開肚皮吃。祇有到了最關鍵的時刻，我才派他們出擊。我任命龍三寶為敢死隊隊長。龍三寶在誓師會上拍了胸口：請指揮部領導放心，有龍三寶在，有敢死隊在，就有林場場部的生命財產在！時勢造英雄，災難育豪傑！我作爲總指揮，也拍了胸口：「下定決心，不怕犧牲，排除萬難，去爭取勝利！」洪水過後，要開慶功會，給每名敢死隊員加一至二級工資！

鮑總指揮的豪情壯語，令我想起文革紅衛兵司令的做派和膽識。那時候，他們是鬥走資派、牛鬼蛇神，自認一往無前；現在是在抗洪搶險救災，依舊氣勢如虹，精力用到了正道上。

鮑場長興致勃勃：另一個好消息就是那五個與場部中斷了電話聯繫的工區，有三個也在昨天傍黑前恢復了通話，報了災情。幾處公路塌方也搶通了。這是滕達副總指揮那支搶險隊的功勞。……所以，眼下全場的救災形勢有了好轉。唯一令人擔心的是我們瑤王谷那出山的豁口，也就是八角廟葫蘆口，如果那裡出現大塌方，或是野馬河河口被從上游下來的原木堵塞，形成樹壩，我們林場場部就會通通被淹沒。……我已經派人在葫蘆口附近搭了報警帳篷，安了電話，一天二十四小時巡邏、監測。我也叫龍三寶他們敢死隊準備了炸藥包，到時候搞水下爆破。……

他說得驚魂動魄，我聽得膽戰心驚。他雖然衣衫鮮亮，但眼睛都熬紅了，可能徹夜未眠。我裝作不在意地問：白回歸副總指揮來過電話嗎？他孩子白天放在招待所所長家，晚上由我看護。

啊啊，小盤主任，你和老白是校友，……他沒有來過電話。滕達倒是在電話中提到，白所長帶人搶通了幾處電話線路，然後領著他的人馬趕去樅樹壩堵決堤，搶救他的樹種園。這次救災，他表現不錯，用實際行動表明他愛我們林場，不可能暗中買通人半夜放火……嗨，小盤主任，前兩天茂林坳工區鬧下的那件案子，可能讓白所長對我產生誤會了……方便時，能否請你代我解釋一下？

你為什麼自己不直接找他談？總是要我替你傳話。

他不肯接我電話，聽我解釋啊。他小子骨子裡很驕傲，看不起人……那件事，我事前確實毫不知情。我也確實沒有對他落井下石。趙裕槐就懷疑我落井下石，冤枉我。整件事，可能都是誤會。我那朋友吳長青也可能就湯下麵，起了不好的作用。酒鬼挨過白的痛打，要報復；吳被白罵過「紅漆馬桶」，能沒有怨恨？吳這個朋友，我已經批評了他。酒葫蘆自首，亂咬一氣，都能相信？還用錄什麼口供證詞？搞得我都很被動。加上酒葫蘆人都死了，我作為場領導，能不向州公安局報案？從心裡講，我是要保護白回歸同志的。

他說了一大堆，真假難辨。覺得此人要麼大忠，要麼大奸。我怨只怨老白，兩天了，連個電話都沒有。你的樹種園珍貴，你兒子也珍貴啊，都不來個電話問問？

放心，你的老校友一定會平安回來。鮑場長彷彿看到了我的心事，突然說了一句。

我定了神。對了，這會子有空檔，我還有話想和鮑場長談。該不該談？我不無矛盾。看他一身乾淨衣衫襯著張疲憊的面孔，我有些猶豫。不，還是該抓緊時機，把話說明白了。如何救災，是鮑的職責，而如何待人，則是他的私德。職責能力固然重要，但個人私德也不能丟到爪哇國去。趁有點空閒，我把該說的幾句話說了，也就安心了，要不，等下事情一多，他又忙他的去了，我後悔都沒用。哦呀，我是不是該學學穆蓮姐，備下一隻小錄音機？當機立斷，說幹就幹！

我說：鮑場長，我想和你說一件事。

大約聽出我的口氣十分鄭重其事，大約我的臉色也十分嚴肅，鮑頗為吃驚地瞪大了眼睛，看著我，目光裡有警覺、詢問，而且相當犀利。

我們現在是同志對同志式的談話，彼此心平氣和，我說。我對自己的勇氣和鎮定頗感驚訝，也覺得滿意：場長你知道的，有一種法庭，叫「道德法庭」，對，叫「道德法庭」！

小盤，你、你，什麼意思？放冷箭哪？鮑場長睃一眼門口，臉色有些發急和惱怒。他或許猜到了我所指何事。

有個女同志，本來已經辦妥了調離手續，去山外邊的城裡和丈夫及家人團聚。現在，她不能出山了，仍回小水電上班了。場長知情嗎？

誰？

這位女同志和丈夫分居十多年。現在，她決定留在林場，準備和丈夫打離婚。

為、為什麼？

她懷了三個月身孕，孩子不是她丈夫的。

濃雲密布的天空掠過一道鋸齒形的閃電，緊跟著一聲震耳欲聾的霹靂。

你爲什麼要和我講這些？鮑場長不知是受到雷電的震動，還是感到這消息的威脅，他的目光像刀片般投向我。他的嘴唇在蠕動，似乎要反駁。

對不起。我未等他開口，語氣直白，而且堅定：這位女職工昨天下午躺在醫院裡，對我講了自己的窘境。……她原想墮胎了事，可現在她決定把肚裡的孩子生下來。她說這是一條小生命，並且她有感覺，是個男娃。……

小盤同志！你，你怎麼能這樣和我說話？你大概忘記了，你是誰，我又是誰了？講話要注意政治！「沒有調查研究就沒發言權」！鮑場長咬著牙說這幾句話，從牙縫裡擠出絲絲冷笑。他的强硬升級了，想倚仗他的地位以及這地位帶來的權勢鎮住我。

我一時不知哪來的一股火氣，呼地從椅子上站起來，說：你是誰，我是誰，我能不明白？盤月月是瑤家人，少數民族，有計畫生育方面的一點點政策寬免。我知道，這女同志和丈夫辦離婚，或把娃娃生下來，這都是她的私事，取決於她的個人選擇和決定，旁人無從置喙。可林場領導有責任弄清楚她懷的娃娃的父親姓氏。無論是州委、省委、中紀委，或是法庭，都不會聽之任之，會要查個水落石出。

我這番話，彷彿有些力量。鮑東生頓時萎縮了，垂下了頭。我瞥見門口有人探頭探腦，像是穆蓮姐。原來，鮑東生這位在林場居一人之下，三千人之上的領導，也有心虛的時候。我以爲，他會願意在「道德法庭」解決問題，而不必在「民事法庭」去裁決。

豁出去了！豁出去了！……人生在世，當了二十多年的乖乖女，與世無爭，我今天「厲害」了一回，放肆了一回。

鮑場長的額頭上冒出了汗珠，他拖著疲憊的腳步，去把辦公室的門掩上了，接著又跌回藤椅裡。他喃喃道：小盤，小盤主任，……她、她…都告訴你了？

一向言語簡潔，處事幹練的鮑場長口舌打結，眼神悽惶。

她究竟和我講了哪些，你不用管。我現在是以婦女的身分和你講話。在我們國家裡，婦女半邊天，你該是知道的。窗外又一聲炸雷，震得玻璃吵吵響。鮑場長雙手抱住頭，低了下去：小盤，你聲音放低些。我聽得清，聽得清……

他終於求饒了。

對不起，剛才是雷聲、風雨聲太大。……我忍不住笑了，惡作劇地笑了。不，我要冷靜下來。關鍵時刻，不冷靜是會功虧一簣的。我說：你現在祇要講一句話，那還未出生的娃兒，你肯不肯認？該不該認？你現在是自由身。

我、我……是，是，就那樣一、兩回……不想、不想就種下了……我打了十年離婚官司，還差點娶了個女啞巴……十年，我也是個人。……

聽他結結巴巴講到這裡，我的心腸有點軟下來。不，軟心腸不能代替原則，不能代替婦女、兒童的權利，特別是嬰兒出生的權利。我催促：你還沒有回答實質性問題。

好，我答應。既是懷上了，還可能是個男娃……我答應，今下午就去當面向她表態。……

該死的男人！這是什麼場合，還重男輕女？要是個女娃，你就不答應？人啊人，劣根性。

還有，還有哪？我有意講半截子話，來提醒他。

這事，當然要先保密，走漏不得半點風聲。……祇要她辦妥離婚，我可以馬上娶她。她是個性感的女人，性格也算溫柔。

我真是恨得直咬牙。當初為什麼色膽包天，不想想後果？

還有，還有哪？我有意重複著，進一步提點。

還有穆蓮哪樣辦？哪樣辦？他乞求地望著我。

阿姐也被你玩弄了。……她自己也有責任。你們這次的情況不同些。你剛離婚，她天真。……但我告訴你，盤月月懷孕三個月的事，最要保密的就是她。……

謝謝，謝謝！小盤主任，我一定照辦，不食言。

鮑場長對我表示感激。事到臨頭，他總算還有一點做人的誠實。我也有些暗自得意，好笑。自己越來越像個女幹部了。我故意把手放進抽屜裡摸摸索索，「喀嚓」一聲：好，我們剛才的談話，已經錄音。對不起，到時候可以對證。

想不到，想不到你個文文靜靜的女同志，做事這樣厲害，這樣厲害。鮑場長苦笑了，信以為真。

其實，我的抽屜裡根本就沒有什麼小錄音機。這時，我們仍坐在各自的座位上，他仍是林場場長兼防洪搶險指揮部總指揮，我仍是場部辦公室代字號主任。

得道多助，失道寡助。風雨如磐，今上午沒有一個報災的電話。

中午和下午，卻又有一連串電話報來一連串災情，又有工區塌了房，又有工區水淹馬路，又有工區洪水沖走了大批原木。……

至此，仍然沒有白回歸的電話。我的心都懸了起來。中午去招待所所長大姐家看了看小豆杉。他正在和所長家的孩子玩積木，一個搭橋，一個砌房子。

下午四時，穆蓮姐忽然披頭散髮，雨傘都沒有打，一徑跑進辦公室找我來了。幸而鮑總指揮和趙副總指揮領著人馬處理災情去了。

我驚問：姐，什麼事？把你急成這副樣子？

穆蓮姐丟魂失魄，把一張字條丟到我辦公桌上。我拿起一看，字跡和口氣都很熟悉：

「穆蓮，請原諒。當前災情緊急，我要全力以赴。從全局出發，必須立即結束我們之間的交往。」

真霸道！任何時候都是領導下指示的派頭。鮑東生在「立即結束」四個字下邊加了兩道橫槓。

我怎麼辦？哪樣辦？穆蓮姐可憐巴巴地望著我。

他是對的。你和他的同居是沒有前途的。趁早抽身，搬回來住！我硬著心腸冷冷地說，甚至還有點噁心。幾天前，在展覽館過道裡，瘋瘋癲癲說了些什麼呀？中草藥！好開心！真是眼裡夾了顆豆豉，看錯了人。

我上當了，上當了……穆蓮姐的淚珠混著雨滴。

阿姐，我還要告訴你，不是哪一方面上了當，而是多方面上當，包括你追查「紅豆杉金字塔」失蹤事件。

我一時間淡薄了對她的同情。爲什麼心腸這麼硬？她來找我，她需要的是寬解和安撫。

不！上當就上當。紅豆杉一案，我一定追查到底。沒有你講的那麼簡單。轉眼間，穆蓮姐的眼裡又冒出火花。她從隨身手袋裡拿出一盒錄音帶，放到我面前。

我立即把錄音帶鎖入抽屜，說：那就等這場洪災過去再理論。

可是，可是……我太蠢，太輕信。……

穆蓮姐遲遲疑疑說著「可是，可是」的時候，我的心一跌，我真害怕她也說出「我也懷上了」。老天，那這日子可就熱鬧得不可開交了。

謝天謝地，電話鈴刺耳地響起。我拿起話筒，聽到一個男聲，但聽筒裡大雨嘩嘩啦啦，聽不分明。我提高音量：哪一位？請大聲說話，外面打雷，聽不清。……什麼？你是白回歸所長？你在哪裡？在縱樹壩……堵缺口？你沒有受傷吧？請等等，等等。

我趕忙拿過電話記錄簿，一邊對穆蓮姐說：阿姐，請出去稍候。我打完電話再找你。哦，請幫忙把門帶上。謝謝。天知道，我爲什麼要把穆蓮姐支走。

老白，我是金鳳，金鳳呀！你好嗎？身體沒事吧？都急死人了。天天等你電話！小豆杉很好，很聽話。前天晚上他尿濕了我的睡衣……很好，很好。你什麼時候回來？一定早點回來啊！小豆杉等著你！……好，好，我不哭，不哭。人家沒有哭嘛。……

心上一塊大石頭總算落了地。下班前，我另接了一個電話，是龍頭書記從鄰近的縣城打回來的。他讓我轉告林場幾位領導，風雨太大，司機怕路上出事，今天趕不回來了，明天一早回來。

三十九　霞飛鳥道痴情夢

下班後，我要先回住處拿雨具，再去所長大姐家接小豆杉。天快黑下來了。雨霧中，光線模糊，卻見穆蓮姐站在宿舍門口，脖子上圍了圈光溜溜的帶子，雙手還握著那帶子兩端，像在舞動。

阿姐！我走近一看，老天，她竟在脖子上圍了條刀把粗的大蟒蛇，左手握著蛇尾，右手捏著蛇頭，那條蛇還在吐著信子。我嚇得後退兩步，險些摔倒：你、你、你瘋了？怎麼玩起蛇來了？……

穆蓮姐哈哈笑了：看把你嚇得！虧你還是瑤山裡長大的。難道不曉得蟒蛇是無毒蛇？被牠咬兩口都沒事的！這條蛇呀，溜進了你屋裡，盤在你床底下，我把它拖了出來，迎接你盤主任回家。……等一會，叫上兩個哥哥，把牠宰了，一鍋清燉了，改善生活，怎樣？怎樣？

你個瘋婆子！嚇人，太嚇人了！我一級一級後退，退到一處平地，轉身就逃。穆蓮仍在我身後大笑。今晚不能回去了，不能回去了！我高一腳，低一腳，跑到招待所所長大姐屋外，腳一軟，靠在牆上，差點大哭，但我死命忍住了。所長大姐出來見我神色慌亂，也吃一驚，趕快叫我進屋，問：怎麼了？身子發抖……身體不舒服？我搖頭，待定了神，遂問：大姐，小豆杉呢？大姐說：你呀，真是個好妹子。放心，小豆杉在隔壁，和我老二玩耍。

我這才把實情告訴她：我屋裡進了條大蟒蛇，穆蓮把它圍在脖頸上耍。……這事不能叫小豆杉知道，免得驚了孩子。大姐，我今晚上不能回去了。招待所給找個地方……

大姐說：哦呀，這個穆蓮，太大膽了！蟒蛇沒毒，可終究是蛇不是？你今晚住招待所，沒問題。連日大雨，外地客人都走了，招待所的房間大多空著。你想住幾晚都可以。所長大姐捂住我的手，傳遞温暖，讓我鎮定下來。她又說：白所長已來過電話，今晚也要回招待所來住。你們好幾天沒見面了，可以好好說說話。

大姐這番知冷知熱的安撫好暖心。我漸漸緩過神來。用大姐的話來說，「有了些生氣」。原來，人是受不得驚嚇的。不過我也得到個好消息，白大哥要回來了。

天已完全黑下來，雨又嘩啦啦地下得大了。我剛走進小豆杉玩耍的房間，就聽到突突突一陣響聲，一束强光掃過窗外，一輛摩托車駛進院子。白大哥戴著頭盔，揹著背包，一身雨水，下了摩托。小豆杉高興地叫著：爸爸！爸爸！一頭朝院子裡跑。白大哥顧不上一身透濕，將兩手插到兒子腋下，把他舉起來，高過頭頂，嘴裡還念著：豆杉，豆杉！爸爸來了，來了！父子倆親熱夠了，白大哥才忙著向所長大姐道謝，向我問好。

白回歸放下兒子，脱下頭盔和雨衣，嘿嘿笑著，一股腦都遞給我，然後去脱雨靴。他這做派，好像我是他的什麼人似的。什麼人呢？跟班？勤務員？我把他的雨衣晾在走廊欄桿上瀝水。

大姐讓我們喝了熱茶，就領著我們去開房間。老白抱著兒子，我提著他的大黑包，上了北棟二樓一間帶廚、廁的套間。大姐對白回歸說：這裡原是上海一家中外合資傢私公司的採購員長期租住，大雨前夕，走人了，行李也都搬走了。房租倒是預付了一年。現在由你們住，住多久都行。我說：大姐，你也要給我安排一間，單間就好。小豆杉擡起頭，看著我說：姐姐，你也住在這裡，給我煮麵吃，給我講故事……

白回歸把兒子攬到跟前，打斷了童稚之言。他朝我和所長笑笑，尷尬地說：對不起，小豆杉不懂事。他拍拍小豆杉的臉蛋說：小東西，你再麻煩姐姐，小心爸爸不要你。小豆杉掙脱他，躲到我身邊，摟住我：姐姐，爸爸壞！爸爸壞壞！

所長見狀，呵呵笑了。她吩咐：老白，人家小盤主任這些天可擔心你了，衹差沒把魂都丟了。……啊，不說這些了。我在小廚房放了些米麵，冰箱裡還有點蔬菜水果。你們想自己做就自己做，不想自己做，我通知廚房師傅給你們送些現成飯菜來。抗洪搶險不容易，難得回來一趟。

白回歸向所長道謝。他看看我，說：自己做，自己做，好幾天沒有吃上小鍋飯菜了。

這不明擺著要支使我嗎？儘管如此，我還是高高興興地下了小廚房。那裡，基本食材俱全，油鹽醬醋齊備。招待所有一眼專用水井，水質比宿舍的强太多。我洗手做羹湯，把先前的驚嚇扔到腦後了。老白換了身乾淨衣裳，也來到廚房。他臉色發黑，眼眶陷了下去，顴骨突了出來，整個人比原先瘦多了。這會子沒有別人，安靜得能聽到自己的心跳，還有老白的心跳。他站在我身旁，彷彿遲疑了一下，忽然從身後摟住了我。我緊張得呼吸都停止了。我不是盼望這一刻嗎，當它終於到來時，又是如此慌亂，如此酥軟。我被白大哥摟得喘不過氣來，覺得自己快要化掉了。輕輕地，白大哥低下頭，將嘴壓在我的臉頰。這是幸福嗎？這幸福令我暈眩！我渾身打了個激靈。不行不行，我奮力掙脱他的環抱：這是幹什麼？別，別！要是小豆杉看到，成什麼樣子？成什麼樣子？白回歸鬆開了我，登時像個做錯了事的大男孩，羞紅了臉膛。他垂下兩手，好像無處安置自己的爪子。我低聲說：你一向在我面前一本正經，一副嚴肅認真的樣子，原來你也不規矩，不老實！他連連賠不是：對不起，對不起，原諒我的唐突……有句話，憋在心裡許久了……

我心裡怨道：該說的不說，不該做的卻做了不是？我嘴上卻說：剛才那算什麼？君子動口不動手呢。

我轉身在池子裡洗菜，淚珠子像水珠子般滴落。想不到小豆杉從門邊探進小腦袋，見了我臉上有淚水，就問：姐姐你哭了？我用袖子在臉頰抹一把，說：姐姐沒哭，濺了點水。小豆杉不信，跑到我面前端詳：姐姐，你晚上哄我睡覺，總說爸爸快回來了，爸爸快回來了……現在爸爸回來了，你怎麼又不高興了？

老白過來摸摸兒子的頭：走，布置的作業你做了沒有？快去，做好了，爸爸有獎勵。

沒等小豆杉反應過來，老白一把抱起他，朝裡間走：走走，你好好等著，等姐姐做出幾樣好菜給你吃。不准偷看喔。

老白返回廚房，搶著煮飯，燒菜。他切菜和掌勺乾淨利落，有條不紊。好幾次拋鍋，動作略微誇張，顯擺他的廚藝不錯。眼見他操作熟練，我插不上手。他邊炒菜，邊喃喃自語：好，來點油，不多不少，多了太膩，少了發乾；對，再來點鹽，不能多，以免壓住了食材的本味；最後，再加點糖，不能過量，僅為提鮮。好嘞，出鍋了，火候正好！做菜嚒，和育種、育苗、營林是一個道理，講究時節，火候，太乾太濕都不行……

獨自在大森林行走，獨自與樹木對話，又犯了自言自語的毛病。今後，我也得習慣他這毛病。

不一會，老白就做好了西紅柿炒雞蛋，蝦仁豆腐，香乾子炒臘肉，還有鮮蘑蒜苔。我說：你變出來的這幾道菜色香味俱全，引人垂涎呢。小豆杉一定喜歡。

他聽了，眉毛上挑，喜形於色：所長大姐好心，食材備得齊全。

飯菜上桌，小豆杉拿起勺子，一個勁地問：怎麼變出這麼多好吃的？我給他舀了一勺蝦仁豆腐，還有蘑菇蒜苔，囑咐他：慢慢吃，別噎著。白回歸坐在我對面，操起筷子，大快朵頤。還不住嘴的說：好吃，金鳳你快吃！這幾天，水源受影響，食堂的飯菜沒法按時，加上送到工地也不熱了。我們衹好填了肚子了事。今晚才吃上了現炒的小鍋子菜。……金鳳，莫看我平日對生活不講究，吃飽穿暖就行。其實，我骨子裡還是個好吃的。沒人不喜歡美味。

老白大口吃菜，大勺裝飯，旁若無人地吃著。大概這幾天餓壞了吧？他哪裡像個博士、學者？簡直和我們瑤山裡那大碗喝酒、大塊吃肉的打木人沒有兩樣。嗯，我倒喜歡他這副吃相，酣暢淋漓，能感染旁人。

我高興他搶險歸來，人都變得開朗了，話也多了，笑聲也宏亮了。不像先前那樣心事重重，皺著眉頭，瞪著眼睛，一副苦相了。就是嗓子有些嘶啞，大約是在搶險現場大喊大叫的結果。緊張、危險的環境倒是能鍛練人，改變人。

我說：看著，我要和你搶菜吃了！

他舉到半空的筷子停了，抱歉地看著我：看我，光顧自己吃了。說著，他搛了一筷子香乾，送到我嘴邊。這大概是他表達柔情的最佳方式了。我偏了偏臉，示意他不要在孩子面前這樣做。他咧嘴一笑，順勢把美味送到自己口中。

吃過飯，已是晚上十點。我收拾鍋瓢碗筷，他收拾兒子，哄兒子上床睡覺。之後，他送我到隔壁房間就寢。所長大姐真有心，明明二樓、三樓的其他房間也空著，她偏安排我和白大哥做「隔壁鄰居」。

周遭靜謐，連彼此的呼吸聲息都聽得見。我留戀和老白共進晚餐的愉快，也不捨他深情的注視，但我更期待長長久久的兩心相知，兩情相悅。我每每想到這裡就心甜如蜜，恍惚如在夢中。是的，兩情若是長久時，又豈在朝朝暮暮？我說：你這些天累壞了，早點休息。明天，你睡個懶覺。冰箱裡有餛飩，我做雪菜餛飩，給你和小豆杉當早餐。

老白說：好，你也睡個好覺。明天見。

我進了屋，關上門，插上閂。我背靠著門，心跳不止，雙頰滾燙，我屏住呼吸，聽著，聽著……我彷彿看到他慢慢轉身，輕輕離開；我聽到他每一步，每一步的響動……我摸摸面頰，告訴自己：其實，我們的感情早已發芽，早已開始，……今晚，今晚不過是證實我們風雨同舟，風雨同心。……

我速速洗漱，快快上了床。可我看著黑乎乎的窗，許久都未能入睡。彷彿哪裡的掛鐘在嘀嗒走著。我聽到自己的心臟有節奏的跳動，我雙耳在黑暗中聆聽，聆聽。……走廊裡出奇的安靜，整棟北樓都少有的安靜，好像進了時光隧道。……鬼打起，我聽到隔壁房間傳來吹哨子般的聲音，一高一低，合著節拍，雖不大分明，但也不是我的幻覺。啊，白大哥的鼾聲！他真是累了，他真是倒頭就睡，合上眼就打呼嚕。唔，小豆杉也是好樣的，睡得像頭小豬豬，爸爸的鼾聲也吵不醒的。白大哥，太辛苦了！幾天幾夜在洪水中，差點把命都搭上。……在這黑夜裡，我聽到他的鼾聲，覺得很欣慰，心神安定。……所長大姐說過，剛結婚時，她聽到男人打鼾就厭煩，不能睡覺；後來，相處久了，沒聽到他的鼾聲反倒不習慣了，擔心他是否身體不適，是否工作遇到麻煩。漸漸地，男人的鼾聲成了她的催眠曲，聽不到，睡不著。

我怎麼今天不叫他老白，叫他白大哥了？

……怎麼，又回到了廚房？我又在和白大哥一起做飯，炒菜。他手腳麻利，是個行動派。人都說，會做飯的男人都是愛老婆、愛家庭的好男人。……我正想著，白大哥做出來大盤的西紅柿炒雞蛋。這道很家常的菜餚，火候很重要，能體現掌勺人的水平，所以老廚師有時會用來考驗新手。……白大哥從盤中搛了一筷子菜，放到嘴邊吹了吹，然後送入口中。忽然，他筷子一扔，伸手攬住我，把口中的西紅柿雞蛋餵入我的嘴裡！我在他懷中扭動，想掙脫。他一口一口地親著我，抵著我。我又怕又羞，卻掙不脫，也不欲掙脫了。我由著他瘋，由著他狂。我閉上雙眼，任由他那滾燙的胸膛貼著我。真沒羞，我渾身酥軟。白大哥啊，你怎麼一反平日裡的一本正經，如此瘋狂？你真像一個餓極了、渴極了的大男孩！眼中閃爍著渴望，還有熱情，我又何嘗沒有渴望和熱情？這些天，我摟著小豆杉入睡，總是好久都睡不著，做些羞人答答的夢。我都二十五了，是個發育正常，身體健康女子。哥呀，哥呀，我願意死在你的身上！我願和你永不分離，化在你的身上！你讓我懂得什麼是飄飄欲仙，什麼是兩情相悅，魚水情深。我記得哥的好，哥的强壯和柔情。啊，我、我從沒如此舒暢和舒服。這、這是怎樣的人世奇蹟？人間至情？我倆今生今世，今世今生，來生來世，來世來生……噢，不對，我和白大哥已是夫妻了？沒，還沒有！我倆怎麼會在這廚房裡欲死欲生？慢著，慢著，我怎麼在省城了，在讀研究生，和同班的閨蜜在看一部法國電影；銀幕上，一對情人在廚房裡做愛。那間廚房寬敞、整潔，燈光明亮，兩個半裸的軀體如波瀾起伏，把個鋥亮的不鏽鋼鍋子掀翻在地板上。……我臉熱心跳，臊得不行。閨蜜對我耳語：法國情人最浪漫，廚房做愛頂刺激……原來，原來，不是我和白大哥。白大哥，白大哥還是那麼嚴肅，還是那麼不苟言笑。那麼，他對我的示愛，到底有沒有發生過？有沒有？

天剛濛濛亮，我醒了，發現枕頭濕了一大片。原來昨晚我做夢哭了。爲什麼要哭？難道是爲了那個夢，那個羞人的夢？怎麼可以做那樣的夢？像個壞女子！不可以，不可以！反正睡不著了，乾脆起來把睡衣換掉。手指接觸到大腿，腿間也是濕漉漉的，一片紅。原來是好朋友來了，神思迷亂，一月一次，準時。沒羞，都要怪自己，日所思，夜所夢，和白大哥做那樣消魂的事，不正經。人家白大哥怎會是那樣的人？就算他在廚房抱了我一下，被我婉拒，人家不是道了歉，紅臉關公樣直賠不是？

我起來擦洗乾淨身子。好了，去看看那父子倆，該醒來了吧。我放輕腳步走到隔壁，剛要敲門，卻發現門像是虛掩著。試著一推，真的沒閂門。什麼意思？難道、難道白大哥一晚上爲我留著門？他個壞鬼，不可以，不可以的……都怪我整晚都在做夢，做那個羞人答答的夢。我悄步進了屋，發現父子並未睡在一起。小豆杉睡在小間，貪睡，大人不叫不會起來。白大哥睡在主臥室，門開著，床頭燈亮著，床頭櫃上擺了一隻精緻的紅絲絨小盒，也是打開的，裡面一枚鑽戒在燈下熠熠閃光。絲絨盒下壓著一張紙條，上有手寫仿宋字：金鳳，嫁給我！

我身子一晃，差點站立不穩，或許是心花開放，或許是驚喜交加。我抓住自己的衣角，穩住了腳跟，也沒弄出響動。白大哥呼吸平穩，好不容易可以睡個天光覺。我不能吵醒他，我不想吵醒他，可我五內火熱，我心甜如蜜，我想哭又想笑。白大哥向我求婚了！向我求婚了！我微微顫抖，因爲喜悅，因爲激動，因爲這一天終於來了，水到渠成，再也不是在夢中。從昨晚到今晨，這幸福的到來如此迅速，如此簡單而直接！我現在最想做的事就是伸出雙臂，擁抱白大哥，投入他那寬闊溫暖的懷抱……可是，他仍在打著呼嚕，不高也不低，不疾也不徐。他熟睡了，外面打雷閃電，都吵不醒。我不覺笑了，以往，我入睡需要安靜，有不得一點響動；將來，我會習慣和喜歡這鼾聲的。聽著白大哥的鼻息，我會覺得安穩、平和。呀，我的臉頰又燒得厲害！與白大哥相伴，我的人生定會更加豐盈、快樂，我將成爲一個真正的女人，他的女人！

我緩緩退出去，每一步都顯得那麼笨拙，不如我意。我退到走廊，掩上房門。……

上班前，我先送小豆杉去所長大姐家。小豆杉要見爸爸，我讓他聽聽屋內的鼾聲。孩子說：爸爸累，爸爸一累就打呼嚕。

來到大姐家，小豆杉一見大姐的二小子，兩人就高興地玩遊戲去了。我對大姐說：讓老白同志多睡會，能睡多久就多久。大姐這才告訴我：聽搶險隊回來的人講，前天白所長三次從岩頭上掉進洪水裡，被沖得老遠。得虧他會水，才撿回一條命。……這事，我昨天都沒敢告訴你。他平安回來了，大家也放心了。

我想哭，但沒敢哭出來。

我到辦公室，遲了幾分鐘。值夜班的是穆蓮姐。我趕緊打發她去休息，也沒空說蟒蛇的事。

我桌上的鎮紙壓著一張紙條，是鮑東生場長留下的：盤主任，八角廟葫蘆口出事故，我趕去處理。請你一定不要離開辦公室！又，若離開，一定請位穩妥的同志代爲值班。

我一看這紙條，知道抗洪形勢嚴重了。原先最擔心八角廟葫蘆口出事，結果還是出事了。

電話鈴厲聲響起。我拿起話筒，原來是龍書記打來的：喂！是哪一個？金鳳啊！場裡情況怎樣？你們好多事都瞞著，沒告訴我！那個展覽館是怎麼燒掉的？誰放的火？金鳳你講是誰放的火？

龍伯伯在電話裡火氣很大，像要興師問罪。我趕忙回答：伯伯，我們也是怕你著急呀！幾次打電話，也沒找到您。……展覽館失火的事，鮑場長和安保科長正在調查。

靠他們調查？有內鬼，肯定有內鬼，就在班子裡。他們不願看到我代表「場委」來總結建場四十年來的成績。有個詞，叫做禍起什麼牆，他娘的什麼牆？

我說：您是指，禍起蕭牆？

龍伯伯說：對對，還是金鳳你女碩士有學問。禍起蕭牆，我敢肯定，鬼就出在「場委會」裡。……當然，這個話，你暫時不要對外說，等我回來處理。豹尾在不在？

我說：書記，快回來吧！八角廟葫蘆口出事了，鮑場長帶了敢死隊搶險去了。

龍伯伯說：八角廟？八角廟那麼大的葫蘆口，會出什麼事？他們呀，往往小題大作，藉題發揮，一套一套，藉抗洪搶險，掩蓋嚴肅的政治問題，轉移鬥爭大方向！以爲我不知道？我現在仍困在他娘的這個倒楣的縣城裡！求人家連夜修好了吉普車，今天一早司機發動車子，又壞了！說是什麼軸承裂了！這該死的北京吉普，都老掉牙了。司機講早該換部新車了。場裡經費那麼困難，工人工資都發不齊，是我壓住，不准換車的。……金鳳同志，你馬上通知鮑場長，要場裡趕快派部卡車來。是不是有人不想我回來？金鳳你要站穩立場，不要上當受騙。要立即把我接回去，我這林場一把手不能再待在這縣城招待所了！

我握住話筒，哭笑不得。我腦子裡飛快分析了一下場部車輛情況。場部衹剩下一部同樣老舊的北京吉普了。鮑總指揮下了死命令，這是搶險緊急用車，任何人不能動用！還有另外一輛卡車和一輛生活用車，也都是搶險隊的緊急用車，不能挪作他用。至於場部汽車隊的其他車輛，包括下面工區的車輛，早就泡在了齊腰深的洪水裡，動彈不得了。

我如實向龍伯伯作了匯報，並請他耐心等待；待鮑場長從八角廟回來，請他立即打電話給您，解決車輛問題。

龍伯伯怒氣沖沖：這是什麼話？盤金鳳，你就派不動車子？你是辦公室主任，三個多月前任命的！我這個林場書記、一把手要不到車子？豈有此理！豈有此理！他們就是怕我回來。這回呀，老子有他們好看的。現在，我命令你，立即去把豹尾叫回來，接我的電話！

老書記在電話裡咄咄逼人，雷霆大發。

這時，那頭的電話被龍伯母接過去了：閨女，是我呀！……老頭子急瘋了，急著趕回林場指揮抗洪救災，才衝著你發了脾氣。……好閨女，莫見怪啊。你知道的，我和你伯伯一直把你當親閨女。……這樣吧，勞你到八角廟去一趟，把鮑場長叫回來，聽老頭子的電話！他不要以爲老頭子不中用了，可以欺負了。……快去，快去，就這樣！

我無言以對，傻了，啞了。這個當口，要把總指揮從危急萬分的八角廟搶險現場喊回來接電話？我能喊得他回來？鮑東生總指揮會肯回來？可在眼下，我沒有辦法，祇能在電話裡應承下來：好，好！我這就去。請您先把電話掛了。等我請回了鮑場長，再掛電話給您。……

天爺，真是應了那句老話：屋漏偏逢連夜雨，船破又遇打頭風。

遠遠的，什麼地方傳來兩聲爆破聲。我猜想，這是從八角廟那邊傳來的，是人工爆破，而不是雷鳴。八角廟不是有個瞭望哨，安了部報警電話嗎？我掛了好幾次，都是忙音，不通。

唉，該找誰來頂我值班呢？否則，我又怎能騰出身來，前去八角廟葫蘆口一趟？我正發愁，就見穆蓮姐進辦公室了。她既沒穿雨衣，也沒帶雨傘，看了眼窗外，咒了句：這該死的老天爺，該死的雷雨！……盤主任，出大事了，我們林場要完蛋了！四十年濫砍濫伐，老天報應了。……人家王神經的災難預言，說來就來了！說著，她一屁股跌坐進鮑東生場長常坐的那把籐圍椅。

我知道她這幾天心情灰暗，絕望。這我能理解，於是勸慰她：你有話好好說，不要咋咋呼呼，危言聳聽。你怎麼不在宿舍裡休息？

穆蓮姐聳聳肩：我還能睡得著覺？八角廟葫蘆口被洪水從上游各工區沖下來的原木堵塞了，形成一道十幾米高的「樹壩」。瑤王谷快要成爲一座水庫了。「樹壩」還在增高。野馬河水位瘋漲，離招待所祇差幾米了。……食堂師傅說，這是演老戲文《白蛇傳》，法海和尚「水漫金山」。……姓鮑的，還有龍三寶他們敢死隊，運去了雷管、炸藥，準備搞大爆破，炸掉「樹壩」……再不行的話，怕是要請廣州軍區派飛機來炸「樹壩」。

原來如此。剛才聽到的那幾聲爆炸可能就是在炸八角廟葫蘆口的「樹壩」。我說，阿姐，你來得正好。你替我值班，我要趕去八角廟，向鮑總指揮匯報一個重要電話。說著，我把電話記錄簿交給她，囑咐：在我回來之前，一定不要離開辦公室。切記，這關係到全場生命財產安全。

四十 葫蘆口大爆破

披上雨衣，我出了辦公室，操近路下幾十級石階就到了公路上。我沒去招待所借自行車。路太陡，彎太多，濕滑泥濘，自行車很難上路。原先，這條通往山外的公路上大車小車，南來北往不斷線；汽車喇叭比賽似的，山上山下，這裡那裡，崖呼壁應，響個不停。如今，除了水聲風聲，其他都已銷聲匿跡。路上深淺不一的道道車轍成了積水溝。從場部到八角廟葫蘆口十多公里路程，公路就像根濕漉漉的黃褐色布帶，傍著山腰繞行。要是在平日，我一招手，就能搭上任何一輛出山的順風車。可現在，連手扶拖拉機都不見了。

一路小跑著，我氣喘吁吁，心臟跳得像要蹦出來。路兩旁全是些光禿禿的石灰岩。大雨沖刷，這些岩頭像是從地獄裡鑽出來的猙獰夜叉，餓鬼，一個個張牙舞爪，要撲下山來。順著岩縫、溝壑奔湧而下的濁水，嘩嘩啦啦就像一聲聲鬼魅怪叫。好幾處山崖上，巨大的岩塊已經坍塌，或橫在山腰，或滾落谷底。山體露出傷殘，帶著血色。我從沒有想到，滿山岩石能給人以如此恐怖，威迫。就在四、五十年前，鬱鬱蔥蔥的原始森林還覆蓋這裡，古樹蓊鬱，濃蔭蔽日。那時候，下再大的雨，野馬河漲了水，水浪也是白花花的。老輩人都這麼講。

繞過山彎，我看到峽谷裡的滔滔洪水。正如穆蓮姐講的，峽谷裡正在形成一座「湖泊」。四面八方大大小小的水流都朝這「湖泊」匯集，然後停止了奔騰咆哮，像在小憩，積蓄更多、更大的能量。可這絕不是風平浪靜，而是潛藏著另一種更可怕的凶險。看哪，在寬闊水面上緩緩蠕動些什麼啊？原來，是漂浮著數不清的黑黲黲的原木，還有連根拔起的大樹，整座棚屋的杉木皮屋頂，大大小小的木盆、木桶、椅腿、桌腿、窗框、門板、告示牌，……還有家兔、豬、牛的尸體，被水浸泡得比原來膨脹了很多倍。啊，那邊，一頭小牛犢還活著，在拚命划水，……我不敢多看，也顧不上細看，因爲要加快步子趕路。在臨近公路的水邊，浮著一些枝葉和茅草，還有黑乎乎成團的細絲絲，像人的頭髮！天呀！千萬千萬，不要讓我看到浮在水面的人體。那樣一來，我會雙腿癱軟，難以繼續趕路了。不會，不會。各工區報給場部的災情中，還沒有提到人員遇難或失蹤……

我聽到從遠處傳來的喧鬧聲，還有半導體喇叭的呼喊聲。我似乎望見來回跑動的人影。轉過這道山彎，再趕一段路，就應該是八角廟葫蘆口的搶險現場了。我出了一身汗。因目的地已經不遠，渾身遂增添了氣力。我將親身經歷一場動人魂魄的搶險大行動。

突突突……我身後有機車聲。我懶得回頭，習慣性地避讓路邊。

金鳳，怎麼是你？你這是步行到哪裡去？

我回頭一看，竟是白回歸，我的回歸大哥！他騎著摩托，來到我身旁，停住了。他跳下車，張開雙臂，似要攬我入懷。我一扭腰，閃開了。這是大馬路，又不是在屋裡，給人看見成什麼樣子？但見到白大哥，我才覺得雙腿發軟，渾身散了架一樣。

你怎麼走路？要到哪裡去？

去葫蘆口，傳龍書記的口訊給鮑場長。電話不通，又找不到車，祇好一路跑來。你怎麼也來了？休息好了？上班前，我到你窗下聽了聽，你在打呼嚕，不算大，中等音量吧？我不覺笑了。

上車吧！後座上有兩包東西，我來挪一挪。

我這才看清他摩托後座上掛著兩包四四方方的油紙包。天！難道是炸藥？

上車吧，鳳。這是兩包炸藥。不要怕，沒有雷管、火索，它很安全。……我昨晚睡足了。早飯後，老鮑派人找到我，講龍三寶他們在葫蘆口搞了兩次爆破，都衹把樹蔸炸開了一個小缺口；龍三寶還摔了腿。……我帶來的這兩包傢夥，就是用來搞水下爆破的，一定要把樹蔸處理掉，才保得住林場人員和財產安全。

我上了摩托車後座，兩腿似有千斤重。白大哥叫我摟著他的後腰。他腳一蹬，啟動了摩托，但沒有立即上路，而是回過頭來，一本正經：我昨晚上的表現不好，你不生我的氣了吧？我沒吭聲，裝做不曉得他指的是哪樣事。

鳳，在廚房裡，我行為不端。

還講，還講，你個壞鬼！我使勁捶他的後背。我的拳落在他寬厚的背上，就像果子落在泥地上。

你抱緊些，不要鬆手。我開慢點，安全第一。

我怨死他了。談戀愛還一本正經，一副林學家的人模狗樣。難道連句哄人高興的甜言蜜語也不會嗎？可是，我又實在喜歡他，離不開他。在我心中，我將一輩子是哥的妹，哥的人；哥也一輩子是妹的哥，妹的人。

鳳，你跑了出來，辦公室誰替你值班？在摩托車的突突突噪聲中，白回歸問。

穆蓮姐。我緊貼在他的背上。

穆蓮啊？你那矛盾的、悲情的阿姐。

我不要你用這種口氣說人家。人人都有本難念的經。

比方你和我？

我沒回答，知道他是沒話找話。

金鳳，等下到了葫蘆口，你可以看我下水，但不要擔驚害怕。我和趙裕槐要水下作業。……別忘了，我們是橫渡過長江的泳將。

我的心噗通地猛跳，不知白大哥能否感覺到。我眼裡熱辣辣的，不覺喊了起來：不要，不要！回歸哥，你個林學博士……我好怕，真的好害怕……

林學博士也是勞動人民一分子。我正好要用行動證明，白某人不是豹尾他們指的資產階級自由化分子！你怕什麼？怕我鑽進水裡出不來？怕小豆杉沒有爸爸？

我想伸手捂他的嘴，可他身子前傾，我夠不著。我擔憂地哭了起來：哥呀，你還沒、沒給我一個儀式，沒給我那個、那個……

那個什麼？……啊，鳳，你是不是看到什麼了？我是說一個戒指。我還沒有找到機會把它送給你。……我怕自己太莽撞。我是不是太莽撞了？那就更對不起你了。我這個人，缺點很多，一身毛病，也不會哄人。我也害怕，真的害怕。……我一個結過婚的男人，還帶著個孩子。……

我把臉貼著他的背，感到了他的體溫。他呢，是不是也能感覺到我的體溫？他一定能，那麼，他一定知道我的心意，我早就疼上小豆杉了。

雨已經停了，潮濕的山風從我們耳邊呼呼颳過。我不掉淚了。誰說他不會哄人？就這一會子，他把我弄哭了，又把我的眼淚哄乾了。哥呀，你是我的人！

金鳳，我怕的不是樹壩。

你擔心的是別的什麼？

回歸大哥指了指山上裸露的岩頭。瞧，他剛說了兩句我愛聽的，就又轉到救災、搶險的話題。金鳳，樹㰁，我們可以一次次炸掉。……近兩天，我越來越相信王神經早先講過的話。可是，誰都不聽他的。他講，瑤王谷遲早會發生大滑坡，山體移動。這些天，我和老趙幾個人偷偷搞了個「瑤王谷場部撤離計畫」。鳳，你是我們的校友，是第三個知道這「計畫」的人。

我完全跟著他「跑題」了。盤王爺保佑！千萬莫讓王神經的預言成爲事實，千萬不要讓山體發生移動！

八角廟葫蘆口到了。我跳下摩托車，隨即看見一大群人急切地向白回歸招手；有的邊招手，邊跑過來迎接。白回歸又恢復了他的招牌「嚴肅勁」，對我低語：金鳳，還是讓我講句話吧。要是、要是我有個長短，小豆杉就交給你了。你也可以送孩子去省城，交給他的省長外公撫養。……除了小豆杉，在這世上，我最對不住的，就衹有你了……

我的心一陣抽搐，痛！我的樣子一定很難看，眼睛也一定圓瞪著他：你住嘴！我不要聽你講這樣的話！記著，我在這裡等著你，等你回來，哪怕等成孟姜女那樣的一塊石頭！

白回歸滿臉通紅。我心內大慟。我們都很悲壯。

白所長！白所長！人們趕來了。我們來不及道聲珍重，他就被人群圍住了，取了兩包炸藥，走了。……

我站著沒動，因爲心痛得邁不動腿。我抬眼望去，已望不見回歸哥的身影，卻看清了那堵一、二十米高的「樹㰁」。那怪物由千根萬根從上游沖下來的原木形成，橫七豎八、層層疊疊地相互卡在一起，越聚越多、越聚越大，加上枝柯、柴草、木塊、動物尸體、杉皮屋頂等等，全堵塞、堆砌到那裡。還不斷有新的物件加入其中，繼續往這「樹㰁」填充、加固。洪水在這裡受阻，激濺起泡沫浪花。水面上，一些搶險隊員駕了木排，使用鐵鉤，把一筒筒新漂流下來的原木鉤住，拖到左邊的一處山彎裡去。

一位手執小紅旗的員工把我攔在了警戒線外。我這才發現，警戒線外還停著兩輛帶篷大卡車，車上裝著一筐筐包子、饅頭，還有一箱箱白酒、啤酒；警戒線內，百十條漢子在叫喊，奔跑，擡的擡木頭，拉的拉繩索，揹的揹草墊。有十來個人圍著白回歸、趙裕槐兩位忙活。

盤主任，你來找哪位？手執小紅旗的員工問我。

我找鮑場長、鮑總指揮！龍書記有重要指示，需要立即通知他。

這時，鮑東生總指揮已經看到我。他手提半導體喇叭，一身泥水、汗水，呼哧呼哧跑過來：盤主任，你怎麼來了？有事嗎？

鮑場長眼眶發紅，臉塊黢黑，神色憔悴，聲音嘶啞，個頭彷彿比平日更矮小了。倒是個貨真價實的搶險總指揮。

龍書記有電話，命我來找你。

誰在替你守辦公室？

穆蓮姐。你放心。

鮑總指揮點點頭：龍書記夫婦現在到了哪裡？什麼急事？

他的吉普車壞了，困在鄰縣縣城，找人修了也沒修好。書記讓場裡馬上派輛車去把他接回來。讓你立即到場部去和他通電話。

鮑總指揮像受了侮辱，氣白了臉。他的雙眼更紅了，頸脖上、額頭上的青筋都鼓突出來。他罵了一句極粗俗的話。……但是，他還是按捺住了自己。看得出來，他有驚人的自制力，尤其是在這緊要關頭。他舉了舉喇叭，啞著嗓門對我說：盤主任，金鳳同志，你現在親眼看到了，這裡是什麼狀況，到了什麼時候！整個林場部，瑤王谷都快要被洪水淹沒了。上千人口性命可能不保！他揮臂指向水面：還有這些搶險隊員，隨時可能被洪水吞噬……搶險的汽車不夠用，我臨時到哪裡去給龍書記買汽車，造汽車？……盤主任，你回去，向書記報告，八角廟葫蘆口出了大險情，我們正在爭分奪秒搶險！我實在抽不開身，不能回場部去聆聽他的電話指示！至於汽車，請他到鄰縣林業部門借一輛開回來。……盤主任，回去在電話裡和他好好說。另外，他侄子龍三寶折了腿，送場部醫院去了。

我忽然想起白大哥，於是提出要求：能不能把白所長換下來？他是國務院認定的有特殊貢獻的專家呀！

鮑總指揮瞪我一眼，凶狠地低吼了聲混帳，就轉身跑向水邊，不再答理我。他舉著半導體喇叭，組織人馬，著手進行水下爆破。對不起，我也沒有立即返回場部。在這節骨眼上，彷彿人腦後部都長出反骨，都審視著自己的是非標準。我就是要留下來看看這決定瑤王谷上千人口命運的搶險行動。有人飛快跑到卡車前，取了兩瓶白酒。在水邊，停靠著兩隻木排，隨時準備出發。

搶險現場如戰場。我見木排那邊，人們圍繞著白回歸和趙裕槐兩人，忙活不已。我的心又懸起來了。盤王保佑！回歸哥和老趙要下水去搏命。

鮑東生總指揮在對他二人講述什麼。有人在回歸哥和老趙身上綁東西，繫繩索，而他二人一人握著一隻酒瓶，仰起脖子就喝。回歸哥根本就沒有朝我這邊打望。他明明曉得我還沒離去，他是故意的，祇當沒有我這個人在場。……

共有十來人簇擁著回歸和老趙去到那兩隻木排旁。鮑東生總指揮一直送他倆分頭上了木排，舉起話筒又喊了幾句。

兩隻木排撐離了岸邊，開始在洪水中上下顛簸。我眼前模糊，胸口憋得透不過氣來。我狠命抹去淚水，但很快又是迷濛一片。我依稀看見，人們攥著兩卷繩索的一端，把兩隻木排慢慢放了出去，繩索的另端則繫在回歸和老趙腰部。這場景很像放風箏，不，很像放釣魚線。隨著繩索放遠，木排上的人越來越接近「樹壩」……我看不下去了，我不敢看下去了，我什麼也看不見了，眼前祇有花花糊糊的一片。……我不曉得回歸和老趙是如何跳入水中，潛入水底的。我祇曉得，雷管和炸藥分別捆在回歸和老趙兩人的身上，捆在他倆的血肉之軀上。……

我跌坐在警戒線旁，再也無力站起。我閉上雙眼，什麼也不看，什麼也不去想了。但是，我不能離開這裡。我嘴裡、心裡都在念著：盤王爺保佑！回歸，你要回來！回歸，還有老趙，你們要回來……回歸，我要你回來。我們還沒有成親，我們還沒有儀式，我還沒有做你的新娘……我等著，你要給我好好的回來！……

我的神經繃得太緊，太緊，腦殼像要炸裂。我的視覺和思緒有些失常錯亂。要是回歸這時來到我身邊，我一定會死死抱住他不放，死死抱住他不放……不管衆目睽睽，無視議論紛紛……我要狠狠地親他，很響的親他。……

哎呀，盤主任，你還坐在地上呀？沒聽到哨子響？馬上就要大爆破了！五十公斤烈性炸藥，在樹壩水下爆破。……

不由分說，我被人拉起來，架起來，送向大卡車，塞進駕駛室。許多人繞卡車而立，還有人朝我打手勢，要我張開嘴，捂住耳。……接著，震天動地的一聲巨響，我從副駕駛的座椅彈起，差點撞到鎖住的車門上。隨後，又是一聲巨響。……之後，整個世界如同死了般寂靜。……

我聽到，也感覺到勢若崩雪，排山倒海般的洪流傾瀉的轟鳴聲，整個山谷都在搖動。

炸開了！炸開了！樹壩炸開了！

人們在跳躍，歡呼。還有人喊：「白回歸萬歲！」「趙裕槐萬歲！」

我推開駕駛室的門，跨過警戒線，大聲喊著白回歸的名字。我要去找人！白回歸，你要把自己還給我！葫蘆口，你要把白回歸還給我！還有老趙，都要還給我！

我被人攔住了，我奮力推開面前的手臂……

盤主任！來人告訴我：放心吧。白所長和趙科長已到了對岸。鮑總指揮親自駕木排去接他倆回來！

四十一　慶功會，新韜晦

我得罪龍伯伯了。天黑時分，我乘搶險隊的卡車回到場部，剛進辦公室，正好龍書記又來了電話。穆蓮姐不知和誰鬥了氣，端坐椅上不動，面無表情。很有可能，龍書記一次次來電話，一次次訓人、罵人，把她惹惱了。

電話鈴聲響起，又是龍書記的。我輕吐一口氣，用盡量和緩的語氣，向書記轉達了鮑東生場長的意思，說場裡實在派不出車輛去接他，請他設法向鄰縣林業部門借輛車回來。龍書記一聽，氣憤至極：操他媽！惡狠狠地罵了句「國罵」，仍不解氣，又加了句「省罵」——鳥娘！他摔了電話。我聽到話筒裡傳出「嗚嗚嗚」的空鳴。

此情此景，我真的無話可說了。雖然知道龍書記不是罵我，但也不是滋味啊，心灰意懶得緊。聽說場部食堂宰了一頭豬，搶險隊員要聚餐，開慶功宴，不喝個爛醉不罷休。我沒有興趣去吃喝。我也累得渾身都散了架。回到招待所，早早的關門睡下了。我不曉得白回歸是什麼時候回來的。早晨，我起床，聞到隔壁一屋子的酒氣，回歸哥吹哨子般地打著呼嚕。真的，我倒是高興聽到他的呼嚕，尤其是經歷過一場驚心動魄的別離。說是生離死別也不爲過啊！要不是擔心吵醒他，我真想進去抱著他。回歸哥是我的男人，我不再害羞，我什麼都不怕。回歸是我的男人就是我的男人。

今天又下起小雨。雖說是「小雨」，但十分細密，且有耐力。由於八角廟葫蘆山的「樹壩」被炸開，洪水已經通暢，險情排除，瑤王谷也就安然無恙了。籥玉圓的廣播站，一大早就廣播關於搶險救災的表揚稿。是不是簫玉圓自己寫的，帶點文藝腔，重點表揚兩位「炸壩勇士」。

中午，在辦公樓一樓禮堂舉行防洪搶險工作茶話會。三支搶險隊隊員全體出席，外加後勤人員代表。會場裡，上百把摺疊椅擺成個大圓圈，當中的大拼桌上擺著汽水、茶水、糖果、花生、瓜子。大家邊吃邊談，是多日來難得一見的輕鬆場面。搶險救災打了一次大勝仗，總結經驗，評功擺好。不用說，搶險指揮部的頭頭和三支搶險隊的隊長都坐在顯著的位置上。

我也參加了茶話會。鮑東生總指揮一再派人催我下來與會。辦公室仍留給穆蓮姐臨時值班。會場放著音樂，一會是進行曲，一會是搖滾樂。前半個小時，衆人吃著喝著，隨意聊天，笑聲此起彼伏。看來，鮑場長有意讓大家放鬆心情，也放鬆筋骨。白回歸、楊總工坐在鮑的左側，他右側坐著滕達和趙裕槐。老白朝我看了幾眼，示意我坐到他身邊去。我微笑搖頭，沒有挪窩。他睡眼惺忪，還欠著覺，有點傻相。鮑東生和滕達不時交頭接耳，相互謙讓著什麼。

我很高興，慶幸，回歸哥通過幾天來的搶險救災，和大家同生死，共命運，打成一片，融為一體，不再孤僻，鬱悶，和大家一樣大聲說笑，像變了一個人。真的像變了一個人。

樂聲停了。滕達副場長站起來，拍了拍巴掌：大家安靜了，大家安靜了！剛才，我們的場長兼抗洪搶險總指揮鮑東生同志講，他娘的這幾天喉嚨都喊嘶了；他娘的講話太費力，他讓我「土牛」來主持今天的茶話會。總指揮的喉嚨是怎麼啞的？我們都曉得。我們都是一起過來的，都是親身經歷的。這些嘛，就不用我他娘的多講了。

大家笑了：土牛還是老習慣，每次開場白都有幾個「他娘的」、「我娘的」。

滕達副場長又說：我們的防洪搶險工作取得了初步勝利。在這場特大自然災害面前，全場幹部、職工、家屬團結一致，群策群力，發揮了自力更生、人定勝天的革命精神，打了個打勝仗！大家都是硬蛋，沒有一個軟蛋，也沒有操蛋的。對對，大家都是硬漢、好漢，沒有懶漢，鳥漢！

哄堂大笑，還有人鼓掌，打呼哨，喊起「土牛！」「土牛！」……

哪個打呼哨？這是召開會議！大家嚴肅點，嚴肅點！我「土牛」是個大老粗，就這個水平，沒有進過林業學校，衹是個政治運動大學、階級鬥爭專業的畢業生。我「土牛」是真正的伐木工出身，跟著我們的龍頭書記砍了四十年木頭。天鵬山一座座光頭山、石頭山就是見證，記錄著我們對祖國建設的貢獻！對對，這話他娘的扯遠了。我還是來總結這回的防洪搶險吧。這回啊，我們的龍頭書記不在家，具體工作是由老鮑總指揮，三支搶險隊全體隊員艱苦奮鬥、不怕犧牲，共同取得了勝利。現在，我們請鮑總指揮給大家講話。聽見了？你們他娘的都熱烈鼓掌，鼓掌！

滕達帶頭鼓掌。我留心了一下四周的搶險隊員，有的做鬼臉，有的撇嘴角，有的吐煙圈，有的剝花生，嘻嘻哈哈，什麼表情都有。滕副場長的演說水平，的確難孚衆望。衹有在十幾二十年前，他的這一套才會被視爲「無產階級作風、氣派、本色」，被視爲政治上的淳樸、可靠、忠誠。……可是，在提倡領導幹部知識化、專業化、年輕化的今天，衹强調「革命化」顯然不搭調了。

鮑東生場長側身，與白回歸說了句什麼，又探過身，與白髮蒼蒼的楊總工商量了點什麼。楊總工連連擺手，大約是解釋他年歲大了，沒有親臨搶險前線，表示歉意。鮑場長又與趙裕槐謙讓了一次，這才站起來，乾咳兩下，清了清喉嗓。他伸出短短的胳膊，四下裡揮了揮，示意衆人安靜。待安靜了，他又坐下，嘶啞著喉嚨說：請同志們原諒。我的喉嚨確是嘶了。大家讓我講話，就請安靜下來。偉人曾經指示：「政治路線確定之後，幹部就是決定的因素。」好了，你們又要說我靠語錄吃飯了。大家曉得，眼下我們林場鬧洪災，恰好龍頭書記不在家，到州立醫院檢查身體去了。所以，林場成立了抗洪搶險指揮部，由我和老滕、老白、老趙領頭抗災。三支搶險突擊隊，也是敢死隊，投入這次的防洪搶險戰鬥。由於全場幹部、職工、家屬齊心合力，特別是由於在座的三支搶險突擊隊全體隊員夜以繼日、出生入死的奮鬥，我們已經取得了第一回合的重大勝利；我們場部所在地瑤王谷才沒有成爲大水庫！

同志們，我講的「夜以繼日，出生入死」不僅是兩個形容詞，而是大家付出血汗拚搏、英勇拚搏的寫照。也可以講，我們的拚搏將使天鵬山林場的子孫後代引以爲傲。特別是昨天，在八角廟葫蘆口爆破「樹壩」時，我們發揚了「下定決心，不怕犧牲，排除萬難，去爭取勝利」的光榮傳統，發揚了集體英雄主義精神。可以毫不誇張地說，「喝令三山五嶽開道，我來了」！同志們，我們的兩位副總指揮白回歸和趙裕槐同志下水搞爆破，是做好犧牲性命準備的！

說著，鮑總指揮哽咽了。他掏出手帕來拭淚，擤鼻。在場的很多人都被他的話打動，他們也眼裡泛著淚光。場內很安靜，偶爾有輕微咳嗽聲。鮑場長的聲音雖然嘶啞，但在這特定的時間和地點，那沙啞嗓音卻變得分外吸引人，分外有效果：我還沒來得及和場裡幾位領導商量，所以我在這裡還不能提出一個全面的表揚名單。……但是，我不能不提到以滕達副總指揮領導的第一突擊隊，保障了我們的小水電站和供電線路的安全。雖然短暫停過幾次電，但總體保障了發電、供電；我也不能不提到白回歸副總指揮領導的第二突擊隊，爲了恢復五個工區的電話通訊，他們分成五個小組，頂著狂風暴雨，三天三夜，爬山越嶺，硬是修復了那些倒塌的電線桿，保證了通訊暢通。接著，白回歸副總指揮又率領他的人馬，成功堵塞了樅樹壩的決堤，挽救了樹種園的百畝苗圃不被水淹；我也不能不提到以趙裕槐副總指揮爲首的第三突擊隊，日日夜夜，搶通了三十幾處馬路塌方，除了幾條嚴重浸水的路段，基本上保障了道路暢通。第三突擊隊副隊長龍三寶同志在排除險情時，還折了腿，現在醫院接受治療，無法來到現場。……

鮑東生提高聲調，頸脖青筋暴露：這裡，我要著重指出的是，就在昨天下午，以白回歸、趙裕槐爲首的搶險敢死隊，在排除八角廟葫蘆口的樹壩險情中，立下了大功勞！白回歸、趙裕槐二位身先士卒，冒著生命危險，每人帶了二十五公斤烈性炸藥，潛入洶湧的水中，出色地把炸藥雷管埋設到樹壩底部，一次性成功地進行了大爆破，炸毀了樹壩，排除了洪水對我們整個瑤王谷的威脅。……

會場響起掌聲，越來越大的掌聲。我噙著熱淚，加入其中，手掌都拍紅了。這是大家對回歸哥和老趙的崇高讚譽和獎賞。

鮑東生還表揚了好些人。我太激動了，無法一一聽清，更無法一一記住。我爲我的英雄白回歸自豪，但不無後怕。我真想跑上去，抱住我的回歸哥，當衆給他一個親吻。當然，我控制住了自己，我不能那麼冒昧行動。

有人站起來，呼喊：我們也要表揚鮑東生場長！他任抗洪搶險總指揮，無論日夜，站在了抗洪第一線！

對對，我們林場離不開他！沒有鮑場長，我們早亂套了。

現在，我們林場是養病的管著幹活的，保命的管著拚命的！

這類聲音，聞所未聞。我和許多人都感到唐突，不和諧，不搭調。好在鮑場長本人站起來，兩個巴掌朝下壓，示意他那幾個叫喊的心腹坐下來。鮑場長說：同志們！對場部任何一位領導，我們都要尊重，都要一分爲二，既看到成績、優點，也看到不足。「假的就是假的，偽裝應當剝去。」「必須善於識別幹部。不但要看幹部的一時一事，而且要看幹部的全部歷史和全部工作，這是識別幹部的主要方法。……」至於我做了些工作，那完全是我職責範圍內的事情，不應該享受表揚什麼的。好了，時間還早，今天出席茶話會的大部分是黨、團員。那麼，茶話會就轉入下一個內容，藉這個機會，我們傳達中央的兩個文件。注意，不准記筆記，衹用心記就好。

說著，鮑總指揮打開了擺在他面前的黑皮公文包，拿出前些天他借去的那兩份紅頭文件。

在座其他領導你看看我，我看看你，顯然對此舉全無思想準備。看來，鮑事先並未與他們商量這一安排。至於文件內容，其他領導也無從得知。難道鮑是爲了避免在座一些黨團員骨幹對他當面吹捧，轉移視線及話題，臨時起意，安排讀文件？不對，這再次證明了他的用心良苦。

我看到白回歸站起來要走，可能因爲他不是組織的人，不適合聽紅頭文件的傳達。鮑場長卻硬拉他坐下了，並對大家說：同志們，這是中央的兩份最新文件。現在，我們請林場場務委員及抗洪搶險副總指揮滕達同志向大家宣讀。很明顯，鮑是覺得自己的領導地位比先前更穩如磐石了。

說著，鮑東生將文件遞給滕達。滕達和他說了幾句什麼，可鮑東生搖頭，堅持要求土牛宣讀。於是，會場響起滕達照本宣科地聲音：

……關於認真落實、妥善安排離休、退休領導幹部的通知。……凡年滿六十周歲的司局級（含地師級）以下領導幹部，除個別特殊情況外，一律辦理離職手續，從崗位上退下。……

滕達一字一句地讀著，全場肅靜。我聽到鄰近座位的幾個人在小聲議論：

爲什麼要搶在龍書記回來之前傳達這份文件？

就得趁他不在家。不然，這文件可能被壓下。……

好啦，我們工區給他老人家寫六十壽誕致敬信，乾脆就寫成「熱烈歡送龍樹貴老書記光榮退休離職」好了。

娘賣乖！真是各唸各的經，各唱各的戲。這回呀，等著看好戲，看好戲！

突然，會場也出了「險情」，祇見鮑東生頭一歪，暈倒在座椅上。起初，大家以爲他疲勞過度，打瞌睡了。可坐在他身旁的白回歸大哥見他臉色煞白，雙目緊閉，神色異樣，遂忙用雙手扶住他，並叫滕達副場長：不好，老滕！快叫醫生！快通知醫院！

滕達和趙裕槐見狀，也慌了。滕達大叫：他娘的，快叫車，叫救護車！盤主任！打電話叫救護車，通知醫院做搶救準備！

一時間，會場亂作一團。人們紛紛離座，圍了上去。許多椅子被碰倒了，汽水、茶水也有濺到地板上。……怎麼了？鮑場長怎麼了？有人問，有人喊：掐人中！掐他的人中！試脈搏，看他還有不有脈搏？也有人擦眼睛：他太累了，太累了！

待我到門口傳達室打完電話回來，鮑東生場長已在白回歸懷抱裡醒過來，沙啞著嗓子說：你們做什麼？你們做什麼？

滕達副場長說：老鮑，你他娘的不要嚇唬我們嘛！說罷揮揮手：送醫院，還是送醫院。

我忽然腦子裡生出個怪念頭：會場上這一逆轉，是不是太過戲劇化了？老白抱著豹尾的樣子，也有點傻。

四十二 岩層從洞穴塌起

老天爺像一口倒扣的大鐵鍋，布滿沙眼，滿世界灑下雨絲，雨珠，雨注。今年剛入秋，本應是天高雲淡，金風送爽，哪來的這一場接一場的雨水啊？

龍樹貴書記總算是從鄰縣林業部門借到車子，趕回瑤王谷來了。已是下午四點鐘，龍伯伯氣呼呼地走進辦公室，都沒等我向他匯報情況，二話不說，劈面就命我下通知：場部各科室負責人立即到四樓小會議室召開緊急會議。看來他在鄰縣招待所憋了三天，被「冷落」了三天，憋出滿肚子的火氣。

還好，除鮑東生場長因勞累過度住了醫院外，所有科室以上負責人都於四點半鐘到會。滕達副場長、白回歸所長、楊春秋總工和趙裕槐科長都不知道又要發生什麼事。他們也都沒來得及向龍書記匯報工作呢。

會議伊始，龍書記紅頭漲臉，大發雷霆，質問衆人：我還算不算林場的一把手，黨書記？我什麼時候被罷官、被解職、讓靠邊站了？媽的，竟然把我丟在一個縣城裡，整整三天派不出一輛車！

頭頭腦腦們面面相覷，不敢出聲。

同志們，我離開林場的這些日子，出了一連串的怪事、禍事，都沒有人敢向我匯報！是不是發生政變了？或是爆發了第二次文革，我被打成走資派了？趁我不在家，就奪了林場領導權？爲什麼要發動政變？爲什麼要急不可耐？我還沒有辦理退休離職手續嘛！接班也還得我先交班嘛！州委領導還沒有找我個別談話嘛！我本人也還沒有作好思想準備嘛！

龍書記雙手一攤，嘴角冒著白沫：告訴大家，我這次到州人民醫院第十四病室檢查身體，除了血壓偏高，血糖、血脂超標，身體並沒有大毛病！我還能吃能睡，能爬山，能扛木頭。……這天鵬山林場，四十年前，是我跟著孫政委，帶著一個排的人馬開闢出來的！可以講，這山裡一草一木，一石一水都有我龍樹貴的汗水和腳印。

與會的幹部們出於習慣，連連點頭。也都懂得，從省級到地市級，第十四病室是專門給司局以上高幹服務的醫療機構。

龍書記用手指點著他們說：包括在座的各部門負責人，有哪一位不是我培養入團、入黨，一步一步地提拔上來的？滕達副場長，當年你個瑤族青年，外號土牛，是不是我把你招進林場來，當了伐木工的？是不是我把你從組長、隊長、工區副主任、主任，一步步提拔成林場副場長的？

龍書記略轉過臉，又說：楊總工，你一九五八年反右補課時，被錯劃成右派。那和我沒關係！我那時還是個小兵，我沒貼過你的大字報，也沒上臺揪鬥過你。你一九六二年摘帽，仍是個「摘帽右派」；一九七七年孫政委去世，我接了他的班，就替你平反改正，恢復名譽；一九七八年就任命你當了林場總工程師！你年過六十後，又返聘你繼續工作，是不是這樣？

龍書記的目光掃向白回歸：白回歸，白所長！你是我們林場的大博士、大知識分子，業務强，工作吃苦，但你很驕傲，堅持衹專不紅，至今不肯寫加入組織的申請。你還年年向林業總局、省林業廳告我的狀，幾乎成了「告狀專業戶」。有人一次次主張劃你個「資產階級自由化分子」，被我一次次壓下。我發現你的所有告狀信都是出於公心，出於保護珍稀樹種的良心。龍書記指向自己：而我呢，出於愛護人才，尊重知識，不但沒有整你，反而克服許多阻力，報上級批准提拔你兼任林場「列席場委」。是不是這樣？還有，還有，趙裕槐科長，你個林業大學生，分配來我們天鵬山林場當技術員。起初你還不安心工作，鬧外調出山。我看你是個人才，肯幹事，不怕苦，腦袋也好使，所以一次次找你談心，把你留了下來，培養你加入組織，我親自當你的介紹人，後又提拔你當了生產科長，掌管全場的生產業務。是不是這樣？龍書記說著，自己動情了，眼角沁出淚珠。

他從左到右望一望：再有，再有，今天沒有到會的那位重要人物，那個林業專科學校的造反派，紅衛兵司令，我又是怎麼把他提拔上來，讓他當了林場二把手的？林場的老人可以作證，可以作證！……你們不要插話，不要打岔，聽我把話講完。……你們這樣對待我這個林場的老傢夥、老領導，咱們中國人敬老尊賢的優秀傳統哪裡去了？咱們黨的優秀傳統哪裡去了？咱們林業工人的優秀傳統哪裡去了？

龍書記滿臉通紅，聲如洪鐘，滔滔不絕，雄風不減當年。在場各位被他一頓狂風暴雨式的訓斥，一個個不知所措，張目結舌。我坐在白回歸身旁，他一直偷偷攥住我的手。我猜想，他不會害怕，祇可能暗地裡發笑。但他的手濕漉漉的，在出汗。

龍書記環顧會議室：長話短講。我給大家路線交底，也是告訴大家，關於對林場命運至關重要的領導班子接班問題，我按中央文件精神辦，早就上報了州委。這次，上面的批覆已經下來了。對不起，我在這裡暫不披露具體內容。我要召開黨員大會，直接宣布。好了，散會。

完了？我看看龍書記，又看看白回歸。會議室一陣椅腳摩擦地板的聲響，大家離座。哦，一言堂。難怪有人講，我們天鵬山林場有「龍頭一錘定音」的傳統。

我都不敢去找龍伯伯了。他回來後沒有正眼看過我一次。他已經不屑於聽我的匯報了。

散會後，龍書記留下滕達、楊總工、白回歸、趙裕槐等「場務委員」開小會。沒有命我我列席會議，大概是不需要做記錄。

回到招待所，我先去所長大姐家，領了小豆杉，上了北棟二樓的臨時住處。我沒有回原先的宿舍，因爲怕蛇。我邊哄小豆杉玩，邊做晚飯。所長大姐又在冰箱裡添了些新鮮食材。我的廚藝湊合，沒太多章法，但這次烹飪的飯菜熱騰騰、香噴噴，美滋滋的，還沒上桌就誘人食慾了。我讓小豆杉玩積木。我等待回歸哥。

回歸回招待所，來到廚房，伸出一雙大手，又從身後摟住我，他的臉膛挨著我的脖子。他說：金鳳，我是不是在做夢？有你這樣一位愛人、摯友陪伴，我白回歸夫復何求？我沒有吭聲，我聽到了他話中那抑制不住的顫聲，我的心也顫抖了。我珍惜這個時光，我靜靜地咀嚼和享受他的表白和愛撫。好在他沒有進一步的動作。

北棟好清淨，我們三人離開白日的喧囂，面對面坐著，準備吃晚餐。在飯菜的熱香繚繞之中，真的有點「家庭」的感覺。我的臉發燒了。

好香啊！回歸看到熱乎的菜餚，喜形於色。我說：趕快去洗手，小豆杉都知道飯前要洗手。

作爲「廚子」，我愛看回歸的饞貓樣。那是對我「廚藝」的回報。回歸抄起筷子，大口大口吃起來。他好胃口。可能是餓壞了。我給小豆杉搛了一塊雞蛋，然後自己邊吃邊問：開這麼長的會？龍頭書記又訓斥你們了？

回歸沒有馬上回答。他風捲殘雲似的，很快就吃飽了，將空碗放到桌上，嘆氣：布置任務嘍，立即著手追查展覽館失火的刑事責任和政治責任，要抓出酒葫蘆背後的真凶。

我說一時半刻恐怕查不出來。

回歸哥說：政治責任嘛，顯然是衝著鮑東生來的。這第二樁呢，是要追查謠言，說王神經又在散布林場面臨大災難，人員逃生路線等等言論。第三是一則內部信息。龍書記透露，鮑東生就讀林業專科學校時是紅衛兵司令，茂林坳工區主任吳青林是紅衛兵參謀長。兩人一九六九年分配到林場來當技術員，又加入了林場造反派組織，所謂「天鵬山紅色縱隊」；鮑、吳和幾名暴徒一起，將摘帽右派王念生在吊頸嶺上放了樹釣。他們把懸崖邊一棵幾米高，茶杯口粗細的樹削去樹梢、樹枝，之後將樹幹彎成一張弓的形狀，把王念生吊了上去，腳朝上，頭朝下，身下是崖壁。……

我渾身起了雞皮疙瘩。

王念生被吊了一天一晚，直到樹幹折斷，掉進深淵。……所以說，鮑、吳手上是不乾淨的。一九七八年，林場為王念生同志平反昭雪，追究了「天鵬山紅色縱隊」司令、副司令的刑事責任，但放過了鮑東生和吳青林，當他們是「脅從」，不算主犯。更主要是因爲鮑和吳當時已經被龍頭看中，作爲青年骨幹來培養。

天鵬山美如人間仙境，卻發生過這種慘絕人寰的悲劇。

回歸壓低聲：你是辦公室主任，很快就會讓你知道詳情的。「王神經跳崖自殺」祇是個「組織結論」。

龍書記這時候翻出這段歷史，看來，這一、二把手之間的爭鬥是要算總帳了？

可不是，老滕和老趙本來是勸龍頭去醫院看望一下豹尾的。龍頭冷笑，指豹尾已經不是第一次表演苦肉計了，再說出這段「歷史」來，誰還能勸？唔，前天茶話會上，老滕真不該去唸那兩份紅頭文件。

你沒見老滕推辭嗎？推不掉嘛。鮑東生求著他唸的。一句話，豹尾是久經政治運動鍛鍊的人。機關算盡太聰明，太懂得政治鬥爭藝術，策略。

你也這樣看？文革代有人才出，各領風騷三、五年。

飯後，我給小豆杉洗臉，洗腳，收拾乾淨。小傢夥很快就在沙發上睡著了。我用被子將他裹上。就在這時，我忽然心頭一震，感覺不大好，覺得自己不能再住招待所了，要是龍伯伯曉得我住在招待所搞「特殊化」，更要生氣的。他已經誤會我了，認爲我沒將林場發生的事一一向他匯報，對他封鎖了消息。

屋外的風雨已減弱，我對回歸說：走，你來抱小豆杉，我打傘，上我那裡去好嗎？

你不怕蛇了？宿舍還有你穆蓮姐。……

我說：有你在，我什麼都不怕。穆蓮姐嚒，不爭氣，鮑東生甩不開她。兩人依舊糾纏在一起。……我講這話時，沒有看回歸，臉上熱烘烘的。

回歸遲疑了一下，然後到門口穿上雨衣，沒扣上，敞開著。出了招待所大門，他撐起傘，將我和小豆杉都裹進他的雨衣裡。我馬上感覺到他的溫暖，還有他那令人著迷的男人氣息。

天黑得像一灘墨汁，細小的雨點打在雨衣上，發出輕輕的答答聲。昏黃的路燈，照在閃跳著水珠的石級上，一級一級光滑如鏡。忽然，回歸摟著我們，站住了。遠處彷彿傳來轟隆隆的聲音，帶著震動。什麼聲音？我們聆聽著，分辨著。這不是雷鳴，雷鳴會伴隨閃電。難道，難道哪裡發生了山崖崩塌？過了一會，聽不到那轟隆隆聲了。夜色又重歸平靜。

我和回歸都有種不祥的感覺。回到宿舍，亮了燈，穆蓮姐果然不在。回歸用手電在屋內照了一圈，對我說：放心吧，沒有發現長蟲的蹤跡。我們檢查了窗子，用抹布塞住縫隙。萬一有長蟲造訪，想來避雨，也進不來了。我把小豆杉放在穆蓮姐的床上，蓋好被子。回歸哥什麼也沒說，但他絕對瞭解我的心意。這時，遠處再次傳來隆隆的響聲。我們腳下有輕微的震動。我有些害怕，乾脆拉滅了燈：你聽，你聽……到底是什麼聲響？

我倆在窗口靜聽。我把臉埋進了回歸的胸膛。他健壯的雙臂緊緊抱著我。好大的力氣呀！我雙腳都離了地。回歸把我放下，我不讓他鬆開我，我握著他的手，緩緩把他的掌心放到我的胸前。這回，我很主動。

透過窗外灑入的微弱光線，我看到回歸皺起的眉峰和緊閉的雙唇。我知道，他的心跑了，已不在我身上了。我胸中隱隱作痛，因失望而產生的隱痛。

金鳳，不好……我們天鵬山要出大事了！回歸低下頭，將臉貼在我的額上。

回歸，我要你！我吻著他眼簾，他的鼻尖，他的厚厚的唇……我的心裡，我的身體裡，都燃起了火苗，我渾身充滿一種就要爆炸開來的慾望。自前晚在招待所二樓那廚房裡的一番折騰後，這股慾火就再也沒有離開我。

金鳳，你…你在發抖？你怕什麼？不要怕，有我在……

這個傻瓜！這個時節，他也不知道我需要什麼。我喃喃道：不，不，我不怕，什麼都不怕。……我瘋了似地吻他，我用牙尖輕輕咬著他的耳垂。

回歸笑了。我從窗外透入的燈影中看到了他的笑，那麼動人，那麼火熱，那麼有魅力！我的心都要融化了。他將一隻手臂操到我的膝彎下，一下就將我抱起，大步進了臥室，嘴裡說著：不管天塌地陷！金鳳，我的小金鳳，我的小親親，你長大了。今夜，你就是我的新娘！……這場洪水過去，我定給你一個完美的儀式，讓天鵬山作我倆的證婚人。

不知爲何，我和他都有一種强烈的緊迫感，生怕在命運道路上錯過彼此，失去彼此。

幸好再沒有聽到那遠處傳來的隆隆聲。我們的第一次，他很生猛，持久。我要死要活一點也不害羞。回歸哥把我從女崽變成女人。落下一單子的紅。

我們緊緊相擁，彼此交融。我對著他的耳朵細語，摟著他不放，好像一鬆手，他就會展翅飛走。回歸哥也對我耳語，儘管沒人能聽到我們交談：鳳，鳳啊，……有件事，我不能不告訴你了。你想不想知道？

想，想，哥。我是你的人了。你的事，我都想知道，也應該知道，是不是？

就是，就是……前幾天，我和老趙他們在下面的工區抗洪，還悄悄做了另一件事，試驗王神經那個「緊急逃生計畫」。……一旦天鵬山真的發生山體移動，你就帶著小豆杉，沿著瑤王谷後山美麗崖那條小路，往霸王嶺工區的方向去。那一帶是花崗岩地貌，山體穩固。到時候，沿路會插上小紅旗，……能逃出去的，盡量出去。……

我緊攥著他的手：老天！真有個王神經？王神經還活著？他不是文革時被鮑他們放樹釣，死了嗎？你們怎麼和王神經搞在一起了？

鳳，你是辦公室主任。這件事，千萬不要傳出去。……要不然，龍頭他們就會把你當傳謠者，甚至是造謠者，動搖「軍心」。……反正到時候，大家聽廣播通知。

鳳，你聽，你聽，又是那個聲音來了。……我告訴你，你不要害怕，……是岩體崩塌的聲音。……王神經早就講過，瑤王谷四周的山體，除了東北面的霸王嶺一帶是花崗岩，其餘的都是砂岩或石灰岩。……樹木砍光了，衹剩下些光禿禿的岩體，沒有了森林植被的覆蓋和保護，成了散了架似的岩層堆積；經歷長時間的風雨侵蝕，遲早要發生「山體移動」。正是應了那句老話：大樹從樹心爛起，岩層自洞穴坍塌……

回歸又自說自話了：世界上最大的沙漠，非洲的撒哈拉沙漠，從東部的印度洋一直延伸到了西邊的大西洋沿岸，幾十萬年以前那裡是世界上最大的熱帶、亞熱帶雨林。……你知道，我們的西北高原，從山西到新疆，一萬年以前也還是森林密布，水草豐盛的針葉林、闊葉林混交帶。……河北與內蒙之間的燕山山脈的原始森林，甚至生存到了明、清兩代。……

我靠著他的臂膀：回歸哥，莫講了，莫講了。你閉上眼，歇一會吧。你也累了，累了……人類破壞自然，自然懲罰人類，這是地球生態的活的法則。

鳳，快天亮了，我要上山去。回歸在我額上親吻了幾下，然後推開我。

我抱住他不放：大風大雨的，又上山做什麼？

去檢查一下倉庫儲存的那些金絲楠木和紅豆杉板材，看是否已經安全轉移出去了。然後去找王神經，去看樹神爺爺。……先去招待所取摩托車。中午之前，我會回來。

回歸到底掙脫了我的懷抱，起床了。我也起來了。縱有百般不捨，我也衹好把雨衣、手電筒遞給他。他晚上表現得很優秀，我有了從未有過的滿足。

哥，你不要空著肚子就走。這裡有一盒核桃酥，你帶著。有的路段濕滑，有的路段泥石多，你騎車要小心。中午前，你一定要回來。我等你回來。我要你。沒有你，不能活。

聽聽，小金鳳，小傻瓜，都講些什麼傻話？

四十三　樹神爺爺走了

中午，回歸哥沒有回來。他打了個電話給我，說去了趟盤王頭，沒有見到樹神爺爺。那山洞裡冷鍋冷竈，看樣子爺爺已離開好些天了，不知去了哪裡；回歸哥還說，他也去吊頸嶺查看了那條地縫，並未見明顯的增大，祇是冒出來平日少見的白濛濛的熱氣。更特別的是，他詢問了附近工區的人，問他們昨天白天、昨天晚上有沒有聽到轟隆隆的巨響。他們說一次也沒聽到過。……這就怪了！你和我昨天從傍黑直到深夜，明明聽到一陣陣轟隆隆山崖崩塌的聲響，他們怎麼就沒有聽到呢？難不成是我們兩個患了耳鳴症？難道那聲響是從地底出來的，一般人感覺不到？

我問回歸哥現在何處。他說在樅樹壩，樹種園的苗木又被洪水淹過，又沾滿了泥漿，他必須組織員工接上水龍頭，再來一次大清洗。……回歸哥還告訴我，老趙現在也到了樅樹壩，他昨晚上也聽到了轟隆隆的響聲，還有窗子震動。……我問他們什麼時候回瑤王谷來。他說：爭取明天一早吧。今晚上，和老趙還要商量幾件重要的事情，楊總工也和我們在一起。

我忍不住問：什麼重要事情？

回歸哥說：很快你就知道了。

我想大概在電話裡不便談論。

我去食堂打了中飯，帶回辦公室吃。發現在食堂買飯的人比平日少了許多。辦公室的門開著，令我吃了一驚，因為我離開時鎖了門的。進去一看，原來鮑場長已坐在他平日慣坐的籐圍椅上了，看樣子在等我。

場長，這就出院了？昨天還在打點滴……

逃出來的！盤主任，沒關係，在那病床上，實在是躺不住了。……眼下林場的情況嚴重呀！錯綜複雜呀！

場長，你有掌握了什麼新情況、新險情？

新情況，確是新情況。……小盤主任，昨晚上，龍頭書記家裡請了兩桌客人。場部科室負責人幾乎全部到齊，喝主人從州城帶回來的茅臺酒。一如往常，由招待所的頭廚掌勺。……好像沒有請你。怎麼把個乾閨女給丟下了？這次，龍頭也沒請白所長和趙科長。

我心裡頓生反感。都什麼時候了！你還來和我說這一套。

鮑東生場長大約見我臉色不好，就進一步說：小盤主任，我知道你年輕、正直、單純，看不得種種爾虞我詐，還搞政治站隊、路線交底一套把戲。……

場長，你從哪裡聽到這種消息？我忍不住好奇，差點就說出「告密」二字。

鮑場長神祕地苦笑笑：龍頭請了兩桌客人，裡頭就沒有一、兩個我的人？我也不怕和你講實話。今天一早，招待所頭廚就去醫院看我。他老婆原是農村戶口，是我想盡辦法，把她弄到招待所來當勤雜工的。頭廚是個懂得感恩的人。……當然，向我提供「龍頭家宴」信息的也不止他一人。……小盤主任，你知道，我在林場不是孤家寡人。實話說了吧，龍頭這次若和我撕破臉，新帳舊帳一起算，我也就不客氣了。人總是要自衛的，要作適當反應的。盤主任，我倒是提醒你一句，要站穩立場，不要被人拉下水。當然，我也站在你的角度，替你想過了，你個林學碩士，參加工作，步入社會，可以說人生道路剛剛起步，還有很長的路要走。最好的態度就是保持中立，不站邊，不介入，不惹事，樂得一身乾淨。我還是個好心人，對吧？

我實在聽不下去了，但我忍著，表明了態度：場長，你放心。你們領導人之間的矛盾，我搞不懂，也不想搞懂。算了，不講這些了。場長，昨晚上，我聽到好幾陣轟隆隆巨響。但今早上班，又沒有收到下面工區報來的災情。……你聽到過那轟隆隆，像是從地底下傳出來的聲響嗎？

是囉，是囉……我昨晚睡在醫院病床上也聽到了。轟轟隆隆……的確像是從地底傳出來的。鮑場長摸摸頭，又說：所以，我在醫院待不下去了。小盤主任，你應該是知道的，我們天鵬山林區地質構造複雜，有許多天坑，幾處大型溶洞，書本上叫做「喀斯特地貌」。我最擔心的，是岩層內部崩塌。那就不得了，太可怕，真的沒得救了！

龍書記曉得這情況嗎？

鮑場長吁了口氣：來辦公室之前，我硬著頭皮去找了龍頭。救災第一，個人成見，內部矛盾鬥爭總該往後放一放啊！你猜龍頭聽了我的匯報後怎麼說？他問：你豹尾作為林場場長，是不是也聽信了王神經們的謠言，唯恐天下不亂，林場不亂？他還通知我，明天就召開「場務委員會議」，整頓秩序，清理隊伍，追查展覽館失火事故責任，把壞人揪出來示衆！龍頭的意思是，祇有先把隊伍整頓好，政治路線正確了，才能領導好抗洪搶險工作。我請示他，搶險指揮部怎麼辦？要不要改組，重新組班子，重新任命主要負責人？他倒是說，那祇是個臨時性班子，指揮部架構和三支突擊隊暫不解散，也不重組。只是白回歸不能再兼任搶險突擊隊隊長，要保護特殊人才。龍頭也問了，眼下林場面臨的最大險情是什麼？我告訴他，仍是八角廟葫蘆口，若再讓野馬河上游沖下來的原木形成樹壩，又不能及時炸掉，我們瑤王谷就會成為堰塞湖，大水庫！

要是在平日，我又會為鮑場長的工作精神所感動；可今日不同，我感動不起來。我心心念念牽掛的祇有回歸哥。龍頭書記是愛護他的……他今天一天亮就冒雨進山，去找樹神爺爺。……唉，究竟是誰設計了那個林場緊急逃生計畫？回歸大哥連我都沒有透露。

鮑東生場長正要離開辦公室，說他還要回醫院去打個招呼，取點東西。這時，廣播喇叭在風雨之中響起，一陣劈里啪啦雜音之後，傳出一個女子的歌聲：

樹神爺爺在哪裡？
重重林巒告訴你，
爺爺在快樂的雲裡，
爺爺在憂愁的霧裡，
就像阿郎在阿姐苦苦的思念裡。

鮑東生場長駐足聆聽，問：誰在唱瑤家的打木歌？這樣沙啞，帶哭腔，不吉利！

我也在聽，心不斷往下沉。聽得出來，是播音員簫玉圓的歌喉。她聲調淒楚，哀婉，……莫非，莫非樹神爺爺沒了？

盤主任，你快通知廣播站，叫玉圓妹子把機子關了！不要開了機子亂唱。鮑場長做個催促的手勢：我替你在這裡守著。說著，他重又坐回籐圍椅中。

我快步上了四樓。喇叭裡的歌聲仍在雨霧中徘徊：

樹神爺爺在哪裡？
巍巍青山告訴你，
爺爺在清涼的風裡，
爺爺在狂暴的雨裡，
就像盤古開天傳唱在瑤家史詩裡……

我自兒時便熟知這支歌，熟知這支瑤語歌曲。

四樓廣播室的門開著，門楣上原先的「廣寒宮」三字不知什麼時候被摘下了。玉圓阿妹穿上了我們瑤家的節日服裝：三疊式青布頭帕，花邊青布衣，過膝青布裙，青布綁腿，青布膠鞋；她正站在播音機前，唱著，唱著，淚流滿面。……

看來，這林場裡的人，都有些反常了。

玉圓，你怎樣了？好阿妹，出什麼事了？我盡量壓低聲音，避開話筒，可我還是聽到自己的隻言片語在外面喇叭傳出。我不敢再大聲，伸手攬住玉圓阿妹的肩膀，輕輕搖著。

金鳳姐，……玉圓阿妹見了我，淚眼婆娑，像見了親人，伏在我肩頭痛哭失聲。我趕緊探出手，關了播音機。

好阿妹，究竟出了什麼事？

金鳳阿姐，樹神爺爺走了！我們的樹神爺爺走了……

你、你在說些什麼呀？樹神爺爺不在了？你聽誰講的？我心慌，胸悶，覺得大事不好。

樹神爺爺早對我講過，天鵬山裡崖谷崩塌的時候，就是他滿三百歲的日子，也是他歸陰的日子。……昨晚上，我聽到了轟隆隆的聲音，從遠處傳來，從地底發生。今上午，樹神爺爺就往生了。……

我們瑤家，古老的山地民族，是個充滿神祕色彩的民族。

我正要扶玉圓阿妹坐下，然後慢慢問清楚，慢慢勸慰以平緩她的情緒，卻聽到樓下禮堂外的坪地上一片嘈雜的人聲，號哭聲，腳步聲。

快，快！金鳳阿姐，一定是樹神爺爺到了！我們的樹神爺爺到了！玉圓擦了一把淚，轉身找出塊青布頭帕給我戴上。她說：阿姐也是瑤家人，回去換衣服來不及了，就戴塊頭帕吧！

我倆下樓來到禮堂門口時，風雨已經減弱。眼前的場景令人驚異。不知從哪裡來了一群頭戴樹冠的瑤族鄉親，跪成一圈。圓圈當中是一名粗壯的瑤家漢子，也是雙膝跪地，雙手托著一具瘦骨嶙峋的老人遺體。……他們全都在風雨之中哀痛地連哭帶唱，淚水與雨水交流在臉膛上。

我停在門邊，猶疑了一下，隨即被玉圓拉著，也跪入那人圈中。這時，當中的漢子將老人的遺體放下，在地上擺平了，領著一衆瑤家老小兩手拍著土地，用瑤語唱起「爺爺歸天歌」。在外人耳中，像是在唱著「嗚嗚哇哇」的無字歌，可我卻是聽得懂的：

樹神爺爺三百歲了，
回到先帝盤王身邊去了，
留下瑤家的打木人在大山裡了，
大山裡祇剩下石頭沒有樹了。
……

聽著我們瑤家的歌謠，參與我們瑤家原始的祭祀，我也隨之流淚，隨之哭唱。樹神爺爺走了，老天爺都在哭泣。

撐著雨傘，穿著雨衣來圍觀、看熱鬧的人越聚越多。我曉得其中許多人也和我們一起流淚，傷心，哀悼樹神爺爺。哀傷的我有一事難以理解，樹神爺爺生前，並沒有人對他盡盡孝道啊。況且還有許多人當他是瘋子，花子來嫌棄；一些不懂事的崽娃還拿土塊、石子追打他；聽講文革期間，林場的革命派還把他抓起來遊鬥，指他是舊社會的「大土司」、「大土匪」、「大山霸」……他就像個孤魂野鬼，在天鵬山的林子裡流浪啊！最後，虧了白回歸大哥的林研所收留了他，請他當顧問，把他當「活樹譜」尊重，給他一些生活上的照料。……

在辦公樓外坪地上送別樹神爺爺的大多是林場瑤族職工和家屬。龍書記和鮑場長做了決定，由林場出一口壽木，再派幾名吹鼓手，組成一支送葬隊伍把樹神爺爺送到樅樹壩墓園中安葬。林場食堂辦幾桌酒席，算完成了葬儀。

待樹神爺爺的葬禮完畢，又有謠言傳遍了林場，說天鵬山要遭大難了，龍蛇出洞，山崩地裂，疫病流行，人獸絕跡，白骨遍地。……謠言有謠言的力道，就像天上的烏雲，地上的洪水，令人心悸，令人困惑，令人意志消沉。面對這種人心惶惶的局面，林場領導也束手無策。龍書記上廣播站去喊了幾回話，要求全場職工及家屬認清形勢，堅定信心，站穩立場，破除迷信等等，也不大見效用。好在建場四十周年慶典的日子就要到了，領導們認為到時候敲鑼打鼓，嗩吶一吹，鞭炮一炸，焰火一放，一派喜氣，正氣就壓倒邪氣，「東風壓倒西風」。

當天下午，又有好幾個工區電話報告災情。有的說道路塌方，交通又一次被洪水中斷，正在組織人馬搶修；有的說他們工區又停電了，詢問是小水電停機還是電線桿子又折斷了；還有請場部派車送糧等等。鮑東生總指揮坐鎮場部辦公室，親自接電話，作指示；指揮部轄下的三支抗洪搶險突擊隊除派出少數隊員去八角廟葫蘆口、小水電等幾處要害地方巡邏、蹲守外，其餘人馬都在場部養精蓄銳，就地待命。

因有鮑總指揮坐鎮，我抽空回招待所北樓看了看回歸大哥。他已經回來了，真好！他住處的門虛掩著，他倒在床上睡著了，連一身濺滿泥點的衣服都沒脱下，被子也沒蓋上。回歸哥都累成什麼樣子了！我看著就心疼。可能是我的推門聲把他驚醒了，他呼地從床上坐起，問：出了什麼情況？

待看清來人是我，他顯然鬆弛下來，疲憊的臉上浮起笑容。

我在床邊坐下，撫著他的手。雖然有片刻遲疑，我還是說了：樹神爺爺走了。龍書記指示把老人家葬入樅樹壩的林場墓園。

回歸哥點點頭，說：金鳳，我告訴你一點實情，你不要害怕。……今天一早，是我和趙裕槐在一處崩塌的崖下發現老人家的。……他身上祇有幾處碰傷，不曾出血。我用摩托車把老人家載了回來，交給瑤家人的。……我有責任啊！前兩天祇顧了這裡搶險，那裡救災，沒顧上去盤王頭把老人接下山來。……我派人去找過他，去的人回來說，在山上沒有看到老人，應該是下山了，不知去了哪裡。……回歸哥說著，流下兩行清淚。我替他拭淚。我覺得冷，冷得打哆嗦。

你看，我原不該告訴你這些的。……我曉得你們瑤家人對樹神爺爺那份特殊感情。這是作為漢人難以體會的。樹神爺爺衹是先走一步，先走一步啊。……回歸哥噙著淚水，有些癡癡傻傻地說。

哥，怎麼連你也講瘋話，信神信鬼的了？我推他一把，嗔道：你躺下，躺好，不准動，我去替你放好熱水，你先洗個澡，換身乾淨衣裳，去去身上的晦氣，泥腥氣。

鳳，你不上班？怎麼跑到這裡來伺候我？

放心。有鮑總指揮坐鎮場部辦公室，調擺、運籌呢。

龍頭和豹尾還在繼續鬥，鬥下去？

你先歇著，好不好？他們兩個相鬥，誰也勸不住，阻不了。

好好，金鳳，你去放水。等我洗了澡，還有重要事情要託付於你。我們任重道遠，任重道遠哪！

四十四　白回歸留下「重建林場路線圖」

回歸哥換洗完畢，乾乾淨淨走進小客廳。他的眉間有一抹憂思，揮之不去。他的神色又回復先前那種一本正經、不苟言笑狀態。他從一隻常年不離身的黑揹包裡取出個文件夾，攤開一份手寫的「關於對天鵬山地區進行大規模飛播的請示報告」，讓我邊看邊聽他解釋：很多人不瞭解什麼是「飛播」。其實，那就是政府派出民航運輸機，來我們天鵬山地區的光山禿嶺撒播樹籽。砍了幾十年的樹木，光靠人工種植樹苗，不知要種到何年何月。飛播就簡單多了，一春一秋，祇要撒上兩次樹籽，山上就可以長出千千萬萬的小苗木來，省事省時省錢省力。……可是，這份報告，我每年向省政府、省林業廳呈報一次，今年是第五次了。好在省林業廳倒是每年都有回覆。

說什麼？

頭一年說，報告已轉呈國家林業總局；第二年說，國家林業總局已將報告轉呈國務院辦公會議；第三年說，國務院辦公會議已同意撥出專款，責成國家林業總局與國家民航總局協同辦理；第四年說，國家民航總局上報了國家軍委，軍委也有批示，同意交由廣州軍區空軍協同解決；今年收到的回覆是，廣空研究了飛播問題，由於整個天鵬山地區設有多個防空雷達站和國防第二線駐軍單位，此事涉及國家軍事機密，必須慎重行事。……你看看，一個採伐過後的林區申請飛播樹籽，就這麼公文旅行，拖了一年又一年，還扯上了國防機密。煩心不煩心？多麼簡單的一件事，碰上一層又一層的官僚機構。唉，我們基層幹部祇能拿起石頭去砸天了！

回歸哥有牢騷，還不小。我當然心有同感。看完這份請示報告，我問：那怎麼辦？就讓山嶺這麼長年光禿下去？

回歸哥抓住我的手，鄭重地說：金鳳，這事，我和趙裕槐商量過。……看來，祇好請你出面，去找周省長了。……

我用了好大的力，把手從他的抓握中抽出來。我一邊摸著紅脹了的手背，一邊嘟囔：你為什麼不自己去？你還是他的前女婿，他小外孫的父親。

回歸哥再次拉過我的手，輕輕撫著：就是因爲這個，我不便去找他，也不想去找他。……我和老趙爲什麼想到請你出馬呢？是因爲周省長很看重你這個瑤族女碩士。你自己也說過，周省長夫人也是瑤家女，你去過他們家做客，很喜歡你的。……回歸哥輕輕一笑：你呀，就穿上你們瑤家服裝，到省府去找周省長，請他給你打電話，寫介紹信。我知道，他的一位上司兼老友，現在國務院辦公廳任副主任，還有一位老上級，在軍委辦公廳工作。……你個瑤家靚女，林學碩士，誰都會待見你！少數民族的女碩士，在南方大山區林場工作，千里萬里的找上門，替林區請求他們解決飛播問題。這多少能令他們感動吧。

那可不一定！我噘起嘴，需要好好想想其可行性。

記得周省長告訴過我，軍委辦公廳那位他的老上級，和他情同手足。……所以，我和老趙商量了，等這場洪水過去你就出馬，望你旗開得勝。對了，還得給你配個副手。廣播站的籲玉圓怎麼樣？也是你們瑤家阿妹。到時候，你們兩位盛裝的瑤族仙子，伶牙俐齒的，還有辦不成這事的？這也是爲了天鵬山的子孫，天鵬山的大業嘛。

不要寄望過高呢。

回歸哥換了個更舒服的坐姿：現在，這林場真正頭腦清醒些的，也就我們這「林大三傑」了，再加上個楊總工。對，他是我們中南林大的老學長，所以該叫「林大四傑」不是？

看回歸哥吹牛！我樂了，恨不得在他臉上狠狠親一口。我笑著看他一眼，說：這件事嘛，可以考慮考慮。所長，你出差旅費啊？

回歸哥連聲應承：當然，當然。接著，他拿出第二份「要件」。我吃一驚，竟是張手繪的「天鵬山自然資源開發利用示意圖」，有整張桌面大小，衹能攤在潔淨的地板上。

畫得真好！我蹲下身來欣賞。回歸哥呢，雙膝著地，指著示意圖，向我解說。這一回，他可不是自說自話了：金鳳，這張示意圖也是我和老趙的作品。動手的時候，還不懂電腦繪圖，後來我們決定繼續手繪，算是別出心裁也行。我們的兩位顧問是樹神爺爺和楊總工。唉，可惜樹神爺爺走了！

楊總工也是你們一夥的？

回歸哥呵呵一笑：別看楊總平日像尊笑面佛，在龍頭、豹尾、土牛面前幾乎是百依百順，言聽計從，其實老人家是有學問，有見地的。好好，先不說這個了。回歸哥手指地圖：你看，這裡是瑤王谷，位於我們林場西南方；這條由東向西，然後向南的小河即是野馬河。沿野馬河下行十多公里，就到了八角廟葫蘆口。出了葫蘆口，就出了天鵬山，到了鄰縣地界。野馬河就入了北江，最後匯入南海。

好，金鳳，你再看！野馬河雖不算寬大，可脾氣不好，大雨時河水暴漲，洪水肆虐；天旱時河水清淺，有的地方甚至像小童尿尿……可是，這條河是我們天鵬山林場的命脈，我們的生命之源。河水從瑤王谷中間穿過。北面一帶山巒是霸王嶺工區的美麗崖，花崗岩層，山體穩固；南面一帶山巒是大榕樹工區，林木下面是紅砂岩層，奇石奇峰，風景壯麗。好，講回瑤王谷來。溯水而上，便可見我們林場有名的綠色長廊，人工營造的杉木林，鬱鬱蔥蔥。俗話講，老天下大雪，一白遮百醜。我們天鵬山確實靠這條綠色長廊遮住裡面的光山禿嶺！

沿野馬河走完綠色長廊，就是我們林研所的所在地樅樹壩了。樅樹壩是原始森林砍伐過後的一塊幾百畝大小的峽谷平壩。這裡四面青山，土肥水美，於是我們辦起了百畝樹種園，還有豬場、雞場、魚塘、菜地等等，既是科研基地，又是生活物資生產基地。

回歸哥移動手指，繼續講解他的示意圖：離開樅樹壩，繼續沿野馬河往上走，就深入我們林場的腹地了。兩邊多是光禿禿的山嶺。北邊是有名的盤王頭，我曾領著你去過一次。我們林研所在嶺上種了些珍稀苗木。盤王頭下面是相思坑，坑裡有個藏軍洞。樹神爺爺領著我們下去探過險的。

我的腦海裡浮現那次洞穴探險的情景，還有回歸大哥有力的大手，溫暖的懷抱。……

看相思坑工區，我們林場的重點採伐工區。相思坑的確有好幾個天坑。鳳，記得嗎，那次樹神爺爺領著我們遊陰河，就是從相思坑天坑上岸的。……回到野馬河北岸，繼續溯流而上，就是鷓鴣嶺了。鷓鴣嶺是我們的「十八里畫廊」，也是我們天鵬山林場有幸保護下來的原始混交林帶，一路走來，看不盡的春花秋葉，雲蒸霞蔚，景物迷人。這是一位詩人來此欣賞美景時寫下的詩句，登在州報上。這「十八里畫廊」好不容易保存下來，嚴禁採伐的。七萬多畝原始林，每棵千年以上的古樹，我都編了號，釘上了標牌，七十二目，三百二十科，一千八百屬，共有一萬多棵，棵棵參天，許多種目屬於難得的活化石。十五年來，我做的主要就是這項工作，給它們做了電子檔案。千年以下的大樹，還沒來得及做。……

就在半年前，吊頸嶺上一棵有三千年樹齡、四人合抱那麼粗的紅豆杉竟然被人盜伐，我知道是出了內賊、內鬼。我在場務委員會上和龍頭吵，和豹尾鬧，要他們查。他們口頭上答應查，可他們哪裡會查？那次龍頭和豹尾爲什麼不通知我來參加向周省長匯報工作？就是怕我戳穿他們的西洋鏡。別看平日裡明爭暗鬥，鬥這鬥那，鬥來鬥去，但逢迎上司，卻是高度一致。

金鳳，你可能會說，繼續告狀呀！可我告得下來嗎？誰會給我一個答覆？金鳳，我和你說好了，辦完這次四十周年慶典，完成這次抗洪搶險任務，你就回我們縱樹壩林研所來上班了。告訴你，我最不放心的是林場內、林場外，都有人在打我們「十八里畫廊」的主意。林場內，幾個領導人要解決全場三千多職工及其家庭的生計；林場外，上海那家中外合資的太平洋家俱公司、深圳那家中港合資的麗都家俱公司，據說都是上市公司，已經不止一次悄悄派人來，找龍頭和豹尾等人密商，願出五千萬、八千萬元的高價，買下「十八里畫廊」七萬畝原始林的採伐權。深圳那家公司提出的條件更陰險，說只買下「十八里畫廊」的間伐權，砍一半，留一半！金鳳啊，我們天鵬山林場現在的確遇上了生存問題。再砍個七年，八年，除了「十八里畫廊」，就再無木可伐了，所以，要替我們林場找到生存的出路。這個話，留著下面另講。我、你、老趙，楊總工都有心要保衛「十八里畫廊」，因爲這是我們今後開闢天鵬山森林旅遊的主要景觀林，旅遊資源。

回歸大哥緊緊握住我的雙手，我的心中五味雜陳，有一種士兵臨戰的悲壯。

金鳳，好。我們繼續沿著野馬河往上看。出了「十八里畫廊」的東端，南邊是野雞坪工區，北邊是犀牛灣工區，再往東邊去，就到了野馬河的發源地，南面是茂林坳工區，北邊是凌雲頭工區。林場的東段地界到這裡爲止。再遠去，即是鄰省地界了。

金鳳，以上就是天鵬山林場的全貌，東西長約一百十二里，南北寬三、四十或四、五十里不等。來，你就著這張示意圖，看看我們的「天鵬山林場森林旅遊度假區」的初步構想。這個「初步構想」，我和老趙已經上報了州裡和省裡，周省長表示支持。好，還是從這條野馬河的源頭說起。你看到了吧？這就是它的源頭烏龍潭。潭水深不可測，是從地下河流出來的。瑤家人稱陰河。

樹神爺爺說這條陰河在大山底下，好幾千里長，東頭連著東海，西頭沿廣西大山南下，通往南海。當然，民間傳說沒有經過現代勘測證實。但陰河水量充沛卻是不爭的事實。我和老趙曾經測量過這烏龍潭的深度，用一根百米長的繩索吊上石塊都沒有探到底。我們的「天鵬山自然資源開發」就是搞原始森林景觀旅遊以及建設天鵬山度假村兩大項目。森林景觀遊則是要在野馬河上做文章。從野馬河上游源頭的烏龍潭到下游的瑤王谷跳石子橋，全長三十五里，上、下游落差有一千二百米！搞大規模旅遊開發，頭一件事就是要有充足的電力不是？我和老趙初步設想，在烏龍潭的岩壁上開鑿出兩個口子，實行潭水分流。一股水流入一條新開鑿的石渠，沿二十五公里石渠，利用千米落差建成三座梯級小水電，一舉解決電力問題。清潔又環保。另一股更大些的水流則進入野馬河，我們搞野馬河漂流！小小野馬河，二十五里激流，驚險刺激，不把國內遊客和臺、港、澳遊客玩瘋了才怪！金鳳你不信？我和老趙都信，楊總工也信。

另外，金鳳你看，我們還可以在鷓鴣嶺的原始林地裡修築休閒步道，搞森林氧吧遊，讓那些平日在城市渾濁空氣裡生活的人到這裡來換換空氣，把身上的廢氣洗滌乾淨；再有，我們還可以開闢天坑探險遊，地下河木筏遊，盤王頭登山遊，美麗崖攀岩遊。……

我看回歸哥在圖紙上指點江山，那樣認真，那樣動情，忍不住笑話他：哥，你現在哪裡還像個林業科學家？簡直就是個天鵬山風景區的總規劃師了！你準備改行了？

沒有，沒有，不可能。金鳳你聽我講完。回歸哥仍在圖紙上指指點點：再看看這裡。瑤王谷對面，大榕樹工區這邊，草地樹林，綠水青山，風景絕美。我們準備在此蓋個度假村，仿瑤族木屋樣式，圓木牆、杉皮頂、吊腳樓，竹籬笆、石板街、獨木橋、白沙井，棟棟小樓都是瑤家別墅。……天鵬山區夏無酷暑，冬無嚴寒，清涼溫潤，鳥語花香，四季宜人。讓那些城裡人春天來看雜花生樹，夏日來享無邊清涼，秋季來賞滿山紅葉，冬日來消閒避寒。周省長說過，天鵬山度假村建成後，他退了休都想來這裡養老。……

我不懂回歸哥今天給我講這些是什麼意思。又問：你真的想改行了？

回歸哥一邊捲起圖紙，一邊說：這是拯救林場的第一步，也是關鍵的一步。這一步走好了，森林旅遊度假區建設好了，我們林場就永遠告別靠砍木頭活命的日子。全場職工的轉行就業問題也解決了，生活無憂了。以商養場，以商護林，永續作業。我的設想是，由我們的趙裕槐同學統管旅遊度假區的事務，我和你則仍幹我們的老本行，搞林業科研，把「十八里畫廊」千年以下的珍貴樹木，也建立檔案，掛上標牌。同時，還要組成一支真正的營林隊伍，廣植苗木，爭取十至十五年之內，把我們天鵬山的光山禿嶺重新綠化！金鳳，你是我的愛人，我們志同道合，你定會支持我的啊！

說罷，回歸哥雙手捧著那捲圖紙，鄭重地交到我面前，請我代爲保存。

我問：這麼要緊的東西，爲什麼你自己不妥為保存？

回歸哥說：交給你保存的還有一個筆記本。這個本子裡有電話號碼，電話記錄和電話聯絡人。什麼內容？

又是事關我們籌辦的森林旅遊度假區。我和老趙並沒有紙上談兵，搞「空想社會主義」。籌辦森林旅遊需要大筆資金投入。初步估算一下，大約需要五億元資金。天文數字啊！省裡州裡肯定拿不出這筆錢，中央政府也不會撥給。我們衹好找了香港的寰宇旅遊事業投資公司。老趙的一個親戚在那家公司任職，是個中級主管。他和公司總經理、董事長談了這個項目，現已有了回話，資金不成問題，但他們要先派人來考察、評估項目。若是立項，他們的條件是中港合資，中方提供土地等自然資源，占股百分之四十九，港方獨資興建相關設施，僱用林場員工，包括提供培訓，占股百分之五十一，且擁有五十年的經營權。嗨，條件夠嚴苛的，省府、中央能批准？會不會斥其為賣國主義？所以，金鳳，這個記錄本也要交給你保管。

我嘆口氣，問：既是這麼重要，你放在自己身邊不是更好？

回歸哥微微一笑，瞇了瞇眼，說：金鳳啊，我不是仍兼著抗洪搶險副總指揮和第二搶險突擊隊隊長嗎？那天，我和老趙潛水去炸八角廟葫蘆口「樹壩」的情形，你不也親眼見到了嗎？……我是想呀，今後幾天的搶險可能更艱巨。萬一我有個閃失，這林場重生的資料不能也失去了啊。……

我聽得心慌，伸臂抱住了他，捂住他的嘴：瞎說！不准你瞎說！龍書記不會再讓你當搶險突擊隊隊長。你是我的人，我的人……我不准你有閃失。我親他一口：你就這麼狠心，和我講這種話？你答應過我，要給我一個難忘的婚禮。……我們還要一起爬山，一起採種，一起育苗，一起營林，……我不管！你的這兩樣寶貝你自己保管。你不能丟下我不管……我再也忍不住淚，嗚嗚哭了起來。

這回是他來親我，哄我：傻金鳳，看看，我衹說了個「萬一」，就把你嚇成這個樣子。……好好，沒有「萬一」，祇有「一萬」！我一千個保證，一萬個保證，爲了你，我也要好好活著。你是我的一切，一切的一切！

四十五 賀壽鑼鼓震山谷

後半夜又是風雨大作，陣陣雷暴把人驚醒。

一大早，白回歸冒著雨霧，騎著摩托回了樅樹壩。他擔心堤堰再次潰決，樹種園又被淹沒。我留不住他。那樹種園是他的命根子，比我重要。

上午，雨勢減弱。漫天裡飄著些晶絲銀線。野馬河早已是川谷洪流，不見了跳石子橋，氣勢懾人。好在洪水尚未漲至場部辦公樓這片臺地。滿峽谷漂著長長短短的原木，相互擠壓，衝撞河岸，引起土石崩塌。虧得救險隊員們駕著木排不停地打撈，上游各工區也加强了集材場管理，情況有了好轉。塌了幾處山崖，暫時有驚無險。要是塌在八角廟葫蘆口形成「泥石壩」，那就很難像上次炸「樹壩」那樣排除險情了。整個抗洪形勢有所緩和。

在辦公室，鮑東生講起這事，還抹著額頭上的虛汗。恰在這時，葫蘆口的守望哨來了電話，報告從山上崩下一塊巨石，砸在出山公路上。

是多大塊石頭？目測一下，講清楚！鮑場長從我手上接過話筒：多大？比牛欄屋子還大？這樣吧，我立即派爆破小組來排除。你們設好糾察線，繼續觀察。

說罷，鮑場長離開辦公室，調兵遣將去了。

接著，我又接到幾個電話，都是各工區報告有崩落的巨石橫斷馬路。待鮑東生場長返回辦公室，聽到我轉述的災情報告，很有些光火：大災小災都往場部報，場部就養著三頭六臂的神仙爺？往後遇到這類情況，叫他們自行處理，排除！誰想和場部保持交通聯繫，就得保護好自己那段馬路。

我點頭，心想：話不難說，但事不易做呢。看來，一向處事果斷、不露聲色的鮑東生場長已越來越喜怒形於色，似乎亂了方寸。

盤主任，你知不知趙裕槐副總指揮這兩天到哪裡去了？有人講他躲在家裡打呼嚕。

問題來得突然，我搖頭，沒吱聲。其實，我曉得老趙和白回歸研究那個撤離計畫去了，還有楊總工參與。但我不能說出來。

聽講他和王神經搞到一起，弄了個什麼「場部撤離計畫」？這怎麼可以？非組織活動！他們背著場部領導班子，在政治上另搞一套。

場長，還是弄清情況再下結論比較好。

鮑場長話出有因。我在辦公室與他打了三個月交道，總算能通過他的表面言辭，解讀其真實內涵。自龍書記借了鄰縣林業部門的車回來，就傳出風聲，趙裕槐已被內定爲林場接班人，且不日將在會上宣布。當初，鮑東生接班幾成定局；現在，趙裕槐的接班人地位基本明確。鮑東生等於「靠邊站」了。……這多半是他近兩天一反常態，浮躁不安的原因了。

盤主任，你知不知道，趙裕槐和反動分子王神經他們搞到一起，正是應了那句語錄：「赫魯曉夫式的人物就睡在我們身邊，有的正在被培養為我們的接班人。……」危險呀！什麼「場部撤離計畫」？分明是要搶班奪權呀。危險呀！鮑場長眉頭緊鎖，憂思滿面。看樣子是他前一段的連串大動作沒能打亂龍頭的交班計畫，失望了。

我忍不住咕噥幾句……「真理往往掌握在少數人手上。」我沒見過王神經，也不清楚你講的什麼「撤離計畫」。「不了解情況沒有發言權」。

怎麼？鮑場長瞪大雙眼：小盤主任，連你都講這個話？真是大難臨頭，人心浮動啊。

我也用了語錄，場長。我轉頭處理起手頭的文件記錄，不想再搭腔。

鮑東生場長嘩啦啦翻開前幾天的報紙，看了看，又放下了，心緒不寧。他忽又想起什麼事，站起身，向我交代工作：小盤，若來了報警電話，請作好記錄，隨時報告我。過兩天就是建場四十周年紀念日。龍書記親自領著人在一樓禮堂布置會場。我下去看看。

我也想起兩件事，遂問：場長，文藝晚會和詩歌比賽仍按計畫舉行吧？還有個森林科普知識競賽……

鮑場長拍拍腦門：唉，這幾天忙著抗洪，把一些事情擱下了。……龍頭回來了，馬上要召開場委擴大會議，到時候拍板吧。

上午，就這麼過去了。中午時分，無風無雨，黑雲蓋頂，好像提前進入夜晚。忽地，老天爺開眼，從厚重的雲層中灑下一道耀眼的陽光，恰如暗夜裡的一束電光直射地面，圓柱形晶瑩體，頂天立地，那麼强烈，那麼輝煌，令人震撼……我們瑤家稱爲「開天眼」，講是預兆大凶或大吉。對於我們年輕人，那是迷信。我深深呼出一口氣，走到窗前，心想：天上雨水大約傾倒得差不多了，老天也該轉晴了。

樓下傳來陣陣鼓樂聲。起初，我以爲是業餘文藝演出隊在排練節目。可是，很快就聽出差別來。是三、兩起鼓樂班子在吹吹打打。哪來的班子？聽那嗚哩哇啦的嗩吶聲在瑤王谷裡回響，我猜想是下面工區來的人。

莫非人們被大雨封在山窩窩裡太久，拉起隊伍，到場部來樂一樂，袪除霉氣和瘴氣，消郁解悶？

不像啊，我透過玻璃窗往下看。下邊果真有三幾個鼓樂班子，後面跟隨一長串人馬，舉的舉著紅色橫幅，擡的擡著禮盒，喊的喊著口號，來給龍書記賀壽了！三隊人馬在樓下轉了一圈，大約發現龍書記不在禮堂，隨即轉往他的住處去了。

事發突然，很不尋常。四層辦公樓的所有窗口都有腦袋探出來，大約誰也沒料到會有這樣一齣戲。我想起來了，十來天前，鮑場長通知過下面工區，要借建場四十周年大慶，也給龍書記賀六十大壽。在林場，凡是與龍頭有關的，都不算小事，都應該向他本人匯報。因回歸哥要我別多嘴，免得自己捲入錯綜複雜、機謀四伏的「龍鮑爭鬥」之中去；我還在猶豫要不要向龍書匯報此事呢，怎麼今天就來了？難道是鮑東生算錯了日子，或是提前行動了？

辦公樓各科室的同事們紛紛下樓，去看熱鬧。我終於按捺不住，請對面辦公室一位老大姐替我守電話，然後隨著人流，來到龍書記家門口。他家門前場地不大，祝壽的、找樂子的大人小孩擠得像插筍子，望過去一片黑壓壓的腦後勺。我留神看看那邊的紅橫幅，上面工整的仿宋字寫著：熱烈慶賀龍樹貴書記光榮退休！

什麼意思？是高興他退休，還是慶祝他退休？我登時感到情況嚴重了。

鼓樂聲停了。但見龍書記和老伴並排站在臺階上，面對為他祝壽的人群，笑也不是，怒也不是，有怒也發作不得。

祝壽隊伍中走出一位年輕女工，雙手捧著一張大紅紙，操著一口本地腔普通話，朗聲誦讀「祝壽文」：

敬愛的林場創建者、林場老場長、老書記、伐木英雄、全國勞模、省人大代表、州人大常委龍樹貴前輩，您好！我們茂林坳工區全體幹部、職工和家屬，在您六十大壽來臨之際，向您表示最衷心、最誠摯的祝賀！四十年來，是您領著我們在天鵬山原始森林裡創辦起全國聞名的木材採伐場；四十年來，是您領著我們披荊斬棘，伐木築路，為偉大的社會主義祖國建設源源不斷地提供優質木材；四十年來，是您領著我們戰勝各種艱難險阻，建成十大採伐、營林工區，親手培養、介紹、批准我們當中的優秀分子入團入黨，成爲光榮的無產階級戰士；四十年來，您一不怕苦，二不怕死，走遍了林場的每一塊林地，灑下無數汗水，留下無數熱淚，也曾經流過鮮紅的血液。……您的功績，您的貢獻，您的恩情，我們怎能不感激，不牢記？

在您光榮退休離職的前夕，爲了表示我們全工區職工及家屬的微薄心意，我們要獻給您一份生日禮物……

說著，賀壽隊伍中竟有人擡著一頭紮了紅布的野豬來。還有一塊寫著「光榮退休」的大紅匾額。

龍伯伯見狀，臉都青了。伯母一疊聲問道：你們這是做麼事？做麼事？

龍伯伯不愧是龍伯伯。祇過了一、兩分鐘，他便强作笑顏了，收下那紙「賀壽文」和那塊匾額，並和朗誦者握手言謝。他揮揮手，囑咐把那頭野豬送去食堂，改善大家的夥食。之後，龍伯伯站回臺階上，亮開那他招牌嗓門，以平日作報告的口吻開講：

謝謝同志們！謝謝同志們！你們的深情厚意，我領了，受了。前些日子，我和老伴到州立醫院檢查身體了，昨天下午才趕回來。場裡發生了許多事，我還被蒙在鼓裡。我本人，遵照中央文件精神，一定會按時退休。不，是按時離休。我是新中國成立以前參加革命的，享受離休幹部待遇。還有，我本人歷來遵守組織紀律，從來反對給領導同志祝壽賀生日之類。但今天是抗洪搶險的特殊時期，大家大老遠的從藤蘿寨工區、霸王嶺工區、茂林坳工區趕來，給我帶來「祝壽文」，「退休匾」以及各種禮物，我和老伴萬分感激，萬分感激。龍伯伯舉手，行了個標準軍禮，又說：衹是事出突然，我毫無準備，沒法請大家喝酒、抽菸，請大家原諒！眼下，正是抗洪搶險緊張時刻，我要求你們立即回到各自的工區，回到各自的崗位！不准擅離職守！誰要是擅離職守，我一定會給他紀律處分。我龍頭把醜話說在前頭。好了，好了，等這場洪水退後，我一定下到工區去，給各位補禮。現在，大家解散，請回！請回！

龍伯伯高舉雙手，向各方打拱，送客。伯母在一旁抹淚水。

人群散去。三起前來賀壽的隊伍，有一搭，沒一搭地吹吹打打，返回工區去了。我明白，這回，戲唱大了。我不知該如何面對龍伯伯。正要隨著人流散去，我被身後那蒼老渾厚的聲音叫住了：金鳳，盤主任，請留步！

我轉過身來，不僅尷尬，甚至狼狽。我無顏面對龍伯伯和龍伯母。

怎麼？你也來湊熱鬧？看我的笑話了？

不，不，我聽到鑼鼓聲，不知道出了什麼事，才趕來看看……。

這種好事！你是真不知道，還是假不知道？龍伯伯目光如炬。我頭次感到這威嚴和逼迫。

我無法回答，祇能沉默。

讓下面幾個工區來給我賀壽，出我的醜，逼我退下？這是誰出的高招，誰下的指示？龍伯伯發青的臉膛又變得紫脹了。

我怎麼辦？我就算講出實情，也太遲了。我面對龍伯伯，不講，是失職；講了，是惹禍。場部辦公室是個泥潭，我怎麼躲避也踩了兩腳泥！我覺得委屈，眼眶紅了。

伯母心軟，她勸住了老伴：你凶什麼凶？金鳳就是閨女一樣的，我們看著長大的。那些人散了就行了嘛，你還刨根問底？不關金鳳什麼事嘛！

她是辦公室主任！她耳聰目明，什麼都聽不到，看不到？龍伯伯在氣頭上，瞪著眼睛吼問。

老頭子，回屋吧！在門口叫叫喊喊，讓人聽了笑話！金鳳，你也進屋坐會吧。

我覺得該陪陪龍伯伯，哪怕他打我兩下也行。我進了屋，打定主意不出聲、不回嘴便是了。

伯母向龍伯伯嘮叨：老頭子，你有話不能好好說？怎麼把火氣撒到金鳳身上？伯母又勸慰我：金鳳，好閨女，別怪你龍伯伯，他也是一時氣糊塗了。有人朝他放暗箭，他氣不過呢。

哪個王八蛋給我耍陰謀，朝我打冷槍？金鳳你不講，我龍頭也知道。不就是想坐我這把交椅嗎？想當一把手嗎？想得他媽的都發瘋了！老子瞎了眼，當年被他小子搖尾乞憐的樣子蒙混住，把個紅衛兵司令提拔成林場第二把手！好咧，好咧，老子有本事把你提上來，就有本事把你擼下去。不信，等著！

伯母擺手：別，別這麼講。

龍伯伯還是不能釋懷：金鳳，你個辦公室主任，這麼大的動作，你真的一點風聲也沒聽到？

我支吾：要說一點風聲都沒聽到也不是。……要在四十周年慶典時給您祝個壽，我原以爲也不是壞事。你回來後又一直沒有時間聽我的匯報……

看你個辦公室主任多稱職！我昨天就回來了，你爲什麼不主動向我報告這動向？把我蒙在鼓裡！龍伯伯喝了一大口茶，將茶缸重重的頓在桌上。

老頭子，莫生氣，莫生氣！你高血壓，醫生說了，不能生氣。伯母坐在龍伯伯身邊，朝我使眼色。

伯伯，我不適合眼下這職位。我不曉得哪樣是維護領導班子團結，哪樣又有損領導班子的團結。我年輕，沒經驗。

不，你沒有紀律，沒有原則，沒有立場，年紀輕輕就學會圓滑，學會腳踏兩條船……滕達，趙裕槐兩個，也是這樣？

雖然龍伯伯數落了我四個不是，但我最在意的是「圓滑」二字？我「圓滑」嗎？我要繼續「圓滑」下去嗎？至於三個「沒有」，我還真不那麼在乎：伯伯，這事，我是及時報告了滕副場長和趙裕槐科長的。也虧他們下去做了工作，不然今天來祝壽的隊伍，就不止這三支了。

他們真的下去做了工作？他們為什麼不匯報？

龍伯伯看我一眼，還是對我相當失望：金鳳呀，辦完慶典，你就回樅樹壩林研所，幹助理研究員去吧！你會是白回歸的好幫手。在場部幹辦公室主任，你還真算不上稱職！算了，人各有所長。

這是龍伯伯給我的「組織結論」？我聽後竟是渾身輕鬆。我原本就認定自己不宜行政工作，這回坐實了。沒什麼，天生我材必有用，去林研所幹本行！好哩，終於雲開日出！樣板戲裡那支歌怎麼唱的？「太陽出來了！太陽出來了！」

我告辭時，龍伯伯也沒忘給我下達任務：小盤主任，你回辦公室，替我下個通知。今晚九點，對九點整，在樓下禮堂召開場部黨員緊急會議，傳達重要文件，不准請假。聽清楚了？

我趕緊拿出隨身帶著的記事小本，一一記下：晚上九點開會？是不是太晚了點？我試探著問。

我講九點就九點！會議之前，我還要做些部署。聽明白了？

是！我回答。我想：這可能是我最後一次履行辦公室代理主任職責了。沒有不捨，沒有留戀，祇有鬆綁樣的輕快。我是不是對龍伯伯缺乏感恩之心？

太陽出來了，雨是完全停住了。下班後，我到招待所看白回歸回來沒有。路過所長門口時，見她正在給兩個小兒子準備揹包，一人一個。聽到我招呼，她擡起頭來：金鳳，你準備好了？

準備什麼？

你還不曉得？今晚上要大撤離！……啊，快去吧，白所長在樓上等你呢！

上了北棟二樓，回歸哥果然在那裡，領著小豆杉整理小揹包和大揹包。小揹包裡是孩子的小畫冊、小水壺、小急救包什麼的；大揹包裡則是些衣物、乾糧、常用藥品。……他也是一副隨時準備領著孩子起程的架勢。

看，金鳳阿姨來了。小豆杉，不要皮，去你的房間彈吉他。爸爸要和金鳳阿姨說幾句話。白回歸支走孩子，拉我坐下。

出什麼情況了？準備撤離？龍書記還通知今晚九點開黨員大會。……我壓低聲音說。

回歸哥也放低聲量，以免孩子聽到：我不是你們組織的人，不管你們開不開會。……金鳳，我回這裡之前，去了吊頸嶺。那條大裂縫已經張開了大口，……山體正在移動。

真的？我的心好像在往下掉，往那個深不見底的裂縫中掉。

我和趙裕槐、楊總工商定，開始組織場部人員悄悄撤離。老人、孩子和婦女先走一步，朝後山霸王嶺方向走，先到美麗崖，沿路已插了小紅旗做標識，有些樹木和石頭上也刷了紅色箭頭指路。這事，目前衹能由我們三人負責，暫時瞞著龍頭和豹尾，免得他們出來阻止。等婦幼老人撤得差不多了，再讓簫玉圓廣播通知，全體撤離。……

今晚九點鐘的黨員緊急會議，還讓不讓開？

回歸哥一臉無奈：誰能不讓他們開會？誰能不讓他們搞鬥爭？連老趙和楊總都會硬著頭皮出席，見機行事。……

我聽得渾身發冷：哥啊，真有這麼危急嗎？

回歸哥張開雙臂，緊緊摟住我。他的胸膛真暖和！那一刻，我願永遠待在他的懷抱裡，不分離，不分離！

回歸哥說：金鳳，有幾句話，我不能不和你說。原諒我，愛你愛得太深，已經傷到了你。這是我的錯，我的罪。……這次，如果我真有什麼不測，請你替我把小豆杉帶到省城，交給他的外公撫養。……

我抽出手來，捂住他的嘴：胡說！你又胡說些什麼？我們已經擁有彼此，誰都離不開誰。再說，小豆杉也是我的孩子。……我一定會看著他成長。記住，不管天塌地陷，我們都要活著。我等著做你的新娘！做你的新娘！聽到沒有？

聽，聽！轟隆隆，……從遠處、從地底傳來令人心悸的聲響。對不起，金鳳，小豆杉就先交給你了，還有那捲圖紙和聯絡本。請你保護好。我這就去霸王嶺，安排大家撤離。

四十六　天要下雨，娘要嫁人

晚上九時正，龍書記主持召開場部黨員緊急會議，各科室組長以上幹部基本到齊。六、七十人濟濟一堂。由於過兩天就是建場四十周年慶典，而林場近來災禍連連，兩位主要負責人又在龍爭虎鬥，各顯手段；出於對林場命運的關注，不少非黨員幹部、職工也在過道上席地而坐，異常安靜。

林場「場務委員會委員」依次在龍書記兩側就座，很整齊的一排。龍書記跟前擺了一張桌子，上面放了杯茶水。桌旁還放了隻籮筐，用斗笠蓋著，不知裡面裝著什麼寶貝。我因為要作會議記錄，仍坐在與場務委員們成直角的位置，有利視聽。之前，我把小豆杉和兩個揹包都放在招待所所長家，由大姐的父母照料。大姐本人也來開會了。

會場上，令人訝異的是趙裕槐首次坐在了龍書記身旁，那原是鮑東生的座位。龍書記另一側坐了滕達副場長，之後是鮑場長和楊總工。領導班子的座次發生變化，氣氛難免凝重，甚至有些詭譎。

大約是為了激活大家沉悶的情緒，滕達副場長站起來，大聲說：哪個他娘的起個音，唱個歌？唱「四耳」的〈國際歌〉？有人發問：什麼是「四耳」的〈國際歌〉？滕副場長有點不耐煩：寫歌的人不是叫「四耳」嚒？有人插話：那是聶耳，他譜曲的是〈義勇軍進行曲〉，後來成為國歌，不是〈國際歌〉。

哈哈哈！呵呵呵！會場氣氛果然活躍了起來。

龍書記依舊滿臉嚴肅，端坐不動。他拍了拍巴掌，開口了：不要瞎鬧了！國歌、國際歌不能隨便唱。他仍然聲若洪鐘。據說他在千人大會上講話都不用擴音器。龍書記宣布：下面開會，白天我們要防洪搶險，所以選在晚上來開會。要抓緊時間。今晚的會議共有三項議程。現在進行第一項，由林場第一副場長滕達同志宣讀州委組織部文件。

會場鴉雀無聲，彷彿連人們的呼吸也停止了。有的人全神貫注聆聽下文，有的人目光在龍書記和鮑場長之間來回穿梭。大戲登臺了！鮑東生場長閉目養神，看樣子要被晾在一邊了。

滕達副場長清了清喉嚨，雙手捧著一份紅頭文件，吃力地唸著：「經州委常委會議研究，對天鵬山林場領導班子作出如下任免決定：任命趙裕槐同志為林場黨委副書記兼場長，主持林場黨政日常工作。任命滕達同志為林場第一副場長兼紀委書記。原場長鮑東生同志專任林場調研員，其正處級行政級別不變。」滕達宣讀完畢歸座。龍樹貴書記隨即站起，語調鏗鏘：好！州委的最新決定解決了我們天鵬山林場領導班子接班人問題！好得很！這不是小好，也不是中好，而是大好！現在，我們鼓掌，衷心擁護州委的英明決定！鼓掌，熱烈鼓掌！

事情來得如此突然，令與會者驚詫，忘記了反應。啊，鮑東生專任調研員！調研員是個什麼職務？屁事不管，純是個擺設。至於趙裕槐，那是他祖墳冒氣了，從科級一躍升至林場接班人高位，不聲不響撿了個大便宜。……州委的紅頭文件自然不容置疑，能不贊同、擁護？這當口，說不定新任趙副書記兼場長正在留意哪個高興，哪個不高興呢！快些，龍書記帶頭鼓掌，大家最好一窩蜂跟上，不要落了後。會場的掌聲中有高興，有遲疑，有不情願，……所以節奏不齊整，多少顯露點尷尬。

我雖早就知曉這信息，但此刻公開宣布，將鮑東生一擼到底，仍令我感到意外。全場焦點迅速從趙裕槐轉到了鮑東生，他個頭更顯得矮小了。吃了這一記悶棍，他面色寡白，雙眼瞇縫，以掩飾內心的驚恐和憤怒。接著，他索性閉上眼，卻也沒有忘記隨大流拍兩下巴掌。

龍書記目光炯炯，像注射了强心針。他宣布會議進入第二項議程：現在，請我們天鵬山林場的革命接班人，黨組副書記兼場長趙裕槐同志講話，作指示！

我在作筆錄，留意到趙裕槐對自己的榮升並無不安，也無激動，似乎一切在他意料之中。他拱手朝會場致意，胸有成竹：大家好！龍書記點了我的將，我卻之不恭，就講幾句吧，談不上什麼指示。大家知道，我大學畢業來到林場，算算也有十五、六年了。我認得在座各位，各位也認得我，所以，可以省去自我介紹了。當前，我們林場面臨的重要任務，就是抗洪搶險，刻不容緩。前一段，我們的抗洪工作在搶險指揮部總政委龍樹貴書記、總指揮鮑東生同志領導下，在全體突擊隊員、全場幹部職工的努力下，取得了很大的成績。到今天爲止，我們的幹部職工及家屬在洪災中都安然無恙。雖然前些天有兩位老職工因病去世，應當說也與洪災沒有直接關係。在這裡，我要强調的是，我們正面臨一場更大的自然災害威脅。那就是山體移動！同志們，不要驚慌！我們的房屋塌了，可以重建；我們的馬路斷了，可以重修；我們的財產損失了，甚至我們的瑤王谷場部被毀了，我們還可以重建一個新的場部。

龍書記看了趙副書記一眼，目光犀利。一臉的疑惑。

趙副書記似乎渾然不覺，做個手勢：唯一不能損失的，是我們全場幹部、職工及家屬，包括老人、兒童的生命。我一定和大家一起，竭盡全力，保證我們每一個人的生命安全！在這方面，我們已經有了一些具體的措施，正在推行。我要求大家，在特大天災面前，山體移動之時，保持鎮定，一切行動聽指揮。衹有這樣，我們才有可能戰勝災害及保全生命。

這時，我心中咯蹬一下，因爲我發覺四樓廣播站的簫玉圓阿妹早已把廣播機打開了，並且和會場的擴音器連了線；因此趙裕槐的講話已經通過有線廣播傳到了全場每個工區、每個採伐隊，每個營林班組，傳到了家家戶戶。

會場上，大家對趙裕槐臨危受命式的講話感到愕然，茫然。沒有人提問，也沒有人鼓掌。鮑東生依然半睜半閉著眼睛，似睡非睡，冷眼看世界。

龍書記則臉色驟變，雙眼圓瞪，失望加惱怒。怎麼回事？事情大出他之所料！接班人趙裕槐上來便是如此一通「就職演說」。龍書記終究是龍書記，還沒下臺不是？他毫不掩飾自己的不滿，立即不客氣的反駁：同志們，剛才，我的接班人趙裕槐同志發言，那並不代表我，也不代表場委會！龍書記將手往下一掃：什麼「山體移動」？我就不信！那完全是王神經一夥妖言惑衆。就在今天下午，白回歸跑去告知我，說要採取措施，做好預案，以防山體移動，並在災難發生時將損失減少到最低。他還說情況不容樂觀，應當有個預案，幹部、職工及家屬暫時撤去霸王嶺！龍書記嘴角一撇：我問他是不是和王神經一夥搞到一起了？堂堂一個科研所長，居然來動搖天鵬山的人心和士氣？他說眼下救命要緊，願事後接受處分。我也知道，許多人已經撤離或正在撤離，到霸王嶺一帶暫避。我不阻攔。誰要跑路都可以跑，保命要緊嘛。以後回來，要寫檢討，當過逃兵嘛。但我和我老伴不會逃跑。我死也要死在瑤王谷！我倒要看看天會不會塌，地會不會陷。我們黨員連死都不怕，還會怕自然災害嗎？笑話！什麼叫中流砥柱？不逃跑，留下來堅持崗位的，才是大鵬山林場的中流砥柱。龍書記說到這裡，朝兩側看看：白回歸！白回歸怎麼沒來開會？他說有從地底下傳出打悶雷般隆隆聲。可我就沒有聽到。你們誰聽到了？請舉手！

會場上不少人舉手，膽小者有之，心不在焉者更是多數。

我回應：白所長不是組織裡的人。……

龍書記掃了我一眼，不予理會。他舉著手上的一頁紙，逕自宣布會議的第三項議程：請場委委員、總工程師楊春秋同志匯報關於慶祝建場四十周年慶祝活動的籌備情況。過兩天，就是我們天鵬山林場的大喜日子。雖然展覽館被人一把火燒掉了，可慶祝活動還要熱熱鬧鬧地進行。這次，我已經請示了州委領導，州委答應派一位副書記率領州林業部門負責人出席。州電視臺也會派記者來攝像和報導；省林業廳也會有領導蒞臨。好，下面聽楊總工匯報。

白髮蒼蒼的楊春秋總工在稀稀落落的掌聲中，拿著幾頁稿紙站起來，朝會場鞠了一躬，才坐下唸稿。其內容扼要，行文易懂，含有不少數字、樹名、地名和人名，也囊括了建場四十周年慶典各項內容及活動。他提得最多的名字，自然是龍樹貴書記，其次是鮑東生、滕達等人。楊總工唸了不到一刻鐘便完事，如釋重負。

會場上照例有人拍了巴掌。接下來，龍樹貴書記把一張紙條交給滕達副場長。滕達宣布會議的第四項議程，也是最後和最重要的一項內容：下面，請龍樹貴書記作指示！說著，滕達帶頭鼓掌。他把話筒擺正，請龍書記開講。

龍書記的臉色依舊不好看：話筒關了，我講了幾十年的話，從來不稀罕這法器。

果不其然，龍書記又聲如洪鐘：首先，我本人衷心擁護州委的英明決定，任命中青年幹部擔任林場的主要領導職務，也就是接班人。誰講我這樣的、幹了大半輩子革命的老傢夥戀棧，不想退呢？五年前，我就推薦當時不到四十歲的鮑東生擔任林場場長嘛！那個場長原本是由我兼任，黨政不分家嘛。今天，州委又給我們任命了一位新的林場副書記兼場長，現年三十九歲的原生產科長趙裕槐，由他主持今後的林場日常工作。這說明了什麼呢？說明像我這樣的老傢夥、老同志是衷心擁護並忠實執行中央關於幹部隊伍「四化」的戰略決策的，實施領導幹部的革命化、年輕化、知識化、專業化的嘛。龍書記豎起大拇哥：但是，這其中有個原則，那就是退離休常規化，就是我們老傢夥交班，權力要交給政治可靠的革命接班人手裡，而不是交到那些陽奉陰違、兩面三刀、耍盡心機的陰謀家、野心家手裡！

老天，龍書記又要長篇大論了。我看一眼手錶，快速筆錄，盡可能將他的原話記述下來。他所說的「陰謀家」、「野心家」呼之欲出了。說者有心，聽者豈會無意？大多數與會者或快或慢，將目光掃向鮑東生原場長。鮑仍然閉目養神，彷彿雷打不動。有時候，沉默並不等於投降。豹尾的「鬥爭精神」可是經過文革千錘百鍊出來的。

龍書記滔滔不絕：前些日子，我和老伴去州立醫院看病，檢查身體。不湊巧，這時候林場爆發了山洪，出現險情。林場立即成立了抗洪搶險指揮部。我同意由鮑東生同志任總指揮，滕達、趙裕槐、白回歸三人任副總指揮，下轄三支搶險突擊隊。由於大家同心協力，英勇奮戰，我們已經取得決定性勝利。這方面的模範先進事跡，場委會要專門研究、總結，並在建場四十周年慶祝會上公布表彰名單，當發獎金的發獎金，當發獎狀的發獎狀。特別英勇的個人和集體，還可以加薪提級。立功者獎，我們一定做到獎懲分明。

至於我的接班人趙裕槐提到林場正面臨更嚴重的自然災害，關係到我們的生死存亡，我已經表過態。我不相信天鵬山會天塌地陷！我不相信王神經及其一夥散布的謠言，說會發生什麼「山體推動」。

有人插言：書記，是「山體移動」。

龍書記一擺手：對，謠言說「山體移動」。同志們，大家認真想想。這是別有用心的一派胡言！瑤王谷會移動？吊頸嶺會移動？美麗崖會移動？樅樹壩會移動？鷓鴣嶺會移動？盤王頭會移動？相思坑會移動？這是睜眼說瞎話，說夢話！四十年前，已經去世的孫政委帶了我們一個排的人馬，進這深山老林，當時這裡連一棟茅草房都沒有。山上山下祇有不見天日的古樹和毒蛇猛獸。我那時是孫政委的警衛員，他帶著我們在一個樹洞裡過夜。同志們，那時候我們哪裡想得到這荒山野嶺會出現四通八達的馬路和輸電線路、電話線路？哪裡想得到會有大車小車組成的運輸車隊？會出現十大工區，成排成片的木屋、紅磚房？還有電燈、電話、廣播、電視，還有學校、醫院、招待所、儲蓄所、派出所、郵政代辦所、供銷社、幼兒園？……從前沒有的，今天都有了。從前想不到的或不敢想的，今天都實現了。所以，我絕不相信那些謠言。洪水也好，山崩崖塌也好，都不會動搖這一切，不會吞沒這一切。有人說我大老粗，不相信科學，我看哪，他們才是不科學，偽科學。龍書記將巴掌朝下一按：用他媽的科學來嚇唬人！我們絕不做悲觀論者，不相信世界末日！要說樂觀主義者是盲目的話，那好，我就做個盲目的樂觀主義者。

龍書記稍停，留出個空檔給大家鼓掌。滕副場長本已伸出手，想拍掌，但見會場祇有稀稀拉拉幾聲冷巴掌，他就停住了。倒是閉目養神的鮑東生反應快，很響地擊掌捧場。龍書記目光如錐，瞪了豹尾一眼。

龍書記談興未減：要說「山體推動」，哦，叫「山體移動」。其實呀，有「推」才有「移」嘛，一回事。這種事在我們天鵬山林場有不有呢？我看是有的。在這裡我得指出來，有人趁我不在家，要在領導班子裡搞「山體移動」。我一點都不誇大。這要搞垮我們林場，毀滅我們林場的不是自然界的「山體移動」，而是政治野心家、陰謀家搞的「人工移動」。這才是最值得警惕的。我們採取措施，不能讓這種事得逞。

會場氣氛頓時緊繃。許多原來昏昏欲睡的人都睜大了眼睛，打起了精神。我握筆的手有些顫抖。一場爭鬥正在展開。我屏住呼吸，似乎在等著一聲爆炸。

會場外，無雨有風，夾著雷聲，還有山崖崩塌的隆隆聲。趙裕槐和楊總工注視著窗外，身體晃動，看樣子坐不住了。

同志們！龍書記沒有停止的意思：我現在請大家看幾樣東西，是人家送給我的壽禮。滕副場長，請你把籮筐裡的寶貝亮給大家看看。

滕副場長站起來，揭開籮筐上的斗笠，將筐端到龍書記面前。龍書記探手入內，將其中的「禮品」一件件取出，供衆人觀看。一時間，會場氣氛頗爲活躍，骨幹們紛紛上前，探頭探腦。

同志們！你們年輕人眼力好，看得出這大紅紙上寫了寫什麼？對，「熱烈歡送龍樹貴書記光榮退休！」來，再看看這另一疊紅紙又寫了些什麼？唔，是一封給我的「賀壽信」。說白了，一封「勸退表」！這是一尊木雕像！喏，還有這些亂七八糟的所謂壽禮。大家知道，我姓龍的幾十年來，從不允許替我做生日。這是組織紀律，上了中央文件的。大家不要擠，不要搶。要好好保存。過兩天，我要拿到建場四十周年慶祝大會上去展示。既然我們籌辦的展覽館被人放火燒掉了，那我們就展示這些東西，外加一行說明：「逼迫林場書記龍某某退位的證物」。

同志們，這到底是怎麼回事呢？今天下午，突然有三支敲鑼打鼓的隊伍到了我家門口，給我賀六十大壽。我不明就裡，一看果然不假。你們說，我能怪罪這三支從下面工區來的隊伍？我能怪罪這些對我有階級感情、受了蒙蔽的職工群衆？不能！我龍頭祇能感謝他們。

龍書記說著，紅了眼眶，動了感情。

窗外，轟隆隆的悶雷和彷彿從地底傳來的坍塌聲持續著。龍書記和鮑東生卻像什麼也沒聽到。……我朝主席臺一看，趙裕槐和楊總工已離開座位，不知去向。

龍書記的談興仍旺：同志們！我不能不告訴你們，這是有人使陰謀詭計，搞突然襲擊！這實質上是搞政變。大家不要笑。這就是政變。是一場發生在林場領導班子內部的政變。龍書記指向會場：你們替我想一想。我在州立醫院，一聽說林場發了洪水，就急忙忙往回趕。可那輛老吉普不爭氣，半路上裂了車軸，在鄰近縣熄了火。辦公室的小盤主任可以作證。我一天撥了十三次電話，要求場裡派車子把我接回。好傢夥，場裡有的是車，就是被人卡著不放。我在那小縣城裡困了三天，最後求人家縣林業局派車，把我這把老骨頭送了回來。平日裡，不是有人奉承我龍某人是天鵬山的「開山爺」、「元老」嗎？這些個桂冠當初是誰奉上的啊？龍書記擺手：這不奇怪囉，不奇怪。赫魯曉夫當年還喊斯大林做「偉大的慈父」呢；林彪還喊「四個偉大」呢！我們林場個別人物還搶在我回來之前，突然在抗洪搶險座談會上傳達中央關於老幹部退休的文件！我是書記、一把手，中央文件下來了，爲什麼不先交給我一閱？爲什麼扣在自己手裡，匆匆忙忙往下傳達？爲什麼打電話給下面工區，布置任務，咚咚鏘鏘來賀壽，逼我退休？鮑東生同志！請你以一個黨員的身分，當著同志們的面，回答問題。

「鮑東生同志」！這五個字是龍書記像雷鳴般吼出來的。

對，請回答，當衆回答！騰副場長附和，神色憤懣。

會議進入爆炸性時刻。然而，此刻卻是一種死一般的寂靜。

同志們，開了一晚上的會，終於輪到我鮑東生被允許講幾句話了。首先，我提個請求。在我發言時，或是回答問題時，龍樹貴同志必須保持冷靜，顯示些氣量，讓我把話講完。如不答應這個條件，我鮑東生寧可一言不發。我有保持沉默的權利。說完，鮑東生欠欠身，重又坐下，閉上眼睛，準備再次進入半睡眠狀態。

你講！你講！放心，我可以讓你把心事都吐出來！你儘管講！放毒、攻擊、栽誣都可以！龍樹貴書記壓抑不住滿腔怒氣，大聲催促。

鮑東生睜眼了：首先，我要抗議！今晚突然免了我的場長職務，這才是真正的、典型的突然襲擊！兩個月前，州委書記陪周省長來視察，還肯定了我的工作，表揚了我的業績。……所以，事情到這裡還沒完，我要申辯，上訴。龍樹貴同志，你不要急吼吼。你不是承諾讓我講話，讓我講完嗎？我也要冷靜冷靜，這才好回答你的問題。我主要講五點。第一，我擁護州委對趙裕槐的任命。龍樹貴同志確是年紀大了，身體狀況大不如前，而我們林場則需要一位林業大學畢業的內行來領導了；第二，林場鬧洪水以來，我鮑東生任抗洪搶險總指揮，夜以繼日幹了些什麼？大家有目共睹。前天，我還曾被送到醫院搶救。當然，這不用我自己表白了；第三，關於派車問題，那幾天林場大部分工區的馬路被淹，車隊也被水淹了，我本人正在八角廟葫蘆口指揮敢死隊炸「樹壩」。要不是那天的敢死隊員冒著生命危險完成任務，我們現在開會的地方早就是一片汪洋了。是的，小盤主任跑到葫蘆口搶險現場，喊我回辦公室接龍書記的電話。當時正值千鈞一髮之際，我能離開現場？我承認是說了一句：「自己的吉普壞了，龍頭不能從鄰縣林業部門借部車子回來？」當時，場部祇有兩部搶險卡車嘛。一切服從搶險，服從排險救命嘛；第四，傳達中央文件，我是性急了點。但既是中央下達的文件，傳達了，也不是什麼陰謀詭計。一把手不在家，就不能傳達中央文件了？第五，替你做六十大壽，完全是出於對老同志的尊重。老同志年過六十，中央早有文件安排離休、退休。我就是給下面工區打打招呼，不是統一布置任務。要是統一布置，恐怕就不止來三個工區的隊伍。至於工區的同志們鬧了些花樣，送匾、送橫幅、送木雕，送野豬，我怎麼曉得他們會這樣做？

鮑東生不疾不徐，似乎說得有理有節，軟中帶硬，硬中帶軟，舌頭下面掛鈴鐺，無懈可擊。

這麼講來，你沒有搞陰謀詭計逼迫我退位，沒有妄圖搶班奪權了？龍書記憤怒地拍響桌子，連聲喝問。

陰謀是有人搞的，詭計也是有人搞的，突然襲擊更是有人搞的。龍樹貴同志，你如果不怕你的高血壓，不怕心跳過速，我願意奉陪，和你一路辯論下去，辯通晚，到天亮，都可以。鮑東生語調清晰，不高不低，態度越來越强硬。

我現在就要你交代問題！龍書記渾身冒火，情緒失控，厲聲叫喊。會場上人已經溜走了大半。

同志們！讓我交代問題呢，我就得問，有手續嗎？有州委批示嗎？好，我就交代吧，讓我交代吧！我和龍樹貴同志的矛盾始於五年前，是我未能娶他老家農村那啞巴侄女開始的。我要是娶了他的侄女，我就是他的侄女婿，就該稱他為親叔公了。那樣一來，我成爲他的革命接班人，就是鐵板上釘釘子！同志們，我在老家有老婆呀！我沒有離婚呀！我不能犯重婚罪呀！同志們，是不是這樣？

你、你這個紅衛兵造反流氓！你當年在林業專科學校就當過「主義軍」司令，毆打過老師同學！你、你六九年分配來林場，又和那個「紅色縱隊」混在一起，放樹釣吊死了技術員、摘帽右派王念生、王神經！你手上有血，你這個文革餘孽手上有血！

我是文革餘孽？我手上有血？你當年是怎麼替我做的組織結論？有錯無罪！這是不是你紅口黃牙講的？今晚，你罵我是文革餘孽？你才是一九五八年的假勞模！假伐木英雄！你大躍進放衛星，一天伐倒九十九棵大樹？誰不知道你放的是假衛星，牛皮衛星？老工人說，你那天衹砍了三棵樹，但把全工區的伐木量都算到你一人頭上，吹噓你個假典型！你還一路假到州裡省裡，假到北京去，騙了偉人，騙了《人民日報》，騙了全國人民！

來人，來人！把這個反革命捆了，捆了！捆起來！

假勞模！假勞模！來人呀，來人呀！來看看這個假勞模呀！

要不是被人阻隔著，兩人就扭打起來了。真不像話，一點顏面都不顧了。

場外風雨大作，場內你死我活。

散會，散會！走囉，走囉！不知是誰大喊了幾聲。

我和所長大姐離開會場。所長大姐一晚上沒吭聲，這才開口，聲音哆嗦：我們趕快回招待所，趕快帶幾個孩子撤離。

誰家的公雞在打鳴。天，快亮了。

四十七　「這是醉猴底鬥爭……」

天亮時分，我和所長大姐冒著風雨回到招待所。剛進門，再次聽到一聲聲山崖崩塌的轟隆巨響，震得地皮都在顫動。小豆杉和所長的兩個孩子仍在睡覺。這時，廣播喇叭響了，傳出簫玉圓脆生生的聲音：林場場部的幹部、職工請注意！請注意！現在廣播緊急通知！緊急通知！林場場部的幹部、職工請注意！請注意！現在廣播緊急通知！緊急通知！

很明顯，廣播喇叭連聲呼叫，試圖將場部宿舍區的人全部喚醒。

現在廣播緊急通知！緊急通知！一、抗洪搶險突擊隊隊員立即到場部辦公樓前集合！立即到場部辦公樓前集合！二、場部職工家屬同志們！昨晚上還沒有撤離的同志，請帶上家中的老人、小孩及戶口本等可隨身攜帶的證件物品，立即向後山轉移。後山上有一條插了小紅旗的小路，經過美麗崖，通往霸王嶺，那裡設立了臨時避護所；三、昨晚後半夜，八角廟葫蘆口發生大滑坡，大塌方，河道已被堵塞！河道已被堵塞！我們林場與外界的公路交通、通訊線路被截斷！我們場部所在地瑤王谷很快會被洪水淹沒，很快會被洪水淹沒！四、我們的小水電將在一小時內停機。我們的場部食堂也已經關門。……

這是王神經他們那個「林場撤離計畫」啊，玉圓阿妹怎麼拿來廣播了？風雨聲中，廣播繼續響著，一戶戶的燈光亮了，又熄了。宿舍區回響著匆忙凌亂的腳步聲，還有小孩的哭鬧聲，叫喊聲。……

我把小豆杉搖醒，哄他起來，替他穿好了衣服。所長大姐也在給孩子穿鞋、戴帽。廣播喇叭停了一會，又響起來了：

現在報告最新災情，最新災情！剛收到八角廟瞭望哨報告。葫蘆口被山上傾瀉下來的土石形成了堰塞湖壩，高達三、四十米高，河水迅速上漲，很快就會淹沒瑤王谷，淹沒場部。……

這災情新報告的意思是，葫蘆口的堰塞湖壩不可能由林場現有搶險力量來排除了。瑤王谷勢必成爲堰塞湖的一部分，要變成汪洋一片了。

我心裡正慌著，小豆杉卻用手背抹著睡意朦朧的雙眼，耍嬌氣：阿姨，我還想睡，還想睡。……我忍不住在他的小屁股上拍了一掌：聽話，聽話！穿好襪子、鞋子。等我們到了安全的地方，你想睡再睡，好嗎？小豆杉嘟著小嘴：爸爸呢？他去不去？我說：乖乖，爸爸又要和洪水打仗去了。打完仗才回來。小豆杉的眼睛亮了一下：我長大了也要去和洪水打仗！我說：好好，不囉嗦了。快穿上鞋。到衛生間去尿尿！阿姨也要收拾一下。……

所長一家已收拾停當。她對我說：走嗎？走吧！我說：我有點不放心，還得去辦公室看一眼。所長說：那好，小豆杉就和我們出發去霸王嶺，你儘管放心，後一步趕來就是。聽講水漲得很快，你要注意安全，盡快離開這裡。

金鳳！金鳳！盤主任！盤主任！趙裕槐大步流星的找來，氣喘呼呼，邊喊邊說：老白他帶了人馬趕往八角廟葫蘆口去了！看看能不能排除險情。……他託我帶句話給你，小豆杉就託付給你了！還有那圖紙、記事本。請你替他保管好。……記住了？那我走了。我也要去葫蘆口。……

趙裕槐揮揮手，掉過頭，大步走了。一轉眼，風雨就吞噬了他的身影。

阿姨！小豆杉緊抱著我的腿，仰起胖嘟嘟的臉蛋說：阿姨，我們到嶺上等你！爸爸也會來吧？他會不會找到我？

小傻瓜，當然會，你是爸爸的命根子，也是阿姨的小寶貝。爲了掩飾眼中的淚水，我抱起小豆杉，狠狠地親了兩口。

安保科長匆匆趕來，說龍書記找我，正在場部辦公室等著，要我即刻過去。

總體來說，這次行動有序進行，安排了有篷頂的滑桿和小推車幫助腿腳不便的老人及稚童撤離。送走小豆杉和所長大姐一家，我趕往辦公室。門已關上，燈還亮著。龍書記和鮑東生坐在裡面。

他們不吵了？或是吵完了，冷靜了？

他倆一見我，幾乎齊聲問道：盤金鳳，是誰叫簫玉圓廣播那種稿子？是誰背著場領導下撤離命令？

我沒好氣，反問：兩位領導爲什麼不上四樓，去找簫玉圓？

小盤主任，我們沒有怪你。我和龍頭剛才上去了，可小簫把門插死了，怎麼拍門也不開，繼續她的違紀行動，繼續廣播。鮑東生說。

簫玉圓並非獨自行動，而是有組織行動。她的背後肯定有一夥人，為頭的就是借尸還魂的「王念生」。沒錯，借尸還魂！龍書記惡狠狠地說。

我說：好，好，二位領導又是一條戰線的戰友了。接著，我逐一檢查立式文件櫃抽屜的鎖，又問：龍伯，伯母撤離了嗎？有不有人幫忙？

龍書記見問，嘆氣：都瘋了，都發瘋了！一早，安保科派了兩個人，把老太婆接走了。老太婆也不聽我的了，不肯留下來陪我，還心疼她的電視機、冰箱。……我被鬧得稀里糊塗！老子一定要嚴查！這裡頭一定有大問題，是一次有組織、有綱領、有預謀的行動。

鮑東生接過話頭：算不算一次奪權行動啊？一下子，林場場委會就被踢開了，還將林場幹部、職工及家屬來了次大撤離！

他們倆又一唱一和了。

我從辦公桌抽屜裡拿了一個記事本，還有兩件緊要物件，放入揹袋。正待要問他們走不走，廣播站的玉圓阿妹穿了身瑤家服裝，走進了場部辦公室。她那原本黑白分明的大眼睛布滿紅絲，眼眶周圍泛著青暈，看來是熬了通宵沒有休息。

書記、場長，你們找我？

龍書記做了個手勢，示意我不要離開，劈面就問簫玉圓：一大早的緊急通知，是哪個要你廣播的？是哪位領導批准的？

鮑東生倒是會做人，拉過一把摺疊椅，讓玉圓坐下。玉圓點點頭，以示謝意，可就是不坐，嘴裡問道：書記說的可是那份「場部撤離計畫」？

我問你，剛才的緊急通知究竟是哪個送到你廣播室的，又是那個讓你廣播的？龍書記依舊清醒，抓住問題的要害不鬆手。

玉圓抿緊嘴唇，想了想，回答：新任黨委副書記兼場長趙裕槐同志交給我的任務。

鮑東生目光冷峻，瞥了龍書記一眼。

龍書記張大眼睛和嘴巴，面部變形，有點嚇人：趙、趙裕槐？是他？他和王神經勾結在一起？他、他人呢？人在哪裡？龍書記拍腿，聲音都變了。

玉圓阿妹回答：趙副書記和白所長帶了人，奔八角廟葫蘆口搶險去了！葫蘆口出現了幾十米高的土石壩，洪水正在形成堰塞湖，越漲越大，很快就要漲到我們場部來了！

玉圓阿妹沉著，冷靜，兩眼炯炯有神。真是好樣的！她比以往任何時候都美麗，而我比以往任何時候都更欣賞她、喜歡她。

此時的鮑東生，似乎沒把龍書記放在眼裡，對玉圓說：現在，你回到廣播室，宣布你今早廣播的通知作廢！收回！作廢！

不，我不能這麼做！我要對場部上千人口的性命負責。你要撤回今早的通知，你自己去撤！玉圓口齒清楚，毫不含糊。

嘭！鮑東生拍了桌子，圓瞪豹眼：無法無天！你們禿子打傘，無法無天了！

鮑東生已非場長。他這架勢、他這强硬態度，難道是有意做給吃了癟的龍書記看？

龍書記一下子洩了氣，說：算了，人都走得差不多了。撤不撤「緊急通知」已沒屁用了。小簫，你去替我發個通知：八點鐘，在小會議室召開「場委」緊急會議。不准請假。小簫，你可記清楚了？

龍書記精神不濟了，又補了一句：金鳳，你也出席，作記錄。

簫玉圓眉頭一揚：好，我這就去廣播會議通知。但我得提醒一句。今上午九點半，小水電要停機，女工盤月月自願值最後一班；十點，電話、廣播停機，人員撤離；今中午食堂不開火，人員已撤離。說罷，玉圓轉身離去。走廊裡響起她的匆匆腳步聲。

這都是誰發布的命令？又是誰統一布置了這次撤離行動？龍樹貴同志，趙裕槐這個接班人是你背著我們提拔的！州委組織部的文件衹不過是一道手續。現在好了，你這麼快被奪了權！報應啊！報應！鮑東生冷笑，幸災樂禍，向心神不寧的龍樹貴書記發起攻擊。

住嘴！你想轉移目標，逃避你應負的責任？八點鐘在場委會上，我還要繼續解決你的嚴重問題！龍書記眉毛一挑，義正詞嚴。他也習慣於揪住對方「辮子」不放。

他們剛緩和了一些的氣氛，又劍拔弩張起來。

解決我的問題？我看你一貫搞家長制，搞一言堂，獨斷專行，不學無術，外行領導內行，沒有文化領導有文化，這才是林場最大的問題。盤主任，請你把我這幾句話記錄下來。

野心家，陰謀家，睡在我們身邊的赫魯曉夫！盤金鳳，你把他的攻擊、誣衊言論記錄在案！

我沒有筆錄，也不願筆錄。我又不好走開，衹能在椅子上捂住耳朵。不聽，不聽！

樓外，又是風吼雨狂，電閃雷轟。山崖崩塌的隆隆聲一陣陣傳來，好像越來越近了。小豆杉，你可好？所長大姐，你們走到哪裡了？辦公樓在顫抖，樓裡已沒有幾個人了。但是，龍書記和鮑東生似乎聽而不聞，或者壓根沒聽到這不祥的響動。他們一旦進入爭鬥模式，便是進入忘我無他的狀態，而且超乎尋常的亢奮。

廣播喇叭響了。玉圓阿妹清晰的聲音穿透風雨：重要通知！重要通知！場委委員，馬上到四樓小會議室開緊急會議！開緊急會議！

廣播聲停止，八點已到。龍樹貴書記，鮑東生調研員和我登上四樓，推開小會議室的門。很快，滕達副場長、楊春秋總工、安保科張科長、派出所劉所長就來了，缺了趙裕槐和白回歸兩位。楊總工代他們請假，說老趙和老白帶了搶險隊，去了八角廟。楊總工一反常態，加了一句：都水漫金山了，還開什麼會？

龍書記不語，端坐在中心位置，主持會議。他照例掃各位一眼，才說那句用了不知多少次的開場白：天不會塌，地不會陷。你們都還在堅守崗位，沒有逃離。這說明，我們場委會仍然是個堅强的戰鬥堡壘。我就不相信，天鵬山的山體會移動，瑤王谷會被淹成大水庫！我在這裡工作、奮鬥了整四十年了。我們採伐了座座青山，爲國家建設提供優質木材，為社會主義作出了重大貢獻！整整四十年了，我還不瞭解這裡的山，這裡的水，這裡的風和雨？所以，即便你們都走光了，逃離了，剩下我一個人，我也要堅持崗位到底！現在是考驗我們的立場、意志和決心的時候了。你們信不信？不用三天五天，大雨一停，幹部、職工也好，家屬、小孩也好，就會乖乖地從霸王嶺回來，回到瑤王谷場部來！你們不信？反正我信。當然，到時候，我們再來算帳，算一次總帳。

龍書記的聲音依然洪亮，言辭鏗鏘有力，幾位場委面面相覷，氣色凝重，心神不寧。我在記錄本上畫了幾筆，心中焦急，記掛著小豆杉，不知所長大姐一行現到了哪裡。鮑東生雖額髮稍有凌亂，但眼神凌厲，盯住龍頭，不再迴避躲閃，而是信心驟增，來個針鋒相對。

龍書記明白自己和對手的的處境，說：這個會，其實是昨晚會議的繼續。是要嚴肅批判鮑東生最近一段的所作所爲。當然，我們絕不一棍子打死，還是要熱情幫助他回到正確的路線上來。龍書記摸摸額頭，又說：我昨晚在會上發了脾氣，講了些刺耳的話，現在收回。我們要堅持「給出路」政策，既允許同志犯錯誤，也允許同志改正錯誤。當然，這首先要求犯了錯誤的同志在組織面前態度放老實，認真交代問題，檢查問題，痛改前非。鮑東生同志，下面你首先交代，你是怎樣勾結茂林坳的吳青林，設計誣陷林學家白回歸的？那個縱火犯酒葫蘆是怎樣被滅口的？把你的罪惡思想在組織面前亮出來，曬曬太陽。

這番開場白過後，龍書記的雙眼越過老花鏡上沿，望向鮑東生：其中，居高臨下和佯作鎮定兼而有之。兩人的目光碰撞了，龍書記不避不退不讓。他是野馬河邊的「老痲雀」了，見識過風平浪靜，更見識過洪峰巨瀾。他不會敗在屬於他下級的鮑東生手上。

鮑東生何嘗沒有讀懂龍頭這段說辭。他不慌不亂，穩住陣腳，甚至有種「成敗在此一舉」的豪情。他閉口不談構陷白回歸的事，開言道：各位在座的場委，我也先作個聲明。昨晚會上，我也曾口不擇言，講了幾句過頭的話，傷人的話，現在也表示收回。在我們天鵬山林場場務委員會裡，依據組織原則，場委與場委之間，祇有分工的不同，沒有地位高低之別，集體領導，都是平等的同志。方才，龍樹貴書記一口一個「在組織面前」，「在組織面前」，他一個人就代表了組織？他一個人就是組織？他這明目張膽地違背了組織章程，踐踏了組織原則。……他來林場四十年，我呢，來林場二十八年。……長期以來，誰在林場搞家長制？誰在天鵬山當山大王，土皇帝？要說問題，要說錯誤，我斗膽認爲，這才是最大的問題，最嚴重的錯誤！大家首先要給予嚴肅批判，直至展開鬥爭的，就是這類積重難返的問題！

龍書記臉色越發嚴峻：鮑東生，這個時候了，你還狡辯，耍流氓無賴，倒打一耙，攻擊領導！真是茅坑裡的石頭，又臭又硬。告訴你，你祇有低頭認罪，才有出路。龍書記火氣又往上冒，聲量也高了。

鮑東生將頭一甩，根本不吃龍頭那一套，堅持反擊：祇有廢除了封建家長制，消除了封建一言堂，天鵬山林場才有新的希望！

針尖對麥芒。和平年代，會議的妙用便是鬥爭的場所，便是權術的高下。

滕副場長坐不住了，瞅一眼手錶。楊總工側過身，和老滕對了錶。條件反射一般，安保科長也擡手看錶。

龍書記不滿，掃他們一眼，但仍未失去鬥爭焦點：鮑東生！你個典型的紅衛兵司令，造反派無賴，野心勃勃，膽大包天，無視組織，詆毀領導，陰謀奪權……

龍樹貴！你是個貨真價實的假勞模、假英雄、老僵化、老頑固分子！你是我們前進道路上的絆腳石！鮑東生跺腳。

雙方都紅了眼睛，口無遮攔，唯恐不能擊中對方的軟肋。

這是個什麼會？太難看了，太難聽了！我放下手中筆，推開記錄簿，不想記錄，連樣子也不想做了。

山崖崩塌的聲響越來越大，越來越近。……

鮑東生！你他娘的就不能閉上你的鳥嘴？你他娘的就不能給老領導認個低？你他娘個文革大專生、紅衛兵，是哪個把你培養、提拔起來的？滕副場長站起身，大聲吼了幾句，表明他的立場。

楊總工嘆氣，起身，連連擺手：鮑東生同志，不是我倚老賣老，你當了這麼多年場長，一人之下，數千人之上。可在龍書記面前，你怎麼也算個晚輩。怎麼就不分上下，沒有點忍讓？現在都什麼時候了？大難當頭。你先給老書記賠個不是，認個錯如何？時間不等人，我們得離開了。

安保科張科長站起，一步跨到門邊：我同意滕、楊二位領導的意見。這、這會議就停了吧。

派出所劉所長也隨即起立：我同意，這會不要開下去了！

鮑東生咬牙切齒：勢利！沒骨頭！你們、你們三個也把矛頭對著我？我告訴你們，今天這個場委會，沒有達到規定人數的三分之二，無效！無效！

怎麼無效？與壞人壞事作鬥爭，怎麼無效？龍書記駁道。

我是壞人壞事？你是好人好事？呸！我看你才是不折不扣的爛人臭事！

龍書記氣得食指亂點：你、你、你……老子和你鬥爭到底！

鮑東生胸脯一拍：鬥吧！鬥吧！我姓鮑的人一個，卵一條，不怕和你鬥！

這是開場委會？我「啪」地合上記錄本，擡頭一看，滕副場長和楊總工已到了門外，準備下樓，朝我打手勢，要我趕緊走。安保科長也不理會那兩隻鬥雞了，催我：走！走！沒時間了！我還要去檢查一次，看看是否還有人沒撤離。

不！你們不能走！龍樹貴書記見我和科長也要走，跳起來阻止。如果說他與鮑東生爭鬥時並無懼色，但這一刻，我看到他的失望和悽惶。那是對我們的失望，對我們無視他權威而感到的悽惶。然而，他還是認爲自己代表著正確，自己是正確的領導者。

安保科長一閃身，出了會議室，這才轉身說了一句：天都塌了！你們真要一息尚存，鬥爭不止！

天塌了又怎樣？天塌了就能喪失組織原則？龍書記嘶聲吼道。

對！組織原則雷打不動。問題總要水落石出。鮑東生端坐不動，神色凜然。他似乎也是中邪了。

我上前拉龍樹貴伯伯：走吧，走吧，求您了！不走就來不及了！我又朝鮑東生說：不走會沒命的！

四十八 美麗崖上的歌謠

簫玉圓提著一隻小箱子，神色緊張，在樓口等我。我回望一眼會議室，說：兩個頭頭鬥紅了眼，不肯走，哪樣辦？

玉圓催道：快！快！人家是領導，我們管不了。瘋了！都瘋了！我到了一樓，這又上來找你。

辦公樓外，風雨如磐，坪場上已經落了好些不知哪來的大小石頭，濕漉漉的殘枝敗葉滿地都是。我和玉圓撐傘走入雨中，即刻就成了落湯雞。玉圓挽著我的手臂，很緊張，好像怕我返回會議室。我隨著她跑，還在想著：龍伯伯他們哪樣辦？

哎呀急死人啦！野馬河河道很窄，葫蘆口被堵，洪水漲得快，已經淹到招待所門口。……不出幾個鐘頭，這裡就會汪洋一片。風大雨大，玉圓言語不暢，說出的話很快被風雨帶走了。

我說老白和老趙領著人去葫蘆口排除險情，不知哪樣了？我恨不能趕去，和他們在一起。

她說八角廟瞭望哨報告了最後一次災情，也撤了。葫蘆口無險可搶了。……

我說老白和老趙會撤出來嗎？已在撤退的路上？

金鳳姐，放心吧。這世上，不該活的，或許會活下來；該活的，卻不一定哦。

呸呸！閉上你個老鴰嘴！

在鞭子抽打般的風雨中，我們一路往霸王嶺方向跑。好在羊腸小路鋪著碎石，並不泥濘。朦朧雨幕中，前面有人趕路，身後也有人奔逃。滿山坡上都看得到滾落的岩石。茅草在飄搖，灌木在晃蕩，風聲雨聲混在一起，尤其陰沉、悽慘。所謂暗無天日，就是這般景象。

玉圓拉著我，沿山徑往上攀行。這個平日裡珠圓玉潤的阿妹，此時刻竟顯出窈窕秀麗，不知哪來的氣力和韌勁，比我這當過長跑運動員的人還有能耐。我們山裡長大的瑤家女子，能粗能細，能柔也能剛哩。

終於，我們抵達霸王嶺地界，總算脫離了岩崩石塌的絕境。風雨減弱。我們逃生了！得救了！在坡頭上，我們停下步。上面已經站了不少人。大家驚魂甫定，呼呼喘氣，臉上汗水和著雨水交流，一道道水痕不哭也像在哭泣。我擡眼望去，希望看小豆杉，看到所長大姐。

玉圓阿妹靠著一棵枯樹，一陣急喘；慢慢地，她身子像被抽掉筋骨樣的，順著樹幹往下滑，最後跌坐濕地上。我伸手去拉她，驚問：玉圓，你哪樣了？她握住我的手，捂在臉頰，眼淚汪汪：阿姐呀，剛才……剛才，我的魂都散了。我的心在打鼓，跳到喉嚨口來了！

我蹲下，安慰她：玉圓，你好樣的，剛才拉著我往這裡爬，比我還堅强，還有氣力呢！

她倚在我肩頭上，抽泣道：阿姐，我那是裝的。我差點……差點堅持不住了，想吐。我好希望這不是真的，是個噩夢。我也害怕洪水在身後，一個大浪打來，我們跑不贏。……

好阿妹，噩夢過去了。我們安全了，不用怕了。你渴不渴？喝口水。

玉圓搖頭，無力地搖頭：阿姐，我有個祕密。……姐，我想二十二歲前成親，有個家，怕是沒有機會了。

我輕撫她的肩，感覺她在溼衣中發抖。我將阿妹摟住，希望能給她溫暖。我喃喃說：好妹子，傻妹子，你還有理想，要寫書哪……一股熱辣辣的淚水湧出來，黏乎乎的，糊住了我的視線。我悄聲說：你說的也是我的心事。好妹妹，你想嫁給誰？阿姐或許可以做個媒。我强迫自己笑了。

寫書，寫書……天！我的筆記本放到哪裡啦？我記下了好多故事，對，那叫素材，素材……阿姐，你想不到。……玉圓垂下頭，又仰起臉，語無倫次：趙裕槐！我暗戀了他兩年。

老趙？我的心咚地一跳。老天，這可真沒法幫忙了。老趙有家室，夫妻和睦，他愛人很賢惠。

那白回歸怎樣？我也喜歡他。

老白！我沒把持住，往後一跌，也坐在地上：阿妹，你不曉得老白有、有心上人了？

老白有人了？是哪個？左也不是，右也不行，那我就嫁給楊總工，……他愛人文革中自殺，兒子出國留學了，是個老單身。……玉圓魂不守舍，只顧著瞎說。我提醒她：楊總工的年齡可能大過你阿爸。

玉圓說：我敬重楊總，佩服他。他是個了不起的人，是個小說裡的人物……

我不禁詫異。在我的印象裡，楊總工在書記、場長面前唯唯諾諾，小心謹慎，一副被整怕了的可憐樣子。

玉圓斜我一眼：你個辦公室主任白代理了。你不認識真正的楊總工！

我、我不認識？

玉圓拍我的手：你這個主任呀！楊總工就是那個王念生、王神經呀！

王念生、王神經不是早就過世了？

阿姐呀！那個王念生是被迫害死了。但這個活著的王神經就是楊總工！

真是一語驚醒夢中人！你爲什麼不早告訴我？你們什麼都瞞著我？

阿姐你雖然人好，正直，學業優秀，但大家覺得，你從林業大學出來，龍頭刻意把你放在場部當辦公室代理主任，可見你是他的親信。我們不能不保護楊總工。他和王念生都是從中南林業大學畢業的老大學生。林場場部轉移計畫，林場重生規劃，都是他和白回歸、趙裕槐三人的作品。你們是校友啊！

冤枉！太冤了！難道我盤金鳳是個會去告密的小人？你講，你講啊！

不像，所以我現在告訴你真相了。

我又氣悶，又委屈，又勞累，頭發暈。玉圓見狀，握住我的手，以免我倒下。阿姐！她指向另一更高的山頭：小豆杉、所長大姐、穆蓮阿姐都在那山上。看，那邊有人向我們招手，要我們快上去呢！

那裡才是美麗崖。我們强打起精神，正待要繼續上路，卻聽到身後響起沓雜的腳步聲，爭吵聲。我和玉圓回頭，竟看到兩名强壯的搶險隊員像押解俘虜一般，把龍書記和鮑東生帶上山來。他倆極不情願，搶險隊員顧不得那麼多，推推搡搡，拉的拉，拖的拖。……

我和玉圓不想見到這一幕，掉頭往前走。我們聽到從遠處，從山腳的瑤王谷傳來一個蒼老、沙啞的聲音，像是通過半導體手提喇叭在呼喊：還有不有人哪？快走啊！還有人嗎？快撤離啊！

真像電影裡看過的情景：戰場大撤退時，掃尾清場的軍官在作最後的呼叫。

玉圓喘氣呼呼，邊走邊講：我真的要寫書，好多好多英雄人物……。

我也喘得上氣不接下氣：玉圓，記住，他們都有缺點，每個人都有缺點，不是高大全……。我們，我們兩個該死的小資，逃命路上，還在窮開心。

姐你是大知，我才是小知。寫出書來，才算大知。

我們抵達了美麗崖。風消雨散，老天爺不復先前狂躁。大群男女老少聚集在這裡，穿雨衣的、打雨傘的，披塑料薄膜的，披棕毛蓑衣的，什麼裝扮的都有，五花八門，五顏六色，但心情是相同的。我們都失去了家園。小豆杉一見我，阿姨！阿姨！他撲到我懷裡。穆蓮阿姐和所長大姐也迎了上來，悲喜交加，相互問候。逃出生天！我們傷感，我們也慶幸。

瑤王谷在漸漸沉入水底。

有人懊喪：再也回不去了！戶口簿忘了帶出來……。

完了，我的小皮匣也丟了，好幾百塊現金呀！

壞了，我的工作證，我的存摺……

峽谷底，隱隱傳上來呼叫聲：還有人嗎？還有人嗎？快撤呀！危險呀！

所長大姐說：是楊總工！他還沒上來？還在清場，催人撤離？

有人說：楊總工這個老右，今天倒是真做了回總指揮！

算了，算了，我們總算撿了自己這條性命。千幸萬幸！

衆人七嘴八舌，議論紛紛。穆蓮阿姐突然喊道：咦！下面山徑又有人上來了，好像是兩名搶險隊員，戴了紅袖標。不，不止兩名，好像還押著人。

所長大姐說：他們像是架著龍書記，還有……還有鮑調研員。

我和玉圓沒有吭聲。

穆蓮姐說：看，看，龍頭和豹尾還在爭吵，好激烈！你們看，他們走幾步，又停下，你指著我，我指著你，在吼叫呢。

我摟著小豆杉，只盼著回歸哥和老趙他們能夠回來。

這時，人群裡忽然有人領頭唱起了樹神爺爺唱過的〈打木歌〉，聲音蒼老、悲愴。很快地，大家跟著哼，跟著唱：

我們是盤王的子孫，
生息在高山大嶺，
木頭圓圓替我們造屋，
樹皮粗粗替我們蓋頂，
樹果清甜替我們抵飢，
樹椏凹凸教我們歡情！
啊哈依，啊哈依，
打木人！打木人！

我身邊的穆蓮阿姐，玉圓阿妹也不知不覺地投入了合唱。她們一個女中音，一個女高音，那樣奇妙地揉合在一起，立即給本來低沉、混濁的歌聲注入一道渾厚的氣力，一脈清亮的泉水，一股青春向上的天籟之聲：

我們是盤王的子孫，

生息在高山大嶺。

阿媽樹蔭一樣慈愛，

阿爸大樹一樣蒼勁，

阿郎青山一樣俊挺，

阿姐青藤一樣柔順……

啊哈依，啊哈依，

打木人！打木人！

我見大家流著眼淚忘情地唱著，我也跟著唱，跟著流淚。小豆杉一眾小娃娃吱吱呀呀的童聲也混入了成人的合唱，平添出稚嫩的生機……

唱著唱著，穆蓮姐忽然想起來什麼，說了聲去找盤月月，去找盤月月！就身子一躍，朝山下跑去……我和玉圓想拉都沒有拉住。她怕我們擔心，還邊跑邊喊：我找到月月就回來，就回來……她嬌健的身影，很快消失在石隙岩縫裡。

歌聲仍在繼續。不知過了多久，大家不約而同，轉身望向南面山巒中的瑤王谷，看到了下面一幕：天！早先生機盎然的瑤王谷，林場場部所在的峽谷盆地，此刻已是一片黃橙色水汽，波瀾迭起。我們的辦公樓，我們的生活區，這麼快就被洪水入侵。更可怕的是，東邊一整面山崖面目全非，大小岩石就像被驅趕的千萬頭怪獸，朝山谷下竄、跌落，發出轟響，激起石雨和泥瀑，摧毀一切，掃蕩一切。……有些巨石砸在房屋上，一棟棟建築垮塌，如同雞蛋破殼……。最令人驚心動魄的是場部辦公樓，四層紅磚樓並非被巨石擊倒，而是隨著整面山崖的崩塌跌入湖中，在巨浪中頃刻不見了蹤影。……

白回歸！回歸哥，我的回歸哥！你在哪裡？在哪裡！我心內一陣絞痛，眼前發黑。

唉，沒得了！沒得了！場部沒得了！

有人尖叫，有人哭泣，有人哀嘆，有人掩面，也有人匍匐在地，六神失主。我的頭腦裡一片空濛，好像被塞滿了，又好像什麼東西也沒有。我們腳下的山岩也彷彿在晃動，在哆嗦。

同志們，大家往霸王嶺工區去！我們還要在那裡開建場四十周年紀念大會！

我聽到龍樹貴書記從山坡下傳來的喝令聲，雖然有些疲憊，卻依然渾厚而獨特。

同志們，下定決心，不怕犧牲，排除萬難，去爭取勝利！這是鮑東生沙啞的呼喊自山坡下傳來，維持著往日天鵬山林場場長背誦語錄的威嚴。

他倆還在較量，他們還想戰天鬥地。唉，龍伯伯呀！我一陣暈眩，差點栽倒。所長大姐伸手拉住我，架住我。朦朧中，我聽到玉圓阿妹兩聲慘叫：他沒有出來呀！楊總工沒有上來呀！還有盤月月、穆蓮姐呀！

那一剎那，我渾身一激靈，神智復又清醒。我低頭下望，發現龍伯伯上方崖坡不遠處，一塊野牛大小的灰黑色岩石正在滾落，轉眼就會砸向他。……我大叫：龍伯伯，龍伯伯！躲開！躲開！我邊叫喊邊衝了下去，……後來的事，我就不知道了。

尾聲　天鵬山國家森林公園在望

七天之後。盤金鳳醒來時，才知道自己躺在州立醫院的病床上。她眼皮好沉，好沉。好不容易睜開眼睛，眼前一片混沌的白色，隱約見到幾個白色身影在晃動。她仍在做夢。聽到一個熟悉的童音：阿姨！阿姨！阿姨！她雙手在眼前摸索：小豆杉！小豆杉！她想喊，但是出不來聲。怎麼了？啞了？她又閉上眼，渾身乏力，好像這身體不屬於自己。不過，耳朵還管用，聽力沒有消失。她好像聽到玉圓阿妹的聲音，清爽甜美，像脆生生倒豆子，容易辨別；還有所長大姐的聲音，語速不快，輕言細語……

小豆杉，好孩子，不喊了，不喊了。你喊了幾天，金鳳阿姨被你喊醒了。

又過了兩天，盤金鳳可以在床上坐起來了。這是一間大病室，擺了好幾張床。原來，小豆杉、所長大姐和她的兩個孩子都和她同住一室。

白回歸在哪裡？白回歸呢？老趙怎樣？楊總工上山沒有？

所長大姐在她耳邊低語：金鳳你放心。老白、老趙駕木排，漂流到廣東東江，被人救起，現在那邊住院治療，沒有大礙。

玉圓阿妹、穆蓮阿姐呢？

所長大姐仍是耳邊低語：玉圓回瑤王谷找她的什麼記事本去了，我怎麼勸都勸不往，三天了，沒有回來……你穆蓮姐也沒有音信……

玉圓哪裡去找她的記事本啊，總是想著寫書、寫書……那楊總工呢？

楊總工和四名搶險隊員失蹤。由土牛帶隊，正在天鵬山區查找。省裡、州裡也派去了救援隊伍……

所長大姐還告知：金鳳，豹尾也來看過你了。

他？

他已被州委宣布停職，接受組織審查。聽講他交代了，都是他的紅衛兵戰友、茂林坳工區主任吳青林搗的鬼。吳青林已被逮捕，涉及酒福祿和十一年前的一宗命案。

父母的命案終於要水落石出了。盤金鳳想了想，又問：龍伯伯呢？龍書記好嗎？

所長大姐不作聲。她又問，又問。被她追問不過，所長大姐才抱住她說：小盤，你要冷靜，冷靜。……那塊大岩石落下時，龍書記把你推開，自己撲了上去，救了你。……州委、州政府已經為他開了追悼大會，追認龍樹貴同志為革命烈士。……

龍伯伯啊！我的龍伯伯！龍伯伯，你在天上聽得到我的呼喚嗎？她嘴裡鹹津津，喉嚨一熱，吐了一口腥的東西，又失去知覺。

數日後，盤金鳳的病情有所好轉。所長大姐告訴她：州委、州政府主要領導親自過問對你的搶救治療。州委書記轉達周省長指示，等你病情穩定了，就轉往省城醫院去療養，把小豆杉也帶去。哦，還有個消息……好消息，還是不好的消息？

唔，不好。瑤王谷已成了水庫，州裡考慮修建葫蘆口水泥大壩，建成一座真正的人工湖，今後搞水力發電，替代小水電。……噢，有個真正的好消息，你聽了一定高興。樅樹壩因爲地勢高，安然無恙。樹種園還在，鷓鴣嶺還在，十八里畫廊還在，大榕樹、相思坑、藤蘿寨、野雞坪、太平洞、凌雲頭、茂林坳、盤王頭都還在。祇是吊頸嶺崩塌了，不見了。……

盤金鳳默默流淚。她的身子在慢慢康復……龍伯伯，救命恩人！將永遠活在金鳳心裡。

她告訴所長大姐：出院後，哪裡都不去，祇回天鵬山。小豆杉的爸爸沒回來，也沒給話，我無權送孩子去省城。要帶小豆杉回天鵬山，等候他的爸爸。大姐，大災過後，好多好多事情等著我們做呢，我們要建國家森林公園呢……怎麼？回歸大哥，裕槐大哥，他們還沒有回來？

所長大姐說：你回歸哥知道你安全。我們沒敢把你住院的真實情況告訴他。他沒回來，聽講他從廣東直接去了香港，商談投資項目去了。

她心頭好一陣輕鬆，感覺舒坦多了。這個沒良心的，都不回來看我。你們沒有騙我？

大姐搖頭。只能相信大姐的。

她又問：裕槐大哥呢？龍伯母哪樣？

所長大姐說：龍伯母住在療養院。老趙來看過你，你在昏迷中。他趕回天鵬山找他媳婦去了。他媳婦因搶救財會科的一紙箱重要帳本，沒能及時撤離，現屬於失蹤人口。還有楊總工、盤月月、穆蓮也是失蹤人口。全場共有三十多人失蹤。

還有玉圓阿妹呢？怎麼會失去這樣多親愛的人，親愛的人……

所長大姐說：如果不是王神經他們那個「逃生計畫」，今天天鵬山的失蹤人口不知有多少。

所長大姐說：金鳳你還虛弱，我們少講幾句。來，小豆杉，對你金鳳阿姨笑一個。對了，阿姨最愛看你笑。來，來！金鳳講得好，我們要從頭開始，建森林公園，辦森林旅遊……我們輕輕唱，輕輕唱〈大森林之歌〉：

時間的長河裡，
你是遠古的靈異。
樹洞供我們棲身，
樹皮替我們遮體，
鑽木取火，行走直立，
漁獵養殖，蠶桑農醫，
都來自你，大森林母親！
百萬年的生命之旅，
緣遍天涯的綿綿情意，
哺育了我們姐妹兄弟！

朦朧中，盤金鳳好像聽到了簫玉圓阿妹的女高音，像宋祖英唱〈辣妹子〉；還聽到了穆蓮阿姐的女中音，像關牧村唱〈吐魯番的葡萄熟了〉。她們唱得那樣忘我，那樣深情：

時間的長河裡，
你是遠古的靈異。
童話給我們啟迪，
傳說讓我們美麗，
鳥跡造字，巫術儺戲，
琴棋紙筆，天文地理，
都來自你，大森林母親！
人類文明的發祥地，
綠遍天涯的綿綿情意，
哺育了我們姐妹兄弟！

以此紀念著名林學家白回歸博士

一九八六年七月十六日至八月十三日，草作於江蘇連雲港墟溝鎮鐵道部第一療養院南樓三〇七室（共二十五節）。此室背靠青山，開窗即見大海。此後一直未能完成全稿。

二〇一八年三月至二〇一九年一月二十八日完稿於加拿大溫哥華南郊望晴居（在草稿基礎上增寫了二十五節，連同〈題敘〉、〈尾聲〉共五十節）；二〇一九年五月完成第一次修改；六月完成第二次修改；九月完成第三次修改。

當代名家・古華（京夫子）文集
京夫子文集 卷十二 亞熱帶森林

2023年4月初版　定價：新臺幣520元

著者	古華
叢書主編	黃榮慶
校對	吳美滿
內文排版	烏石設計
封面設計	陳恩安

出版者	聯經出版事業股份有限公司
地址	新北市汐止區大同路一段369號1樓
叢書編輯電話	(02)86925588轉5307
台北聯經書房	台北市新生南路三段94號
電話	(02)23620308
郵政劃撥帳戶第	0100559-3號
郵撥電話	(02)23620308
印刷者	文聯彩色製版印刷有限公司
總經銷	聯合發行股份有限公司
發行所	新北市新店區寶橋路235巷6弄6號2樓
電話	(02)29178022

副總編輯	陳逸華
總編輯	涂豐恩
總經理	陳芝宇
社長	羅國俊
發行人	林載爵

行政院新聞局出版事業登記證局版臺業字第0130號

本書如有缺頁，破損，倒裝請寄回台北聯經書房更換。　ISBN 978-957-08-6849-4 (平裝)
聯經網址：www.linkingbooks.com.tw
電子信箱：linking@udngroup.com

國家圖書館出版品預行編目資料

京夫子文集 卷十二 亞熱帶森林/古華著．初版．
新北市．聯經．2023年4月．472面．14.8×21公分
（當代名家·古華（京夫子）文集）
ISBN 978-957-08-6849-4（平裝）

857.7 112003529